U0574141

『十二五』國家重點圖書出版規劃項目

元代古籍集成 經部詩類

總主編 韓格平

主編 李山

詩集傳名物鈔

詩纘緒

北京师范大学出版集团
BEIJING NORMAL UNIVERSITY PUBLISHING GROUP
北京师范大学出版社

图书在版编目(CIP)数据

诗集传名物钞，诗缵绪／李山主编．—北京：北京师范大学出版社，2012.3
(元代古籍集成 经部诗类)
ISBN 978-7-303-09185-0

Ⅰ．①诗…②诗… Ⅱ．①李… Ⅲ．①诗经-诗歌研究-中国-元代 Ⅳ．①I207.222

中国版本图书馆CIP数据核字(2011)第281810号

营销中心电话　010-58802181 58805532
北师大出版社高等教育分社网　http://gaojiao.bnup.com.cn
电子信箱　beishida168@126.com

SHI JI ZHUAN MING WU CHAO, SHI ZUAN XU
出版发行：北京师范大学出版社 www.bnup.com.cn
北京新街口外大街19号
邮政编码：100875
印　刷：北京盛通印刷股份有限公司
经　销：全国新华书店
开　本：170 mm × 240 mm
印　张：38.25
字　数：620千字
版　次：2012年3月第1版
印　次：2012年3月第1次印刷
定　价：86.00元

策划编辑：赵月华　责任编辑：马朝阳　赵月华
美术编辑：毛　佳　装帧设计：锋尚设计
责任校对：李　菡　责任印制：李　啸

《元代古籍集成》編委會

顧　問（按音序排列）：

陳高華　鄧紹基　李修生　李治安　楊　鐮

主　編：

韓格平

副主編：

魏崇武

編　委（按音序排列）：

韓格平　李　軍　李　山　劉　曉　邱瑞中

魏崇武　查洪德　張　帆　張　濤　周少川

總序

元代，是中國歷史上由蒙古族統治者建立的多民族的統一朝代。蒙古部族早年生活於大興安嶺北部、斡難河一帶及其西部的廣大地域。一二〇六年，成吉思汗完成了蒙古各部落的統一，建國於漠北，號大蒙古國。一二七一年，元世祖忽必烈改國號為大元。一二七六年，元滅南宋。一三六八年，元順帝妥歡貼睦爾率衆退出中原，明軍攻入大都。明初官修《元史》，自成吉思汗建國至元順帝出亡，通稱元代。蒙古人原來沒有文字，成吉思汗時借用畏兀兒字母書寫蒙古語，從此有了蒙古文。一二六九年，忽必烈頒詔推行由國師八思巴創制的主要借鑒於藏文的新的拼音文字，初稱蒙古新字，不久改稱蒙古字，用以「譯寫一切文字」。同時，元代統治者重視學習漢文。元太宗窩闊台于太宗五年（一二三三年）頒有《蒙古子弟學漢人文字詔》，鼓勵、督促蒙古子弟學習漢語。忽必烈亦重視吸取漢文化中的有益成份，為藩王時，曾召見僧海雲、劉秉忠、王鶚、元好問、張德輝、張文謙、竇默等，詢以儒學治道。其後的元仁宗愛育黎拔力八達、元英宗碩德八剌均較為主動地借鑒漢族封建文化，且頗有建樹。有元一代，居於統治地位的蒙古貴族及色目貴族不同程度地接受了包括漢民族在內的多民族文化的影響。可以說，蒙元文化是由蒙古貴族主導的包容多民族文化的封建文化。其中，中土漢人和熟悉漢語的少數民族文人積極參與蒙元文化建設，他們用漢語撰著的漢文著述數量極為豐富，其內容涉及到元代社會生活的方方面面，是元代文獻的主要組成部分。

明修《元史》，未撰《藝文志》。清人錢大昕撰有《補元史藝文志》，「但取當時文士撰述，錄其都目，以補前史之闕，而遼、金作者亦附見焉」【一】，共著錄遼金元作者所著各類書籍三千二百二十四種，其中元人著作二千八百八十八種

【一】錢大昕《補元史藝文志序》，《二十五史補編》本，中華書局一九九八年版，第八三九三頁。

（含譯語類著作十四種）。該書參考了焦竑《國史經籍志》、黃虞稷《千頃堂書目》、倪燦《補遼金元藝文志》、朱彝尊《經義考》等著作，增補遺漏，糾正訛誤，頗顯錢氏學術功力。今人雒竹筠、李新乾撰有《元史藝文志輯本》，既廣泛參考前人論著，亦實際動手搜求尋訪，「凡屬元人著作，不棄細流，有則盡錄，巨細咸備」【一】，共著錄元代作者所著各類書籍五千三百八十七種（個別著錄重複者計為一種，如方回撰《文選顏鮑謝詩評》分別著錄于詩文評類與總集類），除十一種蒙文譯書外，皆為漢文書籍。其中現存著作二千一百九十六種（包括殘本、輯佚本）。具體分佈情況如下：經部，著錄書籍一千一百一十七種，今存二百二十種；史部，著錄書籍一千零二十六種，今存二百七十三種；子部，著錄書籍一千零七十六種，今存四百八十八種；集部，著錄書籍二千一百六十八種，今存一千二百一十五種。與錢《志》相比，《輯本》具有兩項顯著的優點，一是增補了戲曲、小說類著作，二是每一書名之後記以存佚，頗便使用者查尋。可以說，該書是目前較為詳備的元代目錄文獻。持此《輯本》，元人著述狀況及現存元人著作情況可以略窺概貌。需要說明的是，元人著作散佚嚴重。僅據元人虞集所作詩序，可知《胡師遠詩集》、《吳和叔詩集》、《黃純宗詩集》、《楊叔能詩集》、《會上人詩集》、《劉彥行詩集》、《楊賢可詩集》、《易南甫詩集》、《饒敬仲詩集》、《張清夫詩集》、《謝堅白詩集》、僧嘉訥《崞山詩集》等未著錄於《輯本》別集類，則編纂元人著作全目的工作，尚有待於來日。

陳垣先生《元西域人華化考》卷八結論中「總論元文化」一節曰：「以論元朝，為時不過百年，今之所謂元時文化者，亦指此西紀一二六〇年至一三六〇年間之中國文化耳。若由漢高、唐太論起，而截至漢、唐得國之百年，以及由清世祖論起，而截至乾隆二十年以前，而不計其乾隆二十年以後，則漢、唐、清學術之盛，豈過元時！」【二】今以現存元代古籍為例，略述元代學術文化之盛。

經學是一門含有豐富哲學內容的、體現儒家思想精要的古老的學問，長期居於中國學術文化的主導地位。元代結束了

【一】雒竹筠、李新乾《元史藝文志輯本·弁言》，北京燕山出版社一九九九年版，第三頁。

【二】陳垣《元西域人華化考》，上海古籍出版社二〇〇〇年版，第一三三頁。

兩宋以來的長期分裂局面，元代經學亦在借鑒、調和宋代張程朱陸理學的進程中，產生了許衡、劉因、吳澄等理學名家。清儒編纂《四庫全書》，收錄了約三百八十種元人著作，其中多有對於元人經學著作的讚譽之詞。例如，評價吳澄《易纂言》曰：「其解釋經義，詞簡理明；融貫舊聞，亦頗賅洽，在元人說《易》諸家，固終為巨擘焉。」評價許謙《讀書叢說》曰：「宋末元初說經者多尚虛談，而謙於《詩》考名物，於《書》考典制，猶有先儒篤實之遺，是足貴也。」評價梁寅《詩演義》曰：「今考其書，大抵淺顯易見，切近不支。元儒之學主於篤實，猶勝虛談高論、橫生臆解者也。」評價趙汸《春秋屬辭》曰：「顧其書淹通貫穿，據傳求經，多由考證得之，終不似他家之臆說。故附會穿鑿雖不能盡免，而宏綱大旨，則可取者為多。」【一】清末學者皮錫瑞認為元代為經學積衰的時代，「論宋、元、明三朝之經學，元不及宋，明又不及元。」【二】承認元代經學在中國經學史上佔有一定的地位，且有如趙汸《春秋屬辭》這樣的「鐵中錚錚、庸中佼佼」之作。

元代史學是中國史學的繼續發展時期，成就顯著，著作甚豐。其中，影響較大的著作有如下幾種。一、元順帝至正年間編纂的《遼史》、《金史》、《宋史》。三史編纂皆有三朝專史舊本可供借鑒，故歷時不及三年即告竣事，且整體框架完備，基本史實詳贍，為後人研究遼金宋歷史的重要著作。同時，順帝詔「宋、遼、金各為一史」，解決了長期持論不決的以誰為「正統」的義例之爭，顯示出元代史學觀念上的進步。二、馬端臨《文獻通考》。該書是一部記載上古至宋寧宗時期典章制度的通史。作者對唐杜佑《通典》加以擴充，分田賦、錢幣等二十四門，廣取歷代官私史籍、傳記奏疏等相關資料，對各項典章制度進行融會貫通、原始要終的介紹，篇帙浩繁，堪稱詳備。三、《元典章》。該書全稱《大元聖政國朝典章》，為元代中期地方官府吏胥與民間書坊商賈合作編纂的至治二年（一三二二年）以前元朝法令文書的分類彙編，分詔令、聖政、朝綱等十大類，六十卷。書中內容均為元代的原始文牘，是研究元代法制史與社會史的重要資料。四、《大元大一統志》。該書為元朝官修地理總志，始纂于元世祖至元二十二年（一二八五年），成書于元成宗大德七年

【一】上述引文分別見於《四庫全書總目》，中華書局一九六五年版，第二二頁、九六頁、一二八頁、二二八頁。

【二】皮錫瑞《經學歷史》，中華書局一九五九年版，第二八三頁。

（一三〇三年），六百冊，一千三百卷，是中國古代最大的一部輿地書。該書氣象宏闊，內容廣泛，取材多為唐宋金元舊志，今僅有少量殘卷存世。

元代子書保持和發揚了傳統子書「入道見志」、「自六經以外立說」的基本特色，廣泛干預社會生活，闡發個人學術（含藝術）觀點，產出了許多優秀作品。面對民族矛盾與階級矛盾交織的社會現實，程端禮《讀書分年日程》、謝應芳《辨惑編》、蘇天爵《治世龜鑒》諸書推闡朱熹學說，力闢民間疑惑，探求治世方略，顯示出元代子部儒家類著作的基本格調。元代科學技術水平有了新的進展。李冶《測圓海鏡》的成書標誌著天元術數學方法的成熟，「是當時世界上水平最高的代數著作」。【一】稍後朱世傑《四元玉鑒》用四元術解方程（包括高達十四次方的我國數學史上最高次方程），「對方程的研究（列方程、轉化方程和解方程等），朱世傑在中國歷史上達到頂峰」，「《四元玉鑒》的另一部分重要內容是有關垛積與招差問題，就其成果的水平來看達到了中國古代此類問題的高峰」。【二】司農司編《農桑輯要》、魯明善撰《農桑衣食撮要》、王楨撰《農書》三部農書，是元代農學的代表作。又李杲有「神醫」之譽，「其學於傷寒、癰疽、眼目病為尤長」【三】，觀其所著《內外傷辨惑論》、《脾胃論》、《蘭室祕藏》諸書，可知時人所譽不誣。

元代文人文學創作的積極性很高，吟詩作文是當時文人的普遍行為。「近世之為詩者不知其幾千百人也，人之為詩者不知其幾千百篇也」。【四】與經、史、子部著作相比，元代集部著作數量最多。其中，尤以別集數量居首。現存或全或殘的各種別集（含詩文合集、詩集、文集、詞集）約六百六十種。閱讀郝經《陵川集》、姚燧《牧庵集》、劉因《靜修集》、吳澄《吳文正公集》、趙孟頫《松雪齋集》、袁桷《清容居士集》、歐陽玄《圭齋集》、揭傒斯《揭文安公全集》、虞集《道園學古錄》、黃溍《金華黃先生文集》等別集，可以從其不同個體的視角，瞭解元代社會生活的諸多不同側面，瞭解

【一】李迪主編《中國數學史大系·第六卷》，北京師範大學出版社一九九九年版，第九七頁。

【二】李迪主編《中國數學史大系·第六卷》，北京師範大學出版社一九九九年版，第二六〇頁、二六一頁。

【三】《元史·方技傳》，中華書局一九七六年版，第四五四〇頁。

【四】吳澄《張仲默詩序》，李修生主編《全元文》第十四冊，江蘇古籍出版社一九九九年版，第二六五頁。

作者個人的情感與情操，體味元代詩文創作的藝術成就。而閱讀耶律楚材《湛然居士文集》、馬祖常《石田集》、孛术魯翀《菊潭集》、薩都剌《雁門集》、迺賢《金台集》等少數民族作家用漢語創作的詩文，則於前者之上，平添了幾分讚歎與欽敬。蘇天爵《元文類》，選錄元太宗至元仁宗約八十年間名家詩文八百餘篇，後人將其與宋姚鉉《唐文粹》、宋呂祖謙《宋文鑒》相提並論。元代雜劇與散曲創作成就顯著，後人編輯的雜劇或散曲總集有所收錄，較全者，有今人王季思主編的《全元戲曲》與隋樹森《全元散曲》。

總之，元代古籍內涵豐富，在中國古代文化發展史上居於承上啟下的重要地位。

今天我們所能看到的元代古籍，既有少量當初的刻本或抄本，又有大量明清時期的翻刻本、增補修訂本、節選本或輯佚本，版本系統複雜，內容互有出入，文字脫訛普遍，大多未經整理，今人使用頗為不便。有鑒於此，我們決心發揚我校陳垣先生發端的整理研究元代文獻的學術傳統，充分利用此前編纂《全元文》的學術積累，利用十年至二十年時間，整理出版一部經過校勘標點的收錄現存元代漢文古籍的大型文獻集成——《元代古籍集成》。我們的研究計畫得到了北京師範大學領導及相關院、處的充分肯定與大力支持，在「二一一」、「九八五」、自助科研基金等方面提供科研資金予以資助；海內外學界師友或給以殷切勉勵，或積極參與我們的工作；北京師範大學出版集團在出版資金、編校力量方面予以积极投入，在此，謹致以衷心感謝。同時，我們深知，完成這樣一項巨大工程，不僅耗時、費力，還要承擔一定的歷史責任。我們將盡力而為，亦期待著來自各方面的批評指教。是為序。

韓格平

二〇一一年十二月二十日

於北京師範大學古籍與傳統文化研究院

總目録

詩集傳名物鈔

詩纘緒

詩集傳名物鈔

（元）許謙 撰
郭鵬 點校

目錄

鄘一之四

衛一之五

卷三

王一之六

鄭一之七

卷八

頌四

清廟之什

臣工之什

閔予小子之什

魯頌

商頌

附録

整理説明

《詩集傳名物鈔》八卷，元許謙撰。許謙，字益之，自號白雲山人，世稱白雲先生，生於宋度宗咸淳六年（1270年），卒於元順帝至元三年（1337年）。祖籍京兆興平，六世祖許寔於北宋元豐年間遷居笠澤，後又遷至浙江婺州金華縣，並定居於此。許謙出生之年距南宋亡國只有十年時間，自幼生母陶氏教之以《孝經》《論語》，五歲入學時，已像成人一樣行事莊重。宋亡不久，許謙生父母相繼去世，家境貧寒，仍堅持借書苦讀。後聞金履祥于蘭江講學，前去求教。金以「理一分殊」及「聖人之道，中而已矣」教之，謙因此致力於「分殊」之辨，事事求中道而行。在學術傳承上，許謙屬于朱熹——黄榦——何基——王柏——金履祥一脈，時人視之為朱子學嫡傳。元延祐初年，許謙在東陽八華山開門講學，四十年不出里閭。時人張樞和吴師道皆欲拜之為師，謙皆不允，而待之以友。許謙門人衆多，其中不乏傑出之士，如范祖幹、揭傒斯、朱公遷、歐陽玄、方用等。許謙當時名聲很大，大小官員多次舉薦，然終不肯仕，或邀之任科舉主考，亦拒而不就，以教學著述終其一生。日常生活中，許謙謹守孝悌之道，對生母陶氏和養父母克盡子職，對嚴兄委曲承順，對貧姊奉養終身，對二子許元、許亨鍾愛有加，教飭有方。晚年尤為清心寡欲，以涵養本原為要務，雖生活艱瘁，仍處之裕如。元至元三年卒，終年六十八。次年春正月，葬於金華縣西北婺女鄉安期里。許謙著述流傳的並不多，計有《詩集傳名物鈔》《讀書叢説》《讀四書叢説》等數種，此外還有文集《白雲集》一部。其生平見《元史・儒學傳》。

《詩集傳名物鈔》以《詩集傳》中所涉名物制度為主要研究對象，廣引歷代經傳及先儒說解，間下案語，以求有助於對《集傳》理解的明切。書雖稱「名物鈔」，然其「名物」含義與今天理解頗不同。所界定「名物」範疇頗寬泛，不僅包括草、木、鳥、獸、蟲、魚以及地理、禮制、服飾、器物等多方面，甚至還有一些對典故、史實來龍去脈的解說。《四庫全書總目提要》说此书：「所考名物音訓，頗有根據，足以補《集傳》之闕遺。」「多採用陸德明《釋文》及孔穎達《正義》之文，不皆己說，故名曰鈔。」頗為中肯。全書依照《詩集傳》框架展開，對朱說之尊崇亦不遺餘力。多數情況下《詩集傳名物鈔》都是補充、贊成《詩集傳》的觀點或说法，很少反駁者，即使是發現朱說有誤，也多委婉更正。如《采蘋》篇，《詩集傳》沿用郭璞《爾雅注》關於「蘋」的解說，許謙據《詩緝》「萍有三種」之辨析，指出郭璞之誤，實際是說《詩集傳》有誤，卻隻字不言《集傳》。又如《凱風》釋「睍睆」，許謙先引後辨，認為「睍睆」係黃鳥之色而非黃鳥之音，以此否定《詩集傳》「睍睆，清和圓轉之意」之說。然而《名物鈔》為避免直指朱熹有誤，只以「俗訛以為黃鳥之聲」相敷衍，其回護朱子之意可謂精心。對《集傳》注釋，《名物鈔》時有增補，或引《朱子語類》以朱釋朱，或借朱改朱。如《麟之趾》篇，《詩集傳》先言麟趾「興公子」，後又言「是乃麟也，何必麕身、牛尾而馬蹄，然後為王者之瑞哉」。許謙察覺朱說前後齟齬，於是援引《朱子語錄》相關說法矯正《集傳》。當然，許謙也並非一味維護先師，個別地方也能直標朱熹之誤。如《小雅·甫田》篇，《詩集傳》解「以社以方」句引《周禮·大司馬》文作「羅弊，致禽以祀祊」，「致禽」，寫作「獻禽」。對此《詩集傳名物鈔》加以指明：「此作『獻禽』，恐誤。」然而，整部書中這樣的情況不多見。

《詩集傳名物鈔》是尊朱學之作，朱子學特點在「道問學」，方法在「格物致知」。作為朱熹五傳之後的嫡派弟子，許謙對宗師朱熹的治學主張高度遵從實屬自然。儒家學術體系以「五經」為核心，《詩經》三百篇映現數百年古代生活，物象紛披，對遵從「格物致知」的許謙而言尤具吸引力，也是易於理解的。不過，在名物研究上《詩集傳》並不突出，也不以名物辨析為側重。如果單純為了進行《詩經》名物研究，完全可以拋開《詩集傳》另起爐灶。然而，「格物致知」的了解「分殊」，是為了通透世界的「理一」，這才是遵循朱子的學術精神。「吾儒之學，所以異於異端者，理一而分殊也。理不患其不一，所難者分殊耳。」這是朱子從李延平先生那里得來的告誡，也是朱子學術的真火三昧：在具體事物的不同性狀、事理上下足功夫，將件件事物、事理體會，究索到極致之處，如此積累至一定程度，隨着所探究的具體事物事理的增多，對於後來接觸到的新事物也可以觸類旁通，就像爬山到達峰頂一樣，自然就能對萬事萬物中普遍蘊含的惟一的「理」作出透徹理解。正是在這一意義上，於「四書」之中，朱熹尤其重視《大學》中的「格物致知」，並依此建立起了「道問學」的方法論。這套方法論在由何基、王柏、金履祥、許謙所組成的「北山學派」一脈的薪火傳遞之中得到很好的延續傳承。他們始終強調着「理不患其不一，所難者分殊耳」這一點，對於事物的具體差別多所致意。至許謙，尤痛切於當世學者不知「下學」只務「上達」的病症，重視對由儒家經典衍生出的傳注的認真考索體察，走了一條由傳注到經、到經中之道，再涵養德行、激發文章事業的進修途徑。這個先由外而內索悟，再由內而外潤發的過程，既包括心性道德的提升，且含有實踐事功的進境，具有很強的操作性。這才是《詩集傳名物鈔》作者心中所操的真意，也是在《名物鈔》中力圖做到的。當然客觀效果是否相符，就是另一回事了。這里正有《名物鈔》與朱子《詩集傳》的區別，朱子的「格物」是面對《詩經》的生活，而許謙則是詳解《詩集傳》名物，旨趣與《詩集傳》頗為不同，其實際的效果未免太專注於名物的「分殊」了，而缺少「理一」渾融。可這也是《名物鈔》種瓜得豆的成就：因遵循北山學派一貫的重視「分殊」傳統，《詩集傳名物鈔》在《詩經》的名物方面，作了頗有特點的工作，使《詩經》「名物」的研究得到了推進和豐富。

《詩經》「名物」研究，由來已久。孔子提倡讀《詩》並言「多識於鳥獸草木之名」（《論語·陽貨》），可視為對後來《詩經》名物研究的先聲。毛傳、鄭箋已有這方面的端緒，而現存最早《詩》名物研究專著，則是三國時吳國陸璣所著《毛詩草木鳥獸蟲魚疏》。該書以豐富的資料，對詩篇草木鳥獸蟲魚幾類名物進行詮釋，學術價值很高。陸璣之後，唐代又出現新的名物研究形式即圖解，如史載楊嗣復作《毛詩草木蟲魚圖》，應是以圖解方式解《詩經》名物。可惜此書現已亡佚。至宋代蔡卞作《毛詩名物解》，前十五章分為釋天、釋百穀、釋草等九类，分條注解詩經名物；後五章为雜釋、雜解，分專題研究如「天命帝命」等问題。此書材料豐富，然體例略显駁雜。那麼作為一部《詩經》名物研究專著，《詩集傳名物鈔》的内容及特點如何？

二

首先，此書開卷即「綱領」，廣采眾說以羽翼朱子《詩傳綱領》。《召南》卷末及各國風之後，附以「詩譜」以明詩世。篇題之下有序言，是约括《诗集传》对各篇的理解而来。若朱熹之理解与毛序相异，则加一「异」字以標明。解说名物之馀，还有对篇章大意的综述。觀其體例，其意不在單獨解釋名物，經由名物疏解以通篇章大義才是目的，也是此書特點。其次，在注解方法上，《詩集傳名物鈔》以抄錄他人觀點為主，很少直陈己說。文獻征引难以尽意，或对所引文獻有所辨析，每以「按語」形式以補足其意。如《甫田》篇，《詩集傳名物鈔》引用鄭箋、孔疏解釋井田之制说法之後，指出孔疏引《漢書·食貨志》之誤；又孔疏解釋「社」和「後土」有混同兩者的问題，許謙特加按語強調兩者間的差異。有「博」有「約」，廣引與細辨結合，對所引前人見解有判析，如對《草蟲》詩旨，贊同《詩集傳》觀點而否定毛序鄭箋和孔疏；又有所補充，如《漢廣》篇引《書集傳》《漢書·地理志》《禹貢》《輿地廣記》《輿地紀盛》《通鑒前編》等詳解大別山、岷山之所在，對相關行政建置沿革變化進行說明，同時，還能糾正前人一些錯誤，如糾正孔疏對「斯螽」與

「螽斯」之混同等；這些，都是此書的亮點。其三，如前所説，除對名物的解釋之外，《詩集傳名物鈔》還有大量對詩篇主旨的疏通和概括。如《小雅·白華》篇，《詩集傳名物鈔》仿《詩集傳》的筆法，先明確此詩全篇均為比，詳細區别不同章節的比有正反之分，然後逐章概括大旨。從天澤物用的普遍之理，説到幽王的近惡遠美，繼而指出有此現象係王心無常之表現，在如此分解演繹之下，整首詩的文義脉絡顯得層層遞進、渾然一體。其四，釋義與釋音並重。《詩集傳名物鈔》不僅對《詩經》原文和《詩集傳》中出現的許多名物詞作解釋，且注明其中一些難讀、易錯字讀音。在引用其他文獻時，也都注意標注其中難字的讀音，頗有助於讀者。另外，許謙處在由宋入元的過渡時期，其求實辨物的治學傾向對元代的詩經學有一定的先導作用。其後的《詩傳旁通》等元人著述，有的也以《詩經》名物為主要研究對象，與《詩集傳名物鈔》就有很多相似的地方。

《詩集傳名物鈔》也有明顯不足。宋儒特别是北宋後期以迄南宋諸家説《詩》，多帶理學家特有的巾頭氣，許謙作為一代大儒，也難免此弊。時代使然，本不足怪。許謙先師王柏作《詩疑》，以「淫詩」為由，悍然删除風詩三十二首，許謙《名物鈔》對此不予遵從，誠如四庫館臣所説，是其「是非之公」的謹嚴。然王柏作「二南相配圖」，徑將《甘棠》《何彼穠矣》兩篇移至《王風》之内，將《野有死麕》去除，對此師心自用之舉，許謙《名物鈔》居然接受，就難免「門户之見」之譏了。此外，《名物鈔》也有將前人正確解説改成錯誤者，如對崔嵬、砠的辨析。再者，有的地方沒有覺察所引前人説法之誤而以訛傳訛，如解釋《緜》篇「奔奏」一語，沒有注意到孔疏對「奔奏」和「奔走」的混淆等。解説過於枝蔓的毛病也頗有一些。雖然存在以上所述不足，但是《詩集傳名物鈔》針對《詩集傳》中的名物制度做了大量的增益補充工作，對前人的不同看法有所取捨和糾正，貢獻是主要的。

《詩集傳名物鈔》成書後在很長一段時間內没有刻版印行，僅以抄本的形式流傳。同时代人黄溍撰《白雲許先生墓誌銘》言《名物鈔》為八卷，是關於此書卷數最早記載，後各家書目對此書著録大多言為八卷。但《續文獻通考》称其為十卷，《讀書敏求記》又説為十二卷，未知何據。

三

現存《詩集傳名物鈔》版本有以下八種：

明張氏怡顔堂抄本、明秦氏雁里草堂抄本。這兩個明抄本均没有關於底本的記載，而且錯訛較多，不过其中也有一些有校勘價值的異文。

清《通志堂經解》本。據翁方綱《通志堂經解目録》所載，此書底本據「何焯曰」为「汲古舊鈔本」【一】。清康熙、乾隆、同治三朝多次刻印《通志堂經解》，因此這個版本也多次印行。康熙十九年刻印的版本為初刻本，題名《毛詩名物鈔》；乾隆五十年重修複刻；同治十二年粤東書局據乾隆五十年版複刻。三次刻印的本子相比較，以康熙十九年的初刻本品質最高。

清摛藻堂《四庫全書薈要》本。考《四庫全書薈要》與《四庫全書》的編寫同時进行，其編纂起因是乾隆感到《四庫全書》卷帙浩繁，不便檢索，所以在四庫館之外另設四庫全書薈要修書處，從《四庫全書》所收書籍中篩取部分精華，彙集成書，於乾隆四十三年先於四庫全書完成。薈要的篇式體例與四庫全書相同，所依據的底本也多相同。

清《四庫全書》本。據《四庫全書總目提要》記載，此本的底本是內府藏本，但具體版本情況不清楚。

《昌平叢書》本，收入《昌平叢書》第十六至第二十三冊，日本昌平黌官校六然堂于日本文化十年（1813年）輯印。

【一】翁方綱，《通志堂經解目録》，《叢書集成初編》，北京：中華書局，1985年，第9頁。

此本版式與《通志堂經解》初刻本相同，甚至第四卷末在「後學」下都缺「成德」二字，据此判斷《昌平叢書》本完全根據《通志堂經解》初刻本翻印。

清同治退補齋版《金華叢書》本。收入《金華叢書》第二十至二十二冊。《金華叢書》是同治年間浙江永康的胡鳳丹搜集刻印的一部叢書，收錄金華地區先賢著作。此書底本為《通志堂經解》本，胡鳳丹加以校勘後刻板印行。民國十四年、民國十八年曾兩次補刻，1983年揚州江蘇廣陵古籍刻印社據退補齋版重印。

《叢書集成初編》本。收入《叢書集成初編》第1728至第1731冊。此書據《金華叢書》本排印，由上海商務印書館在民國二十六年出版，中華書局1985年又據商務版影印。

綜合上述版本情況可知，《通志堂經解》本、《昌平叢書》本、《金華從書》本、《叢書集成初編》本四者屬於同一個版本系統。其中，《通志堂經解》本為祖本。《四庫全書薈要》本與《四庫全書》本所據底本相同，屬於同一個版本系統。餘下的幾個版本書中都沒有說明所據為何本，因此無法判斷其版本來源及所屬系统。就品質而言，明抄本訛誤較多，四庫本系統容有刪改，《通志堂經解》本系統品質最優。

本次整理，凡例如下：

一、本書校點以康熙十九年《通志堂經解》初刻本為底本，校以明張氏怡顏堂抄本（簡稱「張氏本」）、明秦氏雁里草堂抄本（簡稱「秦氏本」）、清文淵閣四庫全書本（簡稱「四庫本」）、清同治退補齋版金華叢書本（簡稱「金華叢書本」）、叢書集成初編本（簡稱「叢書集成本」）。遇有異文，如系底本有誤，則予改正，並出校記。如系對校本有誤，或與底本兩通的，不改底本原文，出校記說明異文。此外，點校中還發現了一些引文中的文字錯訛，也出校記說明。

二、底本書名原作《毛詩名物鈔》，餘本皆作《詩集傳名物鈔》，各書目所錄亦作《詩集傳名物鈔》，本书遂定書名為《詩集傳名物鈔》。

正文中的「傳」字，除起領起作用的之外，為避免混淆，如系指毛傳，則不加書名號（對於「毛傳」全稱，仍加書名號）；如系指朱熹《詩集傳》，則加書名號，對「經」、「序」、「箋」、「疏」字，皆不加書名號。底本中的雙行小字夾註均改為單行小字夾註。

三、本書徵引了大量文獻，而其所引文字大多與原文字句存在出入。有的中間略去部分內容，有的前後順序顛倒，有的將注、疏合併引用，有的用自己的話總結原文大意。為方便閱讀，對於並未改變原意的引文仍加引號，以明起記，以方便讀者區分引文和許謙的案語。

四、書中的避諱字、異體字、俗體字，以及常見刊刻錯訛字，如「已」、「己」與「巳」、「穀」與「穀」等，均逕改，不出校記。

五、底本正文之前有吴師道作的序，此次整理照錄于正文之前。金華叢書本及叢書集成本在吴序之前還有胡鳳丹作的序，現將其與四庫提要、《元史·許謙傳》、許謙墓誌銘等相關資料一並歸入附錄部分，以供參考。

本次整理，得到了國家圖書館古籍館、善本閱覽室、湖南省圖書館、北京師範大學圖書館的幫助，校點主要由郭鵬完成，李山作了校讀。此外李輝、吴嬌、熊瑞敏同學也付出了不少勞動，特於此謹致謝忱。限於學識和時間因素，書中一定存在这樣或那樣的不足，懇請讀者不吝教正。

郭鵬　李山

二〇一一年十一月

詩集傳名物鈔序【一】

白雲先生許公益之《讀四書叢説》師道既為之序，其徒復有請，曰：「先生所論著，獨《詩集傳名物鈔》為成書。鄕聞屢以示子，而一二説亦厠子名於其間，子曷有以播其説？」師道竊惟《詩》之興尚矣。當周盛時，在下則有二南之風，在上則有雅頌之作，周公取以列之經。幽厲之後，風雅俱變。夫子於諸國之風則删其淫邪，於公卿大夫之作則取其可為訓戒者；東遷之後，王國並列於《國風》，而於商周之初考其遺失，又得《商頌》之類；至《魯頌》，則因其所用之樂歌以著其實，以是合於周公之所取而為三百篇。若「自衛反魯，樂正，雅頌各得其所」，則指周公之經殘闕失次者爾。是《詩》之為經，始定於周公，再定於夫子，遂為不刊之典。不幸厄於秦火中，可疑者多，而諸傳不察。由漢以來，毛鄭之學專行。歷唐至宋，一二大儒始略出己意，然程純公、吕成公猶主《序》説。子朱子灼見其謬，汎掃廓清【二】，本義顯白。每篇則定其人之作，每章則約以賦比興之分。叶音韻以復古，用吟哦上下不加一字之法，略釋而使人自悟。破拘攣，發蒙部，復還温柔敦厚、平易老成之舊，自謂無復遺恨。乌乎！《詩》一正於夫子而制定，再正於朱子而義明。朱子之功萬世永賴，此《名物鈔》之所為作也。自北山何先生基得勉齋黄公淵源之傳，而魯齋王先生柏、仁山金先生履祥授受相承，逮公四傳。有衍無間，益大以尊。公念朱傳猶有未備者，旁搜博采，而多引王、金氏，附以己見。要皆精義微旨，前所未發。又以《小序》及鄭氏、歐陽氏《譜》世次多舛，一從朱子補定。正音釋，考名物度數，粲然畢具。其有功前傳，嘉惠後學，羽翼朱傳於無窮，豈特小補而已哉？然有一事關於《詩》尤重者，不可默而弗言。王先生嘗謂：「今之三百篇非盡

【一】「序」上，秦氏本有「原」字。

【二】「汎」，張氏本、金華叢書本、叢書集成本作「汛」。

夫子之舊。秦火《詩》《書》同禍，《書》亡缺如此，何獨《詩》無一篇之失？如《素絢》《唐棣》《貍首》《轡柔》《先正》等篇何以皆不與，而已放之鄭聲何為尚存而不削？」劉歆言：「《詩》始出時，一人不能獨盡其經。或為雅，或為頌，相合而成。蓋聞夫子三百篇之數而不全，則以世俗之流傳、管絃之濫在者足之【一】，而不辯其非。」朱子固嘗疑《桑中》《溱洧》諸篇，用之祀何鬼神，享何賓客？何詞之諷，何禮義之正？不得已，則取曾氏所以論《國策》者，謂存之而使後世知其非，知所以放之之意。金先生屢載於《論語考證》，謂諸傳皆然。師道嘗舉以告公，公方遵用全經，宜不得而取也。今《鈔》中《二南相配圖》，王先生所定者。蓋合各十有一篇，退《何彼穠矣》《甘棠》於《王風》，而削去《野有死麕》，則公固有取於斯矣。以公之謹重，慮夫啓其末流破壞之弊。然卓然有見，寤疑辨惑，如王先生之言，使淫邪三十五篇悉從屏黜之例，豈非千古一快？朱子復生，必以為然也。惜斯論未究，而公不可作矣。姑識于序篇之末，以俟後之君子考焉。至元重紀之五年，歲在己卯，六月戊子朔，友生吳師道序。

【一】「在」，張氏本作「存」。

詩集傳名物鈔卷一

《綱領》○《大序》孔穎達疏：「嗟歎，和續之也。謂發言之後，咨嗟歎息為聲，以和其言而繼續之也。」和，胡卧反。後凡孔穎達疏，雖引他書，但云「疏」。若今自引他經而下連疏字，則他書之疏也【一】。餘所引書皆放孔疏例。○疏：「亂世謂世亂而國存，故以世言。亡國則國亡而世絶，故不言世。亂世言政，亡國不言政者，民困必政暴，舉其民困為甚辭，故不言政也。」○《傳》「疏」，山於反。「數」，色角反。

治世之人安於居處，樂於風化，故發為歌聲，安舒而樂易。聽其音之安樂，則知其世之治。究其原，則以為政之和平故也。亂世之人怨其上之煩苛，怒其上之暴虐，故發為歌聲，怨恨而忿怒。聽其音之怨怒，則知其世之亂矣。求其本，則以為政之乖繆於常道故也。亡國之人哀其危亡，思其愁苦，故發為歌聲，悲哀而思遠。聽其音之哀思，則知其國之必亡矣。推其因，則以民困窮不堪故也。亡國，謂國雖存將必亡者也。

疏「莫近於詩」，言詩最近之，餘事莫先之也。《公羊傳》：「莫近於春秋」【二】，何休云：「莫近，猶莫過之也。」○《傳》艾音刈。○《朱子語録》：「問：『謂周公為先王，恐讀者有疑。』曰：『此無甚害。蓋周公實行王事、制禮樂，若止言成王，則失其實矣。』」○《語録》：「風、雅、頌是詩人之格【三】，是樂章之腔調，如言仲吕調、大石調之類。風、雅、頌名既不同，其聲亦各別。大率國風是民庶所作，雅是朝廷之詩，頌是宗廟之詩。」又曰：「《詩》有是朝廷作

【一】「書」，張氏本、秦氏本作「經」。
【二】「於」，張氏本作「諸」。
【三】「是」，張氏本作「也」。

者，雅、頌是也。若國風，乃采之民間【一】，以見四方民情美惡。」○《傳》「分」，扶問反。○《語録》：「《關雎》《麟趾》皆是興而兼比，然雖近比，其體却只是興。且如『關關雎鳩』，本是興起，到得下面説『窈窕淑女』，方是入題説實事。蓋興是以一箇物事貼一箇物事説，上文興而起，下文便接説實事，如『麟之趾』，下文便接説『振振公子』，一箇對一箇説。蓋公本是箇好底人，子也好，孫也好，族人也好，譬如麟，趾也好，定也好，角也好。比則却不，入題如比那一物説，便是説實事。如『螽斯羽，詵詵兮。宜爾子孫，振振兮』，『螽斯羽』一句便是説那人了，下面『宜爾子孫』依舊是就『螽斯羽』上説，更不用説實事，此所以謂之比。」又曰：「比是以一物比一物，而所指之事常在言外。興是借彼一物以引起此事，而其事常在下句。但比意雖切而却淺，興意雖闊而味長。」○《語録》：「三經是賦、比、興，是做詩底骨子。無詩不有才，無則不成詩。蓋非賦便是比，非比便是興。風、雅、頌却是裏面横串底都有賦、比、興，故謂之三緯。」緯，于貴反。串，古患反。○子金子：「『下以風刺上』，『風』字只作平聲讀意好。」○《語録》：「先儒本謂周公制作時所定者為正風雅，其後以類附見者為變風雅爾，固不謂變者皆非美詩也。」○疏：「動聲曰吟，長言曰詠。」○《書》，子金子：「自『直而温』至『簡而無傲』，教胄子之事；『詩言志』至『律和聲』，典樂之事。然教胄子亦以樂也。」○《周禮・春官》：「太師，下大夫二人。掌六律、六同，以合陰陽之聲。文之以五聲，播之以八音，教六詩。瞽矇掌諷誦詩，掌九德六詩之歌，以役太師。」注疏：「凡樂之歌，必使瞽矇為焉，命其賢知者為大師。教之詩，教瞽矇也。無目眹謂之瞽，有目眹而無見謂之矇。無目眹，謂無目之眹脉。矇，謂矇然有眹脉而無見也。以其無目，無所覩見，則心不移於音聲，故不使有目者為之也。」《靈臺》疏：「矇即今之青盲。」大音泰，矇音蒙。眹，丈忍反【二】。○《史記》：「九九八十一以為宮；三分去一，五十四以為徵；三分益一，七十二以為商；三分去一，四十八以為羽；三

【一】「乃采」，張氏本作「又來」。
【二】「丈」，四庫本作「直」。

分益一，六十四以為角。」《漢・律歷志》：「黄鍾三分損一，下生林鍾；三分林鍾益一，上生大蔟；三分大蔟損一，下生南吕；三分南吕益一，上生姑洗；三分姑洗損一，下生應鍾；三分應鍾益一，上生蕤賓；三分蕤賓損一，下生大吕；三分大吕益一，上生夷則；三分夷則損一，下生夾鍾；三分夾鍾益一，上生亡射；三分亡射損一，下生中吕。」西山先生蔡元定季通《律吕本原》：「黄鍾九寸，以三分為損益，故以三歷十二辰，得一十七萬七千一百四十七，為黄鍾之實。其十二辰所得之數，在子、寅、辰、午、申、戌六陽，辰為黄鍾寸分釐毫絲之數；在亥、酉、未、巳、卯、丑六陰，辰為黄鍾寸分釐毫絲之法。其寸分釐毫絲之法皆用九數，故九絲為毫，九毫為釐，九釐為分，九分為寸，九寸為黄鍾之實。由是三分損益以生十一律焉，故黄鍾九寸，林鍾六寸，大蔟八寸，南吕五寸三分，姑洗七寸一分，應鍾四寸六分六釐，蕤賓六寸二分八釐，大吕八寸三分七釐六毫，夷則五寸五分五釐一毫，夾鍾七寸四分三釐七毫三絲，亡射四寸八分八釐四毫八絲，中吕六寸五分八釐三毫四絲六忽。是則宫及黄鍾最長，故聲濁；羽與應鍾最短，故聲極清也。」大音泰。蔟，千候反。洗，穌典反。應，於証反。蕤，如追反。亡音無，射音亦，中音仲。〇《周禮傳》：「閒，古莧反。」〇《論語傳》：「漬，疾賜反。」〇《語録》：「問：『「詩可以觀」，《論語集注》「考見得失」，是自己得失否？』曰：『是考見事跡之得失，因以警自己之得失。』又問：『「可以怨」，《集注》云「怨而不怒」，怒是如何？』曰：『詩人怨辭委曲柔順，不恁地疾怒【一】。』」〇「三復」之「三」【二】，息暫反。妻，七計反。〇《語録》：「孟子説：『詩要以意逆志，是為得之。』逆者，等待之意，謂如前途等待一人，未來時且須耐心等待，自有來時。候他未來，其心急切，又要進前尋求，却不是以意逆志，是以意捉志也。如此只是牽率古人言語入自家意思中來，終無益。」〇上蔡「泥」，奴計反。「掇」，都奪反。

【一】「怒」，秦氏本作「怨」。

【二】原無「之三」二字，據張氏本、四庫本補。

國風一

傳○肄，羊至反。

周南一之一 正一【一】

傳○雍，於用反。辟，蒲亦反。○子金子《通鑑前編》：棄為唐、虞、后稷，佐禹治水，教民稼穡，堯封於邰世【二】，后稷以服事虞夏。及夏之衰，不窋用失其官，自竄戎翟之間。不窋生鞠，鞠生公劉，始遷于豳。《路史》謂稷生漦璽【三】，漦璽生叔均【四】，自后稷至公劉十餘世。而《漢·劉敬傳》亦曰：「后稷十餘世至公劉。」案：《世本》自公劉歷慶節、皇僕、差弗、偽榆、公非、辟方、高圉、侯牟、亞圉、雲都、組紺、諸盩，十有二世而生古公亶父。狄人侵之，去，之岐山之下居焉。自稷至亶父蓋二十餘世矣。《史記》以不窋為后稷子，而又缺辟方、侯牟、雲都、諸盩四世，遂為后稷至文王為十五世。且自夏歷商凡四十五世，而后稷至文王止十五世焉，其亦誤矣。古公復修后稷、公劉之業，積德行義，旁國多歸之。古公生王季歷，王季即位，數伐戎有功，商帝乙賜之圭瓚、秬鬯，為侯伯。王季薨而文王嗣，為西伯，伐密須而徙都程，又伐崇作豐邑而徙都之。邰，湯來反。窋，竹律反。漦與邰同。璽，吉典反。組，子古反。紺，古暗反。盩，之由反。瓚，才旦反。○王應麟伯厚《詩地理考異》：「《郡國志》：『美陽有周城。』《括地志》：『周城一名美陽城，在雍州武功縣西北二十五里。』《左傳》注：『扶風雍縣東北有周城，即大王城。』」《郡國志》：「鳳翔府扶風縣，本漢美陽縣地。武德二年分岐山縣置湋川縣【五】。貞觀八年改為扶風。」湋音韋。

【一】原無「正一」，據四庫本補。
【二】「堯」，張氏本作「世」。「封」下，《資治通鑑前編》有「棄」字。
【三】「璽」，張氏本作「璽」。
【四】「璽」，張氏本作「璽」。
【五】「二」，《元和郡縣志》卷二作「三」。

愚案：郃在漢京兆武功縣渭水之南，縣西南二十二里有斄城。不窋之居，在唐慶州之地，州東南三里有不窋城。豳即邠州，豳之字為邠，唐開元因改古文而改也。公劉居邠，當夏桀之世。堯之八十一載，治水功成而封后稷，至公劉遷邠，歷四百八十餘年。后稷受封之時计已年老，而公劉遷後又未知幾何年而終，惟不窋、鞠兩世處公劉、后稷之間，而歷年之久如此，則《史記》之失不言可知矣。古公之遷也，自邠而東南二百五十里至岐，其半有梁山、踰山，而南即渭水也，循水可以達岐。其遷當殷王小乙之世。后稷初封其國則謂之郃，不窋之徙不知何以名其國，公劉之國則謂之豳，至古公遷岐之後始號為周爾。王季之薨當在帝乙七祀丙子之歲，其明年丁丑，文王之元年也。文王之三十一年商紂即位，四十一年囚於羑里，四十三年紂釋西伯而使專征伐，四十六年徙都程，四十九年甲子徙豊【一】，是時文王蓋已九十六歲，逾一年而薨矣。然則二南之詩正作於都岐之日，而分周召之治亦在都岐之時，以岐為周、召采邑則在都豊之後歟？

《史記》：「周公旦，文王之子，武王次弟。大姒子十人，周公居四。勝殷之後封於魯，留周輔政，食邑於周，而以子伯禽就封。成王十一年公薨，葬于畢，謚曰文。支子世邑於周。」〇召，實照反。奭音適。采，倉代、此宰二反。鎬，胡老反。筦，古滿反。鄠，侯古反。

《關雎》周南一：文王宮中之人言文王后妃之德。

經〇東萊先生《讀詩記》：「后妃之德，坤德也。『窈窕淑女，君子好逑』，咏嘆其真王者之良匹也。唯天下之至

【一】「甲子」二字，張氏本無。

靜，為能配天下之至健，萬化之原，一本諸此。」

《關雎》之詩兼美文王、后妃之德，而尤歸重於文王。雎鳩之取興，為其摯而有别也，關關而和鳴也。既曰摯别而和，則非專指一人而言，固可見其一端矣。君子，有德有位之總稱，意謂吾君子有聖德，惟得有德之女乃可為配。蓋非文王之聖德則不能擇后妃之淑女，非后妃之聖德則不足以配文王之君子，今窈窕之淑女始可為君子之好逑。觀此兩詞，則主於文王而言尤可見矣。於其未得之也，寤寐思之至於不遑寢處。夫以宫中之妾御，欲為君子得配以為我之内主，而思之如此其切，是絶無妬忌之萌。是時宫中未被后妃之化，非文王之德有以化之，能如是乎？及既得之也，其容儀性行足以服衆心而副前日之所望，故惟琴瑟鐘鼓以娱悦之。觀友樂之為言，可見后妃不以崇高之位自亢，有豈弟和柔、欣然逮下之意，故宫中之人得以友之樂之。而上以端莊臨下，下以恭謹事上之心悠然見於言外。此則后妃之德化於人者，而亦見平日漸漬文王之德之深也。且「寤寐求之」而「輾轉反側」，思之切而近於哀矣。然宫中之人所自哀，娱之以琴瑟不足，而又繼之以鐘鼓，可謂樂矣。然亦宫中之人所自樂，后妃皆未嘗發，於情欲之感、燕私之好，於文王無與焉。故孔子曰：「樂而不淫，哀而不傷。」〇以荇起興，取其柔潔。〇或曰：「朱子以《關雎》之詩，文王宫中之人所作，真有合於夫子『樂而不淫，哀而不傷』之旨矣。然《詩疏》以文王娶太姒在十三四時，《大戴禮》亦曰：『文王十五而生武王。』抑文王生知之，聖其德，固足以化於家矣。然年方幼冲，宫中乃先有琴瑟鐘鼓之設，宫妾之盛，而為君子思其配，至於輾轉反側若不可少緩者，則文王無乃邇聲色之太早乎？」曰：「非然也。《文王世子》篇，文王謂武王曰：『我百爾九十，吾與爾三焉。』文王九十七乃終，武王九十三而終。《武成》曰：『惟九年，大統未集。』説者以虞芮質成為文王受命，改稱元年。九年而卒，武王繼立，上冒文王之年，至十三年而滅商[一]，又七年而崩。《史記》亦謂『西伯受命稱王而斷虞芮之訟』，故其年數如此。」○歐陽子曰：「古者人君即位必稱元年，常事爾，不以為重也。」果重事歟？西伯即位已改元矣，中間不宜改元而又改元。武王即位，宜改元反不改元，及滅商而有天下，其事大於聽訟遠矣，又不改元。由是言之，謂西伯以受命之年為元年者，妄説也。○子金子曰：「年之長短，命也。雖聖人，豈能以與其子哉？且如其言，則文王十五而生武王，前此已生伯邑考矣。武王八十一而生成王，後此又生唐叔虞焉。人情事理所必不然也。《文王世子》合古書數篇為一篇，其篇目尚在每章之首與其終。而此章於上下文無所繫，此必俗傳之傳會耳。然則史遷、安國同得於西漢之傳聞，而二戴記《禮》同出於未審，疏詩者又緣此以為説也。」今以先儒辯析已定之論，文王未嘗改元，十三年實武王即位之十三年。既滅商，七年而崩，在位共十九年。則是文王二十四而生武王，自可釋文王生子之蚤之疑矣。但武王生子之遲則不可通也。況太公以文王四十三年歸周，時文王年已九十，則武亦六十有七矣[二]。不知復幾年而始娶邑姜，又豈理邪？故《通鑑前編》據《竹書紀年》謂武王五十四而崩，其説必有所自來，為可信也。曰：「若是，則文王六十三而生武王，又有同母弟八人。子何以知其必然，亦他有所證耶？」曰：「以二者之言揆之事理，擇其所長，不得不從《竹書》爾。《大明》之詩，周公所作也，其陳序王季、文、武，前後次弟井然甚明。自三章至六章皆言文王有

【一】「三」，張氏本作「二」。
【二】「武」下，張氏本有「王」字。

國、娶莘、生武王之事。其四章曰：『文王初載，天作之合』，初載即文王即位之初年也，蓋上章既言文王小心事上帝而受方國矣。而此章之端則曰『天監在下，有命既集』，繼曰『文王初載』，則所謂天命之集者，正指文王之身也。其下章『親迎于渭，造舟為梁』，皆其自為，無受命於王季之意。況周之世于始為造舟，其後豈得遂定為天子之禮乎？是既為君而親迎明矣。文王四十七即位，居喪三年，其娶蓋在五十之後。先已生伯邑考，則六十三而生武王，理亦有之。女妻乃能孕字，下又生子八人，則太姒之年少爾。此以經為證者，一也。《皇王大紀》謂王季百歲，是五十四而生文王也。《通鑑外紀》謂太王百二十歲尚見文王之生，是六十五六而生王季也。則是太王、王季之娶皆遲，又何獨疑於文王邪？此以史為證者，二也。蓋太王、王季、文王皆賢聖之君，而太姜、太任、太姒又皆賢聖之配。淑女之擇固未易得，所以有是歟。由是觀之，則《關雎》之詩從今說可以判然無疑矣。

傳〇一章，《語録》：「王雎，見人説淮上有之，狀如此間之鳩，差小而長。雌雄常不相失，亦不曾相近，立處須隔丈來地，所謂摯而有別也。一家作猛摯説，謂雎鳩是鶚屬。鶚是沈鷙之物，無和樂意。蓋摯與至同，言情意相與，深至而未嘗狎，便是樂而不淫意。」〇鷖，烏兮反。疏：「鳧似鴨而小，長尾，背有文。」又曰：「青色，卑脚短喙，水鳥之謹愿者，鷖鷗也。」〇別，必列反。乘，食証反。閒音閑。疏：「幽閒，幽深而閒靜。」〇太姒，有莘國之女。《地理考異》：「故莘城在汴州陳留縣東北三十五里，古莘國。」〇處，昌與反。此句是足興意，非管好逑也，「逑」見匡解。

和樂恭敬只就「摯而有別」説上兩句。〇匡衡之言，「形乎動靜」以上專釋「窈窕淑女」：「貞」亦幽閒之意，是窈窕也；「淑」即經淑字，「不貳其操」，言常致貞淑而無間也【一】；

【一】「致貞淑」，原作「勁貞潔」，據張氏本改。

「情欲之感」，則有褻狎之容而貳於貞；「宴私之意」，則生惰慢之氣而貳於淑；「無介」、「不形」，則實能致之而不貳其操矣。「夫然後」以下釋「君子好逑」。

《白虎通》：「三綱，君臣、父子、夫婦也；六紀，諸父、兄弟、族人、諸舅、師長、朋友也。君為臣綱，父為子綱，夫為妻綱。敬諸父兄，六紀道行，諸舅有義，族人有序，昆弟有親，師長有尊，朋友有舊。綱者，張也；紀者，理也。大綱小紀，所以張理上下，整齊人道也。六紀為三綱之紀。師長，君臣之紀也，以其皆成己也；諸父、兄弟，父子之紀也，以其有親恩連也；諸舅、朋友，夫婦之紀也，以其皆有同志為紀助也。」

二章，李氏樗迂仲《講義》：「荇，黄花，葉似蓴。」《毛氏傳》：「荇菜，以事宗廟。」疏：「《周禮》四豆之實無荇。」陸璣《疏》：「鬻其白莖，以苦酒浸之，脆美可案酒。」鬻即煮。

詩中託物起興，雖於下言之事多不相關，然凡言采取之物，亦必本自有所用。如采荇雖不須言薦宗廟，然荇自是可案酒者，故人曾采而詩人亦言之。若無所用而人不采，則詩人亦不言也。後凡釋其物為其用者，皆謂其物所常用，非必關於詩也。

三章，亨，普庚反。〇《詩記》：「芼則以熟而薦之也，芼以菫桂。」嚴粲坦叔《詩緝》：「芼之謂為羮，《內則》芼羮注云：『菜。』」〇陳暘《樂書》：「琴，或謂伏羲作，或謂神農作，或謂帝俊使晏龍作【一】。其制長三尺六寸六分，象期之日；廣六寸，象六合；弦有五，象五行；腰廣四寸，象四時；前廣後狹，象尊卑；上圓下方，象天地；徽十三，象十二律，餘一以象閏。蓋長三尺六寸六分者，中琴之度；長八尺一寸者，大琴之度也。」又云：「大琴二十弦，中琴十弦，小琴五弦。舜彈五弦之琴，或謂七弦。自陶唐時有之。或謂文王加少宮、少商二弦，或謂文武各加其一。」〇《樂

【一】「俊」，陳暘《樂書》卷一百十九作「舜」。

書》：「瑟，或謂伏羲作，或謂神農作，或謂晏龍作【一】；或謂朱襄氏使士達制為五弦之瑟，鼓叟判為十五弦【二】；或謂大帝使素女鼓五十弦之瑟，帝悲不能禁，因破為二十五弦。蓋五十弦，大瑟也；二十五弦，中瑟也；五弦、十五弦，小瑟也。有頌瑟，長七尺二寸，廣一尺八寸，二十五弦，蓋即中瑟也。」○《樂書》：「黄帝命伶倫鑄十二鐘，和五音。虞夏之時，大謂之鏞，小謂之鐘。周制，大謂之鐘，小謂之鎛。虡縣一鐘謂之特鐘，一虡十二鐘謂之編鐘。堂上擊黄鐘、特鐘，而堂下編鐘應之。」鎛，伯各反。虡，求許反。○《樂書》：「鼓始於伊耆氏，少皞氏冒革以為鼓，夏后氏加四足謂之足鼓，商人貫以柱謂之楹鼓，周人縣而擊之謂之縣鼓。《周禮·鼓人》：『教六鼓。以晉鼓鼓金奏。』」晉鼓長六尺六寸，此常樂也，餘五鼓各有所用。

二章謂「本其未得而言」，下云「則當左右流之」、「則當寤寐求之」。三章謂「據今始得而言」，下云「則當采擇亨芼」、「則當親愛娱樂」。宜去四「當」字，則於「本」、「據」二字意為順。○題下匡衡言「品物遂而天命全」，是兼人物而言，謂此效皆原於昏姻之正也。下「理萬物之宜」上應此句。

序○姆，莫候反。珩，下庚反。璜，胡光反。琚，紀余反。瑀，于矩反。中節之中【三】，竹仲反。

朱子分出《大序》而别留《小序》，愚謂自「后妃」至「用之邦國」，下接「是以關雎樂得淑女」，是《關雎》正序。「風，風也，教也。風以動之，教以化之」，是《國風》序。「《關雎》《麟趾》」至「王化之基」，是二《南》序。

【一】原無「作或謂」三字，據張氏本補。
【二】「鼓叟」，《樂書》作「瞽瞍」。
【三】原無「之中」，據秦氏本補。

《葛覃》周南二：后妃自作絺綌，賦其事及歸寧之意。

經○一章，毛氏：「葛所以為絺綌，女功之事煩辱者。」○二章，毛氏：「莫莫，成就貌。」○《詩緝》：「婦人驕侈之情何極？苟萌厭心，雖窮極靡麗、耳目日新，猶以為不足。『服之無斁』，可見后妃之德性。後世后妃以驕奢禍其族，皆厭心為之。」

此詩蓋后妃已成絺綌之服，將歸寧而追賦之也。春葛方盛，未可刈濩之時，后妃已念念于此。往而觀之，見黃鳥飛集和鳴于叢木之上，於以見和氣薰蒸、物各得所之意。及葛之成也，即刈之濩之以為絺綌。絺綌，夏服也。夏深葛成而方刈，既成服而服之，可見勤於女事，不失其時。及將歸寧，則必謀之姆師，告之夫君。至於澣濯微事，亦且咨詢而不置。其勤儉恭謹之德備見於詞氣之間，則文王「刑于寡妻」之效，尤著於此矣。

傳○一章，《爾雅翼》：「葛生山澤間，蔓延，牽其首至根，可二十步。」○疏：「施，移也，言引蔓移去其根也。」○疏：「皇，黃鳥，黃鸝留，一作黃離留。或云黃栗留。幽州曰黃鸎，又名倉庚、商庚、鵹黃、楚雀。齊人曰摶黍。」○摶，徒端反。一鳥十名。○二章，厭，於驗反。垢，古后反。○三章，毛氏：「女師教以婦德、婦言、婦容、婦功。祖廟未毁，教于公宫三月。祖廟既毁，教于宗室。」疏：「姆，婦人五十無子，出而不復嫁，能以婦道教人者。女出嫁，姆從之。女子自少常教習，故曰『女子十年不出』，傅姆教之。但嫁前三月，特就尊者之宫教成之耳。」姆，莫候反。○陸德明《釋文》：「撋，而專反。煩撋，猶挼莎也。」挼，奴禾反。莎，素禾反。去，丘吕反。○《周禮·內司服》：「掌王后之六服，褘衣、揄狄、闕狄、鞠衣、展衣、緣衣。」注：「狄當為翟。翟，雉名。伊雒而南素質，五色成章，曰翬；江淮而南青質，五色成章，曰摇。闕者，屈也。王后之服，刻繒為之形而采畫之【一】，綴於衣以為文章。褘衣

【一】「而」，原作「如」，據張氏本及《周禮注疏》卷八改。

畫翬，揄翟畫摇，闕翟刻而不畫。此三者皆祭服，而翟數皆十二。鞠衣，黄桑服也。薦于上帝，告桑事。展衣，以禮見王及賓客。緣衣，御于王及燕居。褘玄，揄青，闕赤，鞠黄，展白，緣黑。公之夫人褘衣，侯伯之夫人揄狄，子男之夫人闕狄。其翟如夫之命數，其下内外命婦。鞠衣則九嬪孤之妻，展衣則世婦卿大夫之妻，緣衣則女御士之妻也。上皆可以兼下。」褘音暉，揄音摇。鞠，居六、丘六二反。展，張彦反。緣當為褖，吐亂反。翟音狄，翬音暉。

此詩前二章雖各三句連文，而每二句一韻。前二章上二句皆無韻，而每章中二句「萋」「飛」、「莫」「濩」、「私」「衣」皆是韻，二章、三章下二句「綌」、「斁」、「否」、「母」換韻。惟前章以「喈」叶」雖連上韻；後章以「歸」連下韻。如此已覺可讀，恐不必叶「綌」、「斁」為「却」、「藥」上連「濩」字。

《卷耳》周南三：后妃作，文王拘幽時也。　異古經

此詩雖賦體，然皆設辭反覆託意，以見憂思。為皆直道其事，故不可為比興。卷耳易得，頃筐易盈。采采非一而又不盈者，志不在此也。及懷人之深，發為嗟嘆，則遂不顧而棄之大道之傍矣。思人而不得見，於是欲升高望遠，則馬病而不可升。馬豈果病哉？守禮義之閑，不可得而往也。乃姑酌金罍之酒，聊以自解長念之心耳。其下申此意而甚之之辭也。馬始也病，今則甚而色變矣。酒之在罍，我酌之也猶有度，今以大觴而自酌，憂愈深而驅之欲愈力也。然酒豈果能攄此鬱積之思乎？終欲往望，則併僕夫亦病矣。蓋文王拘幽之際，臣民有奔走之勞，真有至

於病者。至此則將云何乎?惟有長吁而已矣【一】。蓋其思雖切而無邪，憂雖深而不過，而一倡三歎之中，至誠惻怛之心、不愆禮義之則，洋溢於言語之表。非德之至，其孰能與於此?

傳〇一章，《詩記》：「據《本草》，卷耳即今蒼耳，今人麴蘖中多用之。」〇枲，思禮反。〇毛氏：「頃筐，畚屬。」《詩緝》：「攲筐，筐之小而偏者。」蓋哆口筐。〇舍音捨。復，扶又反。〇二章，罷音皮。〇疏：「罍，以梓為之，大一碩。」

崔嵬，土山戴石；砠，石山戴土。此從毛氏。《爾雅》：「石戴土謂之崔嵬，土戴石為砠。」二説正相反。愚恐《爾雅》為是。蓋崔嵬字上從山，砠字旁從石，有在上、在外之意。

三章，兕，徐履反，紐音切，今更為序姊反，則易求得音之正。〇疏：「爵有五，自一升至五升。觥在五爵之外，其容七升，以兕角為之。有刻木形似兕角者，蓋無兕角則用木也。」《釋文》：「一云容五升。」《爾雅》疏：「兕角長三尺餘，形如馬鞭柄。」

題下，「貞靜」言欲出而不出，「專一」言反覆思文王不置。〇羑，與久反。

《樛木》周南四：衆妾稱願后妃。

經〇子金子：「上二句興而比，下二句樂而頌。」

傳〇一章，疏：「藟，一名巨苽，似燕薁，延蔓生。葉艾，白色，子赤可食。」《本草》：「名千歲虆【二】，一名虆蕪。蔓延木上，葉似蒲萄而小，冬惟凋葉。」苽，古胡反。薁，於六反。〇二章，《詩記》：「荒，芘覆也。」〇奄，衣

【一】「吁」，張氏本作「呼」。
【二】「虆」，原作「蘽」，據金華叢書本、叢書集成本、秦氏本、四庫本改。

檢反。

《螽斯》周南五：衆妾頌子孫衆多。

傳○《詩緝》：「《爾雅》云：『蟲螽，蠜。』李氏、陸璣、許氏、蔡邕之説，蟲螽即蝗也、蠜也、螣也，同是一物。《爾雅》又云：『蜇螽，蚣蝑。』此别是一物，蝗之類也。螽斯即蟲螽，非蜇螽也。毛氏誤以此螽斯為蚣蝑，孔氏因之，遂以螽斯、斯螽為一物。」錢氏云：「阜螽羣飛齊一，故以為比。斯，語助，猶鸒斯、鹿斯也。」《春秋書》：「螽即蝗也。」吴正傳：「斯螽，股鳴者也。此《傳》謂相切作聲，亦混為一物之誤。既釋薨薨為羣飛聲，則是飛時其翅有聲。今見蝗羣飛則有聲，不見切股作聲也。」蟲音阜，蠜音煩，螣音特，蜇音斯。蚣，斯容反。蝑，先居反。鸒音預。○處，昌吕反。

序

序有「言若螽斯不妬忌」一語，鄭氏遂釋云：「物有陰陽情慾者無不妬忌，維蚣蝑不爾。」自後説詩者多為此所惑。今但以「言若螽斯」絶句屬上文，以「不妬忌」歸之后妃而屬之下文，意自可通，但語拙耳。子金子之意云。

《桃夭》周南六：詩人見親迎者。異

經

一章言華，二章言實，三章言葉。自華而有實，又見其葉之盛，蓋自仲春至於春暮，非一時也。而皆曰「之子于歸」，所見非一女矣，「宜其家」之德則同也。可見文王之化行於近遠，女子皆有德之人，則於其室家又胥教訓，風俗安得不厚乎？

傳〇一章，少，詩照反。〇《詩緝》：「灼灼，鮮明貌。毛以爲華之盛，謂盛故鮮明，非訓灼灼爲盛。」

案：《地官·媒氏》：「中春之月，令會男女。若無故而不用令者，罰之。」注：「中春陰陽交，以成昏禮、順天時。故謂喪禍之變【一】。有喪禍者娶，得用非中春之月。」疏：「喪禍之故，月數滿，雖非中春，可以嫁娶。」《毛傳·東門之楊》篇謂：「男女失時，不逮秋冬。」彼以刺昏姻失時而作，故謂不及秋冬而至於春時。疏明謂秋冬爲昏，無正文而旁引《荀子》《家語》爲證。賈公彥疏《周禮》，破其説而引《豳詩》《殷頌》《易》《春秋》《夏小正》之説，以正毛氏、孔穎達之失甚明。故朱子於此特引《周禮》之文，以見昏姻之正時也。中，直用反。

李氏《禮義明則》：「上下不亂，故男女以正；政事治，則財用不乏，故昏姻以時。」

《兔罝》周南七：詩人美賢才衆多。

經〇一章，椓，陟角反。〇李氏：「中逵，人所見之地，肅肅可也。中林，無人之地，猶且恭敬，則其人可知矣。」〇子金子案：「《墨子》書文王舉閎夭、泰顛於罝罔之中，授之政，西土服。此事於《兔罝》之詩辭意最爲吻合，計此詩必爲此事而作也。夫肅肅，敬也。赳赳，約也。與糾同。罝兔而體貌有肅敬之容，武夫而步武有約束之度，此閎夭、泰顛之所以爲賢，而文王所以取之也。臼季之取冀缺，郭泰之取茅容，皆以是觀之，況文王之取人乎？閎夭、泰顛爲文王奔走疏附禦侮之友。後爲武王將威劉敵之人。信哉，其公侯之干城、好仇、腹心者與！」夭，於表反。吻，武粉反。走，子候反。

從金子説，此詩爲賦體。《傳》「肅肅」主罝而言，此「肅肅」主人而言。

【一】「故謂喪禍之變」，《周禮注疏》卷十四《媒氏》鄭注作「無故謂無喪禍之變」。

傳〇一章，徐鍇《說文通釋》：「罟，罔之總名。」〇疏：「杙，橜也。」杙音弋，橜，其月反。

案：《說文》：「椓，擊也。」然當從手。若從木者，是椓黥之刑。今詩字從木，蓋古字通。

椓杙，謂擊橜於地，而張罝其上也。

《芣苢》周南八：民間婦人。

經〇《詩緝》有言：「采而得之，為己有也；采而聚之於地，既為己有，於是就地掇拾之；又捋其子，然後以衣貯之而執其衽，又扱衽於帶。言之序也。」

此詩豈后妃逮下，宮中之人有子者衆，同采芣苢以備免身，相與賦而樂之乎？

傳〇一章，車，尺遮反。

朱子之說謂「化行俗美，家室和平」。蓋教化流行，風俗淳美。夫夫婦婦，各得其宜。家給人足，繇役不興。莫不遂其生生之道。故婦人以有子為樂，而同賦此詩也。

三章，貯，展吕反，盛也。袺，入錦反，衣際。扱，初洽反，與插同。

《漢廣》周南九：江漢游人。

經

漢之游女不可求，非必女子之知義端静而人不可求。實見者雖悦其容貌之端静，而自知其於義無可求之理，而賦此詩也。上為興，南有喬木則不可休思，比漢有游女其不可求思。下四句比，江漢之永廣，人見之者知其不可方泳而絶，無乘桴潛行之心，固不待即之而知其不可也。後二章之首興，兼比娶妻必擇其善之至善者，猶采薪者見錯薪固翹翹，而於翹翹之中又欲刈其楚與蔞之美。此游女可謂盡美，其肯歸嫁于我，則言秣其馬駒而親迎之矣。其下復以江漢永廣反覆嘆咏其不可求也。蓋見游女而悦之，男女之欲也；知其不可求而不求，禮義之心也。是則江漢之人被文王之化之效。若曰女子有不可犯之態而不敢犯之，是男子之知義反不及婦人，而文王之化但能及於女子，非詩意也。若《行露》之詩，則專主於女子而言爾。○漢言廣，謂横渡也；江曰永，謂沿泝也。

傳○一章，竦，息拱反。○《詩緝》：「木下蟠則陰廣，上竦則陰少。喬竦之木，其陰不下及，故不可休息。興女之高潔而不可求。」

《水經》：「漾水出隴西氐道縣嶓冢山，東至武都為漢水。」酈道元謂：「漢水有東西二源：東源出氐道，東流為漢；西源出隴西，會泉【一】，逕葭萌入漢，始源曰沔。」今案：《漢·地理志》：「隴西郡氐道縣，漾水所出，至武都為漢」，此《禹貢》「嶓冢導漾，東流為漢」及《水經》所言者是也，即道元所謂東源也。氐道則宋秦州之地，武都則階州也。又《漢志》：「隴西郡西縣嶓冢山，西漢所出，南入廣漢白水，東南入江【二】。」樂史《寰宇記》：「興元府三泉縣東二十八里嶓冢山，沔水所出，下流為漢。」杜佑《通典》：「梁州金牛縣有嶓冢山，禹導漾水至此為漢水，亦曰沔水。今縣南有故白水關。」是西漢水出自西縣，流至金牛入白水則名漢矣。《通典》謂導漾水者，蓋誤爾。此道元所謂西源也。漢西縣後分為三泉縣，嶓冢則在三泉

【一】「泉」，四庫全書本《水經注》卷二作「白水」，四庫本原校：「案『白水』二字原本及近刻訛作『泉』字，今改正。」

【二】「东南」下，《漢書》卷二十八下《地理志下》有「至江州」三字。

界中，今為興元之境。廣漢即鳳州，金牛即漢葭萌之地，今則屬興元褒城縣也。自秦州至興元，驛程九百餘里，皆云有嶓冢，蓋山勢連亘數州也。然則東源導漾為漢者乃漢之經流，其西源則自名為沔，因下流入漢，始有西漢之名爾。《傳》專指興元之嶓冢，或考之未詳歟？

蔡氏《書集傳》：「大別山在漢陽軍漢陽縣北。」別，必列反。○《漢·地理志》：「蜀郡，湔氏道。《禹貢》：『岷山在西徼外，江水所出。』」宋歐陽忞《輿地廣記》：「茂州汶山縣本漢汶江、湔氐二縣地。《禹貢》『岷山』在西北。」永康軍，乃宋割蜀州之青城、彭州之導江縣置，漢蜀郡之郫、綿虒、江原三縣地也。王象之《輿地紀勝》：「江流東南，經茂州城，下至汶川縣，自汶州經導江至青城。」然則江之始源實在茂州之岷山也，江入海處在通州海門縣。湔，子千反。郫音疲，虒音斯。○《前編》：「岷山數百峰，大西山為最大，雪山三峯闖其後，冬夏如爛。銀山一谷名鐵豹嶺者，有西嶽廟。廟下名羊膊石，江水正源也。」闖，丑蔭反。○桴，方于反。○疏：「編竹木曰栰，小曰桴。」栰音伐。○「反復」之「復」，方六反。

三章，疏：「蔞蒿，葉似艾，白色，長數寸。高丈餘。」今案：長數寸言其葉，高丈餘言其莖。唯其高丈餘，故亦可刈為薪。傳恐脱「高丈餘」三字，則於「錯薪」之義似有礙。

《汝墳》周南十：汝旁婦人。

經

文王德澤漬人也深，民日游於皞皞之中，蓋不知紂之虐也。及宮室、臺榭、陂池、侈服為之不厭，徵求繇役毒痛四海，文王率域中之民以事之。婦人綜理家事，伐枚伐肄，勤勞日久，念其夫君切矣。至其歸也，語王政之酷烈若火始燄，以彼之甚暴始知文王之至仁。故其為辭，道思念之常，無怨悱之意；樂父母在邇之可恃，以虐政在遠而莫我加。昔商民樂湯之仁而不知桀之虐，曰夏罪其如台。今周民雖知紂之虐而曰父母孔邇，易地皆然也。漬，疾賜反。

傳〇一章，疏：「墳謂厓岸，狀如墳墓，名大防。」〇疏：「惄本訓思，但飢之思食，意如惄然。故《傳》言飢之意而非饑之狀。」《小弁》直訓思。〇二章，肄，以自反，紐音，今易羊至反。〇三章，《爾雅》：「魴，魾。」注：「江東呼為鯿。」疏：「今伊洛濟潁魴魚也。廣而薄肥，甜而少肉【一】，細鱗，魚之美者。遼東梁水魴特肥而厚，尤美於中國魴也。」魾，普悲反。鯿，卑連反。〇疏：「赬，淺赤。」〇「而勞」之「勞」，郎到反。

《麟之趾》周南十一：詩人美文王后妃化及子孫。

傳〇一章，麕，俱倫反。長，知丈反。〇疏：「麟，麕身，牛尾，馬蹄。有五彩，腹下黄。高丈二，圓蹄，一角角端有肉。音中鍾吕，行中規矩。遊必擇地，詳而後處。不履生蟲，不踐生草。不羣居，不侶行。不入陷穽，不罹羅網。王者至仁則出。」中，竹仲反。〇《語録》：「或問：『《傳》以麟興文王后妃，以趾興其子。故曰「麟性仁厚，故其趾亦仁厚；文王后妃仁厚，故其子亦仁厚」。然則下文「于嗟麟兮」為指誰？』答曰：『正指公子而言。』」

愚案：《傳》自「是乃麟也」以下，正以麟為公子，與《語録》合。竊謂兩麟字説不同，恐微有礙，不如兩麟字皆指為子姓公族，其意重在麟，不須歸重於趾、定、角。大率因趾、定、角之不妄踐、不抵、不觸，則足以見麟性之仁厚。今但以「麟之趾」一句先立於上，却以「振振公子」一句屬下文讀，則意自見。然公子之所以仁厚，豈非文王后妃之化乎？

序

【一】「甜而少肉」，《爾雅注疏》卷九作「恬而少力」。

案：《傳》謂「《關雎》之應」一語「得之」，蓋謂文王后妃有關雎之德，故其子姓公族皆有仁厚之應。皆德之盛，不期而然者也。「天下無犯非禮」以下皆失詩意，遂致説者以衰世之公子為紂時列國之公子。鄭氏及疏謂如上古麟應之時，鄭氏説經却以麟比公子，大率皆為序所亂。

召南一之二 正二

傳〇雍，於用反。〇召公奭，姬姓，或以為文王庶子。勝殷後封於北燕，留周佐政，食邑於召。輔成王、康王。卒謚曰康。長子繼燕，支子繼召。〇《史記正義》：「召亭在岐山縣西南。」

《鵲巢》召南一：諸侯家人美夫人。

傳〇一章，歐陽文忠公《詩本義》：「今所謂布穀、戴勝者，與鳩絶異。惟今人直謂之鳩者，拙鳥也【一】。不能作巢，多在屋瓦間或於木上架構樹枝，初不成巢，便以生子，往往墜鷇隕雛。鵲作巢甚堅，既生雛，散飛，則棄而去，容有鳩來處彼空巢。」

「諸侯之子嫁於諸侯，送御皆百兩。」此説取《毛傳》，毛亦就此詩而言之，於禮，他無所見。愚恐詩人亦攝盛言之爾，諸侯送御車數未必如是之多。《士昏禮》：「從車二乘。」等而上之，亦恐不及百乘。

【一】「鳥」，原作「鳩」，據張氏本及歐陽修《詩本義》卷二改。

南軒先生：「维其專靜純一【一】，能端然享之，是乃夫人之德也。有所作為，則非婦道矣。」○《詩記》：「鳩居鵲巢，以比天子坐享成業。蓋非有婦德者，殆無以堪之也。」○三章，媵，以證反。娣，特計反。

《采蘩》召南二：諸侯家人美夫人。

傳○一章，《爾雅》：「蘩，皤蒿。」注：「白蒿。」疏：「葉似艾，麤於青蒿，葉上有白毛。麤澀，俗呼蓬蒿，從初生至枯，白於衆蒿，可以為菹。」又曰：「春始生，及秋香美可蒸。」《爾雅》又曰：「蘩之醜，秋為蒿。」謂春時各有種名，至秋老成，皆通呼為蒿也。皤音婆。○沼，池之曲者。○《爾雅》：「小洲曰陼，小陼曰沚。」○三章，編，步典反。○被，首服之名，即《周禮》「追師副編次」之次。注謂：「次第髮長短為之，所謂髲髢。」疏謂：「次第髮長短。」鄭氏以意解之。本詩疏：「髲髢者，剪剔取賤者、刑者之髮，以被婦人之紒為飾。」《詩緝》：「凡祭，夫人首當服副，不當服次。或以為此在商時，故與周禮異。」追，丁回反。編，布眠反。髲，皮寄反。髢，大計反。剔即剃，紒即髻。

今案：「被之祁祁」下，箋云：「祭事畢，夫人釋祭服而去髲髢。」疏謂：「定本髲髢上無去字。」若是，則鄭意謂祭服則副也，今釋祭服而服髲髢矣。於未祭則被而夙夜在公，既祭則釋祭服，仍服被，舒遲而去。非行禮之時威儀且如此，則敬事不言可知矣。

陶音遙。《禮》注：「陶陶遂遂，相隨行之貌。」思念既深，如覩親，將復入也。○《語録》：「問：『《采蘩》詩若作祭事說自曉，然若作蠶事說，雖與《葛覃》同類，而恐實非也。《葛覃》是女功，《采蘩》是婦職，以為同類亦無不可，何必以蠶事而後同邪？』曰：『此説亦姑存之而已。』」

【一】「純」，張氏本作「均」。

序下《傳》謂：「恐亦夫人之詩。」

《草蟲》召南三：諸侯大夫妻思其君子。異

經

「亦既見」，意之之辭也，猶言若已見，則我心降矣。蓋此詩作於思念之日，非既歸之時也。

傳〇一章，子金子：「感草蟲、阜螽以思其夫，故曰賦。」〇蠜音煩。疏：「《爾雅》：『草蟲，負蠜。』注：『常羊也，小大長短如蝗，奇音，青色，好在茅草中。』」〇二章，蕨，鼈也。《爾雅》作蟨，疏：「江西謂之蟨。」陸璣：「周秦曰蕨，齊魯曰蟨。」《釋文》：「初生似鼈脚，故名鼈。」蟨，并列反。〇三章，疏：「薇，山菜也。莖葉皆似小豆，蔓生，其味亦如小豆。藿可作羹，亦可生食，官園種之以供宗廟祭祀。」今詳疏説，薇與《傳》所指物似不同，當考。〇《詩緝》：「《風雨·傳》云：『夷，悦也。』人喜悦則心平夷。」其意一也。

《采蘋》召南四：家人美大夫妻能奉祭祀。

經〇《詩記》：「采盛湘奠，所為非一端，所歷非一所矣。煩而不厭，久而不懈，循其序而有常，積其誠而益厚，然後祭祀成焉【一】。季女之少若未足以勝此，而實尸此者，以其有齊敬之心也。大夫之妻未必果少，特言苟持敬，則雖少女，猶足以當大事云爾。」

傳〇一章，《詩緝》：「《本草》：『水萍有三種：其大者曰蘋，葉圓，闊寸許，季春始生，可糝蒸以為茹；其中者曰荇菜；其小者曰水上浮萍，江東謂之薸。』毛氏以蘋為大萍，是也。郭璞以蘋為今水上浮萍，即江東謂之薸，是以小萍為大萍，誤矣。蘋可茹而薸不可茹，豈有不可茹之薸而乃可用以祭祀乎？《左傳》曰：『蘋蘩，薀藻之菜。』蘋蘩皆菜，

【一】「祀」，秦氏本作「事」。

則可茹之物非薻也。今薻止可養魚【一】，薻與藻同。」薀音蘊。○陸璣：「藻生水底，有二種：一種葉似雞蘇，莖大如節，長四五尺；一種莖大如釵股，葉似蓬蒿，謂之聚藻，以其聚生故也。二藻皆可食，熟煮，挼去腥氣，米麵糝蒸為茹，佳美。」挼，奴禾反。○二章，粗，徂古反。○菹，側魚反。《周禮·醢人》注疏：「凡醢醬所和，細切為齏，全物若腜為菹，切葱若薤。實之醢以柔之，殺其氣也。齏、菹之稱菜肉，通。」今案：腜者，薄切也。此以肉言，若以菜為菹，則麤切之，以醢和，待其成也。腜，之涉反。○三章，《儀禮經傳通解》：「別子為祖，繼別為宗，有百世不遷之宗。」傳曰：「百世不遷者，別子之後也。宗其繼別子者，百世不遷者也。」注疏：「諸侯之適子適孫繼世為君，而第二子以下不得禰先君。別於正適，故稱別子也。此別子子孫為卿大夫，立此別子為其後世之始祖。又非君之親【二】或是異姓始來此國者，亦謂之別子。以上注疏言有兩等別子，皆為後世祖。別子之世世長子恒繼別子，與族人為百世不遷之大宗。族人雖五世外與之絶族者，皆為之齊衰三月。大宗，對小宗而言也。時傳惟言大宗，故今止言此。」適音的，禰，乃禮反。○主婦即宗婦。○醢，呼在反，肉醬也。「醢人」注：「作醢，先膊乾其肉，乃後莝之，雜以粱麴及鹽漬，以美酒塗，置甀中，百日成。」又曰：「無骨曰醢，凡菹醢皆豆實。」膊，普博反。莝，倉卧反。甀，池為反，甖也。

《甘棠》召南五：南國民思召伯。

經○魯齋王文憲謂非《召南》詩。

召公、文王時行化，此詩成王分陝後作。

傳○一章，《本義》：「蔽，能蔽風日，人可舍其下。芾，茂盛貌。蔽芾，乃大樹之茂盛者也。」○白棠，子白。

【一】「薻」，秦氏本作「藻」。

【二】「又非君之親」，朱熹《儀禮經傳通解》作「若始來在此国者，此謂其君之親」。

○疏：「草舍，草中止舍。」《詩記》：「止於其下以自蔽，猶草舍耳，非真作舍。」○二章，敗，《釋文》有「必邁反」。凡物自毁則如字讀，毁之則必邁反。

《行露》召南六：南國女子守正。

經

江漢之國漬紂之惡已深，雖被文王之化，猶有未能盡革其心。當時蓋强暴之人，有强委禽於女子而不獲，以致於訟者。古者有罪之人不齒於鄉，嫁娶無所售，而强暴之人終必罹於罪戾。當時風化之美，善者多而惡者間見。人知此人他日必將獲罪，不與為昏，故曰「無家」，謂終不能成家也。○一章比，謂行道之露厭浥，出行者豈不欲夙夜而行？然畏露之沾濡，終不敢早出。以比强暴之人，罪必累其妻孥，而其惡亦足以移人之善性。夫男女者，人之大倫。豈不願蚤成室家？然畏此，雖有求而終不許。二三章興，謂雀、鼠本無角、牙，不能穿屋、墉；惡人本無家，不可求昏姻。今乃穿屋墉而速我獄訟矣，所以言：誰謂雀、鼠無角、牙，今何以能穿屋墉乎？誰謂惡人無求昏姻之道，今何以强欲求昏而致我於獄訟乎？然雀鼠終無角牙，而惡人終無成家之理。故雖速我於獄訟，終不與汝成室家之道而從汝，甚絶之之辭也。

《列女傳》：「《召南》申女者，申人之女也。既許嫁於酆，夫家禮不備而欲迎之，女曰：『夫婦者，人倫之始也，不可不正。夫家輕禮違制，不可以行。』遂不肯往。夫家訟而致之於獄，女終以一物不具，一禮不備，守節持義，必死不往而作詩云云。」

案：《列女傳》說詩多違經意，而說此詩有合於經，劉氏或有傳與故。附見於此，以備參考。

《羔羊》召南七：詩人美南國大夫。

傳〇一章，疏：「小羔、大羊對文為異，此說大夫之裘，宜直言羔、兼言羊以協句。」〇疏：「紽、總皆縫，緎即縫之界。古者織素絲為組紃，以英飾裘之縫中。《禮》注：『紃施諸縫，若今之絛。』是有組紃而施於縫中之驗，素絲不為線也。」紃音巡。英如字，又音殃。〇疏：「羔裘，諸侯視朝之服。卿大夫朝服亦羔裘，但君裘則純色，大夫裘則豹袪為異。」袪，丘於反，袖口也。

節儉謂有節制而儉約，皆不自放之意，非謂用財也。謹身以節儉，處事以正直，則政教行而風俗美。國家閑暇，故大夫退食自公而優游如此，此詩樂道其效也。「衣服有常」總上兩句，「從容自得」總下兩句。節儉即衣服有常之事，而正直則從容自得之本也。

《殷其靁》召南八：大夫、士之妻思其夫。異

經〇黄氏櫄實夫《講義》：「安居者遇雨則思行者之勞，人情之同然者。」朱子曰：「閔之深而無怨辭。」《詩緝》：「『歸哉歸哉』，冀其畢事來歸，而不敢為決辭，知其未可歸也。從事獨賢而無怨，唯信厚者能之。」

《摽有梅》召南九：女子懼其嫁不及時。

經〇《語録》：「問：『《摽有梅》之詩固出於正，只是如此急迫，何邪？』曰：『此亦是人之情。』」又曰：「如《摽有梅》女子自言昏姻之意，如此看來自非正理，但人情亦有如此者，不可不知。為父母者能於是而察之，則必使人及時矣，此所謂詩可以觀。」朱子此言固亦疑此詩矣。

《摽有梅》之詩，女子守正也。落於地者有梅，而存於樹者其實有七，昏姻之時迫矣。時雖

迫，然於衆士之求我者，及其吉士而從之可也。至於落而存者惟三，則時愈迫矣。昏姻之事不可逾，及吉士之求者，今從之可也。謂之者，有言辭以相告語也。落於地之梅既以頃筐塈之，是則實之存者絶無，而時逾矣。時雖逾，而禮義不可廢。其庶士之求我者，必其命媒妁通辭意以盡禮儀，然後從之可也，豈因過時之小失而不全昏姻之大禮乎？此則《召南》之風化也。

傳〇一章，酢，倉故反，酸也。

古人酬酢之酢本作醋，醯醋之醋本作酢。後人兩易之，莫能辯，《傳》從古。

《小星》召南十：衆妾美夫人。

經〇《詩記》：「賤妾得進御於君，是其僭恣可行而分限得踰之時也。乃能謹於抱衾裯而知命之不猶，則教化至矣。」

傳〇一章，齊，側皆反，謙慤貌。遬音速，猶蹙蹙也。〇《内則》：「妻不在，妾御。」「莫敢當夕」謂妾避女君之御日，此當日字用彼文，不取其義。〇疏：「『古者后夫人將侍君，前息燭，後舉燭，至房中，釋朝服，襲燕服，然後入御於君。雞鳴，大師奏《雞鳴》於階下，然後夫人鳴佩玉於房中，告去。』由此言之，夫人當夕，往來舒而有儀；諸妾不敢當夕，肅肅然疾行，夜晚始往，及早來，皆異於夫人。」〇二章，昴一名留，故叶音留。〇禪音單。

《江有汜》召南十一：媵妾自喜。

經〇《詩記》：「一章曰『其後也悔』，二章曰『其後也處』，三章曰『其嘯也歌』；始則悔悟，中則相安，終則相歡，言之序也。」

傳〇一章，「復入」之「復」，扶又反。〇疏：「媵，送也。諸侯之娶，二國媵之；夫人自有姪娣，二國之女亦各有姪娣，故一娶九女。人夫有姪娣，士或娣或姪。」〇三章，濊即閟字。

《野有死麕》召南十二：詩人美女子貞潔。

經〇魯齋有《二南相配圖》，謂《甘棠》後人思召伯，《何彼襛矣》王風也，《野有死麕》淫詩也，皆不足以與此。

此淫奔之詩也，錯簡在此，氣象與二南諸詩不同。雖欲曲説歸之於正，終恐有礙。蓋「有女懷春，吉士誘之」兩句是一詩大意。麕之自死者遺於野，人尚以為可食，以白茅之潔者包之而去。此有女子懷春，則吉士其誘之矣。謂之懷春固非貞靜之人，而又曰誘之，非淫辭而何哉【一】？吉士，猶言美男子也。林之有樸樕，野之有死鹿，人尚以白茅包束之而去，況此如玉之女，而懷春之人安得不誘之也【二】？後章則懷春之女戒其淫亂之男曰：「汝當舒徐遲緩而來，勿須相迫近【三】，感佩帨而致尨之吠。」蓋數相親，尨或吠，則必致父母家人之所知而不得遂其亂矣。此其陰邪猾賊形於言辭者也，其鄭衛之風與？然亦詩人斥淫者之辭，非其自作也。

傳〇一章，《本草》：「麕類甚多，麕其總名，今陂澤淺草之中多有之。有有牙者，有無牙者，然牙不能噬。」麕與獐同，諸良反。〇二章，《本草》：「鹿，陽獸，夏至得陰氣而解角，從陽退象。」

【一】「辭」，張氏本作「亂」。
【二】「之人」，張氏本作「者人」。
【三】「迫」，張氏本作「逼」。

《何彼穠矣》召南十三：美王姬。

經〇《語録》：「問：『《何彼穠矣》何以録於《召南》？』曰：『也是有些不穩當，但先儒相傳如此説，只得就他説。如定要分箇正經及變詩，也自難考據。』」〇魯齋：「此王風也。」〇子金子：「二章男下女，三章女從男。」

傳〇一章，戎戎，字韻與茙茙同，厚貌。〇穠本衣厚貌，借作茙茙意。〇移音移，《爾雅》：「唐棣，移。」注疏：「似白楊，江東呼夫移，一云薁李。華或白或赤，六月熟，大如李子，可食。」薁音郁。〇《詩記》：「肅雝者王姬，而曰『王姬之車』，不敢指切之也。」《詩緝》：「王姬不可見，維見其車，故指車以言車中之人。」朱子：「人望其車而知其敬且和也，則其根於中者深，而發於外者著矣。」〇二章，平王，毛氏：「平，正也。」箋：「正，王者德能正天下之王。」

《春秋》書王姬歸於齊者二：其一見莊之十一年，齊則桓公而非襄也；其一見莊之元年者，實襄公時。案：桓十四年，齊僖公卒而襄公諸兒立；十五年，平王太子洩父之子桓王崩而莊王立。暨歸王姬，襄立五年而莊王四年矣，安知王姬非莊王之女乎？然則詩當曰齊侯而非齊侯之子，當曰桓王之孫而非平王之孫也。愚恐從舊説為是，但正王未必獨指文王爾【一】。〇宋彭汝礪奏疏：「王姬下嫁諸侯，猶執婦道。其事在下，然本乃在乎上，故其詩曰『平王之孫，齊侯之子』。惟有平德，故其人化之而有所不能喻；惟有齊德，故其人畏之而有所不敢違。」案：如此言，齊字可與平王之義相配，且不必詳考其人與時，或為得之。録此以備參考。

序〇傳引「鄭氏曰」至「揄翟」，案：《周禮》「王后之五路」，「厭翟，勒面繢總」居二；「王后之六服」，「揄翟」居二。所以謂「下王后一等」者，乘服此車服也。注疏凡言翟者，謂翟鳥之羽以為兩旁之蔽；厭翟者，次其羽使相迫

【一】「未」，張氏本作「不」。

以厭其本。勒面，謂以如王龍勒之韋為當面飾也。蓋龍駹也王之馬，以白黑飾韋，雜色為勒。此王后之馬，則不以飾勒而以雜色韋為馬當面飾也。凡言總者，謂以總為車馬之飾；若婦人之總，亦既繫其本又垂為飾也。繢，畫文也。以繒為總著馬勒，直兩耳與兩鑣，其於車之衡輨亦宜有之。揄翟，陳祥道《禮書》：「王姬亦揄狄，特雉數與侯伯之夫人異耳。」餘見《周南·葛覃》。「然則」以下，朱子之自言也。《衛·碩人》：「翟茀以朝。」「翟車，貝面組總，有幄」，亦《周禮》文。翟車，以翟羽飾車之側而不厭。貝，水物。謂以貝文飾勒之當面。組總，以組為總而施之，如厭翟。此翟車無蓋而施幄於厭上。揄音摇。厭，於涉反。勒，力德反，馬頭絡。繢，戶對反。駹，莫江反，雜也。鑣，悲驕反，馬銜也。輨，古緩反，轂端鐵也。茀，芳勿反，蔽也。

今案：「翟茀以朝」，謂夫人始來見君所乘之車，是則夫人之盛而在厭翟之下者也。今王姬所乘下后一等，是居重翟之下、翟茀之上，其禮尊於諸侯夫人，所以盛也。

《騶虞》召南十四：美王道成。

經〇《語録》：「《騶虞》之詩，蓋於田獵之際見動植之蕃庶，因以贊詠文王平昔仁澤之所及，而非指田獵之事為仁也。《禮》曰：『無事而不田曰不敬。』故此詩『彼茁者葭』，仁也；『壹發五豝』，義也。」又曰：「《騶虞》詩仁，在『壹發』之前。」

傳〇一章，葭，見《秦·蒹葭》〇疏：「騶虞，白虎黑文，尾長於軀，不食生物，不履生草，應信而至。」〇二章，陸佃《埤雅》：「蓬，蒿屬。」

題下「化及人深」，「澤及物廣」，只就《麟趾》《騶虞》兩詩上説，而以「至於」、「及於」字中間遞過。「薰蒸透徹」，是上之和氣感動於人物者，淪浹而無不備；「融液周徧」，是人物化育於上之德澤者，博洽而無所遺。上句豎説，下句横説。

序○《傳》謂與舊説不同。○《語録》：「騶虞看來只可解做獸名，以『于嗟麟兮』類之可見。若解做騶虞之官，終無甚意思。」○《射義》注【一】：「『樂官備』者，謂『壹發五豝』【二】，喻得賢者多也；『于嗟乎騶虞』，嘆仁人也。」

《召南》篇下○《儀禮》經注：「鄉飲酒之禮，鄉大夫三年大比其鄉之賢者能者，而賓興之。主賓介獻酢，工歌笙，入間，歌畢然後合樂。」「鄉射之禮，鄉大夫三年正月獻賢能之書，退而以鄉射之禮詢衆庶，主賓獻酢畢，合樂，不歌、不笙、不間。」「燕禮，君燕羣臣也，亦獻酢，歌笙，間，畢，然後歌鄉樂。」「合樂者，謂歌樂與衆聲俱作也。《二南》，王后、國君夫人房中之樂歌也。《關雎》言后妃之德，《葛覃》言后妃之職，《卷耳》言后妃之志，《鵲巢》言國君夫人之德，《采蘩》言國君夫人不失職，《采蘋》言卿大夫之妻能循其法度。」「夫婦之道，生民之本，王政之端。此六篇者，其教之原也，故國君與其臣下及四方之賓燕用之合樂也。鄉樂者，風也；小雅為諸侯之樂，大雅、頌為天子之樂。鄉飲酒升歌小雅，禮盛者可以進取也；燕合鄉樂，禮輕者可以逮下也。」

《二南相配圖》　魯齋先生

《關雎》：后妃之德。	《鵲巢》：夫人之德。
《葛覃》：后妃之本【三】。	《采蘩》：夫人之職。
《卷耳》：思其君子。	《草蟲》：思其君子。
《樛木》：逮下也。	《江汜》：美媵也。

【一】「義」，張氏本作「禮」。
【二】「謂」下，《禮記注疏》卷六十二《射義》注有「《騶虞》曰」三字。
【三】「本」，張氏本作「職」。

《螽斯》：不妬忌。　《小星》：無妬忌。

《桃夭》：及時也。　《摽梅》：及時也。

《兔罝》：賢人衆多。　《羔羊》：在位正直。

《芣苢》：和平之美。　《采蘋》：能循法度。

《漢廣》：無思犯禮。　《行露》：不能侵陵。

《汝墳》：閔其君子。　《殷雷》：閔其勤勞。

《麟趾》：關雎之應。　《騶虞》：鵲巢之應。

右《二南》，各十有一篇。

《召南》有《甘棠》，後人思召伯也；《何彼襛矣》，王風也；《野有死麕》，淫詩也，皆不足以與此。

詩集傳名物鈔卷一

詩集傳名物鈔卷二

邶一之三 變一

程子：「諸侯擅相侵伐，衛首并邶、鄘之地，故為變風之首。」

《傳》：「分自紂城，朝歌而北謂之邶，南謂之鄘，東謂之衛」。此從鄭《譜》說也。疏謂此無文，驗其水土之名知之。《傳》又謂「邶、鄘不詳始封」。今案：《史記》：「武王克商，封紂子禄父殷之餘民。」《漢·地理志》：「河内本殷之舊都，周既滅殷，分其畿内為三國，邶、鄘、衛是也。邶以封武庚。」《詩傳》既云自朝歌分為三，則武庚之國似無處所。參以《地志》之說則若可通，但又以鄘、衛為管、蔡之所尹，則恐非事實也。

傳○邶，蒲對反。鄘音容。行，户剛反。○殷王武乙二祀，自亳遷都朝歌，歷太丁、帝乙而至紂。○漕音曹。墟，丘於反。澶，時連反。相，息亮反。濮，博木反。

《柏舟》邶一：莊姜不見答。異

經

一章言柏舟則宜以載物，乃汎汎於水中而無所用。以此喻己，故耿耿而憂思至於不能寐，如有所隱痛之憂。非無酒以自樂，然此憂非酒之所能遣也。二章承上言鑒明則可度物，我心憂煩，不能度物。不知何以處此，歸而告諸兄弟，聊以舒此憤爾。而又逢彼之怒，是兄弟亦不可據憑，而終莫知所以自處也。三章於是自反，平昔我心貞固過於石而不可轉，我心平直過於席而不可卷，威儀動止之間皆無一失而不必選。而不見答於君子，豈我之過哉？石不可轉，是其貞潔自守之操堅；席不可卷，是其公平逮下之心溥也。四章謂我之憂者自揆無過，正以見怒諸妾讒譖而致。然默而思之【一】，無可奈何，惟拊心而已。卒章再言上下失序，所以憂不能解，但恨不能飛去爾。憂之極，止曰「不能奮飛」，可謂正而不深怨矣。

傳〇一章，汎，芳劍反，紐音，今易孚梵反。〇《語録》：「問：『「汎彼柏舟，亦汎其流」，注作比義。看來與「雎鳩在河洲」無異，彼何以為興？』曰：『他下面便說淑女，見得是因彼興此。此詩纔說柏舟，下面更無貼意，見得其義是比。』」〇緻，直利反，密也。

此詩舊說男子作，朱子以為婦人詩，蓋觀其辭氣而得之。以「卑順柔弱」，四言舉一篇大旨。此讀詩凡例也。讀詩者每於一篇，吟哦上下，優游涵泳，以意隨之，而求詩人志之所在，庶不負朱子之教也。

二章，度，待洛反。〇四章，摽，符小反，類隔切，今易並小反。〇卒章，垢，舉后反。憒，古對反，心亂也。眊，莫冒反，目不明貌。

序〇頃，去營反。〇《傳》强，其兩反。定，丁佞反。傳音附。謚，神至反。斷，都亂反。冠，古玩反。〇《史記》：「康叔之子康伯」，六世皆書「伯」。至「頃侯厚賂周夷王，王命為衛侯」。《索隱》曰：「《康誥》『命爾侯于東土』，又云『孟侯』，則康叔已為侯也。子康伯即稱伯，謂方伯耳，非降爵也。頃侯德衰，不監諸侯，乃從本爵【二】，非

【一】「然默」，張氏本作「默默」。
【二】「爵」下，《史記索隱》有「而稱侯」三字。

賂王而稱侯也【一】。」○《謚法》：「甄心動懼曰頃。」甄，之人反，積也【二】。衒音眩。扼，於革反。懟，徒對、直類二反，怨也。

《緑衣》邶二：莊姜歎失位。

經○疏：「一章以表裏興幽顯，二章以上下喻尊卑。」○《詩緝》：「『緑衣黄裏』言掩蔽而已，『緑衣黄裳』則貴賤倒置，夫人失位矣。」○《詩緝》：「『緑兮衣兮』不可但言是緑色之衣，當玩味兩『兮』字。《詩》有《黄鳥》《白華》不言兮，唯此曰『緑兮衣兮』，蓋『緑』字、『衣』字皆有意義。緑以喻妾，衣以喻上僭，故以二『兮』字點綴而丁寧之。」

三章，緑之所以成緑而為衣者，人以絲染治而成也；妾之所以上僭者，以君子嬖之而然也。

上「緑」字已包前章「衣」字在内。

《語録》：「『我思古人，實獲我心』，言古人所為，恰與我相合，只此便是至善。前乎千百世之已往，後乎千百世之未來，只是此箇道理。孟子所謂『得志行乎中國，若合符節』，政謂是爾。」

首章言己為賤者所掩蔽，次章則貴賤易位矣，然此但就妾身而言。三章則言妾僭之由皆在於君子，末章則深達乎事逐時變，物隨氣遷，理勢之常，無足怪者，尚何憂悴之有？蓋絺綌，夏服也。今風而淒其，則固宜屏之不服，有如扇捐篋中之言。而又絶無彼留戀恩情之意，故三章之思古人，尚欲得處此之道而效之；末章之思古人，反謂之獲我心。是在我者處之素定，而古

【一】「非」下，《史記索隱》有「是至子即削爵，及頃侯」九字。

【二】「積」，張氏本作「櫝」。

人善處此者，反得我心之所同然者耳。至此，豈有一毫怨懟不平之氣哉？此莊姜所以為賢也。

傳〇一章，緑，東方之間色，謂蒼與黄二色相間雜而成緑。〇題下，春秋隱公三年，《左氏傳》：「衛莊公娶于齊東宮得臣之妹，曰莊姜，美而無子。又孌於妾而生州吁。」莊，從夫謚；姜，姓也。

《燕燕》邶三：莊姜送戴嬀。

經〇一章，泣，無聲出涕也。涕，土禮反，目汁也。

傳〇一章，鳦，烏拔反。〇「之子于歸」，他詩皆言嫁歸之歸，惟此詩謂歸父母之家，故曰大歸。大歸者，不反之辭。〇《左氏傳》：「莊公又娶于陳，曰厲嬀，生孝伯，早死。其娣戴嬀生完，莊姜以為己子。」公卒，完立，是為桓公。隱公四年，州吁弑桓公，故戴嬀大歸于陳。厲、戴皆謚，嬀，陳姓也。嬀，居為反。

三章，上音時掌反，而下字無音。案：《字書》：「元在物下之下則上聲，自上而下之下則去聲。」凡與自下而上之上對義者，皆當作去聲讀，後同。

《日月》邶四：莊姜不見答。在《燕燕》前。

經〇卒章，畜，許六反。

四「胡能有定」，期之之辭也。謂令其心回惑，何時而能定乎？此莊姜忠厚之意也。朱子說是已然之辭。

《終風》邶五：莊姜。在《燕燕》前。

經

莊姜，賢夫人也，所思者大矣。國君及夫人，父母一國而國人作則者也。莊公無君人儀度，其曰「終風」、曰「暴」、曰「霾」「曀」「陰」「雷」、曰「謔浪笑傲」，為君如此，果足以正一國乎？夫人賢而不見答，果足以示人齊家之道乎？國君之家不齊，則一國之家不齊；一國之家不齊，則國殆矣。夫人之中心是悼，悠悠之思，寤而不寐。願言而嚏，而懷所思者大矣，非情欲之謂也。儻莊姜為思情欲之人，則謔浪笑傲而必喜，陰曀虺雷而必怒矣。○「顧我則笑」是不禮其夫人，而不能相敬如賓可见。

傳○一章，疏：「日出而風為暴。」又曰：「陰雨不興而大風暴起。」○二章，霾，亡皆反，類隔切，今易謨皆反。○雨，王遇反。霿，謨逢、蒙弄二反。○疏：「風而雨土為霾。」又曰：「大風揚塵土從上下也。」○三章，《詩記》：「陰風終日，意其止矣，不旋日而又曀焉。厭苦之辭也。」○鼽，巨尤反，病寒鼻窒也。

《擊鼓》邶六：從軍者怨州吁。

經○李氏：「州吁安於用兵，踴躍欣喜不自勝也。」○漕音曹。○《詩記》：「『從孫子仲，平陳與宋』，言所從者乃孫子仲也，輕其帥可知。末章承上章，而足成其義。」

傳○「兵」、「行」、「馬」、「下」本不須叶，欲從上句「鏜」、「處」而叶也。然詩中第一句無韻者甚多，末章「闊」、「活」正不須叶。「信」字當正作師人切，恐非叶，或本誤爾。○一章，《通典》：「滑州白馬縣，衛國曹邑，戴公廬于曹即此。」○鋒音峯，兵耑也。鏑音滴，矢鋒也。○二章，《左氏傳·隱公元年》：「鄭共叔之子滑奔衛，衛人為之伐鄭，取廩延。鄭人以王師、虢師伐衛南鄙。」二年，「鄭人伐衛」。三年，「宋穆公疾，召孔父而屬其兄之子殤公。使公子馮出居鄭。公卒，而殤公立」。四年，「衛州吁弒桓公而自立，將修先君之怨於鄭，而求寵於諸侯，使告於宋曰：『君若伐鄭，以除君害，君為主，敝邑以賦與陳、蔡從。』宋人許之。夏，宋、陳、蔡、衛伐鄭，圍其東門，五日而還。秋，四國復伐鄭，敗鄭徒兵，取其禾而還」。朱子曰：「圍鄭五日而還，出兵不為久而人怨之如此者，身犯大逆，衆叛親離，莫肯為之用爾。」

《凱風》邶七：孝子。

經〇三章，浚音峻。子金子：「『爰有寒泉，在浚之下』，言寒泉但在浚之下，而不能上灌注其浚，以比子不能養母，有子七人而反使母受勞苦。」

傳〇一章，疏：「南風長養，萬物喜樂，故曰凱風。凱，樂也。」長，知丈反。〇《字書》：「棘如棗而多刺，木堅色赤，叢生，人多取以為藩。歲久而無刺，亦能高大如棗木。色白為白棘，實酸者為樲棘。」〇三章，《通典》：「寒泉，在濮州濮陽縣東南。」《水經注》：「濮水枝津東逕浚城南，而北去濮陽三十五里，城側有寒泉岡，即詩『爰有寒泉，在浚之下』。」〇卒章，睍睆，毛氏：「好貌。」箋：「以興顏色悅也。」《詩緝》：「光鮮貌。《檀弓》『華而睆』，睆，明貌。睍從目從見，亦以色言之，俗訛以為黃鳥之聲。」

今案：「睍睆」字在「黃鳥」上，其下別言「載好其音」，「睍睆」與「音」字文意似不連，宜《詩緝》說是。

《雄雉》邶八：婦人思其夫。　異

經〇《詩記》：「凡百君子，我固不知孰為德行也，但不忮求，則何用不善?」

傳〇一章，遺，以季反。〇二章，下上，見《燕燕》。

《匏有苦葉》邶九：刺淫亂。　異

經〇三章，箋：「歸妻，使之來歸於己。」

此詩一章以水喻禮，涉是徒步渡水之名。水淺可涉，則是合禮而可行者也；水深險而不可涉，則是非禮而不可行者也。今濟處有深涉，是不可涉者也，況匏尚未可為浮渡之器乎？以比非禮絕不可行之事，是指淫亂而言也。然於可渡處又當分擇深淺，以厲以揭，比事有合禮可行，而又須擇義。謂雖於禮可成男女之好，又擇義而行之可也。大抵四句作兩截看，深涉之深非深厲之深，深涉是水太深而不可涉者，下面是水可涉而又就其中度淺深而揭厲也。二章正刺不度禮義，非其妃耦，犯禮相求。「濟盈不濡軌」應一章下兩句，「雉鳴求其牡」應一章上兩句。三章言昏禮之正，即深厲淺揭之意，而「濟盈不濡軌」之反。四章言非類不可從，即濟有深涉之意【一】，而「雉鳴求其牡」之反。

傳〇一章，瓠，胡故反。《埤雅》：「長而瘦上曰瓠，短頸大腹曰匏。」毛氏「匏謂之瓠」，誤矣。蓋匏苦瓠甘，復有長短之殊，非一物也。《國語》：「叔向曰：『苦匏不材，於人共濟而已。』」《古今注》：「瓠之有柄者曰懸瓠，可用為笙。」共，九用反。〇《釋文》：「厲，《說文》作砅，云：『履石渡水。』音同。」〇二章，毛氏：「由輈以上為軌。」《釋文》云：「依傳意宜音犯【二】。『軌，車轍也，從車九聲。』龜美反。『軓，車軾前也，從車凡聲。』音犯。」

【一】「涉」原作「淺」，據金華叢書本、叢書集成本、秦氏本改。

【二】「宜」，《毛詩正義》卷二之二作「直」。

諸家說詩皆以為轍無不濡之理，當作軓字，或為軋。○今案：《周禮・輈人》疏：「轍廣謂之軌，轂末亦為軌。」黃公紹《古今韻會》引《說文》：「軌，車轍也。」又「車軸謂轊頭也」，轊即車軸之耑貫轂者。車輪有高下，有廣狹，皆定於軌。輪中之軌既同，則轍迹亦同，後人因謂車轍亦曰軌。《曲禮》「塵不出軌」以高下言也，《中庸》「車同軌」以廣狹言也。蓋兵車、乘車之輪，其崇六尺六寸，軌居輪之中。若濡軌，則水深三尺三寸。孔疏以為轍迹，非也。以是言之，則此章軌字不必改作軓，但不作轍說可也。輈音舟，轂音穀，轊音衛，耑音端。○三章，迎，宜慶反。○卒章，號，户羔反。

《谷風》邶十：婦人見棄於夫。

經○一章，《詩緝》：「黽勉，猶勉强也。力所不堪，心所不欲而勉强為之，皆謂之黽勉。」黽，莫尹反。

三章，「逝」有踰越之意，笱置於梁以待魚，發起之則不可得魚矣。「毋逝我梁」謂勿踰越我成家規模，「毋發我笱」謂勿敗我所為之事。雖去，而猶有顧其家之意。

四章，亡與無同。○五章，售，賣物去手也。○卒章，《詩記》：「肄，習也。詒我以武暴忿怒，習以為常。」

傳○一章，《爾雅》：「東風謂之谷風。」疏：「谷之言穀，穀，生也。谷風者，生長之風也。」○蔓音萬，俗呼作瞞。菁音精，箋：「葑，蔓菁之類。」《釋文》：「今菘菜也。江南有菘，江北有蔓菁，相似而異。」《本草》：「蔓菁即蕪菁，梗短葉大，連地上生，闊葉紅色。春食苗，夏食心，秋食莖，冬食根，河朔尤多。」又曰：「根細於温菘。温菘，今蘆菔也。」菘音嵩，蘆音盧。菔音服，即蘿蔔。○葍音福。疏：「菲似葍，《爾雅》謂之葸菜，河内謂之蓿菜。」《爾雅》：「菲，葸菜。」注：「似蕪菁，華紫赤色，可食。」又葍䔰疏：「根如指，正白，可啖。」葸音息，蓿音宿。○二章，「畿，門内」，毛氏說也。疏：「畿者，期限之名，《周禮》『九畿』、『王畿』皆期限之義。經云『不遠』，言至有限之處，故知是門内。」《詩記》：「韓愈《遺瘧鬼》詩：『白石為門畿。』蓋以畿為門閫，必有所據，可以發明毛氏之説。」〇《爾雅》：「荼，苦菜。」疏：「味苦可食之菜，生於秋，經冬歷春乃成，《月令》『孟夏苦菜秀』是也。葉似苦苣而細，斷之有白汁，花黄似菊，堪食，但苦耳。」

案：《傳》「荼，苦菜，蓼屬，詳見《載芟》」。是引「以薅荼蓼」句也，此句在《良耜》，言《載芟》，誤。而荼蓼之荼乃穢草，非菜也。《爾雅》謂之委葉，字作蒤，與苦菜之荼是兩物，《傳》亦誤。薅，呼高反。蒤音荼。

薺，《本草》：「味甘，葉作菹及羹佳。」〇更，平聲。〇三章，《地理志》：「涇水出安定郡涇陽縣西幵頭山，東南至馮翊陽陵縣入渭，過郡三，行千六十里。」師古曰：「幵音苦見反，又音牽。此山在靈州東南，俗訛謂之汧屯山。」《通典》：「平涼郡原州平高縣，即漢高平縣屬安定，有笄頭山，亦曰汧屯山，涇水所出。」〇《前編》：「渭自鳥鼠至入河一千八百七十里。」〇馮，皮冰反。翊，逸織反。堰，於建反。〇四章，《語録》：「問：『「就其深矣」四句，《集傳》以為興體，疑是比體。』答曰：『若無下面四句即是比，既有下四句，則只是興。凡此類皆然，非獨此章也。』」〇遽，其據反。〇五章，女音汝。〇《語録》：「問：『「育恐育鞫」張子之説，推之下文「及爾顛覆」，意不甚貫，不若前説為順。』答曰：『姑存異義耳，然舊説亦不甚明白。』」〇卒章，項安世《家説》：「洸為武，取武夫洸洸之意。案《説文》：『洸，水涌出也【一】。』引《詩》此句為證。徐鍇注：『言其勇如水之涌也。』如此説，則武之義明。」

【一】「出」，項安世《項氏家説》及《説文解字》卷十一《水部》作「光」。

《式微》邶十一：黎臣。

經

兩章上二句勸歸之辭，下二句怨辭也。晏子曰：「君為社稷死則死之，為社稷亡則亡之；若為己死己亡，非其私暱，誰敢任之？」今曰「微君之故」，又曰「微君之躬」，似黎侯有為己亡之意。蓋黎侯必有不君致亂之階而召狄，故其謂所以濡於中露、陷於泥中者，為君之躬故耳。否則主危臣憂，主辱臣死，又何有「胡為乎」之怨乎？

傳〇一章，芘，必至反。覆，孚救反。〇黎侯失國事見《旄丘序》下傳。〇二章，難，乃旦反。

《旄丘》邶十二：黎臣責衛。

經〇一章，誕，徒旱反。

傳〇一章，《詩記》：「葛始生，其節蹙而密；既長，其節闊而疏。」〇三章，《玉藻》：「君子狐青裘豹褎，玄綃衣以裼之。」注：「君子，大夫、士也。」褎與袖同。裼，先歷反。〇女音汝。憒，古對反。〇《左傳》注：「黎侯國，上黨壺關縣有黎亭。」

序〇箋：「伯者，州伯。」疏：「《王制》：『五國以為屬，屬有長；十國以為連，連有帥；三十國以為卒，卒有正；二百一十國以為州，州有伯。殷之州長曰伯，虞夏及周曰牧。』周謂之牧，而云方伯者，以一州之中為長。」此釋《序》文，《傳》不用此。

《簡兮》邶十三：賢者仕於泠官。

經○一章，子金了：「『日之方中，在前上處』，言日正中時在庭前堂上，以俟舞列。」○《詩記》：「『日之方中』，至明而易見之時；『在前上處』，至近而易察之地。於是焉不能察而用，所以刺也。」朱子以「明」、「顯」二字該之。○卒章，《詩記》：「山則有榛，隰則有苓，唯西州然後有此人。」

傳○一章，易，以豉反。○疏：「舞謂之萬者，何休云：『象武王以萬人定天下，民樂之，故名之。』《商頌》亦曰：『萬舞有奕。』殷亦以武定天下也。」《詩記》：「萬舞，二舞之總名；干舞者，武舞之別名，文舞又謂之羽舞。」○疏：「言干則有戚，《禮記》：『朱干玉戚，冕而舞大武。』言籥則有羽，《籥師》：『教國子舞羽吹籥。』」○《禮書》：「干，盾也，以革為之，其背曰瓦。設錫，朱質，而繪以龍，龍之外又繪以雜羽。其繫之也以繡韋，其屬繡韋以紛。戚，斧也。玉戚以玉飾其柄。柯長三尺，博三寸，厚一寸有半。五分其長，以其一為之首。」錫音陽，白金也。紛音分，如綬。○《樂書》：「羽舞者，翟羽可用為儀，執之以舞，所以為蔽翼者也。」○疏：「黃帝使泠倫自崐崘之陰取竹，吹之為黃鐘之宮。周景王鑄鍾而問於泠州鳩，以泠氏世掌樂官，故世號樂官為泠官。」崐音昆。崘，盧昆反。泠或作伶。○譽音余，稱美也。○二章，轠，居良反。○疏：「御者執轡於此，使馬騁於彼；織組者總紕於此，而成文於彼；皆動於近而成於遠。」○三章，翟，雉屬。○渥，厚漬也，言漬之久厚則有光澤，如厚漬之丹，言赤而澤。○《儀禮》：「公燕羣臣，大夫為賓，宰夫為主人。賓與卿大夫入即位，主人獻賓及公卿大夫酢酬。畢席，工于西階上，小臣納工。工四人，二瑟升自西階，北面坐，歌《鹿鳴》《四牡》《皇皇者華》。卒歌，主人洗升獻工，工左瑟一人拜受爵。主人西階上，拜送爵，薦脯醢。衆工不拜，受爵，有脯醢。」○題下，《語録》：「問：『《簡兮》詩，張子謂：「其迹如此，而其中有過人者。」夫能卷而懷之，是固可以為賢，然以聖賢出處律之，恐未可以為盡善。』曰：『古之伶官亦非甚賤，其所執者猶是先王之正樂，故獻工之禮亦與之交酢，但賢者而為此，則自不得志耳。』」○侏儒、俳優，蓋亦衰世用之，非樂中所當用者。《樂記》：「今夫新樂，進俯退俯，姦聲以濫，溺而不止。及優、侏儔，獶雜子女，不知父子，樂終不可以語，不可以道古。」此正言後世之樂也。俯猶曲也，儔即儒。獶，乃刀反，獮猴也，舞者如獮猴戲。

《泉水》邶十四：衛女思歸。

經○《詩緝》：「『不瑕有害』，未為瑕過而有害也。」子金子：「不為瑕疵而有害乎？」

《傳》釋諸姬為姪娣，釋姑姊則曰諸姬。夫姪娣，從嫁者也，故可與謀。若姑與姊，則豈亦在所嫁之國而可問之哉？《詩緝》：「既出適於人，則與父母兄弟相遠矣。今父母終，唯姑姊尚存【一】，問其安否，感親之歿而念骨肉之存者也。」當從此說。

傳○一章，泉、淇皆衛水，因思之而起興。○共，居容反。慮，凌如反。○姬，衛姓，故得為姪娣。○二章，毛氏：「祖而舍軷，飲酒於其側曰餞。」疏：「軷謂祭道路之神。軷本山行之名，道路有阻險，故封土為山象，伏牲其上。天子用犬，諸侯羊，卿大夫酒脯。既祭，處者於是餞之，飲於其側。禮畢，乘車轢之而去，喻無險難也。」軷，蒲末反。轢音歷。○又《漢書》：「黃帝之子纍祖好遠游而死於道，故後人祭以為行神。」今案：凡祭，皆祭其神而以人鬼配。如社稷，則祭土穀之神而以后土棄配；然則軷祭，則祭道路之神，或以纍祖配也。○三章，王應麟《困學紀聞》：「《隋志》：『邢州内丘縣有于言山【二】。』又李公緒記云：『柏人縣有于山、言山【三】。柏人，邢州堯山縣。』」

案：毛氏注：「脂舝其車。」疏：「既脂其車，又設其舝。」是注、疏皆以脂舝兩言之也。《字書》：「舝，車軸耑鍵，今字亦作轄。其物以金為之，無事則脫，行則設之。」蓋軸穿於轂，

【一】「存」，四庫本作「在」。
【二】「于」，王應麟《困學紀聞》卷三作「干」。
【三】「于」，王應麟《困學紀聞》卷三作「干」。

而牽則貫於軸之兩耑而鍵夫輪者也。今脂則脂其軸與轂，舝則加其鍵也。鍵，巨展反。

四章，疏：「同出異歸曰肥泉。」○漕見《擊鼓》。○寫，除也。《詩緝》：「寫謂傾而除之也。《曲禮》：『器之溉者不寫。』」

《北門》邶十五：賢者不得志。

經○李氏《表記》：「君子不以小言受大禄，不以大言受小禄。以大言受小禄，是不見知於君，所不當受也。」衛臣終窶且貧，不見知於君也，非專較廩禄之厚薄也。

外不見知於君而不得行其志，内為窶貧之故而有室人之謫，困於内外極矣。乃一歸之於天，非知命樂義之君子，能如是乎？

傳○題下，懟見《邶·柏舟》。懟，直類、徒對二反，怨也。

《北風》邶十六：君子見幾而作。

經○《語録》：「問：『狐與烏以比何物？』曰：『不但指一物而言，當國將危亂之時，凡所見者，無非不好底氣象。』」○《詩記》：「『同車』不必指貴者，特協韻耳。」

《靜女》邶十七：淫奔之男。　異

經○《語録》：「問：『《傳》以《靜女》為淫奔期會之詩，以靜為閒雅之意。不知淫奔之人相與狎溺，何取乎閒雅？』曰：『淫奔之人不知其為可醜，但見其為可愛耳。以女而俟人於城隅，安得謂之閒雅？而此曰「靜女」者，猶《日月》所謂「德音無良」也。無良則不足為德音矣，而曰德音者，愛之之辭也。』」

首言「城隅」，末言「自牧」，蓋不特俟於城隅，抑且相逐於野矣。

傳〇一章，躑，直炙反；躅，厨玉反；行不進貌。〇卒章，牧，見《小雅·出車》。

《新臺》邶十八：國人惡宣公。

經〇《詩緝》：「此詩齊人作。」

傳〇一章，囷，區倫反，義見《伐檀·傳》。〇二章，洒，《詩記》：「水光中見其臺之高峻。」〇三章，易，離麗也。注：「麗猶著也，著，直略反。」

《二子乘舟》邶十九：國人憐二子。

經〇《詩緝》：「自衛適齊必涉河，首章言伋、壽二子乘舟涉河以適齊，其影汎汎，然何所歸乎？為其將見殺，顧其影而憐之也。我念而思之，中心養養，然憂不知所定也。二章言二子汎汎然從此逝矣，痛其往而不返也。詩人深求其心之無他而怨之，故曰不為瑕過而有害也。」〇子金子：「『不瑕有害』，謂本無瑕疵而有禍害也。」

傳〇一章，《左氏傳》：「桓公十六年初，衛宣公烝於夷姜，夷姜，莊公妾，宣公庶母。上淫曰烝。生急子，即伋。為之娶于齊而美，公取之，生壽及朔。夷姜縊，失寵故。宣姜與朔搆急子。公使諸齊，使盜待諸莘，將殺之。壽子告之，使行。不可，曰：『棄父之命，惡用子矣，有無父之國則可也。』及行，飲以酒，壽子載其旌以先，盜殺之。急子至，曰：『我之求也，此何罪？請殺我乎。』又殺之。」今案：《傳》與此文不同者，《傳》悉從毛氏文也。〇《詩緝》：「衛自宣公殺伋、壽，以朔為世子代立，是為惠公。左右公子怨朔之讒殺伋，乃作亂，立黔牟，惠公奔齊。其後諸侯納惠公，黔牟奔周。惠公怨周之容黔牟，與燕伐周。立子頹為王，惠公奔温。及惠公卒，子懿公立，百姓大臣猶以殺伋之故，皆不服。狄乘其釁，殺懿公而滅衛。嗚呼，衛之亂極矣！父子、兄弟、君臣之間相殘相賊，不唯流毒子孫，啓侮夷狄，以之殺身亡國，其餘殃所漸。且稔王室之禍，蓋綱常道盡，天地幾於傾陷矣。推原亂根，始於夫婦之不正，衽席之禍，一至此邪。以是知《詩》首《關雎》，聖人之意深遠矣。」

衛宣淫於上下，父子夷戮，人道絶矣，無足論也，惜乎伋之死未得其所爾。伋非得罪於父，特朔母子之構也。壽既告之，逃以自免，不陷父於惡，斯可矣。而以棄父命為辭，必於就死，是以從令為孝而擇義未精者也。或曰：「宣姜，故伋妻也。今欲立其子，非殺伋不可，其譖之也必。誣之以中冓之言，或有今將之意，若驪姬之譖申生者。假使伋子而出，誰許之乎？」曰：「君子之處事，以其有愧於心焉否爾。苟當於理，而於心焉無愧，則何卹於人言？昔者大舜嘗為之矣。母譖之也，為象奪嫡也；瞽瞍欲殺之，愛少子也。其事與伋無異焉。完廩浚井，逃而得免，於聖人之德未嘗少損。伋子於此取法焉可也。而守區區一節之義，豈非擇之未精者邪？」曰：「《春秋》書：『晉侯殺其世子申生。』直稱晉侯而斥殺，是專歸罪於獻公而不及申生，何也？」曰：「《春秋》，端本澄源之書也。獻公嬖色愛庶，戕嫡亂國。禍生於君，故專罪晉侯，以為萬世為君者之戒。然則成父之惡以致簡書之斥者誰歟？則責申生之意亦在言外矣。古人以申生為恭世子，故論伋子當與申生同科。」曰：「若是，則父命終可抗邪？」曰：「抗父之命為不孝，庸人之所能知，君子則有義焉。爾父生之子，事之則宜致死焉，固常道也。而父子主恩，今乃賊恩而殺其子以無罪，尚可謂之人乎？故子從父之逆命為恭之小，陷其父以滅人倫為害義之大，是以去彼而取此也。孤竹君嘗以治命立叔齊，而終不從，以失義也。夫廢嫡立庶，與無罪而殺子有逕庭矣。叔齊於其小者不忍累其父，寧困餓而不顧，聖人深許其仁，豈謂之抗父哉？故首止之盟《春秋》是之。夫天王以愛易子，諸侯以義定之，一舉而父子君臣之道皆正。是故夫子又稱之，曰：『管仲相桓公，一匡天下，民到于今受其賜。微管仲，吾其被髮左衽矣。』蓋有父子君臣則為中國，失則為夷狄矣。由是觀之，君子以擇義為大也。」「然則壽之死也，如之何？」曰：「壽知愛其兄而已，不知加父之惡也。」

鄘一之四 變二

《柏舟》 鄘一：共姜自誓。

經〇箋：「舟在河中，猶婦人之在夫家，是其常處。」〇《詩緝》：「父母者，子之天；夫者，婦之天。今父與夫俱不存，惟母是我所天也。何不信我而欲奪我志也？」

它，它適也。慝，邪之匿於心者也。它適而誓之死靡為之，其事猶顯。至於一念邪思之微，亦誓至死而靡發，可見其心之貞固，而節不可渝矣。〇共姜之時，先王遺澤尚在，《關雎》之化猶有存者。故姜之守義，雖或天性貞潔，然教化之道不可誣也。當時衛之風俗固因以厚矣。而先儒說詩者以衛之淫風大行，僅得共姜，故聖人録之以為鄘首，蓋考之未詳爾。衛自康叔傳九世至釐侯，史皆無事可載。釐侯立於厲王二十五年，子武公立於宣王十六年，皆東遷之前。在釐侯時，有共姜暨武公修康叔之政，百姓和集。其終也，謚曰「睿聖武公」，觀於《淇奥》《抑》詩可見。則當時衛俗安有不善者乎？自其子莊公不禮於莊姜，馴致州吁之亂而宣公立，宣淫於上下，而淫風始流行，不可禁矣。但詩各因一事而發，聖人唯欲取之以示勸戒，固不必論時之先後為次第也。讀者詳之。

傳〇一章，髦，疏：「《禮》注：『兒生三月，翦髮為鬌，男角女羈。否則男左女右。長大猶為之飾存之，謂之髦，所以順父母幼小之心。』若父母没，則脫之。諸侯小斂脫髦，士既殯脫髦。若父母有先死者，脫之，至服闋又著。二親並没，則因去之。」夾囟曰角，午達曰羈。《内則》：「櫛，縰，笄，總，拂髦，冠。」是著於冠之内也。髦之制未聞。鬌，徒果反。闋，苦穴反。囟，思晉反。縰，所買反。〇去，起吕反。〇共音恭。共伯，衛釐侯子，名餘，武公兄。〇奪謂奪其守義之心。〇覆，孚救反。

《牆有茨》鄘二：刺宣姜。

傳〇一章，《詩記》：「《前漢·梁王襄傳》：『聽聞中冓之言。』注：『應劭曰：「中冓，材構在堂之中也。」顔師古曰：「冓，謂舍之交積材木也。」』蓋閫内隱奥之處，『中冓之言』若曰『閨門之言』也。」〇惠公名朔，即構伋子者。《左氏傳》：「閔公二年，惠公之即位也少，齊人使昭伯烝於宣姜。不可，強之，生齊子、戴公、文公、宋桓夫人、許穆夫人。」昭伯即公子頑，宣公之長庶，伋之兄也。

《君子偕老》鄘三：刺宣姜。

經〇一章，副，敷救反。

首章三截。上二句言夫人能與君子偕老，則得有副笄之服。既服此，則宜從一而偕老。中三句正言宣姜威儀容貌稱其象服。下二句言今乃不善，將云何哉？中三句應「副笄六珈」，下二句應「君子偕老」。○象服，與「予觀古人之象」同。○「胡然而天也！胡然而帝也！」謂夫人容貌之美、服飾之盛固無以加，然而無德，則人胡然而尊之如天？胡然而敬之如帝？此則與上下兩章末句皆刺之也。一說容貌服飾如此，胡然而自天降此乎？胡然而鬼神來此乎？此則問辭。後章末則答之，曰：「此邦之媛也。」一說容貌服飾之盛，胡為而在此乎？其自天而降也。胡為而在此乎？其鬼神也。此雖疑辭，而却非問辭。上說疑在「胡然」字，此說疑在「天」、「帝」字。

傳○二章，《天官·追師》：「掌王后之首服，為副編次。」注：「副之言覆，所以覆首為之飾，其遺象若今步繇，服之以從王祭祀。」疏：「步繇謂在首之時，行步繇動。此據鄭時目驗以曉古，至今去漢久遠，亦無以知之。」追，丁回反。編，步典、必先二反。覆，芳救反。繇與摇同。

今案：鄭說《禮》如此，而箋《詩》亦曰「如步摇」，皆不言步摇之制。毛注：「副者，后夫人之首飾，編髪為之。」《後漢書·和熹鄧后記》注：「皇后首副，其上有垂珠，步則摇。」然不知步摇之身亦編髪為之否也？蓋謂之「似步摇」，固已全非步摇之制。自作疏時已不知之，則副之為物今不可考矣。

《追師》又曰：「追衡笄。」注：「追猶治也。王后之衡笄皆以玉為之，唯祭服有衡，垂于副之兩旁當耳，其下以紞縣瑱。」笄，卷髪者。紞，都感反。縣音懸。瑱，他甸反。卷音捲。

今案：鄭說《禮》如此，是以衡笄為二物。毛注：「笄，衡笄也。」是以衡笄為一物。愚竊以鄭說為是。蓋副有衡，復有笄，詩言「副則有衡」可知。別舉笄，則謂有六珈，飾之盛也。疏：「六珈必飾之有六，但所施不可知。」

今案：珈字從玉，是以玉加飾於物也。然追者治玉之名，笄既以玉為，則珈亦未知以何為飾，而其制為如何。

紞，織如絛，上屬於衡以懸瑱者也。瑱，以玉為之，以纊縛之而屬於紞，懸之當耳。縛音篆，卷也。〇二章，翟衣，見《葛覃》。〇縐，慈陵反，帛也。〇髢，益髮。疏：「己髮少，聚他人髮益之。《左氏傳》：『哀公十七年，衛莊公見己氏之妻髮美，使髡之以為呂姜髢。』是也。」摘，他狄反。〇三章，袢，《釋文》：「符袁反。」毛注：「是當暑袢延之服。」疏：「袢延是熱之氣。紲袢，去熱之名。」言是當暑紲去絆延之服也。則紲字作泄字意解。今《傳》作「薄慢反」，而云：「紲袢，束縛意。」案：《說文》：「袢，博慢反。」而《傳》意袢字如絆字，意是紲袢為連綿字，共成束縛意也。然「薄慢反」恐誤，當如《說文》切。

《桑中》鄘四：淫者。異【一】

傳〇一章，《爾雅》：「唐，蒙，女蘿。女蘿，兔絲。」注：「別四名。」疏：「唐與蒙或并或別。」別則四名也。《本草》：「夏生，苗如絲，蔓延草木上。或云無根，假氣而生。實如蠶子。」《爾雅》又出一條曰：「蒙，玉女。」注：「蒙即唐。」尤見唐、蒙之別。《傳》：「唐，蒙，菜也。」從毛注也。但唐非可食之物，不知毛為何以為菜名。〇姜，大率言貴族，以誦女之美，未必真有姜、弋、庸三姓。〇二章，《春秋》：「襄公四年，夫人姒氏薨。」《公羊傳》作「弋氏薨。」「定公十五年，姒氏卒。」《穀梁傳》作「弋氏卒。」〇題下，比，毗志反，同也。濮音卜，衛水名。〇《史記》：「衛靈公之晉，至濮水之上，夜聞鼓琴聲。召師涓，曰：『吾聞鼓琴，狀似鬼神，為我聽而寫之。』師涓曰：『諾。』去之晉，靈公令師涓援琴鼓之。師曠止之，曰：『此亡國之聲，不可聽。師延與紂為靡靡之樂，武王伐紂，師延

【一】「異」字，張氏本無。

東走，自投濮水之中。故聞此聲必於濮水之上，先聞此聲者國削。』」

序○譙以辭相責，讓以禮辭責之。質者，正也。責，誚也。哇，邪也。哇淫，非正曲也。

《鶉之奔奔》鄘五：刺宣姜子頑。

傳○一章，《爾雅》曰：「鷯，鶉。」注：「鵪屬。」疏：「鶉，一名鷯。」又曰：「鴽，鴾母。」注：「鵪也，青州呼鴾母。」疏：「鴽，田鼠所化；鶉，蝦蟇所化。」《爾雅》又曰：「鶉，其雄鶛，牝痺。」又曰：「鶉子鳼，鴽子鸋。」然則又有雌雄子母，非盡化者矣。鷯音僚。鵪，烏含反。鴽音如，鴾音牟，蝦音霞，蟇音麻。鶛音皆。痺音脾。鳼音文。鸋音寧。

《定之方中》鄘六：美衛文公。

經○《詩記》：「『升彼虛矣』，以領略其大勢；『降觀于桑』，以細察其土宜。」○《詩記》：「建國之初，憂民之不得其所，不敢遑寧。曰『終焉允臧』者【一】，喜其果遂於志願也。」○《詩記》：「淵虛，明如淵也。塞則多不明，塞淵則實而明。」

傳○一章，《晉・天文志》：「營室二星，天子之宮也。一曰玄宮，一曰清廟。又為土功事。」《爾雅》：「營室謂之定。」注：「定，正也。作宮室，皆以營室之中為正。」○疏：「《鄭志》：『楚丘在濟河間，疑在今東郡界。』杜預云：『楚丘，濟陰成武縣西南，猶在濟北，故云濟河間。』」○《通典》：「滑州衛南縣，衛文公自漕邑遷楚丘，即此。」○度，徒角反。臬，魚列反。○《冬官》：「匠人建國，水地以縣，置槷以縣，眡以景。為規識日出之景與日入之

【一】「焉」，《吕氏家塾讀詩記》卷五作「然」。按《詩・定之方中》「終然允臧」，或本作「終焉允臧」，據阮元《毛詩正義校勘記》，作「然」為是。

景。晝參諸日中之景，夜考之極星，以正朝夕。」注疏：「於造城郭處四角立四柱，於柱四畔縣繩以正柱，柱正然後以水平之法遥望柱高下定，即知地之高下，然後平高就下。地既平，於其中央樹八尺之臬，於四角四中以八繩縣之。臬既正，乃於日出、日入之時，晝記臬景之端，却於中臬。以繩取景，兩端之內一帀規之。規之則遠近定而東西審，度兩交之間，中屈之以指臬，則南北正。恐其不審，猶更以日中之景參之也。朝夕，即東西景也。」《傳》正取此义。縣音玄。槷、臬同，眡、視同。識音志。〇《爾雅》：「椅，梓。」注：「即楸。」《說文》亦曰：「椅，梓也；梓，楸也。」是為一物矣。然經言椅，又言梓，故疏云：「楸之疏理而牛子者為梓【一】，梓實桐皮曰椅。則大類同而小別也。」〇桐種不一，諸家說亦多相亂，惟寇宗奭《本草衍義》條其狀：「白桐可斲琴，葉三杈，開白花，不結子。梧桐開淡黄小花，如棗花，枝頭出絲，墮地成油，霑漬衣履，五六月結子。」然則白桐即今俗所謂毛桐。《詩》之樹桐為琴瑟，蓋白桐也。梧桐不堪作琴瑟，《傳》蓋誤。〇吳正傳案：《家語》：「山有梓，實而俯。」楸屬亦多喬聳，但以實而俯者，求梓則得之矣。〇二章，杏溪傅寅《羣書百考》：「堂當是今博州堂邑，《通典》以為漢舊縣，則堂邑之稱從來久矣。博、濮二州連境，後衛成公自楚丘徙濮陽。濮陽古屬濮州，則知堂邑亦衛邑也。」〇二章【二】，景山，後說為是。蓋測景之事首章已言之，而於此句之上有「望」字，下有「觀」字，則皆相視地形之意。又毛曰：「景山，大山也。」〇三章，非獨訓「匪直」字，以兩句作一連說，「直」如《孟子》「非直為觀美也」。〇《詩緝》：「《左傳》言：『元年革車三十乘，季年乃三百乘。』是實有之數，三百乘計一千二百匹。《周禮·校人》：『邦國六閑，馬四種。』（齊道田馬各一閑，駑馬三閑。閑二百一十六馬，六閑計一千二百九十六馬【三】。）則三百乘正合侯國之數。今云三千者，革車不用牝馬，今併牝馬數之，故為三千。亦見諸侯各務富强，不守舊制。」〇題下，燬，虎委反。〇《左氏傳·閔公二年》：「冬十二月，狄人伐衛。衛

【一】「理」下，《毛詩正義》卷三之一有「白色」二字。

【二】「二章」二字，張氏本無。

【三】按，自「齊道田馬各一閑」至「六閑計一千二百九十六馬」，非《詩緝》文，乃許謙據舊注插入的訓解《校人》經文的一段話，今加括号以別之。

懿公好鶴，鶴有乘軒者。將戰，國人受甲者皆曰：『鶴實有禄位，余焉能戰？』《史記》謂：「懿公淫樂奢侈。」公及狄人戰于熒澤，衛師敗績。《史記》：「殺懿公。」國人出，狄入衛。遂從之，又敗諸河。宋桓公逆諸河。桓夫人，宣姜女。宵濟，衛之遺民男女七百有三十人。益之以共滕之民，為五千人。共、滕皆衛别邑。立戴公，以廬于曹。齊侯使人帥車三百乘、甲士三千人戍曹，歸公乘馬，祭服五稱。牛、羊、豕、雞、狗皆三百，與門材。歸夫人魚軒，重錦三十兩。僖公二年，齊桓公合諸侯城楚丘以封衛，衛国亡。」○大布，麤布；大帛，厚繒。蓋用諸侯諒闇之服。惠工，加惠百工，賴其利器用。授方，授百事之宜。今詳布衣帛冠，蓋不止用於戴公喪期之中。此正文公貶損自警，如越王卧薪嘗膽之意。

《蝃蝀》鄘七：刺淫奔。

經

此詩前二章刺女子，後章兼刺男女。若果文公時詩，真可見天理民彝，未嘗一日可以泯絶，而感應之速，其效有如此者。然則綱淪彝斁，實自上為之，非下之罪也。衛因淫邪以致禍敗，其亂極矣。文公一轉移之，民之知義乃如此。且其辭非止論事常言，而達禮知命，真君子之言也。○《禮》曰：「信，事人也信，婦德也。」

傳○一章，遠，于萬反，紐音，今易于願反。○《爾雅》：「螮蝀謂之雩。螮蝀，虹也。蜺為挈貳。」注：「虹，江東呼雩，俗名為美人虹。蜺，雌虹也。挈貳，其别名。」疏：「虹雙出，色鮮盛者為雄，雄曰虹；闇者為雌，雌曰蜺。」闇音暗，螮即蝃。○二章，《春官》經注疏【一】：「眡祲掌十煇之法，以觀妖祥、辨吉凶。（煇謂日旁之光氣。）一曰祲；（陰陽氣相侵，赤雲為陽，黑雲為陰。）二曰象；（如赤烏。）三曰鐫；（日旁雲氣刺日。）四曰監；（赤雲氣在日旁，

【一】「經注疏」，原混淆經文与注疏文，今據《周禮注疏》卷二十三將注疏文字酌加括号以為别。

如冠珥。）五曰闇；（日月食。）六曰瞢；（日月無光。）七曰彌；（雲氣貫日而過。）八曰敘；（雲氣次序如山，在日上。）九曰隮；（虹也。）十曰想。（雜氣有似可形想。）」祲，子鴆反。煇音運。鑴，許規反。鄉音向。珥，仍吏反。瞢，母亘反。

《相鼠》鄘八：序以為文公作。

經〇《詩緝》：「凡獸皆有皮、齒、體，獨言鼠者，舉卑汙可惡之物，以惡人之無禮也。」

《干旄》鄘九：詩人美大夫好善。

傳〇紕，符至反，類隔切，今易毗至反。〇後世或無翟羽，染鳥羽為之，謂之夏采。夏，上聲。

旄，旟旌。今案：《周禮》《爾雅》《禮書》參比而得其說，曰：凡旗，有杠、有縿、有旒。杠者，旗竿也，其首以旄牛尾注於其上，又以翟五色之羽析之。注于旄之上謂之旌，則旄、旌皆是杠之飾也。旄與髦同。其杠以素錦韜之，然後以縿繫于杠。縿以纁帛為之。纁，絳色也。旒，赤絳帛而屬於縿之上。以俗言之，則縿是旗身，旒是旗脚，又以組飾旒之邊，又用朱縷縫紕旒縿。或以維持之，不欲令曳地。凡旗則自王以下各有所建，旗上所畫則各有其物。旟，州里所建者也，其上畫鳥隼。鳥與隼二物也，縿及旒皆畫之。或者以為，《大司馬》「百官載旟」，乃卿大夫仲秋教治兵所建，而《司常》「州里建旟」亦大閱時也。見賢載旟，無明文以疑此詩，然《司常》下文明言「賓客亦如之」。而陳祥道曰：「州里建旟者，州里之常；百官載旟者，一時之事。」軍國之容固不同耳。此詩第二章，干旟，乃是箋所謂「州長之屬」，疏所謂「鄉內州長、黨正，遂内酇長、里宰、鄰長等同建者」也。一章、三章，旄、旌，皆因旟而言。紕者，縫之也。組者，飾之也。祝者，維之也。杠音江，縿音衫，旒音流。斿同韜，音滔。屬音燭。

《載馳》鄘十：許穆夫人。

經〇一章，唁，疑戰反。

案：閔公二年，冬十有二月，狄入衛。宋桓公立戴公，以廬于曹，許穆夫人賦《載馳》，是年戴公卒，而文公立，然則戴公之立與卒在一月之間爾。周十二月，今十月也，於是「采蝱」與「麥之芃芃」皆非其時，特託意以言之，如《卷耳》《草蟲》之類，不必以為實然也。蓋夫人欲歸唁衛侯，知於義不可，而極其思，託意賦此詩也。言我馳驅「歸唁衛侯」，而「驅馬悠悠」，言必至于漕。今許大夫雖往弔有跋涉之勞，然我心則憂不解也。其不可歸之義，夫人豈不知乎？於是託許人諫不可往之義，而言曰：汝既不以我歸為嘉，則信不能旋反而濟。視爾雖不以我為善，然我之思則不遠也、不止也。亦陟彼阿丘，言采蝱以舒鬱結乎？雖曰女子多思，亦各有其道也。許人皆尤我以思之太過，是直童幼狂妄之言爾【一】。我之所思，豈徒欲往唁之而已乎？許國之小，力不能救，將控告于大國以救之。又設行野見麥之意，且憂控大國誰因誰極乎？大夫君子無以我為有過，蓋百爾所思，不如我之自往也。

傳〇一章，杜預《春秋世族譜》：「許，姜姓，與齊同祖。堯四岳伯夷之後，周武王封其苗裔文叔于許，今潁川許昌是也。自文叔至莊公十一世，始見《春秋》。」今案：許，男爵。穆公名新臣，見僖公四年。〇三章，蝱，《本草》：

【一】「直」，張氏本作「真」。

「貝母，根有瓣，子黄白色，如聚貝子，故名貝母。」《爾雅》作莔，音萌。○少，失照反。

衛一之五 變三

《淇奧》衛一：君子美武公。

經○《語録》：「問：『《淇奧》一篇，衛武公進德、成德之序，始終可見。一章言切磋琢磨，則學問自修之功精密如此。二章言威儀服飾之盛，有諸中而形諸外者也。三章言如金錫圭璧，則鍛鍊已精，温純深粹，而德器成矣。前二章皆有瑟僩赫咺之詞，三章但言寬綽戲謔而已。於此可見不事矜持，而周旋自然中禮之意。』曰：『説得甚善。武公學問之功甚不苟，年九十五歲猶命羣臣，使進規諫。至如《抑》詩，是他自警之詩。後人不知，遂以為戒厲王。畢竟周之卿士，去聖人近，氣象自是不同。』」○二章，琇音秀。

武公之所以有德，全在切、磋、琢、磨四字。惟其工夫如此精密，故有瑟僩赫咺之效。存於内者周，故發於外者著。下二句却就他人心上説，謂此君子不可忘。一章總言其講學自修之功，故德容儀之盛。二章止言正其衣冠，則其德容自充，蓋至此德成矣。三章言守之於心者，貞剛如金錫；施之於四體者，温粹如圭璧。至於倚較則寬綽、戲謔則不虐，蓋動作之間，無所往而非德容之盛也。

傳○一章，見音現。鑢，良豫反。鍚，它浪反。槌，直追反。復，扶又反。恂音峻。

此章訓詁解義皆不及《大學》詳明。曾子謂：「『瑟兮僩兮』，恂慄也。」是瑟僩以存諸中者言，所以《章句》謂「嚴密武毅貌」。《傳》乃釋為「矜莊威嚴」，是就外言，則與曾子所謂「赫兮喧兮，威儀」者若有重意。解上文亦詳於此。蓋《大學》，朱子晚年之書，讀此章者當從《大學》。

二章，瑱，它甸反。縫，扶用反。○《夏官·弁師》：「王之皮弁，會五采玉璂，象邸【一】。諸侯及孤卿大夫，各以其等為之。」注疏：「皮弁之縫中，每貫結五采玉十二以為飾，謂之璂。五采玉，朱、白、蒼、黄、玄之玉也。邸，下柢也，謂於弁内頂上，以象骨為柢。侯伯璂飾七，子男璂飾五。玉三采：朱、白、蒼。孤則璂飾四，三命之卿璂飾三，再命之大夫璂飾二。玉二采：朱、緑。」璂音其。邸、柢，並丁禮反。○三章，棧，仕限反，牀笫也。笫，壯仕反。比，毗至反。○猗，《釋文》：「於綺反，依也。」只是倚義。今音同首章，而為歎辭，恐於字義及句義皆若不協，當從《釋文》。○《禮書》輿人之法：「車廣六尺六寸三分，車廣去一以為隧，則輿深四尺四寸矣。三分其隧，一在前、二在後，以揉其式，則式深一尺四寸三分寸之二矣。以其廣之半為之式崇，則式三尺三寸矣。以其隧之半為之較崇，則較出於式二尺二寸矣。式圍七寸三分寸之一；較圍四寸九分寸之八。」《周禮》注：「較，兩輢上出式者。」疏：「較謂車輿兩相，今人謂之平鬲也。言兩較，謂車相兩旁豎之者。二者既別，而云『較，兩輢上出式者』，以其較之兩頭皆置于輢上，二木相附，故據兩較出式而言之。」蓋天子與其臣乘重較之車，諸侯之車不重較。《詩》疏則曰：「重較，侯伯之車也。」此二說不同。隧與邃同，車輿深也。揉，汝九反。輢，於綺反。○易，以豉反。中，竹仲反。○題下，長，知丈反。朝，直遥反。舍，始野反。

【一】「象邸」下，《周禮注疏》卷三十二《夏官·弁師》有「玉笄」二字。

《考槃》衛二：詩人美賢者。　異【一】

經○《詩緝》：「『永矢弗諼』、『弗過』、『弗告』，亦作詩者形容其高舉遠遯，有終焉之意耳。賢者不自言其如此也。」

考槃在澗，可謂幽僻；碩德之人居之，則見其寬廣。此「君子居之，何陋之有」之意。於是獨寐於此，寤而自言，誓永弗忘此樂矣。二章同意，歌則長其言也。至日宿，則惟於此留止。且不以語人，是遯世無悶，自樂於心，并其言忘之矣。

《碩人》衛三：國人閔莊姜。

傳○一章，襌音丹。○褧，《字書》：「檾也。」檾，枲屬。《爾雅翼》：「檾高四五尺，或六七尺，葉似苧而薄，實如大麻子。今人績為布。」蓋用此布為襌衣，故謂之褧。《語録》意同。箋：「夫人翟衣而嫁，今衣錦者，在塗之所服。」下章則自近郊正衣服，乘車馬以入。○《春秋》杜預注：「邢國在廣平襄國縣。」《通典》：「邢州龍岡縣，『邢遷夷儀』即此。廣平，唐為洺州，邢州則鉅鹿郡也。」《考異》：「邢國故城在邢州外城內西南角，殷時邢侯國，周公子封邢侯居此。」○《春秋》注：「譚國在濟南平陵縣西南，即今濟南府之歷城縣。」○重，直用反。○二章，蝤，《釋文》與《傳》反切同，然《字書》皆「自秋反」，恐《釋文》誤。《爾雅》：「蝤蠐，蝎。」此蠐螬之類。蝤蠐在木中，蠐螬在糞土中。○比，毗志反。○《爾雅》：「蚻，蜻蜻。」注：「如蟬而小，有文者謂之螓。」蚻音札，蜻音精。○疏：「輔，牙外之皮膚，頰下之別名。」○三章，《釋文》：「鑣，馬銜外鐵，一名扇汗，又曰排沫。《爾雅》謂之钀，魚列反。」○翟茀，見《召南·何彼襛矣》。○諸侯三門：庫、雉、路。三朝，路寢在路門內，內朝在路門外，則外朝在

【一】原無「異」字，據張氏本、秦氏本、四庫本補。

雉門外矣。日出而視朝者，内朝也。○諸侯路寢一，在前；小寢二，在後。東西建。○四章，疏：「鱣鮪出江海，三月中，從河下頭來上。鱣身形似龍，鋭頭，口在頷下，背上腹下皆有甲，縱廣四五尺。今於盟津東石磧上釣取之，大者千餘斤。可烝為脽，又可為鮓，魚子可為醬。鮪魚形似鱣而青黑，頭小而尖，似鐵兜鍪。口亦在頷下，其甲可以摩薑，大者不過七八尺。大者為王鮪，小者為鮛鮪。肉色白，味不如鱣也。」盟，莫更反。脽，黑各反，羹也。鍪音牟，鮛音叔。○薍，五患反。菼、薍、荻，並見《秦・蒹葭》。○佼，古巧反，好也。

《氓》衛四：淫奔被棄，自悔。　異

經○《詩緝》：「一章述始者已為男子所誘，而已許之奔。二章述已為男子所惑，而遂奔之。三章述其既奔而悔，四章述其愛弛而見棄，五章述其至家而羞見兄弟，六章述其怨而自解之辭。」○二章，涕，它禮反。《詩緝》：「漣漣，涕出接續之貌。」○四章，箋：「女家乏食已三歲，貧矣。」女音汝。○卒章，《詩緝》：「將與汝偕老，今我未老而已見棄。若我從爾至老，其被暴戾必有甚者，愈使我怨也。舊說以『老使我怨』為今老而見棄。據此詩言『總角之宴』，則此婦人始笄便為此氓之婦；又言『自我徂爾，三歲食貧』，又言『三歲為婦』，是正及三年便見棄【二】，不應便老也。」○下溼曰隰。

傳○一章，朱子：「初言氓者，見其來，莫知其為誰何也。既與之謀，則爾汝之矣。此言之次第。」○「布訓幣」，毛氏文。疏：「幣者，布帛之名。」今案：《天官・外府》注：「布，泉也，其藏曰泉，其行曰布。」疏：「布、泉一也，即錢也。」若布作錢說，亦通。○《漢志》：「東郡有頓丘縣。」○狡，古巧反，猾也。○三章，《爾雅》：「鳲

【二】「正」，《詩緝》卷六作「止」。

鳩，鶻鵃。」注與《傳》同。疏：「春來秋去【一】，一名鳴鳩。《月令》：『鳴鳩拂其羽。』」鶌，居物反。鶻音骨，鵃音嘲。詳見《小雅・小宛》。〇四章，疏：「童容，以幃障車之傍，如裳以為容飾，故或謂之幃裳。此唯婦人之車飾為然。」〇復，扶又反。〇卒章，「反復」之「復」，芳服反。〇《左氏傳・襄公二十五年》：「衛太叔文子曰：『君子之行，思其終也，思其復也。』」

《竹竿》衛七：衛女思歸。

傳〇一章，殺，色界反，衰小之也。長而殺，謂釣竿長而根大，其末漸漸衰小。〇二章，遠，見《鄘・蝃蝀》。〇四章，毛氏：「檜，柏葉松身。」

《芄蘭》衛六：不知所謂。　異

經〇子金子：「《芄蘭》之詩雖不知作者之本意，大意柔弱之人不稱其服。芄蘭蔓生纏繞，非特達之物；如童子雖有衣服之飾，而『垂帶悸兮』，便有羞澀驚悸之意。」

芄蘭，柔弱之草，其枝葉不足取。以興童子無才智而居大人之位，不足尚。故雖服成人之佩，而智不足以知我，才不足以長我，猶且不能自省，而舒緩放肆，垂帶悸然以自得。蓋惟知處尊高之位，侈然以樂其身，而不知所以處之之道，故為人指議如此。蓋人君柔弱不能勝任，大夫以是刺之，但無以見果為何君而發爾。朱子以為不知所謂，今依朱子訓詁而為說如此。子金子之意又有不同者。

【一】「秋」，《毛詩正義》卷三之三作「冬」。

傳○一章，芄蘭，《爾雅》：「一名雚。」陸璣：「蔓生，葉青綠色而厚，摘之，白汁出。食之甘脆，鬻為茹，滑美。其子長數寸，似瓠子。」雚音貫，鬻音煮。○唉，徒濫反。○二章，闓與開同。彄，苦侯反。沓，《釋文》：「待答反，當作託答反，冒也。」將，子匠反。長，知丈反。

《河廣》衛七：宋桓夫人思子。

傳○一章，《詩記》：「《說苑》曰：『宋襄公為太子，請於桓公曰：「請使目夷立。」公曰：「何故？」對曰：「臣之舅在衛，愛臣。若終立，則不可以往。」』味此詩而推其母子之心，蓋不相遠。所載似可信也。不曰欲見母而曰欲見舅者，恐傷其父之意也。母之慈、子之孝，皆止於義而不敢過焉。不幸處母子之變者，可以觀矣。」○「與祖為體」，以昭穆言也。○疏：「一葦，謂一束。」○疏：「文公之時衛已在河南，適宋不渡河。此假有渡者之辭，非喻夫人之嚮宋渡河也。宋，今睢陽，去衛甚遠。言宋近，猶喻河狹。」

案：《春秋傳》：「莊公十二年，宋桓公立。僖公九年卒，子襄公立。閔公二年，狄入衛。宋桓公逆衛遺民於河，立戴公。是年卒，文公立。」文公元年即僖之元年也。今傳曰「衛在河北，宋在河南」，是以狄未滅衛之前言之也。而言《河廣》之詩作於襄公即位之後，則衛不在河北矣。其說自相枘鑿。若據經「一葦杭之」為實，則為衛在河北而襄公為太子之時；若以「一葦杭之」為假設之辭，則可為襄公即位之後而衛非河北矣。二者必有一是一非。然觀桓公迎衛之意，似此時未出夫人也。桓公卒於衛文之八年，不知何年出之。然則衛在河北之說為誤，而此詩作於襄公為太子時與即位之後，則未可知也。

題下，「衛有婦人之詩」、「六人皆止於禮義」，謂共姜也、莊姜也、許穆夫人也、宋桓夫人也、《泉水》之女也、

《竹竿》之女也。

《伯兮》衛八：婦人思其夫。

傳〇一章，殳，《説文》：「積竹為之。」《冬官·廬人》：「殳長尋有四尺。即丈二尺。毄兵同强。殳無刃，可毄打人，故謂之毄兵同强，上下同堅勁也。圍欲細【一】，舉圍欲重。舉謂手所操。五分其長，以其一為之被而圍之。被，把中也；圍之，圜之也。參分其圍，去一以為晉圍。晉讀如搢，謂下鐏也，矜所捷也【二】。矜，柄也。鐏，存問反。五分其晉圍去一，以為首圍。」首，殳上也。注：「圍之大小未聞，其矜八觚。」毄與擊同。被，皮義反。把音霸。矜，渠巾反。觚音孤。〇二章，《戰國策》：「晉豫讓曰：『士為知己者死，女為説己者容。』」説，弋雪反。〇三章，思，相字反。〇卒章，疏：「房室所居之地，總謂之堂。房半以北為北堂，房半以南為南堂。」此蓋專指東房而言，此是北階入内寢處。〇題下，文王遣戍役，《采薇》《出車》《杕杜》詩；周公勞歸士，《東山》之詩也。

《有狐》衛九：寡婦思婚姻。　異

傳〇一章，妃、配同。〇二章，凡帶有二：革帶加裳上，所以懸佩；大帶加衣上，所以束衣。而為禮申重也，申束衣，并革帶而數之也。

序〇「會男女之無夫家」，謂未成室家而不得授夫家之田者。

【一】「圍」上，《周禮注疏》卷四十一有「舉」字。

【二】「捷」，張氏本、秦氏本作「搢圭」。

《木瓜》衛十：男女贈答。異

經

此雖淫邪相贈答之辭，然推而充之，亦足以為法。蓋彼施者雖輕，我報者當重，不以彼己相較而效之，此厚之道也。而猶曰「匪報」，蓋如此則可永其好爾。至於以薄加於我者，則當曰：「寧人負我，無我負人。」如張子所謂「不要相學」者可也。

傳〇一章，楙音茂。《爾雅》：「木瓜，楙【一】。」疏：「木瓜一名楙。」故《傳》曰「楙木」。〇酢，七故反。〇李氏：「江左右者名柤。其實如小瓜而有鼻，食之津潤而不香者謂之木瓜。圓而小於木瓜，食之酸澀而香者謂之木桃。似木瓜而無鼻，而其品又為下，謂之木李。」今案：此言未知是否。〇琚者，處佩之中，所以貫蠙珠而上繫於珩，下維璜衝牙者也。蠙，步眠反。〇三章，《釋文》：「玖，石黑色。」

《衛詩》譜

衛自康叔至釐侯，九世。釐侯四十二年卒。子武公和立，五十五年卒。子莊公楊立，二十三年卒。子桓公完立，十六年，弟州吁弒之，自立。是年，國人殺之。立宣公晉，十九年卒。子惠公朔立，三十一年卒。子懿公赤立。九年，狄滅衛，戴公申立而卒。弟文公燬立，二十五年卒。子成公鄭立，三十五年卒。子穆公遬立，十一年卒。《衛》詩三十九篇，今可譜者二十二篇。自釐侯至穆公十二君，二百六十六年，可見者如此耳。其十七篇不知何世，不可譜。朱子說詩與鄭不同，故不從鄭《譜》。

【一】「木瓜，楙」，《爾雅注疏》卷九作「楙，木瓜」。

《鄘・柏舟》
右鳌一詩。
《淇奥》
右武一詩。
《邶・柏舟》　《緑衣》　《日月》　《終風》　《碩人》
右莊五詩。
《燕燕》　《擊鼓》
右州吁二詩。
《新臺》　《二子乘舟》
右宣二詩。
《牆有茨》　《君子偕老》　《鶉之奔奔》
右惠三詩。
《載馳》
右戴一詩。
《定之方中》　《蝃蝀》　《相鼠》　《干旄》　《河廣》
右文五詩。
《式微》　《旄丘》
右穆二詩。
《簡兮》　《北門》：二詩疑莊後。　《凱風》　《匏有苦葉》　《靜女》　《桑中》

《氓》　《木瓜》：六詩皆淫，疑宣世。

《北風》：疑懿世。　《有狐》：疑戴文世。　《雄雉》　《谷風》　《泉水》　《考槃》　《芄蘭》

《竹竿》　《伯兮》

右十七詩。前十詩有所疑而不敢必，後七詩不可知何世。

詩集傳名物鈔卷二

詩集傳名物鈔卷三

王一之六 變四

傳〇疏：「《漢·地理志》：『洛邑與宗周通封畿，東西長，南北短，相覆千里。』」瓚案：『西周方八百里，為方百里者六十四；東周方六百里，為方百里者三十六。二都方百里者百，方千里也。』」〇華，胡化反。「太華即華山，在京兆華陰縣南。外方即嵩高，在潁川嵩高縣。」《前編》：「外方非嵩高，今河南府伊陽縣伊闕鎮之西陸渾山，據《唐志》一名方山。蓋古為外方，春秋時秦晉遷陸渾之戎居此，因名陸渾云。其山固嵩高之聯峰，然謂為嵩高則非爾。」〇疏：「《左氏傳》：『襄王賜晉文公陽樊、溫原、欑、茅之田，晉於是始啓南陽。』杜預云：『在晉山南河北，故曰南陽。』是未賜晉時為周畿內，故知北得河陽百【一】。」故應劭注漢河內郡修武縣云「有南陽縣，是晉所啓南陽」。今修武省為鎮，屬懷州。河陽亦漢河內郡之縣，今為孟州縣，所謂「漸冀州之南」也。〇營洛在成王七年。《周禮》：「以土圭之法測土深，正日景以求地中。日至之景尺有五寸，謂之地中：天地之所合也，四時之所交也，風雨之所會也，陰陽之所和也。乃建王國焉。」正作洛之事也。深，尺鴆反，又尸鴆反。景與影同。〇《前編》：「幽王立，褒人有罪，請入女子於王以贖罪，是為褒姒。幽王三年，王之後宮，見而愛之，生子伯服。五年，廢申后及太子宜臼，以褒姒為后，伯服為太子，宜臼奔申。十一年，申侯與繒、西夷、犬戎攻幽王，殺幽王驪山下，虜褒姒。晉文侯、鄭武公、衛武公、秦襄公皆以兵來救，晉、鄭即申，立宜臼，是為平王。」繒，慈陵反，國在沂州。〇戲，許宜反，驪山下地名。〇鄭《譜》：「成王欲宅洛邑，使召公先相宅。既成，謂之王城，今河南是也。召公既相宅，周公往營成周，今洛陽是也。」東萊先生曰：「成周乃東都總名。河南，成周之王城也；洛陽，成周之下都也。平王東遷之後所謂西周者，豐鎬也；東周者，東都也。威烈王之

【一】「百」，《毛詩正義》卷四之一無。

後所謂西周者，河南也；東周者，洛陽也。」《地理考異》：「王城本郟鄏，在河南縣北九里。自平王以下十二王皆都此城，至敬王乃遷成周，在洛陽縣東北二十六里。赧王又居王城。」郟，古洽反。鄏，而蜀反。○疏：「風雅之作本自有體，言作詩不為雅而為風，非謂采得其詩乃貶為風也。張逸問鄭曰：『平王微弱，詩不復雅；厲王流彘，幽王滅戲，在雅，何？』答：『意謂幽、厲以酷虐之政被於諸侯，故為雅；平、桓政教不及畿外，故為風。』」○李氏：「《黍離》以下皆平王之詩，安得謂『《詩》亡，然後《春秋》作』乎？孟子蓋謂雅、頌之詩亡也。」

孟子所謂『《詩》亡』，東遷之後，王者迹熄，雅頌之作亡也。先王之德西都，頌之至矣，可無作也；政令不能行於天下，故雅亦無所為而作。西都數百年，非無風也。古之録詩，所以示勸戒，有雅以道天下之故，則無事於采。風、雅既亡，則取民間之詩以紀政俗。《王風》十篇，《黍離》為大夫行役，餘皆民間之詩也。蓋雅必出於朝廷，風則在下之歌詠，古則必有其制。或上可兼下，下不可僭上也。是以東征之事大於玁狁之役，而《東山》勞歸之詩不在《采薇》《出車》之列，雖出於變，亦不與《六月》《采芑》同什也。於此，可見風雅之體不可易置矣。

《黍離》王一：大夫行役，閔周。

經

始視之，謂「黍之離離」；復視之，乃稷之苗爾。蓋心迷意亂，目視不精而致誤也。所以行往而遲遲者，以心之摇摇而不定也，又見惟欲徘徊於此而無意於行也。至於稷之穗，易辨矣，而亦莫辨，則憂之甚。又至於成實，則尤易辨，而亦莫辨，則憂愈極。故心如醉、如噎之辭亦愈重也。此則賦體也。

傳〇一章，傍，步光反。徨，胡光反。

愚謂：黍似粱而非粱；稷，今之穄也。二物稍相類，但黍黄而稷黑，黍小而稷太，今中原皆有之。朱子解二物似差互，今以《傳》文兩易之，曰：「黍，穀名，似稷而小，穗黄色。稷亦穀名，一名穄，苗似蘆，高丈餘，穗黑色，實圓重。」云「或曰：粟也」四字。如此，恐得其實。蓋古之粱即今之粟，古之粟即今之穀。粟，穀實之總名。《説文》：「稷，五穀之長。」謂獨長於衆穀也。《本草》：「稷，今穄也，與黍同類。」穄音祭。

三章，疏：「噎者，咽喉蔽塞之名。」《詩緝》：「食窒也。如噎，謂氣逆而如噎也【一】。」

《君子于役》王二：大夫妻思其君子。　異

經〇一章，箋：「羊牛從下牧地而來。」

賦而興也。上三句謂君子之役，無期可歸；次三句則以家中目前之所睹者以起興。雞則必棲于塒與桀，猶人必當止於家，今乃不得止息；日夕則羊牛必來，猶人出有期必當歸，今乃無期可歸；則思君子之心容可已乎？

傳〇一章，畜，許六反。〇二章，杙，以即反。〇疏：「庶，幸也。幾，覬也。庶幾者，幸覬之意。」覬，几利反。

《君子陽陽》王三：前篇婦人。　異

經〇陶，《釋文》：「音遥。」毛義與《傳》同。〇《語録》：「問：『《君子陽陽》詩不作淫亂説如何？』曰：

【一】「而如噎」三字，《詩緝》卷七無。

『有箇《君子于役》，如何別將這箇做一樣說？「由房」只是人出入處，古人屋，於房處前有壁，後無壁，所以通内。所謂「焉得諼草，言樹之背」，蓋房之北也。』」〇箋：「君子禄仕在樂官，招我，欲使我俱在樂官也。」

此詩或為淫亂之辭，而朱子不然者，豈以執翿為舞器、由敖為舞位，非淫者之所宜有乎？然則以大夫招其妻入於舞位，亦或有微礙否？竊意此誠賢者仕於伶官，如《簡兮》。比鄭箋，或得其說也，但「招我」之招不必作相招禄仕爾。房，毛謂房中之樂。疏：「天子房中之樂以《周南》，諸侯以《召南》。」

《揚之水》王四：戍申之人。

經〇疏：「言甫、許者，以其俱為姜姓，既重章以變文，因借甫、許以言申，其實不戍甫、許也。六國時，秦、趙同為嬴姓。《史記》《漢書》多謂秦為趙，亦此類也。」〇《詩緝》：「楚小於薪，蒲輕於楚，『不流束蒲』，則弱之極矣。」

此詩也，「彼其之子」指留國中不出戍之人而言，猶「莫非王事，我獨賢勞」之意，怨辭也。水本可以載巨舟，今悠揚緩流，乃至不能流一束之薪，以比王本號令天下，今號令不行，至不能保其母家。況賦役不均，而彼其之子乃安處於家，不與我同出戍。思而又思，何日月我得歸哉？平王既不能正王室，又以畿内之民下戍於不共戴天之讎，而且賦役不均，故其民怨之而言如此。

傳〇一章，屯，徒門反。數，色角反。〇三章，疏：「蒲柳有兩種，皮正青者曰小楊，皮紅者曰大楊。其葉皆長，廣於柳葉，皆可以為箭幹。」毛云：「蒲，草。」〇題下，施，式豉反。

《中谷有蓷》王五：婦人見棄，自述。

經

禮義陵遲，風俗澆薄，百姓失其夫夫婦婦之道，以貧而仳其妻，始怨而終悔也。蓋天方旱時，蓷草生於谷中幽陰之地者，遇暵而且乾矣。於是夫豫防食之不足，仳離其妻。婦人乃慨然而嘆，以遇夫之艱難困厄故也。脩如脯，亦乾之義也。婦人嘆之不足，又歗以發其憂思，以不幸而遇其夫之不善者故也。久而天雨既降，蓷之暵者今則溼矣。是則禾黍復蘇，可以有得食之望。而女之既離者不能再合，雖泣而嗟嘆，無及深恨，覆水之不可復收也。夫之與婦固當偕老，貧富苦樂皆宜共之而不變。今非有可出之罪，於天之方旱，亦未見其黎民靡有孑遺之勢，而輕儇無義，遽仳離之，將豫置於死地，宜其嘆歗涕泣而怨之深也。及其旱之既解，而室家之道已絕，則雖嗟何及哉？于以見上之人教化無素，致下民無道，可以觀東周之風矣。詳味其辭，人在言外。蓋當時君子之言，非婦人之所自作也。

傳〇一章，鵻、萑並音隹。《爾雅》：「萑，蓷。」蓋草，本名萑，又名蓷。毛氏以鵻字代萑字，故《傳》從之。「葉似萑」，《爾雅》注及詩疏皆作「葉似荏」，今《傳》中「萑」字誤。蓋鵻即萑，不可謂之似萑也。《爾雅》疏：「臭穢草，茺蔚也，又名益母。」荏者，白蘇、紫蘇類也。茺，昌嵩反。蔚，紆勿反。〇穀不熟，饑；菜不熟，饉。〇二章，《語録》：「『淑，善也』三字合移在『歎矣』字下。」蹙，子六反。懟，徒對反。

《兔爰》王六：君子不樂其生。

經〇罹音離。吪，五戈反。

傳〇一章，難，奴旦反。〇庶幾，見《君子于役》。〇二、三章，《爾雅》：「繴謂之罿，罿，罬也；罬謂之罦，罦，覆車也。」注：「今之翻車。有兩轅，中施罥以捕鳥。一物五名，展轉相解。」繴音壁，罬音輟。覆，方六反。罥，古縣反。

序〇《左氏傳》：「桓公五年，王奪鄭伯政，桓王、鄭莊公。鄭伯不朝。王以蔡、衛、陳人伐鄭，鄭伯禦之。王為中軍，虢公林父將右，周公黑肩將左。鄭原繁、高渠彌以中軍奉公，曼伯右拒，祭仲足左拒。戰于繻葛，王卒大敗，祝聃射王中肩。」拒，俱甫反。繻音須。聃，他甘反。射音石。中，竹仲反。

《葛藟》王七：民流離失所。　異

經

葛藟本生於山谷丘陵，在河之滸為非其所，興己之失所也。

傳〇一章，「遠」見《鄘·蝃蝀》。〇《左氏傳·昭三年》：「鄭罕虎如晉，叔向曰：『君若不有寡君，雖朝夕辱於敝邑，寡君猜焉。』」又《二十年》：「齊公孫青聘于衛，衛亂，從諸死鳥。賓將揶，主人辭，賓曰：『寡君之下臣，君之牧圉也。若不獲扞外役，是不有寡君也。』」注：「有，相親有。」揶，祖侯反。〇三章，《爾雅》：「夷上洒下曰漘。」疏：「夷上，平上；洒下，陗下。」愚謂：洒猶洗也。岸上面平夷而其下為水洗蕩，齧入若脣也。洒，蘇典反。

《采葛》王八：淫奔。　異

傳〇二章，《爾雅》：「蕭，萩。」疏：「萩一名蕭，今人所謂萩蒿是也。或云牛尾蒿，似白蒿，白葉，莖麤，科生多者數十莖。可作燭，有香氣，故祭祀以脂爇之爲香。許慎以為艾蒿，非也。」今《傳》作荻也，誤字。萩，雌由反。〇焫，如劣反。〇三章，艾，《爾雅》：「一名冰臺。」注：「今艾蒿也。」〇灸，紀有反。

《大車》王九：淫奔者畏大夫。　異

傳〇一章，毳衣以宗彝為首，次藻，次粉米，凡三繢於衣；黼、黻，凡二繡於裳；宗彝有虎。蜼，毛蟲也，故曰毳。

《詩緝》：「王之三公八命，其卿六命，大夫四命。及其出封，皆加一等，八命加一等即上公九命；其未出封，則與侯伯同服，公與侯伯同服，則卿與子男同服。此詩所謂周大夫者，上大夫、卿也。」蜼，位、柚、壘三音。

《丘中有麻》王十：淫婦。　異

經〇玖，見《衛・木瓜》。

愚恐「嗟」非其人之字，特歎語爾，以三章之「子」可見。「子國」則所私之人，上下兩章皆異其文也。

《王詩》譜

《王》詩十篇，惟《黍離》《揚之水》灼知平王之詩，餘皆不知何王之世。鄭從序說，分為平、桓、莊三王，未詳是否。

鄭一之七 變五

傳〇《鄭詩譜》：「桓公為幽王大司徒，問於史伯曰：『王室多故，余懼及焉，何所可以逃死？』史伯曰：『其濟、洛、河、潁之間乎？是其子男之國，虢、鄶為大。虢叔恃勢，鄶仲恃險，皆有驕侈怠慢之心，加之以貪冒。君若以周難故，寄帑與賄，不敢不許。是驕而貪，必將背君。君以成周之衆奉辭伐罪，無不克矣。若克二邑，鄔蔽、補丹、依疇、歷莘，君之土也。修典刑以守之，可以少固。』桓公從之。後三年，公死犬戎之難。武公卒取十邑之地，右洛左濟，前莘後河，食溱洧焉。」疏：「謂濟西、洛東、河南、潁北，八國皆在四水之間。」鄶音檜。冒音墨。帑音奴。掘，渠勿反。

文王二弟虢仲封東虢，鄭滅之，即鄭之制，今鄭州滎陽縣也。虢叔封西虢，晉滅之，今陝州是。若虢州，則其竟之所至也。《國語》「虢叔恃勢」、《左氏》「虢叔死焉」者，仲之後也；《左氏》「虢仲為王卿士」者，叔之後也。

《緇衣》鄭一：周人愛武公。

傳○一章，《考工記》：「三入為纁，五入為緅，七入為緇。」注：「染纁者三入而成，又再染以黑則為緅，又復再染以黑乃成緇。」《說文》：「纁，淺绛也。」《廣韻》：「緅，青赤色。」緅，緇尤反。○朝，直遥反。稱，昌孕反。更，古行反。餐，蘇尊反。○疏：「退適治事之處為私，對在天子之庭為公，此私朝在天子宮內。」○《詩緝》：「天子皮弁，以日視朝。凡朝服，君與卿、大夫同。今天子之卿而服緇衣者，蓋既朝於天子而退治事，則釋皮弁而服緇布衣，以聽其所治之政。其服以緇布為冠，以黑羊皮為裘。以緇布為衣而裼之，其上加朝服，十五升緇布為之，其裳皆素。」○《詩記》：「諸侯入為卿士，皆受館於王室。」適子之館，親之也。○鑿，即各反。粟一石得米六斗為糲，糲米一石舂為八斗為鑿。糲，郎達反。○朱子：「漢有白粲之刑，給舂導之役是也。」○題下，《詩緝》：「孔子云：『於《緇衣》見好賢之至。』《孔叢子》。又云：『好賢如《緇衣》，惡惡如《巷伯》。』《禮記·緇衣》。《緇衣》之詩繾綣殷勤，可謂好之至；《巷伯》之詩欲取讒人投畀豺虎，有北有昊，可謂惡之至；《詩》之好賢惡惡多矣，獨舉二詩，以其至者言之也。」

《將仲子》鄭二：淫婦。　異

經

此詩詞氣類《野有死麕》之卒章，然有畏父母、諸兄、國人之言，猶為善於彼也。此可見理義根於人心，有終不可泯者。身之陷於淫邪，不能禁其欲也，有畏人之意，良心之存也。儻上之教化行而下之風俗厚，若此婦人豈不能修飭而以貞信自守邪？然則小民心術之微，皆上之人有以興喪之耳。

傳〇三章，韌音刃。

《叔于田》鄭三：國人愛共叔。

經

二章、三章，《傳》有音釋而無其說，蓋與首章之意同也。無飲酒、服馬，謂無如叔之善飲酒、服馬者。此詩雖段不義得衆而人愛之，然詳味其辭，非小人黨惡者之言，蓋君子知幾者所作也。終篇雖全稱美，略無譏刺之辭，而所美者惟田狩飲酒之事，舍是蓋無足言者。且公子居大都，專事驅騁田獵，沈湎于酒，而人心歸仰如此，則將何所不至邪？禍敗之來，豫知之矣。

傳〇一章，《左氏傳·隱公元年》：「初，鄭武公娶于申，曰武姜，生莊公及共叔段。莊公寤生，驚姜氏，惡之。愛段，欲立之。請於武公，公弗許。及莊公即位，為之請京。使居之，謂之京城大叔。既而大叔命西鄙、北鄙貳於己，又收貳以為己邑，至于廩延。大叔完聚，繕甲兵，具卒乘，將襲鄭。公伐京，京叛大叔段，段出奔共。」共音恭，大音泰。

《大叔于田》鄭四：同前。

經○《通解》：「狩者捕禽獸，以其共宗廟【一】，示不忘武備。因以為田除害鮮者，何也？秋取嘗也。取禽嘗祭。已祭，取餘獲陳于澤，射宮也。然後卿大夫相與射。命中者雖不中，取也；命不中者雖中，不取也；所以貴揖讓之取而賤勇力之取也。曏取于國中，勇力之取也；今取于澤，揖讓之取也。所以『襢裼暴虎，獻于公所』。」○《詩緝》：「組，文五采相間。手執六轡，如組之文，言其齊比。」

傳○一章，衡，車轅也。○疏：「澤，水所鍾。水希曰藪。」○袒即襢字，偏脫衣袖也。疏：「脫衣見體曰肉袒。」凡服，裏有袍襗之屬，然後服裘。以同色之衣裼之，裼上加襲衣，襲上加朝服。凡獨言袒者，袒去襲而露裼；言袒裼者，則并袒去裼而露肉也。襗音宅。○二章，舍音捨。拔音跋，括也，矢銜弦處。○覆，芳福反，倒也。簫，弓弰也。《禮》疏：「弓頭稍剡差斜，似簫，故謂為簫。」射者既發矢，則弓隨勢傾倒，直指於前以送矢。弰，師交反。○三章，篇音同。○題下，「大叔」之「大」，音泰。

《清人》鄭五：鄭棄其師，鄭人賦之。

經○三章，陶陶，《釋文》：「徒報反，驅馳貌。」今《傳》無音，必當讀如桃。而解為樂而自適之貌，則當為餘招反。○好，毛、鄭皆釋為容好，與《傳》同，而《釋文》「呼報反」。此字疑從《傳》，如字讀者是。

傳○一章，重，平聲。○二章，句，古侯反。○三章，凡兵車，執弓矢者在左，主五兵者在右，御者在中。唯將車則

【一】「其共」，秦氏本、金華叢書本、叢書集成本作「共承」，四庫本作「其承」。

鼓懸車中而將立鼓下，御者在左，車右在右。○題下，《春秋・閔公二年》：「鄭棄其師。」《左氏傳》：「鄭人惡高克，使帥師于河上，久而弗召，師潰而歸，高克奔陳。」《詩》疏：「是時狄侵衛，衛在河北，鄭在河南，恐其渡河侵鄭，故禦之。」

《羔裘》鄭六：美大夫。　異

傳○一章，「侯，美也。」《釋文》：「《韓詩》訓。」○卒章，「英」見《召南・羔羊》。

《遵大路》鄭七：淫婦為人所棄。　異

經○二章，好，《釋文》：「二如字，一音呼報反。」《傳》無音而訓為情好，當從呼報音。

傳○一章，擥與攬同，撮持也。○疏：「《喪服》云：『袂屬幅，袪尺二寸。』則袂是袪之本，袪為袂之末。」○惡，烏路反。說音悦。○二章，家說，毛注：「醜，棄也。」疏不得其說，遂曰：「魗與醜同，醜惡可棄之物。故傳以為棄。」案：《說文》：「魗，棄也。」引《詩》此句，則不假醜義矣。魗即醜字。

《女曰鷄鳴》鄭八：詩人述賢夫婦。　異

傳○一章，《周禮・司弓矢》：「矰矢、茀矢，用諸弋射。」注疏：「結繳於矢謂之矰。繳，繩也。矰，高也。言矰高者，取向上射飛鳥之義。茀之言刜也，以弋飛鳥。刜羅之謂結繳以羅，取而刜殺之也。」《說文》：「繳，生絲縷。」蓋用生絲為繩也。《韻會》：「刜，斷也，斫也。」矰音增。茀，扶弗反。繳，章略反。刜，孚勿反。○昵，尼質反。○二章，「中也」之「中」，陟仲反。為，去聲。○二章，珩、璜、琚、瑀，音行、禹、居、黄。蠙，部田反，蚌之別名。○

《內則》：「子事父母，左右佩用。左佩紛帨、刀礪、小觿、金燧，右佩玦捍、管遰、大觿、木燧。」注疏：「紛帨，拭物巾；刀礪，小刀及礪礱；小觿，解小結之觿，貌如錐，以象骨為之。金燧，可取火於日。玦當作決，以象骨為之，著於右手大指，所以鉤弦開體。捍謂拾也，以皮為之，著於左臂以遂弦。管，筆彄也；遰，刀鞞也；木燧，鑽火也。晴則取火於日，陰則鑽火。」又：「婦事舅姑，左佩紛帨、刀礪、小觿、金燧，右佩箴管、線纊、施縏袠、大觿、木燧。」注疏：「縏，小囊也；袠，刺也；以針刺袠而為縏囊，故云縏袠。餘物不言施，獨于針管、線纊之下而言施縏袠，明為四物施也。」帨，始銳反。礪，力制反。觿，許規反。捍，戶旦反。遰，時世反。礱，力工反。著，知略反。彄，苦侯反。鞞，必頂反。縏，步干反。袠，陳乙反。刺，七亦反。為，于偽反。○遺，于醉反。

《有女同車》鄭九：淫奔。異

經○子金子：「遠望之，則『有女同車，顏如舜華』；近視之，則『將翱將翔，佩玉瓊琚』；問其人，則孟姜也，『信美且都』矣。此蓋淫人睥睨之詩。」

《山有扶蘇》鄭十：淫女戲所私。異

經

此詩恐是淫女見絶於男子而復私於人，乃思絶者之美好而厭所私者之狂狡也。或曰：「《有女同車》男戲女，《山有扶蘇》女戲男。其男子之言曰：『有女與我同車同行者，貌如舜華舜英，我將之以翱翔，佩玉固若美矣，然豈如彼美孟姜？容貌則洵美且都，語言則使人不忘哉。』同車者則所與淫之女，孟姜則戲設之辭也。女則以《山有扶蘇》答之。」如《傳》意。

傳〇一章，「扶蘇，扶胥，小木」，《毛傳》文。疏謂未詳所出。〇二章，《爾雅》：「紅，蘢古，其大者蘬。」

疏：「紅名蘢古，大者名蘬，一名馬蓼，葉大而赤白色。」餘同《傳》。蘬，丘軌反。〇猶，古外反。

《蘀兮》鄭十一：淫女。　異

經〇子金子：「蘀木葉之將落者，風吹則落矣。以見人生之易老，故欲且與之相樂也。」今案：此說則當為比體。

《狡童》鄭十二：淫女見絶而戲其人。　異

經

恐此為淫女見絶於人，而思其人之詞，言：「既與我絶，為思子之故，使我不能餐、息。」正言而怨之也。

《褰裳》鄭十三：淫女語所私。　異

經〇二章，洧，于軌反。

傳〇一章，《地理考異》：「《郡縣志》：『溱水源出鄭州新鄭縣西北三十里平地。』」〇二章，《漢・地志》：「潁川郡陽城縣陽城山，洧水所出。東南至長平入潁水，經洧水過新鄭縣南，溱水從西北來注之。」溱、溱同。

《丰》鄭十四：淫女悔，不奔。　異

傳〇一章，箋：「有面貌丰丰然豐滿者，待我於巷中。」疏：「巷是門外之道。」〇三章，箋：「褧，以禪縠為之。」詳見《衛·碩人》。○疏：「婦人之服不殊裳，而經『衣』、『裳』異文者，以詩須韻句，故別言之耳。其實婦人之服衣、裳俱用錦，皆有褧，故互言之。」

《東門之墠》鄭十五：淫者。

經

此男女相倡和之辭。其事則始相為亂，久而復會，共道前日之邪思也。一章男道女所居之地，曰：「東門有墠，墠之外阪上有茹藘之草，其地即女之居也。於此而望之室則邇矣，不得見其人而甚遠也。」二章則女自道所居之地，曰：「東門有栗之所，行列之家室即我居也。我豈不爾思乎？但子不就我而不得見爾。」朱子謂刺詩雖有鋪陳其事不加一辭者，而賦之之人常在所賦之外。凡若其自言者，則淫邪之人所自賦也。嘗於《桑中》之序論之【一】，是固然矣。然以後世觀之，為於放淫之辭深能道狎邪之情狀者，未必皆其所自作，亦當時善為詞章而深知風俗者為之。但決非意誠心正之君子，而其言不可以為訓。迺若勸而非刺者，故不足道爾。人情不大相遠也，何古之邪亂者多長於言，今之邪亂者多不能為之乎？故愚於《東門之墠》以為詩人道其男女倡和淫邪之言而成之，非其自作者也。愚觀詩此類亦多，非獨此篇，亦非獨淫邪之詩為然也。

傳○一章，除地，除草也。町，吐鼎反，町町平意。蒐，所留反。茜，倉甸反。○《爾雅》：「陂者曰阪。」注：「陂陀不平之貌。」陂陀音坡駝。○識音志。○二章，行，戶郎反。

【一】「序」，張氏本作「人」。

《風雨》鄭十六：淫奔之女見所期之人而悅。　異

經

《小序》以為亂世思君子，亦通，但不必以雞鳴喻君子之不變。蓋雞專取其夜將旦，司晨之鳴常在昏暗之時，不專取日中之鳴也。「風雨如晦」正不足以取喻，蓋此詩非興體，乃比體也。「喈喈」、「膠膠」、「不已」皆雞聲紛雜之意，風雨比時之昏，雞鳴比政之亂。儻於此時得見君子以為政，則國事安得不平，民疾安得不瘳，人心安得不喜哉？

序○佻，他凋反。

《子衿》鄭十七：淫奔。　異

傳○一章，純，至尹反。緣，于絹反。○疏：「衿與襟同，交領也。」○二章，綬，《玉藻》注：「所以貫佩玉，相承受者也。」組、綬一物也。○毛氏：「士佩瓀珉而青組綬。」疏：「《玉藻》：『士佩瓀玟而緼組綬。』此云青組綬，蓋讀《禮記》本與鄭異。」瓀，而兖反，石，次玉。珉、玟同眉貧反，石，似玉而非。緼音温，赤黄色。○三章，疏：「《爾雅》：『觀謂之闕。』謂宮門雙闕。此言『城闕』，謂城之上別有高闕，非宮闕也。」○儇，許緣反。

《揚之水》鄭十八：淫者相謂。　異

經○一章，楚，見《周南·漢廣·傳》。

鄭君兄弟爭國，日尋干戈，民皆化之，骨肉相怨。有兄弟之知義者，人又從而誑惑離間之，於是則自勸而作此詩。言悠揚之水不能流一束之楚，以興宗族微弱不足以禦外患。況我兄弟終

少，惟予二人而已，他人離間之言，乃誑無實而迋女，決不可信。苟如此，則骨肉猶可以自相保也。此雖兄弟自保之辭，亦足以風諫其上。

《出其東門》鄭十九：君子見淫奔者而作。　異

傳〇一章，疏：「縞，細繒，色白。綦，青而微白，為艾草色。」〇二章，荼，毛云：「英荼。」箋：「茅秀。」疏：「茅草秀出之穗。」

序〇五爭事見《春秋傳·桓十一年》：「初，祭仲為莊公娶鄧曼，生昭公，故祭仲立之。宋雍氏女於鄭莊公，生厲公，故宋人誘祭仲而執之。祭仲與宋人盟，以厲公歸而立之，昭公奔衛。」是一爭也。《十五年》：「祭仲專，鄭伯使雍糾殺之，仲殺雍糾，厲公奔蔡，昭公復入。」是二爭也。《十七年》：「高渠彌弒昭公而立公子亹。」是三爭也。《十八年》：「齊人殺子亹，轘高渠彌。祭仲立公子儀。」是四爭也。《莊十四年》：「厲公自櫟侵鄭，傅瑕殺子儀，納厲公。」是五爭也。女，尼據反。

《野有蔓草》鄭二十：男女相遇。　異

《溱洧》鄭二十一：淫奔自叙。　異

經〇一章，勺，時灼反。

傳〇一章，《本草》「澤蘭及蘭草」注云：「澤蘭生水澤中及下溼地，苗高二三尺，莖幹方青紫色，作四稜。葉生相對，如薄荷，微香，葉尖有毛，不光潤。花帶紫白色，萼亦紫色。蘭草大抵相類，葉光潤，尖長有岐，花紅白色而香，生

水傍。」又曰：「澤蘭方莖，蘭圓莖。」○《本草》「芍藥」注：「春生，紅芽作叢，莖上三枝五葉，似牡丹而狹長，高一二尺。夏開花，有紅白紫數種。」《古今注》：「將離相別，贈以芍藥。芍藥一名可離，故相贈。」○《詩記》：「蘭即今之蘭，勺藥即今之芍藥。陸璣必指為他物，蓋泥毛公香草之言，必欲求香於柯葉，置其花而不論爾。」○《通典》：「《周制·春官》：『女巫掌歲時祓除，釁浴。』歲時祓除如今三月上巳如水上之類，釁浴謂以香薰草藥沐浴之。《韓詩》曰：『鄭國之俗，三月上巳之日，溱洧水上招魂續魄，秉蘭草，祓除不祥。』蔡邕曰：「今三月上巳祓於水濱，蓋出此。」凡言祓者，祉也，以為祈介祉也。《後漢》：『三月上巳，官民皆潔於東流水上，曰洗濯祓除，去宿垢疢，為大潔。』」潔者，言陽氣布暢，萬物訖出，始潔之矣。禊者，絜也，言自潔濯也。○上注字皆《通典》。沈約《宋書》：「魏已後但用三日，不復用巳。」祓，敷勿反。疢，丑刃反。○鄭篇下，衛淫奔之詩：《匏有苦葉》《靜女》《新臺》《牆有茨》《桑中》《鶉之奔奔》《蝃蝀》《氓》《木瓜》九篇。鄭淫奔之詩：《將仲子》《遵大路》《山有扶蘇》《蘀兮》《狡童》《褰裳》《丰》《風雨》《子衿》《有女同車》《東門之墠》《揚之水》《野有蔓草》《溱洧》十四篇，自《將仲子》至《子衿》九篇皆女惑男之語。愚竊謂《風雨》為思君子之詩，《揚之水》謂兄弟相保之詩。

《鄭詩》譜

鄭桓公友初封，三十六年為犬戎所殺。子武公掘突立，二十七年卒。子莊公寤生立，四十三年卒。太子忽立，是為昭公。宋劫祭仲，立莊公子突，是為厲公。四年出奔，祭仲迎昭公入，厲公居櫟。二年，高渠彌弑昭公，立昭公弟子亹。元年，齊襄公殺子亹，而祭仲立昭公弟子儀《史記》曰子嬰。十四年，厲公自櫟侵鄭，傅瑕弑子儀，而公入，七年卒。子文公踕立，四十五年卒。鄭詩二十一篇，可譜者四篇。自武公至文公七君，其間凡一百四十三年，可見者三君耳，餘不可知也。

《緇衣》

右武一詩。

《叔于田》　《大叔于田》

右莊二詩。

《清人》

右文一詩。

齊一之八 變六

傳○疏：「《左傳》：『齊晏子曰：「昔爽鳩氏始居此地，爽鳩氏，少皞氏司寇。季萴因之，虞夏諸侯。有逢伯陵因之，殷諸侯。蒲姑氏因之，即周公所滅者。太公封齊，未得其地，後兼有之。而後太公因之。」』《世家》云：『呂尚之先為四岳，佐禹平水土有功，封於吕，姓姜氏。尚隱於渭陽，西伯獵而遇之，曰：「吾先君太公望子久矣。」故號之曰太公望，載與俱歸，立為太師。武王平商，封於齊，都營丘。』」《爾雅》：「水出其左營丘。」注疏：「齊郡臨淄縣，淄水過其南及東，而城内有丘，即營丘也。」萴，實側反。○「東至于海，北至于無棣。」《索隱》曰：「淮南有故穆陵門，是楚之境。無棣在遼西孤竹。服虔以為太公受封境界所至，不然也，蓋言其征伐所至之域。」

《雞鳴》齊一：言古賢妃諷今。

經○三章，薨薨，見《周南·螽斯·傳》。

古者太師奏《雞鳴》則君起。臣朝君，辨色而入，君日出而視朝。此詩蓋國君昏惰，夫人賢明，相警早出視朝之言，不必為陳古刺今之作。一章，夫人謂：「雞既鳴，則君當起之時，卿大夫之入朝者亦且盈庭矣。然匪維雞之鳴【一】，亦有蠅飛之聲矣。」蓋蠅飛則天明，所以速之也。二章，國君謂：「視朝之法，東方明矣，則朝乃昌盛矣。今之明非東方之明，乃月之光耳。」此昏惰之言，所以拒前章夫人之意也。三章，夫人又言曰：「雖天明而羣蟲飛，後豈不願與子同夢？然禮不可違，豈可肆其情乎？況今早起會朝，頃刻亦且歸，則大夫退後猶可為宮中之宴樂。今幸毋遲出，無以予之故，使子為人所憎也。」此詩之辭，則宮中之史敘述君與夫人之言以成之也。

《還》齊二：獵者相譽。

經〇箋：「『謂我儇』，譽之也，譽之者，以報前言還也。」譽音餘。〇《詩緝》：「『子之還』，『揖我謂我儇』，以子之能尚且見推，此自矜於其黨，以氣陵之之辭。」〇《詩記》：「齊以遊畋成俗，詩人載其馳驅而相遇也，意氣飛動，鬱鬱見於眉睫之間，染其神者深矣。夫豈一朝一夕所能及哉？」

傳〇三章，《爾雅》并疏：「牡名貛，牝名狼，其子名獥，絶有力名迅。迅，疾也。狼鳴能大能小，善為小兒啼聲以誘人。去數十步，其猛健者，雖善用兵者不能免。」貛音歡，獥音亦。

【一】「維」，叢書集成本、秦氏本、四庫本作「惟」。

《著》齊三：不親迎，詩人設女子言。

傳〇一章，疏：「門屏之間謂之宁，謂正門内兩塾間，人君視朝所宁立處。著與宁音義同。」〇纊音曠。瑱，土甸反。紞，都覽反。〇疏：「紞，用雜綵線織為之。」箋：「君五色，臣三色。」疏謂：「色無正文，以經素、青、黄【一】，故曰臣三色。人君位尊，備物當具五色。」〇《詩記》：「《昏禮》：壻往婦家親迎，既奠雁，御輪，壻乃先歸，『俟于門外。婦至，壻揖以入。及寢門，揖入，升自西階。』齊人既不親迎，故但行婦至壻家之禮。俟於著，所謂『壻俟於門外。婦至，壻揖婦以入』之時。俟於庭，庭在大門之内，寢門之外，所謂『及寢門，揖入』之時。俟於堂，升階後至堂，所謂『升自西階』之時也。壻導婦入，故於著、於庭、於堂，每節皆俟之。」〇二章，道音導。

《東方之日》齊四：淫奔。　異

經

此詩蓋賦體。女子有早奔從男子而莫歸者，故其人直述其事如此。

《東方未明》齊五：詩人刺興居無節，號令不時。

經

人君勤則國治，惰則政昏，固其理也。未日出而視朝，可以言勤乎，而曰「不夙則莫」，眞可見興居無節，號令不時者矣。然視朝之早若無大過者，而其臣遽已怨悱興刺，何歟？蓋天下之道中而止，聖人制禮，因人心之所同然，未有不由乎中也。夫人之所自為不必能合乎中，而

【一】「色無正文，以經素、青、黄」，《毛詩正義》卷五之一作「色無文，正以經有素、青、黄三色」。

見人之失中則未有不能言者，況為人上者，可不謹乎？《雞鳴》視朝之晚，此詩視朝之早，皆不能中。聖人於《齊》並存之，豈無意哉？君子讀《詩》以自警，則於應事必求合於中，使無可議，則善矣，豈特居人君之位而於視朝之一事為然哉？

傳○一章，朝，直遥反。別，必列反。

序○《周禮》注：「縣壺以為漏。」疏謂：「懸壺於上，以水沃之，水漏下入器中，以没箭刻為準法。」縣與懸同。

詩意但言興居無節、號令不時，而無明刺挈壺氏之語，故《傳》亦無挈壺之意，而於序下言之。若果刺挈壺氏，則三章是也。

《南山》齊六：刺齊襄公、魯桓公。

經○蕩，徒黨反。

傳○一章，魯桓公名軌，一名允，隱公弟。○箋：「魯桓公夫人，襄公素與淫通。」○二章，《士喪禮》：「夏葛屨，冬皮屨。」《天官・屨人》有「屨」，有「舄」，有「命屨、功屨、散屨」。注：「其色有繶、黄、白、黑。複下曰舄，襌下曰屨。」下，謂底。複，重也。襌音單。○《禮書》：「二組屬於笄，順頤而下結之，謂之纓。纓之垂者謂之緌。」○三章，《詩緝》：「《齊民要術》云：『種麻欲得良田，耕不厭熟。』縱横七遍以上則麻生，無葉。『衡從其畝』，蓋古法也。」○題下，繻音需。濼，盧篤反，又音洛。謫音責。乘，繩證反，又如字。

《甫田》齊七：君子戒訓時人。　異

經○三章，突，《釋文》：「土活反，又土訥反。卒相見謂之突。」韻中又作陀骨反，犬從穴中暫出也。○《詩記》：「苟由其道而循其序，則小者俄而大，微者俄而著。厥德修罔覺，非計功求獲者所能與也。」

傳○一章，「無田」之「田」與佃同，音電。○《爾雅翼》：「莠草似稷，無實，今之狗尾也。」《戰國策》：「幽莠之幼也似禾。」○張，之亮反。王，于況反。○二章，毛訓「桀桀，猶驕驕」，《釋文》：「桀，居竭反。」今《傳》用毛訓，則桀字當從陸音。○三章，強，其丈反。

《盧令》齊八：譬獵者。　異

經○一章，美仁，當與《鄭·叔于田》同。

《敝笱》齊九：刺魯莊公不能防閑文姜。

傳○一章，《說文》：「笱，曲竹捕魚。」○魴見《周南·汝墳》。○疏：「《孔叢子》云：『衛人釣於河，得鰥魚，其大盈車。子思問曰：「如何得之？」對曰：「吾下釣垂一魴之餌，鰥過而不視；又以豚之半，鰥則吞矣。」』是鰥為大魚也。」《詩緝》：「魴、鱮皆中魚，則鰥亦中魚也。衛人所釣偶得大者，以為大而詫之。此詩配魴、鱮言之，不必便是大者。」○二章，鱮，字書皆似呂反，今《傳》從《釋文》，作才呂反，是類隔切，當從，韻讀如敘。○疏：「鱮之頭尤大而肥者，徐州人謂之鰱，或謂之鱅。」《詩緝》：「今鰱、鱅相似而小別，鰱頭小，鱅頭大。」鰱音連。鱅，與恭、常容二反。○《詩記》：「『如雲』、『如雨』，言從之者衆也。許穆夫人思歸唁其兄弟，許人尤之，終以義不得而止。若魯君剛而有制，使魯人無肯從者如許人焉，則文姜雖欲適齊，尚可得乎？」○題下，禚，諸若反，齊地；祝丘、防皆魯地；穀，齊地。

《載驅》齊十：刺文姜。

傳〇一章，疏：「簟字從竹，用竹為席，其文必方，故云方文席。竹革同飾後戶，為車之蔽。」〇三章，《詩緝》：「汶水有二，許氏以為出琅邪朱虛縣東大山，東至安丘入濰；桑欽以為出泰山萊蕪縣原山，西南入濟。」曾氏：「入濟者，徐州之汶也；入濰者，青州之汶也。」今臨清新聞馬之貞記：「汶水東出原山，西流過萊蕪奉高汶陽之南、剛城之北，又西至龍山南，分為四派。其南河至陽城南梁山，東匯為大澤；其一過壽良北；其一經郈亭南；其北曰坎河，同流至壽張安民亭，與北濟合。凡東蒙徂徠之陰、岱嶽之陽諸山溪澗之水皆滮於汶，魯之大川也。」此蓋專言魯竟之汶。滮，徂紅反。郈，厚、候二音。

《猗嗟》齊十一：刺魯莊不能防閑文姜。

經〇《詩緝》：「文姜之事，齊襄大惡也。詩皆歸咎於它人，蓋不忍斥言其君之惡者，齊臣子之情也。」〇一章，蹌，七羊反。

傳〇一章，《詩緝》：「『抑若揚』，若猗而也，言進退高下不失其宜。」〇二章，《通釋》朱子【一】：「今案：《周禮·梓人》有皮侯、采侯、獸侯。其曰『張皮侯而棲鵠』者，天子大射，三侯用虎、熊、豹皮飾，侯之側而畫以五采之雲氣，號曰皮侯。而又各以其皮為鵠，綴之中央，三分其侯之一，似鳥之棲，故謂之棲鵠。其曰『五采之侯』者，賓射之侯也。正之方外如鵠，亦三分其侯而居一。中二尺畫朱，其外次白、次蒼、次黃、次黑，充其尺寸，使大如鵠，而亦畫其側為五采雲氣。三正之侯則去玄、黃，二正之侯則去青、白，直以朱綠也。《射義注》所謂『畫布曰正，棲皮曰鵠』是也。其曰『獸侯』，則燕射之侯，此《記》所謂『天子熊侯白質，諸侯麋侯赤質，大夫布侯畫以虎豹，士布侯畫以鹿豕』者是

【一】此處《通釋》為朱熹《儀禮經傳通解》之簡稱，宜作《通解》。

也。蓋皆用布而皆畫獸頭於正鵠之處，故名獸侯。且天子、諸侯則以白土、赤土塗其布以為質，士則用布而不塗，其側所畫雲氣采色之數則亦如采侯之差等也。」鵠，古毒反。○《禮書》：侯制，凡侯道，天子虎九十弓，弓六尺。熊七十弓，豹五十弓。弓二寸以為侯中，倍中以為躬，躬，身也，謂中之上下幅。倍躬以為左右舌，下舌半上舌。左右出於躬者。九十弓者五十四丈，其中方丈八尺；七十弓者四十二丈，其中方丈四尺；五十弓者三十丈，其中方十尺。五十弓者其中方十尺，則上躬、下躬各二丈；上左右舌四丈，而出躬各一丈；下左右舌三丈，而出躬各五尺。綱以持舌，上綱與下綱各出舌一尋而繫於植。故五十弓之侯用布十六丈，七十弓之侯布二十五丈二尺，九十弓之侯布三十六丈。凡布幅廣二尺二寸，兩畔各削一寸為縫，則幅止二尺。畿外諸侯以熊侯、糝侯、豻侯為三侯，其數上同于天子。○三章，《左氏傳・莊公十年》：「齊桓公、宋閔公伐魯，戰于乘丘，公以金僕姑射南宮長萬。」金僕姑，矢名；長萬，宋大夫。乘，去聲；長，上聲。

《齊詩》譜

齊自太公十二世至襄公諸兒，在位十二年。齊詩十一篇，唯《南山》《敝笱》《載驅》《猗嗟》四篇為襄公詩，餘不可考。○《南山》《敝笱》《載驅》《猗嗟》四詩皆為文姜而作，竊疑有魯人之辭焉。《猗嗟》有曰「展我甥兮」，固齊詩也。《南山》前二章刺齊襄，後二章刺魯桓，蓋已難定為何國之詩矣。至於《敝笱》不能制魚，專比魯莊不能制文姜，「齊子歸止」亦自此以往之辭；《載驅》之「魯道有蕩」亦据魯而言也。意者二篇實魯詩，聖人諱其惡，故附之於齊，是以魯無變風，惟存四頌於後。雖曰美魯君，實亦著其僭矣。《春秋》「卒」，它國之君，於魯則書「公薨」之意一也。

魏一之九 變七

傳〇《書》蔡氏傳：「雷首，冀州山。《地志》：『在河東郡蒲坂縣南，今河中府河東縣也。』析城亦冀州山，《地志》：『在河東郡濩澤縣西，今澤州陽城縣。』山峰四面如城。」坂，甫遠反。濩，烏虢反。〇枕，之鴆反。解，下買反。〇《詩記》：「《水經注》：『故魏國城南、西並去大河可二十餘里，北去首山十餘里，處河山之間，土地迫隘，故《魏風》著《十畝》之詩。』」〇嘗考《漢·地理志》，汾水出太原郡汾陽縣北山，西至汾陰入河，汾陰蓋河東之縣也。《通典》：「汾陽即嵐州宜芳縣，汾陰即萬泉縣，隸河中府。」〇《詩緝》：「魏晉皆有儉嗇之風，然其詩若作在獻公并吞以後，則其俗漸已荒侈。此詩每刺勤儉，知其在未并於晉以前也。」〇行，戶郎反。

《葛屨》魏一：刺儉。

傳〇一章，繚音遼，見音現。〇二章，摘，它狄反。

《汾沮洳》魏二：刺儉。

經〇汾，扶云反。沮，子豫反。洳，如豫反。〇子金子：「此詩無義，興也。」

公路、公行、公族，大夫也；采莫、采桑、采藚，細民之事也。大夫而為細民之事，是急於利而用心褊也。彼其之子雖美，奈奪民之利何？此其所以興刺也，此則賦也。

傳〇一章，疏：「莫，莖大如箸，赤節，節一葉，似柳葉，厚而長，有毛刺。今人繅以取繭緒，其味酢而滑，始生可以為羹，又可生食。五方通謂之酸迷，冀州謂之乾絳，河汾間謂之莫。」〇二章，《史記》：「扁鵲姓秦名越人。遇長桑君，曰：『我有禁方，欲傳與公。』乃出其懷中藥予扁鵲，『飲是以上池之水，三十日當知物矣。』扁鵲飲藥三十日，視見垣一方人，視病，盡見五藏癥結。」《索隱》曰：「方猶邊也，言能隔牆見彼邊之人。」○三章，疏：「蕢一名牛脣，如續斷，寸寸有節，拔之可復生。葉如車前，味亦相似。」蕮音昔。○疏：「《左傳·宣二年》：『晉成公立，宦卿之適以為公族，又宦其庶子為公行。」適，都歷反。

《園有桃》魏三：憂國小無政。

經

此無義，興也。園有桃，則其實之殽矣；心之憂，則歌且謠矣。不我知者見我之歌謠，則以為傲世陵物也，於是答之曰：彼為政者之所行果為是乎？子所言何為如此也？是則我心之憂矣，誰復能知之乎？然初不難知，其莫知者，以不思耳。

傳○一章，疏：「謠既徒歌，則歌不徒矣。故《毛傳》曰：『曲合樂曰歌。』樂則琴瑟也。《行葦·傳》：『歌者，合於琴瑟。』歌、謠對文如此，散則歌為總名，未必合樂也。」

《陟岵》魏四：孝子行役念親。

傳○岵、屺，《傳》訓從毛，而《爾雅·釋山》云：「多草木，岵；無草木，屺。」《說文》：「岵，山有草木也；屺，山無草木也。」疏以為《毛傳》寫誤。李氏：「初曰陟岵；以草木蔽障，害於瞻望，故中曰陟屺；以屺瞻望有所不見，故卒曰陟岡。蓋所思漸極，則所登漸高，期於瞻望可及也。」

《十畝之間》魏五：賢者不樂仕於危國。　異

傳〇一章，《釋文》：「還本作旋。」恐不必叶，若如本字讀，則閑亦不必叶。〇張子：「周制，國郛之外有聽為場圃之地者，疑家授十畝以毓草木。」《詩記》：「政使周制果家賦園廛十畝，魏既小，豈容尚守古法？況詩所謂『十畝』者，特甚言之爾，未可為定數也。」李氏：「詩中言多則曰『則百斯男』，言少則曰『靡有孑遺』，言廣則曰『日辟國百里』，言窄則曰『一葦杭之』。『十畝』亦此類。」

《伐檀》魏六：詩人美君子不素食。　異

經〇一章，《釋文》：「貆，貉子也。」貉，户各反。〇三章，漘，見《王・葛藟・傳》。

《傳》以詩人見君子伐檀欲以自給，乃寘河干而不用，欲自食其力而不可得；而又述君子之志謂不耕獵則不可得禾獸，可見其守義厲志。於是自贊之，曰：彼君子是不素餐者。惟末兩句為詩人之言爾。愚竊以為，此詩人之所自道也。蓋首三句，比也，言伐檀木將以為輻輪，而車所以行陸者也，今乃寘之河濱，河水之清，將何所用車乎？以比己之勤勞於事，乃屏棄不用也。小人在位，悠悠逸豫，無功受禄而貪得無厭。於是乃問之，曰：爾不稼穡、不狩獵而禾獸之多如此。乃正言之，曰：彼君子者，則必有功而後食，不素食其禄也。然則此雖刺貪鄙之小人，而朝廷舉指失宜【一】，必致禍亂，大可見矣。子金子曰：「自叙之詩，不敢自以為君子，故美他人之不素餐者。」

傳〇一章，《莊子・大宗師》：「子桑戶、孟子反、子琴張三人相與友，子桑戶死，鼓瑟相和而歌曰：『嗟來桑戶

【一】「指」，張氏本、叢書集成本、四庫本作「措」。

乎，而已反其眞，而我猶為人猗。』」○後漢徐穉字孺子，豫章人，家貧常自耕稼，非其力不食。○二章，秉，把也。○三章，鶉，烏含反。○疏：「飧，水澆飯。」

《碩鼠》魏七：民困貪殘。

經○一章，貫，毛訓事，故作古亂反；今《傳》訓習，當作古患反。

詩人欲適彼樂土，固畏從政者之貪殘而欲去，然亦未知所去者何土。下言「樂土樂土」，猶是意望料想之辭。得樂土而居之，其得我所乎？次言得樂國而居，其得我養生之直道乎？上二章食黍、食麥固可見其貪殘，至於苗而未秀者亦已食之，則其貪虐尤甚，所以其民尤急於去也。樂土、樂國猶有其所欲去之急，則邑外之郊亦姑往之，惟欲出此境也。然「樂郊樂郊」又將長號，於誰使之極我乎【一】？可見其民窮蹙之甚，進退無據，不聊其生，國其可久存哉？逝，發語辭。

傳○一章，《詩緝》：「陸璣《疏》：『今河東有大鼠，能人立，交前兩脚於頸上跳舞，善鳴，食人禾苗，人逐則走入樹空中，有五技，或謂之雀鼠。』魏國，今河東縣【二】，宜謂此鼠也【三】。」五技：能飛不能上屋，能游不能渡谷，能緣木不能窮木，能走不能先人，能穴不能覆身。《爾雅》字作鼫。

【一】「極」，四庫本作「拯」。
【二】「東」，《詩緝》卷十作「壯」。
【三】「宜謂此鼠也」，《詩緝》卷十作「言其方物，宜謂此鼠非鼫鼠也」。

唐一之十 變八

傳〇《詩緝》：「堯都有四。《地理志》：『太原晉陽。』太原郡晉陽縣。注云：『故唐國，晉水所出。』一也。『河東平陽。』河東郡平陽縣。注云：『堯都也，在平河之陽。』二也。『中山唐縣。』中山國。張晏注云：『堯為唐侯，國於此。』三也。『河東彘縣，順帝改曰永安。』臣瓚於『晉陽』下注云：『所謂唐，今河東永安是也，去晉四百里。』師古云：『瓚說是也。』四也。《詩》之唐國，其說有三。《詩譜》以為堯始居晉陽，後乃遷平陽，於《詩》唐國為晉陽。皇甫謐以為始封於中山唐縣，後徙晉陽，及為天子，都平陽，於《詩》唐國為平陽。臣瓚又以唐國為永安。今考堯都雖有四，而《詩》之唐國當從《詩譜》為晉陽。蓋成王封叔虞於堯之故墟，曰唐侯，其子燮以晉水所出改為晉陽。晉陽實晉水所出，則唐叔虞之始封在晉陽矣。唐以堯得名，晉以水得名，其地一也。」〇《前編》：「太行在今懷州之北，連亘數州，為河北脊，以接恒岳。程子謂：『太行山千里片石，衆山皆石山起峰爾。』恒山，北岳，在今定州之北。太行在今太原府榆次縣。高平曰原，河東視天下最高，率多山險，但榆次縣與平定軍諸處為高平爾。大岳，今晉州霍邑縣霍太山也。」

《蟋蟀》唐一：國人相勸。　異

經〇蟋，斯栗反。蟀，所律反。

傳〇一章，疏：「蟋蟀一名蛬，一名蜻蛚，楚謂之王孫，幽州謂之促織。」蛬，俱勇反。蜻，子盈反。蛚，力結反。〇疏：「遂者，從始鄉末之言。」〇務閒、乎艱反。舍音捨。〇三章，《春官·巾車》：「庶人乘役車。」注：「方箱，可載任器以供役。」《詩》疏：「收納禾稼亦用此車。」

《山有樞》唐二：答前篇。異

傳〇一章，莖，田結反。《爾雅》疏：「刺榆，其針刺如柘，其葉如榆，為茹美於白榆。」〇《詩緝》：「榆有十餘種，葉皆相似，皮及理異。此榆蓋總言榆爾，不知專指何榆也。《爾雅》：『榆，白枌。』孫炎云：『榆白者名枌。』毛於《東門之枌》以枌為白榆，是也。枌乃榆之白者，榆非白枌也。」

疏：「走馬謂之馳，策馬謂之驅。」

愚謂：此詩固欲廣前詩人之意，而寬其憂也。蓋《蟋蟀》以為不可不樂，而又不可過於樂。不特思其職之所居，而又豫防事變憂患之不測，其憂固已深矣。然其勤儉自守，思患豫防，其言猶可制。而此詩所思又在身後，且「宛其死矣」之言又若朝不謀夕者，故曰：「憂愈深而言愈蹙也。」

二章，疏：「栲生山中，似樗，因名山樗，亦類漆樹，俗語：『櫄、樗、栲、漆，相似如一。』又陸璣云：『山樗與下田樗無異，葉似差狹。吳人以其葉為茗。』方俗無名此為栲者，似誤。今所云為栲者，葉如櫟，木皮厚數寸，可為車輻，或謂之栲櫟。」櫄音椿，與杶同。樗，敕居反。櫟音歷，檍音億。《爾雅》注疏：「二月中葉疏，華如練而細，蘂正白，名曰萬歲。或謂之牛筋，葉新生，可飼牛。」筋音斤。

《揚之水》唐三：國人將歸沃。

經〇《左氏傳》《史記》：晉穆侯之大子曰仇，其弟曰成師。穆侯卒後四年，仇立，是為文侯。卒，子昭侯立，封叔父成師於曲沃，師服諫曰：「吾聞國家之立也，本大而末小，是以能固。故天子建國，諸侯立家。今晉，甸侯也，而建國本既弱矣，其能久乎？」成師是為桓叔。後七年，晉大臣潘父弑昭侯而迎桓叔，晉人敗桓叔，立孝侯，誅潘父。後六十年，桓叔之孫武公終并晉國。○《詩緝》：「子者，設言欲叛之人，如潘父之徒。君子，謂桓叔。言今子欲奉此服於桓叔，我將從子往沃以見之，則如何不樂乎？謂從之則可免禍而無憂也。時沃有簒國之謀，潘父將為內應而昭公不知，此詩正發其謀以警昭公也。至於『我聞有命』，又以見禍至甚迫，而『不敢以告人』乃反辭以見意。若眞欲從沃，則是潘父之黨，必不作此以泄其事，且自取敗也。」自桓叔至武公屢得志矣，而晉人終不服，相與攻而去之。其後更六世，六七十載，迫於王命而後不敢不聽。在昭公時，晉人豈從沃哉？若助桓叔而匿其情，則此詩不作可也。

傳○一章，鑿鑿，毛氏：「鮮明貌。」李氏：「如『粢食不鑿』之鑿。」○巉，鉏咸反。純，之尹反。○《詩緝》：「素絲也，以素為衣，謂中衣也。中衣者，朝服、祭服之裏衣也。大夫以上，祭服中衣用素也。曰朱，朱緣也，謂染繒為赤色，為中衣之緣。曰襮，領也，謂繡黼領也，繡刺白黑文以褗領也。《玉藻》云：『以帛裏布，非禮也。』注云：『中外宜相稱也。冕服，絲衣也，中衣用素；皮弁服、朝服，玄端麻衣也，中衣用布。』又疏云：『凡服，先以明衣親身，次加中衣，冬則次加裘，裘上加裼衣，裼衣上加朝服。中衣，其制如深衣，但中衣之袖稍長耳。此以素為衣，是以素絲為之，謂冕及爵弁之中衣也。朝燕之中衣皆以布為之，蓋朝服以布為也。公之孤及天子、大夫四命，皆爵弁自祭；大夫、士助祭於君，亦服爵弁；以上則中衣亦用素，但不得用朱襮也。』《郊特牲》：『繡黼丹朱中衣，大夫之僭禮也。』大夫僭，知諸侯當服之也。褗音偃。○疏：「《地理志》：『河東聞喜縣，故曲沃也。』」今隸解州。○三章，《左氏傳》：「齊景公無嫡子，鬻姒之子荼嬖。」哀五年：「公疾，使國惠子、高昭子立荼」，諸公子出奔，「陽生奔魯」。六年：陳乞攻敗高、國，「使召陽生」。八月，「夜至於齊，國人知之」。「十月立之」，是為悼公。注：「國人知而不言，言陳氏得衆。」

《椒聊》唐四：不知所指，序言沃。

經〇一章，子金子：「陳與可云：『序謂沃蕃衍盛大，此誤看詩句。椒謂晉也，「彼其之子」，沃也。聊，粗略之意。以椒之粗略蕃衍不過盈升，而彼沃則碩大無朋，則此之椒聊豈能遠長哉？』」今案：此當為比體。〇李氏：「《本草》：『古升，上徑寸，下徑六分，深八分。』則升小於匊。《漢志》：『千二百黍為龠。蓋龠為合，十合為升。』則升大於匊。陸農師謂：『兩手為匊，兩匊為升。』先曰升，後曰匊，互相備。」

傳〇一章，比，毗至反。

《綢繆》唐五：詩人敘昏姻夫婦之辭。　異

經〇箋：「三星在天，三月末、四月中；在隅，四月末、五月中；在戶，五月末、六月中。」

仲春會男女，禮也。今過時之人自謂昏姻之道失矣，而忽得遂，此所以樂也。詩上四句皆詩人述夫婦之言，下二句皆詩人自道其夫婦之喜。此蓋於六月之時成昏，而作詩者歷敘自仲春以後失時漸久，以至於今也。「今夕何夕」，同一時；「見此」者，同一夫婦；而上二句追敘其失時也。「子兮子兮」，首章指女，卒章指男，二章則兩指之也。

傳〇一章，繆，芒侯反，類隔切，今改莫彪反。〇心星，東方蒼龍七宿之第五星。〇三章，李氏：「《國語》雖曰『女三為粲』，而又曰『粲，美物也』，是言美女也。」

《杕杜》唐六：無兄弟而求助。　異

經〇杕，徒細反。〇《詩記》：「『豈無他人？不如我同父』，言他人之不足恃。『嗟行之人，胡不比焉？人無兄弟，胡不佽焉』，言苟以他人為可恃，則彼行道之人胡不自相親比也？凡人無兄弟者，胡不外求佽助也？蓋深曉以行道之人必不相親比，苟非兄弟，必不相佽助。信乎！豈無他人？不如我同父也。」

此詩亦因晉沃骨肉相爭，致使民之兄弟欲相棄背，而知理者自相戒之辭，與《鄭風·揚之水》相類。前三句以朱子之意求之，後六句以東萊之意求之，恐得此詩之旨。

傳〇一章，疏：「『赤者為杜，白者為棠。』陸璣：『赤棠與白棠同爾，但子有赤白、美惡。子白色為白棠，甘棠也，少酢滑美。赤棠子澀而酢無味。赤棠木理韌，亦可作弓幹。』」酢，七故反。韌音仞。

《羔裘》唐七：不知所謂。　異

經〇羔裘豹袪，見《鄭·羔裘·傳》。子金子：「婦人留所愛之詞也。『羔裘豹袪』，謂其人也；『自我人居居』，留其人也。『豈無他人？維子之故』二句可見。」

傳〇疏：「袂是袖之大名，袪是袖頭之小稱。」

《鴇羽》唐八：民從征役，不得養父母。

經〇鴇音保。蓺，魚祭反。〇稷黍，見《王·黍離》。

傳〇一章，疏：「鴇連蹄，性不樹止，樹止則為苦。」《韻會》：「虎文，俗呼為獨豹。」〇疏：「柞櫟，徐州謂杼，或謂栩也。」柞，疾各反。櫟，郎狄反。杼，食汝反。〇疏：「『不攻緻』，謂不攻牢不堅緻也。」愚謂君子以王事，不可不攻牢堅緻，故盡心竭力在外，而不能蓺黍稷也。緻，直利反。〇三章，《埤雅》：「鴇性羣居，如雁，自然而有行列。」《本草》：「粱有青粱、黃粱、白粱，皆粟類也。種蒔多白粱，青、黃稀有。青粱穗有毛，粒青，米亦微青，而細於黃白粱也。黃粱穗大，毛長，殼米俱粗於白粱。白粱穗大，毛多而長，殼粗扁長，不似粟圓也。」

序〇朱子曰：「昭公七年，潘父弑昭公而納桓叔，不克，晉人立昭公之子平，是為孝侯。一世。八年，曲沃桓叔卒，子鱓立，是為莊伯。十五年，莊伯伐翼，殺孝侯，晉人立其弟鄂侯。二世。六年，莊伯伐翼，鄂侯奔隨。王命虢公伐曲沃，而立虢侯之子光，是為哀侯。三世。元年，翼人復逆鄂侯而納諸鄂【一】。二年，莊伯卒，子稱立，是為武公。九年，武公伐翼，逐翼侯于汾隰，夜獲之。晉人立哀侯之子，是為小子侯。四世。四年，武公殺之。明年，遂滅翼。王命虢仲立哀侯之弟緡。五世。二十八年，武公又殺之。自孝侯至是，大亂五世矣。」

《無衣》唐九：武公請命于天子。　異

傳〇一章，《春官·司服》注：「鷩冕七章，一華蟲，二火，三宗彝，畫於衣；一藻，二粉米，三黼，四黻，繡於裳。」鷩，卑列反。〇車旗衣服，謂繁纓之就屬。車之乘，旗之斿，服之章，皆以七為節。繁，蒲官反。屬，之欲反。斿，力求反。〇釐與僖同。〇《詩緝》：「武公有無王之心，而後動於惡。篡弑，大惡，王法所不容。彼其請命，豈眞知有王哉？正以人心所不與，非假王靈則不能定也。王不命焉而請之，非禮也；不聞朝王而請命于使，尤非禮也。聖人不删者，所以著世變之窮而復周之衰也。」〇《詩記》：「以《史記》《左傳》考之，平王二十六年，晉昭侯封成師於曲沃，專封而王不問，一失也。三十二年，潘父弑昭侯，欲納成師，而王又不問，二失也。四十七年，曲沃莊伯弑孝侯，而王又不問，三失也。桓王二年，莊伯攻晉王，非特不能討曲沃，反使尹氏、武氏助之。及曲沃叛王，王尚能命虢伐曲沃，立晉哀侯。使其初出於正，豈止於此乎？四失也。十五年，武公弑晉小子侯。明年，猶能命虢仲立緡於晉。又明年，猶能命虢仲率諸侯伐曲沃。至是，武公篡晉，僖王反受賂，命之。五失也。以此五失觀之，則禮樂征伐移於諸侯，降於大夫，竊於陪臣，所由來者漸矣。」〇幾，居衣反。

【一】「人」原作「入」，據張氏本、秦氏本改。

《有杕之杜》唐十：君子好賢。 異

傳〇一章，疏：「道路，男子由右，女子由左。言左右，據南鄉西鄉為正。在陰為右，在陽為左。」〇二章，疏：「言道之周遶之，故為曲也。」

《葛生》唐十一：婦人思其夫。

經〇一章，葛，見《周南・葛覃》；楚，見《周南・漢廣・傳》。

傳〇一章，疏：「蘞之子正黑如燕薁，不可食。幽州名烏眼，其莖葉煮以哺牛，除熱渴。」薁，於六反。

序〇程子：「此詩思存者，非悼亡者，序誤。」

《采苓》唐十二：戒聽讒。

經〇一章，苓，見《邶・簡兮・傳》。〇卒章，葑，見《邶・谷風》。

傳〇箋：「采此苓於首陽山之上，山上信有苓矣。今之采者未必於此山，然而人必信之，喻事有似而非者。」此比說也。《本義》：「采苓者積少以成多，如讒言積漸以成惑。其首陽，蓋興所見也。」此興說也。〇《本義》：「聞人之言且勿聽信，置之，且亦勿以為然。」〇疏：「首陽山在河東蒲坂縣南。」今案：首山即雷首山，首陽乃雷首山之南。《地理考異》：「伯夷墓在永樂縣南三十五里，雷首山南。」永樂即蒲坂縣也。〇箋：「苟，且也。」《傳》：「姑舍置之。」姑即且義【一】。〇二章，疏：「苦菜，荼也。」見《邶・谷風》。

【一】「且」，原作「其」，據張氏本改。

《唐詩》譜

案：唐叔虞，十一世至昭侯，封成師于曲沃。七年，潘父弒昭侯，子孝侯平立。十五年，曲沃莊伯弒孝侯，子鄂侯郄立。六年卒，子哀侯光立。九年，曲沃武公虜哀侯，子小子侯立。四年，武公弒之，天子立哀侯弟緡為晉侯。二十八年，曲沃武公滅晉。自昭侯至侯緡，六世六十九年。○成師是為曲沃桓叔，卒，子莊伯鱓立。卒，子武公稱立。三十七年滅晉，二年而卒，子獻公佹諸立。自昭侯至武公，共七十一年。唐詩十二篇，可譜者四，疑者二，其半不可知也。

《揚之水》　《椒聊》

右昭二詩。

《鴇羽》

右在晉沃爭亂五世之間。

《無衣》

右武一詩。

《葛生》　《采苓》

右二詩疑在獻世。

詩集傳名物鈔卷三

詩集傳名物鈔卷四

秦一之十一 變九

傳〇鄭《譜》及疏：「秦者，隴西谷名。《漢・地理志》：『隴西秦亭、秦谷是也。』鳥鼠與秦谷俱在隴西，故云近。《爾雅》：『鳥鼠同穴，其鳥為鵌，其鼠為鼵。』」鵌，大吾反。鼵，徒忽反。〇「伯翳佐禹治水土，舜命作虞官，掌上下草木鳥獸，賜姓曰嬴。《秦本紀》：『秦之先，帝顓頊之苗裔孫曰女修。生大業，大業生大費，是為伯翳。』《地理志》：『秦之先曰伯益。』又云：『嬴，伯益之後。』則伯翳、伯益聲轉字異，猶一人也。」〇「大費生大廉，玄孫曰孟戲、中衍，為殷太戊御，後世遂為諸侯。其玄孫曰中潏，保西垂，生蜚廉。子惡來革，子女防，子旁臯，子大几，子大駱。生成及非子，成為大駱，後周孝王封。非子為附庸邑之秦，子秦侯立。卒，子公伯立。卒，子秦仲立。厲王無道，西戎反，王室滅，大駱族。宣王以仲為大夫，誅西戎，死之。王立其子莊公為西垂大夫，居犬丘。卒，子襄公立。西戎與申侯弒幽王，襄公將兵救周，送平王徙雒邑。王封為諸侯，於是始國，與諸侯通使，遂有岐豐之地。卒，子文公立。卒，孫寧公立。卒，三父廢太子武公而立其弟出子。後三父復殺出子而立武公。卒，弟德公立。初居雍城。」中音仲。潏，古穴反。以上並《譜》及疏。〇汧，輕煙反。《地理志》：「汧水出扶風汧縣，西北入渭。」〇疏：「『初，洛邑與宗周通封畿，東西長、南北短，相覆為千里。』《本紀》：『賜襄公岐以西地，文公以岐東獻之周。』鄭言得八百里地，是全得西畿。春秋之時，秦境東至河，《本紀》之言不可信。」〇雍，今扶風雍縣。〇《地理考異》：「犬丘在汧、渭之間，即槐里是也。」以上並疏。

《車鄰》秦一：國人詩美秦君。

經〇一章，寺，《釋文》：「如字，又音侍。」〇二章，毛氏：「陂者曰坂，下溼曰隰。」陂音坡。〇《詩緝》：「《地理志》：『隴西郡有隴坻。』師古云：『隴坻謂隴阪，即今之隴山。此郡在隴之西，故曰隴西。』《三秦記》：『其阪九回，不知高幾許，欲上者七日乃越。高處東望秦川。』然則阪固秦地所有也。」坻，丁計反，又音底。〇《詩紀》【一】：「『既見君子，並坐鼓瑟』，簡易相親之俗也。『今者不樂，逝者其耋』，悲壯感嘆之氣也。秦之强以此，而止於為秦者亦以此。」〇吴正傳：「『逝者』謂自此以往。」〇三章，《爾雅》：「楊，蒲柳。」注：「《左傳》所謂『董澤之蒲』。」疏：「生澤中，可為箭笴。」《埤雅》：「楊有黄、白、青、赤四種，白楊葉圓，青楊葉長，赤楊霜降則葉赤，材理亦赤，黄楊性堅緻難長。」笴，古旱、谷我二反。緻，直利反。難長之長，知丈反。

「並坐鼓瑟」、「鼓簧」，君臣之際、禮儀等威猶未能辨。蓋其習於夷狄之常也，故見寺人之令則驚異而詩之矣。然告其君者，則止曰「不樂」，則耋而止耳。有盈滿之心，無警戒之意，作詩者未為知義之君子也。其流風日甚，至於始皇，窮奢極欲，宫觀相屬，鍾鼓充之，其漸蓋始於此。而其尊君卑臣，亢抑太甚，遂使上下之情不通而致敗，則又等威無辨之弊而力反之以至於甚也。秦之亡未必盡因《車鄰》之一詩，然君子立言不可不審也。

傳〇一章，《詩緝》：「鄰鄰，密比之意，言車之衆。」〇疏：「《天官》內小臣與寺人別官，言『寺人，內小臣』者，謂寺人是在內細小之臣，非謂寺人即是內小臣之官也。」燕禮，諸侯之禮也，云「獻左右正與內小臣」，是諸侯有內小臣也。《左傳》「齊寺人貂」、「晉寺人披」，是諸侯有寺人也。〇二章，疏：「《易》注：『耋，年踰七十。』」《左傳》注：「『七十曰耋。』」愚謂自七十至八十皆可言耋。

【一】按，此所引為吕祖謙《吕氏家塾讀詩記》，本書引之，前後亦皆作「詩記」，此處「紀」當爲「記」之訛。

《駟驖》秦二：國人美秦君。

經〇一章，驖，《釋文》：「又吐結反。」

此但以君所乘車而言。四馬一色，君車之選也。「媚子」，公之御者也。「六轡在手」，在其手也。「公曰左之」，命此人也。「舍拔則獲」，君射之善，又以見御之良也。詠其辭意，則車馬侍從之盛不言而可見矣。

傳〇一章，觖與觼同，古穴反，見《小戎・傳》。〇二章，毛氏：「冬獻狼，夏獻麋，春秋獻鹿豕羣獸。」疏：「田獵是虞人所掌，獸人所獻之獸以供膳。毛引《獸人》以證之也。」愚案：疏言如此，故《傳》以「之類」兩字例之而不仍毛，質言之也。又案：《天官・獸人》：「春秋獻獸物。」今毛云「鹿豕羣獸」，不知何據。《周禮注疏》：「狼膏聚，聚則溫，故冬獻；麋膏散，散則涼，故夏獻；春秋寒溫適，凡獸皆可獻也，及狐狸。」〇「射獸」、「射必」之射，皆食亦反。中，陟仲反。〇「六御」當為五御。「逐禽」，詳見《小雅・車攻》。〇為，去聲。

《小戎》秦三：婦人誇西征車甲之盛及思其良人。

經〇卒章，鏤音漏。

傳〇一章，疏：「《考工記》：『國馬之輈，深四尺有七寸。』注：『馬高八尺，兵車、乘車軹崇三尺有三寸，加軫與轐七寸，又并此輈深，則衡高八尺七寸。除馬之高，餘七寸，為衡頸之間。』是輈在衡上，故頸間七寸也。」愚案：《考工記》又曰：「六尺有六寸之輪，軹崇三尺有三寸也，加軫與轐焉【一】，四尺也。」注疏：「此車之高者也。軹是軸頭，處輪之中央。轐，伏兔也。蓋四馬車一轅，車軸上有伏兔，尾後上載車軫，軫始有車輿。則軸去地三尺三寸，上又兼

【一】「焉」原作「馬」，據秦氏本改。

伏兔及軫，并七寸，車輿去地總四尺也。」《詩記》：「軜前駕於服馬之衡上，其後則乘，前軫直逼後軫也。」轐音卜。○《左氏傳·定九年》：「齊伐晉夷儀，王猛曰：『我先登。』東郭書斂甲曰：『曩者之難，今又難焉。』猛曰：『吾從子，如驂之靳。』」疏：「靳，當胷之皮。驂馬之首當服馬之胷，胷上有靳。」《釋文》：「本或作『有靳』者，非。」靳，居覲反。○《詩緝》：「陰，以板横側，置車之前及左右三面。」○金銀銅鐵鉛總謂之金，謂「消白金」，未必皆白銀也。○疏：「《左傳·哀二年》：『郵無恤曰：「兩靷將絶，吾能止之。」駕而乘材，兩靷皆絶【一】。』是横軓之前別有驂馬一靷也【二】。」○輻音福。○疏：「色青黑名綦，馬名為騏，知其色作綦文。」○二章，疏：「盾以木為之。」○三章，䩉與閉同。疏：「《儀禮·既反記》說明器之弓云【三】：『有䩉。』」今案：《禮》本作「柲」，蓋與「䩉」通。

《蒹葭》秦四：不知所指。　異

經○《詩記》：「此詩全篇皆比。『所謂伊人』猶曰所謂此理也。」○三章，毛氏：「涘，厓也。」

蒹葭蒼蒼而白露為霜矣，人無百年而良時已邁矣。所謂伊人惟在水一方爾，所謂至道豈遠吾身哉？但遡洄從之，則道阻而且長；用私智求之，則理鑿而且迂獨；遡游從之，則宛在水中央也。惟以樂易公平之心求之，則無所往而非道也。人其可不思日月之易邁，而迪知大道以至其極乎？此或非詩人之本意，亦學者之一義也。

傳○一章，《詩緝》：「小者曰蒹，中者曰萑，大者曰葭，三物共十一名。蒹，水草，一名薕荻，似萑而細，高數尺，牛食之令肥彊。」又曰：「今人以為簾箔，因此得名。是蒹、薕、荻一物而三名也。初生為菼，長大為薍，成則

【一】「靷」，原作「靳」，據四庫本改。
【二】「一」，《毛詩正義》卷六之三作「二」。
【三】「反」，《毛詩正義》卷六之三作「夕」。

名萑，又名為䳕，是一物而四名也。初生為葭，長大為蘆，成則名葦，又名華，亦一物而四名也。郭璞云：『菼似葦而小。』又云：『蒹似萑而細。』是蒹小於萑，而萑小於葦也。」《韻會》：「菼中赤，始生末黑，黑已而赤，故謂之菼。其根旁行，牽揉槃互，其行無辨而又彊，故又謂之薍。」江東呼為烏蓲，至秋堅成，謂之萑。其初生三月中，其心挺出，本大如箸，上銳而細。揚州人謂之馬尾。葭、蘆皆葦之未秀者，葦則大葭也。其華遇風則吹揚如雪，聚地如絮。萑音完。蒹音廉。菼，吐敢反。薍，五患反。蓲音丘。○二章，《爾雅》：「小渚曰沚，小沚曰坻。」○三章，直音值。

《終南》秦五：國人美其君。

經○一章，梅，見《召南·摽有梅》【一】。

傳○一章，李氏：「終南西距鳳翔、武功，北距萬年、長安。」○毛氏：「錦衣，采色也。狐裘，朝廷之服。」疏：「錦者，雜綵為文，故云綵衣。白狐皮為裘，其上加錦衣為裼，又加皮弁服也。《玉藻》注：『君衣狐白毛之裘，則以素錦為衣覆之，使可裼也。袒而有衣曰裼。必覆之者，裘褻也。凡裼衣上衣象裘色。』裘是狐白，則上服亦白。皮弁服以白布為之，衣之白者唯皮弁服耳。《玉藻》又云：『錦衣狐裘，諸侯之服也。』謂在天子之朝服此耳。受天子之賜，歸則服之以告廟，於後不服。其視朝、受聘則服麑裘也。」○箋：「渥丹，言赤而澤也。」○渧，疾賜反。○二章，疏：「黻在裳。言黻衣者，衣大名，與繡裳異其文耳。」○刺，七亦反。

《黄鳥》秦六：哀三良。

經○《左氏傳·釋文》：「車音居。鍼，其廉反。」○惴，之瑞反。○《地理考異》：「《括地志》：『秦穆公冢在

【一】「梅」下張氏本有「傳」字。

岐州雍縣東南二里，三良冢在雍縣一里故城內。』今鳳翔府大興縣也【一】。」

傳〇一章，貿音茂。殉，辭順反。穆公卒，以三良殉。事見《左氏傳・文六年》。〇題下，「以遺」之「遺」，于醉反。「從死」之「從」，才用反。與，羊茹反。

《晨風》秦七：婦人念其君子。　異

經〇二章，櫟，見《唐・鴇羽》「苞栩」注【二】。

傳〇一章，疏：「鸇似鷂，青黃色，燕頷勾喙，嚮風搖翅，乃因風飛急，疾擊鳩鴿、燕雀食之。」鸇，張連反。勾音鉤。鴿音閤。〇扊，以冉反。扅，戈支反。户，扃也。《風俗通》：「百里奚為秦相，所賃澣婦自陳能歌。呼之，援琴撫弦而歌曰：『百里奚，五羊皮。始別時，烹伏雌，炊扊扅。今富貴，忘我為。』問之，乃其妻也。」伏，扶富反。〇二章，疏：「駮，獸名，似馬，白身黑尾。此駮，木名，梓榆也，樹皮青白。駮犖，遥視似駮馬。」崔豹《古今注》：「山中有木，葉似豫章，皮多癬。駮，名六駮【三】。」〇三章，疏：「木有唐棣、常棣，《傳》必以為唐棣，未詳聞也。赤羅，今楊檖，又名山梨、鹿梨、鼠梨，實亦有如梨之美者【四】。」〇酢，七故反。

《無衣》秦八：秦人樂攻戰。　異

經〇此蓋天子命襄公討西戎時詩，「王于興師」一語可見。

【一】「大」，《詩地理考》作「天」。
【二】「注」，張氏本作「傳」。
【三】「駮」，《古今注》作「皴」。
【四】「亦」下原有「大」字，據張氏本刪。

先王之制，民居於近郊者，五家為比，五比為閭，四閭為族，五族為黨，五黨為州，五州為鄉。居遠郊者，則有鄰、里、酇、鄙、縣、遂，而家之數如鄉之數。使之相保相受，救其凶災而賙其不足。其在野，則八家同井，使之友助扶持。有事則會萬民為卒伍而用之。平居暇日，情意之孚、恩愛之接，固已彼此交得懽心。一旦同在戰陣，晝識面貌，夜記聲音，而左提右挈，協心力戰，可以揚威而制勝。不幸而敗，亦爭相為死。此王者之兵所以無敵也。秦，舊周也，先王遺化猶有存者。其曰「豈曰無衣，與子同袍」者，相賙之意也；「修我戈矛，與子同仇」者，相死之心也。但秦不善用之，一導之以武事而不知以禮，故敦厚之風化為剛暴之氣，而遂至於不可禁也。此詩之作，君子知其有漸矣。酇，子管反。賙音周。○西戎乃秦人不共戴天之讎，而又有王命興師，是以同心疾之，謳吟思鬬。雖其風俗所致，然以義動者，人樂為之死，亦必然之理也。

傳○一章，疏：「《玉藻》：『纊為繭，縕為袍。』注：『縕謂今纊及舊絮。』然則純著新緜為繭，雜用舊絮為袍。其制度則一，故云：『袍，襺也。』」襺，古典反。縕，於粉反。○《詩記》：「《曲禮》疏：『戈，鉤孑戟也。如戟，而橫安刃，但頭不嚮戟上為鉤也。直刃長八寸，橫刃長六寸。刃下接柄處長四寸，並廣二寸。』《周禮·冬官》：『戈柲六尺有六寸。』注云：『柲猶柄也。』」孑，居列反。柲音祕。○疏：「《考工記》：『酋矛常有四尺。』注：『八尺曰尋，倍尋曰常。常有四尺。』是二丈也【一】。夷矛則三尋，長二丈四尺。」○二章，澤即襗，蓋古字通也。《說文》：「襗，絝也。」絝即袴。○題下，招音喬，舉也。朝音潮。易，以豉反。

【一】「是」下，《毛詩正義》卷六之四有「矛長」二字。

《渭陽》秦九：康公送舅。

傳〇一章，疏：「雍在渭南，水北曰陽。晉在秦東，行必渡渭。」《郡縣志》：「京兆府咸陽縣本秦舊縣，渭水南去縣三里。秦咸陽在今縣東二十二里。」〇《周禮·巾車》：「金路以封同姓，象路以封異姓，革路以封四衛，木路以封蕃國。」皆諸侯也。故人君之車曰路車。〇二章，疏：「瓊者，玉之美名，非玉名也。瑰是美石之名。」瓊，毛氏韻：「赤玉。」〇題下，《左氏傳》及《史記》：「晉獻公佹諸娶于賈，無子。賈，姬姓國。烝於齊姜，武公妾。生秦穆夫人、太子申生。又娶大戎狐姬，生重耳。大戎，唐叔子孫別在戎狄者。小戎子，生夷吾。允姓之戎子女也。伐驪戎，驪戎男女以驪姬，姬姓男爵。生奚齊，其娣生卓子。驪姬嬖，欲立其子。十一年【一】，譖，使太子居曲沃，重耳居蒲城，夷吾居屈，羣公子皆鄙。二十一年，驪姬使太子祭齊姜，歸胙于公。姬毒而獻之，太子縊，重耳、夷吾皆出奔，獻公使荀息傅奚齊。二十六年，獻公卒，奚齊立，大夫里克殺之。荀息立卓子，里克又殺之。齊桓公、秦穆公納夷吾，是為惠公。元年，殺里克，許賂秦伯而不與。六年，秦伐晉，獲晉君，既而歸之。八年，太子圉質於秦。十三年，逃歸。十四年，惠公卒，子懷公圉立。初，重耳之出也，至狄，又過衛、齊、曹、宋、鄭、楚，楚送諸秦。秦伯納，女五人。懷公立之明年，秦伯納重耳，是為文公。」佹音晷，重平聲。女，以之女，去聲。子金子：「申生既是世子，則齊姜當是元妃，左氏所載或失其實。」〇《左氏傳》：「文六年，晉襄公卒。靈公少，晉人以難，故欲立長君。公子雍仕秦，襄公庶弟。趙孟使先蔑逆之。趙孟，趙盾。七年，秦康公送公子雍於晉，穆嬴日抱太子啼於朝。穆嬴，襄公夫人。太子夷皋即靈公。宣子患穆嬴，宣子即趙孟。乃背先蔑，立靈公以禦秦師，敗之于令狐。八年，秦人伐晉，取武城以報令狐之役。十年春，晉伐秦，取少梁。夏，秦伐晉，取北徵。十二年，秦伐晉，取羈馬。晉人禦之，秦師夜遁。宣元年，晉侵崇。秦與國。二年，秦伐晉，圍焦。」皆因令狐之役而相侵伐之不已也。令音零。

【一】「一」，張氏本作「二」。

《權輿》秦十：君待賢者有始無終。

傳〇一章，《詩緝》：「造衡自權始，造車自輿始。」〇二章，疏：「簋是瓦器，亦以木為之。圓曰簋，內方外圓也，以盛黍稷。方曰簠，內圓外方也，以貯稻粱。皆容一斗二升。公食大夫禮，是國君與聘客禮食，故『宰夫設黍稷六簋』。今惟四簋，蓋謂之「每食」，則燕食耳，非禮食也。」〇題下，耆與嗜同為去聲。鉗，巨廉反。彊，上聲。

《秦詩》譜

愚案：秦仲立，為附庸之君。十八年，宣王命為大夫。二十三年，死於戎。子莊公立，襄公追稱公，四十四年卒。子襄公立，七年，救周有功，為諸侯，於是始國，與諸侯通使。十二年卒。子文公立，五十年卒。孫寧公立，十二年卒。三父立少子出子，六年，三父弒之而立寧公之太子武公，二十年卒。弟德公立，二年卒。子宣公立，十二年卒。弟成公立，四年卒。弟穆公任好立，三十九年卒。子康公罃立，十二年卒。十二君，二百三十六年【一】。詩十篇，可譜者七篇，《權輿》恐康公以後詩也。

《車鄰》　《駟驖》　《小戎》　《終南》　《無衣》

右襄五詩。《車鄰》《序》以為秦仲，愚竊謂秦仲固嘗為附庸之君，以西戎滅大駱之族，宣王命為大夫。蓋日與戎戰，六年而死，非可樂時也，詩語不類。然則《車鄰》實襄公詩爾。

《渭陽》

右穆一詩，康公為太子時作，正穆世也。

【一】「二百」，張氏本作「三百」。

《黄鳥》

右康一詩，三良殉穆，則詩作於康世。

陳一之十二 變十

傳〇外方，見《王風》。孟諸，《前編》：「在應天府虞城縣西北。」〇「虞閼父」至「封陳」，見《左氏傳・襄二十五年》。〇閼，於葛反。父，匪武反。大音泰。妻，七計反。〇《樂記》：「武王封黄帝之後於薊，封帝堯之後於祝。」《史記》：「封黄帝之後於祝，帝堯之後於薊。」《通鑑外紀》從《樂記》，蘇子由《古史》及《皇王大紀》、鄭漁仲《通志》諸書多從《史記》。薊音計。〇疏：「恪者，敬也，王者敬先代，封其後。三恪尊於諸侯，卑於二王之後。」〇好，呼報反。樂，魚教反。覡，胡狄反。男曰覡，女曰巫。

《宛丘》陳一：刺歌舞無度。

傳〇一章，思，息字反。樂音洛。〇二章，疏：「吴揚人謂之白鷺，齊魯謂之春鉏。頭上長毛，長尺餘，毶毶然與衆毛異好，欲取魚時則弭之。楚威王時，有朱鷺合沓飛翔而來舞，然赤者少。此所持，其白羽也。」毶，蘇含反。〇《詩記》：「冬夏，祁寒大暑之時也。人之好樂，於是時必少息焉。今也無冬無夏，則它時可知矣。」〇三章，疏：「《離》：『九三，鼓缶而歌【一】。』則是樂器。《坎》：『六四，樽酒簋貳，用缶。』注云：『大臣以王命出會諸侯，主國尊於簋，副設玄酒以缶。』則又是酒器。《左傳・襄九年》：『宋災，具綆缶。』則又是汲水之器。然則缶可以節樂，若今擊甌；又可以盛水、盛酒，即今之瓦盆也。」

【一】「鼓」上，《毛詩正義》卷七之一及《易・離》經文皆有「不」字。

《東門之枌》陳二：男女相樂。

經○一章，栩，見《唐・鴇羽》。

傳○一章，枌，見《唐・山有樞》。○著，陟略反。○疏：「婆娑，盤辟舞。」《詩記》：「婆娑不必是舞，但徘徊翱翔之義。」○二章，疏：「善旦，謂無陰雲風雨。」○三章，芘芣，音毗浮。疏：「一曰蚍衃，小草，多華少葉，葉又翹起。似蕪菁，華紫緑色，可食，微苦。」○遺，去聲。

《衡門》陳三：隱居自樂。　異

經○二章，魴，見《周南・汝墳》。○三章，《本草》：「鯉魚脊中鱗一道，數至尾，無大小，並三十六鱗。有赤鯉、白鯉、黃鯉三種。」

前一章有自足之意，後兩章無外慕之心。此雖賦體，而實似比也。

傳○一章，《考工記》「門阿」注：「棟也。」疏：「屋脊。」○《爾雅》：「門側之傍堂謂之塾。」注：「夾門堂。」《顧命》疏：「塾，門內北面。」○《考工記》「門堂」注：「門側之堂。」引《爾雅》「門側之堂謂之塾」，則堂即塾也。今又案：屋之基亦曰堂，《大誥》：「弗肯堂。」注：「不肯為堂基。」如《周禮》「堂崇三尺」、「堂崇一筵」，《禮記》「天子之堂九尺」，《史記》「坐不垂堂」，皆指堂基而言也。今《傳》上既有「塾」字，則「堂」字作基說為長。○《說文》：「宇，屋邊，即屋四垂也。」

《衡門》之詩，隱士所作。「阿塾堂宇」，《傳》因疏文之舊，亦大約言「門之深者有是名」也。命士之堂三尺，庶人蓋無級門之制，豈復若是巍巍哉【一】？然則衡門固隱士之常爾。

【一】「巍巍」，張氏本作「巍然」。

「泌，泉水也」，《毛傳》文。疏：「《邶》有『毖彼泉水』，知泌為泉。」《詩緝》：「『毖彼泉水』乃毖然流出貌，毛以此「泌」與彼「毖」字異義同，亦當為泉水之流貌，非謂泌為泉水也。」

《東門之池》陳四：男女會遇。　異

傳〇一章，漬，疾賜反。〇晤，毛氏：「遇也。」箋：「猶對也。」〇解，下介反。〇三章，韌，而振反。疏：「菅似茅，而滑澤無毛，根下五寸中有白粉者柔韌，宜為索，漚乃尤善。」

《東門之楊》陳五：男女期會不至。　異

傳〇一章，啓明，見《小雅·大東·傳》。〇二章，肺，《釋文》：「普貝、蒲貝二反。」

《墓門》陳六：刺無良。　異

經〇二章，鴞，于驕反。

傳〇二章，疏：「鴞一名鵩，與梟【一】。梟，一名鴟。陸璣云：『大如斑鳩，綠色，惡聲之鳥也。入人家，凶。賈誼所賦鵩鳥是也。其肉甚美，可為羹臛，又可為炙。』」《詩緝》：「鴞，怪鴟也，鵩也，鵂鶹也。即《瞻卬》之『為梟為鴟』也。」或曰：「鵩似鴞。」則鴞又非鵩矣。梟，古幺反。臛音壑。鵂鶹音休留。

序〇《春秋·桓六年》：「秋八月，蔡人殺陳佗。」《左氏傳》：「陳侯鮑卒，文公子佗殺太子免而代之，蔡人殺五父而立厲公。」五父，陳佗也。免音問，父音甫。

【一】「梟」下，《毛詩正義》卷七之一有「異」字。

《防有鵲巢》陳七：男女有私，憂間。　異

傳〇一章，疏：「苕，饒也，幽州謂之翹饒，蔓生。」〇迋，居望反。間，居諫反。〇二章，疏：「瓴甋，一名甓。郭璞：『甗甎也。』」瓴音零。甋，都歷反。甗音鹿。

《月出》陳八：男女相悅而相念。　異

經〇《詩緝》：「皎，月光皎潔；皓，月光之白；興佼好之人明豔白皙，如月之初出而皎潔。《神女賦》：『其少進也，皎若明月舒其光。』正用此。」《詩記》：「照，月光之被物。慘，言不舒而幽愁。此詩用字聱牙，意者其方言歟？」

《株林》陳九：刺靈公淫夏姬。

傳〇一章，《寰宇記》：「陳州西華縣西南三十里有夏亭城，城北五里有株林。」《郡縣志》：「宋州柘城縣本陳之株邑，故柘城在寧陵縣南七十里。」〇疏：「徵舒字子南，以字配氏，謂之夏南。」徵，陟陵反。〇靈公名平國，共公子。〇題下案：《左氏傳》《史記》：「靈公十四年，公與其大夫孔寧、儀行父通於夏姬，皆衷其衵服，以戲于朝。泄冶諫曰：『公卿宣淫，民無效焉。』公告二子，二子請殺泄冶，公弗禁，遂殺之。十五年，公與二子飲於夏氏，謂行父曰：『徵舒似汝。』對曰：『亦似君。』徵舒怒。公出，自其廄射而殺之，二子奔楚。徵舒自立為陳侯。明年，楚莊王伐陳，殺徵舒，立靈公子午，是為成公。」父，方武反。衵，汝栗反，婦人近身內衣。射，食亦反。〇御，魚巨反。

《澤陂》陳十：男女相念。

經〇輾轉，見《周南·關雎·傳》。

《月出》，男子思婦人也；《澤陂》，婦人思男子也。

傳〇陳國下「錯」，七故反。重平聲。復，方六反。

《陳詩》譜

陳詩十篇，惟知《株林》為靈公之詩，餘不知何世。靈公者，胡公之十八世也。靈公十五年弑，當周定王之八年，魯宣公之十年。

檜一之十三 變十

傳〇《左氏傳》：「顓頊氏有子曰犂為、祝融。」《楚語》：「顓頊命南正重司天以屬神，火正黎司地以屬民。」火當為北。《史記·楚世家》：「帝顓頊高陽生稱，稱生卷章，《世本》名老童。卷章生重黎，重、黎二人，司馬誤合。為帝嚳高辛火正，甚有功，能光融天下，帝嚳命曰祝融。祝，大；融，明也。共工氏作亂，帝使祝融誅之而不盡【一】，帝乃誅重黎，而以其弟吳回居火正，為祝融。吳回亦卷章生。吳回生陸終。陸終子六人，其四曰會人。」詩疏：「此即檜之祖也，妘姓。檜本祝融所封之墟，唯妘姓之後處其地。」妘音云。稱，尺證反。〇外方，見《王風》。〇《前編》：「滎波，孔氏以為一水。《周禮·職方》：『其川滎雒，其浸波溠。』則二水也。泲水入河，而南出溢為滎，今鄭州滎澤是其處。《爾雅》：『水出自洛為波。』而《山海經》曰：『婁涿之山，波水出其陰，北流注于穀。』二說未知孰是。西

【一】「祝融」，《史記·楚世家》作「重黎」。

漢末，泲水不復南溢，而滎涸。」滎音榮，溠音詐。泲，子禮反。〇《家說》：「《公羊傳·桓十一年》：『古者鄭國處於晉【一】，先鄭伯有善於鄶公者，通乎夫人，乃取其國而遷鄭焉。』《鄭語》：『桓公光寄帑於虢、鄶【二】。』《周語》：『鄶由叔妘。』注：『鄭武公滅之。』則通乎叔妘者，武公也。」〇鄶滅又見鄭《譜》【三】。〇為，于偽反。

愚案：《檜風》急迫褊陋，《鄭風》放蕩淫邪，蘇氏之說恐未然也。以詩之次言之，魏列晉前，其意似邶鄘之於衛；鄭、檜相去遠，恐亦不得為此例。

《羔裘》檜一：國君好潔衣服遊宴，不彊政治。

經

羔裘、狐裘，國君所得服，非奢也。然羔裘以視朝可也，而以逍遥、翱翔；狐裘朝天子可也，而以自朝其羣臣；則固已失禮之正矣。而又不能彊於政治，惟服其服、尸其位而已。觀「如膏」、「有曜」之言，則實有好潔衣服之癖。大夫見其暗弱，必又諫，而不從，故曰：「我豈不於是而思之？然知其終不可格君之心，惟心勞而憂忉忉耳。」久則憂而至於傷，又久則不可形之於言，惟中心自傷悼耳。

傳〇一章，《詩緝》：「狐裘有白、有青、有黄，《玉藻》云：『君衣狐白裘，錦衣以裼之。』此狐白裘也。又云：『君子狐青裘豹褎，玄綃衣以裼之。』此狐青裘也。又云：『狐裘，黄衣以裼之。』此狐黄裘也。鄭氏以狐白之上加皮弁服，天子以日視朝，侯在天子之朝亦服之，以黄衣狐裘為大蜡之後作息民之祭則服之。《郊特牲》云：『黄衣黄冠而祭

【一】「晉」，《春秋公羊傳注疏》卷五作「留」。

【二】「光」，張氏本作「先」，《國語·鄭語》作「東」。

【三】「譜」，張氏本作「風」。

息田夫也。』引此為證。以狐青為臣下之服，諸侯不服之。《玉藻》稱：『君子狐青裘。』注以君子為大夫、士也。此詩狐裘不言其色，鄭氏以為黄衣狐裘，謂檜君以祭服而朝也；蘇氏以為狐白，謂檜君以朝天子之服而聽其國之朝也。二說不同。狐青為臣下之服，非檜君所服；檜君好潔其衣服，亦必不服狐黄。當從蘇氏，以為狐白。」〇卒章，漬，疾賜反。

《素冠》檜二：思見三年之喪。

經

舉世不能行三年之喪，有人獨能行之。君子以絶無而僅見，故悲且喜而作此詩也。一章三句皆言服喪之人，謂今我庶幾見此服素冠者，蓋不特衣冠之合度，抑且急於哀戚而顔容瘦瘠，其心哀苦而憂勞。二三章首句復言其服。下二句則君子之自言也。「心傷悲」、「心蘊結」，悲其盡哀也；「與同歸」、「與如一」，喜其盡禮也。上言勞心，下言我心，故所指有彼此之異。

傳〇一章，縞，古老反。紕，並移反。「則冠」之「冠」，去聲。〇禫，徒感反，除服，祭名。《儀禮》：「中月而禫。」注：「中猶間也，與大祥間一月，自喪至此凡二十七月。禫之言澹澹然，平安意。」疏：「二十七月禫，徙月樂，二十八月復平常，正作樂也。」間，間厠之間，去聲。〇三章，韠，見《曹·候人》。〇韍，分物反。〇題下疏：「肖，似也。不有所似，謂愚人也。《檀弓》云：『子夏既除喪而見夫子，予之琴，和之而不和，彈之而不成聲，作而曰：「哀未忘也，先王制禮而弗敢過也。」子張既除喪而見，予之琴，和之而和，彈之而成聲，作而曰：「先王制禮，不敢不至焉。」』彼説子夏之行與此正反，必有一誤，或當父母異時也。毛公當有所據。」今案：劉向《説苑》亦載此事，與《毛傳》同，但以子路為子貢。然夫子之於門人，未有稱其字者，恐毛公所傳或誤爾。〇為，于偽反。衰，倉回反。見，賢遍反。援，于元反。衎，苦旦反。「夫三」之「夫」音扶。

《隰有萇楚》檜三：民苦政賦，不如草木。　異

傳〇一章，疏：「《爾雅》：『萇楚一名銚弋。』《本草》：『一名羊桃。』陸璣：『葉長而狹，華紫赤色。其枝莖弱，過一尺，引蔓于草上。』」銚音遥。〇少，詩照反。〇二章，累，良僞反。

《匪風》檜四：賢人嘆周室衰。

傳〇二章，飄，符遥反，類隔切，今易並遥反。《釋文》：「又必遥反。」〇疏：「迴風，旋風也。」〇三章，《説文》：「鬵，大釜。一曰：『鼎大上小下若甑，曰鬵。』」

曹一之十四變十二

傳〇鄭《譜》：「曹在濟陰定陶，夾於魯衛之間。」疏：「曹都在濟陰，其地則踰濟北。魯在其東南，衛在其西北。」〇《前編》：「陶丘，在今曹州定陶縣。雷夏，今濮州雷澤縣西北雷夏陂，東西二十里，南北十五里。計古雷澤必大於今。荷澤，在今曹州濟陰縣南三里。」

《蜉蝣》曹一：刺見近忘遠。

經〇子金子：「君子念夫人，雖不知久遠之計，而亦知所以自修。故心之憂之，而欲其以我為歸也。蓋君子之於人，無不欲其入於善。苟有一毫自治之心，固君子之所欲進之也。」

傳〇一章，疏：「蜉蝣聚生糞土中，似甲蟲，有角。大如指，長三四寸，甲下有翅，能飛。夏月陰雨時地中出，豬好噉之。」蛣，去吉反。蜣，去王反。〇《爾雅》：注：「身狹而長，有角。」《傳》當加「有」字。〇三章，掘閲，疏：

「此蟲土裏化生，言其掘地而出，形容鮮閱也。閱者，悅懌之意。」朱子不取。《詩緝》：「更閱，謂升騰變化也。」

《候人》曹二：刺君近小人。

經〇一章，戈，見《秦·無衣》。

傳〇一章，疏：「《夏官》：『候人，上士六人，下士十有二人，史六人，徒百有二十人。』則諸侯候人亦應是士，而徒數必少。其職『各掌其方之道治，與其禁令，以設候人。』注：『禁令，備姦寇也。設候人者，選士卒以為之。』有四方來者，則致之于朝，歸則送之于竟。荷戈兵，防衛姦寇。」〇殳，見《衛·伯兮》。〇疏：「《玉藻》：『韠之制，下廣二尺，上廣一尺，長三尺。其頸五寸，肩革帶博二寸。』祭服謂之芾，他服謂之韠。緼，赤黄之間色，所謂韎也。珩，佩玉之珩，黑謂之黝，青謂之葱。《周禮》：『公侯伯之卿三命，下大夫再命，上士一命。』曹為伯爵，大夫再命，是大夫以上皆服赤芾，於法又得乘軒，故連言之。軒，大夫之車也。」緼音温，韎音妹。黝，於九反。〇晉文公入曹事在《左氏傳·僖二十八年》。〇僖負羈，曹賢大夫。〇二章，鵜音鳥，一作洿。疏：「今鵜鶘也。好羣飛，入水食魚，形似鶚而極大。喙長尺餘，直而廣，口中正赤，頷下胡大如數升囊。若小澤中有魚，便羣共杼水，滿其胡而棄之，令水竭，乃共食魚。」鶘音胡。杼，丈吕反。〇《詩緝》：「鵜鶘當入水中食魚，今乃在魚梁之上竊人之魚以食，未嘗濡濕其翼。如小人居高位竊禄，不稱其服也。」〇三章，稱，尺證反。

《鳲鳩》曹三：美君子用心均一。　異

傳〇一章，秸，戛、吉二音；鞠音菊。《爾雅》作鴶鵴，又名穫穀。陸璣：「又名擊穀，又名桑鳩。或謂之肩題，齊人名擊正。」案：戴勝自生穴中，不巢生。而《方言》云「戴勝」，非。《詩緝》：「凡十一名。」〇子金子：「如結，言心不放。」〇二章，疏：「《玉藻》：『雜帶，君朱緑，大夫玄華，士緇辟。』是有雜色飾焉。弁類多矣，韋弁以即戎，冠弁以從禽，弁絰以弔凶，不得與絲帶相配。唯皮弁是視朝常服。」

《下泉》曹四：思治。

經〇《詩記》：「《匪風》《下泉》雖皆思周道之詩，然《匪風》作於東遷之前，此一時也；《下泉》作於齊桓之後，又一時也。」

泉固以潤物也，然必於春夏之時乃能發生，至於寒則不適於用。而徒以浸彼稂蕭蓍草，而又傷之耳。於以見王澤不下流，而所被之政非澤也。所以寤而即嘆，以念先王之治。寤嘆，則見其憂思之極，嘆之不已，惟寐則已爾。卒章則先王之政也。

傳〇卒章，《左氏傳》注：「解縣西北有郇城。」服虔曰：「郇國在解縣東。」〇題下，復，扶又反。間，居莧反。治，去聲。

《曹詩》譜

曹叔振鐸至共公十五世，而有《候人》詩，其言與《左氏傳》合。餘三詩莫知其世。

豳一之十五變十三

《詩記》：「豳居風雅之間，何也？風之所為終，而雅之所為始也。變風終於《曹》，思明王賢伯之不可得。於是次之以《豳》，反之於周公。而後至於《鹿鳴》，言周之所以盛者，由周公也。」〇周世次見《周南》。〇子金子：「公劉之遷豳也，史謂周道之興自此。則《國語》所謂『十五王而文始平之』者，自公劉數之爾。不然，則以有德之宗數之。猶殷言『賢聖之君六七』，漢言『七制之主』也。讀《篤公劉》之雅，可想見公劉度地建國、和輯人民之規焉。讀《七月》之詩，可想見豳民因天力本孝慈忠愛之俗焉。漢儒舊《序》以《篤公劉》為召康公之所獻，以《豳・七月》為周公之所陳。意者《豳》之遺詩歟？召公獻之以備燕享之樂，使成王知立國勤勞之故；周公陳之以為矇工之誦，使成王知故國衣食之原。故《篤公劉》列於雅而《豳・七月》自為風。蓋自三聖相授，其禮樂聲教之盛漸被四海。后稷於此有部家室，子孫皆有令德。其後雖當夏道衰微，一再轉徙而修其訓典，弈世載德。加以公劉之賢，生聚再繁，邦家再盛。故國人叙其建立之規，道其風土歌謠之美，吹之管籥，和以土鼓。周人世守之，以為其先公之樂。至有天下，而亦專官掌之，《周官》『籥章之職，掌土鼓、豳籥』是也。土鼓、葦籥，皆堯之遺音也，而豳籥則公劉之遺音也。豳籥所歈之詩則豳詩、豳雅、豳頌也。豳詩，《七月》之詩也。豳頌雖不知其的為何詩，而《篤公劉》之篇豈非豳雅之詩歟？或者顧謂公劉之時，夏道將墜，國介戎狄之間，計無文物。《篤公劉》《七月》之詩蓋出周、召之筆，追述先公之事爾，是獨不思夏。當三聖之後，義理素明，言語素雅，其文章最盛，但載籍失其傳耳。其存者與其雜見傳記者可想見也，豈至周、召之時而後始有如此之文哉？且周詩固有追述先公之事者，然皆明著其為後人之辭。《生民》之詩述后稷之事也，而終之曰：『以迄于今』。《緜》之詩述古公之事也，而係之以文王之事。此皆後人之作也。若《篤公劉》之詩，極道岡阜、佩服、物用、里居之詳；《七月》之詩，上至天文氣候，下至草木昆蟲，其聲音、名物，圖畫所不能及。安有去之七百岁而言情狀物如此之詳，若身親見之者？又其末無一語為追述之意。吾是以知其决為豳之舊詩也，況史氏已明言『詩人歌樂思其德』乎？雖然，《七月》為豳之舊詩，固也，何以不居《二南》之前而居變風之末歟？曰：『詩皆采之當世，而前世之詩存者不可泯也。故《豳・七月》附於十五國風之後，猶《商・那》附於三《頌》之末也。』『《七月》既非周公之所自作，何以係周公諸詩？』曰：『豳，周公之采邑也。周公食邑於豳、岐之間，以其為周之舊邑，故曰周公。然周既為一代，有天下之號，則周公之詩不可謂之周而謂之豳焉。《豳詩》既周公之所陳，故凡周公之所作與為周公而作者皆附之。』『然則《公劉》為雅，《七月》獨不可為雅歟？』曰：『風、雅固各有體也。』」○音並見《周南》。

《七月》豳一：周公陳戒成王。

經○一章，《詩緝》：「畝大抵以南為正，故每曰南畝。」○五章，為，于僞反。○六章，毛氏：「春酒，凍醪也。」疏：「凍時釀之，即《酒正》『三酒』中清酒也。」《詩記》：「《月令》注：『古者穫稻而漬米麴，至春而為酒。』」○毛氏：「眉壽，豪眉也。」疏：「人年老者必有豪眉秀出。」《詩緝》：「眉壽，衰矣，養氣體焉以助之也。」○斷，絶之之義，當音短。○七章，索，素洛反。○卒章，沖，直弓反。○兕觥，見《周南·卷耳》。

凡事豫則立，《七月》之詩，豫而已矣。有天下國家者，豫其所當豫，則無有不善矣。○詩中以日言者，雖為建子之義，其實主於陽而言。然止於四之日者，「春日載陽」、「春日遲遲」即辰月也。蠶事必在季春，故也建巳為正陽之月。不曰六之日而曰四月者，蓋陰陽之生皆以漸。夏至一陰生，非生於夏至之日，謂至夏至之日而成一陰也。其始實自小滿之日，六陽已極而微陰萌兆，馴致而成。故君子探其理於建巳，惟以月言之也。

傳○一章，放，甫兩反，篇內同。下，去聲。○《晉·天文志》：「東方心三星，天王正位也。中星曰明堂，天子位；前星為太子，後星為庶子。」子金子：「《堯典》：『仲夏，火中。』《月令》則『季夏昏，心中；季冬曉，心中。』故周家有『火中，寒暑乃退』之說，謂季夏火昏中，暑極而退；季冬火曉中，寒極而退也。豳公之詩上距堯未遠，歲差不多，故七月之昏則亦見火之西下矣。」○《釋文》：「耜，耒下耓也，廣五寸。耒，耜上句木也。」耜古以木為之，《易》曰：「斲木為耜，揉木為耒。」亦以金為之，《周禮》注：「古者耜一金，兩人併發之。」耓，他丁反。耒，盧對反。句音鉤。○長，知丈反。○《甫田》箋：「田畯，司嗇，今之嗇夫也。」《韻會》：「《詩詁》云：『《周禮》無田畯之職，蓋六遂中鄰、里、酇、鄙、縣、遂之長。高者為大夫，卑者為士，通稱田畯，蓋農田之俊也。』」○瞽矇，見《綱領》。○《周禮注疏》：「諷誦，謂闇讀之，不依琴瑟而詠也。」○二章，倉庚，見《周南·葛覃》。○穉，直利反。○蘩，見《召南·采蘩》。○啖音淡。遠，于願反。○三章，萑葦，見《秦·蒹葭》。○疏：「斨即斧也，唯銎孔異耳。隋，狹而長也。銎，斧斤受柄處也。」隋，徒禾、湯果二反。銎，曲容反。○疏：「《春秋》：『伯趙氏，司至。』伯趙，鵙也，以夏至來，冬至去。陳思王《惡鳥論》云：『伯勞以五月鳴，應陰氣之動。陰為殘賊，蓋賊害之鳥也。其聲鵙鵙。』故以其音名云。」《詩緝》：「《月令》：『仲夏鵙始鳴。』蓋至七月則鳴之極而將去矣。」○毛云：「朱，深纁也。」○「祭服玄衣纁裳。」○四章，箋：「物成自秀葽始。」《詩緝》：「曹氏曰：『《釋草》：「葽，繞蕀菀。」注云：「今遠志也，其上謂之小草。」《說文》云：「劉向說葽味苦，謂之苦葽。」《本草》：「遠志又有棘菀、繞葽、細草三名，四月采根葉，陰乾。」參訂諸說，知葽為遠志矣。四月陽氣極於上，而微陰已受胎於下，葽感之而早秀。』」案（嚴粲）：葽，毛不指為何草，鄭疑為王萯，陸璣亦無明說，唯曹氏以為遠志，證據甚明。」萯音婦。○《詩緝》：「蜩，蟬也，諸蟬之總名。《釋蟲》云：『蜩，蜋蜩、螗蜩。』郭璞引《夏小正》云：『蜋蜩者，五色具；螗蜩者，蝘，俗呼為胡蟬。』故《爾雅》疏：『蜩者，目諸蟬也。』」蜋音郎，螗音唐，蝘音偃。○《說文》：「草木皮葉落墮地為蘀。」○疏：「于，往也。于貉言往不言取，狐貍言取不言往，皆是往捕之而取其皮。故毛言：『于貉，謂取狐貍皮。』并明取之意也。」今案：《爾雅》：「貍、狐、貒、貈醜。」是四物同類也。又別條疏：「《字林》云：『貈似狐，善睡，其子名貆。』」詳此，則貉與狐貍非一物。《傳》以為一物，未詳。貒音湍。貈即貉字。貆音暄。○五章，《爾雅》：「蟴螽，蜙蝑。」注疏：「所謂舂黍也，幽州謂之舂箕，蝗類也。長而青，長角長股，股鳴者也。或謂似蝗而小，斑黑，其股似玳瑁。五月中，以兩股相切作聲，聞數十步。」《詩緝》：「舊說以為即螽斯者，非。」蟴音斯，蜙蝑音嵩須。〇疏：「《爾雅》：『螒，天雞，謂小蟲。黑身赤頭，一名莎雞，一名酸雞，又曰樗雞。』陸璣：『如蝗而斑色，毛翅數重，其翅正赤。六月中，飛而振羽，索索作聲。幽州謂之蒲錯，今絡緯蟲是也。』」螒音翰。〇李氏：「《考工記》：『以股鳴者，以翼鳴者。』以股鳴者，斯螽是也；以翼鳴者，莎雞是也。」〇蟋蟀，見《唐・蟋蟀》箋。「『在野』至『入牀下』，皆謂蟋蟀也。言三物如此者，將寒有漸，非卒來也。」〇疏：「篳户以荆竹織門，以荆竹通風，故泥之。」〇愚案：「穹窒」兩句四事，皆治室之事。塞向以禦北方之寒氣，墐户以禦南方之寒氣。謂之穹窒，則南牖亦或塞之矣。〇六章，疏：「鬱，唐棣之類。樹高五六尺，實大如李，正赤，食之甜。《本草》：『一名雀李，一名車下李。』蘡薁亦鬱類而小別。《晉宮閣銘》云：『華林園中有車下李三百一十四株，薁李一株。』車下李即鬱，薁李即薁，二者相類而同時熟，故言鬱、薁也。」蘡，於盈、於耕二反。〇《詩記》：「葵，承露也，大莖小葉，華紫黃色，可茹。公儀休所拔是也。」《埤雅》：「有紫、白二種。」〇《小宛》疏：「『菽，大豆也。采其葉以為藿，以芼牛。』謂以鼎煮牛，取其骨體置之於俎，其汁則芼之以藿，調以五味，乃盛之於鉶，謂之鉶羹。」鉶音刑。〇釀，女亮反。〇《詩記》：「壺，枯者可為壺，嫩者可供茹。」疏：「甘瓠，可食，就蔓斷取而食之。」李氏：「壺性蔓生，斬之，故曰斷。」〇荼，見《邶・谷風》〇少，式照反。長，知丈反。〇七章，秸音戛。《說文》：「禾藁去皮。」〇稻，稌也，性宜水，即今南方所食稻也。稌音杜，又音土，又通都反。秫音述，糯也，又稷之黏者。苽音孤，《韻會》：「雕苽也，亦作雕胡，即枚乘所謂『安胡之飯』，今所食茭苗米也。」粱，粟也。〇愚案：麥非納於十月也，此蓋總言農事畢爾。〇卒章，《左氏傳・昭四年》：「其藏冰也深山窮谷，固陰沍寒，於是乎取之。」注：「沍，閉也。必取積陰之冰，所以道達其氣，使不為災。」道，去聲。〇疏：「沖沖，非貌非聲，故云『鑿冰之意』。」〇《天官》：「凌人掌冰。正歲十二月，令斬冰。」注：「正謂夏正。正歲，季冬。」〇《禮》注：「獻羔，祭司寒也。」〇著，直略反。〇《左氏傳》：「食肉之禄，冰皆與焉。大夫命婦喪浴用冰。」又曰：「自命夫命婦至於老疾，無不受冰。」「冬無愆陽」至「民不夭札」，皆

《左氏傳》文。注：「食肉之禄，謂在朝廷治其職事，就官食者。命婦，大夫妻也。老，致仕在家者。愆，過也。愆陽謂冬溫，伏陰謂夏寒。苦雨，霖雨為人所患苦。厲，惡氣也。短折為夭，夭死為札。」與音預。札，側八反。○燮，悉協反。○《儀禮·鄉飲酒禮》：「尊兩壺于房戶間。」《士冠禮》注：「置酒曰尊。」今《傳》云「兩尊壺」，恐傳寫之誤。○《詩記》：「豳之先公國容未備，無君臣之間，故曰『朋酒斯饗，曰殺羔羊。躋彼公堂，萬壽無疆。』」○題下，中音仲，歙即吹字。

《鴟鴞》豳二：周公遺成王。

經○《前編》：「武王崩，成王立，年十三。周公位冢宰，正百工。成王元年，三叔流言於國，曰：『公將不利於孺子。』周公乃告二公曰：『我之弗辟，我無以告我先王。』於是辭位，出巡狩於邊。鄭康成曰：『周公遭流言之難，避之而居東都。』朱子謂：『弗辟之說宜從鄭氏。蓋是時三叔方流言於國，周公處兄弟骨肉之間，豈應以語言之故，遽興師以誅之？聖人氣象大不如此。且王方疑公，公固不應不請而自誅之。若請之於王，王亦未必見從。當時事勢亦未必然也。』」《前編》又曰：「周公居東二年，則罪人斯得。孔氏以居東為東征，非也。斯得者，遲之之辭也。朱子曰：『管蔡流言，成王疑之，未知罪人之為誰也。及周公居東二年，成王悟，乃知罪人在管、蔡也。若曰所謂罪人者，今得之矣。』或問：『居東二年，非東征乎？』朱子曰：『成王方疑周公，周公豈得即東征乎？二年，猶待罪也。』成王三年，周公為詩以貽王，名之曰《鴟鴞》。後王感風雷之變，迎周公反國。三監及淮夷叛，周公乃作《大誥》，東征，誅管叔，殺武庚，放蔡叔，寧淮夷東土，三年而後定。」○子金子：「《七月》之詩，周公遭變時所陳也。夫成王方有疑於周公，公方避位居東，而顧為是諄諄幾於強聒者。嗟乎！此周公忠愛之誠也。夫豈以居東而遂忘其君也哉？然亦惟居東，故可以忠告爾。向使居中秉國，則成王益深不利之疑。雖吐赤心，其孰能信之？聖人所處，其脱然無累之心與其拳拳不已之心，並行不悖也。于後，公乃為詩貽王，名曰《鴟鴞》。則《鴟鴞》最後作也，成王之疑亦將釋矣。《鴟鴞》之詩，其情危，其辭急，蓋有以憂武庚之必反，王室之必搖也。夫昔也，武庚以周公利權間三叔；而今也，奄君又以周公見疑嗾武庚。則躑躅之變，勢所必至，故周公汲汲為成王言之。為鳥言以自喻，或以喻先王也。曰：『鴟鴞鴟鴞，既取我子。』謂其已誘管蔡也。『毋毀我室』，謂其勿更搖毀王室也。『恩斯勤斯，鬻子之閔。』斯傷管、蔡也。二章言先王創業之備固也，今此下民，孰敢侮予？微管、蔡之內叛，武庚之外連，則固未易侮也。三章言先王之勤勞也。四章言王室之孤危，外患之必至，其辭不得不急也。既而成王悟，周公歸，而管、蔡、武庚卒於叛。蓋其參謀造禍非一日矣。」○鴞，于驕反。○「徹」字《釋文》無音，《韻會》「撤」字在「徹」字下。作「敕列反」者，有「剝」訓。則詩中「徹彼」當作敕列反。

愚案：《傳》以《鴟鴞》之詩為誅武庚後作，蓋以周公居東為東征也。其原皆因《金縢》「我之弗辟」之「辟」讀為「致辟管叔」之「辟」，故其說如此。亦朱子早年之說也。及後《與蔡仲默論書手帖》則曰：「弗辟之說只從鄭氏為是。向董叔重辨此，一時信筆答之，謂當從古注說。後來思之不然。」今《書》說悉已改定，而《詩傳》乃若此者，未及改也。若從避音而以前說求詩，則聖人之心與當時事勢之實皆可見矣。然又知讀書者於字音訓詁不可不致謹也，一字之誤，遂至義理懸絕如此，其可視為小學之事而忽之哉？○此詩大意，前二章主武庚而言，後二章言己勤勞，以告成王也。首章謂武庚既誘管蔡流言，而失君臣之義、兄弟之親，為周家之罪人，所謂「取我子」也。次章言周室經營亦已鞏固，汝武庚者毋徒起覬望之心。三章自言自武王以來至成王初年盡力經營之勞苦。末章謂盡瘁事國，乃未足以定天下。「室翹翹」，謂我家管蔡之內亂也；「風雨飄搖」，言武庚之外撓也。則我其能不鳴之急與？所以感悟成王也。

傳○一章，鴟鴞即《陳·墓門》之鴞也。鵂鶹音休留。攫，俱縛反，爪持也，撲取也。○二章，繆，莫侯反，紐音，今易莫彪反。〇三章，疏：「萑苕，亂之秀穗也。」亂，見《秦·蒹葭》。萑，户官反。苕，徒彫反。亂，魚患反。〇藉，慈夜反。〇四章，殺，所界反。

《東山》豳三：周公勞歸士。

經〇三章，洒，所解反。埽，素報反。

舊説周公東征誅管、蔡，歸而作。朱子謂：「成王感風雷之變而迎周公，於是周公東征三年矣，歸，作此詩。」子金子曰：「周公出避，居東而歸其民，周公采邑之民。東征乃東行，非東伐也。若異日東征之事，成王為主，天子之六師。設有勞歸之詩，則當為《雅》而不在《豳風》矣。」愚詳味詞意，恐果東伐歸後之詩。其證有三：東征之役固成王親行，而傳謂「周公伐奄，三年討其君」，是周公亦行矣，其期正與「于今三年」相應，一也。誅管、蔡，伐奄，蓋嘗有戰陣之勞矣，居東未嘗戰，而此曰「勿士行枚」，二也。先儒謂三代雖改正朔，而月數未嘗易。然則《詩》《書》以月言者，皆夏正之月也。《多方》稱：「五月丁亥，王來自奄，至于宗周。」古者，師行日三十里，則行役歸途在三四月間也。成王迎周公乃在秋熟未穫之時，詩稱「十月穫稻」，則周公歸在九月間也。而《東山》草木蟲鳥皆夏月氣象，三也。若成王主兵，勞詩不當在《豳風》，則當時以周公之作倒附之《七月》諸詩，亦未可知也。況風、雅音節各有不同乎？朱子嘗言之矣。但周公居東有二：自流言之行，公則避而居東。二年，有風雷之變而迎公以歸，然後作《大誥》。東征三年而歸。此詩則作於東征而歸之時也。

傳○一章，慆，《釋文》：「吐刀反。」○《說文》：「濛，微雨【一】。」○「士，事。」《毛傳》文，非鄭氏。○行，户郎反。陳，直刃反。○箸從竹，遲據反，今俗作節。繘，《周禮·釋文》：「胡卦、胡麥二反，或音卦。」徽也。○勞，去聲。「蓋為」之「為」，于偽反。○二章，疏：「栝樓一名天瓜，葉如瓜葉，形兩兩相值，蔓延，青黑色。六月華，七月實如瓜瓣。」○疏：「鼠婦一名委黍，在壁根下甕底土中生，似白魚。」○疏：「蠨蛸，一名長踦，小蜘蛛長脚者，俗呼為喜子。此蟲來著人衣，當有親客至，有喜。」踦音欺，脚也。○《詩記》：「町疃，廬傍畦壠，為麋鹿之場。」又曰：「《區種法》：『伊尹作為區田，一畝之中地長十八丈，作十五町。町間分十四道，通人行。畽為田里所聚』。」○三章，疏：「鸛雀，似鶴而大【二】，長頸赤喙，白身黑尾翅，又有負釜、黑尻、背竈、皁裙四名。」《埤雅》：「鸛知天將雨，俯鳴則陰，仰鳴則晴。」尻，苦高反。○疏：「蚍蜉，大螘也，小者即名螘。此蟲穴處，輦土為塚，以避溼。」蚍音毗。蜉，扶牛反。螘，宜倚反。溼，失入反。○《詩記》：「有陰雨之候，則婦思念其勞而悲嘆。蓋行者於陰雨尤苦，而念之切也。『我征聿至』，謂我之行者，其遂至也。婦人灑掃以待夫之至，顧見苦瓜繫於栗薪，因感其夫久匏繫於外，嘆曰：『自我不見，于今三年矣。』」○四章，倉庚，見《周南·葛覃》。○疏：「馬色有黃處有白處曰皇，有駵處有白處曰駁。」騮音留，赤色也。○褘，許韋反。帨，巾也。衿，其鴆反，繫佩帶。《士昏禮》：「母施衿結帨，曰：『勉之敬之，夙夜無違宮事。』」○題下，思，息字反。「望女」之「女」，音汝。「勞苦」、「勞詩」之「勞」皆去聲。鞏，古勇反，固也。

【一】「雨」，原作「兩」，據叢書集成本改。
【二】「鶴」，《毛詩正義》卷八之二作「鴻」。

《破斧》豳四：軍士答周公勞己。　異

經〇《語録》：「《破斧》詩看聖人這般心下，詩人直是形容得出。這是答《東山》之詩。古人做事，苟利國家，雖殺身為之而不辭。如今人箇箇計較利害，看你四國如何，不安也得，不寧也得，只是護了我斨我斧，莫待缺壞了。」又曰：「『周公東征，四國是皇』，見得周公用心始得。」

傳〇一章，隋，徒禾、湯果二反。銎，曲容反，義見《七月》。〇「勞己」、「勞之」之「勞」皆去聲。被，去聲。〇《詩緝》：「詩人言兵器，必曰弓矢、干戈、矛戟，無專言斧斨、錡銶者。斧雖兵器所用，而以斨並言，乃豳民所以采桑者。又錡為鑿屬，銶為木屬，以類言之，知皆非兵器矣。周公奉王命以討罪，有征無戰。又遲之三年，不為急攻之計，未嘗從事於戰陣，惟行師有除道樵蘇之事，斧斨之用為多。歷時之久則必弊，故此詩言管、蔡之亂，何能為哉？但能破我斧、缺我斨而已，其兵器元無損也。舊說破斧缺斨為戰陣殺戮之多至於如此，且《東山》序謂『一章言其完』。孔氏云：『東征無戰陣。』然則破斧缺斨非為戰也。周公提王師以臨小醜，若用其兵力，一鼓滅之，何待三年乎？觀《尚書》所載，周公之化商，勤拳懇惻，如父兄之愛其子弟，真所謂『哀我人斯』也。苟殺戮之多至於破斧缺斨，則是與之血戰而僅勝之，亦疲弊甚矣。故『血流漂杵』，孟子所不信。揮刀紛紜，韓氏之陋也。」〇《語録》：「陳淳問：『被堅執鋭疑是麤人，如何謂聖人之徒？』曰：『不是聖人之徒便是賊徒。有麤底聖人之徒，亦有讀書識理底盜賊之徒。』」〇二、三章，疏：「鑿屬曰錡，木屬曰銶。未見其文，亦不知其狀。」《釋文》：「銶，一解云：『今之獨頭斧。』」〇題下，間，去聲。

《伐柯》豳五：東人喜見周公。異經

伐柯非難事也，然必須斧；娶妻亦非難事也，然必須媒。東人之於周公，被其風而化其德，思慕之極，瞻之固若在前也。然而貴賤之殊、道里之遠，亦未易見也，故其企望如此。及其因事而東，則幸而得見，故喜之而如二章之所言也。子金子：「舊説謂諷成王當使人通周公之意，亦通。」

傳〇一章，疏：「《考工記》：『柯長三尺，博三寸，厚一寸有半。五分其長，以其一為之首。』注：『首六寸，謂今剛關頭斧。柯，其柄也。』」疏：「漢時斧近刃皆以剛鐵為之，又以柄關孔。」〇二章，《爾雅》疏：「豆以木為之，高一尺，口足徑一尺，其足名鐙。中央直豎者名校，校徑二寸，黑漆飾朱。中大夫以上畫以雲氣，諸侯以象，天子以玉，皆飾其口也。其實四升，用薦葅醢。籩以竹為之，亦受四升，口有藤緣，形制如豆，盛棗、栗、桃、梅、菱芡、脯脩、膴鮑、糗餌之屬。」鐙音登。葅，臻魚反。膴，呵姑反，腊也。糗，去久反。餌，仍吏反。〇《士昏禮》：「親迎之日，初昏，陳三鼎，實特豚合升，舉肺脊二、祭肺二、魚十有四、兔腊一。婦至，布席于室中。夫席在奥，東向，婦席西向，皆設醬、葅、醢，載牲體、魚腊于俎而設之。及黍稷湆，壻揖婦，即對筵皆坐。祭薦黍稷、肺，贊爾黍，授肺脊，皆食。以湆醬祭，舉食，舉三飯。卒食酌酳，然後用巹。」鼎三者，升豚、魚、腊也。特猶一也。合升，合左右胖升於鼎。舉肺脊者，食時所先舉，下文凡言舉者同。每皆二者，夫婦各一耳。湆，肉汁爾。移也，移置席上。酳，以酒潔口。巹，破匏為二，各用一。迎，魚覲反【一】。湆音泣，巹音謹。此為同牢之禮，約《禮》經注大略言之。

【一】「覲」，張氏本作「敬」。

《九罭》豳六：東人願周公留。　異

經〇《語録》：「《九罭》詩分明是東人願其東，故致願留之意。公歸豈無所於汝？但暫寓信處耳。公歸將不復來於汝，但暫寓信宿耳。『是以有衮衣兮』，『是以』二字如今都不説，蓋本謂緣公暫至於此，是以此間有被衮衣之人。『無以我公歸兮，無使我心悲兮』，其為東人願留之詩豈不甚明白？止緣《序》有『刺朝廷不知』之句，故後之説詩者悉委曲附會，費多少辭語，到底鶻突。某嘗謂：『死後千百年，須有人知此意。』自看來直是盡見得聖人之心。」又曰：「寬厚温柔，詩教也。若如今人説《九罭》詩乃責其君之辭，何處討寬厚温柔之意？」

傳〇一章，《爾雅》疏：「九罭謂魚之所入有九囊。」《詩緝》：「毛以為小網，諸家或以為大網。郭璞言有百囊網，則九囊者不得為大。又有不及九囊者，則九囊亦不為甚小。蓋常網也。」〇鱒音混。《爾雅翼》：「鱒魚，目中赤色一道横貫瞳，魚之美者。食螺蚌，多獨行，見網輒避。」〇魴，見《周南・汝墳》。〇蜼，位、柚、壘三音。卷音衮。九章之義：龍取其變；山取其鎮；華蟲取其文；火取其明；宗廟之彝取其孝，彝之所以畫虎蜼者，以其義與智也；藻取其潔；粉米取其養；黼取其斷；黻取其辨。

《狼跋》豳七：美周公。

經〇《語録》：「『狼跋其胡，載疐其尾』，此語是反説，亦有些意義。『公孫碩膚』，如言幸虜營及北狩之意。言公之被毁，非四國之流言，乃公自遜此大美耳。此古人善於辭命處。」又曰：「魯昭公分明是為季氏所逐，《春秋》却書云：『公孫于齊。』如其自出云耳，是此意。」又曰：「狼性不能平行，每行，首尾一俯一仰。首至地則尾舉向上，胡舉向上則尾疐至地。故曰『狼跋其胡，載疐其尾。』」孫，蘇困反。

傳〇一章，疐，丁四反，類隔切，今易陟利反。〇疏：「跋前行曰躐，跲卻頓曰疐。《説文》云：『跋，蹎』，丁千反；『跆，躓』，竹二反。躓即疐也。然則跋與疐皆是顛倒之類，以跋為躐者，謂跋其胡而倒躓耳。老狼有胡，謂頷下垂胡。進則躐其胡，謂躐胡而前倒也。退則跆其尾，謂郤頓而倒於尾上也【一】。」○《詩緝》：「狼，猛健之獸，雖善用兵者，禦之亦不能免。平時不至跋疐，其老者雖項下垂胡，若在平地，亦無跋之之理。所言『跋胡』、『疐尾』者，謂其落機穽之時，進退求脫不能耳。」○跆，極業反。○《詩記》：「鄭氏《屨人》注：『王舃有三等，赤舃為上，冕服之舃。』《詩》云：『王錫韓侯，玄衮赤舃。』則諸侯與王同。複下曰舃。」○又曰：「几，人所憑以為安，故『几几，安也。』」○被，去聲。○二章，聞音問。

《豳》篇下，《周禮》注：「田祖，始耕田者，謂神農也。田畯，古之先教田者。」○《禮記·郊特牲》：「天子大蜡八。岁十二月，合聚萬物而索饗之也。主先嗇而祭司嗇、饗農及郵表畷、禽獸，迎貓迎虎，祭坊與水庸。」注疏：「所祭八神：先嗇一，司嗇二，農三，郵表畷四，貓虎五，坊六，水庸七，昆蟲八。所祭之神，合聚萬物而索饗之，但以此八神為主。十二月，周之正數，建亥之月也。先嗇，若神農者。司嗇，后稷是也。農，田畯也。郵表畷是田畯於井間所舍之處。郵，若郵亭屋宇處所；表，田畔；畷謂井畔。相連畷於此，田畔相連畷之，所造此郵舍，田畯處焉。禽獸，下文貓虎之外，但有助田除害者悉包之。坊者，所以畜水，亦以鄣水。庸者，溝也，所以受水，亦以泄水。昆蟲，螟螽之屬。」○《周禮》：「息老物。」鄭氏曰：「萬物助天成歲事至此，為其老而勞，乃祀而老息之。」蜡，仕嫁反。郵，有周反。畷，知劣、知衛二反。坊音房。○鄭氏於二章下曰：「是謂《豳風》。」六章「以介眉壽」下曰：「是謂《豳雅》。」八章下曰：「是謂《豳頌》。」疏：「凡繫水土之風氣謂之風，『女心傷悲』是民之風俗，故知是《豳風》。雅者，正也。王者設教以正民，作酒養老，是美政，故知『穫稻為酒』是《豳雅》。頌者，美盛德之形容成功之事。男女功畢，無饑寒

【一】「郤」，《毛詩正義》卷八之三作「卻」。

憂，置酒稱慶，是功成之事，故知『朋酒斯饗，萬壽無疆』是謂《豳頌》。」豳雅、頌説見前，此但存舊説。○劙，株劣反，割聚，又都括反。

《豳詩》次序

《七月》：豳國舊詩，周公遭變居東時所陳。
《伐柯》：東人喜見周公。
《狼跋》：周公居東，詩人美之。
《鴟鴞》：周公居東二年而遺王。
《九罭》：周公將歸，東人願留。
《東山》：周公東征歸而勞士。
《破斧》：軍士答周公。

十五《國風》，一百六十詩。

正風二十五詩：

《周南》十一詩　《召南》十四詩

變風一百三十五詩：

《邶》十九詩　《鄘》十詩　《衛》十詩　《王》十詩　《鄭》二十一詩　《齊》十一詩　《魏》七詩
《唐》十二詩　《秦》十詩　《陳》十詩　《檜》四詩　《曹》四詩　《豳》變之正七詩

正詩

正之正二十三：

《周南》十一：《關雎》　《葛覃》　《卷耳》　《樛木》　《螽斯》　《桃夭》　《兔罝》

《芣苢》　《漢廣》　《汝墳》　《麟之趾》

《召南》十二：《鵲巢》　《采蘩》　《草蟲》　《采蘋》　《甘棠》　《羔羊》　《殷其靁》

《摽有梅》　《小星》　《江有汜》　《何彼襛矣》　《騶虞》

正之變二：

《召南》二：《行露》　《野有死麕》

變詩

變之正七十二：

《邶》十四：《柏舟》　《綠衣》　《燕燕》　《日月》　《終風》　《凱風》　《雄雉》

《匏有苦葉》　《式微》　《旄丘》　《簡兮》　《泉水》　《北門》　《北風》

《鄘》六：《柏舟》　《定之方中》　《蝃蝀》　《相鼠》　《干旄》　《載馳》

《衛》七：《淇奧》　《考槃》　《碩人》　《竹竿》　《芄蘭》　《河廣》　《伯兮》

《王》四：《黍離》　《君子于役》　《君子陽陽》　《大車》

《鄭》四：《緇衣》　《羔裘》　《女曰雞鳴》　《出其東門》

《齊》二：《雞鳴》　《甫田》

《魏》四：《葛屨》　《汾沮洳》　《陟岵》　《伐檀》

《唐》八：《蟋蟀》　《山有樞》　《綢繆》　《杕杜》　《鴇羽》　《有杕之杜》　《葛生》

《采苓》

《秦》九：《車鄰》　《駟驖》　《小戎》　《蒹葭》　《終南》　《晨風》　《無衣》　《渭陽》

《權輿》

《陳》一：《衡門》

《檜》三：《羔裘》　《素冠》　《匪風》

《曹》三：《蜉蝣》　《鳲鳩》　《下泉》

《豳》七：《七月》　《鴟鴞》　《東山》　《破斧》　《伐柯》　《九罭》　《狼跋》

變之變六十三：

《邶》五：《擊鼓》　《谷風》　《静女》　《新臺》　《二子乘舟》

《鄘》四：《牆有茨》　《君子偕老》　《桑中》　《鶉之奔奔》

《衛》三：《氓》　《有狐》　《木瓜》

《王》六：《揚之水》　《中谷有蓷》　《兔爰》　《葛藟》　《采葛》　《丘中有麻》

《鄭》十七：《將仲子》　《叔于田》　《大叔于田》　《清人》　《遵大路》　《有女同車》

《山有扶蘇》　《蘀兮》　《狡童》　《褰裳》　《丰》　《東門之墠》　《風雨》　《子衿》

《揚之水》　《野有蔓草》　《溱洧》

《齊》九：《還》　《著》　《東方之日》　《東方未明》　《南山》　《盧令》　《敝笱》

《載驅》　《猗嗟》

《魏》三：《園有桃》　《十畝之間》　《碩鼠》

《唐》四：《揚之水》　《椒聊》　《羔裘》　《無衣》

《秦》一：《黄鳥》

《陳》九：《宛丘》 《東門之枌》 《東門之池》 《東門之楊》 《墓門》 《防有鵲巢》
《月出》 《株林》 《澤陂》

《檜》一：《隰有萇楚》

《曹》一：《候人》

詩集傳名物鈔卷四

詩集傳名物鈔卷五

小雅二

傳○鄭氏《詩譜》：「《小雅》十六篇為正经【一】，《六月》之後謂之變雅。」○《釋文》：「從《鹿鳴》至《菁菁者莪》，凡二十二篇，皆正小雅。六篇亡，今唯十六篇。」○《語録》：「問二雅所以分。曰：『《小雅》所繫者小，《大雅》所繫者大。「呦呦鹿鳴」，其義小；「文王在上，於昭于天」，其義大。』問變雅。曰：『亦只是變用它腔調。』」○又曰：「《大雅》氣象宏闊，《小雅》所陳各止一事。」○又問：「《詩》亡然後《春秋》作，先儒謂東遷之後《黍離》降為國風而雅亡，恐是孔子刪詩時降之。」曰：「亦是它當時如此。當初在豐鎬時，其詩為《二南》；後來在洛邑時，其詩為《黍離》。只是自《二南》進而為二雅，自二雅退而為《王風》。」○又曰：「雅蓋是王公大人好生地做，都是識道理人言語。故它裏面説得儘有道理，好子細看。非如《國風》，或出於婦人小夫之口，但可觀其大槩。」○別，彼列反。朝音潮，鼇音僖，説音悦。齊，側皆反。

《鹿鳴》小一，正一：燕享賓客。

經

鹿見野之有苹而呦呦和聲，呼其羣以共食；以興君有酒食，召集嘉賓而共饗也。燕享之意全在此興中，故下文祇見作樂奉幣耳。「人之好我，示我周行」，冀之之辭也。二章承上章而言，德音者，

【一】「經」，叢書集成本作「雅」。

有德之言，即示我之周行也。既足以示民，使不偷薄，則君子所當取則而傚傚之。君子，凡有位者也。○德音，《邶·谷風》訓為美譽。《豳·狼跋》云：「猶令聞。」此「德音孔昭」是言其平日德音素甚明也，故足以示民，使不偷薄，而君子當則傚矣。如此，則與上章意不相蒙。上章則求以言語示周行，此章則欲以德行威儀示法則。愚恐二說皆通，讀者擇之。

《詩記》：「燕禮有親疏之義，有尊卑之別，有長少之序，有内外之分，有賓主之位，人倫之道莫有不備。而『我有嘉賓』，踐其禮，安其樂，誠信感於人心，故聞者見者靡不孚而化之。不曰『德音孔昭，示民不恌』乎？觀其禮而知則且傚者，不亦君子乎？」别，必列反。長，知丈反。少，式召反。

此又與前二說不同，記于此以備慎思。蓋《傳》意以嘉賓平日美譽足以示人，《詩記》以燕禮足以示人，愚則說以旅語之善言足以示人，各有攸當。

又曰：「『式燕以敖』，言其禮之從容也。夫莊而不至於矜，和而不至於流，此其德之純也。」

傳○一章，《爾雅》：「藾，蕭。」注：「今名藾蒿。」疏：「葉青白色，莖似箸而輕脆。始生，香，可生食，又可蒸食。」《詩緝》：「苹有二種。《爾雅》：『苹，蓱，其大者蘋。』水生之苹也。又云：『苹，藾蕭。』陸生之苹，即鹿所食是也。」藾音賴。脆，七歲反。○使，去聲。○瑟，見《周南·關雎》。○《樂書》：「萬物成乎艮則始作而施生，故其音匏中而為笙【一】。古者造笙以曲沃之匏、汶陽之篠，列管匏中而施簧管端。有長短之制。法象鳳凰，其形鳳翼，其聲鳳鳴。其長四尺。大者十九簧，謂之巢；以衆管在匏，有鳳巢之象。小者十三管，謂之和；以大者倡則小者和也。」○簧，見《王·君子陽陽·傳》。○箋：「飲之而有幣，酬幣也；食之而有幣，侑幣也。」疏：「《公食大夫禮》『賓三飯之』後『公受宰夫束帛以侑』，注云：『束帛，十端帛也。侑猶勸也。主國君以為食賓殷勤之意未至【二】，復發幣以勸

【一】「中」，《樂書》無。

【二】原無「為」，據張氏本及《毛詩正義》卷九之二補。

之，欲用深安賓也【一】。」是禮食用幣之意。《饗禮》亡【二】。而《聘禮》注云：『致享以酬幣【三】。』故知飲之而有幣，謂酬幣也。而所用幣無正文【四】，不過束帛乘馬而已【五】。「此諸侯酬大夫禮也。其天子酬諸侯及諸侯自相酬，不必用束帛乘馬。《聘禮》注又曰：「琥璜爵，蓋天子酬諸侯也。」謂以琥璜將幣以送爵。「琥以繡，璜以黼」，此則饗之酬幣。天子食之侑幣無文。飲、食、乘，並去聲。○疏：「《鄉射記》：『古者於旅也語。』注云：『禮成樂備，乃可以言語先王禮樂之道。』是飲酒至旅酬之禮而語先王之道也。」○分，扶問反。○《緇衣》：「私惠不歸德，君子不自留焉。《詩》云：『人之好我，示我周行。』」注疏：「私惠，謂不以公禮相慶賀，時以小物相問遺也。言人以私小恩惠相問遺，不歸依道德。如此者，君子之人不用留意於此等之人，不受其惠也。故文王燕羣臣，惟欲以正道示我，不以褻瀆邪辟之物相遺也。」○二章，菣，去刃反，疏：「荊楚之間謂蒿為菣。」○疏：「以目視物，以物示人，古同作視字。後世視物、示人之字異，由是經傳中二字多相雜亂。」○三章，疏：「芩生澤中下地鹻處，牛馬亦喜食之。」○題下，《學記》：「大學始教，《宵雅》肄三，官其始也。」注：「宵之言小也，肄，習也。習《小雅》之三，謂《鹿鳴》《四牡》《皇皇者華》也。此皆君臣宴樂相勞苦之詩，為始學者習之，所以勸之以官，且取上下相和厚。」《語録》：「入學之始須教它便知有君臣之義，始得。」肄，羊至反。○「本為」之「為」，于偽反。「食之」之「食」音嗣。「樂之」、「樂而」之「樂」音洛。夫音扶。

【一】「用」，《毛詩正義》卷九之二作「其」。

【二】「饗禮亡」，《毛詩正義》卷九之二作：「《饗禮》云：『準此亦为安宾而酬之焉。』」

【三】「幣」下，《毛詩正義》卷九之二有「亦如之」三字。

【四】「而」下，《毛詩正義》卷九之二有「饗」字。

【五】「不過」，《毛詩正義》卷九之二作「聘享止用」。

《四牡》小二，正二：勞使臣。

經○三章，栩，見《唐・鴇羽》。

章各五句。一章、二章、五章，賦也，自為一體。上二句為一節，下三句為一節，第二句、第五句用韻，其命辭、用意皆同。三章、四章，興也，亦自為一體。上三句為一節，下二句為一節，第二句、第三句、五句用韻，命辭、用意亦同。一篇之中賦、興既異體，其文又自各為一體也。

《詩記》：「父至尊也，母至親也。知母之親則知父之尊矣，知父之尊則知君之重矣。卒章及母而不及父，本其恩所起以教愛也。愛母則敬父矣，敬父則尊君矣，未有愛親而不愛其君者也。」○子金子：「卒章獨言『將母』者，父，丈夫也，猶能自養，婦人非子不能自養。此尤人之情也。」

傳○一章，《詩記》：「《說文》：『煮海為鹽，煮池為鹽。』故安邑之出為鹽。鹽苦而易敗，故《傳》以不堅訓之。」○此「勞臣」之「勞」，郎到反。「勞使」、「出使」之「使」，去聲。分，去聲。「情思」之「思」，去聲。○二章，嘽嘽，毛氏：「喘息之貌，馬勞則喘息。」李氏：「今之駱馬最耐勞苦。以耐勞苦之馬今則喘息，則其勞可知矣。」○李氏：「『不遑啓處』，大意為不暇居處之義。」○三章，《傳》「鵻」當作「隹」，《爾雅》作「隹其，夫不」。夫，方于反；不，方浮反，又如字。《爾雅》作「鳺鴀」，音同。《詩緝》：「一鳥十四名。鵻也，隹其也，鵓鳩也，祝鳩也，鳺鳩也[一]，鵓鳩也，鶻鷬也[二]，楚鳩也，鳻鳩也，荆鳩也，乳鳩也，鵴鳩也，鷁鳩也，鶟鳩也。鵓音浮，鶻音昆，鷬音皇[三]，鳻音汾，鵴音匊，鷁音役，鶟音葵」。○養，《釋文》：「以上反。」○四章，枸檵音苟記。《詩緝》：「即枸杞。《本草》：『又名仙人杖、西王母杖。』其根名地骨。其莖榦三五尺，作叢。春作羹，茹微苦。」○

【一】「鳺」，《詩緝》作「鴀」。
【二】「鷬」，《詩緝》卷十七作「鳩」。
【三】「鷬音皇」三字，《詩緝》卷十七無。

卒章，使，去聲。勞，去聲。〇題下，《魯語》：「叔孫穆子名豹。聘於晉，晉悼公饗之。樂及《鹿鳴》之三，而拜樂三，曰：『君之所以況使臣，臣敢不拜？《四牡》，君之所以章使臣之勤也，敢不拜章？』」《左氏傳》在襄四年。〇勞、使皆去聲。「本為」之「為」，去聲。

《皇皇者華》小三，正三：遣使臣。

經〇《左氏傳・襄四年》：「穆叔即叔孫豹。曰：『《皇皇者華》，君教使臣曰：「必諮於周。」臣聞之，訪問於善為咨，咨親為詢，咨禮為度，咨事為諏，咨難為謀。』」《魯語》：「《皇皇者華》，君教使臣曰：『每懷靡及，諏謀度詢，必咨於周。』臣聞之：咨才為諏，咨事為謀，咨義為度，咨親為詢，忠信為周。」二《傳》注皆謂「咨之於忠信之人」。《解頤新語》：「咨者，訪其事也。諏有聚議之意，謀有計畫之意，度有體量之意，詢有究問之意。」〇二章，駒，見《陳・株林・傳》。〇三章，騏，見《秦・小戎》。〇四章，駱，見《四牡・傳》。

傳〇一章，之使，如字，餘皆去聲，下同。〇三章，忍，《釋文》：「音刃。」李氏：「如絲調直也。」〇五章，《爾雅》注疏：「陰，淺黑色。毛淺黑而白，兼雜毛者名駰，今謂之泥驄。」〇題下，「本為」之「為」，去聲。夫音扶。

《常棣》小四，正四：燕兄弟。　周公。

經〇三章，《詩記》：「此章言兄弟相須之意。急猶脊令首尾相應，急難之際，其相應如是也。」《詩緝》：「脊令行則搖。在原，是其行時也。行而在原則搖其身，首尾相應，如兄弟急難相救也。」

一章，毛以為，常棣之華鄂然外發之時，豈不韡韡而光明？鄭以為，常棣之華，其鄂拊韡韡然光明。疏以為，毛以衆華俱發而光明，興兄弟衆多而和睦；鄭以華喻兄、鄂喻弟，相覆而光明，猶相順而榮顯。愚案：毛以韡韡者在華，鄭以韡韡者在鄂。味經詞氣，毛説為長。以華、鄂分比兄弟，雖似差勝，然但作無義興。不必如疏家所言，毛意亦可也。柎與跗同。○後三章謂雖有陳列籩豆之盛而飲酒醉飽，必兄弟具在，然後能和樂相慕。謂與人燕樂必得兄弟而後和，雖妻子好合如琴瑟，必兄弟皆翕合，然後和樂可久。豈惟它人？至於妻子之親，苟不好愛於兄弟，則亦不能久也。欲宜室家、樂妻孥，非厚於兄弟，皆不可也。試究之圖之，其信然乎？蓋人於同氣不能厚，是猶薄於親也。人而不知厚其親，而乃厚於妻子及它人，是所謂不知本，此心違於理者遠矣。違於理者遠，則其感召亦有悖於理者及於身矣，雖妻子，其能保乎？

傳○一章，《爾雅》：「唐棣，栘。常棣，棣。」李氏：「《何彼穠矣》『唐棣之華』與《論語》所舉則所謂栘，此『常棣』與《采薇》言『維常之華』則所謂棣。」《詩記》：「今玉李也，華鄂相承甚力。」○二章，惡，烏故反。關，烏還反。射音石。盾，食準反。○《東漢·郡國志》河南尹中牟有管城，故管叔邑。河內郡山陽有蔡城，蔡叔邑。《通典》：「管城縣屬鄭州，與中牟縣鄰。山陽即懷州脩武縣。」《尚書》孔傳：「蔡叔所封，圻內之蔡；仲之所封，淮汝之間。圻內之蔡已滅，故取其名以名新國。」今案：《郡國志》所言即圻內之蔡也。○三章，疏：「脊令，雀屬。大如鷃雀，長脚長尾，尖喙，背上青灰色，腹下白，頸下黑如連錢，故杜陽人謂之連錢。」《詩緝》：「雪姑也。」○為，去聲。分，扶問反。孫音遜。難，去聲，五章同。○四章，務，《釋文》：「如字，讀者又音侮。」此從《左傳》及《外傳》文。《傳》亦曰：「《春秋傳》作侮，罔甫反。」愚案：此字陸氏、朱子皆作去上二音讀。○狠，胡懇反。○六章，饜，於豔反。○卒章，帑，《釋文》：「依字吐蕩反，經典通為妻帑字。」○題下，幾音機。復，扶又反。

《伐木》小五，正五：燕朋友故舊。

經○《語録》：「《伐木》大意皆自言待朋友不可不加厚之意，所以感發之也。」○一章，《詩記》：「興之兼賦比者也。」○《詩記》：「詩人多有相因之辭，如伐木而感鳥鳴。蓋因此以興焉者也，故下章皆以伐木言之。」○友聲謂應聲。○《語録》：「若能盡其道於朋友，雖鬼神，亦必聽之相之，而錫之以和平之福。」○三章，乾，古寒反。○《詩緝》：「此言無酒，設言之耳。一詩之内凡言『我』，皆燕朋友者自我也。」

傳○一章，好，呼報反。○二章，《淮南子·道應訓》：「惠子為惠王為國法，梁惠王，惠施。王以示翟煎，曰：『善可行乎？』煎曰：『不可。今夫舉大木者，前呼邪許，後亦應之，此舉重勸力之歌也。豈無鄭衛激楚之音哉？然不用者，不若此其宜也。治國有禮，不在文辨。』」邪，余遮反。○去，起吕反。○毛氏：「以筐曰釃，以藪曰湑。」疏：「筐，竹器也；藪，草也。漉酒者或用筐，或用草。用草者，用茅也。《左傳》：『包茅縮酒。』」藪，素口反。漉音鹿。○《語録》：「古人縮酒用茅，非謂祭時以縮酌求神也。《禮記·特牲》篇：『縮酌用茅。』注謂：『泲之以茅，縮去滓也。』此詩下章注云：『湑，莤之也。』《釋文》謂：『以茅泲之，去其糟也。』如今人或以器或以布帛去酒滓然，想古人不肯用布帛，故用茅。」泲，子禮反。莤與縮同。○《爾雅》注：「俗呼五月羔為羜。」○殺，所界反。樂音洛，下章同。○三章，餱，《説文》：「乾食。」徐鍇：「今人謂乾飯為餱。」

《天保》小六，正六：下報上。

經○《本義》：「此詩文意重復，以見愛其上深至如此。詩人『爾』其君者，蓋稱天以為言。」○《語録》：「皆人臣頌祝其君之言，然辭繁而不殺者，以其愛君之心無已也。」○一章，《詩記》：「除有消去之義。所稟之薄者，雖小福不能容載。惟其甚厚，故福祉之來，不問多寡，其受之也，皆若消去而未嘗有者，所謂『何福不除』也。」○卒章，《家說》：「『月弦』、『日升』，言其始盛；『南山之壽』，言其久盛也。」

前三章言受福于天，後三章言受福于祖。「單厚」、「多益」、「戩穀」，乃受福于天之實；「吉蠲」、「孝饗」為受福于祖之實。蓋天將降大任於是人，必使其氣質清明，好善全德，而為受福之基，故「單厚」、「多益」、「戩穀」皆言「俾爾」。既有此德，則福之至有不期然而然者，庶則言歸之者衆也。第三、第六兩章皆言得福之厚無窮。蓋兩結受福于天與祖之意，各有所指也。君子誠以格天，孝以事祖，故有此效。人而能盡誠孝之道，則其德莫可尚矣。人臣祝其君，容有大於此者乎？

傳○三章，長，知丈反，卒章同。○四章，諏，遵須、將侯二反，謀也。○《周禮·大宗伯》：「以祠，春享先王；以禴，夏享先王；以嘗，秋享先王；以烝，冬享先王。」詩疏：「若以四時，當云祠、禴、嘗、烝。詩以便文，故不依先後。自殷以上則禴、禘、嘗、烝，至周公則去夏禘之名，以春禴當之，更名春曰祠。」○《前編》曰：「《路史》以稷生漦璽，漦璽生叔均。《史記》謂：『不窋卒，子鞠立。鞠卒，子公劉立。』而《路史》又謂：『公劉之去后稷已十餘世矣。』《世本》云：『公劉、慶節、皇僕、差弗、偽榆、《史記》作毀隃。公非、辟方、《史記》缺辟方，皇甫氏謂公非字辟方者，非是。高圉、侯牟、《史記》缺侯牟，皇甫氏謂高圉字者，非。亞圉、雲都、《史記》缺雲都，皇甫氏謂亞圉字者，非。《漢書·表》云：「亞圉弟。」太公、組紺、《史記》作公叔祖類，《世表》作祖類，皇甫氏云：「公祖一名組紺。」諸盩、《史記》缺，《路史》號太公。亶父。追王太王。』」子金子案：「《世本》自不窋、鞠、公劉至季歷已十七世。《史記》拘於『十五王，文始平之』之數，遂謂后稷之子為不窋，曾孫為公劉。前既缺代，又自公非已後缺四世不書。皇甫氏不得其說，遂以四世為字，而組紺又自有四名。獨《索隱》覺其非，而不明辨。《路史》已明辨，而不斷十五王之說。今案《國語》『十五王』，蓋自公劉數至文王爾。」音切見《周南一》。

《傳》言「公叔祖類」，據《史記》而言之也。然則自叔均以下、不窋以上，不知其名，所祭者不知幾代。今皆不可考矣。

瑕，舉下反。祝為尸致告於主人之辭。○五章，遺，唯季反。黔，其淹反，黑色。○六章，恒，《釋文》：「古鄧反，韻同。」無「古登反」，恐此當作協。○《語録》：「承是繼承，自相接續之意。松柏非是葉不凋，但舊葉凋時新葉已生【一】。」

《采薇》小七，正七：遣戍役。

經○《語録》：「首章略言征夫之出，蓋以玁狁不可不征，故舍其室家而不遑寧處。至二章，則既出而不能不念其家。三章則竭力致死而無還心，蓋不復念其家矣。至四章、五章，則惟勉於王事而欲成其戰伐之功也。卒章則其事成之後，極陳其勞苦憂傷之情而念之也。」○三章，疚，居又反。

《采薇》以下三詩，雖曰「遣戍」、「勞還」，而專主於玁狁，蓋非汎言也。抑當是之時，有玁狁連西戎為中國之患，命將出師。或周公作此詩而遣勞之，故能深知其情而極道之，而且勸之以義。如此，後凡出師，則皆以此歌之也。

傳○一章，薇，見《召南・草蟲》。○玁狁，北狄也。《史記》：「唐虞以上有山戎、獫狁、葷粥，戰國後為匈奴。」注：「堯曰葷粥，周曰獫狁。」葷，許云反。粥，余六反。獫與玁同。

古者席地跪與坐，無大異。大率皆雙膝著地，直其身則為跪，安其身則為坐。「啓居」即跪坐也。

舍，始野反。風，福鳳反。愾，口溉反，怒也。《左氏傳》：「敵王所愾。」復，扶又反。中音仲。○三章，剛，謂薇老而堅也。

【一】「凋」原作「落」，據張氏本改。

「十月為陽」，《爾雅》文也。「時坤用事，嫌於無陽，故以名此月為陽」者，鄭氏説也。扶陽抑陰，固聖人之意。陰既極矣，而名其月為陽，果能扶陽乎？不然。則是以虛言而欲奪造化之實以誑世也，必不然矣。夫陰陽消息自微而著，皆有其漸。一陽之生，至子半而成，其肇基乃在亥半。則小雪之時，正六陽之極，陽絶於上而回於下之幾也。因是而名十月為陽，正闡幽之意，則其義豈不著明矣乎？

四章，將、帥並去聲，五章同。〇五章，《語録》：「問：『「小人所腓」，《傳》：「腓，猶芘也。」又引程子曰：「腓，隨動也。如足之腓，足動則隨而動也。」案《易・咸・傳》：「腓，足肚。行則先動，足乃舉之，非如腓之自動。」《本義》亦曰：「欲行則先自動。」由程子前説觀之，則腓為隨足以動之物；由後二説觀之，則腓為先足而動明矣。不當引之以解此詩之義，不若「猶芘」之云得之。《生民》「牛羊腓字之」，《傳》亦以腓為芘。若施於此語【一】，與上文「君子所依」意義亦相類也。』答曰：『此非大義所繫。今詳兩説誠不合，當刪去。然版本已定，只於補脱中説破可也。又「百卉具腓」又有他訓，不知此字竟是何義也？』」〇戴侗《六書故》：「腓，脛後肉，腓腸也。『小人所腓』，言小人卒徒隨車，如腓也。」行音杭。弰，師交反，弓末也。〇疏：「魚獸皮為弓鞬矢服，海水潮及天將雨，其毛皆起水，潮還及天晴，則毛復如故。」鞬，居言反，弓衣也。〇難，去聲。〇六章，《爾雅注疏》：「蒲柳生澤中，可以為箭。」《左傳》：「董澤之蒲。」

《出車》小八，正八：勞還率。

經〇二章，子金子：「『僕夫況瘁』，謂我憂心已自悄悄，僕夫況又勞悴。」〇四章，黍稷，見《王・黍離》。〇子金子：「載訓初亦可。《夏小正》：『寒日滌凍塗。』」〇五章，上六句與《召南・草蟲》同。〇卒章，蘩，見《召南・

【一】「語」，朱熹《晦庵集》卷五十二作「詩」。

采蘩》。

一章受命而出，二章臨事戒懼，三章奮揚威武，皆主於出而言也。四章敘其歸期，五章室家之望，六章振旅凱旋，皆主於歸而言也。

傳〇一章，《爾雅》：「邑外謂之郊，郊外謂之牧。」注疏：「邑，國都也。界各十里而異其名。」〇勞，郎到反。還音旋。率與帥同語，去聲。難，乃旦反。〇二章，「龜蛇曰旐」，「鳥隼曰旟」，及下「交龍為旂」，皆《周禮・司常》文。注：「龜蛇象其扞難避害，鳥隼象其勇捷，交龍一象其升朝，一象其下復。」疏：「龜有甲，能扞難；蛇見人避之，是避害。鷹隼能擊，故云勇；鳥飛疾，故云捷。」又《大司馬》：「諸侯載旂，郊野載旐，百官載旟。」今案：傳意以《曲禮》師行之法為解，則不用《周禮》意也。〇旟，又見《鄘・干旄》。〇茲，箋：「或作滋，意同，滋益也。」〇幟，昌志、式志二反。〇子金子：「出師以喪禮處之，士泣涕，蓋必死也。惟必死，是以能勝。」〇四章，《語録》：「問：『簡書二説。』曰：『後説為長。』」當以後説在前。前説只據《左氏》「簡書，同惡相恤之謂」，然此是天子戒命，不得謂之鄰國。〇五章，將、帥並去聲。〇與，平聲。〇《采薇》箋：「昆夷，西戎也。」疏：「西方曰戎，夷是總名。」〇卒章，倉庚，見《周南・葛覃》。

《杕杜》小九，正九：劳还役。

經〇《詩緝》：「此詩四章皆不言戍役來歸之事，唯述其未歸之時室家思望之切。如此，則今日之歸，其喜樂為何如也？所以慰勞之。」〇一章，杕杜，見《唐・杕杜》。〇三章，杞，《詩緝》：「枸檵也。」見《四牡》。

一章言冬未歸，二章言至春將莫亦未歸，三章言春已莫而未歸，四章言所期俱過而將歸也。

傳〇一章，勞，去聲。還音旋。〇三章，罷音皮。〇四章，灼龜曰卜，揲蓍曰筮。揲，實葉反。蓍，升脂反。〇繇，直又反，蓍龜之辭也。○題下，將、帥、勞，並去聲。

《南陔》小十，正十：笙詩。　異

右《鹿鳴之什》

《白華》小十一，正十一：笙詩。　異

《華黍》小十二，正十二：笙詩。　異

《魚麗》小十三，正十三：燕饗通用。　異

經○二章，魴，見《周南·汝墳》。○三章，鱧，見《陳·衡門》。

傳○一章，《埤雅》：「鱨，今黄揚魚，性浮而善飛躍。故一曰揚鯊，性沈【一】，大如指，狹圓而長，有黑點文。常沙中行，亦於沙中乳子；又曰吹沙。長三寸許，背上有刺螫人。」螫音適。○解，下賣反。鮀，徒何反。○二章，《詩緝》：「毛氏以鱧為鮦，《本草》云：『蠡一名鮦，今黑鯉魚，道家以為厭者也。』郭璞云：『鱧，鮦。』山陰陸氏云：『鱧，今玄鯉，與蛇通氣。』是郭璞、陸氏皆同毛説，以鱧為今之烏鯉魚也。今不從。舍人云：『鱧名鯇。』陸璣云：『鱧，鯇也。似鯉，頰狹而厚。』是舍人與陸璣皆以鱧為鯇魚也。今從之。」鮦，同、童二音。蠡音禮。鯇，户板反。○

【一】「性」下，《埤雅》卷一有「善」字。

三章，《詩緝》：「毛氏及前儒皆以鮎釋鰋，惟郭璞以鰋、鮎各為一魚。鰋，今偃額白魚也。鮎別名鯷，《本草》：『鮧一名鮎，一名鯷。』是鮧、鮎、鯷為一魚。不言是鰋，見郭璞與《本草》合。《毛傳》質略，當言『似鮎』耳。」鮎，乃兼反。鯷，大計反。鮧音啼，又延知、在私二反。〇五章，《詩記》：「旨即所謂嘉也。物雖嘉旨，然陸産不如水産之盛，澤物不如山物之蕃，猶未可以言偕也。」〇六章，《詩記》：「有即所謂偕也。物雖盛多而皆有【一】，必適當其時，然後盡善。所謂時者，不專為用之之時也。苟非國家閒暇、內外無故，則物雖盛，不能全其樂矣。」〇題下，間音諫。

《由庚》小十四，正十四：笙詩。　異

《南有嘉魚》小十五，正十五：燕饗通用。

傳〇一章，《釋文》：「罩字有張教、竹卓兩音。樂字音洛，協句五教反。」今宜俱讀作入聲，不必協韻。〇左太沖《蜀都賦》：「嘉魚出於丙穴。」注：「丙穴在漢中沔陽縣，北有魚穴二所，常以三月取之。丙，地名也。嘉魚，鱗似鱒魚。」《埤雅》：「嘉魚，鯉質鱒鱗，肌肉甚美。食乳泉，出於丙穴，穴口向丙故也。」鱒，才損反，義見《豳・九罭》。〇篧，助角反。《爾雅》疏：「今楚篧也。罩以竹為之，無竹則以荊，故謂之楚篧。」重，直容反。〇二章，箋：「橑者，今之橑罟。」《爾雅》作罺，並側交反。橑，力弔、力條二反。〇四章，鵻，見《四牡》。

《崇丘》小十六，正十六：笙詩。　異

【一】「皆」，《呂氏家塾讀詩記》卷十七作「偕」。

《南山有臺》小十七，正十七：燕饗通用。　異

經○上一截初曰「邦家之基」，以其本而言；次曰「邦家之光」，則發而有光華矣；又次言「民之父母」，則以其效言也；其下則祝其壽而已。眉壽固壽矣，髮白而復黄，面黧而浮垢，又老之甚者也。下一截前兩章祝其壽，就君子之身而言；次兩章曰「德音不已」、「是茂」，則以及於人者言之；末則又言「保艾爾後」【一】，又非一時也。此詩雖各以兩木起興，易韻成文，而其言亦有叙也。

傳○一章，夫音符，道音導。○二章，楊，見《秦·車鄰》。○三章，陸璣：「杞，一名苟骨，山木也。其樹如樗，理白而滑，可以為函及檢板。其子為木蝱，可合藥。」○四章，栲杻，見《唐·山有樞》。○五章，枳，諸氏反。陸璣：「枸，木本，從南方來。其木能令酒薄，若以為屋柱，一室之内酒皆少味。」《語録》：「枸是機枸子，建陽謂之皆拱子，甘而解酒毒。」○著，直略反。楸音秋。

《由儀》小十八，正十八：笙詩。　異

《蓼蕭》小十九，正十九：燕諸侯。　異

經○三章，《詩記》：「天子之待諸侯，甚燕樂而豈弟也。」○天生烝民，不可以無統，故立之君以主之。其始蓋自下而推之也。德化足以服乎一方者，故共推以為一方之主。而萬方之主又共推其德之至盛、足以服乎天下者一人，以為天下之共尊而取法焉。聖聖相繼，於是制為典禮，定其等衰，上下相維，無相僭僭。然天子雖為天下之共戴，而其用禮乃與其臣非有大相遼絶之勢。蓋遠則疏而近則親，疏則離而親則合。故天子之禮用十有二，而上公之禮用九，君臣相去之間特

【一】「爾」原作「其」，據張氏本改。

三命爾。所以三公坐而論道，更相可否。堯庭之都、俞、吁、咈，虞庭之賡歌，君臣之間雍雍和樂，而敬愛之心未嘗不存乎其中。三代聖君蓋莫不由是道也，觀宴樂羣臣之諸詩可見矣。至於《蓼蕭》之詩，尤見卑孫樂易，直猶賓主相敵，慶幸之辭安有一毫自尊陵下之意？其曰「見君子」而「我心寫」，「燕笑語」，「是以有譽處」，固備其謙接之語。至曰「為龍為光」，則又其卑孫之極者也。上之人禮容揖孫乃如此，而為下者所以承順悅服又當何如邪【一】？豈弟之氣象盈於朝廷、被於天下，其化安得不至於比屋可封哉？自秦始皇尚氣勢而不知德義，又自尊而卑人，務使君臣之禮懸絕如天地，然後上下之情離，而亂臣賊子、奸名犯分者愈衆矣。衰，初危反。偪，彼即反。孫、易並去聲。〇此詩後三章下兩句皆言諸侯，唯首章下句言己。

傳〇一章，《詩緝》：「毛云：『蕭，蒿也。』《釋草》：『蕭，萩。』郭璞云：『即蒿也。』陸璣：『蕭，今人所謂萩蒿，或謂之牛尾蒿。似白蒿，莖麤，科生，有香氣，故祭祀以脂爇之為香者也。』」〇朝音潮。〇二章，蕃音煩。〇三章，易，以豉反。〇《左氏傳·宣二年》：「初，驪姬之亂【二】，詛無畜羣公子。」事在僖四年。驪【三】，呂支反。詛，莊助反。〇《春秋·昭元年》：「秦伯之弟鍼出奔晉。」《左氏傳》：「秦后子有寵於桓，如二君於景，其母曰：『弗去。』懼選。鍼適晉，其車千乘。司馬侯問焉，曰：『子之車盡於此而已乎？』對曰：『此之謂多矣。若能少此，吾何以得見？』趙孟曰：『吾子其曷歸？』對曰：『鍼懼選於寡君，是以在此。』」鍼，其廉反。蓋鍼，桓公之子，景公之弟也。桓公愛之，是以富至千乘。《史記》謂：「富而或譖之，恐誅，乃奔。」選，數也，恐數其罪而加戮也。〇四章，沖，《釋文》：「直弓反，一音敕弓反。」〇鑣，悲驕反，義見《衛·碩人》。

【一】「何如」，金華叢書本、叢書集成本作「如何」。
【二】「驪」，原作「麗」，據金華叢書本、叢書集成本改。
【三】「驪」，原作「麗」，據金華叢書本、叢書集成本改。

《湛露》小二十，正二十：燕諸侯。

經〇三章，杞，見《南山有臺》。棘，見《邶·凱風》。〇四章，桐椅，見《鄘·定之方中》。

此詩皆無義興。一章以「匪」、「不」二字與下「不」、「無」二字。二章兩「在」字相應，三章則承上「在彼」二字。卒章則如歐陽公謂「詩人比事多於卒章別引他物」是也。下兩句皆以「莫不」承之，其末章之興尤為無義者也。

傳〇一章，乾音干。〇疏：「夜飲者，君留而盡私恩之義，故言私燕也。」〇《儀禮·燕禮》曰：「宵則庶子執燭於阼階上，司宮執燭於西階上；甸人執大燭於庭，閽人為大燭於門外。」注：「宵，夜也。庶子，世子之官也。燭，燋也。甸人，掌共薪蒸者。庭大燭，為位廣也。閽人，門人也。為，作也，作大燭以候賓客出。」疏：「凡燕法設燭者，或射之後，終燕則至宵。或冬日則不射亦宵也。燋者，古者無麻燭而用荆燋。未爇曰燋，但在地曰燎，執之曰燭，樹於門外曰大燭，於門内曰庭燎。」甸，大練反。閽音昏。燋，哉約、哉妙二反。共音恭。〇卒章，喪，息浪反。〇題下，見《彤弓》題下。

右《白華之什》

《彤弓》小二十一，正二十一：錫有功諸侯。

傳〇一章，弛，式氏反。飲，於鴆反。「府藏」之「藏」，徂浪反。分，扶問反。〇疏：「饗者，亨太牢以飲賓，是禮之大者，故曰大飲賓。曰饗，謂以大禮飲賓，獻如命數，殺牲俎豆【一】，盛於食燕。《周語》曰：『王饗有體薦，燕有

【一】「殺」，《毛詩正義》卷十之一作「設」。

折俎。公當饗，卿當燕。』是其禮盛也。」○漢哀帝建平四年，上發武庫兵送侍中董賢及乳母王阿舍，執金吾毋將隆奏：「武庫兵器，天下公用。今便僻弄臣、私恩微妾，而以天下公用給其私門，非所以示四方也。」「毋將」之「毋」音無。○《易・屯》：「九五，屯其膏。」注疏：「膏謂膏澤恩惠之類。屯難其膏，不能博施。」○韓信言：「項羽之為人也，見人慈愛，言語嘔嘔。至人有功當封爵者，印刓敝，忍不能予。此婦人之仁也。」嘔，凶于反，悅言也。刓，户官反，訛缺也。予，上聲。○二章，疏：「右，謂設饗禮以勸其功。此勸既非勸酒，故卒章『醻』亦不得為醻酒。」《詩記》：「尊而右之。」《詩緝》：「右與宥、侑通，皆助也。《左傳》云：『王饗醴，命之宥。』注：『以幣物助勸。』是饗禮必有賜以為宥，而彤弓則宥之大者也。」○三章，說、悅同。○疏：「案《燕禮》賓既受獻，『西階上坐，卒爵。賓以虛爵降。賓坐取觚，卒盥，揖升，酌以酢主人於西階上。主人拜受，遂卒爵。』是主人獻賓，賓酢主人也。又曰：『主人盥洗，升，媵觚於賓。酌散西階上，坐奠爵，拜賓。賓降筵，答拜。主人坐祭，遂飲。主人酌膳。賓西階上拜，受爵于筵前，反位。主人拜送爵。賓升席，坐祭酒，遂奠于薦東。』是主人又飲而酌賓曰醻也。」媵，以證反，送也。或讀作揚，提舉也。散，悉旦反。

《傳》於右曰「勸也，尊也」，於醻曰「厚也，勸也」，是皆取義於弓而不取義於饗也。蓋此詩專主於錫弓，言錫弓，則饗意自見，未有不饗而錫者也。是『醻』字借醻酒之義以為厚勸之喻，觀《傳》有「猶」字可見矣。

題下，《左氏傳・文四年》：「衛甯武子聘魯，公與之宴，為賦《湛露》及《彤弓》，不辭，又不答賦。使行人私焉，對曰：『昔諸侯朝正於王，王宴樂之，於是賦《湛露》。則天子當陽，諸侯用命也。諸侯敵王所愾而獻其功，王於是賜之彤弓一，彤矢百，玈弓矢千，以覺報宴。今陪臣來繼舊好，君辱貺之，其敢干大禮以自取戾？』」武子，甯俞也。朝正，謂朝而受政教也。愾，苦愛反。玈音盧，黑也。好，呼報反。○為，于偽反。○《詩緝》：「《書・文侯之命》：

『彤弓一，彤矢百。』《左傳》：『晉文公敗楚於城濮，獻功於王。王饗醴，命晉侯宥，賜彤弓一，彤矢百。』陳氏曰：『《春秋》所載，皆謂諸侯有功則王賜之彤弓，以旌伐功而已，未嘗謂既賜，然後得專征也。《王制》言：「賜弓矢，然後征。」蓋言天子命諸侯征伐，故賜弓矢以將王靈耳，安得有專征之言乎？鄭氏遽謂得專征伐。由漢而下有無君之心者，徼求弓矢之賜，脅諸侯而肆其姦者紛然。蓋康成啓之也。』」濮音卜，徼音驕。○《周禮》：「大司馬以九伐之法正邦國。馮弱犯寡則眚之，賊賢害民則伐之，暴內陵外則壇之，野荒民散則削之，負固不服則侵之，賊殺其親則正之，放弑其君則殘之，犯令陵政則杜之，外內亂鳥獸行則滅之。」注及《釋文》：「馮，皮冰反，猶乘陵也，言不字小而侵侮之。眚，所景反，猶人眚瘦，謂四面削其地。伐者，兵入其竟，鳴鍾鼓以聲其罪。壇與墠同音善，謂置之空墠，以出其君，更立其次賢者。負恃險固，不服事大，則侵之。兵加其竟而已正之者，執而治其罪。殘，殺也。犯令者，違命也。陵政者，輕政法，不循也。杜之者，杜塞，使不與鄰國交通。滅，謂誅去之。」○晉穆帝永和七年，荊州刺史桓溫屢求北伐，詔書不聽。温拜表，輒行。安帝隆安三年，孫恩陷會稽等郡。劉牢之鎮京口，發兵討恩。拜表，輒行。

《菁菁者莪》小二十二，正二十二：燕賓客。異

經○二章，沚，見《召南・采蘩》。○三章，陵，見《吉日》。

傳○一章，疏：「莪，蒿，一名蘿蒿。生澤田漸洳之處，葉似邪蒿而細，科生。三月中，莖可生食，又可蒸，香美，味頗似蔞蒿。」漸，子廉反。洳，如豫反。○三章，疏：「言『古者貨貝』，謂古者寶此貝為貨也。《漢・食貨志》以大貝、牡貝、幺貝、小貝、不成貝為五也。『大貝四寸八分以上，直錢二百一十文；牡貝三寸六分以上，直錢五十文；幺貝二寸四分以上，直錢三十文；小貝一寸二分以上，直錢一十文。以上四種各二貝為朋。不成貝寸二分，不得為朋，率枚直錢三文也。』鄭氏因經廣解之，言有五種之貝，其中以相與為朋，非總五貝為一朋也。《志》所言，王莽時事。莽多舉古

事而行五貝，故知古者貨貝焉。」

愚案：一章曰「興也」，而又著「或曰比，下章倣此。」於下三章則皆曰比，蓋互見也。意四章皆可作興，亦皆可作比也。前三章言莪而卒章言舟，則與《湛露》同。

經○末章，祉音耻。○《詩緝》：「《釋文》云：『合毛炰物曰炰。』鼈可煮不可炰，今云『炰鼈』，謂火蒸煮熟之也。」

《六月》小二十三，變一：宣王時，詩人敘尹吉甫伐玁狁有功。

《釋文》：「從《六月》至《無羊》十四篇是宣王之變小雅。」朱子不盡從其説。

此詩蓋從征之君子所作。詳味其辭，若親履其事者。一章總言盛夏出軍之由，二章言車服備而軍出，三章言攻伐之事，四章言玁狁侵地以啓下章驅逐之所至，末章言軍凱旋也。詩前五章皆言車馬之盛，但前四章汎言軍中之車馬，五章乃言吉甫之車馬。一章「我」，我朝廷也；二章「我」，我軍衆也；卒章「我」，我吉甫也。一章之「服」，軍帥之服也；二章之「服」，軍衆之服也。

傳○一章，疏：「言載之者，以戎服當戰陣之時乃服之，在道未服之。」○《周禮・春官・司服》：「凡兵事，韋弁服。」注：「韋弁以靺韋為弁。」謂淺赤色韋也。靺音妹，又莫拜反。○弁制見《衛・淇奥》。○成、康、昭、穆、共、懿、孝、夷八王而至厲王。厲王好利，榮夷公為卿士用事。王暴虐侈傲，使巫監謗者，告則殺之。三十七年，國人叛而襲王，王出奔彘，太子靜匿召公家，周、召二相行政，號曰共和。共和十四年，王崩于彘，二相立太子靜，是為宣王。○二章，《詩記》：「漢文帝詔：『吉行五十里，師行三十里。』《前漢・律歷志》：『武王伐紂，初發以十月戊子，而戊午渡孟津。孟津去周九百里，師行三十里，故三十一日而渡。』」○「皆中」之「中」，陟仲反。應，去聲。○愾，苦愛反，義見《彤弓》題下。〇三章，《詩緝》：「《說文》曰：『顒，大頭也。』脩以言其身之長，廣以言其腹背之充，顒以言其首之大。三者相稱，所以成其大也。」〇將、帥皆去聲。〇四章，度，徒洛反。〇《詩記》：「整居，言無憚也。」〇《爾雅》「十藪」：「周有焦護。」注：「扶風池陽縣瓠中是也。」今案：池陽即三原也，但郭注以焦護為一所。《傳》既引之，而又云焦未詳所在，此意未詳。〇疏：「鎬，王肅以為鎬京，故王基駁曰：『下章云：「來歸自鎬，我行永久。」言吉甫自鎬來歸，猶《春秋》「公至自晉」、「至自楚」也。』」《前漢》劉向疏：「吉甫之歸，周厚賜之。其詩曰：『來歸自鎬，我行永久。』千里之鎬，猶以為遠。」顏師古曰：「鎬非豐鎬之鎬。」〇涇，見《邶・谷風・傳》。幟，旗也。毛氏：「鳥章，錯革鳥為章。」疏：「錯，置也；革，急也；畫急疾之鳥於縿也【一】。」《詩緝》：「白斾，白帛也。以絳帛為斾，以帛續旐末為燕尾，戰則斾之。疏：『白斾謂絳帛，九旗之物皆用絳。』此旟而言旆者，散則通名。」錯，七故反。革音急。縿音衫，詳見《鄘・干旄》。〇《詩記》：「軍前曰啓，後曰殿。『元戎十乘，以先啓軍行之前』者，所謂選鋒也。《兵法》：『兵無選鋒曰北。』」《史記・三王世家》注：「『《詩》：「元戎十乘，以先啓行。」』韓嬰《章句》曰：「元戎，大戎，謂兵車也。車有大戎十乘，謂車縵輪，馬被甲，衡扼之上盡有劍戟【二】，名曰陷軍之車。所以冒突，先啓敵家之行伍也。」』」《家說》：「行當音杭，韻協。」縵，莫干反。被，去聲。〇五章，《詩緝》：「有文有武之吉甫，乃萬邦以之為法。辦一玁狁，餘事耳。」

《采芑》小二十四，變二：宣王時，詩人敘方叔征南蠻有功。

經〇《詩緝》：「南征、北伐二詩，皆班師時作。《六月》之詞迫，《采芑》之詞緩。《六月》似討而定，《采芑》

【一】「畫」下原有「是」字，據張氏本及《毛詩正義》卷十之二刪。
【二】「盡」原作「畫」，據張氏本及《史記》卷六十改。

似畏而服。」〇一章，李氏：「毛以『薄言采芑』為菜，『豐水有芑』為草，『維糜維芑』為穀。王氏皆以為穀。」《詩緝》：「新田、菑畝、中鄉，不應指菜。」〇騏，見《秦・小戎》。〇二章，《詩緝》：「芾與佩皆非軍中之服。路以金路，則非戎路；馬有和鸞，則非戎馬。蓋方叔克壯，其猶如吳起將戰不帶劍，武侯臨陣不親戎服，羊祜輕裘緩帶，杜預身不跨馬。故詩人詠其車服之美而已。」〇三章，鴥，疾飛貌。〇四章，《詩緝》：「少年輕俊之人勇力求勝，未能深謀遠慮。唯方叔老成，故能尚謀不尚戰。以謀為壯，不以力為壯也。《六月》之詩事勢急迫，《采芑》之詩辭氣雍容。以北伐則四夷交侵，初用兵也。南征則北方已服、中國粗定，方叔乘北伐之威以臨蠻荊也。下篇《車攻》，則中興之功成矣。」粗，徂古反。

傳〇一章，「肥可生食」，疏作「脆可生食」，《詩記》同【一】，當以「脆」為正。〇賁音買。將，子匠反。乘，食證反。背音佩。〇《爾雅》：「田一歲曰菑，二歲曰新田，三歲曰畬。」疏：「菑，災也，始災殺其草木，江東呼初耕地反草為菑。新田，新成柔田也。畬，和柔之意，田舒緩也。」《詩》疏：「《臣工》傳及《易》注皆與此同，唯《坊記》注云：『二歲曰畬，三歲曰新田。』當是轉寫誤。」《韻會》：「田一歲曰菑，始反草也；二歲曰畬，漸和柔也；三歲曰新田，已成田而尚新也；四歲則曰田矣。」若二歲曰新田，三歲則為田矣，何名為「畬」？鄭注《坊記》之説為是，但於《采芑》《臣工》不暇辨耳。《爾雅》既從毛注之失，孔疏又言鄭注「轉寫之誤」，皆非也。〇古者馳車一乘則革車一乘。馳車，戰車；革車，輜車，載器械、財貨、衣裝者也。馳車用四馬，革車用十二牛。《司馬法》：「一車甲士三人，步卒七十二人。炊家子十人，固守衣裝五人，廄養五人，樵汲五人。馳車七十五人，革車二十五人。」〇《詩緝》：「路車，金路也，以『有奭』言赤。又巾車鉤樊纓，今有鉤有膺，知其為金路。」疏：「《春官・巾車》注：『鉤，婁頷之鉤也。』以金為之。是鉤用金，在頷之飾也。膺，樊纓也，在膺之飾惟有樊纓。『樊與鞶同，謂今馬大帶。纓，今馬鞅。金

【一】「記」原作「緝」，據張氏本及《呂氏家塾讀詩記》卷十九改。

路其樊及纓，以五采罽飾之而九成。』」罽者，織毛為之，若今之毛氍毹以衣馬之帶鞅也。「《巾車》云：『金路鉤樊纓九，就同姓以封。』或方叔為同姓也。方叔，元老，五官之長，是上公也。上公雖非同姓，或亦得乘金路矣。」樊音盤。頷，户感反。罽音計。氍，極俱反。毹，山于反。〇二章，治，去聲。〇毛氏：「錯衡，文衡也。」疏：「錯，雜也。雜物在衡，是有文飾。」〇鑣，見《衛・碩人》。〇朱芾，見《曹・候人》及後《斯干》。〇疏：「三命至九命皆葱珩，非謂方叔唯三命也。」〇三章，《爾雅》：「鷹隼醜，其飛也翬。」注疏謂：「隼，鷂之屬。鼓翅翬翬然疾飛，是急疾之鳥也。齊謂之擊征，或曰題肩，或曰雀鷹。春化為布穀者是。」《埤雅》：「鷹之搏噬不能無失，獨隼為有準，每發必中。或曰：『即今呼為鶻者。』」〇疏：「《周禮》有鐲鐃無鉦。《說文》云：『鉦，鐃也。似鈴，柄中上下通。』然則鉦即鐃也。《說文》又云：『鐲，鉦也，鐃也。』則鐲、鐃相類，俱得以鉦名之。故《鼓人》注云：『鐲，鉦也，形如小鐘。』是鐲亦名鉦也。鐲似小鐘，鐃似鈴，是有大小之異耳。但鐲以節鼓，非靜之義，故知『鉦以靜之』指謂鐃也。」鐲音濁。鐃，奴交反。〇疏：「『出曰治兵，入曰振旅。』莊八年《公羊》文也。《公羊》本曰『祠兵』，《周禮》《左傳》《穀梁》《爾雅》皆作『治兵』，明彼為誤，故箋改其文而引之。」〇四章，與音預。

《車攻》小二十五，變三：宣王會諸侯東都，因田獵選車徒。

傳〇一章，《詩記》：「案：《字書》訓釋、《說文》並以龐為高屋，蓋馬之高大也。」〇「復會」之「復」，扶又反。〇二章，李氏曰：「毛氏：『甫，大也。田者，大艾草以為防。』鄭氏謂：『鄭有甫田。甫草，甫田之草。』案：左氏曰：『鄭有原圃。』則圃者，鄭圃之名。今鄭氏以圃為甫田，固非其字；又以甫草為甫田之草，其說為迂。當從毛氏。」〇三章，數，色主反。〇《詩記》：「敖，山名。晉師救鄭在敖、鄗之間，士季設七覆于敖前。則敖山之下平曠可以屯兵，翳薈可以設伏，所謂『東有甫草』即此地也。」《括地志》：「滎陽故城在鄭州滎澤縣西南十七里，殷時敖地，周時名北制，在敖山之陽。」鄗，苦交反。覆，夫又反。○四章，《詩記》：「諸侯人君宜朱芾，而此赤芾者，會同故也。治其臣庶則朱芾，君道也。故方叔服其命服，則朱芾會同於王，則赤芾，臣道也。故其『會同有繹』則赤芾也。」○疏：「《天官・屨人》注云：『舄有三等：赤舄為上，冕服之舄；下有白舄、黑舄。』此云『金舄』者，即《禮》之赤舄也。故箋云：『金舄，黃朱色。』加金為飾。」○疏：「《大宗伯》注：『時見者，無常期。』諸侯有不服者，王將有征討之事，則既朝覲，王為壇於國外，合諸侯而命事焉。殷，衆也。十二歲，王如不廵狩，則六服盡朝。禮畢，王為壇，合諸侯以命政焉。如是，則會、同禮別，不得並行。蓋會者，交會；同者，同聚。理既是一，故《論語》及此連言之。」○見音現。屬，之玉反。○五章，柴，《釋文》：「又音才寄反。」○著，知略反。○七章，《漢書》：「景帝三年，太尉周亞夫引兵擊吳、楚，深壁而守。夜，軍中驚，內相攻擊擾亂。至帳下，亞夫堅卧不起，頃之復定。」○踐，子淺反。瞟，頻小反。射，食亦反，下如字。腢音愚，又五偶反。乾音干。髀，補爾、步未二反。䯏，胡了反，《字書》無此字。中，竹仲反。案：《傳》文與《毛傳》顛倒，今依文取疏及《釋文》解之。面傷，謂當面射之【一】；踐毛，謂在傍而逆射之，二者皆為逆射。不獻者，嫌誅降之義。不成禽不獻者，惡其害幼少。瞟者，脅後髀前肉也。腢，肩前也。自左瞟射之，達過於右肩腢為上殺。以其貫心，死疾，肉最潔美，故以為乾。豆，謂乾之足以為豆實，供宗廟也。「達右耳」，本蒙上文，言自左射之，達右耳本而死者，為次殺。以其遠心，死稍遲，肉已微惡，故以為賓客也。髀，謂股外。䯏，水膁也。射左股髀而達過於右脅䯏為下殺。以其中脅，死最遲，肉又益惡，充君之庖也。凡射獸皆逐後，從左廂而射之。每禽取三十，而宗廟、賓客、君庖各十也。膁，口簟反，腰肉。

《吉日》小二十六，變四：宣王田獵。

【一】「謂」，叢書集成本作「為」。

經〇《語録》：「問《車攻》《吉日》詩，朱子曰：『好田獵之事，古人亦多刺之。然宣王之田乃是因此見得其車馬之盛、紀律之嚴，所以為中興之勢者在此。其所謂田，異乎尋常之田矣。』」〇二章，差，初佳反。

傳〇一章，《晉·天文志》：「房四星，亦曰天駟，為天馬，主車駕。南星曰左驂，次左服，次右服，次右驂。亦曰天廄。」《爾雅》注：「龍為天馬，故房謂之天駟。」詩疏：「校人春祭馬祖，夏祭先牧，秋祭馬社，冬祭馬步。既四時各有祭，馬祖常祭在春，而將用馬力，則又用彼禮以禱之。」《通典》：「隋制，仲春用少牢祭馬祖於大澤，積柴於燎壇。禮畢，就燎以剛日。」愚案：此雖隋禮，其初必有所考。想三代之禮大略如此。〇二章，《禹貢》謂：「東過漆沮。」孔氏曰：「漆沮，二水名，亦曰洛水，出馮翊北。」《寰宇記》：「漆水自耀州同官縣東北界來，經華原縣合沮水。」沮水，《漢志》：「出北地郡直路縣東，即今坊州昇平縣北子午嶺，俗號子午水。下合榆谷、慈馬等州，遂為沮水。至耀州華原縣合漆水，至同州朝邑縣東南入渭。洛水出慶州廢洛源縣北白於山，經上郡雕陰縣秦望山，南過襄樂郡，又東南過同州衙縣，以入于渭。衙縣即白水縣也。」程大昌泰之《雍録》：「《禹貢》止有漆沮，秦漢以後始有洛水。所謂洛水者，《地志》：『出北地郡歸德縣，北蠻夷中。』即洛源縣。其水自入塞後逕鄜、坊、同之三州，始入渭。孔安國輩謂『自馮翊襄德縣入渭』者也。漢襄德，唐同州衙縣，亦朝邑縣也。所謂沮水者，《長安志》：『自邠州東北來，至華原縣，南流合漆水，入耀州富平縣石川河。』石川河者，沮水正派也。所謂漆水者，《長安志》：『漆水自華原縣東北同官縣界，東南流入富平縣石川河。』是為合漆之地。此三水分合之詳也。若槩三水而命其方，則漆在沮東，至華原乃合沮。沮在漆西，既已受漆，則遂南東而合乎洛。洛又在漆沮之東，至同州白水縣與漆沮合，而相與南流以入于渭。三水雖分三名，至白水縣則遂混為一流。故自孔安國、班固以後，論著此水者皆指襄德入渭之水為洛。而曰『洛即漆沮』者，言其本同也。」《禹貢》「導渭」序漆沮在灃、涇之下。灃之入渭在盩厔縣境，蓋在咸陽西南。涇之入渭在陽陵，則在咸陽之東。漆沮入渭在襄德，又在陽陵東北三四百里也。《地理考異》：「《書》『漆沮』在灃、涇之東，為渭之下流。《吉日》『漆沮』乃會於東都，維田獵之後，則宜為下流之漆沮，於東都為地近，非《緜》之『漆沮』也。」餘見《大雅・緜》。馮，皮陵反。華，胡化反。雍，於用反。鄘，方無反。褒即懷字，邠即豳字。盩，張流反。厔，陟栗反。○三章，𢷋，疾走也。○共音恭。○四章，挾，《釋文》：「子洽、子協、户頰三反。」兕，又見《周南・卷耳・傳》。○中，陟仲反。疏：「小者射中必死，苦於不能射中；大者射則易中，唯不能即死。小豝云發，言發則中之；大兕云殪，言射著即死。異其文者，言中微而制大。」○《周禮》：「酒正五齊：一曰泛齊，二曰醴齊，三曰盎齊，四曰緹齊，五曰沈齊。」注疏：「醴猶體也，此齊熟時上下一體，汁滓相將，故名醴齊。造用秫稻麴糵。」《詩緝》：「少麴多米，二宿而熟。饗為盛禮，王饗諸侯則設醴，示不忘古禮之意也。」齊，才細反。緹音體，秫音述。糵，魚列反。

《鴻雁》小二十七，變五：流民喜宣王勞來安集。　以下時世多不可考。

傳○一章，勞來，上力報反，下力代反。還音碹。○二章，毛氏：「一丈為板，五板為堵。」疏：「累，五板也。板廣二尺，故《周禮》說『一堵之牆長丈，高一丈』。」李氏：「案：《公羊傳》：『五板而堵。』何休謂：『堵凡四十尺。』許慎《五經異義》：『《戴禮》及《韓詩》說八尺為板，五板為堵，板廣二尺，積五板高一丈。』」愚案：疏說則堵方一丈，李氏說則堵長四丈而高一丈，二說不同。○三章，閒音閑。《傳》有六「知」字，一、二、四音智，三、五、六如字。

《庭燎》小二十八，變六：王早起視朝。

經○燎，力召反。

此固王者勤於視朝之詩，而左右之臣設言以述王之意也。王問曰：「夜如何其？」則對曰：

「夜未央。」王則意其庭燎已光，君子其至而鸞聲將將矣。頃之，又問：「夜如何其？」則對曰：「夜未艾。」蓋夜亦將盡矣，王則意其庭燎既久而光漸微，君子至之近而鸞聲噦噦矣。既久，又問：「夜如何其？」則對曰：「夜鄉晨。」王則意其天明而見庭燎之煙火相雜，君子皆至而可以辨其旂之色矣。於是出而視朝。可見卧不安席，中夜以思，惟恐時之後也。或曰：「非問答之辭，左右之臣直述其事也。其自言曰：『夜如何其？夜猶未央也，而庭燎已光矣，君子已有至者，而鸞聲將將矣。』既而又言：『夜如何其？夜猶未艾也，庭燎則然之久而明少矣，君子至之多，而鸞聲噦噦矣。』久而又言曰：『夜如何？其夜則鄉晨矣，天漸明而見庭燎之煙矣，君子皆至而可見其旂之色矣，於是王出而視朝也。』蓋王勤於政事，及時視朝而號令嚴肅。執事者恪恭，陳列以時。百官之入朝者亦皆先時而至，而車服威儀莫不和整，以俟聽朝。終篇未嘗言王之勤，而勤勞之意自見於言外。」二者必有一得詩意也。

傳〇一章，《周禮·司烜氏》：「凡邦之大事，共墳燭庭燎。」注：「墳，大也。樹於門外曰大燭，於門内曰庭燎，皆所以照衆為明。」疏：「庭燎與大燭一也，在庭中，故曰庭燎。《郊特牲》曰：『庭燎之百，由齊桓公始也。』庭燎之差，公蓋五十，侯、伯、子、男皆三十，其百者天子禮。庭燎所作，以葦為中心，以布纏之，飴蜜灌之，若今蠟燭。」詩疏：「古制未得而聞，要以物百枚并而纏束之。今則用松、葦、竹，灌以脂膏也。」又見《湛露》。烜音毁，共音恭。〇并，卑政反。鸞鑣，見《秦·駟驖·傳》。〇三章，煇，《釋文》：「音暉。」

《沔水》小二十九，變七：憂亂。

經〇一章，歋，見《采芑》。

末章，飛隼而循中陵，民言訛偽者何乃莫之懲止邪？於是謂其友曰：當敬以自持，否則讒言其興而見及矣。憂而戒之之辭也。讒言固可憂，惟敬足以勝之，詩人之學知所本矣。

傳〇一章，見音現。疏：「朝，朝也，欲其來之早。宗，尊也，欲其尊王。臣之朝君猶水之趨海，故以水流入海為朝宗。」「朝也」之「朝」，張遥反。

《鶴鳴》小三十，變八：不知所由，必陳善納誨之詞。 異

傳〇一章，疏：「鶴形大如鵝，高三尺，喙長四寸餘。多純白，或有蒼色者，今人謂之赤頰。常夜半鳴，高亮，聞八九里。雌者聲差下。」〇數，上聲。〇蘀，見《豳·七月》。〇二章，疏：「穀，幽州謂之穀桑，荆揚謂之穀，中州謂之楮。殷中宗時，桑穀共生是也。江南人績其皮以為布，又擣為紙。其葉初生，可為茹。」〇邵子：「論玉石，又一意也，略與前說不同。」〇横，户孟反。

右《彤弓之什》

《祈父》小三十一，變九：軍士怨久役。序以為刺宣王，未見必然。

傳〇一章，疏：「古者祈、圻、畿同字，得通用。」〇賁音奔。〇《周禮》：「司右上士二人，下士四人，胥八人，徒八十人，凡國勇力之士能用五兵者屬焉。虎賁氏下大夫二人，中士十有二人，胥八十人，虎士八百人。掌先後王而趨以卒伍，軍旅會同亦如之。舍則守王閑，王在國則守王宫。」《詩記》：「禁衛，天子之爪牙。而使之遠戍，是『轉予于恤』也。」愚案：「或曰」一說則於爪牙二字為切，而得詩意。〇卒章，令音零。養，去聲。〇題下，數，色主反。

《白駒》小三十二，變十：賢者去，不可留。　同上。

傳〇一章，疏：「苗宜云圃而云場者，以場、圃同地，對則異名，散則通。」〇《釋文》：「縶足曰絆。」《左氏傳》注：「在胷曰靷。」絆音半，靷音引。〇漢陳遵以列侯居京師，耆酒。每大飲，賓客滿堂，輒關門，取客車轄投井中。雖有急，終不得去。耆讀曰嗜。〇三章，《史記》：「田橫，故齊王族。楚漢間自立為齊王，與漢戰，敗而入海，居島中。高帝即位，使使召之，曰：『田橫來，大者王，小者迺侯耳。』」

《黄鳥》小三十三，變十一：民適異國，不得其所。　舊以為宣王詩。

經〇一章，穀字從㱿從木者，木名也；從㱿從禾者，百穀之總名，亦善也。此詩「集于穀」者，木也；「我肯穀」者，善也。二字當辨。〇《詩緝》：「興也。民適異國，不得其所，無可告語者。唯黄鳥可愛，平時飛鳴往來於此。故於其將去，呼黄鳥而告之，曰：『爾無集于我之穀，無啄我之粟矣。蓋此邦之人不肯以善道待我，我亦不久於此，將旋歸，復反我邦之宗族矣。』與黄鳥告别之辭也。」〇二章，《詩緝》：「『不可與明』，言以横逆加己，不可與之求明白也。」黄鳥本好鳥，非可惡者。以比不善之俗，或不甚切。〇恐《詩緝》說為興者是。

傳〇一章，穀，見《鶴鳴》。〇二章粱、三章栩，並見《唐・鴇羽》。〇黍，見《王・黍離》。

《我行其野》小三十四，變十二：民依昏姻，不見卹。　同上。

經〇一章，蔽芾，見《召南・甘棠》。〇畜訓養，當音許六反。

傳〇一章，《爾雅》又曰：「壻之父為姻，婦之父為婚。」〇二章，陸璣：「羊蹄似蘆菔，而葉長赤。鬻為茹，滑美也。」鬻即煮。〇蘈，徒雷反。〇三章，疏：「葍一名蒚，河内謂之蓘，幽州謂之燕蒚，一名藑。其根正白，可著熱灰中溫噉之，可蒸茹以禦飢。」蕾音富，藚音續。○題下，道，徒到反。行，下孟反。「以為」之「為」，如字，餘皆去聲。賙音周，賑贍也。

《斯干》小三十五，變十三：築室既成，燕飲以落之。　舊說宣王。

經○《詩記》：「一章總述其宮室之面勢而願其親睦，二章、三章述其作室之意與營築之狀。至於『風雨攸除』、『鳥鼠攸去』，則宮室成矣。故四章言望其外則雄壯軒翥如此，五章言觀其內則高明深廣如此。望其外則未入也，故曰『君子攸躋』，言其方升也；觀其內則已入也，故曰『君子攸寧』，言其既處也。六章以下皆頌禱之辭。」○黃氏：「先言其基址壯厚而不拔，兄弟之安居而不爭；次則言其室家之制度，居處之歡悅；又次言垣牆之固，棟宇之麗，堂室之美；末數章則願其男女之衆多，子孫之蕃衍，而禱頌之意盡矣。」○李氏：「宣王之營宮室，可謂得禮。不失之侈，亦不失之陋。如所謂『斯翼』、『斯棘』、『斯革』、『斯飛』等句，不失之陋；然將以除風雨、去鳥鼠，則不失之侈矣。《易》曰：『上古穴居而野處，後世聖人易之以宮室，以待風雨。』然則聖人作宮室之意惟欲待風雨而已。」○一章，毛氏：「幽幽，深遠也。」○二章，百堵，見《鴻雁》。○卒章，罹，力馳反。

傳○一章，《詩記》：「宣王作室，後臨水，前對山。」《詩緝》：「《西京賦》言長安『於前則終南、太一，於後則據渭、踞涇』，祖述《斯干》也。鎬在上林苑中，此所謂干【一】，謂大水之傍必鎬水也。」舊以干為澗者非，澗是水之小者。○南山，見《秦·終南》。○《檀弓》：「晉獻文子成室，晉大夫發焉。張老曰：『美哉輪焉，美哉奐焉。歌於斯，哭於斯，聚國族於斯。』文子曰：『武也得歌於斯，哭於斯，聚國族於斯，是全要領以從先大夫於九京也。』君子謂之善頌善禱。」文子，趙武也。京當為原。頌謂張老，禱謂文子。○二章，《詩緝》：「美作室而言『嗣續妣祖』者，蓋

【一】「謂」，《詩緝》卷十九作「言」。

厲王之亂，百度廢墜，宮室亦壞。宣王既已中興王業，乃築宮室以復舊觀，足以見中興之盛，故曰『嗣續妣祖』。若竟土未復，雖作宮室，不足言『嗣續』矣。」○三章，《詩緝》：「君子雍容於其間，心廣體胖，是以大也。所謂『居移氣』也。」○四章，企，丘豉反。○《詩緝》：「跂，脚跟不著地。翼，若《論語》『翼如』之翼。」跟音根。○五章，奥，室西南隅也。窔音杳，東南隅也。奥窔之間，在户之西而牖之下【一】，正幽暗處也，故曰冥。○六章，箋：「莞，小蒲之席。」疏：「莞、蒲一草之名，蒲麤莞細。《司几筵》有莞筵、蒲筵，麤者在下，美者在上也。莞細而用小蒲。」《爾雅》：「莞，苻蘺。」注：「西方人呼蒲為莞蒲。」又《釋文》：「草，叢生水中，莖圓，江南以為席。形似小蒲而實非。」○《爾雅》：「羆如熊，黄白文。」疏：「有黄羆、有赤羆，大於熊。」○憨，呼甘反。○疏：「虺，細頸大頭，色如文綬，文間有毛似猪鬣，鼻上有針。大者長七八尺，一名反鼻人，亦名曰蝮虺。而非《爾雅》蝮虺也。」蝮，方六反。○七章，《周禮・占夢》：「中士二人，史二人，徒四人。掌其歲時，觀天地之會，建厭所處之日辰。建謂斗柄所建，謂之陽建，故左還於天。厭謂日前一次，謂之陰建，故右還於天。假令正月陽建在寅，陰建在戌。辨陰陽之氣，謂休王前後也。生王者休，王所勝者死，相所勝者囚。春三月木王，火相水休，土死金囚。以日月星辰占六夢之吉凶。日月之行及合辰所在。一曰正夢，無所感動，平安自夢。二曰噩夢，驚愕而夢。三曰思夢，四曰寤夢，覺時道之。五曰喜夢，六曰懼夢。季冬聘王夢，聘問也。獻吉夢于王。乃舍萌于四方，以贈惡夢，遂令始難毆疫【二】。」舍萌猶《釋菜》「萌菜始生」也。舊歲盡，新年至，於此時贈送去惡夢。噩，五各反。舍讀為釋。難，乃多反。毆同驅【三】。○《禮運》：「宗祝在廟，三公在朝，三老在學。王前巫而後史，卜筮瞽侑皆在左右，王中心無為也，以守至正。」注疏：「宗，宗伯。祝，太祝。王弔臨，則前委於巫。動則左史書之，言則右史書之。卜筮主決疑。瞽，樂工，主和。侑，

【一】「在」，叢書集成本作「其」。

【二】「毆」，原作「歐」，據金華叢書本、叢書集成本、四庫本及《周禮注疏》卷二十五改。

【三】「毆」，原作「歐」，據金華叢書本、叢書集成本、四庫本改。

四輔，典於規諫。皆所以慎居處也。」臨，力鴆反【一】。○八章，疏：「《典瑞》云：『四圭有邸以祀天，兩圭有邸以祀地，圭璧以祀日月，璋邸射以祀山川。』從上而下，遞減其半。故知『半圭曰璋』。」射，食亦反。○疏：「芾從裳色。祭時服纁裳，故芾用朱赤。但芾所以明尊卑，雖同色而有差降。《乾鑿度》以為，天子之朝朱芾，諸侯之朝赤芾。朱深於赤，天子純朱，明其深也；諸侯黄朱，明其淺也。舉其大色，則皆謂之朱。」餘，見《曹・候人》。○三入為纁，淺絳也。赤與黄為纁。

初生之子未能勝衣，襁褓而已。今不獨衣之衣，又必衣之裳者，服之備也。所以期其成人也，故曰「服之盛也」。

九章，褓音保。疏：「縛兒被也。」○婦人所用瓦，唯紡塼而已。《語録》：「瓦，紡時所用之物。舊見人畫引《列女傳》【二】，漆室手執一物，如今銀子樣，意其為紡塼也，然未可必。」紡，妃兩反。○遺，于季反。○《列女傳》：「孟子處齊，閒居，擁楹而歎。孟母曰：『何也？』對曰：『今道不用，願行而母老，是以憂也。』孟母曰：『夫婦人之禮，精五飰，羃酒漿，養舅姑，縫衣裳而已矣。故有閨内之修而無境外之志。』」《易》曰：「在中饋，無攸遂。」《詩》曰：「無非無儀，唯酒食是議。」以言婦人無擅制之義，有三從之道。五飰，《月令》：「天子春食麥，夏食菽食稷，秋食麻，冬食黍。」《周禮》「疾醫掌養萬民之疾」，而曰「以五穀」。疏謂：「依《月令》五方之穀，據養疾而食也，非必入於藥。」則通於上下，皆以是五穀為飰也。或曰：「《閫澤》九章有粟飰、糲飰、稗飰、鑿飰、御飰，凡五等。」未詳是否。閒，何關反。夫音扶。羃，莫狄反。「養舅」之「養」，去聲。閫，苦濫反。○子金子：「欲其生男女，固祝願之辭。而熊羆、虺蛇之事，又其設辭形容也。豈當時之人果以夢熊羆為得男，夢虺蛇為得女乎？」○題下，圮，部鄙反，

【一】「鴆」，原作「鳩」，據金華叢書本、叢書集成本、四庫本改。
【二】「引」，《朱子語類》卷八十一無。

字從土從戊己之己。

《無羊》小三十六，變十四：牧事有成，牛羊衆多。

經○一章，來思，見《白駒·傳》。○二章，餱，見《伐木》。

首章言牛羊而三章獨言羊者，蓋牛服未乘車【一】，動知人意，是牛易於馴者。羊負狠好鬭，難於馴擾。今但麾之以肱則畢來，既升其馴可知也。故首章亦言其「濈濈」而和，於牛則惟曰「濕濕」也。羊且能馴，則牛之馴不言自見矣。或曰：「二章乃獨言牛爾，故此章唯言羊也。」

傳○一章，《釋文》：「呞，丑之反。食已，復出嚼之也。江東呼為齝，音洩。」○二章，揭音竭，擔也。○《說文》：「蓑，草雨衣也。笠，簦無柄也。」愚謂：簦即今傘，音登。○三章，愚案：飛曰雌雄，走曰牝牡。此曰禽獸者，大約言之也。○兢兢，與《毛傳》同曰「堅彊」。《釋文》：「兢，其冰反。」當從此音。○牢，防獸閑也。○菙，主水反。策也，楚荊也，皆驅羊之器。○四章，朱子：「占夢之說未詳。」豈古者卜筮之家有是說與？《詩記》：「此牧成而考之之詩，故以吉祥之事終焉。豐年則民閑樂，故以田以魚。夢魚，斯豐年之祥也。旐者、旟者，皆田官所建。旐統人少，旟統人多。今建旐之處乃建旟，則民庶衆矣。」

《節南山》小三十七，變十五：家父刺王用尹氏，致亂。

《釋文》：「從此至《何草不黃》四十四篇，前儒申毛皆以為幽王之變小雅。」

經○《詩記》：「案：《左傳》：『韓宣子來聘，季武子賦《節》之卒章。』杜氏謂『取「式訛爾心，以畜萬邦」之

【一】「未」，原作「末」，據張氏本改。

義』。然則此詩在古止名《節》也。」○一章，南山即終南山，見《秦・終南》。○三章，《詩記》：「京室以大族為氏，朝廷以尊官為氏。氏者，安危存亡所出也。尹氏，大族也；大師，尊官也。故曰『尹氏大師，維周之氐』。」○四章，《詩記》：「『式夷式已，無小人殆』，謂尹氏所與圖事者也。『瑣瑣姻亞，則無膴仕』，謂尹氏以親暱而置之高位者也。」○五章，《詩記》：「鞠訩、大戾匪降自天，皆尹氏為之也。民罹其害，無可奈何而歸之於天也。在民視之則難，在王為之則易。進賢而退奸為國之至理，而二者之情狀惟平其心者見之。王如幡然用其至，則尹氏必不居位，而民之怨息矣。王如坦然平其心，則尹氏自不能逃其罪，而民之惡怒遠矣。夫何難哉？」愚案：《傳》以此章刺王及尹氏，東萊以此章專刺王。愚恐以為專刺尹氏亦可通，而與之前、後兩章意貫，尤見詩人忠厚之意。○七章，《說文》：「領，項也。」

此詩刺王用尹氏。前九章惟極言尹氏之罪，而卒章以言歸之王心則輕重本末自見，此家父之善於辭也。其所以刺尹氏者，大要有二事：為政不平而委任小人也。一章言尹氏之失民望而致愁蹙；二章言為政不平而不顧天怒民怨；三章言大師為國根本，為政當均平，而其任之重如此；四章言任用小人，連引私黨；五章言君子可消大變；六章承上言尹氏不但不能弭天變，抑且生禍亂，下四句則應前第四章而又起下章欲遁逃之意；七章言欲遁無所往；八章言小人情狀；九章言尹氏自用拒諫；十章歸之於王。

傳○一章，大音泰，父音甫。○二章，荐與薦同音。重，直用反。喪，息浪反。讟，徒谷反，謗也。○三章，《語録》：「均本當從金，所謂『如泥之在鈞』者，鈞只是為瓦器之車盤也。蓋運得愈急則其成器愈快，『秉國之鈞』只是此義。今《集傳》訓平者，此物亦惟平乃能運也。」○并，去聲。○四章，疏：「兩壻相謂曰亞者，一人取姊，一人取妹，相亞次也。」取，去聲。○五章，夫音扶。○六章，長，上聲。「為之」之「為」，去聲。○卒章，適，陟革反。閒，古莧反。當，去聲。

《正月》小三十八，變十六：大夫刺幽王。

經

此詩大槩刺小人用事，訛偽相挺，變亂是非，已不得志而憂世之必亂也。一章總言其大略，蓋賦而興也。正月而霜，固天示災異。然正陽之時而有窮陰之應，此天氣變亂無常，因以興起下訛言變亂是非之意。終篇未嘗言災變，惟首句言之，故知因以起興也。二章歎己之遭亂。三章憂國必為人所滅。四章訛偽之勢甚，一時足以勝天。五章言如山之高卑易見者，訛言尚欲亂之；有如指鹿為馬而上下成俗，不知其非。六章憂身之無所容。七章言用人不常。八章言政事暴惡，其勢若火。九章言不可無君子之輔。十章承上章輔佐而言當謹慎之意。十一章言禍亂之極，無所逃。十二章言小人得志而連其親舊。十三章亦言小人得位而良民受禍也。○五章，有山本卑小者也，今則以為岡陵，是訛言也。

傳○一章，《詩記》：「凡譸張為幻以罔上惑衆者，皆謂之訛言。」○《詩緝》：「鼠病而憂在于穴內，人所不知也。」○三章，喪，息浪反，卒章同。被，平祕反。○四章，號，乎刀反，九章同。別，彼列反，五章同。○《史記》：「吳入楚，伍子胥鞭平王尸。申包胥使人謂之曰：『子之報讎，其以甚乎？吾聞人衆者勝天，天定亦能破人。』」○五章，占夢，見《斯干》。○衛侯，慎公頹。○六章，虺，見《斯干》。○《爾雅》：「蠑螈、蜥蜴，蝘蜓、守宮。」注疏：「一物形狀相類而四名：在草澤中者名蠑螈、蜥蜴，在壁名蝘蜓、守宮也。」《詩緝》：「蜥蜴，上音析，下音易。《釋文》【一】：『蜴，星歷反，字又作蜥。』是以蜴為蜥，誤矣。」《韻會》說同。今當讀蜴音易。蠑音榮，螈音原，蝘

【一】「易，《釋文》」三字，《詩緝》卷二十作「亦，陸於此」四字。

音偃。蜓，徒典反。螫音適，蟲毒也。〇七章，崎嶇音欹軀，山陰也。墝埆音敲殼，瘠薄也。〇易，去聲，九章同。〇八章，《史記》：幽王娶申后，生太子宜臼。初，「宣王後宮無夫而生女子，懼而棄之。童謠曰：『檿弧箕服，實亡周國。』王聞之，有夫婦賣是器者，王使執而戮之。逃於道，見後宮所棄子，收之，犇於褒。褒人有罪，入所棄女子於王以贖罪，是為褒姒。幽王三年，見而愛之，生子伯服。」餘見《王風》。檿，烏簟反，山桑也。檿弧，以檿為弧也。箕，木名；服，矢房；箕服，以箕為服也。〇《輿地廣記》：「興元府褒城縣即褒國。」〇「為國」之「為」，于偽反。〇九章，難，乃旦反。〇十章，數，所角反。〇十二章，《孔叢子・論勢篇》：「秦攻趙，魏大夫以為於魏便。子順曰：『不然。秦勝趙，必復他求，吾恐受其師也。先人有言：「燕雀處屋，子母相哺，煦煦焉相樂也，自以為安矣。竈突決上【一】，棟宇將焚，燕雀顏色不變，不知禍之將及己也。」可以人而同於燕雀乎？』」子順名斌，孔子六世孫，時相魏安僖王。煦，呼句反。〇卒章，窶，郡羽反，貧也。勝音升。

《十月之交》小三十九，變十七：大夫刺幽王。

箋以此下四篇為厲王之變雅。

經〇三章，《史記》：「幽王二年，三川竭，岐山崩。」

幽王內有褒姒之邪嬖，外有皇父之貪殘。牽引惡類，相為表裏。褒姒禍之本，皇父罪之魁，此詩所以刺也。首章言極陰之月，陰壯而日食。二章言日食因不用善人。婦也、臣也、小人也，皆陰類也，相與蠱王心而敗政事，故讁見于天也。三章言又有冬月雷電之異，山川之變。四章言所以致此者，皇父引惡黨而褒姒為之內主也。五章述皇父采邑民人而言。蓋皇父為卿士，始

【一】「決」，《孔叢子・論勢》卷五作「炎」。

固有采邑矣，今則改築于向，遷徙舊邑之民。方當種藝之時，廢其田廬而去。六章言皇父選朝臣以為其國之臣，然不能選賢，惟取貨賄。七章民人從役，惟恐遭讒被虐。卒章歎邑人及己之勞，而安天命以終之。〇二章，「于何不臧」，未知有何災禍之應也。

傳〇一章，奇，居宜反。復，扶又反。亢，苦浪反。去，起吕反。參，初簪反。差，叉宜反【一】。背音佩。〇四章，予，余吕反。朝音潮。

《常武》之詩曰：「王命卿士，南仲大祖，太師皇父。」是卿士兼太師也。太師，三公之首。而卿士兼之，則非大宰之屬明矣。《常武》之皇父，賢者也，故詳著其官而又本其祖，蓋非《十月》之皇父矣。然足以證卿士或説之未然。

疏：「《周禮·序官》：『趣馬下士。』箋言中士，誤也。」〇六章，箋：「《禮》：『畿内諸侯二卿。』」疏：「皇父封於畿内而立三有事，是增一卿以比列國也。」〇《左氏傳》注：「憖，且也。」〇强，其兩反。〇七章，重，平聲。説，悦同。〇卒章，樂音洛。被，皮義反。

《雨無正》小四十，變十八：饑饉，臣散，不去者責去者。　異

經〇一章，駿音俊，又音峻。

一章言昊天降災，雖曰賦而實如比，蓋全章皆言王之無德也。二章言人心離散。三章言己之忠言不用，又戒在位者，言：「上雖不道，己則不可不自敬也。」四章言羣臣無忠諫者，五章言

【一】「叉」，原作「乂」，據張氏本、叢書集成本改。

惡直好佞，六章言仕之難也，七章責去者。首章雖曰饑饉，而終篇大意皆刺王之不德也。然忠厚惻怛之意、正己勸人之言前後屢見，作詩者蓋暬御之賢者也。

傳〇一章，《爾雅注疏》：「凡草、菜可食者，通名為蔬。可食之菜皆不熟為饉。」遽，其據反，題下同。〇二章，長，知丈反。悛，七全反。〇四章，《國語》見《大雅·抑》題下。〇《漢·百官表》：「侍中加官，得入禁中。」應劭曰：「入侍天子，故曰侍中。」《百官志》：「掌侍左右，贊導衆事，顧問應對。」〇恝，訖黠反，無憂貌。〇五章，惡、好，並去聲。〇卒章，疏：「泣，無聲出淚也。連言血者，以淚出於目猶血出於體，故以淚比血。」〇為，于偽反。

右《祈父之什》

詩集傳名物鈔卷五

詩集傳名物鈔卷六

《小旻》小四十一，變十九：王惑邪謀，不能從善。

經

一章言君邪辟，不用善謀而用不臧；二章言臣阿比，共違善謀而從不臧。一章之「謀猶」，君之謀猶也；二章之「謀猶」，臣之謀猶也。一章「謀臧」之謀指臣之謀，二章「謀之」之謀指衆人之謀也。三章又言臣無有任責而決衆謀，四章又言君臣不法古而無遠慮。五章言天下未嘗無才，但不能用之，則望望而去。六章言為國者當於事未形者，戒謹恐懼以終之。

傳〇一章，辟音僻。斷，丁貫反。〇二章，「相和」之「和」，去聲。訿，多禮反。〇三章，數音朔。〇五章，治，直吏反。〇卒章，易，以豉反。喪，息浪反。〇題下，別，彼列反。去，起吕反。

《小宛》小四十二，變二十：遭亂，兄弟相戒免禍。異

經

此詩遇亂而戒兄弟修德以免禍。修德當法其親，免禍則謹其德。前四章修德之事，後二章免禍之意。一章，「宛彼鳴鳩」本不能高舉，今乃能飛戾于天，以興人皆可學而進其德也。父母之賢，晝夜思以效之。二章之人即接一章之人，蓋其父實賢者。而敗德貫禍莫甚於酒，故先當慎。三章言不但自敬其身，又當教其子孫亦為善。四章言脊令飛鳴無有止息，人當視之自力勇往為善，無辱父母。五章言亂世不能自容如此。卒章戒慎之意，謂温温恭人則可免禍也。下五句皆因

「温温恭人」一句而言。

傳〇一章，《詩緝》：「鳴鳩，鶻鵰也，即《氓》詩食葚之鳩，郯子所謂『鶻鳩氏司事』，莊子所謂鷽鳩也。《爾雅》：『鶌鳩，鶻鵃。』似山鵲而小，短尾，青黑色，多聲。舊說及《廣雅》皆云『斑鳩』，非也。鳴鳩小物，『決起而飛，槍榆枋【一】，時則不至，椌於地而已矣【二】。今飛戾天【三】，勉強故也。」鶻音骨，鵰鵃並音嘲。郯，徒甘反。鷽音學。鶌，九勿反。決，呼穴反。槍音鏘，枋音方。〇二章，《詩緝》：「『齊聖廣淵』，『底至齊信【四】』，『生而狥齊』，皆言聖人之事。此言『齊』者，止謂整肅也。」〇復，扶又反。〇三章，菽，見《豳・七月》。〇《爾雅》：「果贏，蒲盧。」注：「細腰蜂也，俗呼為蠮螉，又曰螟蛉。桑蟲，俗謂之桑蟃，亦曰戎女。」《解頤新語》：「說者考之不精，乃謂蜾蠃『取桑蟲，負之七日，化為其子。』雖揚雄，亦有類我之說。近人取蜾蠃之巢毀而視之，乃自有細卵如粟，寄螟蛉之身以養之。其螟蛉不生不死，蠢然在穴中【五】，久則螟蛉盡枯。其卵日益長大，乃為蜾蠃之形，穴竅而出。蓋此物不獨取螟蛉，亦取小蜘蛛。寄卵於蜘蛛腹脅之間，蜘蛛亦不生不死，久之蜘蛛枯而其子乃成。今人養晚蠶者，蒼蠅亦寄卵於蠶之身，久之，其卵為蠅，穴繭而出。殆物類之相似者。」《列子》：「純雄，其名稺蜂。」《莊子》：「細腰者化。」《說文》：「天地之性，細腰純雄無子。」此皆信說《詩》者之言也。贏與蠃同。蠮，一結反。螉，一紅反。蟃，無販反。〇四章，脊令，見《常棣》。〇五章，《爾雅》：「桑扈竊脂。」注：「俗謂之青雀，觜曲，食肉。好盜人脯肉脂膏，因名。」疏：「案：《釋獸》『竊毛』皆謂『淺毛』，此鳥其色不純，故曰竊。八扈言竊者，皆淺也。且四色已

【一】「槍」，《詩緝》卷二十一作「搶」，《莊子・逍遥游》作「槍」、「搶」不一。
【二】「椌」，《詩緝》卷二十一引《莊子・逍遥遊》作「控」。
【三】「飛」下，《詩緝》卷二十一有「鳴」字。
【四】「底」原作「厎」，據金華叢書本、叢書集成本及《詩緝》卷二十一改。
【五】「穴」，張氏本作「坑」。

具，則竊脂者淺白也。」《埤雅》：「案：《淮南子》：『馬不食脂，桑扈不啄粟，非廉也。』蓋桑扈一名而二種：桑鳸竊脂，鳭鷯剖葦，此一種也；桑扈竊脂，棘扈竊丹，此一種也。蓋對剖葦言者，青質觜曲，食肉好盜脂膏者也；對竊丹言者，素質，其翅與領皆鶯然而有文章者也。所謂『交交桑扈，率場啄粟』者，正以其性之盜竊脂膏者言之，故以啄粟為失其性。」鳭，丁幺反。鷯，力凋反。○辟音闢。○卒章，隊音墜。

《小弁》小四十三，變二十一：大子宜臼被廢而作【一】。

經○五章，公是先生《七經小傳》：「鹿足伎伎，顧其子也；雉求其雌，求其妃也。言王放逐太子，曾不如鹿；廢黜申后，曾不如雉。木壞則無枝，無枝則木死。亦若王受讒放逐太子，自殘其嗣，嗣誠殘，王亦且斃踣矣。」

一章總言怨慕之意，二章憂國之將亡，三章言親不我子，四章被黜而無所往，五章無親戚之可依，六章怨其親之忍，七章怨親之信讒，八章雖謹畏而終被黜。篇內五「心之憂矣」：一曰「云如之何」，其詞尚緩；二曰「疢如疾首」，則切於身矣；三曰「不遑假寐」，則晝夜無有休止；四曰「寧莫之知」，則無所告訴；而倉卒急迫，故終之以「涕隕」也。

傳○一章，鸒，匹、卑二音。《爾雅》：「鸒斯，鵯鶋。」注疏：「雅烏也，不反哺，又曰楚烏。」《詩》疏：「此鳥名鸒，而云斯者，語辭，猶『蓼彼蕭斯』、『菀彼柳斯』。以劉孝標之博學，而《類苑·鳥部》立鸒斯之目，是不精也。」鶋音居，閒音閑。○被，平秘反，六章同。○《語録》：「問：『《小弁》詩只「我罪伊何」一句與舜「於我何哉」意同。』曰：『作《小弁》者自是未到得舜地位，蓋亦常人之情耳。只「我罪伊何」上面說「何辜于天」，亦一似自以為無罪相似，未可與舜同日而語。』」○二章，易，以豉反。慣、眊，並見《邶·柏舟》。○三章，《孟子》注：「廬

【一】「大」，金華叢書本、叢書集成本作「太」。

井、邑居各二畝半以為宅，故為五畝。」疏：「六尺為步，步百為畝，畝百為夫。井方一里，有田九百畝，中為公田。八家各受私田百畝，公田十畝，餘二十畝為廬舍。」是一家受二畝半也。又《周禮》：「夫一廛。」注：「一廛，城邑之居。」蓋亦二畝半。田作之時，民皆出居田間之廬，以便耕穫。農事既畢，則入居邑中之廛【一】，以避風寒。兩處皆樹以桑梓也。○遺，于貴反。「末屬」之「屬」，殊玉反。○四章，淠，孚計反，類隔切，今易匹詣反。○萑葦，見《秦·蒹葭》。○五章，《詩緝》：「鹿見人則奔，宜速矣。而伎伎然舒緩者，顧其羣也。」○妃音配。○六章，隕音蘊，從《釋文》。据《字書》，隕當作于敏反。隊與墜同。先，去聲。○七章，箋：「醻，旅醻也。」疏：「醻、酬通用。酬有二等：既酢而酬賓者，賓奠之不舉，謂之奠酬；至三爵之後，乃舉嚮者所奠之爵，以行之於後，交錯相酬，名曰旅酬，謂衆相酬。此喻得讒即受而行之，故知是旅酬，非奠酬也。」○夫音扶，題下同。○卒章，《語録》：「問：『「莫高匪山，莫浚匪泉。君子無易由言，耳屬于垣。」《傳》作賦體，疑莫是。以上兩句興下兩句邪？』曰：『此只是賦。蓋以為莫高如山，莫浚如泉，而君子亦不可易其言，亦恐有人聞之也。』」○末四句義見《邶·谷風》。○題下，關音彎，射音石。

《巧言》小四十四，變二十二：大夫傷於讒。

經○吳正傳：「此詩前三章刺聽讒者，後三章刺讒人。」○二章，僭，毛訓數，側蔭反；鄭訓不信，子念反。今《傳》謂：「僭始，不信之端。」則當從鄭音。○四章，《語録》：「『奕奕寢廟』一章，本意只是惡巧言讒譖之人，却以『奕奕寢廟』與『秩秩大猷』起興。蓋以其大者興其小者，便見其所見極大，形於言者無非義理之極致。」○尰當作瘇，《說文》引《詩》作瘇。

一章呼天而言曰：「天為民之父母乎？而使天下之無罪者遭暴亂如此之大。」復言曰：「昊

【一】「廛」，原作「廬」，據張氏本改。

天震威已大，使我遭暴亂。而我自審實無罪辜，乃為人所譖爾。」上四句總言朝廷之事，下四句乃言及己。二章言小人欲行讒言，每以小者試其上，而讒實亂之。階上人當知所好惡。三章言上之人不明理知言而好疑多惑。好疑則信詛盟，多惑則聽詐妄。「止共」者，止於敬也。讒人謬敬而欺，以媚其上，有若盜賊。則明告之王，曰：「是非實敬也，徒為王之病爾。」四章言人讒我也，雖詭祕其事，而我之度之也無不知。五章戒人毋用讒。君子樹木，必擇荏染有用者樹之。往來行言，則心必辨之，不可欺也。若碩言則當出諸口，巧言而出諸口，則取羞辱而已。卒章謂讒者居水側，就其實而言之。細弱疾病之人，它無所能，而讒譖之謀亦太多。然物以類聚，末句深慮其徒黨之盛也。夫人既被讒，終篇未嘗有怨懟詆斥之語。拳拳專欲諷上之審聽，而五章且以開讒人之迷。不自憂其身而惟憂天下之亂，不惡怒其人而發其羞恥之心，詩人之忠厚如此。

傳〇二章，斷，丁貫反。復，扶又反。〇三章，長，丁丈反，類隔切，今易展兩反。數音朔。歃，所甲反。要，平聲，要勒也。《周禮·司盟》注疏：「盟者，書其辭於策，殺牲取血。坎其牲，加書於上而埋之，謂之載書。有疑，會盟者不協也。神謂日月山川：王之盟主日，諸侯之盟主山川；王官之伯會諸侯而盟，其神主月。」《韻會》：「盟者以血塗口旁，曰歃。」〇李氏：「考之《春秋》，如伯有之亂，鄭伯與其臣下盟。蓋盟者生於君臣相疑而致也。君臣相疑，不能察其實，而但為盟誓，適所以長亂矣。」〇堲，在力反，疾也。〇五章，以口、厚協為苦、户音，此詩前章多兩句換韻，恐此二字不必協。〇卒章，惡，烏故反。〇疏：「微、尰皆水濕之疾。骭，脚脛也。瘍，瘡也。膝脛之下有瘡腫，是涉水所為，以此人居下濕之地故也。」骭，户諫反。瘍音羊。脛，形定反。

《何人斯》小四十五，變二十三：蘇公刺暴公。

經〇二章，唁音彥。〇四章，飄，《釋文》：「避遥反，又匹消反【一】。」《爾雅》同上切，又見《檜・匪風》。〇六章，祇，上支反。

傳〇一章，疏：「《左傳》曰：『周克商，使諸侯撫封，蘇忿生以温為司寇。』則蘇國在温，今河内温縣地，在東都之畿内。春秋之世，為公者多畿内諸侯。徧檢《書傳》，未聞畿外有暴國，故曰皆畿内國名。春秋蘇稱子，此云公者，子爵而為三公也。」〇「從行」之「從」，才用反，題下同。〇二章，女音汝。〇四章，《爾雅》：「迴風為飄。」注：「旋風也。」〇五章，左太沖《魏都賦》：「魏國先生盱衡而誥。」注：「盱，張目也，眉上曰衡，謂舉眉揚目也。誥，告也。」〇六章，說、悅同。〇七章，疏：「塤，燒土為之，大如雁卵。」又曰：「大如鵝子，小者如雞子。」《樂書》：「包羲氏灼土為塤。塤，立秋之音也。平底六孔，水之數也。中虛上銳，如稱錘然，火之形也。塤以水火相合而成器，亦以水火相合而成聲。故大者聲合黄鍾、大吕，小者聲合大蔟、夾鍾，要歸中聲之和而已。《風俗通》謂：『圍五寸半，長一寸半，有四孔，其二通，凡六孔也。』《爾雅》：『大塤謂之嘂，以其六孔交鳴而喧譁故也。』」又曰：「六孔，上一、前三、後二。」塤，壎同，「大蔟」之「大」音泰，嘂音叫。〇《樂書》：「篪之為器，有底之笛也。大者尺有四寸，陰數也；其圍三寸，陽數也；小者尺有二寸，則全於陰數。皆有翹以通氣。一孔上達，寸有二分，而横吹之。《爾雅》：『大篪謂之沂。』」疏：「《廣雅》云八孔，鄭司農注《禮》云七孔，蓋不數其上出者故也。」沂音銀。〇《周禮》：「司盟掌盟萬民之犯命者，詛其不信者。」疏：「盟是盟將來，詛是詛過往。」《釋文》：「以禍福之言相要曰詛。」〇屬音燭，應、和並去聲。〇卒章，疏：「蜮如鼈，三足。南越婦人多淫，故地多蜮，淫女惑亂之氣所生也。」又曰：「一名射影，江淮皆有之。人在岸上，影見水中，投人影則殺之。或曰：『含沙射人皮肌，其瘡如疥。』」《釋文》：「一名射工，俗呼水弩。」〇題下，復，扶又反。

【一】「匹」，《經典釋文》作「方」。

序○韓有將軍暴鳶，秦有將軍暴鷙，漢有御史大夫暴勝之。傅，符遇反。

《巷伯》小四十六，變二十四：被讒為寺人。

傳○一章，毛氏：「貝錦，錦文也。」箋：「文如餘泉、餘蚳之貝文也。興者，喻讒人集作己過以成於罪，猶女工之集采色以成錦文。」蚳，直基反。○《爾雅》：「餘貾，黃白文；餘泉，白黃文。」疏：「水介蟲也，龜鼈之屬。其文彩之異、大小之殊甚衆，古者貨貝是也。餘貾黃為質，白為文；餘泉白為質，黃為文；又有紫貝，其白質如玉，紫點為文。皆行列相當，其貝大者當有至一尺六七寸者。」貾與蚳同。○被，皮義反，後同。○二章，箋：「箕星哆然，踵狹而舌廣。今讒人因人之近嫌而成言其罪，猶因箕星之哆而又侈大之。」李氏：「上言『成是貝錦』，則以喻讒人織其罪；此言『成是南箕』，因其近似而遂譖之也。」《詩記》：「南箕之星本非箕，張大其口以成其名爾。貝錦、南箕皆曰『成是』者，言我本無是實，因萋斐張大以成之爾。」愚案：三說大率相類而微有不同。鄭以為箕、踵二星本小舌二星，漸大所以成箕，是己實有小失，而讒者張大之爾。李以為因近似而譖，則是行己本正，讒者因改易其說為邪僻以譖之爾。呂以無實而張大，則是己絶無過，讒者架虛搆成其禍也。○《詩緝》：「箕，東方之宿，考星者多驗於南方，故曰南箕。」○閟音祕，幽深也。○三章，《詩緝》：「緝緝，續也。接續增益，緝緝然如女之績；往來輕飄，翩翩然如鳥之飛。相與經營，謀為讒譖而已。」○四章，儇，虛緣反，輕薄貌。好，呼報反。○五章，樂音洛。○六章，重，平聲。惡、好並去聲。○卒章，寺人，見《秦·車鄰》。○題下，長，知丈反。閒音諫。

《谷風》小四十七，變二十五：朋友相怨。

經

此詩前二章以習習谷風興朋友相得，雨與頹興朋友相棄。蓋習習谷風，和調之東風也，此和樂之意，「維予與女」、「寘予于懷」之氣象也。雨則陰沴，頹則暴疾，此乖剌之意，「女轉棄予」及「棄予如遺」之氣象也。兩「風」字即谷風之風，兩「及」字則謂自風以至於雨、以至於頹也。後章則四句為興。始則習習谷風，至風之甚，則草木皆萎死，而唯見山之崔嵬爾，此則風之尤暴者也。夫鼓陽氣以生物者莫若風，及其慘急，摧敗亦莫風若也。故以喻朋友之始合而終離。

傳〇一章，《傳》意似作無義興。〇難，乃旦反。〇二章，《爾雅》：「焚輪謂之頹。」注：「暴風從上下。」疏：「迴風從上下【一】。」〇卒章，《傳》意謂谷中之風而及於崔嵬之山，是所被者廣矣。風本生物者也，而草木猶不免於萎死，是天地之功亦有所不足也，而況於朋友。豈無小過哉？當存大義而全交道可也。今乃忘我大德而思我小怨乎？此與愚前說意不同。〇被，皮義反。

《蓼莪》小四十八，變二十六：孝子不得終養。

經〇二章，瘁，《釋文·雨無正》「徂醉反」，此詩「似醉反」，皆訓病。《傳》並從《釋文》，《字書》無似醉反。當從《雨無正》音讀。〇五、六章，飄，見《何人斯》。

傳〇一章，莪，見《菁菁者莪》。〇《詩緝》：「《釋草》云：『蘩之配醜【二】，秋為蒿。』釋云：『醜，類也。言蘩蕭蔚莪之類，春始生，氣味既異，故名不同。至秋老成，則皆蒿也。』此說莪蒿甚明。蓋始生為莪，長大為蒿。為莪猶可食，為蒿則無用。喻父母生長我身，至于長大，乃是無用之惡子，不能終養。此孝子自怨其身之辭也。」〇養，子亮反。重，直用反。〇二章，菣，去刃反。《爾雅》：「蒿，菣。蔚，牡菣。」蓋蒿之類不一，菣則青蒿，牡菣則其無子者也，

【一】「上下」，金華叢書本、叢書集成本作「下上」。
【二】「配」，《爾雅注疏》卷十三無。

一名馬新蒿。○三章，《詩緝》：「缾以汲水，罍以盛水。缾小，喻子；罍大，喻父母。缾罄竭則罍無所資，為罍之耻，猶子窮困則貽親之羞也。」○四章，《詩緝》：「鞠、畜、育，皆養也，所從言之異耳。父生母鞠，此總言我身是父母所生養，下乃詳言父母之恩勤也。拊謂以手摩拊其首而防其驚，是初生之時。初生而言畜養，謂乳之也。長謂養之，稍長，則能就口食矣。稍長而言育養，謂哺之也。已而行戲於地，父母或去之，則回首以顧視之。復謂『顧之又顧』，是反覆不能暫捨，愛之之至也。在家容其行戲，或自內而出，或自外而入，未可令其自行，則抱之於懷，此曲盡父母愛子之情也。」「反覆」之「覆」，芳六反。○五章，《詩緝》：「孝子行役，念親之没，瞻南山之烈烈，感飄風之發發，觸目皆悲傷也。」○卒章，養，子亮反。○題下，魏邵陵厲公嘉平四年，詔胡遵、諸葛誕率衆攻吳東興，安東將軍司馬昭為監軍。吳諸葛恪敗之，死者數萬人。昭問曰：「今日之事，誰任其咎？」司馬王儀對曰：「責在元帥。」昭怒曰：「司馬欲委罪於孤邪？」遂斬之。子裒痛父非命，隱居教授，三徵七辟，皆不就。廬于墓側，旦夕常至墓所，拜跪悲號。讀《詩》至此，三復流涕。後司馬昭子炎簒魏為晉，裒終身未嘗西向而坐，以示不臣。

《大東》小四十九，變二十七：譚大夫嘆東國困役傷財。

經○二章，糾糾，見《魏・葛屨・傳》。○卒章，挹，酌也。

一章言上不恤下而賦役不均也，興。而言周道既平且直，在位之所行而小人之所效，此蓋借道路以喻王道也。今顧之而出涕者，以路而言則賦役由是而西，以王道而言則非先王之法矣。二章上四句傷於財，下四句困於役。三章欲得休息之意。四章言賦役不均，羣小得志，而中四句有傷財之意。五章言為西人所虐視而覬天之監，六、七章《傳》言已明。

傳○一章，簋，見《秦・權輿》。○毛氏：「飧謂黍稷。」疏：「禮之通例，皆簠盛稻粱，簋盛黍稷。」○疏：「《雜記》：『匕用桑，長三尺。』喪祭也。吉祭及賓客之匕則用棘。古之祭祀享食，必體解其肉之胖，既大，故須用匕。載之謂出於鼎，升之於俎也。」胖音判，牲之半體。〇《尚書》孔傳：「砥，細於礪，皆磨石也。」〇「涕下」之「下」，去聲。〇譚，見《衛·碩人》。〇二章，杼，梭也。緯音渭，勝音升。〇三章，幾，平聲。復，扶又反。艾音乂。〇五章，《晉·天文志》：「天漢起東方，經尾箕之間，謂之漢津。乃分為二道，其南經傳説、魚、天籥、天弁、河鼓，其北經龜，貫箕下，次絡南斗魁、左旗，至天津下而合南道【一】。乃西南行，又分夾匏瓜，絡人星、杵、造父、螣蛇、王良、傅路、閣道北端、太陵、天船、卷舌而南行；絡五車，經北河之南，入東井水位而東南行，絡南河、闕丘、天狗、天紀、天稷，至七星南而沒。」下凡言星，同出《晉志》。〇織女，三星，鼎峙而成三角，在天市垣北。〇疏：「《周禮》有市廛之肆，謂止舍處。十二次，日月所止舍，亦肆也。」〇更，古行反。〇六章，牽牛，六星，北方宿。〇疏：「《車人》言：『大車牝服二柯，又三分柯之二。』大車謂平地任載之車【二】。柯長三尺，此謂較，長八尺也。兩較之內為箱，是車內容物處。」柯音哥，較音角。〇疏：「庚，續也。日既入，明星長續日之明，故謂明星為長庚。」〇畢，八星，西方宿。〇疏：「言織之用緯，一來一去，是報反成章。今織女之星，駕則有西無東，不見倒反，是有名無成。」此說與《傳》少異。卒章，箕，四星，東方宿。二星為踵，二星為舌。〇南斗，六星，北方宿，在箕北。北斗，七星，其六在紫微垣內，其一在外。運乎天中，臨制四方。〇見，賢徧反。粃，卑几反。

《四月》小五十，變二十八：遭亂自傷。

經〇三章，飄，見《何人斯》。〇六章，瘁，殂醉反。〇箋：「仕，事也。」七章，箋：「翰，高也。」當作去

【一】原無「南道」二字，據張氏本、四庫本及《晉書》卷十一《天文志》補。

【二】「任載」，《毛詩正義》卷十三之一作「載任」。

聲讀。

此詩雖遭亂自傷，亦怨役使之不均也。前三章合而言，則自夏至冬，亂無已時。分而言，則首章亂及於身，歷夏三月，無所訴而呼其祖。二章百草皆病，以興無所歸。三章喻嚴暴之極，而役使不均。四章山之卉維梅、栗不變，在位者乃化為惡，何邪？五章水則有清時，我之禍乃無已。上章以山不變反興人之變，此章以水之變反興禍之不變。六章江漢滔滔者，南國且以為紀；而我躬為勞瘁，王乃曾不有我。七章非四者，而無所逃。卒章以山隰興君子作歌，以四物興告哀，此興之無義者也。

傳〇二章，腓，《釋文》：「房非反。」與《說文》合。《傳》作「芳非反」，恐誤。〇六章，江漢，見《周南・漢廣》。〇七章，疏：「《說文》云：『鶉【一】，鵰也。從鳥敦聲。』字異於鶉。」《釋文》：「字或作鷲。」《埤雅》：「鶉能食草，似鷹而大，黑色，俗呼為皁鵰。其飛，上薄雲漢。」〇《爾雅》：「鳶鳥醜，其飛也翔。」注：「布翅翱翔。」《埤雅》：「高飛曰翱，布翼不動曰翔。鳶，鈍者也，以風作之則高飛。」今《傳》云「鷙鳥」，本《說文》，又見《大雅・旱麓・傳》。〇鱣鮪，見《衛・碩人》。〇卒章，蕨薇，見《召南・草蟲》。〇杞，見《四牡》。枸檵音苟計。〇楝，所革反。《爾雅》：「白曰楝，赤楝則桋。」好，呼報反。〇輞音罔，車輪之牙。牙音訝。

右《小旻之什》

《北山》小五十一，變二十九：大夫行役。

經〇李氏：「《北山》之大夫不如《北門》之忠臣，《北門》之忠臣又不如《汝墳》《殷其靁》之婦人。」〇一章，

【一】「鶉」，《說文解字》卷四上「鳥」部作「鷻」。按，浦鏜云：「《說文》作『鷻』是也，《正義》下文可證。」

杞，即前篇之杞。〇四章，瘁，徂醉反。〇五章，李氏：「有棲遲於家而偃仰者。」棲遲，見《陳·衡門·傳》。

傳〇卒章，從，七恭反。

《無將大車》小五十二，變三十：行役勞苦憂思。　異

傳〇一章，疷，《釋文》：「都禮反。」亦訓病。

《小明》小五十三，變三十一：大夫行役，久不得歸。　異

經〇一章，涕，土禮反。〇二章，還，旬宣反。譴，詰戰反。〇三章，蕭，見《蓼蕭》。菽，大豆也。《詩記》：「采蕭穫菽，冬之事也。蕭所以祭，菽所以畜，不得有備，故憂之而感。」

詩言「其毒大苦」、「憚我不暇」，可謂甚矣。其三章乃曰「自貽伊戚」，不敢咎其上而祇自咎。其後二章，且告其友勤職事、親善人以忠其上，詩人之忠厚也。

傳〇一章，數，色主反。〇疏：「君子舉事尚早，故以朔為吉。《周禮》『正月之吉』，亦朔日也。」

三章，遺，唯季反。幾，平聲。

《鼓鍾》小五十四，變三十二：義未詳。或曰：「幽王流連於樂。」

傳〇一章，鍾，見《周南·關雎》。〇樂音洛。〇三章，《樂書》：「鼛鼓有筍簴，中高而兩端下。」〇見音現。〇卒章，琴瑟，見《周南·關雎》。笙，見《鹿鳴》。〇《周禮·考工記》：「磬氏為磬，倨句一矩有半。其博為一，股為二，鼓為三。參分其股博，去一以為鼓博；參分其鼓博，以其一為之厚。」注：「必先度一矩為句，一矩為股，而求其

弦。既而以一矩有半觸其弦，則磬之倨句也。」疏：「句，據上曲者；股，據下直者；弦，謂兩頭相望者。假令句股各一尺，今以一尺五寸觸兩弦，其句股之形即磬之倨句折殺也。」股者，磬之上；鼓者，其下所當擊者；博為一。假如黃鍾之磬股博四寸五分，股為二，則長倍之，為九寸；鼓為三，則鼓長一尺三寸五分。參分其股博，去一以為鼓博，則三寸也。參分其鼓博，以其一為之厚，則一寸也。倨音據，句音鉤，參音三。度，特各反。殺，所界反。○籥，瘁舞，見《邶·簡兮》。

《楚茨》小五十五，變三十三：公卿有田禄者，力農奉祭。異

此下十詩皆正雅錯脫。

經○《語録》：「《楚茨》精深宏博，如何做得變雅？」○問：「《楚茨》以下四篇，先生謂即豳雅。反覆讀之，其辭氣與《七月》《載芟》《良耜》等篇相類，無可疑。然又以為述公卿力農奉祭，則恐未然。蓋周自后稷以農事肇祀，其詩未嘗不惓惓於此，今以為豳風、豳雅者皆是也【一】。古人未有不先於民而後致力於神者，恐不必專指公卿。」答曰：「此諸篇在《小雅》【二】，而非天子之詩，故正得以公卿言之，蓋皆畿内諸侯矣。」○此詩意趣宏博，辭氣縱逸，語緒參差，非他詩比。讀之茫然不知其際，久之始見其端倪。蓋一章謂勤於稼穡，所入者盛，得以為祭祀之具。二章言牲體之絜。三章言俎豆之盛，又皆言神享而降福。四章祝致神語，五章送神而起下章燕宗族之端，卒章宗族燕而祝君壽福也。

一章，棘，見《邶·凱風》。○黍稷，見《王·黍離》。

傳○一章，疏：「蒺藜，布地蔓生，細葉，子有三角刺。」○箋：「伐蒺藜與棘。茨言楚楚，棘言抽，互辭也。」

【一】「雅」，《晦庵集》卷五十二作「頌」。

【二】「在」，金華叢書本、叢書集成本作「皆」。

○疏：「庾是未入倉者，故曰露積，言露地積聚之也。」○《儀禮·特牲饋食禮》：「前期三日之朝，筮尸。命筮曰：『孝孫某，諏此某事，適其皇祖某子，筮某之某為尸，尚饗！』」注：「某之某者，字尸父而名尸。大夫、士以孫之倫為尸。」疏：「凡尸筮無父者，祭祖用孫列，皆取於同姓之適孫也。天子、諸侯取卿大夫有爵者，謂之公尸。大夫、士皆取無爵者，無問成人與幼，皆得為之；孫幼則使人抱。」又《少牢饋食禮》：「筮尸命曰：『孝孫某，來日丁亥，用薦歲事于皇祖伯，某妃配某氏，以某之某為尸，尚饗！』」特牲，士之祭禮也；少牢，大夫之祭禮也。食音嗣。諏，子須反。「適孫」之「適」音的。少，失召反。○奠謂祭日，主人、主婦陳設實鼎及豆籩盤匜等。○祝迎尸于廟門外，主人降立於阼階東，西面。尸入門左，北面盥，升自西階。主人升自阼階。祝先入，主人從尸。升筵，祝、主人西面立于户内。祝、主人皆拜妥尸，尸不言答拜，遂坐。○尸祭乃食三飯，告飽侑。曰：「皇尸未實侑。」尸又食，不飯告飽。主人不言，拜侑，尸又三飯。此上並《儀禮·特牲》《少牢》二篇，有不同，今約取其文。○「神坐」之「坐」，去聲。○二章，烝嘗，宗廟之祭名。嘗，嘗新穀也；烝，進品物也。《詩記》：「自黍稷成為酒醴至其為祭，乃烝嘗之時也。」○《爾雅·疏》：「祊本廟門之名，設祭於廟門，因名其祭曰祊。凡祊有二種：一是正祭之時既設於廟，又求神於廟門之内，《郊特牲》『索祭祝於祊』及《詩》『祝祭于祊』是也；二是繹祭之時於廟門外。是廟門内外皆有祊稱。」《詩·疏》：「知門内者，以正祭之禮不宜出廟門，門内得有待賓客之處者。聘禮、公食大夫皆行事於廟。其待之迎於大門之内，則天子之禮焉。」《詩記》：「凡祭，裸鬯求諸陰，焫蕭求諸陽。索祭祝於祊，求於陰陽之間。魂氣無不之，無不在，求之不可一所，故祝祭於祊，而祀事所以孔明。」食音嗣。焫，如悅反。號，去聲。○三章，毛氏：「爨，饔爨、廩爨也。」疏：「饔爨以煮肉，在門東南北上。廩爨以炊米，在饔爨之北。」○疏：「燔，火燒之名。炙者，遠火之稱。以難熟者近火，易熟者遠之。」○從，才用反。《詩記》：「『為俎孔碩』，謂薦熟也；『或燔或炙』，謂從獻也。鄭氏合為一事，誤矣。」○疏：「從獻，謂既獻酒，即以此燔炙從之，而置之在俎也。」○疏：「《有司徹》云：『宰夫羞房中之羞，司士羞庶羞。』注云：『房中之羞，其籩則糗餌粉餈，其豆則酏食糝食。庶羞，羊臐豕膮，皆有胾醢。房中之羞，内羞也。』」徹，直列反。糗，去九反。餌，而志反。餈，作姿反。二物皆粉稻米、黍米所為，合蒸曰餌，餅之曰餈。糗者，擣粉熬大豆也。為餌餈之黏著，故以粉糗搏之也。酏，以支反。食音寺。糝，素感反。酏食者，酏⿱衍食也。取稻米溲之，小切狼臅膏以為⿱衍食。臅膏，臆中膏也。糝食者，取牛、羊、豕三肉，等分，小切之，與稻米一肉一合，以為餌，煎之也。臐音熏。膮，虚驕反。二物皆臛也，香美之名。臛，羹類也。胾，側吏反，大臠也。醢音海，肉醬也。黏音拈。著，直略反。搏音團。⿱衍食與饘同。臅，昌蜀反。臛，黑各反。○盛，平聲。「賓飲」、「復飲」之「飲」，去聲。復，扶又反。○少，式照反。長，陟丈反。○四章，《左氏傳·定元年》：「叔孫成子逆昭公之喪于乾侯，子家子不見，叔孫易幾而哭。」注：「幾，哭會也。不見叔孫，故朝夕哭不同會。」○予，羊主反。女音汝。○嘏，見《天保》。○五章，注「利」，養也；「成」，畢也。言孝子之養禮畢。養，去聲。○去，起吕反。○卒章，與音預。

《信南山》小五十六，變三十四：同《楚茨》。異

經○吳正傳：「一章疆理修，二章雨雪時，三章黍稷盛，四章菜菹具，五章犧牲備，六章祀事成。」

傳○一章，終南，見《秦·終南》。○辟音闢。重，直龍反。壟音隴。○《周禮》土田之制，鄉遂用溝洫法：百畝為夫，夫間有遂，十夫有溝。都鄙用井田法，謂王城二百里至五百里，公卿大夫采地及畿内諸侯也：百畝為夫，夫間有遂，九夫為井，井間有溝。凡遂，在田首。鄉遂以東西為畝，則遂從而溝横。都鄙以南北為畝，則遂横而溝從。遂則深廣各二尺，溝則深廣各四尺也。此《傳》謂「順其地勢水勢」，則南東之説不盡如《周禮》。○二章，霡，亡革反，類隔切，今易莫獲反。○四章，酢即今醋字，又見《召南·摽有梅》。《説文》徐鍇注：「菹，以米粒和酢，以漬菜也。」漬，疾賜反。○《詩記》：「《後漢》注春秋井田：『記人受田百畝，公田十畝。廬舍在内，貴人也；公田次之，重公也；私田

在外，賤私也。』」○五章，《周禮》《禮記》經注疏：「秬，黑黍也，釀以為酒。鬱金香草葉，十葉為貫，百二十貫為築，以煮之鐎中而和秬鬯，謂之鬱鬯。」又曰：「暢臼以椈，杵以梧。」「椈，柏也；梧，桐也。以柏香桐潔白，用擣鬱鬯，於神為宜。」鐎，子遥反。○疏：「鸞即鈴也，謂刀環有鈴，其聲中節。故《郊特牲》曰：『割刀之用而鸞刀之貴。』貴其義也。聲和而後斷，是中節也。」中，陟仲反。斷，丁亂反。○疏：「膋，腸間脂也。」焫，如悅反。羶音馨，薌音香。

《甫田》小五十七，變三十五：公卿有田禄，祭方社田祖。　異經○《詩記》：「此詩後二章皆述前二章之意。三章所言述首章公適南畝勞農之事，故曰『曾孫來止』、『田畯至喜』。四章所言述二章以御田祖祈福之事，故曰：『報以介福，萬壽無疆。』自『曾孫之稼』以下，所謂大福也。」○三章，田畯，見《豳·七月》。

傳○一章，箋：「歲取十千，於井田之法則一成之數也。九夫為井，井税一夫，其田百畝。井十為通，通税十夫，其田千畝。通十為成，成方千里，成税百夫，其田萬畝。欲見其數，從井、通起，故言十千。」○疏：「《前漢·食貨志》：『后稷始甽田，以二耜為耦，廣尺深尺曰甽，長終畝。一畮三甽，一夫三百甽，而播種於甽中。苗生葉以上，稍耨壠草，因壝其土以附苗根。比盛暑，壠盡而根深，能風與旱。』『附根』即『雝本』也。」甽亦作畎。畮，古畝字。上，時掌反。耨，奴豆反，鉏也。壝，愈水、以醉二反。案：《志》本作隤，音頹。注謂：「下之也。」能讀曰耐，雝音壅。○與，去聲。○齊暱，近也。秀民，民之秀出者。賴，恃也，「野處而不暱」，《管子·小匡》篇作「模野而不慝。」注謂：「質朴而野，不為姦慝也。」○「以食」之「食」音嗣，腐音父。復，扶又反。勞，去聲。○二章，疏：「社者，五土之神，能生萬物者，以古之有大功者配之。《祭法》：『共工氏之霸九州也，其子曰后土，能平九州，故祀以為社。』

《左傳》：『共工氏有子曰句龍，為后土。土，官之名也。死，以為社神而祭之。』故曰：『句龍為后土。』後轉為社，故世人謂社為后土。后土者，地之大名也。《傳》謂『履后土而戴皇天』是也。句龍職主土地，故謂其官為后土。」愚案：疏意謂后土有二，名同實異。社則祭五土之神，而以句龍配，非祭天地也。共音恭，句音鉤。○疏：「《曲禮》：『天子祭四方，歲徧。』注：『謂祭五官之神於四郊。句芒在東，祝融、后土在南，蓐收在西，玄冥在北。』又《大宗伯》注：『四時迎五行之氣於郊，而祭五德之帝，亦食五官之神。少昊氏子曰重，為句芒，食於木。該為蓐收，食於金。修及熙為玄冥，食於水。顓頊氏子曰黎，為祝融、后土，食於火、土。』是黎兼二祀也。后土轉為社故。《曲禮》言歲徧，常祀也。此秋成報功則總祭，故并言四方。」句音鉤，芒音亡。重，平聲。顓音專。頊，許玉反。○「羅弊，致禽以祀祊」，《大司馬》文。此作「獻禽」，恐誤。彼注云：「羅弊，罔止也。秋田主用罔，中殺者多也，皆殺而罔止。祊當為方，聲之誤也。秋田主祭四方，報成萬物。」疏：「祊是廟門外。」祊，必彭反。今因秋田而祭，當是祭四方神，故云誤。秋物成，四方神之功，故報祭之。○《禮記》注：「先嗇，若神農者。」疏：「若是不定之辭，以神農比擬，故云若。種曰稼，斂曰嗇。不云稼而云嗇者，取其成功收斂，受嗇而祭也。」斂，去聲。○《周禮》注：「祈年，祈豐年也。田祖，始耕田者，謂神農也。《豳雅》亦《七月》也，《七月》有『于耜』、『舉趾』、『饁彼南畝』之事。謂之雅者，以其言男女之正。田畯，古之先教田者。」愚案：此傳田畯與經三章田畯不同，傳以神言，經以人言也。《豳雅》說詳見《豳風》總結題。○《禮運》：「蕢桴而土鼓。」注：「蕢讀為凷，聲之誤也。凷，堛也，謂摶土為桴也。土鼓，築土為鼓也。」《樂書》謂：「土鼓之制，窪土而為之。故《禮運》言土鼓，在乎未合土之前，與壺涿氏炮土之鼓異矣。」愚案：炮土之鼓，瓦鼓也，即《籥章》注杜子春謂「土鼓以瓦為匡，以革為兩面，可擊」者也。」《禮運》鄭注之意，則謂窪土為坎，而以土凷，築之有聲，以為歌節，即《明堂位》所謂「土鼓蕢桴葦籥，伊耆氏之樂」者也。伊耆，古天子之號，于時未有炮土之器，故其制如此。此蓋樂之始也。蕢，苦對、古怪二反。桴音浮，讀作孚者，誤。凷與塊同，苦對反。堛，普逼反。摶，徒端反。窪，烏瓜反。合音閤。涿，陟角反。〇三章，治，直吏反。〇卒章，《詩緝》：「未刈之禾曰稼。其稼在田，由高處視之，則稼在下而見其密，故如屋茅；由平處視之，則稼在上而見其高，故如橋梁。若高處見其疏，平處見其低，則禾薄矣。露積之禾曰庾。其庾在野，隨意堆積。有平而高者，如水中高地之坻；有卓絶而高者，如高丘之京。稼則未刈，庾則刈而未入倉。於是求倉貯之，求車載之。」

《大田》小五十八，變三十六：農夫頌美其上，答前篇意。　異

傳〇一章，「種之」之「種」，去聲，餘皆上聲。〇《詩緝》：「多稼者，或宜高燥，或宜下濕，或利先種，或利後種，故擇其種。」先種、後種，去聲；其種，上聲。耜，見《豳·七月》。〇二章，疏：「房謂米外之房，米生於中，若人之房舍。孚者，米外之粟皮。甲者，以在米外，若鎧甲也。」孚與稃同。鎧，苦改反。〇《釋文》：「童，梁草也。」《說文》：「稂作莨，云稂，或字也。禾粟之秀，生而不成者，謂之童莨。」〇莠，見《齊·甫田》。〇疏：「螟，似蚸蚄而頭不赤，螣蝗也。蝨，或云螻蛄賊，似桃李中蠹蟲。赤頭，身長而細。」蚸蚄音子方，螻蛄音樓姑。〇去，上聲。為、使，皆去聲。瘞，於曳反。〇三章，《詩記》：「穉，謂穗之低小，刈穫所不及者。穧，謂刈而遺忘，束縛所不及者。秉，謂束而輂載所不盡者。滯，謂成而折亂，秉穫所不通者。」

《瞻彼洛矣》小五十九，變三十七：諸侯美天子。　異

經〇《語録》：「問：『《瞻彼洛矣·傳》以為諸侯美天子之詩。今考其間有作六師之言，則其為天子之事審矣。然祈頌之語則不過「保其家室」、「家邦」而已，氣象頗陋，反若天子告諸侯者。』答曰：『「家室」、「家邦」亦趁韻耳。天子以天下為家，言「家室」何害？又凡言「萬年」者多是臣祝君之辭，《詩》多有酬酢應答之篇，《瞻彼洛矣》是

臣歸美其君，「君子」指君也。想當時朝會于洛水之上，而臣祝其君如此。』」

傳〇一章，《書》蔡氏傳：「《地志》：『洛水出弘農郡上洛縣冢領山。』《水經》謂之讙舉山，今商州洛南縣也。至河南鞏縣入河。」〇《爾雅》：「茹藘，茅蒐。」注：「今之蒨也，可以染絳。」疏：「一名地血，齊人名茜，徐州名牛蔓。」茹音如，藘音閭。蒐，所留反。蒨、茜，同倉甸反。韓【一】，見《曹・候人》。〇《周禮》：「司服掌王之吉凶衣服，辨其名物與其用事。凡兵事，韋弁服。」注：「以靺韋為弁，又以為衣裳，《春秋傳》『靺韋之跗注』是也。」疏：「靺是蒨染，謂赤色也。」〇二章，鞘音肖。毛氏：「天子玉琫而珧珌，諸侯璗琫而璆珌，大夫鐐琫而璆珌，士珕琫而珕珌。」疏：「名為琫珌之義未聞。天子、諸侯琫珌異物，大夫、士則同，尊卑之差也。天子玉琫，玉是物之至貴者。蜃謂之珧【二】，蜃甲所以飾物也，形似琫。黄金謂之璗，美者謂之鏐，紫磨金也。白金謂之銀，美者謂之鐐。珕，蜃屬，而不及於蜃。故天子用蜃，士用珕。《毛傳》定本及《集本》皆以諸侯珌璆【三】，字從玉，又以大夫璆珌，恐非。」愚案：朱子以此詩言天子，則是飾鞞用玉琫珧爾。珧音摇。璗，徒黨反。璆音求，玉也。鐐音遼，鏐音留。珕，力計反。蜃，是忍反。蜯，步項反。

《裳裳者華》小六十，變三十八：天子美諸侯，答《瞻彼洛矣》。

異經〇一章，譽處，見《蓼蕭・傳》。〇三章，駱，見《四牡・傳》。沃若，見《皇皇者華・傳》。

右《北山之什》

【一】「韓」，張氏本作「韠」，《诗集傳》作「鞸」。
【二】「珧」，張氏本作「珌」。
【三】「集本」，《毛詩正義》卷十四之二作「集注」。

《桑扈》小六十一，變三十九：天子燕諸侯。異

經○卒章，箋：「兕觥，罰爵也。王與羣臣燕飲，上下無失禮者，其罰爵徒觩然陳設而已。」○柔，見《周頌・絲衣・傳》。

一章頌之也，二章戒之也，三章、四章戒而頌也。謙虚逮下之意盈溢於言辭之間，太平盛世之詩也。

傳○一章，竊脂，見《小宛》。○二章，《王制》：「千里之外，十國以為連，連有帥；二百一十國以為州，州有伯。」帥，所類反。○卒章，觩，見《周南・卷耳》。

《鴛鴦》小六十二，變四十：諸侯答《桑扈》。異

傳○一章，箋：「匹鳥，言其止則相耦，飛則為雙，性馴耦也。」○疏：「罔小而柄長謂之畢，則執以掩物。鳥罟謂之羅，則張以待鳥。」○二章，倒音到。○三章，莝與摧同。《説文》：「莝，斬芻也。」秣，食馬穀也。食音嗣。

《頍弁》小六十三，變四十一：燕兄弟親戚。異

傳○賦而興，章首二句也。比則七八兩句，餘則皆賦也。○一章，皮弁，見《衛・淇奥》。○二章，何期，傳與箋同云：「猶伊何。」《釋文》：「期音基。」○卒章，疏：「《大戴禮》：『曾子云：「陽之專氣為霰，陰之專氣為電【一】。盛陽之氣在雨水則温暖，為陰氣薄而脅之，不相入則摶為電也【二】。盛陰之氣在雨水則凝滯而為雪，陽氣薄而脅之，不相入則消散而下，因水為霰。」』是霰由陽氣所薄而為之，故言遇温氣而摶也。」《釋文》：「摶，徒端反。」

【一】「電」，《毛詩正義》卷十四之二作「雹」，當以《正義》爲是。
【二】「電」，《毛詩正義》卷十四之二作「雹」，當以《正義》爲是。

《車舝》小六十四，變四十二：燕樂新昏。　異

經○二章，《語録》：「《列女傳》引《詩》『辰彼碩女』作『展彼碩女』。」○三章，幾，平聲。○四章，鮮我，見《北山·傳》。○五章，《語録》：「高山、景行使是那人。」

傳○一章，舝，見《邶·泉水》。○迎，魚敬反。○二章，《爾雅》諸雉有「鷮雉」，注：「即鷮雞也。」陸璣疏：「微小於翟，走而且鳴，音鷮鷮然。色如雌雉，尾如雉尾而長。頭上有肉冠，冠上叢毛，長數寸，如雄雉尾角。」《埤雅》：「雉之健者為鷮，尾長六尺。」翟音狄。○四章，柞，見《唐·鴇羽》。○卒章，好，去聲。鄉音向。《表記》注：「廢喻力極罷，頓不能復行，則止也。」罷音皮。

《青蠅》小六十五，變四十三：戒王聽讒。

經○《詩記》：「蛆蟲所變而成者，青蠅也。其飛則聲營營然，亂人之聽。其止於物則穢敗之，又從而生蛆，復變為蠅，其穢敗於物無有紀極也。」又曰：「青蠅，穢不潔之物，驅之使去而復還。以比小人態狀可惡，而又難遠。」又曰：「『營營青蠅，止于樊』，行且至于几席盤杅之間矣，蓋憂之也。」

傳○一章，好，呼報反。

營營者，青蠅之聲也；變白黑者，青蠅之性也。見其飛之營營，則知其必變白黑矣；聽小人之讒，則知其亂是非矣。傳上言亂人聽，下言變白黑，意蓋如此。

卒章，榛，士巾反，木叢生也。《毛傳》：「所以為藩也。」《釋文》「一音側巾反」者，誤，小栗也。

《賓之初筵》小六十六，變四十四：衛武公飲酒悔過。　異

經〇李氏：「篇首既曰『賓之初筵』，三章又曰『賓之初筵』。首章言古之飲酒，其禮如此，而飲酒之後亦如此。三章言今之飲酒，其禮如此，而飲酒之後不如此也。」〇卒章，式，見《邶·式微·傳》。

《傳》謂一章言因射而飲，二章言因祭而飲，是言古飲酒之禮也。三章以下，則今飲酒之失也。三章言飲而未醉，則威儀中適；醉而不止，則喪敗其威儀。四章言飲當知止，而戒其謹威儀。五章言飲不可至醉，而戒其謹言語。

傳〇一章，疏：「鋪陳曰筵，藉之曰席。筵、席通也。」〇即，就也。〇《禮》注：「大射，謂祭祀射。王將有郊廟之事，以射擇諸侯及羣臣與邦國所貢之士可以與祭者，容比禮，節比樂，而中多者得與於祭。諸侯及卿大夫將祭其先祖，亦與羣臣射以擇之。凡大射，各於其射宮。」〇《儀禮·大射禮》：「樂人宿縣于阼階東，笙磬西面，其南笙鍾，其南鑮，皆南陳。建鼓在阼階西，南鼓。應鼙在其東，南鼓。西階之西，頌磬東面，其南鍾，其南鑮，皆南陳。一建鼓在其南，東鼓。朔鼙在其北。一建鼓在西階之東，南面。簜在建鼓之間。鼗倚於頌磬西紘。」注疏：「笙猶生也，東為陽中，萬物以生，是以東方鍾磬謂之笙也。鐘磬同十六枚而在一簴。鑮如鍾而大，奏樂以鼓鑮為節。建猶樹也，以木貫而載之，樹之跗也。南鼓，謂所伐面也。應鼙，應朔鼙也。先擊朔鼙，應鼙應之。鼙，小鼓也。頌，古文為庸，言成功曰頌。西為陰中，萬物之所成，是以西方鐘磬謂之頌。朔，始也。奏樂先擊西鼙，樂為賓所由來也。鐘不言頌，鼙不言東鼓，義同。建鼓南面者，諸侯軒縣，合有三面，為辟射位，闕北面，無鐘磬鑮，直有一建鼓而已。簜，竹也，謂笙簫之屬，倚於堂。鼗如鼓而小，有柄。賓至，搖之以奏樂。紘，編磬繩也。鼓鼗於磬西，倚于紘也。」縣音玄，鑮音博。應，於證反。鼙，部迷反。簜，待朗反。鼗，徒刀反。紘音宏。簴音巨。跗音夫。辟與避同。今案：大射禮，諸侯禮也，故陳樂皆言諸侯。〇《大射禮》：「賓至，主人獻賓，賓酢主人；主人獻公，公酢主人。主人酬賓，坐祭，飲卒爵，降洗，酌膳，送爵。賓坐祭，酒遂奠於薦東。」注：「酬酒不舉，主人宰夫也。」〇《禮》注：「侯，所謂射布也。天子中之，能服諸侯；卑者中之，得為諸侯。」〇《通解》：「《鄉射記》：『凡侯，天子熊侯白質，諸侯麋侯赤質；大夫布侯，畫以虎豹；士布侯，畫以鹿豕。』注疏：『此所謂獸侯也，燕射則張之。白質、赤質，皆謂采其地。白以蜃灰塗之，赤亦以赤塗之，其地不采者白布也。熊麋、虎豹、鹿豕，皆正面畫其頭象於正鵠之處，君畫一，臣畫二，陽奇陰耦之數也。』」朱子案《周禮・梓人》，有皮侯、采侯、獸侯，說見《齊・猗嗟》。畫，胡卦反。蜃，時忍反。正鵠，上音征，下古毒反。〇《禮書・司裘》：「於王共虎侯、熊侯、豹侯，諸侯共熊侯、豹侯，卿大夫共麋侯，皆設其鵠，此大射之侯也。大射，量人量侯道以貍步。大侯九十，參七十，干五十。」《鄉射記》：「侯道五十弓，弓二寸以為侯中，倍中以為躬，倍躬以為左右舌，下舌半上舌。」夫王之虎侯謂之大侯，諸侯熊侯亦謂之大侯。諸侯大侯九十，參七十，干五十。則天子虎九十弓，熊七十弓，豹五十弓可知。豹五十弓，則麋亦五十弓可知。先儒謂弓之下制六尺，則九十弓者五十四丈，七十弓者四十二丈，五十弓者三十丈。弓二寸以為侯中，則九十弓者中丈八尺，七十弓者中丈四尺，五十弓者中十尺。侯中廣崇方，則五十弓之侯用布五幅，長丈，則中之布方丈矣。倍中以為躬，則上躬、下躬各二丈矣。倍躬以為左右舌，下舌半上舌；則上左右舌布四丈，而出躬各一丈；下左右舌布三丈，而出躬各五丈矣。鄭氏謂半者，半其出於躬是也。《鄉射記》曰：「侯道五十弓，射人若王大射，則以貍步，張三侯。大射，量人以貍步量侯道。」蓋貍善搏者也，行則止而擬度焉，其發必獲。大射擇士，欲其能擬度而獲也，故以貍步。非大射則弓而已，弓之下制六尺，貍再舉足亦六尺，其為步同，其所用異也。古者制度取於身而器用生於類，故侯道生於弓而侯中亦生於弓。十弓者，侯道之所始也。故五十弓之侯，其上則象人八尺之臂，五八四十而用布四丈；其下則象六尺之足，五六三十而用布三丈。中其身也，上下其躬也，躬之左右出者舌也。持舌者綱籠。綱者，縜也，其不及地者，武而已。則下綱其足也，武其足迹也，中人之迹尺二寸。則侯之制度取於身，可謂備矣。共音恭。參讀為糝，雜也。干讀為豻，豻飾也。胡，大也。「擬度」之「度」，待洛反。縜，于貧反，持綱紐。〇又曰：《射義》：「天子將祭，必先習射於澤。澤者，所以擇士也。已射於澤，而后射於射宮。射中者得與於祭，不中者不得與於祭。」天子澤宮，西郊小學也；諸侯澤宮，郊之大學也。《司裘》：「天子大射三侯：虎侯侯道九十弓，侯中道丈八尺，鵠方六尺；熊侯侯道七十弓，侯中丈四尺，鵠方四尺六寸有奇；豹侯侯道五十弓，侯中十丈，鵠方三尺三寸有奇。」鄭氏謂：「王之大射，王射虎侯，諸侯助祭者射熊侯，卿、大夫、士助祭者射豹侯。天子、諸侯與其臣大射，賓射皆異侯，而燕射與其臣則同侯。異侯所以辨等，同侯所以一驩也。凡侯面北，西方謂之左，其張而未射也。不繫左下綱，中掩束之，及射則說束，遂繫左下綱。」與音預，奇音羈。「侯中」之「中」，如字，餘並張仲反。說音脫，下同。○《大射禮》：「司射告曰：『大夫與大夫，士御於大夫。』誓曰：『公射大侯，大夫射參，士射干。卑者與尊者為耦，不異侯。』遂比三耦。」注疏：「御，侍也。大夫與大夫為耦，不足，則士侍於大夫以備賓。耦，與君為耦，同射大侯；士與大夫為耦，同射參侯；别侯則非耦也。比，選次之也。大射、賓射，天子三侯六耦，畿内諸侯二侯四耦，畿外諸侯三侯三耦。諸侯畿内外各有一申一屈也。燕射則天子、諸侯同一侯三耦，以燕私屈也。若卿、大夫、士，例同，一侯三耦。」○「上耦出次，西面揖。進並行。當階北面揖，及階揖。升堂履物，而射拾發以將乘矢。卒射，揖，降，釋弓說決拾，襲，反位。三耦卒射，亦如之。遂比衆耦，命衆耦，如命三耦之辭。」注疏：「凡射者皆袒、決、拾，故畢而說之。」「拾發」之「拾」，其劫反，更也。乘，時證反。乘矢，四矢也。○「射畢，設豐于西楹西。勝者之子弟洗觶，升酌散，奠于豐上。三耦及衆射者勝者皆袒、決、遂，執張弓。不勝者皆襲，說決拾，卻左手，右加弛弓於其上，遂以執弣。一耦出，揖如升射。勝者先升堂，不勝者北面坐，取豐上之觶，與【一】，立卒觶，坐奠于豐下。不勝者先降，反位。至衆耦皆如之。」觶，支義反，三升爵。弣音撫，弓把中。○今案：大射禮，諸侯之禮也。凡天子、卿、大夫，皆諸儒推言之。○「其中」之「中」，如字，餘並陟仲反。比，毗志反。○二章，籥，見《邶・簡兮・傳》。○疏：「尸，尊神之象，子孫敢獻之，是其能也。」○《釋文》：「斠音俱，挹取酒也。」○疏：「『佐食，賓佐尸食者也。』謂於賓客之中取人，令佐主人為尸設饌食之人，

【一】「與」，《儀禮注疏》卷十八作「興」，當以「興」為是。

名曰佐食。《特牲》佐食一人，《少牢》佐食二人，未知天子、諸侯當幾人也。」○復，扶又反。○疏：「《特牲》三獻之後，『長兄弟洗觚為加爵』。又曰：『衆賓長為加爵。』注云：『大夫三獻而禮成。多之者為加。』是賓手把酒，室人復酌為加爵也。」「復酌」，《傳》作「復爵」，恐誤。○《明堂位》注疏：「崇，高也。康，舉也。為高坫，受賓之圭，舉於其上也。」○三章，數音朔。媟，息列反。○四章，讙，呼端反。○五章，解，居隘反。「反為」之「為」，去聲。女音汝。

《魚藻》小六十七，變四十五：天子燕諸侯，而諸侯美天子。　異

經

「豈樂飲酒」、「飲酒樂豈」，固易韻以反覆其辭，然其意亦疑有異。上章樂而飲酒，樂四方和平、諸侯賓服也。下章飲酒而樂，樂禮儀既備、人情洽和也。

傳○一章，《地理考異》：「今京兆長安縣昆明池北鎬陂。」《郡縣志》：「周武王宮即鎬京也，在京兆府長安縣西北十八里。自漢武帝穿昆明池，鎬京遺址淪陷焉。」

《采菽》小六十八，變四十六：天子答《魚藻》。　異

經

首章總言其來朝，二、三章敘車馬衣服之盛，四、五章則頌之也。一章車馬衮黼，封爵所命者也。二章車旂和鸞，今所乘而來者也。三章則言謹其禮服、肅其儀度，而天子予之。予之，猶言稱許之也；既與之，則復命之，而申其福禄矣。四章言柞之有榦而枝，有枝則蓬蓬其葉，猶

天子之有諸侯也。故此可樂之君子，則為天子鎮守邦國之臣，而萬福之所同集。君既忠其上，則左右之人亦平平相率而從其君矣。又言汎汎楊舟則以紼而纚維之，可樂之君子，則天子必揆度而厚其福禄，則其君優游於是為至矣。後兩章皆期望以慰其心，誘掖以堅其志也。屢言天子者，非天子所自言，主於歌者而言之也。

傳○一章，菽，見《豳·七月》。○《禮》注疏：「金路、象路，以金、象飾諸末。」謂「凡車上之材，於末頭皆飾之」。○晝，胡卦反。刺，七亦反。鷩，必列反。毳，尺鋭反。絺，陟里反。盛，平聲。好，去聲。○二章，疏：「正出，涌出也，水泉從下上出曰涌泉。」○《埤雅》：「芹，水菜，一名水英。《爾雅》謂之楚葵，潔白而有節，其氣芬芳，而味不如尊之美。故《列子》以為客有獻芹者，嘗之，蜇於口、慘於腹也。」蜇音浙。○三章，脛，胡定反。縢，徒登反。齊，側皆反。○疏：「《乾鑿度》注云：『古者田漁而食，因衣其皮。先知蔽前，後知蔽後。後王易之以布帛，而猶存其蔽前者，重古道，不忘本也。』」餘見《曹·候人》及《斯干》。○卒章，綍音律。度，徒各反。

《角弓》小六十九，變四十七：刺王不親九族，好讒佞。

經○五章，《詩緝》：「讒人乘間而入，指馬為駒，顛倒是非，不顧忌其後。讒言無實，久則自敗，而小人不恤也。」○六章，《詩緝》：「讒人為惡如猱升木，本自能之，無所事教。王又信任之，是教猱升木也。」《詩記》：「小人樂於不善，而王又益之以不善之教，是以塗。」塗，附也。○末章，《詩記》：「粲然有文以相接，驩然有恩以相愛，中國之道也。中國道盡，則『如蠻如髦』，是謂大亂，故『我是用憂』也。」

前四章刺不親九族，後四章刺好讒佞。二章二「民」字所指微有不同，上「民」字即兄弟昏姻也，下「民」字衆民也。王既遠其兄弟昏姻，則彼亦如是而遠王矣。王以薄德教其下，則下民莫不傚傚，皆各遠其兄弟昏姻矣。然民之上智不可移，故兄弟之令善者不變，其質之不善者則又習於不善而交相為病矣。四章謂民之不善也，各持其一偏以相怨悔，不能存恕自反。專以怨為己任【一】，為之而不疑，若酬酢之受爵而不加遜讓。怨人者人亦怨之，怨之所歸，禍之所集，故至於亡身也。五章言讒人顛倒是非，固無所顧忌，而王聽之無厭，惟恐不言。猶之食，食之必宜於飽，如酌之甚取其多，則讒者計行而愈有以增益其勢。故下章有教猱塗附之說也。

「式居婁驕」者，謂用此以居之，則婁生其驕慢耳。婁驕之辭氣猶《論語》言屢憎也。

傳〇一章，疏：「《冬官》以六材為弓，謂幹、角、筋、膠、絲、漆也。又曰：『角之中，恒當弓之隈。』隈謂弓之淵。角之中央與淵相當。」〇好，去聲，下同。〇五章，勝音升。憊，蒲拜反。〇六章，獼猴音彌侯。著，直略反。〇七章，「瀌，符驕反」，從《釋文》。此類隔，而訛者今改必驕反。〇長，上聲。

《菀柳》小七十，變四十八：王者暴虐，諸侯不朝。

傳〇一章，幾音機，朝音潮。〇《戰國策》：「魯仲連曰：『齊威王率天下諸侯而朝周。周貧且微，諸侯莫朝，而齊獨朝之。居歲餘，周烈王崩，齊後往。周怒，赴於齊，曰：「天崩地坼，天子下席，東藩之臣因齊後至，則斮。」』」斮，側略反，斬也。〇二章，分，扶問反。

右《桑扈之什》

【一】「恕」，原作「恕」，據張氏本改。

《都人士》小七十一，變四十九：亂後思昔日都邑人物之盛。　異

傳〇一章，《詩記》：「都人士，《喪服傳》所謂都邑之士，所以別野人也。」《詩緝》：「士，對女而言，謂男子也。」〇疏：「狐色不等，若狐白，非君不服；狐青及小而美者，可以供公子；若黄狐及麤惡者，庶人亦服之。《玉藻》『犬羊之裘不裼』，庶人無文飾也。此狐裘亦不裼，故曰狐裘色也。」〇復，扶又反。〇二章，臺，見《南山有臺・傳》。〇夫音扶。〇箋：「以臺皮為笠。」疏：「笠本禦暑，因可禦雨。前裘則冬所衣，此笠則夏所用。」衣，去聲。〇疏：「《玉藻》云：『始冠緇布冠，自諸侯下達，冠而敝之可也。』此應始冠而敝。今都人以為常服者，士以上冠而敝之，庶人則雖得服委貌因而冠之，而儉者服緇布。」〇《說文》：「綢，密也。」《詩緝》：「言其髮美。」《解頤新語》：「其首飾綢直，一如髮之本然，謂不用髮髢為高髻之類。」〇三章，充耳琇，見《衛・淇奥・傳》及《鄘・君子偕老》。〇瑱，吐電反。〇姞，巨乞反。〇疏：「《節南山》：『尹氏大師。』《常武》：『王謂尹氏。』昭二十三年，尹氏立王子朝。是其世為公卿。《韓奕》：『為韓姞相攸。』宣三年《左傳》云：『姬、姞耦，子孫必蕃。姞，吉人也，后稷之元妃也。』言姬、姞耦，明為舊姓，以此知尹亦有婚姻矣。既世貴舊姓，昏連於王室，家風不替，是有禮法矣。」〇四章，疏：「厲，垂帶貌。《禮》：『大帶垂三尺。』」〇《釋文》：「長尾為蠆，短尾為蝎。」螫音釋。〇揵，丘言、渠焉、巨偃三反，舉也。

《采緑》小七十二，變五十：婦人思其君子。　異

經〇疏：「婦人怨曠，非王政，而録之於雅者，以怨曠為行役過時，是王政之失，故録以刺王。」〇三章，韔，見《鄭・大叔于田・傳》。

傳〇一章，《詩緝》：「王芻，易得之菜，即菉蓐也【一】。陸璣：『其莖葉似竹，青綠色，高數尺。今淇奧傍生，如草，澀礪，可以洗笏及盤枕。利於刀錯，俗呼為木賊，彼土人謂為綠竹。』」〇卷音權，舍音捨。〇三章，「狩，尺救反。」從《釋文》，恐誤。當作舒救反。為，于偽反。〇卒章，疏：「上章兼有狩，此偏言釣者，因上章釣文在下，接而申之。」

《黍苗》小七十三，變五十一：宣王時召穆公為申伯，營城邑。行者作。　異

經〇《詩記》：「天子，子萬姓者也；大臣，慮四方者也；方伯，分一面者也。申伯之體勢不重，則無以鎮定南服。召穆公身為卿士，豈得辭其憂責哉？宣王雖深居九重，固未嘗一日忘之也。必待召公告厥成功，而王心始寧焉。此真知職分者也。」

上公則下說。蓋申伯誠有功於天下，而封之誠當矣。故民雖勞無怨，而且樂道其事也。其末章既喜謝邑之平治，頌召伯之成功，而歸重於王心之寧。忘己之勞以奉其上，惟欲得王心之安爾。此見忠實之情，太平之氣象也。

傳〇二章，輓音晚。〇三章，從，才用反。〇末章，治、相，並去聲。

《隰桑》小七十四，變五十二：喜見君子，不知所指。　異

經〇《釋文》：「幽，於糾反。」〇疏：「難為葉之茂，沃言葉之柔，幽是葉之色。言桑葉茂盛而柔輭，則其色純

【一】「菉」，《詩緝》卷二十四無。

黑。故三章各言其一也。」輭，乳兗反【一】。

《白華》小七十五，變五十三：申后怨幽王。

經〇五章，子金子：「『鼓鍾于宮，聲聞于外』，謂宮中鼓鍾，聲必外聞，宮中嫡庶之亂，外人豈不知哉？」〇七章，戢，莊立反。

全篇比體，而四六八章正比，餘皆反比。一章言物必相須為用，今王不然而棄我。二章言天澤必普及微物，今王乃不圖其大者。三章言小水潤澤，尚能浸灌稻田，有用之美物；王之尊大，反不能施澤於所當施。四章言物之貴者用之輕，位之尊者降而賤。五章言有感則必有應，今念者固至而不見答。六章言近惡而遠美。七章言物皆有常，而王心無常。八章言褻於卑者，身亦自卑也。

傳〇一章，疏：「白華，茅類，漚之柔韌。異其名謂之為菅，因謂在野未漚者為野菅。」漚，於候反，漬也。韌，而振反，堅柔也。〇申后、褒姒事見《正月》及《王風》。〇二章，被，皮義反。〇三章，滮，符彪反，類隔切，今易皮休反。〇四章，毛氏：「煁，烓竈也。」疏：「烓者，無釜之竈，其上然火謂之烘。本為此竈止以然火照物【二】，若今之火爐也。」烓，於季反。〇餁，如甚反。〇六章，《埤雅》：「鶖性貪惡，狀如鶴而大，長頸赤目，其毛辟水毒。青色，頭高八尺，善與人鬬，好啗蛇。」〇間音諫。〇卒章，《釋文》：「扁，邊顯反。底，都禮反。」恐誤。

序〇《前漢·班倢伃傳》：「顏師古注曰：『《白華》，小雅篇，周人刺幽王黜申后也。』」

【一】「兗」，叢書集成本作「芄」。
【二】「止以」，《毛詩正義》卷十五之二作「上亦」。

《緜蠻》小七十六，變五十四：微賤勞苦。　異

經

此詩恐是興體。

《瓠葉》小七十七，變五十五：燕飲之詩。　異

傳〇一章，毛氏：「瓠葉，庶人之菜。」箋：「亨以為飲酒之菹。」〇二章，箋：「凡治兔之宜，鮮者毛炮之，柔者炙之，乾者燔之。」《詩緝》：「凡肉置火中曰炮，熱之曰燔，近火曰炙。」〇數，色主反。〇三章，炕，苦浪反，乾也。

《漸漸之石》小七十八，變五十六：出征勞苦。

傳〇一章，將、帥，並去聲。〇卒章，毛氏：「畢，噣也，陰星。」《尚書》孔傳：「畢星好雨，月離之則多雨。」噣，直角反，又音晝。〇《詩緝》：「豕性負塗，常時雖白蹢者亦汙。今羣然涉水，濯其塗而見白。是久雨，停潦多故也。停潦尚多，雨歇未久，而月離畢，則又將雨矣。不遑他事，惟雨是憂耳。」

序〇箋：「荊謂楚也。舒，舒鳩、舒鄝、舒庸之屬。」《地理考異》謂：「《地理志》：『丹陽郡丹陽縣，楚之先熊繹所封。』《左傳》：『熊繹辟在荊山。』《括地志》：『歸州巴東縣東南四里，歸故城，熊繹之始國也。』《輿地志》：『秭歸縣東有丹陽城。』春秋有舒，在今廬州舒城縣。舒鳩，今無為軍巢縣。舒蓼，在安豐縣。舒庸，東夷國。謂之羣舒，皆偃姓，皋陶之後。」鄝與蓼同。

《苕之華》小七十九，變五十七：傷周衰，自憂不久。

經○芸，多貌。

《何草不黄》小八十，變五十八：征役不息。

傳○二章，樂音洛。○三章，兕，徐履反，紐音切，今易序紫反。○卒章，《詩緝》：「《巾車》云：『士乘棧車，庶人役車。』注：『棧車不革，輓而漆之；役車方箱，可載任器以共役。』毛氏以為此有棧之車，役車也。疏申毛氏義，以為此棧是車狀。其説不分曉，不若徑以為士之棧車也。」輓，謨干反。

右《都人士之什》

《小雅》譜

文王年四十七即位，在位五十年，蓋立於殷王帝乙之七祀。文王元年，帝乙之八祀也。薨於王紂之二十祀，而武王立。武王十三年滅殷，又七年而崩。子成王誦立，三十七年崩。子康王釗立，二十六年崩。子昭王瑕立，五十一年崩。子穆王滿立，五十五年崩。子共王緊扈立，十二年崩。子懿王囏立，二十五年崩。共王之弟辟方立，是為孝王，十五年崩。懿王之子燮立，是為夷王，十六年崩。子厲王胡立，三十七年，出奔彘，五十一年崩。子宣王靜立，四十六年崩。子幽王涅立，十一年弑。子平王宜臼立。

《鹿鳴》 《四牡》 《皇皇者華》 《伐木》 《采薇》 《出車》 《杕杜》 《南陔》

《白華》　《華黍》　《魚麗》　《由庚》　《南有嘉魚》　《崇丘》　《南山有臺》　《由儀》

《菁菁者莪》

右十七詩，文王、武王時詩。蓋夫子之删詩主於周，而周之盛德莫如文王，故四詩皆始於文王也。況雅頌皆周公所定，則《小雅》之端《鹿鳴》諸詩皆文王之詩明矣。以下或亦有出於武王時者，故不敢獨言文王也。

《天保》　《蓼蕭》　《湛露》　《彤弓》

右《天保》，諸侯羣臣報上；餘三詩皆天子燕諸侯之詩；蓋武王、成王時詩也。

《楚茨》　《信南山》　《甫田》　《大田》　《瞻彼洛矣》　《裳裳者華》　《桑扈》　《鴛鴦》

《頍弁》　《車舝》　《魚藻》　《采菽》

右十二詩列於變雅。朱子以為，自《楚茨》至《車舝》十篇乃正雅之錯脱，又以《魚藻》《采菽》與《楚茨》等篇相類。然則亦皆武王、成王時之詩也。

《常棣》

右成王時詩。

《六月》　《采芑》　《車攻》　《吉日》　《黍苗》

右五詩宣王。

《節南山》　《正月》　《十月之交》　《小弁》　《鼓鍾》　《白華》

右六詩幽王。

《賓之初筵》

右衛武公作。武公即位於宣王之十六年，卒於平王之十三年。然則此詩作於宣王、幽王、平王之時皆不可知，未可以

「東遷《雅》亡」之説斷之也。

《鴻雁》　《庭燎》　《沔水》　《鶴鳴》　《祈父》　《白駒》　《黄鳥》　《我行其野》

《斯干》　《無羊》　《雨無正》　《小旻》　《小宛》　《巧言》　《何人斯》　《巷伯》

《谷風》　《蓼莪》　《大東》　《四月》　《北山》　《無將大車》　《小明》　《青蠅》

《角弓》　《菀柳》　《都人士》　《采緑》　《隰桑》　《緜蠻》　《瓠葉》　《漸漸之石》

《苕之華》　《何草不黄》

右三十四詩，時世不可考。

詩集傳名物鈔卷六

詩集傳名物鈔卷七

大雅三

鄭氏《詩譜》，《大雅》十八篇為正經，《民勞》之後謂之變雅。

《文王》大一，正一：周公追述文王之德，戒成王。

經〇一章，子金子：「『文王在上，於昭于天』，謂文王之德首出庶物，昭徹于天。故千餘年之侯國，一旦受命，達于天下。」〇又曰：「『有周不顯，帝命不時』，王文憲作『丕顯』、『丕時』，如《詛楚文》『敢昭告于不顯大神』。蓋『不』字乃『丕』字也，豈有告神而謂之不顯乎？」

傳〇一章，自后稷始封至文王即位，一千九十七年【一】；武王即位，一千一百四十七年【二】；滅商，一千一百五十九年【三】。〇昭七年，衛襄公卒，王使如衛弔，且追命曰云云。〇三章，《韻會》：「築牆具題曰楨，兩頭横木也，旁曰幹。」〇五章，《詩記》：「祼謂以圭瓚酌鬱鬯，始獻尸也。宗廟之祭以祼為主。」〇毛氏：「黼，白與黑也。」《詩記》：「黼繡於裳，雖章數不同，皆以黼為裳也。」〇毛氏：「冔，殷冠也。夏后氏曰收，周曰冕。」〇《左氏傳·虞人之箴》有曰：「獸臣司原，敢告僕夫。」注：「告僕夫，不敢斥尊。」〇喟，苦愧反。〇卒章，聞，去聲。度，待洛反。〇題下，監，去聲。朝，直遥反。

【一】「七」，張氏本作「三」。
【二】「七」，張氏本作「三」。
【三】「九」，張氏本作「六」。

《大明》大二，正二：周公陳文武受命，戒成王。 異

經〇一章，子金子：「挾，如挾泰山之挾，謂提挾而有之也。」〇二章，《詩記》：「『摯仲氏任』，繫其夫而言，『大任』，繫其子而言。」〇三章，《詩緝》：「文王之德不回邪，故受此四方侯國之歸也。有一毫覬倖之心，則邪矣。」〇四章，監，去聲。載，子亥反。〇箋：「天於文王，為之生配於氣勢之處。」疏：「名山大川皆有靈氣。《嵩高》曰：『維嶽降神，生甫及申。』詩人述其所居，是美其氣勢。」〇六章，燮，蘇接反。〇《詩記》：「《書》『燮友柔克』，有和順之意。」《詩緝》：「保，安之；右，助之；而命之以伐商。以順而動，因天人之所欲，是之謂『燮伐。』」《詩記》：「言『大商』，乃所以大文武之德。以為商大矣，非德大不能伐之也。」

傳〇二章，中，陟仲反。〇嬀，匊為反。汭，如鋭反。〇四章，郃，户答反。〇五章，疏：「比其舟而渡曰造舟，中央左右相維持曰維舟，併兩船曰方舟，一舟曰特舟。」又曰：「維舟，連四舟。維舟以下，皆水上浮而行之。」〇比，毗志反。〇六章，長，丁丈反，類隔切，今易張丈反。〇七章，朝歌，見《邶風・傳》。〇卒章，疏：「騂，赤色黑鬣也。《檀弓》亦言：『戎事乘騵。』明非戎事不然。因此武王所乘，遂為一代常法。」騂音留。〇題下，間，去聲。

《緜》大三，正三：周公述大王、文王，戒成王。

傳〇一章，蔓音萬。〇《山海經》：「羭次之山，漆水出焉，北流注于渭。」郭氏注：「今漆水出岐山，《詩》云『自土沮漆』是也。」《水經注》：「北流者，蓋自北而南也。」《漢志》：「右扶風漆縣有漆水，在縣西。」《寰宇記》：「鳳翔府普潤縣，漆水源出縣東南漆溪。唐普潤縣即漢漆縣地也。」《雍録》：「案《水經》，渭水自雍縣東下，至岐山與岐水、漆、渠水會。三水大小相敵，故渭不能獨擅其名【一】，是以猶得名漆也。此水東及周原之北、岐山之

【一】「渭」下，程大昌《雍録》卷六有「力」字。

南【一】，是為大王之邑，故《詩》曰：『居岐之陽，在渭之將。』其地山固名岐，而山南有水亦名岐也。岐、漆、渭三水同流，則岐水之陽亦漆水之陽也。故《頌》曰：『猗與漆沮，潛有多魚。』毛氏釋之曰：『漆、沮，岐周之二水。』其說確也。但《詩》兼漆沮言之，而諸書止言漆，不言沮，不敢強通。」然則《緜》詩、《潛》頌之謂漆沮者，普潤之漆水也。大王、文王之都在岐，而普潤者岐地故也。《地理考異》引段氏云：「漆沮有二，皆出雍州，皆東入于渭，特有上流、下流之别。《詩》『自土沮漆』在岐周之間，是渭之上流也；《書》『東過漆沮』叙于灃、涇之下，是渭之下流也。」揄音俞。雍，於用反。餘見《小雅·吉日》。

今案《寰宇記》：「鳳翔府東至長安三百一十九里，長安東至同州二百八十里。」則二水入渭之地東西相去六百里，非一漆沮明矣。雖岐下入渭之沮不可考其源委，然決非至華原合漆之水也。

豳，見《周南》及《豳》傳。○疏：「年世久，故稱曰古公，猶云先公也。」○「大王」之「大」音泰，後並以意求之。○窑，餘招反。重，直容反。疏：「陶，瓦器，竈也。復者，地上為之，取土於地，復築而堅之。穴者，鑿地為之，土無所用，直去其息土而已。」○二章，難，去聲。○《詩記》：「『來朝走馬』，形容其初遷之時，略地相宅精神風采也。鄭氏以為辟惡早且疾，苟如是之迫遽，則豈杖策去邠雍容之氣象哉？」○《語録》：「舊嘗見横渠《詩傳》中說，周至大王辟國已甚大，其所有地，皆是中國與夷狄夾界所空不耕之地，今亦不復見此書矣。意者，周之興與元魏相似，初自極北起來，漸漸強大，到得後來中原無主，故遂被他取了。」○《郡縣志》：「『岐山亦名天柱山，在鳳翔府岐山縣東北十里。』」○相，《釋文》：「息亮反。」屬音燭。○《雍録》：「邠在岐西北二百五十里。自邠而南一百三十里為奉天縣，有梁山。渭水在梁山之南，踰梁山，循水可以達岐，所謂『率西水滸，至于岐下』也。大王都岐，

【一】「水」上，程大昌《雍録》卷六有「三」字。

在今鳳翔府西五十里，是為岐周。岐水之南今有周原，南五十里又有周城，云此周公采邑。」〇三章，《語録》：「荼恐是蓼屬，故詩人與堇並稱。堇乃烏頭，非先苦而後甘也。」又云：「荼毒，蓋荼有毒，今人用以藥溪魚。荼是堇類，則宜亦有毒，而不得為苦苣矣。如薺如飴，乃詩人甚言周原之美，非荼實能甘也。」〇餳，夕清反，乾糖。〇疏：「《春官》：『華氏掌共燋契，以待卜事。』注云：『《士喪禮》云：「楚焞置于燋，在竈東。」』楚焞即契所用灼龜者也。燋謂炬，其存火也。《士喪禮》注云：『楚，荊也。』然則卜用龜者，以楚焞之木，燒之於燋炬之火，既然，執之以灼龜也。焞龜開兆，故曰楚焞。」華，時髓反。燋，哉約反。焞，土敦反。〇《語録》：「『爰契我龜』，乃刀刻龜也。古人符契亦是以刀刻木而合之。」〇五章，度，待洛反。〇六章，應，去聲。重，平聲。〇堵，見《小雅·鴻雁》。〇樂音洛。〇七章，「王之郭門曰皐門」，疏「宮之外郭門」，「王之正門曰應門」，疏謂朝門也。朱子曰：「《書》天子有應門，《春秋》書魯有雉門，《禮記》云魯有庫門，《家語》云衛有庫門，皆無云諸侯有皐、應者。則皐、應為天子之門明矣。意者，大王之時未有制度，特作二門，其名如此。及周有天下，遂尊以為天子之門，而諸侯不得立也。」〇「大社」之「大」音泰。〇疏：「『起大事』至『謂之宜』，《爾雅》文。大事，兵事也。有事，祭也。宜，祭名。以兵凶戰危，慮有負敗，祭之以求福宜，故謂之宜。」〇八章，聞，去聲。〇《詩緝》：「柞，柞櫟也，即《唐·鴇羽》所謂栩也。」櫟音歷。〇棫音緎，《爾雅》注：「叢生，有刺，實如耳璫，紫赤，可啖。」詩疏：「棫即柞也，其材理全白無赤心者為白桵。直理易破，可為犢車輻，又可為矛戟矜。今人謂之白梂，或曰白柘。」二說未知孰是。矜音芹，柄也。梂音求。〇鮮，上聲。〇《詩記》：「此章或以為專指大王，或以為專指文王，義皆未安。《孟子》曰：『文王事昆夷。』文王猶事昆夷，則大王安得有『昆夷駾矣，維其喙矣』之事乎？《皇矣》之詩曰：『帝省其山，柞棫斯拔，松柏斯兑；帝作邦作對，自大伯王季。』然則『柞棫拔矣，行道兑矣』安可專指以為文王之詩乎？蓋敘周家之業積，施屈伸之理，始於大王而終於文王耳。」〇卒章，朝，直遥反。〇疏：「選士為大夫，選大夫為卿，則各以德而相讓也。」〇閒音閑。馮，皮冰反。

○《語録》：「蹶，動也。生是興起之意。當時一日之間，虞、芮質成，而來歸者四十餘國。其勢張盛，時，見之如忽然跳起也。」又曰：「麤說如今人言軍勢益張。」○相、道，並去聲。○疏：「臣能曉喻天下以王德，宣揚王之聲譽，令天下皆奔走而歸趨之，故曰『奔走』。有武力之臣，能折止敵人之衝突者，是能扞禦侵侮，故曰『禦侮』。」○殺，所界反。

《棫樸》大四，正四：咏歌文王之德。　異

自此至《假樂》，疑多周公作。

經○一章，棫，見《緜》。○趣，七喻反。○四章，《語録》：「『倬彼雲漢』，則『為章于天』矣，『周王壽考』，則『何不作人』乎?此等語言，自有箇血脉流通處，但涵泳久之，自然見得條暢浹洽，不必多引外來道理言語，却壅滯詩人活底意思也。周王既是壽考，豈不作成人材?此事已自分明，更著箇『倬彼雲漢，為章于天』，喚起來便愈見活潑潑地，此所謂興也。興乃興起之義，凡言興者，皆當以此例觀之。易以言不盡意而立象以盡意，蓋亦如此。」○「『遐不作人』，古注并諸家皆作『遠』字，甚無道理。《禮記》注訓『胡』字最好。」○卒章，《語録》：「『遐不作人』，却是說他鼓舞作興底事，工夫細密處又在後一章。如曰『勉勉我王，綱紀四方』，便都在他線索內，牽著都動。問：『「勉勉」即是「純亦不已」否?』曰：『然。如「追琢其章，金玉其相」，是那工夫到後，文章真箇是盛美，資質真箇是堅實。』」

竊謂：卒章為有義之興，言文王之德之純也。文之見乎外者，固若金玉之追琢；質之存乎中，則實金玉也。表裏如一，豈致飾於外而已?故勉勉其德之我王，能綱紀乎四方也。○首章，「左右趣之」，總下兩章。二章以處言，三章以出言，四章言興善人，卒章言定四方也。

傳○一章，迮，側格反。著，直略反。○二章，圭瓚，見《旱麓》。○箋：「璋，璋瓚也。」疏：「《玉人》云『大璋、中璋、邊璋』，皆是璋瓚。祭之用瓚，唯裸為然。《祭統》云：『君執圭瓚裸尸，大宗伯執璋瓚亞裸【一】。』」《詩緝》：「璋以為瓚柄，所以裸也。」

案：圭之制，其廣三寸，其厚半寸。其頭斜銳，寸半。其長則天子尺有二寸，公九寸，侯伯七寸。半圭曰璋，言其廣之度也。

三章，涇，見《邶·谷風》。櫂，直教反。《釋文》：「楫謂之橈，或謂之櫂。」《釋名》云：「在傍撥水曰櫂。」○四章，天漢，見《小雅·大東》。○卒章，《語録》：「問：『傳言美其文、美其質，不知所美之人為誰？』曰：『「追琢」、「金玉」，以興我王之勉勉爾。』又曰：『須是有金玉之質，方始琢磨得出。若是泥土之質，假饒如何裝餙，只是箇不好物事。』」

《旱麓》大五，正五：咏歌文王之德。　異經○四章，清酒、騂牡，見《小雅·信南山·傳》。○卒章，葛藟，見《周南·葛覃》。樛木、條枚，見《汝墳·傳》。

此詩五章有「豈弟君子」一語者皆興，其一章無此語者為賦，其意則在各章末句，相次為義。一章君子以豈弟之道干禄，二章福禄自降，三章德及乎人，四章德感乎神，五章神降之福，六章謂德既格乎上下矣，而所以求福者未嘗少懈。此緝熙之工夫也，此所以為文王也。

傳○一章，《地理志》：「漢中郡南鄭縣旱山，池水所出，東北入漢。」○疏：「楛，莖似著，上黨人織以為牛筥箱器，又屈以為釵。」○樂音洛。易，以豉反。○二章，縝，止忍反。○疏：「瓚者，盛鬯酒之器。以圭為柄，以黄金為

【一】「大宗伯」，《毛詩正義》卷十六之三作「大宗」。

勺，青金為外。朱中央，有鼻，口為龍口【一】，鬯酒從中流出。漢禮瓚槃大五升，口徑八寸，下有槃口徑一尺，則瓚如勺，為槃以承之。天子之瓚，其柄之圭長尺有二寸，其賜諸侯蓋九寸以下。」○疏：「黃流，秬鬯也。釀秬為酒，以鬱金之草和之，則黃如金色。酒在器流動，故謂之黃流。」鬱鬯，見《小雅・信南山》。○三章，鳶，見《小雅・四月》。○五章，《釋文》：「熂，許氣反，芟草燒之也。」

經

《思齊》大六，正六：歌文王之德，而推本言之。

首章專主於大任而言，謂大任有齊莊之德，故能生文王。其德之本則上繼於大姜，其德之化則下及於大姒。此四句因及大任之德之本效，以著其所以成文王之聖也。二章言文王事神接人，各得其道。三章言存諸身者，純亦不已。四章言見諸事者，性與天合。卒章言作成人材之盛。

傳○二章，子金子：「御，迎也，以此道迎接於家國也。」○《詩緝》：「鬼神歆之，無有怨恚而不滿者，無有痛傷而降禍者。」○四章，難，乃旦反。羑音酉。○卒章，《詩記》：「聖人澤流萬世者，莫大於作人，所以續天地生生之大德也，故此詩以是終焉。文王之無斁，孔子之誨人不倦，其心一也。《典》《謨》作於虞夏，其稱堯、舜、禹、皐陶已曰『若稽古』，則此詩追述文王，以為古之人，復何疑哉？」

《皇矣》大七，正七：敘大王、王季之德及文王伐密、崇。

經○《語録》：「詩稱文王之德處，是從『無然畔援，無然歆羡』上說起，後面却又說『不識不知，順帝之則』，見

【一】上「口」，原作「寸」，據張氏本及《毛詩正義》卷十六之三改。

得文王先有這箇工夫，此心無一毫之私。故見於伐崇、伐密，皆是道理合著恁地，初非聖人之私怒也。問：『「無然畔援」、「歆羨」，恐是說文王生知之資，得於天之所命，自然無畔援、歆羨之意。後面「不識不知，順帝之則」乃是文王做工夫處。』曰：『然。』」○又曰：「周人詠文王伐崇、伐密事，皆以『帝謂文王』言之，若曰此蓋天意云耳。」○問：「文王於君臣之義豈不洞見？而容有革商之念哉？」曰：「此等處難說，孔子謂『可與立，未可與權』，到那時事勢自是要住不得。後來人把文王做一箇道行看，不做聲，不做氣，如此形容文王，都沒情理。如《文王有聲》，亦說文王出做事。且如伐崇，不是小小侵掠，乃是大征伐。『詢爾仇方，同爾兄弟；以爾鉤援，與爾臨衝，以伐崇墉』，此見大段動衆【二】。此處要做，文王無意出做事，不得。又如說『侵自阮疆，陟我高岡。無使我陵，我陵我阿。無飲我泉，我泉我池』，這看見都自據有其土地，這自是大段弛張了。蓋當商之季，七顛八倒，上下崩頽。忽於岐山下突出許多人也，是誰當得？」○一章，子金子：「耆音嗜，謂上帝愛好之也。」○卒章，拂，符弗反。

傳○一章，「耆致」之「耆」音旨。○二章，檿，《詩》《書・釋文》及《韻並烏簟反，《傳》作烏劍反，恐本誤。○去，丘呂反。○疏：「自斃，謂木自倒而枝葉覆地者。非人斃之，故曰自斃。」○行音杭。○疏：「河柳，謂河傍赤莖小楊也。皮正赤，如絳，一名雨師，枝葉似松。」○樻，去軌、去愧二反，又音匱。長，張丈反。○「串夷載路」，《詩緝》：「串，習也；夷，平也；載，語助也。即《周頌》所謂『岐有夷之行』，謂民歸之者衆，串習其平夷而成大路也。」此說亦可備一義。○為，于偽反。○三章，兌字，毛氏於《緜》曰「成蹊也」，於《皇矣》曰「易直也」。《釋文》於《緜》「吐外反，又徒外反」，於《皇矣》「徒外反」。是義不同，而音亦不一也。今《傳》於《緜》「吐外反」訓通以拔兌為木拔道通；於《皇矣》則「徒外反」，亦以拔兌為木拔道通。是音異而義同也。校之毛詁，俱當作吐外反。○四章，貊，武伯反；長，丁丈反；皆類隔切，即陌音掌音。○間，去聲。○五章，子金子：「畔、援兩字相反。歆、羨

【一】「此」，叢書集成本作「以」。

只是一意，但有淺深。歆，心動貌，羨慕也。歆淺羨深。」〇舍音捨。〇《左氏傳·昭十五年》：「密須之鼓，與其大路，文所以大蒐也。」注：「密須，姞姓國，在安定陰密縣。文王伐之，得其鼓路以蒐。」案：安定郡即涇州，兩漢、晉《志》注皆引為密國所在，則是密在涇州明矣。若寧州，則北地郡也。而朱子之言如此，又以阮為涇州故國，皆不知何據。〇六章，鄉，許亮反。〇《詩記》：「用兵必有根本之地。文王駐兵於國都，以為三軍之鎮，故曰『依其在京』。」〇《通鑑外紀》：「西伯自岐徙鮮原，在岐山之陽，不出百里。」〇七章，《詩記》：「『不長夏以革』，雖難強通，然與『不大聲以色』立文既同，訓詁亦當相類。聲以色，謂聲音與笑貌也；夏以革，為侈大與變革也。不大聲以色，則不事外飾矣；不長夏以革，則不縱私意矣。無外飾、無私意，此明德之實也。」〇子金子：「不大聲以色，則是不言而信、不動而化；不長夏以革，凡事不自高、不自大、不輕改作，皆不為已甚之意。不識不知，全不用其私智。」〇鄠音戶。閎音宏。夭《書·釋文》：「於表、於驕二反。」鈇音大。〇子金子：「橫渠嘗言：『殷自中世棄西方之地不顧，又昆夷玁狁為患，非王季不足當之。故自帝乙之時，王季以九命作伯，使專征伐。』」九命作伯，見《孔叢子》。〇卒章，屬音燭。〇《禮》疏：「非時祭天謂之類，類雖非常祭，亦依正禮為之。」〇《通典》：「禡，師祭也，為兵禱也，其禮亡。其神蓋蚩尤，或云黃帝。」子金子：「禡，一說祭馬祖。」降，戶江反。夫音扶。

《靈臺》大八，正八：民樂文王有臺池、鐘鼓之樂。異

經〇疏：「靈臺，無正文，諸儒說多異義。鄭玄意謂大學，即辟雍也。靈臺與辟廱同在西郊，靈臺、辟廱、明堂、宗廟，皆異處。《大戴禮》、盧植《禮記注》、蔡邕《月令論》、穎子容《春秋釋例》、賈逵、服虔注《左傳》皆以廟學、明堂、靈臺為一。袁準《論》云：『明堂、宗廟、太學，禮之大物也。事義不同，各有所為。論者合以為一，失之遠矣。夫明堂者，大朝諸侯、講禮之處。宗廟，享鬼神、歲覲之宮；辟廱，大射、養孤之處；太學，衆學之居；靈臺，望氣之

觀；清廟，訓儉之室。各有所為，非一體也。古有王居明堂之禮，《月令》則其事也。天子居其中，學士處其內，君臣同處，死生參並，非其義也。大射之禮，天子、大侯九十步，辟廱處其中。今未知辟廱廣狹之數，但二九十八加之，辟廱則徑三百步。公卿大夫諸侯之賓、百官侍從之衆，非宗廟中所能容也。明堂以祭鬼神，故亦謂之廟。明堂太學者【一】，明堂之內太室，非宗廟之太廟也。於辟廱獻捷者，謂鬼神惡之也。或謂之學者，天下之所學也【二】。《春秋》「君將行【三】，告宗廟，反獻於廟。」《王制》「釋奠於學，以訊馘告」，則太學亦廟也。潁氏以「公既視朔，遂登觀臺」，以其言遂，故謂之同處。夫遂者，遂事之名，不必同處也。「明堂在南郊，就陽位」，而宗廟在國外，非孝子之情也。「告朔行政，謂之明堂」，夫告朔行政，上下同也，未聞諸侯有明堂之稱也。齊宣王問孟子毁明堂，孟子曰：「夫明堂者，王者之堂也。王欲行王政，則勿毁之。」夫宗廟之設，非獨王者也。且說諸侯而教毁宗廟，為人君而疑於可毁與否，淺丈夫未有是也。』準之此論，可以申明鄭意。廟與明堂不同，則靈臺又且別處。故靈臺、辟廱皆在郊也。」說音稅。《月令論》：「取其宗廟之清貌則曰清廟，取其正室之貌則曰太廟；取其堂則曰明堂，取其四門之學則曰太學，取其周水圓如壁則曰辟廱。異名而同耳。」《釋例》：「太廟有八名，其體一也。肅然清靜謂之清廟；行禘祫、序昭穆謂之太廟；告朔行政謂之明堂；行饗射、養國老謂之辟廱；占雲物、望氛祥謂之靈臺；其四門之學謂之太學，其中室謂之太室，總謂之宮。」因附見于此。

靈臺乃占候遊觀之地，辟廱乃行禮作樂之宮，非一所明矣。作詩者頌文王之美而併數之，未嘗以為一處也。說者合之，然後其論膠矣。○辟雍，《禮》注：「以辟為明，雍為和。」《詩》注：「辟，水旋丘如壁；雍，節觀者。」是《禮》注釋其義而《詩》注釋其形也。自唐虞以來之

【一】「太學」，原作「太廟」，據張氏本及《毛詩正義》卷十六之五改。
【二】「下」原作「子」，據張氏本及《毛詩正義》卷十六之五改。
【三】原無「將」，據張氏本及《毛詩正義》卷十六之五補。

學未聞有水，而周之學有水，此蓋因文王一時之制，子孫遂承之以為定法耳。如曰「乃立皋門」、「乃立應門」，古未有此名也，大王始為之，後增益以為天子五門、諸侯三門之制。如曰「造舟為梁」，古未有此名也，文王始為之，後遂定為天子造舟、諸侯維舟、大夫方舟、士特舟之制。愚意，辟雍亦猶是爾。築城伊淢，文王營豐之事也。營建城邑且因一時溝洫之舊，蓋尚儉而惜民力也，安知辟雍之創非因郊外田間溝澮以為之乎？築其地為學宮，仍不廢其水道，蓋亦一時之儉制也。武王鎬京之辟雍因之，故後世遂以為定法耳。

傳〇一章，度，徒洛反。〇疏：「《左傳》：『秦伯獲晉侯，乃舍諸靈臺。』注：『在京兆鄠縣，周之故臺也。』」《三輔黃圖》：「在長安西北四十里，高二十丈【一】，周百二十步。」在豳水東【二】。〇《釋文》：「禋，子鴆反。陰陽氣相侵，漸成祥。」〇《孟子集注》：「經，量度也；營，謀為也。」則經、營皆圖度之意。《詩記》：「經謂制其廣深，營謂定其基址。」〇令，吕真反。樂音洛，題下同。〇李氏：「民謂其臺曰靈臺，非文王自名之也。」〇二章，《詩記》：「『麀鹿濯濯』者，行止自若也；『白鳥翯翯』者，飛鳴自適也；『於牣魚躍』者，魚驚則潛，今牣而躍者，習於仁而自遂也。」〇《周禮·韗人》：「鼓長八尺，鼓四尺，中圍加三之一，謂之鼖鼓。」注疏：「鼓四尺者，謂鼓面革所蒙者廣四尺也。中圍加三之一者，謂將中央圍加於面之圍三分之一也。面四尺，其圍十二尺，加以三分一為四尺，總十六尺。徑五尺三寸，三分寸之一也。」韗音運。鼖、賁同。〇卒章，矇，見《綱領》。

《下武》大九，正九：美武王纘三王之緒。

【一】「二」字下，《三輔黃圖》無「十」字。

【二】《三輔故事》：「靈臺在豐水東。」據此，「豳」當作「豐」。

經〇二章，求，匹也，即一章「配」字意。〇四章，應，去聲。此詩美武王：一章言繼三后之緒而有天下；二章言繼先王之德，上合天命而信於天下；三章言德為天下法；四章言天下法武王；五章言子孫能繼武王之德，則能永久；六章言永久之效。

傳〇一章，子金子：「或疑『下』字誤，然周素非尚武之國，謂之下武亦可。」《詩緝》：「以武為下者，周之家法也。」〇《語録》：「問：『「三后在天」，傳言既沒而其精神上合于天，如何曰便是又有此理？』曰：『恐只是此理上合于天耳。』曰：『既有此理，便有此氣。或曰：「想是聖人禀得清明純粹之氣，故其死也，其氣上合于天。」』曰：『也是如此，這事微妙難說，要人自看得。世間道理有正當易見者，又有變化無常不可窺測者，如此方看得道理活。如云「文王陟降，在帝左右」，如今若說文王真箇在上帝之左右，有箇上帝如世間所塑之像，固不可。然聖人如此說，便是有此理。』」〇五章，荷，胡可反。〇六章，朝，直遥反。〇《史記》：「秦孝公二年，天子致胙。十九年，天子致伯。二十年，諸侯皆賀。」

《文王有聲》大十，正十：文遷豐，武遷鎬。　異

傳〇二章，鄠音户。〇三章，淢與洫同。稱，昌孕反。〇五章，《地理志》：「酆水出扶風鄠縣東南，北過上林苑，入渭。」《郡縣志》：「灃水出京兆府鄠縣東南終南山，自發源北流，經縣東二十八里，北流入渭。」《禹貢》：「灃水攸同。」傳：「終南，今永興軍鄠縣山也。東至咸陽入渭。」酆、灃、豐同。〇六章，郃，湯來反。「而王」之「王」，于況反。〇卒章，遺，于貴反。愚謂：當以或說為正。〇題下，《語録》：「問：『文王更在十三四年，將終事紂乎？抑為牧野之舉乎？』曰：『看文王亦不是安坐不做事底人。《詩》言武功，皆是文王做來，載武王武功却少，但卒其伐功耳。觀文王一時氣勢如此，度必不終竟休了。一似果實，文王待他十分黄熟，自落下來，武王却似生擘破一般。』」

右《文王之什》

《生民》大十一，正十一：周公尊后稷配天，推本言之。

經○一章，「歆」字絶句，毛氏讀；「敏」字絶句【一】，鄭氏讀也。○子金子：「姜嫄，有邰氏女，見地有巨人之跡，履之，而敏然歆歆若人道之感。此是「歆」字絶句。於是即其攸介攸止之處，而震動夙肅。震、肅，即孕也。由是有娠，而生后稷也。《魯頌》亦云『上帝是依』，謂天之神憑依姜嫄之身而生后稷也。」○又曰：「介，助也。於神所助之處，身所止之處，便初震動、初肅然，而有娠也。」○《前編》：「案：《史記》：『姜嫄，帝嚳元妃。』蘇氏《古史》因之，遂以后稷為帝嚳之子。嫄果元妃，何嫌於不夫而棄其子？稷果嚳元妃之子，何為舍嫡不立而別立堯？周郊太祖，何為祖稷而不祖嚳？周祀姜嫄，何為舍祖而獨祀妣？命禹治水之時，堯之年已七十有餘矣，而禹猶暨稷、嚳之遺，嫡何其少？堯之嫡兄弟何其賢勞也？堯有嫡兄弟，不能立，又不能舉，待舜而後舉之，則堯何足以為堯乎？鄭康成知《史記》之說為不通，則謂姜嫄當堯之時，為高辛氏世妃，蓋其世胄之妃也。二王之後得用天子之禮，故有郊禖弓韣之禮焉。其說固足以濟《史記》之不通矣。抑以世胄之妃生子，又何嫌疑而棄之哉？然則嫄、稷母子，果若何人邪？曰：『證諸《詩》而已矣。《生民》之詩謂姜源履帝武而敏歆，《閟宮》之詩謂上帝依姜嫄而生稷，則固不必捨二詩而他考也。朱子曰巨跡之說云云。即《傳》一章「巨跡之說」至「何足怪哉」。故今以《詩》為斷，不復上附於嚳焉。』」○《語録》：「履巨跡之事，有此理。如漢高祖之生，亦類此。此等不可以言盡，當意會之可也。自歐公不信祥瑞，故後人纔見說祥瑞者，皆闢之。後世祥瑞固多是偽妄，豈可因後世之偽妄而併真實者皆以為無？『鳳鳥不至，河不出圖。』孔子之言也。不成亦以為非。」

【一】張氏本此「敏」字與上「歆」字互倒。

「弗無」之為言有也，「弗無子」即有子也。如「莫匪爾極」者，皆是爾極也；「求福不回」者，求福之正也；「方社不莫」者，祭之早也；「其則不遠」者，則之近也；此類皆詩人之反辭。他書如「不有君子」者，無君子也；「無非事」者，皆是事也；其類不一。謂弗無為有，何不可者？自毛氏以弗為去，鄭氏以弗為祓，皆主於祭祀而言。故諸儒之説始膠，而后稷之生終不得其實。《玄鳥》之詩曰：「天命玄鳥，降而生商。」則契因祀郊禖而生，固經意也。而此經唯曰「克禋克祀」，何所據而遂亦以為祀郊禖邪？夫禋者，精意以享神，不必附會為何神也。蓋姜嫄者，姜姓之處女，其性好事鬼神，能精意享祀，正猶陳大姬好巫覡禱祈鬼神之類。為其能禋祀也，故鬼神依之而生神子。於是因出郊，履大人之跡而生稷焉。「克禋克祀」，非求子也；「以弗無子」，神之異也。且克者已然之辭，非致力於此之謂。如成湯之「克寬克仁」、王季之「克明克類」。凡《詩》《書》言克，類皆謂其能若是爾。今試徐誦其文，而以意隨之，謂姜嫄能禋能祀，是以有子，則辭甚順、理甚明。若曰禋祀以祓去無子之疾，則二克字為不辭甚矣。以是求詩，庶幾得詩人之意。

二章，子金子：「達，如字亦通。『先生如達，不坼不副，無災無害，以赫厥靈。』詩人異之也。異之者，神之也。『上帝不寧，不康禋祀，居然生子。』姜嫄疑之也。疑之者，恥之也，恥之故棄之。」○又曰：「『上帝不安享我之禋祀乎？胡為使我不夫而育也？起下章棄、寘之意。」○三章，呱音孤。訏，況于反。○子金子：「不夫而育，疑而棄之。其異如此，神而收之。」○四章，毛氏：「幪幪然，茂盛也。唪唪然，多實也。」○五章，褎，《釋文》：「徐秀反。」案《字書》，當作「余救反」。若徐秀反，則袖字也。○子金子：「后稷之穡，凡上章荏菽、禾麥、瓜瓞之類，但后稷所種斂，則各有助其成實之道。蓋知其性及其漬種之法，與地之宜、天之時，故實有以方苞、種褎、發秀、堅好、穎栗之也。

至下章秬秠、穈芑，則又自后稷而始種之爾。堯以棄教民稼穡，有功生人，故封之；又以其母感化而育，不由有父，故使其繼母氏之國祚之土，而命之曰姬氏。邰在武功，有后稷祠、姜嫄祠。」又見《周南》。「濆種」、「種褎」之「種」，支勇反。〇子金子又案：「《易大傳》曰：『神農氏作，斲木為耜，揉木為耒，以教天下。』則耕稼之利，其來久矣。《書》曰：『播時百穀。』《詩》稱『誕降嘉種，貽我來牟』，則百穀之備自稷始也。趙過曰：『后稷始甽田。』則甽壠之法自稷始也。晉董氏曰：『辰以成善，后稷是相。』則農時之節自稷始也。大哉，后稷之為天下烈矣！其流慶子孫，光有天下，宜哉！」〇《詩緝》：「首章述姜嫄禱而生后稷，次章述稷生之易，三章述稷生而見棄，四章述稷幼好種植，五章述稷掌稼穡而封邰，六章述稷教播種，七章述稷祭祀，末章言尊稷配天。」

傳〇一章，祓音弗，韣音獨。疏：「『玄鳥至』以下至『郊禖』之前，《月令》文。玄鳥，燕也。燕至在春分二月之中，感陽氣而來，集人堂宇。其來主為產乳蕃滋，故王者重其初至之日，用牛羊豕之太牢祀於郊禖之神。敬其事，故天子親往。后妃率九嬪從之而往，侍御於祭焉。天子內宮有后也、夫人也、嬪也、世婦也、女御也【一】，獨言九嬪，舉中而言。天子所御，謂已被幸有娠者也。使太祝酌酒，飲之於郊禖之庭，以神之惠光顯之。既飲之酒，又帶以弓之韣衣，授以弓矢，使執之於郊禖之前。弓矢，男子之事，冀其所生為男也。」

愚案：《傳》但舉周之禮以解詩，上古禮未必盡然。況前言高辛世妃，則非高辛帝矣，亦不得用此禮也。今若以愚之前說求詩，則此說自不必用。

嬪音頻。拇，莫后反，足大指。娠音身，懷孕也。〇二章，副，孚逼反，此類隔切，今易拍逼反。〇疏：「羊初生達，小名羔，未成羊曰羜，大曰羊。」〇易，以豉反。〇三章，《六書故》：「腓，脛後肉，腓腸也。」牛羊腓字之，嬰兒不能跂乳，牛羊俯傴而乳字之，在其腓間，故曰腓字。〇藉，慈借反。〇四章，「好種」、「好耕」之「好」，呼報

【一】「內宮」，《毛詩正義》卷十七之一作「內官」。

反。〇五章，《詩緝》：「他人之穡則任其自然，惟后稷之穡則盡人力之助，有相之之道焉。贊化育之一端歟？」〇漬，疾賜反。「其種」、「為種」之「種」，支勇反，後章「是種」同。秕，補履反，不成粟也。〇六章，秠，孚鄙反，類隔切，今易鋪鄙反。〇《爾雅》疏：「秬是黑黍之大名，黑黍之中一稃有二米者別名為秠。」稃音孚，穀皮也。〇七章，抒，食汝反。疏：「抒臼，抒米以出臼也。《蒼頡》云：『抒，取出也。』」〇疏：「蹂踐其黍，然後舂之。」〇淅，星歷反。疏：「淅米也。」洮音陶。〇蕭，見《小雅・蓼蕭》。〇膟音律，膋音遼，皆腸間脂。〇爇，如劣反。〇疏：「軷謂祭行道神。《秋官・犬人》：『凡祭祀，供犬牲，伏瘞亦如之。』注：『伏謂伏犬，以王車轢之。』此用羝，亦伏體軷上。」今案：《月令》注：「行在廟門外之西為軷壤，厚三寸，廣五尺，輪四尺。北面設主于軷上而祭之。」又《夏官》：「大馭掌馭王路以祀及犯軷。」注：「行山曰軷。犯之者，封土為山象，以菩芻棘柏為神主。既祭，以車轢之而去，喻無險難也。」疏：「菩芻棘柏，三者但用其一為神主則可也。」轢音歷。廣，古曠反。東西曰廣，南北曰輪。菩，負、倍二音。難，乃旦反。〇《詩緝》：「內言焫蕭，外言軷，則羣祀皆舉矣。」〇傅音附。〇卒章，葅，側魚反。醢，呼改反。〇疏：「大羹，肉汁。大古之羹也，不調以鹽菜，以其質，故以瓦器盛之。」大音泰。〇題下，釐音僖。

《行葦》大十二，正十二：祭畢而燕父兄耆老。異

傳〇一章，葦，見《秦・蒹葭》。疏：「葦初生為葭。此禁牛羊勿踐，則是春夏時事。而言葦者，此愛其為人，用人之所用在於成葦，故以成形名之。」《傳》謂「勾萌之時」，正此意。〇毛氏：「戚戚，內相親也。」疏：「親親起於心內，故言內相親。」《詩記》：「唯體之深者為能識之。」〇《詩記》：「肆之筵，所以行燕禮也。授之几者，優尊也。」〇二章，重，直容反。疏：「既言肆筵，上又設席，故知重席也，不過下莞上簟而已。《禮》注：『筵亦席也。鋪陳曰筵，藉之曰席。』以在下為鋪陳，在上人所蹈藉，故在下稱筵，在上稱席。」莞，故歡反。〇李氏：「緝御，即所謂

更僕。」○疇，市流反。醆，阻限反。○疏：「以肉作醬曰醢。醢，肉汁也。用肉為醢，特有多汁，故以醢為名。其無汁者，自以所用之肉魚雁之屬為之名也。」○殽字本當作肴，《說文》：「啖也。」徐鍇謂：「已脩庖之，可入口也。」疏：「燔炙是正饌，以脾與臄為加助【一】，故謂之嘉。」○比，毗志反。○三章，鍭音侯，則下句字不必協。○疏：「《弓人》為弓唯言用漆，不言畫，則漆上又畫之。其諸侯公卿宜與射者，自當各有其弓，不必畫矣。」李氏引《荀子》云：「天子彫弓，諸侯彤弓，大夫黑弓。」《公羊傳》注亦云：「天子彫弓，諸侯彤弓，大夫嬰弓，士盧弓。」○鏃，作木反，矢鋒也。疏：「《爾雅》：『金鏃翦羽謂之鍭。』注：『金鏑斷羽，使前重也。關西曰箭，江淮曰鍭。』則鍭者，鐵鏃之矢名也。」鏑音滴，即鏃也。○「參亭」之「參」，七南反；「參分」之「參」，蘇甘反。中，陟仲反。○純音全。奇，紀宜反。案：《儀禮·大射儀》：「公及諸公卿大夫射畢，司射視筭。二筭為純，一筭為奇。司射取賢獲，執之告于公。右勝則曰右賢於左，左勝則曰左賢於右。以純數告，若有奇者亦曰奇，若左右鈞則左右各執一筭以告，曰左右鈞。」注：「純猶全也，耦陰陽也。」又案：《禮記·投壺》之禮：「賓主黨卒投，司射請數。二筭為純，一筭為奇。遂以奇筭告曰：『某黨賢於某黨若干純。』奇則曰奇，鈞則曰左右鈞。」疏：「二筭合為一純，一筭謂不滿純者，故云奇。以左右數鈞等之餘筭，手執以告勝者。若雙數則曰若干純，隻數則曰若干奇。猶十筭則云五純，九筭則曰九奇。鈞等則左右各執一筭以告，曰左右鈞。」朱子曰：「恐或是九筭，則曰四純一奇也。」○搢音晉，疏：「搢，插也。挾謂手挾之射，用四矢，故插三於帶間，挾一以扣弦而射也。此謂卿大夫，若君，則使人屬矢，不親挾也。」《詩緝》：「案：《儀禮》鄉射、大射皆云搢三挾一个，又云：『挾，乘矢。』注：『方持弦矢曰挾，弦縱而矢橫為方。』『凡挾矢，於二指之間橫之。』謂左手執弓把，見矢鏃於把外，右手大指鉤弦，二指挾持其矢，故弦縱而矢橫。弦與矢作十字，故方也。凡兩物夾一物曰挾，此矢在弦之外、二指之內，故曰挾。」乘，時證反。縱，子容反。見音現。○憮，好吳反。敖，五報反。偕音

【一】「與臄」，叢書集成本作「與醵」，《毛詩正義》卷十七之二作「函」。

佩。投壺令，弟子辭曰：「毋憮，毋敖，毋偝立，毋踰言。」注：「弟子，賓主黨年穉者。為其立堂下相褻慢，司射戒令之毋憮敖慢也。偝立，不正鄉前也。踰言，遠談語也。」卿，許亮反。○儁，祖峻反。○《詩記》：「『四鍭既鈞』，泛言射者也，故繼之曰『序賓以賢』。『四鍭如樹』，專言勝者也，故繼之曰『序賓以不侮』。」○又曰：「此章鄭玄以為將養老，大射擇士。王肅以為燕射。以詩之所敘考之《儀禮》，王肅之說是也。然學者讀此詩，當深挹順弟和樂之風以自陶冶，若一一拘牽《禮》文，則其味薄矣。」又曰：「孔穎達難王肅燕射之說，謂『燕射旅酬之後乃為之，不當設文於「曾孫為主」之上，豈先為燕射而後酌酒哉？』遂從鄭氏以為大射。抑不知此篇乃成周燕宗族兄弟之詩，非大射擇士時也。」案：《儀禮》燕射如鄉射之禮，射雖畢而飲未終，舉觶無筭爵，獻酌尚多言酌大斗，祈黃耉於既射之後，亦豈不可乎？○卒章，疏：「醹，酒之醇者。」○黃耉，又見《小雅·南山有臺·傳》。○識音志，蘄與祈同。○鮐，魚也，湯來反。

《既醉》大十三，正十三：父兄答《行葦》。　異

傳○二章，疏：「歸俎者以牲體實之於俎，故又謂之俎實。」○三章，《詩記》：「周之追王止於大王，則宗廟之祭，尸之尊者乃公尸也。」○毛氏：「公尸，天子以卿。」疏引《白虎通》：「王者宗廟以卿為尸，射以公為耦。三公尊近，天子親稽首拜尸，避嫌，故不以公為尸。」○椵，古雅反，見《小雅·天保》。○四章，籩豆，見《豳·伐柯》。○《詩記》：「靜，言其滌濯且敬也。嘉，言其新美而時也。」○五章，《特牲饋食禮》：「嗣舉奠，盥入，北面再拜稽首。尸執奠進受復位，祭酒啐酒。尸舉肝舉奠，左執觶，再拜稽首，進受肝，復位。坐食肝，卒觶，拜，尸備答拜焉。舉奠，洗酌入，尸拜受。舉奠答拜，尸祭酒啐酒。奠之，舉奠出，復位。」注疏：「嗣，主人將為後者。舉猶飲也，謂舉而飲之。奠者，奠於鉶南。備猶盡也。」愚案：自「尸執奠」至「尸備答拜焉」，舉之事也。自「舉奠，洗酌入」至「出復

位」，奠之事也。前言「祭酒啐酒」，嗣子也；後言「祭酒啐酒」，尸也。四言「舉奠」，皆稱嗣子也。食音寺，盥音管，稽音啓。啐，取内反。觶，支義反。鉶音刑。〇《詩記》：「祭祀之終，有嗣舉奠，所以致其傳付祖考德澤之意深矣。」〇八章，媛，于眷反。

《鳧鷖》大十四，正十四：繹而賓尸。　異

經〇二章，《詩緝》：「來而宜之，謂樂之也。」〇三章，湑，息汝反。〇《本義》：「鳧鷖在涇、在沙，謂公尸和樂，如水鳥在水中及水旁，得其所爾。在沙、渚、潀、亹，皆水旁爾。鄭氏曲為分別，以譬在宗廟等處者，皆臆說也。」

傳〇一章，《爾雅》注：「鳧似鴨而小，長尾，背上有文，今江東亦呼為鷉。」陸璣疏：「大小如鴨，青色，卑脚短喙，水鳥之謹愿者也。」《廣韻》：「野鴨也。」鷉，施、彌二音。〇疏：「鷖一名水鴞，《埤雅》：『鳧好沒，鷖好浮，故鷖一名漚，漚即鷗也。形色似白鴿，小而羣飛。』」〇箋：「祭祀既畢，明日又設禮而與尸燕。」疏：「言『公尸來燕』，則是祭後燕尸，非祭時也。燕尸之禮，大夫謂之賓尸，即用其祭之日，今《有司徹》是其事也。天子諸侯則謂之繹，以祭之明日。《春秋・宣八年》言：『辛巳有事於太廟，壬午猶繹。』是謂在明日也。」〇三章，泲，子禮反，見《小雅・伐木》。〇四章，疏：「潀字從水、衆，知是水會聚之處。」〇卒章，《漢・地理志》：「金城郡浩亹縣。」注：「浩，水名也。亹者，水流峽山間，兩岸深若門也。」浩音誥。

《假樂》大十五，正十五：公尸答《鳧鷖》。　異

經〇《語録》：「《嘉樂》詩次章不說其他，但願其子孫之多且賢耳。此意甚好，然此亦理之常。若堯舜之子不肖，則非常理也。」又曰：「『千禄百福，子孫千億』，是願其子孫之多。『穆穆』至『舊章』，是願其子孫之賢。」又曰：

「此詩末章即承上章之意，故上章云『四方之綱』，而下章即繼之曰『之綱之紀』。蓋張之為綱，理之為紀。下面『百辟卿士』至於庶民，皆是賴君以為綱。所謂『不解于位』者，蓋欲綱常張而不弛也。」

傳〇一章，重，直龍反。〇二章，適，丁歷反。

《公劉》大十六，正十六：召康公戒成王。

經〇一章，干，見《周南·兔罝·傳》。戈，見《秦·無衣》。〇詩中十「迺」字、四「乃」字，義皆同。〇二章，瑶，見《衛·木瓜·傳》。〇三章，《詩緝》：「百泉，衆水也。」案：《通典》：「漢安定郡朝那縣地，唐為原州百泉縣，蓋因《詩》『百泉』而得名。」〇五章，「隰原」即《禹貢》「原隰」，在邠州。〇徹，尺列反。

傳〇一章，公劉世次見《周南》。〇《釋文》：「王肅云：『公號劉名。』」《尚書傳》：『公爵劉名。』」王基云：『公劉，字也。周人以諱事神，王者祫百世，召公不當舉名。』」子金子曰：「周家稱公自公劉始，然則《書傳》之説為是也。」〇《詩緝》：「埸、疆皆田之界畔，然詩言『迺埸迺疆』，當有小別。疆如封疆，所包者廣，故王氏於《信南山》言『疆者為之大界』。然則埸是小界，今之小田塍也。」塍，食乘反。〇餱，見《小雅·伐木》。糧，《説文》：「穀食。」糗，去九反。《説文》：「熬米麥。」徐鍇曰：「煼乾米麥也。」熬音遨。煼，初爪反。乾音干。〇疏：「戚、揚皆斧鉞之别名，鉞大而斧小。《六韜》云：『大柯斧重八斤，一名大鉞。』」召音邵。康公名奭，音適，見《召南》。〇二章，《釋文》：「相，息亮反。」〇鞞琫，見《小雅·瞻彼洛矣》。鞘音肖。〇《語録》：「容糗，如今之香囊。」〇三章，朱子【一】：「『嬪于京』、『依其在京』，則岐周之京也；『王配于京』，則鎬京也；《春秋》所書京師，則洛邑也；皆仍其本號而稱之。猶晉之云新絳、故絳也。」《詩記》：「洛邑亦謂之洛師，正京師之意也。」〇論、難，並去

【一】按，據《呂氏家塾讀詩記》卷二十六，下引文為「董氏」語，此處蓋許氏引《詩記》涉上條「朱氏曰」而誤。

聲。度，徒洛反。〇四章，筵，見《行葦》。〇疏：「饗禮當亨太牢以飲賓，此唯用豕者，《周禮》：『凡禮賓客，國新殺禮。』公劉新至豳，殺禮也。」亨音烹。殺，所界反。〇《語録》：「『君之宗之』，只是公劉自為羣臣之宗主。」〇宫室成而祭之曰落，《左氏傳》：「願與諸侯落之。」〇勞，郎到反。屬音燭。〇《左氏傳・哀四年》：「楚襲蠻氏，蠻氏潰，蠻子赤奔晉。晉執蠻子與五大夫，以畀楚師。司馬致邑立宗焉，以誘其遺民，而盡俘以歸。」注：「楚復詐為蠻子作邑，立其宗主。」〇五章，疏：「東西為廣，南北為長。」〇辟音闢。〇測景，見《鄘・定之方中》。〇背，蒲昧反。〇箋：「大國三軍，以其餘卒為羨。今公劉遷於豳，民始從之，丁夫適滿三軍之數。單者，無羨卒也。」疏：「凡起徒役，無過家一人，以其餘為羨。羨謂家之副丁也，三單則是單而無副。三軍三萬七千五百人，從遷之家不滿此數，故通取羨卒始滿。」今案：《傳》謂「三單，未詳」，蓋不取鄭說也。今姑記此以備訓詁。〇《孟子集注》：「周時一夫授田百畝，鄉遂用貢法，十夫有溝，都鄙用助法，八家同井。耕則通力而作，收則計畝而分，故謂之徹。」《語録》：「徹，通也。」乃是横渠說。然以《孟子》考之，只曰：「八家皆私百畝，同養公田。」又《春秋傳》云：「公田不治則非民，私田不治則非吏。」似又與横渠之說不同，蓋未必是計畝而分也。〇疏：「山西夕始得陽，故曰夕陽。」〇疏：「夕陽者，總言豳人一國之所處。其界在山之西，不知是何山也。《書傳》說：『大王去豳，踰梁山。』注云：『梁山在岐山東北。』然則豳國之東有大山者，其唯梁山乎？」〇卒章，《詩緝》：「鍛，打鐵也。稽康好鍛是也。」〇鄉，許亮反。〇《地理志》：「吴山在扶風汧縣西，即岍山，又謂之吴嶽。」

《泂酌》大十七，正十七：召康公戒成王。

經〇一章，挹，酌也。豈，苦亥反。〇二章，罍，見《周南・卷耳》。

傳〇一章，疏：「行者，道也；潦者，雨水也。行道上雨水流聚，故云流潦。」〇《詩記》：『雖行潦汙賤之水，苟挹而注之，則遂可以餴饎。《孟子》曰：『雖有惡人，齊戒沐浴，則可以祀上帝。』此所以為戒成王也。」○毛氏：「樂以彊教之，易以說安之。」疏：「樂者人之所愛，當自彊以教之。易謂性之和悅，當以安民，故云悅以安之。一人而云父母，故云『有父尊，有母親』。」今《傳》用《表記》本語。樂音洛。易，羊豉反。

《卷阿》大十八，正十八：召康公戒成王。

經○《七經小傳》：「召康公何以不欲成王似先王，而曰似先公？曰：『成王之時，周之先王惟有文武，皆聖人，不可似也。欲成王似其可及者，莫若先公也。召公戒成王，作《公劉》之詩；周公戒成王，作《大王》之詩。所以不及文武，意皆可知矣。』」○一章，飄，避遥反。○六章，顒，魚容反。卬，五岡反。○七章，藹，於害反。

二、三、四章上二句皆言已有之福，戒辭唯在第四句。彌者，益也，終也。欲王充益，而終德性之所固有也。俾爾者，謂天錫爾。上二句之福所以使汝彌其性，果能若是，則有下句之效矣。○「顒顒卬卬，如圭如璋」，以德言也。「令聞」以聲譽言也，「令望」以威儀言也。内外兼備，則為四方之綱矣。○七、八章上三句與第四句，「鳳凰」與吉士、吉人，「止」與「天」則興王也。○九章，惟梧桐之生「菶菶萋萋」，則鳳凰之鳴「雝雝喈喈」。以興下章君子之車馬庶多而閑習，則吉士之來者衆矣。蓋賢者之進必以義，上之人致敬以有禮，則興者多也。

傳○三章，昄，符版反，類隔切，今易部版反。《釋文》又有「方滿反」，即類隔切版字。○五章，相，息亮反。行，下孟反。○七章，疏：「《説文》：『鳳，神鳥也。其像鴻前麐後，蛇頭魚尾，鸛顙鴛思，龍文龜背，燕頷雞喙，五色備舉。出於東方君子之國，見則天下安寧，飛則羣鳥從以萬數。』《山海經》：『狀如鶴，五彩而文。首文曰德，翼文曰順，背文曰義，膺文曰仁，腹文曰信。飲食自歌自舞。』《京房易傳》：『高丈二。』《漢書》：『高五六尺。』」

麐、麟同。〇九章，疏：「《爾雅》：『櫬，梧。』注：『今梧桐。』又曰：『榮桐木。』注：『即梧桐。』然則梧桐一木耳。」《埤雅》：「以其皮青，號曰青桐。華淨妍雅，極可愛。橐鄂皆五，其子似乳，綴於橐鄂。」櫬，初覲反。橐音羔。〇卒章，《尚書》孔傳：「賡，續也。載，成也。」

《民勞》大十九，變一：厲王時，同列相戒。

經〇《語録》：「問：『第二章末謂「無棄爾勞，以為王休」，蓋以為王者之休莫大於得人，惟羣臣無棄其功，然後可以為王之休美。至三章謂「敬慎威儀，以近有德」，蓋為既能拒絕小人，必須自反於己；能自反於己，又不可以不親有德之人；不然，則雖欲絕去小人，未必有以服其心也。後二章「無俾正敗」、「無俾正反」，尤見詩人憂慮之深。蓋正敗則惟敗壞吾之正道，而正反則全然反乎正矣。其憂慮之意，蓋一章切於一章也。』先生頷之。」〇一章，惛音昏。〇三章，《釋文》：「近，附近之近。」〇卒章，繾綣，《釋文》：「上音遣，下起阮反。」《字書》：「又上去戰反，下丘願反。」

此詩每章皆以「無縱詭隨」、「式遏寇虐」對言。蓋詭隨，柔惡也；寇虐，剛惡也。人無正直之德，則柔者便辟側媚以容身，剛者强暴横虐以立威，情之常也。有國家者於此二者無縱而式遏之，則所進者皆正直之人矣。〇無縱詭隨，所謹者自輕以至重，惟繾綣者有邅回顧戀、漸漬諂巧之意。所以固結者深。是則小人詭隨之尤，而人少有覺之者。故於篇終言之，而與「無俾正反」同戒也。

傳〇一章，幾，《釋文》：「音祈，近也。」〇《詩緝》：「遠謂夷狄，邇謂中國。治道略外而詳内。夷狄則撫柔之而已，中國則禮樂之治甚詳，故必能其事也。」〇「專為」之「為」，去聲。

疏引《左傳》服虔注：「穆公，召康公十六世孫。」今案：《史記》但云：「召公以下，九世至惠侯。」而不著其年謚。謂：「惠侯當厲王奔彘之時，下至十五世則為繆侯。繆侯七年為魯隱公元年。」與疏不合。蓋國微史失，不可考信。故傳但曰「康公之後」。

疏：「成、康、昭、穆、共、懿、孝、夷、厲，凡九王。不數成王，懿、孝兄弟同世，故曰七世。」今案：「懿、孝」當云「共、孝」。〇二章，讙，喧、歡二音。惛怓，毛氏：「大亂也。」今《傳》從箋。《韻書》：「惛，不明也。」《說文》：「怓，亂也。」當訓為昏亂，近毛意。〇四章，女音汝。〇箋：「『戎雖小子，而式弘大。』《易》曰：『君子出其言善，則千里之外應之。況其邇者乎？出其言不善，則千里之外違之，況其邇者乎？』是以此戒之。」

《板》大二十，變二：同列相戒。異經〇五章，殿，都練反。〇六章，李氏：「苟能順天之理以牖民，則其教不肅而成，其政不嚴而治。益者言其無求多也，特言攜者，以帶上文言之爾。今之民既多邪僻矣，而又為邪僻，何以牖民哉？」《詩緝》：「如往取物之必得，如手攜物之必從也。攜而必從，非別立一道以增益之也，因其所固有耳。牖民之道甚易也，今民雖多邪僻，而本然之天自若，亦唯因其固有而開明之耳。勿自立法以彊之，自立法則是益也，非天也。」〇卒章，毛氏：「戲豫，逸豫。馳驅，自恣也。」《詩緝》：「戲豫即《無逸》所謂耽樂，馳驅即《無逸》所謂遊田也。」

此詩雖同列相戒之言，而後三章實君之任。蓋責同列以道其君，使知此也。一詩之意在「出話不然，為猶不遠」兩語，故於首章見之。而猶又話之本也，故下唯言「猶之未遠」。二章戒其出話之必合於道也。三、四、五章戒其當遠猶也。三章言不聽己之謀，四章言用事者皆年少而無老成，五章言善人見亂而緘默。「小子蹻蹻」、「善人載尸」雖各止一句言及，而意全在此二語。後三章正言以告之，使道王也。六章當順天以教民，七章當修德以安衆，八章戒謹恐懼以終之。

傳○一章，《詩緝》：「管，小物也。蔑棄聖人而管管然，自用其私智，其所見亦小。」○箋：「凡伯，周同姓，周公之胤。為王卿士。」疏：「凡，蓋畿内之國。杜預云：『汲郡共縣東南有凡城。』共縣漢屬河内郡，在周東都之畿内。」○女音汝，夫音扶，四章並同。○二章，沓，徒合反。○三章，囂，《釋文》：「五刀反。」毛氏：「囂囂猶謷謷也。」謷，五報反，音與五刀近。今《傳》「囂，許驕反」，《字書》：「囂，聲也。」與自得之意不類，當從《釋文》音。○芻蕘，毛氏及箋皆作「薪采者」。疏：「芻者，飼馬牛之草；蕘者，供然火之草。蕘是薪，以薪亦是采取，故連言薪采。」今案：疏意薪主蕘，采主芻。若言采薪，則疑專主於薪，言薪采則采芻。薪、蕘兩意備，當從薪采為是。○四章，熇，《釋文》：「許酷反，一許各反。」不必言叶，恐叶字誤。○少，施照反。○五章，毛氏：「夸毗，以體柔人。」疏：「屈己卑身，求得於人，曰體柔。然則夸毗者，便僻其足，前却為恭，以形體順從於人也。」《傳》雖不用此訓，而此說亦有理，因附見。○度，徒洛反。○六章，壎、篪，見《小雅·何人斯》。○和，胡卧反。○璋、圭，見《棫樸》。○道，去聲。○卒章，《語録》：「渝，變也。渝未至於怒，亦大槩相似。」○又曰：「旦，明祇一意，這箇豈是人自如此？皆有來處。則纔有少肆意，他便見。」又曰：「這裏若有些違他理，便恰似天知得一般，所以說『日監在兹』。」監，去聲。○又曰：「天體物而不遺，指理而言；仁體事而無不在，指心而言。天下一切事皆此心發見爾。」又曰：「『昊天曰明，及爾出王。昊天曰旦，及爾游衍。』言人之所以為人者，皆天之所為。故雖起居動作之頃，而所謂天者未嘗不在也。」

右《生民之什》

《蕩》大二十一，變三：託紂刺厲王。

經〇一章，蕩，唐黨反。鮮，息淺反。〇五章，號，户刀反。呼，又火胡反。〇六章，蜩音條。〇卒章，沛音貝。〇《語録》：「首章前四句有怨天之辭，後四句乃解前四句。謂天之降命本無不善，惟人不以善道自終，故天命亦不克終，如疾威而多邪僻也。此章之意既如此，故自次章以下託文王言紂之辭，而皆就人君身上説，使知其非天之過。如『女興是力』、『爾德不明』與『天不湎爾以酒』、『匪上帝不時』之類，皆自發明首章之意。」

首章言人之多辟，非天命之本然，實自失其初爾，以起後章之意。二章言用暴虐聚斂之臣，「天降慆德」指三四句，「女興是力」指五六句。三章「而秉義類」，謂女以為善類而秉之者，乃下文「彊禦」之類。蓋心德不明，以不義為義也；流言者便佞辯捷，如水之流也。「侯作侯祝，靡届靡究」，言任用非人，致民之怨謗無所不至。此兩章皆用人之失。四章言尚氣陵物，不知修德，而惡人以類而聚；五章沈湎於酒；此兩章皆修己之失。六章言政事亂，七章言棄舊典，此兩章皆為政之失。卒章言君自絶於天，則必亡之兆，以終首章之意。〇此詩賦體，而未嘗一及當時之事，皆以殷紂言之，雖謂之比可也。

傳〇一章，《詩記》：「受天地之中，一也，則靡不有初。敗以取禍者衆，則鮮克有終。鮮克有終，則命靡諶矣。」〇二章，《詩緝》：「契始封於商，其地在上洛。湯受命於亳殷，其地在蒙。故後世或謂之殷，今曰殷商，并舉之也。」〇斂，去聲。〇《詩緝》：「君子小人之生，昔人以為各有天命。將治，則生君子；將亂，則生小人。『天降慆德』，是將亂而生小人，然亂世未嘗無君子也。厲王之世，天非獨生榮夷、衛巫也，凡伯、召穆之徒皆在焉，奈王不用何？」〇三章，應，去聲。〇四章，疏：「陪，貳，謂副貳王者，則三公也。」〇五章，《詩緝》：「湎酒不義，非天使之，是汝自為惡也。言此以發首章『靡不有初，鮮克有終』之意。」〇六章，蜩、螗，見《豳・七月》。〇幾，平聲。〇《文選》

注：「《世本》注曰：『鬼方，於漢則先零戎是也。』」〇卒章，拔，皮八、本末二反。蹶音厥。〇《孟子》注：「夏禹之世號夏后氏，后，君也。禹受禪於君，故夏稱后。」

《抑》大二十二，變四：衛武公自警。

經〇四章，洒，色懈反。埽，素報反。〇《詩緝》：「庭，宮中也；廷，朝廷也。『廷內』指宮庭，而字作廷；《易》『揚于王庭』指朝廷，而字作庭；古字通用。」〇五章，玷，《釋文》：「又丁念反。」〇六章，朕，直稔反。繩繩，見《周南·螽斯·傳》〇八章，辟音璧。

此詩前八章皆兩章相與為義，九章以後則四章相與為義。德者，得之於心，外不可見，維發於威儀言語乃可見爾。故專致謹於此，制於外，所以養其中也。一、二章言人不可不謹威儀，以起下章。謂威儀抑抑，是德之廉隅見於外者也。德雖人所固有，而氣質則有愚哲之不齊，然生民有欲，不學，則無有哲而不變為愚者矣。衆人而愚，固有氣質之病；若哲人而愚，則亦不能自強，而反戾其常德爾。是以君子莫強於盡人道，則四方皆以為訓。大其德行，審其謀，猶慎其威儀，則民皆法之矣。三、四章始及於自警，曰「在于今」，則指己而言也。謂亂政敗德莫甚於酒，今雖縱欲而惟湛樂之從，獨不念其紹繼之緒乎？不知廣求先王之道，而能執其法以守行之也。故皇天之所以厭棄之者，為不能修德而趨下如泉之流也。則又戒之曰：「無淪陷相與而敗亡，宜先齊其家，次及於國與天下也。」五、六章戒其慎言謹行。五則歸重於言，六則歸重於行。又言感應之理，謂能惠于朋友、庶民、小子，則子孫繩繩百世，而萬民無有不承之者。七、八章慎德之要以及其效，此即《中庸》戒慎、恐懼之工夫。謂「視爾友於君子」之時，和柔爾之顏色，固無過矣。然於人所共見，或勉强而為之相爾。在室中屋漏、不與物交之際，庶幾亦戒懼而無愧於心，則盡善矣。暗室屋漏無以為不顯，而人莫我見。人雖不可見，鬼神其見之矣。鬼神無所不在，不可厭也。此武公精密工夫，作聖之具。下遂言爾君之為德，必使極於善。止者静也，未動而接物之時，即上文戒懼於屋漏者也。淑慎於所止，以為之本；及其發也，則不愆于儀，無僭差害理，人豈不為之則哉？後四章皆言受教納諫之事。九章謂質之美者則可進德，德之進在乎聽善言。十章能聽言之人，順德之行者也。十一章拒諫之人覆謂我僭者也。謂昊天之理甚明，人之生非為縱欲為樂也，在於修德而盡人道爾。視爾乃夢夢不明，故我慘憂諄，復以誨汝。而爾忽略其聽，反以我為虐。此章自警之尤甚者。十二章又叮嚀以戒其納誨。謂告爾小子久矣，非今始言之也。宜聽用我謀，庶幾行無悔也。而又以不能進德，則至喪國以終之。○《衛世家》：「釐侯卒，太子共伯餘立。共伯弟和有寵於釐侯，多與之賂。和賂士以攻共伯，共伯自殺。衛人因立和，是為武公。」蘇子由《古史》曰：「武公賢者，衛人謂之睿聖，武公奪適之事未可誣之。且《詩序》言共伯蚤死，初無篡奪之文，故史遷所載疑而不録。」魯齋王子曰：「武公少年奪適之罪，晚年進修之功，功過自不相掩。然武公少時必有俊邁之姿，鍾愛於父，好施養士。士以是致共伯於死，以成武公之立，則或有之。為法受惡，武公不能無罪。其後有修革之學，復康叔之政，輸定難之忠。晚年所至，稱為睿聖，是真有不可及者。君子尚論，固難以老少相掩。」愚案：武公之詩見於經者三：《淇奧》人頌之之辭，《賓之初筵》《抑》則其自作也。其自作者皆有戒醉酒、謹威儀、慎言語之意，豈武公少年之失在此乎？以其縱酒，故有失其威儀。言語之間及聞君子之言，幡然悔悟而自勑，乃能深造，而致戒懼於不睹不聞之際。故晚年自為箴戒之辭，必惓惓致謹於威儀、言語，而其亂政、覆德必始於酒也。所以工夫能及於聖賢者，乃受教聽言之功。其十章之言，是其成德之所自乎？其次第先後，味詩可見。而人頌之者，亦以盡力於學問而成德也。由是觀之，《史記》之事或不為無，而魯齋之言為得當時之事實矣。於此見人之性本善，欲固易戕，而德亦易復也。以一人之身前後懸絶如此，學問之道其可誣哉？武公身親履之，故言之沈著而有味也。

傳〇一章，「哲知」之「知」音智，夫音扶。七章、十二章同。〇二章，「遠謀」當作「遠圖」，恐本誤。〇四章，易，以豉反。〇五章，鑢，良豫反。摩，錯也。三，息暫反。妻，七計反。〇六章，為，于偽反。〇八章，《詩緝》：「虹謂幻惑也，如蝃蝀，不正之氣暫見于天，須臾散滅。」〇九章，《釋文》：「忍音刃，本亦作刃。」〇疏：「綸者，繩之別名。『言緡之絲』，正謂以絲為繩，被之於木。」〇十章，令，力丁反。〇卒章，女音汝。〇題下，相，息亮反。長，丁丈反。朝音潮，舍音捨，賁音奔。宁，直吕反。暬，私列反。箴，之林反。道音導，矇音蒙。《國語》注：「師長，大夫。士，衆士。旅賁，勇力之士，掌執戈楯，夾車而趨。車正則持輪規規諫也。中庭之左右謂之位，門屏之間謂之宁。誦訓，工師所誦之諫，書之於几也。暬，近也。事，戎祀也。瞽樂，大師，掌詔吉凶。史，大史，掌詔禮事。師樂、師工、瞽矇，誦箴諫也。」〇《困學紀聞》：「《隋・經籍志》：『《韓詩翼要》十卷，侯包撰。』然則包學韓詩者也。」〇離，力智反。

《桑柔》大二十三，變五：芮良夫刺厲王。

經〇一章，倬，陟角反。〇二章，騤，求龜反，見《小雅・采薇・傳》。旟音璵，見《鄘・干旄》。旐音兆，見《小雅・出車》。燼，徐刃反。〇四章，慇音殷，見《小雅・正月・傳》。〇五章，毖音秘。逝，語辭。〇六章，遡音素。〇稼穡，見《魏·伐檀》。○七章，蟊賊，見《小雅·大田》。○十五章，背音佩，下章同。遹，余律反。

此詩前八章刺王，後八章刺臣。故前以桑為比，而後再以鹿起興。然用臣不當亦君之過，故總言刺王也。一章總言暴政虐民。二章因王政不綱，諸侯更相征伐，民受軍役之暴。三章憂迫之甚，去留無歸。「秉心無競」者，實君子之道也。今乃不能無競，而致怨厲之端至今不已。四章亦上章之意，而歸之于天。五章言救亂當用賢。六章承上章，言賢者不願仕而甘於農畝。七章承上章，併稼穡而敗之，欲自食其力亦不可得。喪亂之極，天亦不可問。八章順理之君必任良輔，不順理之君則任己謀。九章言在朝之人皆不信，十章言愚者無遠慮，十一章用惡人而民化為惡，十二章君子小人各有道。十三章貪夫用事，不受善言。十四章承上章，言同僚勿以我誦言為妄作。十五章民之亂皆上所致。十六章言惡類或有羞惡之心發見者，然其心不治，言行相違，而其情終不可揜，故曰「既作爾歌」以終之。

傳○一章，悅，許往反。○箋：「芮，畿内諸侯，王卿士也，字良夫。」疏：「周同姓國，在馮翊臨晉縣，在西都畿内。」《解頤新語》：「芮伯，周之世卿。《史記》以芮良夫為厲王大夫。前乎厲王，『芮伯作旅巢命』，武王時也；《顧命》『召六卿』，芮伯在焉，成王時也。後乎厲王，魯桓九年，王使芮伯伐曲沃，桓王時也。」○陰，於鴆反。號，平聲。○三章，《士昏禮》：「婦疑立于席西。」注：「正立自定之貌。」○四章，痻，武巾反，類隔切，今易彌鄰反。疏：「痻字從病，而以昏為聲，是昏忽之病。」○五章，别，彼列反。長，知丈反。○六章，鄉，許亮反。唈，烏合反。疏：「嗚唈，短氣也。」○七章，屬音燭。○厲王三十七年，國人畔，襲王，王出奔彘。召公、周公二相行政，號曰共和。共和十四年，厲王死而宣王即位。○八章，度，徒洛反。○十章，幾音機。○十一章，重，平聲。○十二章，《解頤新語》：「或用不順之人，則民之所行皆垢穢之事。曰『中垢』者，由中而發也。」○十三章，圮，皮鄙反。眊音冒，說音悅，夫音扶。

好、難並去聲。與音餘。○十四章，中，陟仲反。○十五章，惡，烏故反。○卒章，荏，而甚反。文音問。

《雲漢》大二十四，變六：仍叔美宣王。

經○一章，《釋文》：「倬，陟角反。」著，人也。○饑音飢。饉，渠吝反。義見《小雅·雨無止》。○《詩緝》：「左氏謂天災有幣無牲，此諸侯之禮耳。若《祭法》，禳祈於坎壇。雩禜，祭水旱。皆用少牢，天子則有牲矣。」禜，榮敬反。少，失照反。少牢，羊、豕。○二章，瘞，於例反，埋也。○三章，孑，居熱反。○七章，疚音救。

一章總言天旱人窮，索祭鬼神而無應。二章言其詳而欲引災歸己，若成湯自責。三章言民困之極，恐墮先王之業。謂自厲王之亂，周民已少，而遺民今又將盡。四章祈望於祖禰先正，五章欲避位逃禍而不可得，六章責事神之或失，七章君臣救災之勤，八章勸率其臣以終之。總而言之，宣王遇災憂懼，始祈於外神，次祈於宗廟。既而無驗，則自揆事神之誠或未至誠。既盡，則又盡人事以聽天命也。其恐懼修省之意、仁愛惻怛之誠，反覆淫溢於言辭之間。宣王之所以賢，仍叔之善於知德立言，皆可見矣。

傳○一章，疏：「河精上為天漢。」《詩緝》：「或謂水氣在天為雲，水象在天為漢。或謂其斗間為漢津【一】，雲出漢津，謂之雲漢。皆非也。夫雲合散不常，漢則隨大而轉。漢之在天，似雲而非雲，故曰雲漢也。史遷云：『漢者金之散氣，其本曰水。』」張衡云：「水精為漢。」《左傳·昭十七年》：「星孛及漢。梓慎云：『漢，水祥也。雨者，水之施也。天將雨，其兆先見於漢。』」又見《小雅·大東》。○荐、薦同音。重，直用反。○疏：「《周禮·大司徒》：『以荒政十有二，聚萬民。其十有一，曰索鬼神。』注：『索鬼神者，求廢祀而修之，《詩》所謂「靡神不舉」也。』」故毛傳

【一】「其」，《詩緝》卷三十作「箕」，作「箕」是。

亦云：『國有凶荒，則索鬼神而祭之。』」○疏：「《周禮》：『以蒼璧禮天，以黃琮禮地，以青圭禮東方，以赤璋禮南方，以白琥禮西方，以玄璜禮北方。四圭有邸以祀天，兩圭有邸以祀地，祼圭有瓚以祀先王，圭璧以祀日月星辰，璋邸射以祀山川。』皆祭神所用。圭璧為其總稱。三牲用不可盡，故言『無愛』；圭璧少而易竭，故言『既盡』。」琮，才宗反。琥音虎。邸，丁禮反。祼音灌。瓚，才旦反。射，食亦反。○箋：「烈，餘也。」疏：「撥，治也。」烖、災同。行，下孟反。去，起吕反，三章同。復，扶又反。○箋：「仍叔，周大夫。」疏：「仍，氏；叔，字。」○二章，疏：「奠謂置之於地，瘞謂埋之於土。禮與物皆謂為禮事神之物。」○《詩緝》：「在宮之神莫尊於后稷，非不臨顧我，力不足以勝旱災。在郊之神莫尊於上帝，力足以勝旱災，而不肯臨顧我。」○四章，雩音于，辟音必。○疏：「正，長也，先世為官之長。《月令》注：『百辟卿士，古之上公以下，若句龍、后稷之類。』凡有采地，皆稱曰君。舉衆言之，故曰百辟。」句音鉤。○五章，疏：「《神異經》：『南方有人長二三尺，袒身而目在頂上，走行如風，名曰魃。所見之國大旱，赤地千里，一名旱母。遇者得之，投溷中即死，旱災消。』此言旱神，蓋鬼魅之物，不必生南方、為人所執。」○六章，《月令》注：「祈穀于上帝，謂以上辛郊祭天，祈農事也。上帝，大微之帝也。」疏：「大微為天庭，有五帝座，是既靈威仰、赤熛怒、白招拒、汁光紀、含樞紐。郊天之時，各祭所感之帝。殷人則祭汁光紀，周人則祭靈威仰。以其不定，故總云大微之帝。」又注：「天宗，謂日月星辰也。」大音泰。坐，去聲。熛，卑遥反。汁音協。○方、社，並見《小雅·甫田》。○度，徒洛反。○七章，長，知丈反。秣音末，縣音玄。徹，直列反。○疏：「登，成也。祭祀之事不縣其樂，左右之官布列於位，不令有所修造。」○無俚，見《漢書·季布傳》贊，俚音里。

《崧高》大二十五，變七：尹吉甫送申伯。

經○二章，亹，亡匪反。○箋：「于，往；于，於也。」○召，是照反。○四章，功，事也。○藐，莫角反。○鉤膺，見《小雅・采芑》。○五章，《詩緝》：「賜以路車，即上文鉤膺、金路也；乘馬，即上文四馬也。申伯以異姓受金路，異恩也，故侈君之賜而申復言之。」疏：「異姓得此賜者，命為侯伯故也。」

《史記》謂：「四嶽佐禹有功，虞夏之際或封於申。」然則申舊國，非宣王始封之也。謝非申國之舊，宣王改封申伯於此爾。觀「我圖爾居，莫如南土」之言可見矣。申之舊國莫可考，知今南陽之申因申伯而名謝地也。厲王之亂，申伯失其國。宣王以元舅之親，故録其功而改封於謝歟？申故侯爵，今又以其賢，加命為方伯也。詩曰：「四國于蕃，四方于宣。」「揉此萬邦」，見其功也。「南國是式」、「式是南邦」、「亹亹番番」、「柔惠且直」、「聞于四國」，見其賢也。○一章神生申伯，所以輔周。二章定封于謝，三章先正經界而後遷民，四章有城郭宮室而後錫命，五章遣申伯之國，六章祖餞委積之勤，七章豫誦民之喜其來，八章頌其德以送之。

傳○一章，疏：「羣書多言五嶽，毛傳唯言四嶽者，以堯之建官，立四伯主四方之嶽而已，不主中嶽，故不言五也。」○疏：「毛傳：『南嶽衡山。』《爾雅》及諸經傳多云霍山為南嶽者，山有二名也。然《爾雅》云：『江南衡。』《地志》：『衡山在長沙湘南縣。』《廣雅》：『大柱謂之霍。』《地志》：『天柱在廬江灊縣。』則在江北矣。而云一山二名者，本衡山一名霍山。漢武帝以衡山遼曠，移其神於天柱，又名天柱，亦為霍。故漢魏以來衡、霍別爾。」○華，胡化反。○《詩記》：「甫、申，意者皆宣王時賢諸侯，同有功於王室者。甫雖不見於經，以文意考之，蓋當如此。鄭氏乃遠取於訓夏贖刑之甫侯，殆非也。」○三章，長，知丈反，七章同。○五章，箋：「圭長尺二寸謂之介，非諸侯之圭，故以為寶。」《詩記》：「介圭在《周官》雖天子所服，韓奕以其介圭入覲于王，則當是謂諸侯之瑞圭。蓋介之為言大也，詩人美大其圭而稱之，非《周官》之介圭。」○六章，郿，芒悲反。芒音忘，類隔切，今易作忙悲反。○《詩緝》：

「王至豐，冊命申伯於文王之廟，故行餞送之禮于郿。」○數音朔。○《地官・遺人》：「凡賓客、會同，師役掌其道路之委積。凡國野之道，十里有廬，廬有飲食；三十里有宿，宿有路室，路室有委；五十里有市，市有候館，候館有積。」注疏：「倉人主穀，廩人主米。計足國用，以其餘共委積。少曰委，多曰積。宿，可止宿；候館，樓可以觀望者也。一市之間有三廬一宿。」遺，維季反。委，於偽反。積，子賜反。○七章，女音汝。

《烝民》大二十六，變八：尹吉甫送仲山甫城齊。

經○一章，監，去聲。○七章，「四牡彭彭」，見《小雅・北山・傳》。「八鸞鏘鏘」，見《小雅・采芑・傳》。○卒章，「四牡騤騤」，見《小雅・采薇・傳》。毛氏：「喈喈猶鏘鏘，遄疾也。」

宣王之所以中興者，得賢才之多也。尹吉甫、召穆公、方叔、張仲、皇父、申伯、韓侯，皆賢人也，而樊仲山甫之德為盛。宣王任之，各當其才，而德之盛者乃居位之右，是又專以德命也。《烝民》之詩反覆讚詠，雖兼職業事功言之，大率主於德爾。八章之間，凡言仲山甫者十有二，於以見惓惓尊慕之意。蓋詩人之情與作詩之體，於所愛者，則喜其名而道之詳；於所惡者，則不欲舉其名而言之甚略也。故《出車》之於南仲，《采芑》之於方叔，《六月》之於吉甫，《江漢》之於召公，《崧高》之於申伯，《韓奕》之於韓侯，皆屢言之；而《何人斯》之暴公則惟一言也。然則尹吉甫可謂知德而善言德行者歟？其首章且言天命之原、人心之本，則當時仲山甫之下，吉甫又最賢歟？○一章言天生仲山甫以助周，二章言山甫之德，三章言山甫之職，四章又言其職。蓋於朝廷、四方之事無所不掌也。將王命者，行於朝廷，明若否者。掌四方之事，蓋若舜以百揆兼四岳，周公為冢宰而兼東方諸侯伯，召公為冢宰而兼西方諸侯伯也。五章言其有中和之德，而善撫其民。六章言其德之全而善事其君，七章言出而城齊，八章勸其早歸也。○「既明且哲，以保其身。」非外國家而自為身謀也。事君致身，以死效官，人臣之常也。惟大臣則不然，大臣而惟以效死為事，則國殆矣。夫任調燮之職者，消禍亂於未萌，召禎祥於無形，握斡旋之機，致天人之和，而措天下於泰山磐石。然後其身安富尊榮，進退優游，天下後世不可得而指議，豈非保身之大者？然惟明且哲者，能之也。苟昧於幾微而致禍敗，諉曰「我殺身報國」而已，尚何取於大臣哉？其殺身不足以報敗國之責。雖有善者，亦無如之何矣。故「明哲保身」非為身謀，乃所以定國也。○三言「四牡者」，先四句惟言車馬、征夫之盛而未行；次四句言「彭彭」、「鏘鏘」，則往於齊也；下四句則道其歸時之盛也。

傳○一章，疏：「仲山甫，樊國君，侯爵。《周語》稱：『樊仲山甫諫宣王。』韋昭云：『食采於樊。』《左傳》：『晉文公納定襄王，王賜之樊邑。』則樊在東都畿內也。杜預云：『經傳不見畿內之國稱侯者，天子不以此爵賜畿內也。』如預之言，畿內本無侯爵。傳言樊侯，不知何據。」今案：《左傳》注：「樊一名陽樊，野王縣西南有陽城。」懷州河內縣，本野王。《困學紀聞》：「《權德輿集》云：『魯獻公仲子曰山甫，入輔於周，食采于樊。』」○骸，雄皆反。藏，才浪反。長，知丈反。監，古暫反。○朱子：「『昭假于下』，言周能以明德感格于天而在下。」○而為，于偽反。○二章，《詩緝》：「山甫『令儀令色』，則動容周旋中禮矣。猶曰『威儀是力』，何也？有德者固威儀之所自形，而謹其威儀者，亦所以檢攝而養其德也。外貌斯須不莊不敬，則慢易之心入之矣。大臣以道事君，而曰『天子是順』，何也？順者，臣道也，坤道也。坤元承天，順也；六二直方，亦順也。事君盡禮，順也；有犯無隱，亦順禮也。將順正救，皆出於忠愛，無往非順也。《周語》稱：『樊仲山甫諫宣王。』然則『天子是若』，非面從容悅之謂也。」○《語録》：「問：『「柔亦不茹，剛亦不吐」，此言仲山甫之德剛柔不偏也。而二章首舉仲山甫之德，獨以「柔嘉維則」蔽之；《崧高》稱「申伯番番」，終論其德，亦曰「柔惠且直」。然則入德之方其可知矣。』曰：『如此，則乾卦不用得了。人之資稟自有柔德勝者，自有剛德勝者。今仲山甫「令儀令色，小心翼翼」却是柔，但其中自有骨子，不是一向如此柔去。人看文字要得言外之意，若以仲山甫「柔嘉維則」，必要以此為入德之方，則不可。人之進德，須用剛健不息。』」〇《語録》：「『仲山甫之德，柔嘉維則。令儀令色』，則大賢成德之行而進乎此者。夫子之「逞顔色，怡怡如也」。乃聖人動容周旋中禮之事，又非仲山甫之所及矣。至於小人，訐以為直，色厲内荏。則雖與巧言令色者不同，然考其矯情飾偽之心，實巧言令色之尤者。故聖人惡之。」又曰：「仲山甫『令儀令色』，此德之形於外者如此，與『鮮矣仁』者不干事。《論語》、詩人之意各異，當玩繹上下文意，不可只摘出一兩字看。」〇三章，女音汝。與，平聲。應，於證反。〇四章，《語録》：「『肅肅王命』以下四句，便是明哲。所謂明哲，只是曉天下事理，順理而行。自然災害不及其身，可以保其禄位。」〇六章，度，徒洛反。易，以豉反。〇七章，行祭，見《生民》。〇隘，烏懈反。〇《齊世家》：「太公封齊，都營丘。至五世胡公，徙都薄姑。子獻公，徙治臨菑。」《正義》：「薄姑城在青州博昌縣東北六十里。」營丘、臨菑見《齊風》。

《韓奕》大二十七，變九：韓侯初立來朝，受命而歸，詩人送之。　異經〇一章，倬，陟角反。共音恭。〇二章，綏，如誰反。〇茀音弗。箋：「簟茀，漆簟以為車蔽，今之藩也。」疏：「茀者，車之蔽；簟者，席之名；用席為蔽。」〇錯衡，見《小雅・采芑》。〇玄衮，見《豳・九月》及《小雅・采菽》傳。〇赤舄，見《豳・狼跋》。〇鉤膺，見《小雅・采芑》。〇三章，箋：「祖將去而祀軷也。」詳見《生民》。〇炰鼈，見《小雅・六月》。〇鮮魚，新殺中膾者也。中，陟仲反。〇路車，見《秦・渭陽》。〇籩豆，見《豳・伐柯》。〇四章，《詩記》：「古者任遇方面之臣，既盡其禮，復恤其私。使之内外光顯，體安志平，然後能展布自竭，為王室之屏翰。詩人述王錫命諸侯，而因道其娶之盛，其意蓋在於此。而王室尊安，人情暇樂，亦莫不在其中矣。」○百兩，見《召南・鵲巢》。○「彭彭」及「八鸞鏘鏘」，見前篇。○五章，魴，見《周南・汝墳》。鱮，見《齊・敝笱》。麀，見《靈臺・傳》。熊羆，見《小雅・斯干・傳》。○卒章，《釋文》：「追，如字，又都回反。」○疏：「毛赤文黑謂之赤豹，毛白文黑謂之白豹。有黃羆，有赤羆，大如熊，其脂如熊，白而麤，理不如熊白美也。」

一章韓侯來朝受命，二章錫予之儀，三章餞送之禮，四章韓侯娶妻，五章韓國富樂而室家和，卒章為北方伯。○詩人言國之富樂，必道其禽獸魚鱉之盛。蓋日用之所須者，未嘗言及金玉也，是亦性情之正之一端也。五章言韓國之樂，與《衛・碩人》之四章同意。

傳○一章，《地理志》：「在馮翊夏陽縣，故少梁。梁山在西北。」《地理考異》：「在同州韓城縣東南一十九里。」《爾雅》：「梁，晉望。」李氏：「韓滅之後，故以為晉之望。」○箋：「韓侯為晉所滅。」李氏：「非韓趙魏之韓，乃武王之後，左氏所謂『邘晉應韓』者也。」邘音于。○見音現，朝音潮，三章同。○二章，介圭，見《崧高》。旂，見《小雅・出車》。○疏：「綏，即《王制》所謂『天子殺下大綏』者也。《天官・夏采》注云：『徐州貢夏翟之羽，有虞氏以為綏。後世或無，染鳥羽，象而用之。或以旄牛尾為之，綴於幢上，所謂「注旄於竿首」者。』然則綏者，即交龍旂竿所建，與旂共一竿，為貴賤之表章，故云『綏章』。」○疏：「揚者，人面眉上之名。則馬之鏤錫，施鏤於揚之上矣。當盧者，當馬之額盧，在眉眼之上也。」○疏：「虎是獸中之最淺毛者，故知淺是虎皮。」○去，起呂反。較，訖岳反。覆，孚救反。搤，於革反。○三章，《困學紀聞》：「屠，潏水。李氏以為同州⿰屠阝谷。案：《說文》有左馮翊⿰屠阝陽亭，馮翊即同州也。」潏，古穴反。⿰屠阝音同屠。○疏：「蔌，菜茹之總名。對肉殽，故云菜殽，謂為菹也。」○疏：「筍始出地，長數寸，鬻以苦酒豉汁浸之，可以就酒及食。蒲始生，取其中心入地，蒻天如匕柄【一】，正白。生噉之，甘

【一】「天」，《毛詩正義》卷十八之四作「大」。

脆。鬻而以苦酒浸之，如食筍法。是筍、蒲蒩之法也【一】。」鬻音煮，蒻音弱。○四章，疏：「彘，於漢則河東永安縣，永安西臨汾水。」○《解頤新語》：「晉侯居翼，謂之翼侯；納諸鄂，謂之鄂侯。鄭叔段居京，謂之京城大叔；出奔共，謂之共叔。其汾王之類乎？說者以莒君為比，非也。莒夷無謚，於是有黎比公、郊公、兹丕公、著丘公，皆以號為稱，與汾王以地為稱不類矣。」比音毗。著，直居反。○《釋文》：「妻之女弟曰娣。」《公羊傳》：「媵者何？諸侯娶一國，則二國往媵之，以姪娣從。姪者何？兄之子。娣者何？女弟也。」箋獨言娣，舉其貴者。媵音孕。○靚音静，又才性反。○卒章，疏：「《爾雅》：『貔，白狐，其子豰。』注：『一名執夷，虎豹之屬。』陸璣：『似虎，或曰似熊，一名白狐，遼東名白羆。』」豰，呼木反。○「衆為」之「為」，去聲。長，知丈反。

《江漢》大二十八，變十：美宣王命召公平淮南之夷。

經○一章，江漢，見《周南・漢廣》。旟，見《鄘・干旄》。○三章，徹，尺列反。○四章，毛氏：「敏，疾也。」○祉音耻。○五章，圭瓚，見《旱麓》。○箋：「秬鬯，黑黍酒也。謂之鬯者，芬香條鬯也。」疏：「黑黍之酒自名為鬯，不待和鬱。《春官・鬯人》注：『秬鬯，不和鬱者。』是黑黍之酒即名鬯也。和者，以鬯人掌秬鬯，鬱人掌和鬱鬯，明鬯人所掌未和鬱也。」

一章師出，二章功成，三章疆理旁國，四章宣布王德，五章錫賚比康公，卒章召公祝壽勸德。皆詩人道當時事實，而託為召公之辭。○三言「四方」，皆指淮夷左右而言，非天下之四方也。上章言「江漢湯湯」，而曰「經營四方」、「四方既平」；下章言「江漢之滸，王命召虎」，而曰「式辟四方」，辭旨可見也。「于疆于理，至于南海」，亦溢美之辭爾。詩人「南

【一】「是」下，《毛詩正義》卷十八之四有「說」字。

海」蓋指當時頻海者為海耳【一】。

傳〇一章，《詩記》：「徐州在淮北，徐州有夷，則淮夷之在北者也。揚州在淮南，揚州有夷，則淮夷之在南者也。《江漢》《常武》皆宣王之詩，而同言淮夷，召虎既告成于王矣。《常武》又曰：『鋪敦淮濆，仍執醜虜。』故知淮夷之地不一。以地理考之，曰『江漢之滸，王命召虎』者，是淮南之夷也。若在淮北，則江漢非所由入之路矣。曰『率彼淮浦，省此徐土』者，是淮北之夷也。若在淮南，則徐土非聯接之地矣。」疏：「於《世本》，穆公是康公十六世孫。」〇二章，洸，見《邶・谷風》。〇四章，奭音適，女音汝。〇五章，《爾雅》：「彝、卣、罍，器也。」又曰：「卣，中尊也。」疏：「尊，彝為上，罍為下。卣居中，不大不小，在罍、彝之間。」案：《禮圖》：「六彝為上，受三斗；六尊為中，受五斗；六罍為下，受一斛。」詩疏：「案《鬱人》：『掌和鬱鬯以實彝而陳之。』，則鬯當在彝，而此及《尚書》《左傳》皆云『秬鬯一卣』者，當祭之時乃在彝，未祭則在卣。賜時未祭，故卣盛之。」〇卒章，薛尚功《鍾鼎彝器款識・郱敦銘》：「『惟二年正月，吉，王在周邵宮。丁亥，王格于宣榭。毛伯內門立中廷，佑祝郱。王呼內史冊命郱。王曰：「郱，昔先王既命汝作邑，繼五邑祝，令余惟噇京【二】。乃今錫汝赤芾、彤冕、齊黃、鑾旂【三】，用事。」郱拜稽首，敢對揚天子休命，郱用作朕皇考龔伯尊敦。郱其眉壽，萬年無疆，子子孫孫永保用高【四】。』銘文一百七字，敦蓋及器皆有之。案歐陽《集古録》，郱，周大夫也。有功，錫命。為其考作祭器也。宣榭，蓋宣王之廟。榭，射堂之制，其堂無室，以便射事，故凡無室者謂之榭。宣王之廟制如榭，故謂文宣榭【五】。古者爵有德，禄有功，必賜於廟，示不敢專也。祭之旦，獻，君降立

【一】「耳」下原衍「非廣」二字，據四庫本刪。
【二】「令」，《歷代鐘鼎彝器款識》作「今」。
【三】「今」，《歷代鐘鼎彝器款識》作「命」。
【四】「高」，《歷代鐘鼎彝器款識》作「享」。
【五】「文」，《歷代鐘鼎彝器款識》作「之」。

于阼階之南，南鄉，所命北面。史由君右，執策命之，再拜稽首，受書以歸，而舍奠于其廟。『毛伯内門立，中廷右祝郱』者【一】，毛伯，執政之上卿也，入廟門，中其廷立，祝與郱皆在其右也。『王呼内史策命郱』者，内史，掌諸侯孤卿大夫之策也。『王曰』者，史執策，贊王命以告郱也。赤芾、彤冕、齊黄、鑾旂，所錫車服也。『郱拜稽首』、『用作皇考龔伯尊敦』者，所謂『受書以歸，舍奠于其廟』也。」識音志。郱，皮變反。敦，都外反。

《常武》大二十九，變十一：美宣王平淮北之夷。

經〇二章，父音同上章。省，息井反。處，上聲。〇五章，《地理志》：「臨淮郡徐縣，故徐國，嬴姓，蓋伯益後也。」

一章命皇父主兵，二章命休父為副，三章言天子自將，四章言戰伐，五章言軍勢之盛，卒章歸美於王。〇三章，箋：「紹，緩也。」蓋「王舒保作」，不疾也；「匪紹匪遊」，不徐也。此言王師之節制。〇「徐方繹騷」，言徐方之亂也。「震驚徐方」，言亂者震驚徐方之民也。「如雷如霆」，六軍之威也。「徐方震驚」，言亂者之畏懾也。

傳〇一章，卿士，見《小雅·十月之交·傳》。〇將，子匠反，三章同。箋：「南仲，文王時武臣。」〇二章，疏：「《内史職》云：『凡命諸侯及孤卿大夫則策命之。』」此當是尹吉甫為卿而兼内史。〇疏：「《楚語》：『重黎氏世敘天地。其在周，程伯休父其後也。當宣王時，失其官守，而為司馬氏。』韋昭云：『程國，伯爵。休父，名也。』」案：父宜是字，而昭以為名，未能審之。」〇《郡國志》：「河南雒陽縣有上程聚，古程國，伯休甫之國也。」〇疏：「《周禮》：『三農，生九穀。』注：『原隰及平地。』」〇四章，陳，直刃反。〇卒章，朝音潮。復，芳六反。

【一】「右」，金華叢書本、叢書集成本作「佑」。

《瞻卬》大三十，變十二：刺幽王嬖褒姒、任奄人。

經○一章，卬音仰。○二章，上四句，箋：「此言王削黜諸侯及卿大夫無罪者。」○四章，鞠，居六反。○六章，幾，居希反。○卒章，藐，莫角反。鞏，九勇反。

一章言國無定法，下盡於民；二章言用刑不當；三章言嬖褒姒及用奄寺；四章婦寺之邪態；五章善人去國；六章承上章；七章言已逢禍患，又勸改過免禍。

傳○一章，蟊賊，見《小雅·大田》。○疏：「蟊賊者，害禾稼之蟲，蟊疾是害禾稼之狀。」○褒姒，見《小雅·正月》。○奄人，《周禮·司刑》注：「《書》傳：『男女不以禮交者，其刑宮。』宮者，丈夫割其勢。」《酒人》注：「奄，精氣閉藏者，内門則用奄以守之。」奄，《釋文》：「於檢、於驗二反。」《說文》作「閹」，英廉反。與此通用。○三章，知音智，下章同。○《說文》：「梟，不孝鳥，日至捕梟磔之。從鳥頭在木上。」《詩緝》：「鴟有二：『鳶飛戾天』者，鷹類也，亦單名鴟也；惡聲之鳥者，怪鴟也。此配梟言之，謂怪鴟也。又見《陳·墓門》。」磔，陟格反。○四章，朝音潮，夫音扶，下章同。與音預；舍，上聲；下章同。○五章，《晉語》：「史蘇曰：『夫有男戎，必有女戎。』注：『戎，兵也。女兵，言其禍猶兵也。』」夫音扶。○六章，重，平聲。○卒章，《爾雅》：「正出，涌出也。」○瀵，甫問反。

《召旻》大三十一，變十三：刺幽王任用小人，以致饑饉侵削。

經○一章，饑饉，見《小雅·雨無正》。○二章，蟊賊，見《小雅·大田》。遹音聿。○五章，疏，山於反。○六章，溥音普。○《語録》：「問：『《召旻》六章作賦體，疑是比體。』答曰：『作比為是。』」

一章愬亂，二章用羣小致亂，三章小人排黜君子，四章凋瘵無生意，五章歎小人不知退，六章慮害及己，卒章有舊德不能用。

傳〇二章，椓，丁角反，類隔切，今易陟角反。喪，息浪反。〇四章，苴，水中浮草。《釋文》：「士加反。」《字書》：「與楂同音。」傳誤。〇五章，箋：「米之率：糲十，粺九，鑿八，侍御七。」疏：「其術在《九章》粟米之法。彼云：『粟率五十，糲米三十，粺二十七，鑿二十四，御二十一。』言粟五升，為糲米三升。以下則米漸細，故數益少。四種之米，皆以三約之，得此數。」糲，闌末反。鑿，子落反。〇怳，許往反。為，于偽反，下章「專為」之「為」同。〇六章，頻字本從涉從頁，是水之厓也。

右《蕩之什》

《大雅》譜

《公劉》

右豳國舊詩，成王時召公所獻。

《文王》　《大明》　《緜》　《棫樸》　《旱麓》　《思齊》　《皇矣》　《靈臺》

《下武》　《文王有聲》　《生民》　《行葦》　《既醉》　《鳧鷖》　《假樂》　《泂酌》　《卷阿》

右十七詩，成王時。

《民勞》　《板》　《蕩》　《桑柔》

右四詩，厲王時。

《雲漢》　《崧高》　《烝民》　《江漢》　《常武》

右五詩，宣王時。

《瞻卬》　《召旻》

右二詩，幽王時。

《抑》

右衛武公作。《國語》謂：「武公年數九十五，猶箴儆於國，以求交戒，於是作懿戒以自儆。」此蓋武公晚年之詩。而武公卒于平王之十三年，則此詩乃平王時詩也。

《韓奕》

時世不可考。

詩集傳名物鈔卷七

詩集傳名物鈔卷八

頌四

《清廟》頌一：祀文王。

經〇駿音峻。〇《語録》：「問：『或疑《清廟》祀文王之樂歌，然初不顯頌文王之德者，何也？』某應之曰：『文王之德不可名言，凡一時在位之人所以能敬且和，與執行文王之德者，即文王盛德之所在也。必於其不可容言之中，而見其不可掩之實，則詩人之意得矣。讀此詩者，想當時之聞其歌者【一】，真若「洋洋乎如在其上，如在其左右」。又何待多著言語，委曲形容而後足哉？妄意如此。』答曰：『此説是。』」〇又曰：「『對越在天』便是顯處，『駿奔走在廟』便是承處。」〇毛氏：「顯於天矣，見承於人矣，不見厭於人矣。」

「秉文之德」總承上二句，其助祭能敬和明顯之諸侯及濟濟之多士，皆執行文王之德也。「對越在天」，内敬也；「駿奔走在廟」，外恭也。其心足以對在天之神明，方可以盡駿奔走之職。其助祭之臣且如是，則主祭之君可知。文王之德化於後世如此，則「無射於人」可知矣。

傳〇與音預，朝音潮。〇題下，騂，息營反。愀，七小反。復，扶又反。疏，山於反。乾音干。「豆上」之「上」，時掌反。筦、管同。

《維天之命》頌二：祭文王。　異

【一】「之」，原作「文」，據叢書集成本、四庫本改。按《朱子全書》卷三十五無「之」（「文」）字。

經〇《釋文》：「假音暇。溢音逸。」毛氏：「假，嘉。溢，慎也。」箋：「溢，盈也。」〇駿音峻。曾音增。

傳〇簡，古莧反。

《維清》頌三：祭文王。　異

經

維清明而緝續其光明者，文王之常也。既曰「緝熙」，又曰「文王之典」，是極贊文王之純德不已爾。所以自文王始嗣位、主祭祀以來，積而至於今日乃有成。今周之所以致太平者，實文王為之禎祥也。

《烈文》頌四：獻助祭諸侯。　異

經〇祉音耻。

傳〇殖，丞職反。大音泰。樂音洛。

《天作》頌五：祭大王。　異

傳〇朱子《韓文考異》：「岨與阻同。」則此「徂」字當從阻音。据、據同。辟、僻同。易，羊豉反。

《昊天有成命》頌六：祀成王。　異

傳〇《周語》：「晉叔向曰：『《昊天有成命》，頌之盛德也。其詩曰：「昊天有成命，二后受之。成王不敢康，夙夜基命宥密。於緝熙【一】，亶厥心，肆其靖之。」是道成王之德也。成王能明文昭，能定武烈者也。夫道成命者而稱昊天，翼其上也。「二后受之」，讓於德也。「成王不敢康」，敬百姓也。夙夜，恭也。基，始也。命，信也。宥，寬也。密，寧也。緝，明也。熙，廣也。亶，厚也。肆，固也。靖，龢也。其始也，翼上德讓而敬百姓；其中也，恭儉信寬，帥歸於寧；其終也，廣厚其心以固龢之。始於德讓，中於信寬，終於固龢，故曰成。』」向，許丈反。龢、和同。

《我將》頌七：祀文王於明堂，配上帝。

經○疏：「《禮》稱郊用特牲，《祭法》云：『燔柴於泰壇，祭天用騂犢。』則明堂祭天，亦當特牛矣。而得有羊者，其配之人自當用太牢。」○《詩緝》：「『儀式刑』，猶《書》云『嚴祗敬』。累言之者，謂法之不已也。」○《語録》：「問：『右作左右之右，與舊不同。』曰：『《周禮》有「享右祭祀」之文，如《詩》中此例亦多，如「既右烈考」、「亦右文母」之類。此詩作保佑說更難，方說「維羊維牛」，如何便說保佑?到「伊嘏文王，既右享之」，也說未得右助。』」

愚案：此詩「右」字無音，而釋曰「尊也」。神坐東向，在饌之右，所以尊之也。是則左右之右為上聲字。《時邁》亦釋曰尊而無音，亦當作上聲讀。《雝》詩「既右烈考」、「亦右文母」亦釋曰「尊也」而音「又」，下引《周禮》「享右祭祀」以證之，均訓曰尊而有上聲、去聲之不同。《語録》却引「享右祭祀」以證為左右之右，而《周禮》音義皆作侑。三詩音既不同，義亦似異，而《雝》傳及《語録》引用《周禮》亦覺不同，未詳如何。

傳○題下，《語録》：「問：『《傳》謂祀明堂，周公以義起。不知周公以後將以文王配邪?以時王之父配邪?』」

【一】原無「於」，據張氏本、叢書集成本補。

曰：『諸儒正持此二議，至今不決。看來只得以文王配。且周公所制之禮，不知在武王之時，在成王之時？若在成王，則文王乃其祖也，亦自可見。』」

《時邁》頌八：巡守祭告。

經

巡守諸國，出以時而動，以禮昊天，其必子愛我矣。天之「實右序有周」，何以見之？巡以警諸侯，則諸侯震懼而畢朝；巡以祀鬼神，而鬼神感格以致享。若是，則天實右序之，而王信為天下之君矣。又言我周之德昭明，燭下無隱，慶讓黜陟，式序在位，皆得其當。故戒征伐而不用，敷德教於中國。若是，則王信能保守天命而無失矣。「薄言震之，莫不震疊」，朝會之事也；「懷柔百神，及河喬嶽」，望祭之事也；「載戢干戈，載櫜弓矢」，偃武也；「我求懿德，肆于時夏」，修文也。

傳〇守，式又反。朝音潮。

《執競》頌九：祭武王、成王、康王。　異

《思文》頌十：后稷配天。

經〇吳正傳：「天之於民，育之以全其生，教之以全其性而已。所以命聖人者以此也，聖人所以配天者亦以此也。文者，總言后稷之德。『莫匪爾極』，以全民之生者言也；『陳常于時夏』，以全民之性者言也。立我者，稷也；命之者，帝也。後言『陳常』者，富而教之也。」

傳〇遺，惟季反。

右《清廟之什》

《臣工》頌十一：戒農官。

經

前四句美之，後則戒之也。「嗟嗟臣工」，能「敬爾在公」之事。王已賜爾成法，而又來咨度，可謂敬其事也。於是重歎以告之，曰莫春之時將何所求乎？惟當言如何用力於新畬耳。於此時見來年之美而歎之，知其必有成而將受上帝之明賜矣。以來年之美，則可以卜上帝之必賜以豐年也。蓋歲之豐歉主於秋，而麥則以濟一時之食，故以此卜之也。今既得豐年之兆，惟宜命農人具農器以盡其力，則將忽見收成之不遠矣。

傳〇重，直用反。度，待洛反。女音汝。為，于偽反。〇朱子曰：「鄭氏據《月令》『天子親載耒耜，措之于參保介之御間』，以為車右衣甲持兵，故曰『保介』。案：《呂氏春秋》亦有此文，高誘注云：『保介，副也。』鄭氏之說迂晦，不若高誘之明白。」衣，去聲。〇新畬，見《小雅·采芑》。〇銚，七遥反，字與鍬同。疏：「古田器。」《韻會》：「江淮謂之臿。」臿，楚洽反。

《噫嘻》頌十二：戒農官。　異

經○駿音峻。○《解頤新語》：「周人以諱事神，『駿發爾私』、『克昌厥后』皆不諱，何也？蓋周之前無諱，至《書》稱『元孫某』，則諱之始也。然不以其名號之耳，不指其人則亦不諱。如穆王名滿，後有王孫滿；襄王名鄭，後有衛侯鄭匡；王名班，《春秋》書曹伯班；簡王名夷，《春秋》書晉夷吾，皆周之故實也。」

傳○奇，居宜反。○箋：「據《周禮·遂人》：『凡治田野，夫間有遂，遂上有徑。十夫有溝，溝上有畛；百夫有洫，洫上有涂；千夫有澮，澮上有道；萬夫有川，川上有路。』計此萬夫之地，方三十三里少半里也。」疏：「萬夫之地廣長各三十三里，餘百步。既三分里之一為少半里，是三十三里又少半里也。《遂人》注：『十夫二鄰之田【一】，百夫一酇之田，千夫二鄙之田，萬夫四縣之田。遂、溝、洫、澮，皆所以通水於川。遂廣深各二尺，溝倍遂，洫倍溝。澮廣二尋，深二仞。徑、畛、涂、道、路，皆所以通車徒於國都。徑容牛馬，畛容大車，涂容車一軌，道容二軌，路容三軌。遂、洫從，溝、澮横，九澮而川周其外。』如是者九，則為方百里之同【二】。」。畛，之忍反。洫，況域反【三】。涂，塗同。澮，古外反。廣，去聲。酇，祖管反。○雨，去聲。

《振鷺》頌十三：二王之後來助祭。

經○戾，至也。○斁音亦。○《語録》：「問：『《振鷺》詩非正祭樂歌，乃獻助祭之臣，未審如何。』曰：『看此文意都無告神之語，恐是獻助祭之臣。古者祭祀，每一受胙，主與賓尸皆有獻酬之禮。既畢，然後亞獻。至獻畢，復受胙。如此禮意甚好，有接續意思。』」

【一】「二」，張氏本作「三」。
【二】「之同」二字，《毛詩正義》卷十九之二無。
【三】「況」，張氏本作「沉」，误。

傳〇鷺，見《陳・宛丘》。〇朱子：「先儒多謂辟雝在西郊，故曰西雝。」〇《地理志》：「陳留郡雍丘縣，故杞國。周武王封禹後東樓公。先春秋時徙魯東北。」〇宋，見《商頌》。〇《左氏傳》注疏：「有事，祭宗廟也。膰，祭肉。尊之，故賜以祭胙。以敵體待之，故拜其來弔，其餘諸侯則否。」

《豐年》頌十四：秋冬報賽田事。

經〇廩，《說文》本作亩，「穀所報入宗廟粢盛【一】，或作廩。」

傳〇秭，見《王・黍離》。〇百考，毛氏曰：「數萬至萬曰億，數億至億曰秭。」疏：「定本、《集注》云：『數億至萬曰秭。』」案：甄氏曰：「黃帝為法，數有十等。及其用也，乃有三焉。十等為億、兆、京、垓、秭、壤、溝、澗、正、載也；三等者，上中下也。下數十萬曰億，十億曰兆，十兆曰京；中數萬萬曰億，萬萬億曰兆，萬萬兆曰京；上數萬萬曰億，億億曰兆，兆兆曰京。毛氏『數萬至萬曰億』者，舉中數也。又云『數億至億曰秭』，則有可疑。蓋黃帝數術，中數交之上，萬萬京曰垓，萬萬垓曰秭。此應云『數萬至垓曰秭』，而言『數億至億曰秭』者，有所未詳。」今以甄氏所舉而下數計之，十萬曰億，十億曰兆，十兆曰京，則百億也；十京曰垓，千億也；十垓曰秭，萬億也。豈毛下數言之，而今本轉寫誤曰「數億至億」乎？「數萬」、「數億」之「數」，色主反。〇方社，見《小雅・甫田》。

《有瞽》頌十五：始作樂而合乎祖。

經〇《釋文》：「應，應對之應。」

傳〇《周禮・瞽矇》：「上瞽四十人，中瞽百人，下瞽百有六十人，掌播鼗、柷、敔、塤、簫、管、弦、歌，鼓琴

【一】「報」，《说文解字》作「振」。

瑟，眡瞭三百人，凡樂事，相瞽。」矇音蒙，塤音諠。眡瞭音視了。○箋：「合者，大合諸樂而奏之。」疏：「合諸樂器於太祖之廟，太祖謂文王也。」○鞉音鼗。○《樂書》：「少昊氏冒革為鼓，夏后氏加四足。商楹鼓，為一楹而四稜貫鼓於其端，猶四植之桓圭也。縣鼓，周人所造之器，始作樂而合乎祖者也。」《禮》曰：「縣鼓在西，應鼓在東。以應鼓為和終之樂，則縣鼓其倡始之鼓歟？宮縣設之四隅，鞉與鼗同，所以兆奏鼓也。有雷鼗、靈鼗、路鼗。」○挏，杜孔反，動也。令，力呈反。○敔音同圉。鉏音阻。鋙音語。櫟音歷。所櫟之木名曰籈，音真。○《樂書》：「簫編竹而成，長則聲濁，短則聲清。其狀鳳翼，其音鳳聲。中呂之氣，夏至之音也。火生數二，成數七，而夏至又火用事之時。二七十四，則簫之長尺有四寸，蓋取諸此。《爾雅》：『大簫謂之管，小者謂之筊。』郭璞謂『大者長尺四寸，小者尺二寸』是也。然尺四寸者二十四管，無底而善應，故謂之管；尺二寸者十二管，有底而交鳴，故謂之筊。蓋應十二律，正倍之聲也。」中音仲。管音言，今《爾雅》本作言。筊，胡交反【一】。○《爾雅》：「大管謂之簥。」注：「長尺圍寸，併漆之。有底如篪，六孔。」《周禮·小師》注：「如篴而小，併兩而吹之。」《樂書》：「簥者，以其聲大而高也。」簥音喬。篴與笛同。○闋，若穴反，曲終也。

《潛》頌十六：季冬薦魚，季春薦鮪。

經○毛氏：「漆、沮，岐周二水也。」詳見《大雅·緜》。○鱣、鮪，見《衛·碩人》。鰌、鰋，見《小雅·魚麗》。鯉，見《陳·衡門》。○《解頤新語》：「魚喜潛，取者必求之深，故曰『潛有多魚』。」

傳○槮，《釋文》：「霜甚、疏廕、心廪三反。」○《埤雅》：「鰷，形狹而長若條，性浮，似鰌而白。」○箋：「冬魚之性定，春鮪新來。」疏：「冬月既寒，魚不行孕，性定而肥充，故薦之。河南鞏縣東北崖上山腹有穴，舊說云此

【一】「胡」，張氏本作「故」。

穴與江湖通，鮪從此穴而來，北入河，西上龍門，入漆沮。」

《雝》頌十七：武王祭文王。　異

傳〇《周禮·大祝》注：「右讀為侑，謂祭祀侑勸尸食而拜。」大音泰，下同。〇題下，「及徹，帥學士而歌《徹》。」「樂師」文云「大師」，誤。「說者」則康成也。蓋「徹祭」下詳《禮》疏，恐當有「器」字。

《載見》頌十八：諸侯助祭武王廟。

經〇鞗革，見《小雅·蓼蕭·傳》。

傳〇旂，見《小雅·出車》。〇箋：「鶬，金飾貌。」〇朝音潮。

《有客》頌十九：微子來見祖廟。

經〇黄氏：「周人愛微子也，見其所乘之馬亦愛之，見其所御之僕亦愛之。馬有潔白之色，人有萋且之敬，旅有敦琢之容，則周人之於微子，無所不愛也。」箋：「縶，絆也。」

傳〇箋：「選擇卿大夫之賢者，與之朝玉【一】。言『敦琢』者，以賢美之，故玉言之。」疏：「敦、雕，古今字。《爾雅》：『玉謂之雕。』又曰：『玉謂之琢。』是雕、琢皆治玉之名。」〇《爾雅》：「有客宿宿，再宿也。有客信信，四宿也。」〇疏：「古之朝聘，留停日數不可得而詳，不知於信信之後幾日乃可去。」〇從，才用反。見，賢遍反。易，去聲。

【一】「玉」，《毛詩正義》卷十九之二作「王」，作「王」是。

《武》頌二十：周公為《大武》之樂。

右《臣工之什》。

《閔予小子》頌二十一：成王免喪朝廟。

傳○疏：「《烈文》箋云：『新王即政，必以朝享之禮祭祖考，告嗣位。』然則除喪朝廟，亦用朝享之禮祭於廟。」○朝音潮。○《語録》：「『陟降庭止』，《傳》注訓庭為直，而說之云：『文王之進退其臣，皆由直道。諸儒祖之，無敢違者。』而顔監於《匡衡傳》所引【一】，獨釋之曰：『言若有神明臨其朝廷。』蓋衡時未行毛說，顔監又精史學，而不梏於專經之陋。故其言獨能如此，無所阿隨，而得經之本指。」○《後漢書·李固傳》：「昔堯殂之後，舜仰慕三年，坐則見堯於牆，食則見堯於羹。」

《訪落》頌二十二：成王延訪羣臣。

經○上，時掌反。下，遐嫁反。○《詩記》：「『保其身』，無危亡之憂；『明其身』，無昏塞之患。」

「紹庭上下」，欲法武王之正朝廷也；「陟降厥家」，欲法武王之齊其家也；「保明其身」，欲賴武王助其修身也。成王之學有本末先後矣。

傳○《庭燎·傳》：「艾，盡也。」則此「朕未有艾」謂未能盡率昭考之道也。但《傳》於《庭燎》則「艾音乂」，而此音「五蓋反」，未詳。朝音潮。強，巨兩反。

【一】「匡」，原作「康」，避宋太祖之諱，今據張氏本、叢書集成本、四庫本改。

《敬之》頌二十三：羣臣戒成王，王答之。 異

經〇監，去聲。

「陟降厥士」，天無事而不在也；「日監在茲」，天無時而不在也。君子所以無不敬也。

傳〇荷，合可、何佐二反。

《小毖》頌二十四：亦延問之辭。

經〇毖音祕。〇《詩緝》：「人近蜂則被其螫，信小人則受其惑。蜂不可使，前日之事無人使，蜂螫我乃我自取其辛螫也。我今始信桃蟲之微，能翻飛為鳥。言小物之能成大，不敢不毖也。」〇又曰：「『莫予荓蜂』，猶云莫予毒也已。古文莫予、莫我之類，皆倒提予、我以便文耳。『莫我肯德』，言無肯德於我；『莫予荓蜂』，言無荓蜂於我。他如『莫我知』、『莫予云覯』之類，皆倒辭也。」

「莫予荓蜂，自求辛螫」，在我有間，物得以乘之。「肇允彼桃蟲，拚飛維鳥」，事機不謹，變必至於大。

傳〇疏：「《爾雅》：『桃蟲，鷦鷯。』注：『鷦鷯，桃雀也，俗呼為巧婦。鷦鷯小鳥，而生鵰鶚者也。』陸璣：『今鷦鷯也。微小於黃雀，其雛化而為鵰，故俗語云鷦鷯生鵰。』」《埤雅》：「《說苑》云：『鷦鷯巢於葦苕，繫之以髮【一】。』鳩性拙，鷦性巧，故鷦俗呼巧婦。一名工雀【二】，一名女匠。其啄尖利如錐，取茅莠為巢，巢至精密。以麻紩之，如刺韈然，故一名韈雀。其化輒為鵰鶚。」」鷦鷯音焦苗。鷯，力幺反。紩音秩，縫也。《詩記》：「一說猶言『初為鼠，後為虎』，不必謂桃蟲化為鵰。」

【一】「繫之以髮」，《說苑》卷十一作「著之髪毛」，「髪」同「髮」。
【二】「雀」，原作「爵」，據張氏本及《埤雅》卷八改。

《載芟》頌二十五：未詳所用，疑與《豐年》同。

經〇耜，見《豳·七月》。俶，尺叔反。〇《說文》：「飶，食之香。」

疏：「椒是木名，非香氣。但椒木之氣香，作者以椒言香。」《詩緝》：「飶、椒皆酒醴芬芳之氣，椒之氣烈，故古者謂椒酒，取其香且烈也。」〇《釋文》：「厭，於豔反。且，七也反，又子餘反。」

傳〇解音蟹。去，丘呂反。長，知丈反。甿音萌，閒音閑。勞，去聲。「露積」之「積」，如字。共音恭。養，去聲。〇《遂人》注：「疆予，謂民有餘力，復予之田，若餘夫然。」〇《大宰》：「以九職任萬民，九曰閒民，無常識，轉移執事。」疏：「其人為性不營己業，為閒民而好與人傭賃，非止一家。轉移為人執事，以此為業。」〇《詩緝》：「前曰『千耦其耘』，則既耕而耘、反土之後，草木根株有芟柞不盡者，則耘之。今曰『緜緜其麃』，則既苗而耘也。」〇李氏：「『胡考』者，老人也。《禮·士冠禮》：『祝云：永受胡福。』注云：『胡，遐也。』」

《良耜》頌二十六：同前。

經〇筐筥，見《召南·采蘋·傳》。〇饟與餉同。《廣韻》：「饋也。自家之野謂之饟。」〇箋：「豐年，雖賤者猶食黍。」疏：「《少牢》《特牲》大夫士之祭食有黍，明黍是貴。《玉藻》：『子卯，稷食。』為忌日貶，是稷為賤食。」「有稷食」之「食」音嗣。〇積，子賜反。〇箋：「捄，曲貌。」

傳〇剌，七亦反。去，起呂反。辣，盧達反。〇《說文》：「櫛，梳篦之總名。」〇《詩緝》：「百室，在六卿為族，而族師掌以歲時校登其夫家之衆寡。在六遂為酇，而酇長掌趨其耕耨與其戒令。政事莫不同之，故使之同時納穀，所以示親睦、均有無也。」趨音促。〇題下，「籥章」至「息老物」，見《豳風》之末。

《絲衣》頌二十七：祭而飲酒。　異

經○鼒音茲。○兕觥其觩，見《小雅・桑扈・傳》。胡考，見《載芟》。

傳○疏：「爵弁之服玄衣纁裳，皆以絲為之，故云絲衣也。」《詩緝》：「餘衣皆用布，惟冕與爵弁服用絲。大夫以上祭服謂之冕，士祭服謂之弁。其首服弁，則其衣服用絲，故知絲衣為士助祭之服。」○《詩緝》：「《雜記》云：『大夫冕而祭於公，士弁而祭於公。』註云：『弁，爵弁也。爵弁，冕之次，其色赤而微黑，如爵頭然。』」○塾，見《陳・衡門》。○《爾雅》：「鼎圜弇上謂之鼒。」注：「斂上而小口者。」圜音圓。弇，古掩字。○《特牲饋食禮》：「先夕【一】，陳鼎于門外，有鼎【二】。牲在其西，設壺、禁在東序【三】，豆、籩、鉶在東房。主人即位于門外【四】，西面入【五】，即位于堂下。宗人升自西階，視壺濯及豆籩，反降。東北面告濯具。主人出，復外位。宗人視牲，告充。宗人舉鼎鼏，告潔。」詩疏：「《特牲》雖則士禮，而士卑，不嫌其禮得同君，故準《特牲》為說。」鼏與冪同，莫狄反。鉶音刑。

《酌》頌二十八：頌武王。

傳○題下，勺音酌。《祭統》：「舞莫重於《武宿夜》。」黃震東發《日抄》：「《武宿夜》，武曲名，即《大武》之樂。武王伐紂，至於商郊，停止宿夜，士卒皆歡樂歌舞以待旦，因名焉。」

【一】「先」，《儀禮注疏》卷三十四《特牲饋食禮》作「厥明」。
【二】「鼎」，《儀禮注疏》卷三十四《特牲饋食禮》作「鼏」。
【三】「東」，《儀禮注疏》卷三十四《特牲饋食禮》作「西」。
【四】「外」，《儀禮注疏》卷三十四《特牲饋食禮》作「東」。
【五】「西面」，《儀禮注疏》卷三十四《特牲饋食禮》作「主人揖」。

《桓》頌二十九：頌武王。

經〇《釋文》：「間，間厠之間。」

傳〇題下，類禡，見《大雅・皇矣》。禡，馬嫁反。

《賚》頌三十：封功臣。

《般》頌三十一，薄寒反：巡守柴望。

經〇箋：「敷，徧也。」

傳〇守音狩，朝音潮。

右《閔予小子之什》

《頌》譜

《時邁》　《𩡖》

右二詩武王時。

《清廟》　《維天之命》　《維清》　《烈文》　《天作》　《我將》　《思文》　《臣工》

《噫嘻》　《振鷺》　《豐年》　《有瞽》　《潛》　《載見》　《有客》　《武》　《閔予小子》

《訪落》　《敬之》　《小毖》　《載芟》　《良耜》　《絲衣》　《酌》　《桓》　《賚》　《般》

右二十七詩周公所定，皆成王時作。

《昊天有成命》

右康王以後詩。

《執競》

右昭王以後詩。

魯頌

傳○《禹貢》：「海岱及淮惟徐州。」蒙、羽，二山名。蔡《傳》：「《地志》：『蒙山在泰山郡蒙陰縣西南，今沂州費縣。羽山在東海郡祝其縣南，今海州朐山縣。』」費，兵媚反。朐，權俱反。○《前編》：「武王滅商，封周公於魯，都曲阜少昊大庭之墟。留相周。武王崩，成王立，元年，周公攝政，命伯禽代就封於魯。」鄭《譜》：「魯者，少昊摯之墟，國中有大庭氏之庫。」疏：「曲阜在魯城中，委曲長七八里。」○《明堂位》曰：「成王以周公有勳勞於天下，命魯公世世祀周公以天子之禮樂。是以季夏六月，以禘禮祀周公於太廟。牲用白牡，尊用犧象、山罍，鬱尊用黃目，灌用玉瓚大圭，薦用玉豆、雕篹，爵用玉琖、仍雕，加以璧散、璧角，俎用梡嶡。升歌《清廟》，下管象，朱干玉戚，冕而舞《大武》，皮弁素積，裼而舞《大夏》。」犧，素何反。瓚，才旦反。篹，素緩反，籩屬，以竹為之。雕，刻飾其直。散，先旦反。梡，苦緩反，虞俎名。嶡，居衛反，夏俎名。梡，始有四足，嶡為之距。○孔子曰：「魯之郊禘，非禮也。周公其衰矣！」○程子曰：「周公之功固大矣，皆臣子之分所當為，魯安得獨用天子禮樂哉？成王之賜、伯禽之受，皆非也。」○《通鑑外記》：「初，魯惠公使宰讓請郊廟之禮於天子。王使史角往，魯公止之。」陳傅良《春秋後傳》：「諸侯之有郊禘，東遷之僭禮也。史曰：『秦襄始列於諸侯，作西畤，祠白帝。』僭端見矣。位在藩臣而臚於郊祀，君子懼焉。則平王以前未有也。魯之郊禘，惠公請之也。惠公雖請之，而魯郊猶未率為常也。僖公始作《頌》，以郊為夸焉。記禮者以為魯禮皆成王賜之，以康周公。」案：衛祝鮀之言曰：「周公相王室，以尹天下，於周為睦。分魯公以大路、大旂、夏后氏之璜，封父之繁弱，殷民六族，以昭周公之德。分之土田陪敦、祝、宗、卜、史，備物、典冊、官司、彝器。」則成王命魯不過如此。隱公考仲子之宫，問羽數於衆仲。周公閱來聘，饗有昌歜、白、黑、形鹽，周公閱以為備物，辭不敢受。衛甯武子來聘，宴之，賦《湛露》及《彤弓》。武子不答賦，曰：「諸侯朝正於王，於是乎賦《湛露》。諸侯敵王所愾而獻其功，於是乎賜之彤弓。」假如記禮之言得用郊禘，兼四代服器官，祝鮀不應不及。況魯行天子之禮久矣，隱公何以始問羽數？閱何以辭備物之享？甯武子何以致譏於《湛露》《彤弓》？于以見魯僭未久，上自天子之宰，至于兄弟之國之卿，苟有識者，皆疑怪遜謝，而魯人並無一語及成王之賜以自解。故郊禘之説當從劉恕。分，扶問反。父音甫，衆音終。歜，徂感反。○疏：「伯禽卒，次考公酋、煬公熙、幽公宰、魏公濆、厲公擢、獻公具、真公濞、武公敖、懿公戲及伯御，又孝公稱、惠公弗湟、隱公息姑、桓公允、莊公同，閔公開卒而僖公申立。從周公數之，故為十九世。」濆音沸。真音慎。濞，匹位反。○《解頤新語》：「《魯頌》之異於《商》《周》者四：《商》《周》，天下頌之，《魯》，國人頌之，一也；《商》《周》以告神明，而《魯》用以燕樂，二也；《商》《周》子孫頌其先，《魯》臣下頌其君，三也；《商》《周》多事實，魯多禱頌，四也。」

《駉》魯一：僖公富盛。　異

經○《詩緝》：「薄言，發語辭。薄言，聊言之而已。」疏：「『薄言駉者』，有何馬也？乃有驈、皇之類。」○二章，騂，息營反。騏音期。○三章，駱、雒並音洛，駵音留。

每章之意惟在第七句。「無疆」者，廣大也；「無期」者，不苟於近利也；「無斁」者，時之能久也。唯所思者如此，故久而有富盛之效，正「秉心塞淵，騋牝三千」之意。其富盛非特馬也，因馬可以見其他爾。然思之「無疆」、「無期」、「無斁」，猶未知所思者當邪？否邪？至其卒章辭曰「思無邪」，則見其心之正。取於民者有制，其富盛皆所當得，非掊克苛斂以致之者。詩人一字之妙而意有餘，此孔子所以取之以蔽《三百篇》也。但此則人頌其君之辭，未必僖公能然也。

傳〇一章，疏：「腹謂馬肚，幹謂馬脅。」〇邑外至郊謂之坰。《爾雅》又注云：「邑，國都也。假令百里之國，五十里之界，界各十里。」疏：「大判而言，則野者，郊外通名。」故毛氏傳：「坰，遠野也。」〇驪，黑色。跨，髀間所跨據之處。白跨，髀間白也。騂，赤色。黃騂謂黃而雜赤者。跨，苦化反。髀音陛。〇皇，見《豳·東山》。〇二章，「駓，符悲反。伾，符丕反。」二「符」字誤。《釋文》：「駓，府悲反。伾，敷悲反。」皆類隔切，今並易作攀悲反。〇疏：「駓，今之桃華馬。騅、駓皆云『雜毛』，是體有二種之色相間雜。如『黃白曰皇，黃騂曰黃』，止一毛色之中自有淺深，與此二色者異。騂為純赤色。言赤黃者，謂赤而微黃，其色鮮明者也。上云『黃騂曰黃』，謂黃而微赤。騏謂青而微黑，今之驄馬也。」〇三章，驎，良忍、良辰二反。駁，北角反。鬣，力輒反，馬騣也。騣，子紅反。〇卒章，駰，又見《小雅·皇皇者華》。疏：「彤，赤色。騢，今赭白馬。骭，膝下之名，脚脛也。豪骭，豪毛在骭而白長也。」骭，户晏反。

《有駜》魯二：燕飲頌禱。　異

經〇一章，《詩緝》：「有駜然而肥強者，維何乎？其駜然肥強者，是彼一乘之黃馬也。連言『有駜』，非一馬也。」

馬雖起興，亦以富盛者言之也。「在公明明」者，事上盡職也；「在公飲酒」者，撫下以恩也。「載燕」則又言夙夜無所事，惟燕樂耳。故上言樂舞容節，而後惟頌禱也。

傳〇一章，治，去聲。樂音落。〇三章，遺，去聲。

《泮水》魯三：飲於泮宮而頌禱。異

經〇一章，旂，見《小雅・出車》〇鸞，見《秦・駟驖・傳》。〇二章，藻，見《召南・采蘋》。〇三章，茆音卯。〇五章，陶音遥。〇六章，箋：「訩，訟也。」〇七章，斁音亦。〇八章，箋：「懷，歸也。歸就我以善言【一】，喻人感於恩則化。」〇魯齋：「此頌伯禽詩。平淮夷，獻馘泮宮而作。」

一章言公至泮宮而羣臣從；二章言飲羣臣而恩意洽；三章既飲酒而祝其壽，且告以順大道而行則有服人之效；四章以後皆祝頌之辭，而各有所指。曰「敬明其德」，是告之以明德工夫也。內則敬以明其德，外則敬以慎其威儀，則「維民之則」矣。是以見於事業者，「允文允武」。有孝而假烈祖，求福祜也。五章曰「克明其德」，是已能明其德也，故有「作泮宮」以下之效。六章言軍師和而軍旅之盛也，七章言勝淮夷，八章言淮夷服。上三章道其所已然，後五章祝其所未然也。

傳〇一章，毛氏：「天子辟廱，諸侯泮宮。」箋：「辟廱者，築土雝水之外，使圓如璧，四方來觀者均也。泮之言半也。半水者，蓋東西門以南通水，北無也。」疏：「辟廱者，築土為堤，以壅水之外，使圓如璧。璧體圓而內有孔，此水亦圓而內有地，是其形如璧也。言四方來觀者均，則辟廱之宮，內有館舍，外無牆院也。泮宮必疑南有水者，以行禮當南面，而觀者北面故也。」雝、壅同。〇芹，見《小雅・采菽》。〇三章，疏：「茆與荇菜相似，葉大如手，赤，圓。有

【一】「言」，《毛詩正義》卷二十之一作「音」。

肥者，著手中滑不得停。莖大如匕柄。葉可以生食，又可鬻，滑美。江南謂之蓴菜，或謂之水葵。」○五章，《禮》疏：「在學謀論兵事，其謀成定，受之於學。征伐還反，釋奠於學，以可言問之訊，截左耳之馘，告先聖先師。」訊馘，又見《小雅・出車》及《大雅・皇矣・傳》。○七章，疏：「荀卿《論兵》云【一】：『操十二石之弩，負矢五十个。』是以一弩用五十矢。荀則毛氏之師，故從其言，以五十矢為束。鄭注《大司寇》：『一弓百矢。』則鄭竟以百矢為束。《尚書》《左傳》皆云：『彤弓一，彤矢百。』故束矢當百个。而在軍之禮，重弓以備折壞，或亦分百矢以為兩束歟？」○卒章，黮，尸茌反，誤，當作時審反。○鴞，見《陳・墓門》。○遺，于醉反。○疏：「《禹貢》：『荊、揚貢金三品。』鄭注：『銅三色，青、白、赤也。』王肅以為金、銀、銅。」

《閟宮》魯四：僖公修廟而祝頌之辭。

經○《孟子》：「『戎狄是膺，荊舒是懲』，周公方且膺之。」子金子曰：「王文憲嘗言：『《閟宮》之詩蓋有錯簡，當從《孟子》為正。』蓋第一節說姜嫄、后稷，第二節說大王、文、武，第三節當說周公之功。而今詩但說成王封周公之子，似逸一節。下文『公車千乘』、『戎狄是膺，荊舒是懲，則莫我敢承』，當是第三節，言周公四征弗庭，伐淮踐奄之功。周無徐州，故淮夷為荊州之界，而舒在今淮西也。第四節始及『王曰叔父！』至『乃命魯公』。第五節方說『周公之孫，莊公之子』，方頌僖公。第六節說饗祀降福，而『俾爾』之祝以類相從，已後皆祝頌之辭。如此，則孟子之時詩未錯簡，而《孟子》所引正是『周公』也。」○黍稷，見《王・黍離》。○重穋，見《豳・七月・傳》。○菽，見《小雅・小明》。○稻，見《唐・鴇羽・傳》。○秬，見《大雅・生民》。○三章，龍旂，見《小雅・出車》。○騂，赤也。色純曰犧。○四章，《釋文》：「楅音福。犧，素何反。」○籩豆，見《豳・伐柯》。○五章，台背，見《大雅・行葦・傳》。

【一】按，阮元《十三經校勘記》曰：「下引文出《荀子・議兵》，又《荀子》無《論兵》篇。據此，『論』字當作『議』」。

○八章，祉音恥。○卒章，梴，方椽也。○舄音昔。

傳○一章，疏：「《晉語》及《書傳》說天子廟飾，『斲其材而礱之，加密石焉』。諸侯斲而礱之，天子加密石也。」礱，盧紅反。○疏：「重穋、稙稺，生熟早晚之異稱，非穀名。先種曰稙，後種曰稺。當是先種先熟，後種後熟。傳略而不言。」○郃，湯來反。○二章，斷音短。○豳、岐，見《大雅·緜》。○與，羊恕反。

實始翦商，謂周之所以滅商者，自此基之爾。大王非有翦商之謀也，蓋古公遷岐，人從之如歸市。而《吳越春秋》謂：「古公居三月成城郭，一年成邑，二年成都，而民五倍其初。」此彷彿帝舜氣象，則德化及於民，其勢固不可遏也，但遷岐在殷王小乙之時。後高宗立，傅說為相，中興，在位五十九年。次祖庚立，七祀。次祖甲，二十八祀而文王生。《書》稱：「祖甲不義，惟王知小人之依，能保惠庶民，不敢侮鰥寡。肆祖甲享國三十三年。」自遷岐至文王之生已九十餘年，古公壽百二十歲，後不知的於何年卒。計在文王生一二年之後，則古公始終正居商。令王有道之世，翦商之志何自而生邪？《孟子》曰：「由湯至於武丁，賢聖之君六七作，天下歸殷久矣。久則難變也。武丁朝諸侯有天下，猶運之掌也。紂之去武丁未久也，然而文王由方百里起，是以難也。」古之君子以事實論商周者蓋如此，求詩之過者多失其實。故《傳》止曰「蓋有翦商之漸」，謂其國自是而漸大，真得詩人之意矣。而《論語集注》之云則未及改定也。

四章，畫，胡卦反。爓，似鹽反，湯中瀹肉。去，起呂反。大音泰。鉶音刑。湆音泣。和，胡卧反。盛，平聲。○《爾雅》：「瓦豆謂之登。」○跗，方于反。○疏：「《周語》：『禘郊之事則有全烝，王公立飫則有房烝，親戚宴饗則有殽烝。』如彼文次，全烝謂全載牲體，殽烝謂體解節折，則房烝是半體可知。此云房，故知是半體之俎。」○五章，將，子亮反。〇奇，紀宜反。英，又見《鄭・清人・傳》。疏：「絲纏而朱染之，以為矛之英飾。《小戎》：『竹閉緄縢。』傳：『緄，繩；縢，約也。』此縢亦謂約之以繩也。」〇二矛【一】，又見《鄭・清人・傳》。〇疏：「貝者，水蟲，甲有文章。冑謂兜鍪，貝非為冑之物，故知以貝為飾。」兜，當侯反。鍪，迷浮反。〇疏：「朱綅赤綫，謂以朱綫連綴甲也。」綫即線字。荆舒，見《小雅・漸漸之石》。〇艾音乂。〇六章，疏：「泰山在齊魯之界，其陽則魯，其陰則齊。」《書》蔡傳：「泰山在今襲慶府奉符縣西北三十里。」〇《郡國志》：「泰山郡博縣有龜山，齊歸龜陰之田。」杜預曰：「田在山北【二】，即襲慶府奉符縣也。」《地理志》：「泰山郡蒙陰縣，蒙山在西南。」《書》蔡傳：「在今沂州費縣。」〇七章，《地理考異》：「鳧山在兖州鄒縣東南二十八里。嶧山一名鄒山，在鄒縣南二十二里。其山東西二十里，南北十三里，高秀獨出，積石相臨，殆無土壤。」〇應，去聲。屬，之玉反。〇八章，疏：「常，魯南鄙。許為西鄙。」〇朝音潮。〇卒章，《地理考異》：「徂來山亦曰尤來，在兖州乾封縣，今為奉符縣。」《水經注》：「山在兖州梁父、奉高、博城三縣界。」後魏魯郡汶陽縣有新甫山，汶陽故城在兖州泗水縣東南。〇「教護屬功課章程」，疏：「教令工匠監護其事，屬付功役，課其章程也。」屬音燭。

《魯頌》譜

《閟宮》

右一詩僖公。

《駉》　《有駜》　《泮水》

【一】「二」下原有「章」，據張氏本及《毛詩正義》卷二十之一刪。

【二】「山北」，叢書集成本作「北山」。

右三詩不知何世。《駉》本《傳》雖以為僖公詩，而總說則以為無所考。

商頌

傳○契十四世至湯。案：《史記》：「契一、昭明二、相土三、昌若四、曹圉五、冥六、振七、微八、報丁九、報乙十、報丙十一、主壬十二、主癸十三、湯十四，皆父子相傳。」契音泄。○自成湯至于紂二十八世。其二世太甲受伊尹之訓，反善修德，諸侯咸歸，是為太宗。其後殷衰，至七世大戊，伊陟為相，殷復興，是為中宗。其二十世武丁舉傅說為相，殷道復興，是為高宗。所謂三宗也。○武王滅紂，封其子武庚于殷。成王三年，武庚叛，周公東征，誅武庚而封紂庶兄微子啓於宋。○《書》蔡傳：「泗水出魯國卞縣桃墟西北陪尾山，源有泉四，四泉俱導，因名。西南過彭城，又東南過下邳入淮。」卞縣，今襲慶府泗水縣也。宋即漢唐睢陽。宋應天府，今歸德府，其境東接泗濱。○《書》蔡傳：「孟豬在梁國睢陽縣東北，今應天府虞城縣西北孟豬澤是也。」孟與盟同。○《史記·宋世家》：「微子卒，弟衍立，是為微仲。卒，子宋公稽立。卒，子丁公申立。卒，子湣公共立。卒，弟煬公熙立，湣。公子鮒祀弒煬公自立，是為厲公。卒，子釐公舉立。卒，子惠公覸立。卒，子哀公立。卒，子戴公立。」自微子至戴公十一君，《傳》謂「七世至戴公」者，蓋父子相傳為一世。微子、微仲兄弟，當自宋公稽始。煬公亦以弟襲位，故自宋公至哀公為七世，而戴公仍在七世之外也。鮒，符遇反。釐音僖。覸，古莧反。○正考甫，宋大夫，微子之後，孔子七世祖。强，其兩反。○《史記正義》：「《括地志》：『宋州穀熟縣西南三十五里，南亳故城，即湯都也。宋州北五十里大蒙城為景亳，湯所盟地，因景山為名。所謂北亳。河南偃師為西亳，帝嚳及湯所都，盤庚亦徙都之。湯即位，都南亳，後徙西亳。』」

《那》商一：祀成湯之樂。

經〇鞉，見《周頌・有瞽》。〇鼓，見《周南・關雎》。〇衎，苦旦反。嘒，呼惠反。〇管，見《周頌・有瞽》。〇萬舞，見《邶・簡兮》。

傳〇「衎樂」之「樂」音隆【一】。闋，苦穴反。齊，側皆反。「所樂」之「樂」，五孝反。為，干偽反。僾音愛。愾，開代反。〇朱子曰：「張子云：『玉磬，聲之最和平者，可以養心。其聲一定，始終如一，無洛殺也。』」殺，色界反。〇鏞，見《大雅・靈臺・傳》。〇《魯語》注：「馬父，魯大夫，言勉聖人行此恭敬之道久矣，不敢言創之於己，乃云受之於先古也。」父音甫。〇題下，《魯語》注：「名頌，頌之美者也。輯，成也。凡作篇章，義既成，撮其大要以為亂辭。詩者，歌也，所以節舞。曲終乃更，變章亂爵【二】，故謂之亂。」

《烈祖》商二：同上。

經〇祜、酤，本皆候五反，《傳》於酤有叶字，恐誤。〇眉壽、黃耇，見《小雅・南山有臺・傳》。〇溥音普。

傳〇定，丁佞反。

《玄鳥》商三：祭宗廟。

經〇《釋文》：「員音圓，又音云。」

鄭氏謂此為祫祭之詩，宜誠然也。蓋詩叙歷世之君之德，不可奏于一廟故也。「天命玄鳥」至「宅殷土芒芒」，言契；「古帝命武湯」至「奄有九有」，言湯；「商之先后」至「在

【一】「隆」，張氏本作「落」。

【二】「爵」，《國語・魯語下》韋昭注作「節」，作「節」是。

武丁孫子」，言羣后；「武丁孫子」至「大糦是承」，言諸侯之從；「邦畿千里」至「來假祁祁」，言善政自内及外，而其效如此；「景員維河」以下，又總言殷之受禄于天也。

傳〇鳦，烏拔反。燕色黑，故謂之玄鳥。〇毛氏：「春分，玄鳥降。湯之先祖有娀氏女簡狄配高辛氏帝，辛率與之祈于郊禖而生契【一】。」箋：「鳦遺卵，簡狄吞之而生契。」《史記》：「簡狄為帝嚳次妃。三人行浴，見玄鳥墮卵。簡狄吞之，因孕，生契。長而佐禹治水，有功。帝舜乃命契為司徒，封於商，賜姓子氏。」《索隱》曰：「契生堯代，舜始舉之，必非嚳子。以其父微，故不著名。其母有娀氏女與宗婦三人浴於川，則非帝嚳次妃明矣。」老泉蘇氏曰：「《史記》載簡狄行浴，見燕墮卵，取而吞之，因生契，為商始祖。神奇妖濫，不亦甚乎？使聖人而有異於衆庶也，天地必將儲陰陽之和、積元氣之英以生，又焉用此微禽之卵哉？燕墮卵於前，取而吞之，簡狄其喪心乎？史遷之意，必以《詩》有『天命鳦鳥，降而生商』而言之，此遷求《詩》之過也。毛公之傳《詩》也，以鳦降為祀郊禖之候。及鄭之箋，而後有吞踐之事。遷之說出於疑《詩》，而鄭之說又出於從遷矣，甚矣！遷之以不祥誣聖人也。」子金子案：「《史記》自謂以《頌》自次契事【二】，然不得《頌》之意。《玄鳥》之《頌》曰：『天命玄鳥，降而生商。』蓋古人以玄鳥至之日祠于高禖，以祈子也。簡狄以是日祈焉而孕，故傳述其感生之祥。《史》以行浴墮卵之事附之，幾於罔矣。《長發》之《頌》，禘祫之詩也。推其祖之所自出者，不過敘禹敷土之時有娀外氏之盛，而契始受封有國，是開有商一代之基，而未見其為嚳子也。豈以太史克有『高辛氏才子』之言，傳者有『殷人禘嚳』之說，遂繫之嚳與？然以《頌》次之，則史傳之言為不可信矣。」娀，夙中反。禖音梅。喪，息浪反。〇竟、境同。〇旂，見《小雅・出車》。〇《語録》：「『景員維河』一句不知說甚麼，想當時有此語，人都曉得，今不可曉。」〇《家說》：「毛氏諸詩注景訓大，員訓益。《釋文》：『河本作何。』若

【一】「辛」，《毛詩正義》卷二十之三作「帝」。

【二】下「自」，《通鑑前編》無。

依此訓，此文則是『大益維何』，問辭，下則應辭也。」○《家說》：「《那》與《烈祖》二詩皆五章，章四句，以韻考之可見。獨第五章各加『顧予烝嘗，湯孫之將』二句以為亂辭。据他詩例，當稱五章章四句，一章六句。何不可者而必欲準之《周頌》？以為一章則失之牽合矣。《國語》稱《那》之末章為其『輯之亂』，則原非一章明甚。又《長發》《殷武》皆名著，章數不應一，《頌》自為二體也。《玄鳥》一章亦當分四章，章皆五句，獨第三章七句。此詩每章之首皆承上章末字發辭，正與《文王》《下武》等詩相類，此皆其分章處也。要之，《商》《魯》二《頌》自與《周頌》不同，其詞義深淺較然可見，烏得以一律並言之哉？」今案：《商頌》皆毛、鄭章句，而朱子從之。今著項氏之說于此，以存異義。

《長發》商四：祫祭之詩。

經○三章，躋，子兮反。祇音支。

傳○一章，知音智，見音現。竟、境同。

《史記正義》：「有娀當在蒲州。」今河中府。○二章，應，去聲，三章同。與，平聲，卒章同。○四章，屬音燭。縿，所御反，見《鄘·干旄》。著，直略反。荷，上、去二音。○五章，鄭氏：「共音拱，下同。」珙亦同駹，音厖。○六章，《地理考異》：「韋顧、昆吾，皆祝融後。滑州韋成縣，古豕韋國。顧城在濮州范陽縣東二十八里，夏之顧國。濮州濮陽縣即昆吾之墟，亦曰帝丘。古昆吾國故城在縣西三十里，昆吾臺在縣西百步。」○己音紀。《寰宇記》：「解州安邑縣，桀所都。」○卒章，《尚書》孔傳：「阿倚衡平，言倚以取平，亦曰保衡。」○題下，與音預。

《殷武》商五：祀高宗。

經〇二章，羌，去羊反。〇卒章，斲，斫也。桷，見《魯・閟宮》，楹柱也。

高宗中興之功必以伐荆楚為大，故作《頌》者惟言此以見殷之復治者在是。蓋蠻夷猾夏，聖人所憂；四夷來王，盛德所及也。一章伐楚而楚人服，二章楚既服而可繼成湯，三章諸侯皆從，四章為治有道而天降之福，五章中興之盛，卒章廟成而祭也。

傳〇一章，疏：「周有天下，始封熊繹為楚子。於武丁之世，不知楚君何人。」《史記》：「熊繹，成王所封。」〇二章，疏：「《周禮・大行人》：『九州之外謂之蕃國，世一見。』其國父死子繼，及嗣王即位，乃來朝也。」見音現。朝，直遥反。

《商頌》譜

《那》　《烈祖》

右太甲以後作。

《殷武》

右祖庚以後作。

《玄鳥》　《長發》

右二詩不知何世。

《詩》總圖

周 衛 鄭 齊 唐 秦 陳 曹 魯

文王

《周南·關雎》 《葛覃》 《卷耳》 《樛木》 《螽斯》 《桃夭》 《兔罝》 《芣苢》 《漢廣》 《汝墳》

《麟之趾》 《召南·鵲巢》 《采蘩》 《草蟲》 《采蘋》 《行露》 《羔羊》 《殷其靁》 《摽有梅》

《小星》 《江有汜》 《騶虞》

文王

武王

《小雅·鹿鳴》 《四牡》 《皇皇者華》 《伐木》 《雝》

武王

成王

《小雅·天保》 《蓼蕭》 《湛露》 《彤弓》 《楚茨》 《信南山》 《甫田》 《瞻彼洛矣》

《裳裳者華》 《桑扈》 《大田》 《采薇》 《出車》 《杕杜》 《南陔》 《白華》

《華黍》 《魚麗》 《由庚》 《南有嘉魚》 《崇丘》 《南山有臺》 《由儀》 《菁菁者莪》

武王在位七年。　康叔封武王元年封。　太公吕尚武王元年封。　胡公嬀滿武王元年封。　叔振鐸武王元年封。　文公旦武王元年封。

《頌·時邁》

《鴛鴦》

《頍弁》

《車舝》

《魚藻》

《采菽》

成王在位三十七年。　叔虞成王元年封，其子改爲晉。

《豳·七月》舊詩，周公陳。　《鴟鴞》　《東山》　《破斧》　《伐柯》　《九罭》　《狼跋》

《小雅·常棣》　《大雅·文王》　《大明》　《緜》　《棫樸》　《旱麓》　《思齊》　《皇矣》

《靈臺》　《下武》　《文王有聲》　《生民》　《行葦》　《既醉》　《鳧鷖》　《假樂》　《公劉》舊詩，召公陳。

《泂酌》　《卷阿》　《頌·清廟》　《維天之命》　《維清》　《烈文》　《天作》

《我將》　《思文》　《臣工》　《振鷺》　《豐年》　《有瞽》　《潛》　《載見》　《有客》

《武》　《閔予小子》　《訪落》　《敬之》　《小毖》　《載芟》　《良耜》　《絲衣》　《酌》

《桓》　《賚》　《般》

康王在位二十六年。

《頌・昊天有成命》　《噫嘻》康王以後。

昭王在位五十一年。

《頌・執競》昭王以後。

穆王在位五十五年。

共王在位十二年。

懿王在位二十五年。

孝王在位十五年。

夷王在位十六年。　非子孝王七年封為附庸。

厲王在位五十一年。　釐侯厲王二十五年立。

《大雅・民勞》　《鄘・柏舟》

《板》

《蕩》

《桑柔》

宣王在位四十六年。　武公宣王十六年立。　桓公友宣王二十二年封。

《小雅·六月》　《淇奥》

《采芑》

《車攻》

《吉日》

《黍苗》

《大雅·雲漢》

《崧高》

《烝民》

《江漢》

《常武》

宣王

幽王

平王

《小雅·賓之初筵》

幽王在位十一年。

《小雅·節南山》

《正月》

《十月之交》

《小弁》

《鼓鍾》

《白華》

《大雅·瞻卬》

《召旻》

平王在位五十一年。

《國風·黍離》

《揚之水》

《大雅·抑》

襄公幽王五年立。

《車鄰》

《駟鐵》

《小戎》

《終南》

《無衣》

莊公平王十四年立。

《邶·柏舟》

《绿衣》

《日月》

《終風》

《碩人》

武公

莊公平王二十八年立。

《叔于田》

《大叔于田》

昭侯平王二十六年立。

《揚之水》

《椒聊》

桓王在位二十三年【一】。

州吁桓王元年弑君自立。

《燕燕》

《擊鼓》

宣公桓王二年立。

《新臺》

《二子乘舟》

惠公桓王二十一年立。

《牆有茨》

《君子偕老》

《鶉之奔奔》

襄公桓王二十二年立。

《南山》

《敝笱》

《載驅》

《猗嗟》

莊王在位十五年。

僖王在位五年。

武公僖王二年始并晉。

《無衣》

【一】「二十三」，原作「二十二」，據張氏本改。

惠王 在位二十五年。

《閟宮》

戴公 惠王十七年立。

《定之方中》

《蝃蝀》

《相鼠》

《干旄》

《河廣》

文公 惠王五年立。

獻公 惠王元年立。

穆公 惠王十八年立。

《葛生》

《采苓》

共公 惠王二十五年立。

《渭陽》

僖公 惠王十八年立。

《候人》

襄王在位三十二年。

康公襄王三十二年立。

《黃鳥》

頃王在位六年。

靈公頃王六年立。

《株林》

匡王在位六年。

定王在位二十一年。

穆公定王八年立。

《式微》

《旄丘》

右詩一百八十三篇。依朱子所定，知其時世如此。餘不可知也。

詩集傳名物鈔卷八

附録

《黃文獻公集・白雲許先生墓誌銘》

（元）黃溍

先生諱謙，字益之，姓許氏。其先占籍京兆之興平，後有官于吳者，因家焉。九世祖延壽，宋刑部尚書。六世祖實，元豐間始居笠澤，尋又從婺，為金華縣人。曾祖諱經國，祖諱應龍，皆弗仕。考諱觥，淳祐丁未進士，卒官宣教郎，主管三省樞密院架閣文字。無子，以從父兄貢士君日宣之次子嗣，即先生也。

先生天資高嶷，甫能言，貢士君之夫人陶氏授以《孝經》《論語》，入耳輒不忘。五歲就學，莊重如成人。宋亡家毀，貢士君相繼淪沒。先生稍長，僑居城闉，借書於人，以四部分而讀之，雖疾恙不廢。所涉向博，知解且至。既開門授徒，而猶有所疑，無所從質。聞仁山金先生講道蘭江上，委己而學焉。金先生曰：「士之為學，若五味之在和，醯鹽既加，則酸鹹頓異。子來見我已三日，而猶夫人也，豈吾之學無以感發於子耶？」先生聞之惕然。於是金先生年七十，先生三十有一矣。請不拘常序，就弟子列，而所居相距尚遠，會金先生設教于呂成公祠下，乃獲便於參扣。金先生嘗告之曰：「吾儒之學，理一而分殊。理不患其不一，所難者分殊耳。」先生由是致其辨於分殊，而要其歸於理之一。又嘗告之曰：「聖人之道，中而已矣。」先生由是事事求夫中者而用之。金先生歿，先生益肆充闡，多所自得。自謂：「吾非有大過人，惟為學之功無間斷耳。」

先生制行甚嚴，而所以應世者，不膠于古，不流於俗，介而不驕，通而不隨，身在草萊，而心存當世。大德十一年，歲在丁未，熒惑入南斗句已而行。先生以為災在吳楚，竊深憂之。是歲大祲，先生貌加瘠。或問曰：「先生豈食不足耶？」先生曰：「今公私匱竭，道殣相望，吾能獨飽耶？」其處心蓋如此，而素志沖澹，以道自樂志。東憲府聞先生名，而不察其志，辟以為掾，避弗就。肅政廉訪使劉公庭直舉茂才異等，副使趙公宏偉舉遺逸，亦皆固辭。趙公在南台，命除舍館迎致先生，將使衆僚多士有所矜式，欣然為之起，而不久留也。先生既東還，以自責倦於應接，屏跡八華山中，學者翕然籯糧笥書而從。居再歲，以兄子喪而歸，户屨尤多，遠而幽、冀、齊、魯，近而荊、揚、吳、越，皆百舍重趼而至。

先生之教，以五性人倫為本，以開明心術、變化氣質為先，以為己為立心之要，以分辨義利為處事之制，至誠諄悉，內外殫盡。嘗曰：「己或有知，使人亦知之，豈不快哉？」或有所問難而辭不能自達，則為之言其所欲言，而解其所惑。討論講貫，終日無倦。攝其粗疏，入於密微，聞者方傾耳聽受，而其出愈真切。惰者作之，鋭者抑之，拘者開之，放者約之，為學者師，垂四十年。著錄殆千餘人，隨其材分，咸有所得。達官富人之子，望閭而驕氣自消，踐庭而禮容自飭。四方之士無賢不肖，以不及門為恥。縉紳先生至於是邦，必即其家存問焉，或訪以典禮政事。先生觀其會通，而為之折衷，聞者無不厭服。省台諸公，若王公士熙、耿公煥、王公克敬、鄭公允中、李公端、吳公壽、趙公天綱、陳公思謙、趙公仲仁，前後列其行義於中朝；鄉闈主司曹集賢鑑、楊翰林剛中，亦率同院剡上其名於省闥，郡復以遺逸應詔，先生終不為動。仍紀至元之元年，屬當大比，委先生以文衡，亦莫之能致也。嘗謂：「吾非必于隱以為名高，仕止惟其時耳。」晚年尤以涵養本原為上務，講授之余，齋居凝然。一日瞑目坐堂上，門人弗知也，徑入焉，則闃其無人乎先生之側，拱立久之，先生顧而徐言曰：「爾在斯耶？」其習於靜定，久而安焉可知也。

先生以羈孤，不逮事架閣公及其夫人韓氏，而事陶夫人克盡子職。兄璟，性剛嚴，委曲承順，怡怡如也。時姊氏有子而貧，無以為養，迎歸奉之終身。鍾愛二子，而教飭有方。冠、婚、喪、祭、賓客之禮，必盡其情文。既老而益艱瘁，僦屋以居，有田不足以饘粥，而處之裕如。門人呂權、蔣元、金涓方為先生買田築室，而先生逝矣。

先生素多疾，金先生病革，徒步往省之，會大雪，中寒濕。及奔兄璟喪于廣信，疾增劇，不良於行。疾少閑，而神更清茂。三年冬十月，疾復作，謂其子元曰：「伯兄以是月二十三日卒，我死殆與之同日乎？」及是日，正衣冠而坐，戒元以孝于母、友于弟。元復請所欲言，先生曰：「吾平日訓爾多矣，至此復何言？」門人朱震亨進曰：「先生視稍偏矣。」先生更肅容端視。頃之，視微瞑，遂卒，享年六十有八。娶朱氏，承直郎廣德路總管府推官天與之女。子男二人，長即元，次亨，以為兄璟後。先生葬以其明年春正月壬寅，墓在縣西北婺女鄉安期里。交友來赴者若干人，門人以義制服者若干人。合泉布，營葬事，因其自號而題表曰：白雲先生許公之墓。其又明年，學者其率上狀郡府，祠先生于學宮。僉肅政廉訪司事杜公秉彝，建議請贈官賜謚，未報。

先生于書無不觀，窮探聖微，靳於必得。雖殘文羨語，皆不敢忽；有不可通，衍不敢強。於先儒之說有所未安，亦不敢苟同也。讀《四書章句集注》，有《叢說》二十卷，敷繹義理，惟務平實。每戒學者曰：「士之為學，當以聖人為準的，至於進修利鈍，則視己之力量何如。然必得聖人之心，而後可學聖人之事，舍其書何以得其心乎？聖賢之心盡在《四書》，而《四書》之義備于朱子。顧其立言詞約意廣，讀者或得其粗，而不能悉究其義；或以一偏之致自異，而初不知未離其範圍。世之詆訾貿亂、務為新奇者，其弊正坐此耳。始焉三四讀，自以為瞭然，已而不能無惑；久若有得，覺所言初不與己異；愈久而所得愈深，與己意合者亦大異于初矣。童而習之，白首不知其要領者何限，其可以易心求之哉？」讀《詩集傳》，有《名物鈔》八卷，正其音釋，考其名物度數，以補先儒之未備，仍存其逸義，旁採遠搜，而以己意終之。讀《書集傳》，有《叢說》六卷，時有與蔡氏不能盡合者，每誦金先生之言曰：「自我言之則為忠臣，自他人言之則為讒賊，要歸於是而已。」其言《春秋三傳》，有《溫故管窺》若干卷，間以《春秋》大義數十百條，與友人張君樞極論之，皆傳注所未發。於三《禮》則參伍考訂，求聖人製作之意，以翼成朱子之說。其語學者，必順天地之理，酌古今之宜，使通於上下，皆可遵用。又嘗句讀《九經》《儀禮》《三傳》，而於其宏綱要旨、錯簡衍文，悉別以鉛黃朱墨。意有所明，則表見之。其後友人吳君師道得呂成公點校《儀禮》，視先生所定不同者，十有三條而已，其與先儒意見吻合如此。有老儒自以為善言《易》，力詆程子。先生與之反復辨論，辭詳義正。老儒語塞，乃謝曰：「不意子之于《易》若是其精也。」

先生中年以還，仰觀俯察，益有見於陰陽往來、升降、消長、闔闢之故，謂伏羲之經廣大悉備，文王、周公、孔子之辭乃其傳注，六爻之義特發凡舉例耳，諸儒於象辭、變占各有攸尚，要不可舉此而廢彼也。然獨未有所論述，豈不以孔子晚年始好《易》，孟子深于《易》而不言《易》乎？其觀史，有《治忽幾微》若干卷，倣史家年經國緯之法，起太皞氏，訖宋元祐元年秋九月尚書左僕射司馬光卒；備其世數，總其年歲，原其興亡，著其善惡。蓋以為光卒，則宋之治不可復興，誠一代理亂之機，故附于續經而書孔子卒之義，以致其意也。書成，以示張君樞，為言運祚之延促，豈必推之天命？猶有人事焉。漢之大儒言災異，皆欲近修人事、上答天變，況聖賢之培植基本，祈天永命者哉？有國家者不可不仁民，蓋以此也。

先生于天文、地理、典章、制度、食貨、刑法、字學、音韻、醫經、數術靡不該貫，一事一物可為博文多識之助者，必謹志之，至於釋老之言，亦皆洞究其蘊。謂學者孰不曰闢異端？苟不深探其隱而識其所以然，能辨其同異、別其是非也幾希。凡其書俱已行於世，述作之大意，則見於序引，文多不得以盡載。有《三傳義例讀書記》，皆槁立而未完。諸生有日聞雜紀，未及詮次。其藏於家者，有詩文若干卷。文主于理，詩尤得風人之旨。有《自省編》，晝之所為，夜必書之，殆疾革始絕筆云。金先生所著《論語孟子考證》《資治通鑒前編》，皆未遑刊定，垂歿以屬之先生。今二書得以大備而盛行，先生力也。

自聖賢不作，師道久廢，宋初學者有師始于海陵胡公。先生六世祖受業於海陵，號稱能以師法終始者。逮二程備，文定何公既得朱子之傳于其高第文肅黃公，而文憲王公於文定則師友之，金先生又學于於文憲，而及登文定之門者也。三先生皆婺人，學者推原統緒，必以三先生為朱子之世適。先生出於三先生之鄉，而克任其承傳之重，遭逢聖代，治教休明，三先生之學卒以大顯於世。然則程子之道得朱子而復明，朱子之道至先生而益尊，先生之功大矣。

先生葬已十年，衍元以張君樞之狀，俾溍為之銘。溍之少也，無所識知，莫能從先生游于高明之域，奔走汩沒，不知老之將至，而為庸人之歸，鄙陋之言，何足形容有道者氣象乎？重惟先生之交遊多已凋謝，而溍偶獨後死，義不得辭也。敢悉取狀所述，序其首而為之銘，以系于左方。銘曰：

道學之傳，天下為公。婺之儒先，獨得其宗。鉅人迭興，踵武相接。逮于先生，綿綿四葉。先生之學，能自得師。實踐之功，出乎真知。萬殊之差，無微不析。一本之同，會歸有極。酬酢萬變，必用其中。涵養本原，以敬始終。際茲休明，力扶正學。聞風而來，罔間南朔。春陽時雨，隨地發生。洪纖高下，咸仰曲成。迪惟前人，學有師法。克生後賢，規重矩疊。先生有作，彌大而昌。師嚴道尊，於昔有光。先生之身，斯道所寄。視其安否，以為隆替。天胡不憖，不訖耄期？山頹木壞，人將疇依？不亡者存，遺書孔有。又不在茲，尚啟爾後。

《元史·儒林傳》

許謙，字益之，其先京兆人。九世祖延壽，宋刑部尚書。八世祖仲容，太子洗馬。仲容之子曰洸、曰洞，洞由進士起家，以文章政事知名于時。洸之子寔，事海陵胡瑗，能以師法終始者也。由平江徙婺之金華，至謙五世，為金華人。父觥，登淳祐七年進士第，仕未顯以歿。

謙生數歲而孤，甫能言，世母陶氏口授《孝經》《論語》，入耳輒不忘。稍長，肆力於學，立程以自課，取四部書分晝夜讀之，雖疾恙不廢。既乃受業金履祥之門，履祥語之曰：「士之為學，若五味之在和，醯醬既加，則酸鹹頓異。

子來見我已三日，而猶夫人也，豈吾之學無以感發子耶！」謙聞之惕然。居數年，盡得其所傳之奥。於書無不讀，窮探聖微，雖殘文羨語，皆不敢忽。有不可通，則不敢強；於先儒之説，有所未安，亦不苟同也。讀《四書章句集注》，有《叢説》二十卷，謂學者曰：「學以聖人為準的，然必得聖人之心，而後可學聖人之事。聖賢之心，具在《四書》，而《四書》之義，備於朱子，顧其辭約意廣，讀者安可以易心求之乎！」讀《詩集傳》，有《名物鈔》八卷，正其音釋，考其名物度數，以補先儒之未備，仍存其逸義，旁采遠援，而以己意終之。讀《書集傳》，有《叢説》六卷。其觀史，有《治忽幾微》，仿史家年經國緯之法，起太皥氏，迄宋元祐元年秋九月尚書左僕射司馬光卒。備其世數，總其年歲，原其興亡，著其善惡。蓋以為光卒，則中國之治不可復興，誠理亂之幾也。故附于續經而書孔子卒之義，以致其意焉。

又有《自省編》，晝之所為，夜必書之，其不可書者，則不為也。其他若天文、地理、典章、制度、食貨、刑法、字學、音韻、醫經、術數之説，亦靡不該貫，旁而釋、老之言，亦洞究其藴。嘗謂：「學者孰不曰辟異端，苟不深探其隱，而識其所以然，能辨其同異，别其是非也幾希。」又嘗句讀《九經》《儀禮》及《春秋三傳》，於其宏綱要領，錯簡衍文，悉别以鉛黄朱墨，意有所明，則表而見之。其後吴師道購得吕祖謙點校《儀禮》，視謙所定，不同者十有三條而已。謙不喜矜露，所為詩文，非扶翼經義，張維世教，則未嘗輕筆之書也。

延祐初，謙居東陽八華山，學者翕然從之。尋開門講學，遠而幽、冀、齊、魯，近而荆、揚、吴、越，皆不憚百舍來受業焉。其教人也，至誠諄悉，内外殫盡，嘗曰：「己有知，使人亦知之，豈不快哉！」或有所問難，而詞不能自達，則為之言其所欲言，而解其所惑。討論講貫，終日不倦，攝其粗疏，入於密微。聞者方傾耳聽受，而其出愈真切。惰者作之，鋭者抑之，拘者開之，放者約之。及門之士，著録者千餘人，隨其材分，咸有所得。然獨不以科舉之文授人，曰：「此義、利之所由分也。」謙篤于孝友，有絶人之行。其處世不膠于古，不流於俗。不出里閭者四十年，四方之士，以不及門為恥，縉紳先生之過其鄉邦者，必即其家存問焉。或訪以典禮政事，謙觀其會通，而為之折衷，聞者無不厭服。

大德中，熒惑入南斗句巳而行，謙以為災在吳、楚，竊深憂之。是歲大祲，謙貌加瘠，或問曰：「豈食不足邪？」謙曰：「今公私匱竭，道殣相望，吾能獨飽邪！」其處心蓋如此。廉訪使劉庭直、副使趙宏偉，皆中州雅望，於謙深加推服，論薦於朝；中外名臣列其行義者，前後章數十上；而郡復以遺逸應詔；鄉闈大比，請司其文衡，皆莫能致。至其晚節，獨以身任正學之重，遠近學者，以其身之安否，為斯道之隆替焉。至元三年卒，年六十八。嘗以白雲山人自號，世稱為白雲先生。朝廷賜謚文懿。

先是，何基、王柏及金履祥歿，其學猶未大顯，至謙而其道益著，故學者推原統緒，以為朱熹之世適。江浙行中書省為請於朝，建四賢書院，以奉祠事，而列於學官。

同郡朱震亨，字彥修，謙之高第弟子也。其清修苦節，絕類古篤行之士，所至人多化之。

《續文獻通考·道統考·翼統先儒六》（明）王圻

許謙，字益之，金華人。蚤年肆力于學，受業金履祥之門。讀《四書集注》，有《叢說》二十卷。讀《詩集》，有《名物抄》八卷。讀《書集傳》，有《叢說》六卷。他若天文、地理、典章、制度、食貨、刑法、字學、音韻、醫經、術數之說，靡不該貫。其教人也忠誠諄懇，及門之士著錄者千餘人，獨不以科舉文字授人，曰：「此義、利所由分也。」一且篤于孝友，有絕人之行。中外名臣論列於朝，而郡復以遺逸應詔，皆莫能致。至元三年卒，年六十八，得謚文懿，世稱白雲先生。

《宋元學案·北山四先生學案》（明）黃宗羲

許謙，字益之，金華人。學者稱白雲先生。長值宋亡，家破，力學不已。僑寓借書，分四部而讀之。年踰三十，開門授徒。聞金仁山履祥講道蘭江，乃往就為弟子，仁山謂曰：「士之為學，若五味之在和，醯鹽既加，而鹹酸頗異。子來見我已三日，而猶夫人也，豈吾之學無以感發子邪！」先生聞之，惕然。仁山因揭為學之要曰：「吾儒之學，理一而分殊，理不患其不一，所難者分殊耳。」又曰：「聖人之道，中而已矣。」先生由是致其辨于分之殊，而要其歸于理之一，每事每物求夫中者而用之。居數年，得其所傳，油然融會。嘗自謂：「吾無以過人者，惟為學之功無間斷耳。」中外列薦，皆不應。屏迹東陽八華山中，學者負笈重趼而至，著錄者前後千餘人。侍御史趙宏偉自金陵寓書，願率子弟以事，先生為之強出。踰年即歸。其教以五性人倫為本，以開明心術、變化氣質為立身之要，以分辨義利為處事之制，攝其粗疏，入于微密，隨其材分，咸有所得，以身任道者垂四十年。先生雖身立草萊，而心存當世。大德十一年，歲在丁未，熒惑入南斗句已而行，先生以　為變在吳、楚，竊深憂之。是歲大祲，先生貌加瘠，或問曰：「先生有不適邪？」答曰：「道殣相望，吾能獨飽邪！」嘗謂：「吾非必于隱以為名高，仕止惟其時耳。」晚年，尤以涵養本原為上。講學之餘，齋居凝然。一日，瞑目坐堂上，門人徑入，則闃其無人乎先生之側，拱立久之，先生顧而徐言曰：「爾在斯邪！」其習于靜定如此。至元三年十月，病革，正衣冠而坐，坐呼子元受遺戒。元復請所未盡，先生曰：「吾平日訓爾多矣，復何言！」門人朱震亨進曰：「先生視稍偏矣。」先生更肅容而逝，年六十八。至正七年，謚曰文懿。其所論著于《四書》，曰：「學以聖人為準的，必得聖人之心，而後可學聖人之事。聖人之心，具在《四書》，而《四書》之義，備于朱子，顧其詞約義廣，安可以易心求之哉！」于《書傳》與蔡氏時有不合，每誦仁山之言曰：「自我言之則為忠臣，自他人言之則為讒賊，要歸于是而已。」于《詩》則正其音釋，攷其名物度數，以補先儒之所未備，仍存在逸義，旁採遠引，而以己意終之。于《春秋三傳》，有《溫故管窺》一書。于史則有《治忽幾微》一書，放史家年經國緯之法，起太皞氏，迄宋元祐元年秋九月尚書左僕射司馬光卒，總其歲年，原其興亡，著其善惡。蓋以為光卒，則中國之治不可復興，誠理亂之幾也，故附于續經而書孔子卒之義，以致其意焉。嘗句讀《九經》《儀禮》《三傳》，而于大綱要旨，錯簡衍文，悉別鉛黃朱墨，意有所明，則表見之。其後吳師道得呂東萊點校《儀禮》，以相參校，所不同者十三條而已。其與先儒意見吻合如此。有《許白雲集》。修。雲濠謹案：《四庫書目》收錄先生《讀書叢說》六卷、《詩集傳名物鈔》八卷、《讀四書叢說》四卷、《白雲集》四卷。

《讀書敏求記》

（清）錢曾

許謙《詩集傳名物鈔》十二卷。朱子之學，一傳為何基、王柏，再傳為金履祥、許謙，授受相承。白雲一代大儒，其于《詩》惠宗朱子，汎掃毛、鄭之說。未知今之三百篇，果非夫子之舊歟？抑《桑中》《溱洧》諸篇，夫子刪詩，竟不辨為淫泆之什而采之歟？退《何彼襛矣》《甘棠》于《王風》，削去《野有死麕》，其卓識遠過於夫子歟？子曰：「多聞闕疑。」聖人且云然，而後學反立己見以疑聖人，非予所敢信也。

《千頃堂書目》　（清）黄虞稷

許謙《詩集傳名物鈔》八卷。《集傳》所未備者，旁搜博采，多引魯齋王氏、仁山金氏説，而附己見。又以《小序》及鄭氏、歐陽氏《譜》世次多舛，一從朱子補定。正音釋，考名物度數，粲然畢具。退《何彼穠矣》《甘棠》于《王風》，而削去《野有死麕》一章，則因魯齊之疑云。

《四庫全書總目提要》　（清）永瑢等

《詩集傳名物鈔》八卷，元許謙撰。謙有《讀書叢説》，已著録。謙雖受學王柏，而醇正過之。研究諸經，亦多明古義。故是書所考名物、音訓頗有根據，足以補《集傳》之闕遺。惟王柏作《二南相配圖》，移《甘棠》《何彼襛矣》於《王風》，而去《野有死麕》，使《召南》亦十有一篇，適如《周南》之數。師心自用，竄亂聖經，殊不可訓。而謙篤守師説，列之卷中，猶未免門户之見。至柏所删《國風》三十二篇，謙疑而未敢遽信，正足見其是非之公。吴師道作是書序，乃反謂已放之鄭聲何為尚存而不削，於謙深致不滿。是則以不狂為狂，非謙之失矣。卷末譜作詩時世，其例本之康成，其説則改從《集傳》。蓋淵源授受，各尊所聞。然書中實多采用陸德明《釋文》及孔穎達《正義》，亦未嘗株守一家。名之曰鈔，蓋以此云。

《鄭堂讀書記》（清）周中孚

《詩集傳名物鈔》八卷，元許謙撰。謙字益之，金華人。延祐中，以講學名一時，儒者稱為白雲先生。《四庫全書》著錄。倪氏、錢氏《補元志》、焦氏《經籍志》、朱氏《經義考》俱載之。白雲受學于王魯齋，為朱子四傳弟子，以朱子《詩集傳》猶有未備者，因旁搜博采，以成是書。中多引魯齋及金仁山之説，附以己見，頗有精義微旨。又以《小序》及鄭氏、歐陽氏《譜》世次多舛，一從朱子補定。正音釋，考名物度類，粲然畢具，足以羽翼朱《傳》於無窮矣。至其于《周南》《召南》卷後列魯齋《二南相配圖》，不過聊備其師之一説，非本其説以立言也。故于魯齋所刪《國風》三十二篇，仍依其舊次詮解，不在放棄之列，蓋亦知師説之不然矣。而吳正傳師道序之，謂「如王先生之言，使淫邪三十二篇悉從屏黜之例，豈非千古一快？朱子復生，必以為然也。惜斯論未究，而公不可作矣」云云，竟以白雲不刪《國風》為非，此則堅守宋學之謬，以致失其是非之公焉。

《拜經樓叢書》（清）吳騫

元東陽許文懿公，嘗以鄭、歐之《譜》世次容有未當，別纂《詩譜》，系於《詩集傳名物鈔》。其間如《二南相配圖》，退《何彼穠矣》《甘棠》于《王風》，而削《野有死麕》，猶之魯齋王氏欲黜淫邪之詩三十餘篇、子朱子不取《小序》，蓋其學授受相承如此【一】。特所序諸國傳世歷年甚悉，有足資討核者，因輯訂附諸《詩譜補亡》之後。

【一】按，《二南相配圖》本王柏所著，許謙録於《名物鈔》中，吳騫遂以為許氏所著，并言「猶之魯齋王氏」云云，誤矣。

孟子曰：「誦其《詩》，讀其《書》，不知其人，可乎？是以論其世也。」《詩譜》者何？論世之書也。學者既觀于鄭、歐之《譜》，復以許氏之説參互考訂，融會貫通，雖四始五際直且探其微義，又何世之不可論哉！乾隆甲辰秋七月曝書後一日，吴騫書于拜經樓。

《金華叢書》重刻《詩集傳名物鈔》序

（清）胡鳳丹

吾郡理學之傳莫盛于宋，迨元延祐中，許文懿公以講學名一時，而薪傳賴以不墜，世所稱「白雲先生」是也。是書多採用陸德明《釋文》及孔穎達《正義》，未嘗株守一家，故名之曰鈔。謹案：本朝《四庫書目提要》稱先生受業于王柏，而醇正則遠過其師，研究諸經亦多明古義，故是書所考名物、音訓頗有根據，足補《集傳》之闕遺。至卷末譜作詩時世，其例本之康成，其説則改從《集傳》，蓋淵源授受，各尊所聞之義也。今從《通志堂經解》所刻本，校付梓人，仍舊釐為八卷。先生雖王文憲弟子，而于文憲所删《國風》三十二篇獨疑而未敢遽信，正足見其是非之公，視彼硜硜然別户分門而罔知博取於人以為善者，其相去奚啻天淵耶？此外，有《讀書叢説》六卷，又《讀四書叢説》四卷。俟覓有善本，仍當次第開雕，俾世之窮經者知所參考焉。同治八年秋九月，同郡後學胡鳳丹月樵甫謹序。

詩纘緒

（元）劉玉汝　撰
李劭凱　孫慧琦　點校

目録

卷四

鄘

衛

卷五

王

鄭

卷六

齊

魏

卷七

唐

卷九

小雅一

卷十

小雅二

卷十一

小雅三

卷十二

小雅四

卷十三

大雅一

卷十四

大雅二

卷十五

大雅三

卷十六

大雅四

卷十七

周頌

卷十八

魯頌

商頌

附　録

整理說明

《詩纘緒》十八卷，元劉玉汝撰。劉玉汝，字成之，或字成玉【一】，廬陵（今江西吉安）人，生活於元末明初。《詩纘緒》是他關於《詩經》的著作。對於劉玉汝生平，相關文獻很少，今只知其嘗舉鄉貢進士。他曾為周霆震《石初集》作序，序末題「洪武癸丑（1373）孟夏初吉」，則其卒年固當在此之後，可知他是元明之際的人。

劉玉汝生前地位聲望不著，《詩纘緒》的流傳也難說廣泛。清朝乾隆年間修《四庫全書》時，館臣就發現之前諸家書目都未著錄，明以來諸注《詩》家也罕有稱引，只有《永樂大典》頗載其文。四庫館臣遂就《永樂大典》所載條文，依經文順序纂集、排列，定為十八卷。這便是我們今天看到的《詩纘緒》的來由。

《詩纘緒》之「纘緒」二字，當是化用《魯頌・閟宮》「纘禹之緒」一語。纘者，習而繼之也；緒者，業也。所謂「纘緒」，用四庫館臣的話說，就是「專以發明朱子《集傳》」，故名曰纘緒」。那麼，《詩纘緒》有什麼特點呢？與之前的詩經學著作相比，又有甚麼特色呢？

首先是《詩纘緒》的體例。上面提及，《詩纘緒》是四庫館臣輯佚而得，書中《詩經》經文和劉玉汝的釋文是分開的。但是，從釋文中的一些措辭，尚能對原書的體例做出一些判斷。書中「此章」一語反復出現，如《邶風・雄雉》下「前二章詞平易而意悠長，此章直賦其憂思」，《小雅・小宛》下「前章既戒兄弟，此章又戒諸子」等等，

【一】明人孫原理輯《母音》卷十二載有劉玉汝詩二首，即《次友人感興》《九江逢故人》。於其名下小字注云：「字成玉，廬陵人，江西進士。」（據文淵閣四庫本）

用近指代詞「此」，可見原書經文、釋文混排，釋文當隨經文分章而分別附於正文之下【一】。再者，書中經常對朱子《詩集傳》用語進行解釋、闡發，卻不稱引「《詩集傳》曰」，而是隨手拈來，比如《周南・關雎》下「謂之一端者」、「謂之全體者」，《小雅・正月》下「愚謂九章、十章忽取物為比，而欲其無棄賢臣，與前章意既不屬，於本章詞亦不類」，而「取物為比，而欲其無棄賢臣」，其實正是《詩集傳》所引蘇氏的觀點。對此可做兩種推測，或劉玉汝假定其讀者對《詩集傳》非常之熟，或《詩纘緒》之原書是將《詩集傳》一併收錄的。兩者相較，從方便讀者閱讀的角度說，《詩纘緒》原書體例更可能類似《毛詩正義》，每章下經文、《集傳》注文、劉玉汝釋文依次排列。

其次，從內容上說，《詩纘緒》正如《四庫全書總目》所謂：「凡《集傳》中一二字之斟酌，必求其命意所在，或存此說而遺彼說，或宗主此論而兼用彼論，無不尋繹其所以然。」例如《樛木》第一章下，《詩集傳》云：「后妃能逮下而無嫉妒之心，故衆妾樂其德而稱願之」，《詩纘緒》則謂「樂其德者，謂作詩之由，非釋『樂只』之『樂』字也」。又如《信南山》下「陰陽和謂雪，萬物遂謂穀瓜」，正是對《集傳》該篇三章下「陰陽和，萬物遂」一語的說明。除此之外，《詩纘緒》還對當時《詩集傳》的傳本進行理校，比如《魚麗》下云：

> 愚謂《傳》言「所薦之羞」下當有「以起興」三字，不然則賦矣；「極道其」下當有「酒」字，燕饗皆有酒，惟食無酒，故此以魚興，酒而「多」、「旨」、「有」，皆止詠酒耳。

【一】如果這一推測屬實，《四庫全書》文津閣本與文淵閣本《詩纘緒》的部分異文便能得到合理解釋。文淵閣本《葛生》篇下有「四、五二章」之語，文津閣本則作「此下二章」；《車攻》「首章盛稱」，作「此章盛稱」；《甫田》「首章止言」，作「此章止言」；《抑》「十章與下章」，作「此章與下章」等。《永樂大典》中各家釋《詩》文字或置於經文章末，或置於篇末；四庫館臣從中輯出《詩纘緒》而將其貫連成篇時，脫離了原來的排文佈局，致使這些近指代詞變得指示不明，這些改動或是四庫館臣為讀者方便計而有意為之。（流傳於今的七篇《永樂大典》中的《詩纘緒》，惟《河廣》《雝》二篇與文淵閣本有異文，而此三處異文文津閣本皆從《永樂大典》。以此觀之，則文津本更近《永樂大典》原貌。）由此還可以更大膽地推測，文淵、文津二本出現「三章」「五章」之類的具體章數用語，在《永樂大典》乃至《詩纘緒》原書中或許只寫作「此章」。遺憾的是，今本《永樂大典》殘篇所收《詩纘緒》不涉及《詩經》中的长篇，也都没有討論章節劃分，這里的推想亦無從確證。

其說也不無道理。

同時，劉玉汝在書中還小心翼翼地表達與朱子不同的看法，比如對《小宛》「自何能穀」一語，劉玉汝云：

> 能穀，與前「式穀」之辭相應。《傳》釋「自何」二字為何自能善，則為命卜之辭。愚以「自何」為卜者之答辭，謂自何而能善，惟在於自善，即《楚辭》「善不由外來」之意。

頗能表明劉的獨立思考。

不僅如此，在一些宏觀的《詩》學觀念上，劉玉汝也是在繼承朱熹的大前提下，作出了一些自己的闡發。如下面的例子。

一、在《周南》《召南》解说中，劉玉汝遵循《詩集傳》中理學家的闡釋結構，即借助《大學》「修身—齊家—治國—平天下」這一內聖外王的邏輯，推衍出二《南》中「文王—后妃—畿內—南國」的內在理路，認為這是孔子編詩以「二南」為「正風」的用意。此一思路，始成於東漢古文經學，北宋歐陽修雖高標新旨，亦奉之不置，至朱子《詩集傳》亦未有任何突破。宋儒重思辨，尚義理，以「文王……南國」的理路說「二南」，有一個大疑惑，那就是為何《何彼襛矣》一篇在順序上放在「平天下/化南國」的位置，而非「齊家/后妃」的位置。对此朱子很矜審，不敢強解，以「不可曉」、「當闕所疑」處之。但是劉玉汝却不想留下這樣的懸疑。原朱子所以對此詩自疑問，是因為他信奉二《南》都是表「文王明德新民之功」的詩篇。可是《何彼襛矣》出現了「平王」，詩世上就有了疑問。對此，朱熹後學王柏《詩疑》的作法，是把此篇強行移入《王風》。劉玉汝則不采取這樣強硬的辦法。他認為《何彼襛矣》與《甘棠》篇一樣是「追述文王時召伯布教之事而歌之也」。以此維護了朱子二《南》的解釋體系，方法上也顯得頗精緻【一】。

二、劉玉汝對《詩集傳》中的比、興，特別是興，做了更細緻的劃分。《關雎》篇下論及興之例，謂「有取義之興，

【一】詳見本書《何彼襛矣》《騶虞》篇的釋文。

有無取義之興」，「《傳》前以『彼』、『此』言者，無取義也；後言『摯而有別』、『和樂』、『恭敬』者，兼比也。兼比，即取義之興也。《傳》兼二義，故云『後凡言興者仿此』，欲學者各隨文意而推之。」這是從「他物」與「所詠之辭」是否相關的角度做的區分，至於「興」在詩篇中應用，則又可以依各詩篇的上下文進行更細緻的描述，比如《桃夭》「因花以託興，其時未有葉與實，特因華以及之」；《唐風・杕杜》「以二句興一句」；《葛生》「以二物興一事」；《湛露》「令德因前章之興，令儀則別取興」；《桑柔》十二章二句興，十三章「只舉一句，則前二句興意皆在其中」；《隰有萇楚》《兔罝》「全篇興體也」；《緜》「以一句興全篇」，等等。此外，在《螽斯》篇下也有對「比」的用例的簡要說明：「比有二例：有專比，有兼興。專比之中又有二例：有全篇比，《鴟鴞》《伐柯》是也；有全章比，《螽斯》是也。」其中最精彩的说法莫过于《漢廣》篇「蓋興在賦、比中，非賦、比之外別有興」了。其對「興」的理解已脫離經學的解釋，而接近于文學，與今所謂「比興」說法的含義接近。

三、朱子《詩序辯說》以為自《楚茨》至《車舝》十篇的現有排列次序，可能是正雅之篇錯簡所致，《魚藻》《采菽》亦然。劉玉汝在書中也發揮了這一觀點，認為《楚茨》至《車舝》十篇，及《魚藻》《采菽》（是為正雅），連同《青蠅》《賓之初筵》《角弓》《宛柳》乃至《隰桑》八篇（是為變雅），當移至《菁莪》之後、《六月》前，且以《青蠅》《賓之初筵》《角弓》《宛柳》為變雅之首。之所以這麼做，一方面劉玉汝考證衛武公《賓之初筵》爲厲王時詩，「則自《青蠅》《賓筵》至《采綠》皆當為宣王以前詩」（《賓之初筵》篇下），這樣便可以使厲王變雅在宣王變雅之前，於時間先後為安。這樣的理由很空疏，但另一方面，如果作如此排序，則「《青蠅》信讒，非復君臣和樂之情，《賓筵》沈耽，無復禮樂宴飲之意，《角弓》非《常棣》《伐木》之兄弟昏姻，《菀柳》非《天保》之下以保上，正與《鹿鳴》以下五詩相反」（《青蠅》篇下）。這才是《詩纘緒》論定《楚茨》等篇章原有次序的用意：他是想突出變雅與正雅之詩之间存在着一种一一對應的關係。這一論證過程劉玉汝是以《詩序辯說》為出發點的，其結論則屬於他自己的發明。

四、對朱子的「叶音」說，劉玉汝的态度是否定的。他認為，「音韻反切，古今不同」，「後來光岳氣分而大音不全，方言里語漸以訛謬，而為韻書者又不能正之，而一從俗音，其意惟欲取便一時，而不知其非古矣」；又謂「今吴氏《補韻》以正音為叶韻，則是以後來之俗音為古人之正音，豈其然哉？今『叶音』之『叶』字，竊謂當以『古』字易之。」應該說，這是《詩纘緒》最有光彩的觀點，因為後來的研究表明，『叶音』說是錯的。

五、讀《詩纘緒》中經常出現「蓋詩之一體」、「詩多此體也」、「此又詩之一體」這樣的話。可以認為劉玉汝對「詩體」、「詩法」即《詩經》各篇行文謀篇的體式、方法進行的論述。但體例較為淩亂，劉玉汝也沒有對其進行提煉和概括，或許是散佚了。茲試作如下梳理：有的論全詩之體，如《樛木》「三章一意無淺深，無次序，惟易韻以致殷勤再三不能自已之意，蓋詩之一體」；有的論首章之體，如《七月》首章「前段言衣之始，後段言食之始，首章有此體也」；有的論末章之體，如《雞鳴》末章「意與前章同，不必重述，惟述告君之詳，以見前告非略，三告非晚也」，「末章承言互意，詩有此體」；有的論用字之體，如《干旄》「其後旟字、旌字皆因都、城字以叶韻，五、六亦因四而增之，以見其盛，非真有五馬、六馬也」；有的論用韻之體，《木瓜》琚、瑤、玖「三者不過隨瓜、桃、李易文為韻，詩有此體也」；有的論比之體，如《伐柯》「用二事正説、覆説以比一事，而一事之二意備見，又是比之一體」；有的論興之體，如《防有鵲巢》「以彼然興此不然，然所興之物與此所事全不相涉，興之體也」；又有一些論題材命名之體，如《渭陽》「送行而止述其送贈懷思之情，而不及其所事者，正得送別之體」，《株林》「得婉曲譏刺之體」，《天保》「首言天，次言祖宗，祝君之體也」，等等。

劉玉汝對詩體的考察是建立在元末之前詩文創作的實際基礎上的。將體、法等創作觀念大量引入到《詩經》研究的學術話語中，必然有一個是否合理的問題：《詩》的作者們是否已經建立了類似的創作規範？是否自覺地以這種創作規範去約束自己？如果不是的話，這種引入有何意義？在相當程度上，劉玉汝迴避了這些問題。不過从中也可以看出，劉玉汝對《詩經》的認識較之先儒有了一個不經意的轉變。《詩大序》云：「先王以是經夫婦，成孝敬，厚人倫，美教化，移風俗。」是強调《詩》的教化意義，劉玉汝在用體、法之類的概念分析《詩經》時，無意中却把先儒眼中的政教經典當作了文學經典，而且還是飽含文學技巧的經典，其隱含的邏輯在古聖人亦當是文法巧匠。這一點實開明人以文章法解《詩》的先河。当然不可回避的是，其解析附會的味道也往往而有。《四庫全書總目提要》说：其於詩歌文理「雖未必盡合詩人之旨」，亦「可謂有所闡明矣」。

最後，《詩纘緒》還提出了諸多有意思的觀點，如《陳風》或與受楚俗薰染相關（見《陳風・宛丘》）；國風的詩篇名相當於後世的樂府篇名（見《王風・揚之水》）；詩有按其腔調而作，也有先作而後被之八音者（見《邶風・谷風》）等。此外《雅》《頌》部分也考證了一些詩篇的用途，比如以《頍弁》為「冠而飲酒之詩」；解釋《王風・中谷有蓷》時還稍帶談了下讀《詩》的方法。上述這些，都能帶給讀者思考的興趣。

《詩纘緒》亡佚已久，《永樂大典》又僅存殘篇【一】。本書以文淵閣四庫本為底本，校之以《永樂大典》所存六篇，並且與文津閣本作了對讀，若有異文則以標識；書中異體字、俗體字、避諱字，以及刊刻常見訛字，如「已」「己」、「穀」「穀」等，則逕改作正字，常用繁體字不出校。底本「於」、「于」二字使用情況較為混亂，釋文中或有通行本《詩》文作「于」而引作「於」者。今將釋文所引《詩》文一依經文區分為「于」、「於」二字，劉玉汝釋文則統一作「於」。

【一】據欒桂明先生主編的《永樂大典索引》（北京：作家出版社，1997），《永樂大典》殘卷收錄有《詩纘緒》六篇，其篇名及所在卷數、頁碼（A、B表右欄、左欄）分別是：《雎》661卷10A，《澤陂》2755卷14A，《桃夭》5268卷9A、9B，《漢廣》11903卷23B，《河廣》11903卷29B，《齊風著》14545卷21A。

此書校點，主要由李劭凱和孙慧琦兩位合作進行，最後由李山作了讀校。限於學識和時間，我們的點校本難免有不妥、錯誤之處。敬請讀者不吝指正。

李劭凱　李山

二〇一一年十一月

詩纘緒卷一

周南

關關雎鳩，在河之洲。窈窕淑女，君子好逑。

參差荇菜，左右流之。窈窕淑女，寤寐求之。求之不得，寤寐思服。悠哉悠哉，輾轉反側。

參差荇菜，左右采之。窈窕淑女，琴瑟友之。參差荇菜，左右芼之。窈窕淑女，鐘鼓樂之。

興有二例：有無取義者，有有取義者。《傳》前以「彼」、「此」言者【一】，無取義也；後言「摯而有別」、「和樂」、「恭敬」者，兼比也。兼比，即取義之興也。《傳》兼二義，故云「後凡言興者仿此」，欲學者各隨文意而推之。《集傳》首舉文王，固此詩本旨，亦以正舊說之非也。首章雖先言淑女，後言文王，然重在君子文王也。其興「關雎」有和樂恭敬意，賦「窈窕」有幽閒意，然皆不明言。至於太姒，則曰「淑女」；於文王，曰「君子」；於匹配，曰好逑，皆稱美之常辭耳。然味其中，雖極盛之德亦可於此而見。故《傳》下文既云「見其一端」，又云「關雎舉其全體而言」，意蓋如此。朱子又言《關雎》深奧，張子則言以平易求之，則意遠以廣，此類即可推矣。《傳》既言幽閒，又曰貞靜，惟貞故幽，惟靜故閑，表裏之謂也。匡衡之說，最得女德外著幽閒之意。

此與末章托興，惟取辭字相應以起詞。《語錄》有順潔之說，然本章無此意，《傳》亦不言，不得取此義。《大序》《傳》言《關雎》興兼比者，祇言首章耳。

首章詠文王后妃之德，詞雖常而意已至。次、末二章，詩人止自述己憂樂之情而已，其於后妃，雖止用前「窈窕淑

【一】「傳」字上，文津本有「此」字。

女」一語，而全章之意皆在此一語之中。蓋詩後章承前章，多有意如此者，故其詞雖略，而意自備，后妃之德愈可見。蓋己之所以憂樂者，以此人此德世不常有故也。使可常有，何以能使人為之憂樂如是哉？然其憂樂雖主后妃，而實為文王而憂樂也。其憂樂之情，又各得其正。此夫子所以稱《關雎》，而朱子以為深奧者，亦於此可見矣。

《傳》叶音，於某字下云叶某反。愚按，《詩》音韻反切，古今不同。宋吳氏才老始為《叶音補韻》【一】，其考證諸書，最為有據。朱子取而用之於《詩傳》，其間有未安者，又從而釐正之，使讀者音韻鏗鏘，聲調諧合，諷詠之間，誠深有助。然古人淳厚質實，當風氣未開之時，其言語聲音，皆得天地自然之聲氣，而合於天地自然之律呂。自唐虞至於秦漢，凡聖賢、君子、民俗之言語、文章、歌謠、詞曲之見於經史子傳百家之書者，莫不相合。蓋古人之正音也。後來光嶽氣分而大音不全，方言里語漸以訛謬，而為韻書者又不能正之而一從俗音，其意惟欲取便一時，而不知其非古矣。今吳氏《補韻》以正音為叶韻，則是以後來之俗音為古人之正音，豈其然哉？今叶音之叶字，竊謂當以「古」字易之。如「友」下云「古羽已反」，謂之古，庶幾人知音韻之正，以復先王之舊，以本天地聲氣之初，以終朱子釐正未盡之說，而未知然否也。

孔子之言，論作詩者性情之正也，凡讀者固當觀詩人，所詠之人亦不可不觀作詩者之情，故《傳》兼論后妃、詩人之性情【二】：謂之一端者，摯而有別，乃后妃全德一端之外見【三】；謂之全體者，人情大端惟憂、樂二者，合二章可以見人情之全體，詳《傳》。以此篇見文王之德。文王生而德盛身修，故得於天而天立厥配，得於人而人化於其未得配。既得配而為之憂樂，非文王德盛身修，何以致此！周公定樂，用此於房中、鄉國，所以著明文王之德為風化首也。孔子屢稱《關雎》、「二南」，固此意。朱子於此首以文王之德言，亦此意也。

【一】吳才老（名棫），據《四庫總目提要》，著有《毛詩叶韻補音》十卷、《韻補》五卷。此處二本俱作「叶音補韻」，誤。
【二】「性情」，文津本作「情性」。
【三】「見」字下，文津本有「者」字。

葛之覃兮，施于中谷，維葉萋萋。黃鳥于飛，集于灌木，其鳴喈喈。

葛之覃兮，施于中谷，維葉莫莫。是刈是濩，為絺為綌，服之無斁。

言告師氏，言告言歸。薄污我私，薄澣我衣。害澣害否？歸寧父母。

此篇《傳》以勤儉敬孝論之，精切矣。竊又因此而推之，以為古者女子姆教四德。今詩所言為絺為綌者，婦功也；服絺綌、澣濯者，婦容也；言告，婦言也；勤儉孝敬，婦德也。四德咸備，故曰后妃之本。「本」即有子「孝弟為仁之本」，「之本」，言后妃之德皆由此出也。此篇與下篇皆見后妃之德，文王齊家之實。

次章乃此詩所由作，首章追述絺綌未成以前事，末章則預言既成以後事。首章葛初生而未入用，故止述所見聞之時物，非心常存何以發此？次章絺綌既成，而服之無有厭斁，非身親之何以能此？末章則仁之根於心者深，禮之行乎身者周矣。然此皆后妃之常事，而自述者述其實耳。在他人視之，則有以見其心之德，有以見其身之修，既足稱文王身修之配，又足以實《關雎》之詠矣。下篇同。

首章「中谷」無韻，合下章「中谷」以重韻為韻。《詩》有本章重韻為韻者，《簡兮》末章是也；有合兩章【一】、三章重韻為韻者，此篇與《瞻彼洛矣》是也。此古人用韻之體。後人以重韻為嫌，非古矣。

采采卷耳，不盈頃筐。嗟我懷人，寘彼周行。

陟彼崔嵬，我馬虺隤。我姑酌彼金罍，維以不永懷。

陟彼高岡，我馬玄黃。我姑酌彼兕觥，維以不永傷。

【一】「兩」，文津本作「二」。

陟彼砠矣，我馬瘏矣，我僕痡矣，云何吁矣。

《傳》以采卷耳、登山馬罷人病為託言，然酌罍與觥亦託言也。《國風》中如《柏舟》無酒，《采綠》狩釣，皆當為託言。「云何吁」，言將何說，惟有憂歎矣；若從目，則惟有遠望矣；極嗟歎憂傷而其詞不迫，此得性情之正，所以為貞靜專一也。

「二南」詩皆三章，此獨四章。首章即見本意，次章、三章對舉中詠，末章變文而以詠歎結之。又四「矣」字皆結詞，後來四韻律詩之體，蓋本於此矣。

《關雎》詩詠文王后妃之德行，孔子則稱詩人之性情【一】，《葛覃》《卷耳》則兼之。蓋二詩后妃所自作，故既可見其性情，又可因以見其德行焉。以德行言之，則《葛覃》見勤儉敬孝於居處之常，《卷耳》見貞靜專一於憂思之變；以性情言之，則《葛覃》樂而不淫，《卷耳》憂而不傷也。文王為家之主，后妃為家之內主，皆必身修而後家可得而齊，故《關雎》見文王之德，《葛覃》《卷耳》見后妃之德，皆有以為齊家之本矣。故合此二篇與下二篇，皆見文王齊家之實焉。

南有樛木，葛藟纍之。樂只君子，福履綏之。

南有樛木，葛藟荒之。樂只君子，福履將之。

南有樛木，葛藟縈之。樂只君子，福履成之。

衆妾因見樛木為葛藟所纍，遂託以后妃為福履所歸。舊說取下垂之義，則是比而非興矣。君子謂所詠君子中含逮下意，則興兼比矣。然兼比不若專興為深遠，諷詠之自可見。「樂只」猶言樂哉，讚美詠歎之詞，與《南山有臺》《采

【一】「性情」，文津本作「情性」。

菽》之「樂只君子」同，非衆妾之樂此君子也。《傳》謂「樂其德」者，謂作詩之由，非釋「樂只」之樂字也。若以「樂只」之樂字為衆妾之樂此君子，則誤矣。樂只君子，稱之也；福履綏之，願之也。稱願即頌禱，《風》《雅》不同，故《傳》只以稱願言，二字出《禮記》。此篇三章一意，無淺深，無次序，惟易韻以致殷勤再三不能自已之意。蓋詩之一體，詠歌之妙者也。張子謂詩人之意至平易，以平易求之，則思遠以廣，正謂此類。輔氏謂語有深淺，非也。

此文王后妃家齊之實也。后妃無嫉妬之心，固見后妃身修而德盛矣。衆妾樂其德而稱願之，則亦能以后妃之德為德矣。以此推之，則文王、后妃身修家齊之樂，豈虚也哉！

螽斯羽，詵詵兮。宜爾子孫，振振兮。

螽斯羽，薨薨兮。宜爾子孫，繩繩兮。

螽斯羽，揖揖兮。宜爾子孫，蟄蟄兮。

比有二例：有專比，有兼興。專比之中又有二例：有全篇比，《鴟鴞》《伐柯》是也；有全章比，《螽斯》是也。每章三句皆只說螽斯，暗藏所詠之事而不露，故曰全章比。三章一意，惟易疊字為韻，以致其殷勤再三稱美之意。無淺深，無次序，與前篇同。但前篇有稱有願，此則有稱無願。蓋「宜爾」者，已然之詞也。既已有之而甚宜，則無所事乎祝願，惟稱美之而已耳。螽斯稱羽，以比外見之德。其用迭字，亦含德意。己有德，子孫亦有德，所以為福。不然，雖多亦奚以為？此用迭字之工，亦有法焉，非苟然也。

此亦文王、后妃家齊之實也。此詩不特見文王、后妃與媵妾之德，并見文王、后妃子孫之德。以此二事推之，文王、后妃閨門雍睦之氣象為何如哉！

桃之夭夭，灼灼其華。之子于歸，宜其室家。

桃之夭夭，有蕡其實。之子于歸，宜其家室。

桃之夭夭，其葉蓁蓁。之子于歸，宜其家人。

《月令》二月「桃始華」，《周禮》仲春「會男女」。詩人因所見桃華以起興，此專指首章言。次、末二章則因首章言華，遂取實與葉以申所詠，不必皆實見矣。蓋桃始華，所見者也，當此之時，安有實與葉哉？《詩》之托興多如此，如《黍離》之苗、穗、實亦然，不必別為之説，蓋亦一體也。周國女子之嫁始至，而詩人見其賢，「知其必有以宜其家」。曰「知」曰「必」，為其始至可知必。詠始至者，《詩》美女子之賢多如此，如《關雎》《鵲巢》《碩人》皆然。蓋古者，明日見舅姑，三月廟見，而後成婦，前此皆為始至之時，女子之賢否於此乎觀。周民熟文王之化，皆能修身以齊其家，故女子既賢，人亦歎咏而深喜其賢也。

此文王治國之實也。國之所以治者，以人人能修身以齊其家也。國人之家齊，而後君之國始可以言治。故曰人人親其親、長其長，而天下平矣。

肅肅兔罝，椓之丁丁。赳赳武夫，公侯干城。

肅肅兔罝，施于中逵。赳赳武夫，公侯好仇。

肅肅兔罝，施于中林。赳赳武夫，公侯腹心。

此詩全篇興體也。全篇興與各章興之例不同。蓋以全篇為興也，詩人以文王人才之衆多，偶見兔罝之人，遂託兔罝以興其人才之可用，復以此人興文王之人才衆多。詩中所興者，兔罝之人耳。文王人才衆多之意，猶在一篇所言之外。故曰全篇興，觀《傳》「猶」字可見。蓋猶者，謂兔罝之人猶如此，則文王人才之衆多可知。此又興之一體，不可不知也。詩中有此體者，惟此與《隰有萇楚》二篇而已。或曰：如此則當為比。曰：比者，以彼物狀此物，蓋二物也。若此詩，則以此事興此事，非有二事也，故只當為興，不可以為比也。中逵，通行之路，「肅肅」可也；中林，無人之地，而亦「肅肅」。干城、好仇、腹心，語皆有淺深。

采采芣苢，薄言采之。采采芣苢，薄言有之。

采采芣苢，薄言掇之。采采芣苢，薄言捋之。

采采芣苢，薄言袺之。采采芣苢，薄言襭之。

此篇最見文王德化泯然無迹之意。周民承周家累世之澤，加以文王壽考之聖，斯民薰陶涵浸於德化深矣。其婦人采芣苢而自賦，其言采采者，常事也；芣苢者，常物也；采、有、掇、捋、袺、襭者，常序也；以此自賦，又常語也。而優游安逸，閒暇從容，陶然而無累，悠然而自得，直有堯民《擊壤》帝力何有之意。王者之民，皞皞而莫知所以為之者，於此可見其實焉。且《桃夭》女子之賢，《兔罝》武夫之才，猶以詩人美之而後見，若此則非自言其樂，亦非人之稱其樂也。而其樂不特己不自知，而且有非人所得與，尤非他人所能喻者。文王之德化周民之美俗，於是乎盛矣，至矣，而蔑以加矣。讀者反覆吟哦而玩味之，則《中庸》所謂淡而不厭者，其此詩之謂矣。

以上三詩皆見文王國治之實。先《桃夭》，後《兔罝》者，國家之治皆由內而外也；《芣苢》見文王之化人，人之於文王，皆有莫知其然者。然化不離於人心之本然，百姓之日用，豈外此而別有所謂聖人之化哉？《中庸》曰：「動則變，變則化，唯天下至誠為能化。」此自明而誠者之事也，人人可以自勉。

南有喬木，不可休息。漢有游女，不可求思。漢之廣矣，不可泳思。江之永矣，不可方思。

翹翹錯薪，言刈其楚。之子于歸，言秣其馬。漢之廣矣，不可泳思。江之永矣，不可方思。

翹翹錯薪，言刈其蔞。之子于歸，言秣其駒。漢之廣矣，不可泳思。江之永矣，不可方思。

《傳》曰興而比，竊謂當曰興又比。蓋興有兼比者，《關雎》是也，《傳》止曰興也；比兼興者，《綠衣》是也，《傳》亦止曰比也；至《下泉》比兼興，乃發例曰比而興；《野有蔓草》《溱洧》《黍離》《頍弁》賦兼興，則發例曰賦而興。蓋興在賦、比中，非賦、比外別有興【一】，故其例如此。《頍弁》賦而興後比，則曰賦而興又比，是比在賦、興外者，當曰又比也。今《漢廣》比在興後，則當用《頍弁》例，曰興又比也。若曰興而比，則與比而興、賦而興者不辨矣。故《漢廣》《椒聊》《巧言》之四章，皆當曰興又比。《氓》之三章、末章當云比又興、賦又興云。

首章極言游女之不可求，後二章承前意，以其不可求，故悦之而復以二比歎咏之，則有敬之之意矣。敬而悦之，悦生於敬，故兩言秣馬為「悦之至」；悦而敬之，敬生於悦，故三致歎咏為「敬之深」。此篇只言游女之不可求，而興比反覆，最見歎咏【二】，非工於咏歌者乎？故此游女端莊静一之不可求，與作詩者知其不可求而愛敬之，皆得性情之正，皆可以見文王后妃之德化。

遵彼汝墳，伐其條枚。未見君子，惄如調飢。

遵彼汝墳，伐其條肄。既見君子，不我遐棄。

魴魚赬尾，王室如燬。雖則如燬，父母孔邇。

文王之化，非止江、沱、汝、漢之間，《傳》於《漢廣》曰「先及」，於《汝墳》曰「先被」，此其所先被及者，

【一】「別有」，文津本作「有別」。
【二】「見」，文津本作「善」。

則後所被及者，豈可限量哉！此篇次章乃此詩所由作。首章追賦未見時事，次、末章正述既見時意，其體與《葛覃》相似。所以知為追賦者【一】，以條枚、條肄而知之。汝墳之去紂都，視江漢為近，以《漢廣》推之，則汝墳染紂之俗必深；以本篇推之，則不特染其惡，且必有遭其虐而怨叛者矣。文王率殷之叛國以事紂，其身修之純德，事君之小心，皆有以浹於人。故《汝墳》之婦人未見君子憂之之意，如彼既見而喜之之情，如此其憂喜既得其正矣。而又知王室之當尊，文王之當親，而以是美其夫，蓋亦莫非義矣。夫當商紂淫虐之時，能使江漢之女子端莊靜一難矣，而《汝墳》之婦人既得性情之正，又知倫誼之大，豈不尤難歟？故文王之德化，於《漢廣》見其及人之遠，於《汝墳》見其入人之深，此《汝墳》詩所以後於《漢廣》歟？「魴魚赬尾」一句，比與《衛·終風》《大雅·緜》同，當類推之。

以上二詩，皆見文王天下漸平之實，文王三分天下有其二，故曰漸平。《詩》列《風》《雅》《頌》以寓修齊治平之法，而「二南」諸詩之次第，已具此法於其中。此聖人之精意也。程子謂「二南」猶《易》「乾」、「坤」，乾統坤，坤承乾。竊謂二卦不特見統承，雖全《易》不出此，《二南》亦然。其説詳見後。

麟之趾，振振公子。于嗟麟兮！

麟之定，振振公姓。于嗟麟兮！

麟之角，振振公族。于嗟麟兮！

案：此篇《永樂大典》失載。

【一】「者」，文津本無。

詩纘緒卷二

召南

維鵲有巢，維鳩居之。之子于歸，百兩御之。

維鵲有巢，維鳩方之。之子于歸，百兩將之。

維鵲有巢，維鳩盈之。之子于歸，百兩成之。

此詩見諸侯身修有德，得賢妃亦有德，而身修足為齊家之本【一】，猶《關雎》也。鵲巢鳩居，如《序》說則是比，而非興矣。今以為興，蓋以「鵲巢」、「鳩居」二句，興「之子于歸」一句，而「居之」「御之」，取詞字相應，觀《傳》是以二字可見，蓋義興之一體也。

盈謂媵之多，則以二句興「之子」一句，可知禮以成為美，不成禮，則迎送雖多，奚以為？故以「成」終之。此篇維據實事而咏【二】，未嘗言夫人所以為德者。然非有德，何以稱其儀、成其禮哉？故此詩無溢美【三】，無過詞，而自有以見其德家人。作詩者之性情，亦可見其正。張子謂以平易求之，則思遠以廣，尤可以此詩類推之。

【一】「足」，文津本無。
【二】「維」，原作「雖」，據文津本改。
【三】「此」，文津本作「以」。

于以采蘩？于沼于沚。于以用之？公侯之事。

于以采蘩？于澗之中。于以用之？公侯之宮。

被之僮僮，夙夜在公。被之祁祁，薄言還歸。

前二章以兩「于以」提起詠歎，末章「僮僮」、「祁祁」乃極形容。蓋祭以敬為主，前兩言「采」，以見采之勤；兩言「用」，以見用之謹，含敬意而歎詠之，末直以愛敬之意形容之【一】，夫人之敬如此，其美可知。且「采蘩」，未祭時事；「僮僮」，正祭時事；「祁祁」，既祭後事。蘩，祭之物；事，祭之禮；宮，祭之所；末章，祭之心。三章見始中終，辭簡意備，而表裏之敬可知，歎美之善者也。

喓喓草蟲，趯趯阜螽。未見君子，憂心忡忡。亦既見止，亦既覯止，我心則降。

陟彼南山，言采其蕨。未見君子，憂心惙惙。亦既見止，亦既覯止，我心則說。

陟彼南山，言采其薇。未見君子，我心傷悲。亦既見止，亦既覯止，我心則夷。

時物不同，而所感如一，故上文所賦則易其辭，下文惟易其韻，以見思念之情。「既見」、「既覯」，乃「未見」、「未覯」時言之，觀「亦」字、「則」字可見。然其未見而憂傷止於如此，亦得性情之正矣【二】。

按孔疏及《儀禮》，此篇當在《采蘋》後，說見下篇之末。

按此篇當從《儀禮》及孔疏，移置於《采蘋》後，則《采蘩》《采蘋》處其常，《草蟲》處其變，尤與《周南》之三詩相對而相似。按，《鵲巢》見諸侯身修而得賢妃，《采蘩》見夫人身修而諸侯之家齊，《采蘋》《草蟲》見大夫身

【一】「之意」之「之」，文津本無。

【二】「性情」，文津本作「情性」。

修而得賢妻，《行露》聽訟見大夫之身修，《羔羊》退食見大夫之家齊，《殷靁》《摽梅》見士庶之家齊，而諸侯之國治矣。

于以采蘋？南澗之濱。于以采藻？于彼行潦。
于以盛之？維筐及筥。于以湘之？維錡及釜。
于以奠之？宗室牖下。誰其尸之？有齊季女。

案：此篇《永樂大典》缺卷。

蔽芾甘棠，勿翦勿伐，召伯所茇。
蔽芾甘棠，勿翦勿敗，召伯所憩。
蔽芾甘棠，勿翦勿拜，召伯所説。

觀伐、拜、敗三字，可以見其愛之愈深。下文茇、憩、説，隨上文叶韻耳。必稱召伯，據今而言，皆足見愈久愈愛之意。又甘棠所以蔽芾者，以人愛之故也。屢稱「蔽芾」，數戒以「勿」，辭意愈至，則不特愛之於今日者愈深，而愛之於後來者，尤未見其已也。諷咏之自可見。

此篇為武王時所作，蓋文王時召公未稱伯，武王克商，分周、召左右，而後稱伯。今稱召伯，故知其作於武王時。然《周南》《召南》皆著明文王之德，《甘棠》所言為文王時事，所以列於《召南》之中。今按此詩與《何彼穠矣》皆為武王時所作，必當與《何彼穠矣》同列於後，而此詩乃移而升居於前者。意者《采蘋》《草蟲》以上為文王躬化南國之詩，《行露》以下為召伯布文王德教所致之詩，其以《甘棠》升居於此者，欲以明《行露》以下為召伯布政所致。

《召南》之所以為《召南》者以此，非《何彼襛矣》所可同，故特移而居於《采蘋》《草蟲》之後，《行露》之前也。其移之者，或周公，或太師，或孔子，雖不可知，然移之之故，以事理推之，而可知其或然也。不然則二詩之作同時，而何列之異所邪？後日思召公之詩，何乃先於前日布政之時邪？

厭浥行露。豈不夙夜？謂行多露。

誰謂雀無角，何以穿我屋？誰謂女無家，何以速我獄？雖速我獄，室家不足！

誰謂鼠無牙，何以穿我墉？誰謂女無家，何以速我訟？雖速我訟，亦不女從！

輔氏謂前章責之以禮，後章斷之以義，此説得之。以此絶其人，則其所守可知。以女子而能是，豈無所自來？揭《甘棠》於前，而《召南》之義粲然矣。《傳》於末章言求室家之禮不足，蓋詩後章承前章意，不言而前意在其中，觀此《傳》尤可見。

此詩南國民間女子所作，并見大夫之賢，則南方諸侯之國漸治矣。其政教雖本文王，而實召伯布政使然，故揭《甘棠》於前以表之。此篇本與《采蘋》《草蟲》相連，今以《甘棠》間之，然意未嘗相間也。蓋女子能以禮自守，而聽訟者能使有禮者得以自直，無情者不得盡其辭，則大夫之賢亦可知。聽訟者或為召伯，或為諸侯，不可知。然前後之詩皆言大夫【一】，而此詩居其間，豈非皆為南國之大夫與？故曰意未嘗相間也。讀者當以意觀之可也。

羔羊之皮，素絲五紽。退食自公，委蛇委蛇。

羔羊之革，素絲五緎。委蛇委蛇，自公退食。

【一】「言」，文津本作「見」。

羔羊之縫，素絲五總。委蛇委蛇，退食自公。

稱美服飾易，形容氣象難。此篇三章惟以一服飾，變文叶韻以咏之，而服飾之有常可見。惟以「退食」一句，反覆三變以咏之，而從容自得之氣象可想。又舉燕服以見在朝之節儉，舉退食以見在公之正直，節儉正直見身修，退食燕居見家齊。大夫之在位者固可美，而國人之稱美之者，亦知德而善咏矣。

自《行露》至《摽有梅》，皆民間所作。《行露》因女子守禮而見大夫聽訟者之賢，《羔羊》因大夫而知國人作詩者之善，二詩可以互見，又大夫賢能治其國，而國人能守禮咏德，則南方諸侯之國治，亦皆可以互見矣。

殷其靁，在南山之陽。何斯違斯？莫敢或遑。振振君子，歸哉歸哉！

殷其靁，在南山之側。何斯違斯？莫或遑息。振振君子，歸哉歸哉！

殷其靁，在南山之下。何斯違斯？莫或遑處。振振君子，歸哉歸哉！

行役遇雨為最苦，家人因聞雷聲，觸景興詞，而念君子之勞。三章一意，而惟易其韻者，念之深也。下二句美其德，望其歸，而二章不易其辭者，思之尤切也。思其君子，而再三美其德，其所思者，惟以其德，婦人之亦有德可知也【一】。凡章首託興興辭【二】，後章同辭異韻者，非有他義也。若下文咏意同辭，而復致其咏歎者，其意為尤重。當以此篇與《衛・北門》《北風》、《王・黍離》《揚之水》等篇例推之可也。「歸哉歸哉」，本章二「哉」字重韻為韻，又合後章重韻為韻。凡本章無韻者，當推此例。

【一】「也」下，文津本有「矣」字。
【二】「興興」，文津本作「興」。

摽有梅，其實七兮。求我庶士，迨其吉兮！

摽有梅，其實三兮。求我庶士，迨其今兮！

摽有梅，頃筐塈之。求我庶士，迨其謂之！

按：此篇《永樂大典》缺卷。

嘒彼小星，三五在東。肅肅宵征，夙夜在公。寔命不同！

嘒彼小星，維參與昴。肅肅宵征，抱衾與裯。寔命不猶！

《召南》之詩，至《小星》而再更端。蓋《鵲巢》以下四詩，為文王、后妃躬化之詩；《甘棠》以下五篇，為召伯宣化之詩。然皆南方之近國也。《小星》以下三詩，則為南方之遠國；而《野有死麕》則為南方極遠之地，自古難化之俗，至是而化亦及之矣。故《小星》承上更端，總以文王、后妃、召伯之化，繼以遠方諸侯之國，所以明德化極遠，天下漸平之實效也。故以類言之，則《小星》與《鵲巢》同為諸侯夫人之詩，《江有汜》與《采蘋》《草蟲》同為大夫妻之詩，《野有死麕》與《摽有梅》同為庶人婦女之詩。然而不以類同列於前，而再以列國夫人起大夫士庶於後。蓋王者之化，自近而遠，得詩者近先遠後，其序自然如此。《傳》於《漢廣》言文之化由近而遠，即此意。又乾一坤二亦此意。

命，謂貴賤之命，孔子曰：「不知命，無以為君子。」夫人以后妃之德化，衆妾以夫人之德感，能知命而安之，故有以定其心，而不為怨欲之所動。興取字相應，前《漢廣》已然，《傳》於此例【一】，後當以此類推之。

【一】「例」上，據上下文似當有「發」。

江有汜，之子歸，不我以。不我以，其後也悔。

江有渚，之子歸，不我與。不我與，其後也處。

江有沱，之子歸，不我過。不我過，其嘯也歌。

以一句興二句，又以彼形此，故《傳》以「猶字」、「乃」字釋之，取義興之一例也。汜、渚、沱一意，取叶韻以起下文耳。江為南方流水之通名，沱則江之別名。凡水由江出或入江者【一】，皆曰沱。南方江水中多有，不特江陵、漢陽之間有此也。又不必為媵妾所居之地，凡所聞所見所經行，皆可取以起興。始言悔，中言處，末總言嘯且歌，悔而未遂則嘯，相安而樂則歌。相安而樂，則非徒悔矣，然其始何以能悔哉？婦人之性，最未易開悟者。今乃能悔而非，為人悔可謂至難，故媵首言之，推厥所自，豈非《樛木》《螽斯》之化哉？

觀《小星》，見夫人衆妾之性情；觀《江有汜》，見大夫妻妾之性情，可謂名得其正矣。

野有死麕，白茅包之。有女懷春，吉士誘之。

林有樸樕，野有死鹿。白茅純束，有女如玉。

舒而脱脱兮，無感我帨兮，無使尨也吠。

按：此篇《永樂大典》缺卷。

何彼襛矣？唐棣之華。曷不肅雝？王姬之車。

何彼襛矣？華如桃李。平王之孫，齊侯之子。

【一】「水」，文津本無。

其釣維何？維絲伊緡。齊侯之子，平王之孫。

何，問辭，應在下句首。以「何」起辭，宋玉《九辨》、相如《長門賦》皆用之。末章倒用何字，變文之法也。曷不，猶言豈不也。肅雝，本言車中王姬，而曰王姬之車，不直指王姬，尊敬之也。王姬、平王，皆追稱也。以「孫子」、「子孫」互言，反覆咏歎以美之也。首、次章首以興對舉，次、末章下以事對舉，詩體也。《湛露》詩亦有此體。竊謂此詩武王時詩人追述文王為諸侯時，以世子武王女嫁諸侯之世子而美之也。女子能執婦道，以成肅雝之德，久而人猶師法之。至武王有天下之後，詩人欲化天下以婦道，故追述其初嫁時事以美之。亦如《甘棠》作於武王時，追述文王時召伯布教之事而歌之也。所以知詩作於武王時者，以其言王姬、平王也，蓋追稱之也。所以知文王為諸侯時者，以其「平王」對「齊侯」，文王非實王也。所以知武王為世子者，詩不稱女而稱孫，文王以諸侯為婚主也。文王既追稱王，則孫亦追稱王姬也。所以知為諸侯世子者，不稱齊侯而稱侯之子，子者，侯嗣也。稱肅雝，故知其化天下。古人稱德不必多也，兩取桃李、絲緡為興，故知其為初嫁時事。《關雎》《鵲巢》《桃夭》，皆美女子於初嫁時；《碩人》閔莊姜之不見答，亦追述其嫁時之盛。蓋詩稱美婦人女子，體如是也。《甘棠》稱召伯，《何彼穠矣》稱王姬，同作於武王之時，同為咏文王時之事，故皆得列於《召南》之中。以《甘棠》例之，則《何彼穠矣》當為追述文王時事之詩；以《何彼穠矣》例之，則《甘棠》既作於武王之時，當與《何彼襛矣》同列於《召南》之末。今《甘棠》既揭居前，以表《召南》之義，而此詩不移者，蓋又欲以《騶虞》並為《麟趾》之對，而為《召南》之終也。說見後篇。

彼茁者葭，壹發五豝。于嗟乎騶虞！

彼茁者蓬，壹發五豵。于嗟乎騶虞！

此詩專詠諸侯之仁。葭、豝見其及物，騶虞見其本心。本心之仁，推行有序。親親而仁民，仁民而愛物者，序也。

由本心之仁推行，已及於物，則其親親仁民，不言可知矣。狀仁之全，莫善於此。詩人因春田以發詠，彼茁者，春也；一發者，田也；見草木之茂，則以葭、蓬詠之；見禽獸之多，則以豝、豵咏之；見其仁心自然，非由勉强，則以騶虞咏之。舉葭蓬豝豵，而天地萬物與吾一體之意已可想，而又再三歎騶虞，以咏本心。不惟見諸侯之仁，又因以見文王之化，又且使人油然感發，真可反求而自得其本心焉。歷觀《詩》三百篇言仁，未有如此篇之善形容者，故取及物為《召南》之終，而又用之為天子之射節歟？騶虞，首章叶則音牙，後章叶則音五紅反，與「乎」叶則本音，一字三叶韻。若合後，則重韻為韻，一詩而用韻之例四。

《麟趾》見文王后妃子孫宗族之仁厚，《何彼穠矣》見文王后妃孫女之肅雝。言化不特被當時，而且及後人矣。麟與騶虞，皆王者之瑞。一彼一此，言此不特及人，而且及物矣。子孫孫女以人而類，麟與騶虞以物而類，《麟趾》兼二義，此二詩各一義，故合二詩對《麟趾》，為《鵲巢》之應，為《召南》之終。又合「二南」為《關雎》之應，以見文王天下漸平之實，而其德可法如此云。

《傳》謂《鵲巢》猶《周南》之有《關雎》，《采蘩》猶《葛覃》，《草蟲》若《卷耳》。竊以此意推之，謂《采蘩》《采蘋》猶《葛覃》，《草蟲》若《巷耳》，《小星》《江有汜》猶《樛木》，《螽斯》《行露》猶《桃夭》，而《甘棠》《羔羊》猶《兔罝》，《摽有梅》猶《芣苢》，《野有死麕》若《漢廣》，《殷其靁》若《汝墳》，《何彼穠矣》《騶虞》若《麟趾》。蓋内以是施之，則外以是應之；上以是行之，則下以是效之。故「二南」諸詩相似而相對，有乾統坤承之義焉。然其相似者不必真相似，相對者不必真相對。又有乾一坤二、乾純坤雜之義焉，皆可以意觀之。

邶

汎彼柏舟，亦汎其流。耿耿不寐，如有隱憂。微我無酒，以敖以遊。

我心匪鑒，不可以茹。亦有兄弟，不可以據。薄言往愬，逢彼之怒。

我心匪石，不可轉也。我心匪席，不可卷也。威儀棣棣，不可選也。

憂心悄悄，慍于羣小。覯閔既多，受侮不少。靜言思之，寤辟有摽。

日居月諸，胡迭而微？心之憂矣，如匪澣衣。靜言思之，不能奮飛。

首章以柏舟為比者，不得於夫而隱言之，敦厚之意也，《綠衣》《終風》亦然。

二章反求諸心，而知己之不能度物，往愬兄弟，而兄弟又不能察己之心，則窮亦甚矣。

後二章乃言衆妾見侮而心憂，直言羣小，而隱言日月，蓋妾賤夫貴，立言之等，以此而觀莊姜之心，豈真不能度物哉？特不能度莊公之狂暴，而移易此心耳。衆妾見怒【一】，實由莊公致然，然其憂思止於如此，不過其則，皆得性情之正。《大序》所謂「發乎情止乎禮義」者，此類是也。

綠兮衣兮，綠衣黃裏。心之憂矣，曷維其已！

綠兮衣兮，綠衣黃裳。心之憂矣，曷維其亡！

【一】「見怒」二字，文津本無。

綠兮絲兮，女所治兮。我思古人，俾無訧兮！

絺兮綌兮，淒其以風。我思古人，實獲我心！

按：此篇《永樂大典》缺卷。

燕燕于飛，差池其羽。之子于歸，遠送于野。瞻望弗及，泣涕如雨。

燕燕于飛，頡之頏之。之子于歸，遠于將之。瞻望弗及，佇立以泣。

燕燕于飛，下上其音。之子于歸，遠送于南。瞻望弗及，實勞我心。

仲氏任只，其心塞淵。終溫且惠，淑慎其身。先君之思，以勗寡人。

首言別時景物，乃以「燕燕」興己與妾。次言送別之地。大歸，歸宗也。于野，托言，與《卷耳》「陟岡」同，婦人送迎不出門。末二句言送別之情，既送而又遠送之，既別而又瞻望之。「瞻望弗及」，則又為之泣涕。淚有盡，心難忘也，故曰「實勞我心」。當此之時，衛國禍亂有不可勝道者，而隱然不露，辭極淺近平易，而其中自有歎恨不盡之意，所以為不可及。末述仲氏平素之德，相厚之意【一】，相勉之辭，以致別後難忘之思。嫡妾之間，處變如此，而性情皆不失其正，猶《南》有《樛木》《江有汜》之遺意焉。《衛風》初變而猶美，於此可觀。蓋莊姜述仲氏之德而以身心言，是其平日知學古人，而用力於身心者，故事君事夫為嫡為妾無間，於死生常變皆能以大義自勉，真可為閨門之訓矣！世之君子徒口耳之是學，可媿也哉。

當從《傳》移置此篇於《終風》後。後凡言錯脫者，並依此例，移置為是。

【一】「意」，文津本作「德」。

日居月諸，照臨下土。乃如之人兮，逝不古處。胡能有定，寧不我顧？

日居月諸，下土是冒。乃如之人兮，逝不相好。胡能有定，寧不我報？

日居月諸，出自東方。乃如之人兮，德音無良。胡能有定，俾也可忘？

日居月諸，東方自出。父兮母兮，畜我不卒。胡能有定，報我不述？

莊姜以古人古道自處，所以不見答於莊公。莊公資質本已狂蕩，而又未嘗學問，不知師古，是以處閨門之間，言不道忠信，身不循禮義，心志回惑，無有定時，此莊姜所以憂也。故此詩專為莊公心志無定而作。首言「不古處」者，無定之原也；繼言「無良」、「不述」者，無定之實也。「不相好」與「不顧」、「不報」，而復「俾我」、「報我」者，皆待己無定之情也。「胡能有定」之辭，終篇不易焉。然既無定矣，而曰胡能、曰寧不，皆為疑辭，而不為決辭。先曰德音，而後曰無良【一】；既曰不報，而又曰報我，皆有望之情。望之者，望其定也。苟能有定，則所以報我、顧我者，必有其道矣。此其所以望也。首呼日月，末呼日月、父母，憂思之至，所以結也。

終風且暴，顧我則笑。謔浪笑敖，中心是悼。

終風且霾，惠然肯來？莫往莫來，悠悠我思。

終風且曀，不日有曀。寤言不寐，願言則嚏。

曀曀其陰，虺虺其靁。寤言不寐，願言則懷。

不忍斥言，惟取比，寓意與《柏舟》《綠衣》同，故《傳》於《柏舟》謂與下篇相類者，此其一也。前二章以一句比，後二章因前比增為二句比，且其取義亦以漸而加。始止取義終風，繼增以霾，又增以曀，因曀又增以雷。有此事有

【一】「曰」字下，文津本有「德音」二字。

此情，而取比復有此義，如層瀾疊障【一】，以寫此情，工於比者也，又比之一體。

前篇言不報，而又曰報我；言不顧，而此篇又曰顧我，莊姜之憂，豈謂其不答不顧者？謂其所以答我顧我者，非其義也，非其禮也。故既曰顧我，而又曰謔浪笑敖；既曰肯来，而又有「莫往莫来」之時，是其所以答我顧我者，乃所以為不答不顧也。莊公之為人無定如此，且將無以為家，而何以為國？無可奈何，則惟有悼思嚏懷而已矣。《柏舟》《緑衣》與此皆能止乎禮義，所謂相類者以此。「不日有曀」，兼比前「顧我」、「笑敖」、「肯来」、「莫来」之意，末章則深念而未已耳。詩凡後章合前章意者，此亦可見。

擊鼓其鏜，踊躍用兵。土國城漕，我獨南行。

從孫子仲，平陳與宋。不我以歸，憂心有忡。

爰居爰處，爰喪其馬。于以求之？于林之下。

死生契闊，與子成説。執子之手，與子偕老。

于嗟闊兮，不我活兮！于嗟洵兮，不我信兮！

州吁以嬖人之子弑君，而虐用其民，阻兵而用以釋怨。從軍者自知其必死亡，而作是詩。首章自言其用兵之狀，而有己獨死亡之怨。次章舉主將之名，言所以用兵者為此事，見其師出無名；不以我歸，而軍士無義不反顧之心矣；舉孫子仲，而州吁不言可知。三章軍行而居處，則不特無不反顧之義，而且無鬬志矣。喪馬而往求之林下，則不特無鬬志，而且失伍離次矣。失伍離次而惟思室家，有不遂偕老之歎，則軍士之情益可見矣。衛莊公不能脩身以正其家，又不能以義方教其子，使州吁恃寵驕奢，阻兵安忍，弑君殘民，而卒受討賊之誅。詩存此篇，所以著《柏舟》《緑衣》之禍至於

【一】「瀾」，文津本作「瀾」。

如此，其為世戒深矣。

凱風自南，吹彼棘心。棘心夭夭，母氏劬勞！
凱風自南，吹彼棘薪。母氏聖善，我無令人！
爰有寒泉，在浚之下。有子七人，母氏勞苦！
睍睆黃鳥，載好其音。有子七人，莫慰母心！

詩有章四句，而三句興，或三句比者【一】，比興之一例也。凱風吹棘，辭同而一比一興，比興之所以異，二章最可觀。後三章興又自不同。棘薪、無令，借彼發此言，彼則如彼，此則如此，是平說。寒泉、黃鳥，借彼形此，言彼猶然，而此乃不然，是抑揚說。此興之取義者，又有此二例，他可類推。育我而劬勞者，父母之恩也，首述父母之恩者，將自責而先推本，以發端言之序也。

次章而下，皆自責也。子壯大而不令，使母勞苦不安，非子之責乎？故曰「痛自刻責」。然母非實勞苦【二】，而以勞苦為詞，故曰「微指其事」，而婉詞幾諫焉。然善婉詞幾諫，而無以慰悅其心，未有能安之者，故以慰母心終焉。此詩本欲幾諫而先自責，幾諫之詞寡，而自責之詞多。蓋幾諫固人子所當然，而自責尤人子之難事，何則？幾諫猶見父母之有過，自責則不見父母之過，而惟見其為己之罪，尤足以感動親心，固有不待幾諫而父母自喻於道者矣。舜盡事親之道，而瞽瞍厎豫者，以負罪引慝也。夫負罪引慝者，事親之要道也。《說苑》謂深受其罪，使親哀憐，羅仲素謂天下無不是底父母，皆此意也。凡為人子者，苟或處人倫之變，或事難事之親，首當以此為法。況親之小過，而能一以是行

【一】「三」，文津本作「二」。
【二】「苦」，文津本無。

之，豈特無愧於七子，雖舜之盡道，不患不及矣！夫子以《衛風》雖不足道，而七子深可為法，故存此以為世教，使讀是詩者，孝悌之心可以油然而生也。

雄雉于飛，泄泄其羽。我之懷矣，自詒伊阻。

雄雉于飛，下上其音。展矣君子，實勞我心。

瞻彼日月，悠悠我思。道之云遠，曷云能來？

百爾君子，不知德行。不忮不求，何用不臧！

雄雉之自得，本以興君子之不自得，然下文不言，而君子不自得之意隱然於其中。取興以興意，又是一體。前二章詞平易而意悠長，此章直賦其憂思，詞愈平易，而意愈悠長。故程子曰：「思之切矣。」蓋寫其自然之真情，所以為至。

此言德行，又言「不忮不求」，則己亦知德行者矣。張子曰：「貧與富交，强者必忮，弱者必求。」愚謂己與人交，遇弱者忮，遇强者求。强弱雖有人己之殊，而忮求則皆在己。

匏有苦葉，濟有深涉。深則厲，淺則揭。

有瀰濟盈，有鷕雉鳴。濟盈不濡軌，雉鳴求其牡。

雝雝鳴雁，旭日始旦。士如歸妻，迨冰未泮。

招招舟子，人涉卬否。人涉卬否，卬須我友。

何以見此詩之為「刺淫亂」？以第三章而知之。第三章言昏姻始終之正禮而無所美，因是知前後之所言者皆比體，而所比為此事。又因所比者皆非美辭，而知第二章之無所美，乃所以刺淫亂也。故《傳》於第二章言「深刺淫亂之人」。然則第三章乃此詩之主，一篇之要也。古者昏姻必以禮，而行禮各有時。旭日、冰泮，時也；鳴雁、歸妻，禮也。納采用雁，昏姻之始；事親迎歸妻，昏姻之終事也。詩人工於咏，一章四句，而昏禮之始終備矣。謂非一詩之主、一篇之要，可乎？愚嘗因是推之，此詩分各章而論，則首章取比，言人有當然之理；次章取比，言世有不然之人；三章則直陳昏姻之正禮；末章則取比，兼言其一然一否者以結之。此則四章各一意也。若合一篇而論，則首、次二比，乃為第三章之興；而一然一否以興之者，所以見第三章之言為寓刺也。末章又取比以終第三章之事，謂人多不待時之至、禮之備，我之待之，以見第三章之意，人當行之，而乃不然，所以深明其為刺以結之也。其例則見於《卷耳》《漢廣》《卷阿》鳳凰、車馬二章，分言則一比一賦，合言則彼之比為此之興【一】。又《漢廣》與《巧言》「秩秩」章，皆興而又比，特彼為一章，此則為一篇耳。故愚詳此詩以正禮刺淫亂，以二比為興，又以一比終之。其前後興比，皆一然一否，又詩之一體。蓋詩不一體也。

習習谷風，以陰以雨。黽勉同心，不宜有怒。采葑采菲，無以下體。德音莫違，及爾同死。

行道遲遲，中心有違。不遠伊邇，薄送我畿。誰謂荼苦，其甘如薺。宴爾新昏，如兄如弟。

涇以渭濁，湜湜其沚。宴爾新昏，不我屑以。毋逝我梁，毋發我笱。我躬不閱，遑恤我後！

就其深矣，方之舟之。就其淺矣，泳之游之。何有何亡，黽勉求之。凡民有喪，匍匐救之。

不我能慉，反以我為讎。既阻我德，賈用不售。昔育恐育鞫，及爾顛覆。既生既育，比予于毒。

我有旨蓄，亦以御冬。宴爾新昏，以我御窮。有洸有潰，既詒我肄。不念昔者，伊余來塈。

【一】「言」，文津本作「之」。

夫婦之際，有難於言，亦有不忍言者，故多取比以寓意敦厚之意也。《谷風》一篇大意不出於首章。其次章【一】、三章，則終首章後段之意。四章以下，則終首章前段之意。詩於首章略見一篇大意者，長篇長章間有此體，蓋亦自然之勢也。此詩本言夫之見棄，而首章止以「怒」言，寬柔不迫，辭不盡意，皆厚之道也。

首章述其見棄之由，由其夫好色而不好德也。然將去而心有所不忍，情不勝其苦者，蓋猶有「及爾同死」之望也。

二、三章自省己德之無違，而不得與同死矣，故有絶意之詞。然於新昏，雖以二「毋」戒之，而二「我」亦有警之之意【二】，其辭雖隱而意亦悲矣。

四章詳言黽勉同心之事如此【三】。

五章承上章，章斷意連，惟長篇長章間有此體。此則言不宜有怒而怒矣。然此止曰為讎、曰阻、曰毒，至末方言其怒者【四】，蓋是三者怒之本也，先有此三者於心，而後形於色。「昔育」至「御窮」，言先貧後富，尤無可去之義，故至末方言之。

末章亦承上章，言昔育、既育之意，亦章斷而意連。有洸有潰，極言武怒，以終首章之意。然辭既終，而猶欲其念昔者，怨之深、望之至也。

《谷風》之婦人，有德之婦人也。其始夫婦和而閨門治，故能以貧而致富【五】。今既富而見棄，是前貧後富，無去之

【一】「其次章」三字，文津本無。
【二】「意」字下，文津本有「焉」字。
【三】「之」，文津本作「時」。
【四】「其」字下，文津本有「武」。
【五】「而」，文津本無。

意，而能反身省德，述己勤家之素，不忍遽去，而有望夫之情，以遂其同死之義，不賢而能是乎？其夫所以棄之者，徒以好色不好德之故，則其不能正身以齊家可知矣。夫者，家之主也；為家之主而不好德，則今雖富也，豈可保乎？其家之衰，必自茲始矣。夫衛國之風，其初本非不美也。上則莊公有賢妻而不見答，下則《谷風》有賢妻而見棄。上者，下之效；家者，國之本。君臣上下之間，皆無以正其家，則一國之風，安得而不衰乎？其卒至淫風大行而《静女》作，其所由來者漸矣。有國有家者，可不於此而監之哉！

《風》、《雅》皆有《谷風》篇，意者曲名同，而音調異。用風之曲調則為《風》，用雅之曲調則為《雅》。朱子謂小雅、大雅如今之歌曲，按其腔調而作。愚謂朱子此説，乃作詩之一例耳。詩亦有先作而後被之八音者，如《周南》《召南》，周公采文王時事詩，而被之管絃者，今皆可見。若按腔調而作，如《谷風》《揚之水》《小明》《大明》《小旻》《召旻》，猶可以當之【一】，其他諸篇不可得而盡知之矣。

式微式微，胡不歸？微君之故，胡為乎中露？

式微式微，胡不歸？微君之躬，胡為乎泥中？

前二句謂君，後二句謂己。於君，則重言以見其微之甚；於己，則言己以君故而困辱於此。蓋雖為勸君之辭，而亦有激勵其君之意。意者君臣同寓於衛，如魯昭公、子家羈之類，臣雖為君圖歸，而有不得遂者，故寓激勵之意於勸勉之中。庶君有以自振，而為歸之謀。不然雖勸之歸，歸可得乎？是徒勸而無益也。故此詩若止言勸，恐未足以盡詩人之意。大抵詩有正意，而其中復含一意，本甚明白者，不可以為艱險而略之也。

【一】「以」，文津本無。

旄丘之葛兮，何誕之節兮。叔兮伯兮，何多日也！

何其處也？必有與也。何其久也？必有以也。

狐裘蒙戎，匪車不東。叔兮伯兮，靡所與同。

瑣兮尾兮，流離之子。叔兮伯兮，褎如充耳。

此篇所賦，皆由感物而起，故所興雖為一章之興，而實一篇之興。蓋詩有為一章起興者，有為一篇起興者，不可不知也。觀《式微》知君臣之在衛微之甚，觀《旄丘》知其在衛留之久，久則愈微。故黎臣之望救甚切，而衛人視之漠然矣。然此詩之辭不迫而有序。四「何」字，怪之之辭，怪其不救而未責也。

二「必」字決辭，怪而以意決之也，然亦非實然。蓋揆之人情，當有此二者，豈可謂衛人無此情乎？所必者二事【一】，故曰「曲盡」，亦未遽責之也。

三章乃序己困弊之狀，往告之情，是宜動心矣。而乃不與我同心，此已有責之之意。然不直言其不來救，故曰「微諷切之」。靡同，以心言，見其不來者，非不能來，亦非不得來，乃不肯來耳。不肯者，心不肯也。

四章極言瑣尾流離之苦，其訴之迫切矣。而乃如無聞者，由其心之不同，是以耳之無聞。無聞則不以入於耳，豈復動其心乎？其不肯來可知矣。故曰「盡其辭焉」。然亦不明言其無救意，止曰「充耳」，而又曰「如」，蓋猶有望之之意。己固不可輕絶，人亦不可遽自絶也。故《傳》於下有「何哉」二字，政此意。詞盡而意不盡矣。

此篇不責衛君而斥其臣，既優柔而不迫，於其臣又微諷切之，含蓄而不露。至訴其瑣尾流離，則惟以言己而不及其君。蓋寓於他國，雖責人而猶有望於人，亦不可自弱其君以取慢於人。既得尊敬主國、責望君臣之體，尤得在外從君、

【一】「事」，文津本作「字」。

處難濟君之道為此詩者，其如衛甯武子之流歟？末章《傳》言黎之君臣，愚謂此篇皆臣自言，而君在其中，亦婉意【一】。

簡兮簡兮，方將萬舞。日之方中，在前上處。

碩人俁俁，公庭萬舞。有力如虎，執轡如組。

左手執籥，右手秉翟。赫如渥赭，公言錫爵。

山有榛，隰有苓。云誰之思，西方美人。彼美人兮，西方之人兮。

按：此篇《永樂大典》缺卷。

毖彼泉水，亦流于淇。有懷于衛，靡日不思。孌彼諸姬，聊與之謀。

出宿于泲，飲餞于禰。女子有行，遠父母兄弟。問我諸姑，遂及伯姊。

出宿于干，飲餞于言。載脂載舝，還車言邁。遄臻于衛，不瑕有害？

我思肥泉，兹之永歎。思須與漕，我心悠悠。駕言出遊，以寫我憂。

首章之興乃一篇之興，與《旄丘》同。

出宿飲餞，下文言有行，故知為始嫁來時之途次。諸姑，疑當為夫之姊妹，諸姬娣姪，安得有姑？

三章出宿飲餞，下文言還車【二】、臻衛，故知為適衛之途也。

此詩始末皆述思歸之意，無寧父母之詞，故知其父母之已終。其思衛也，止思土地之美，亦無寧兄弟之意，盖知無

【一】「亦婉意」，文津本作「意亦婉」。

【二】「言」，文津本無。

歸寧之義也。始也思勝義，故思而謀；繼則疑其可否而問；終又疑之而不敢遂，則能以義勝思而制之矣。既以義不敢歸，而猶不能已於思，此詩所以作也【一】。然始終思歸，而義之所在，終不敢違，亦足為既知而能自克者之勸矣。當此之時，文王、后妃、武王、康叔之澤猶有存者，使衛之人君能因是以導之，則民知自克，豈遽有流而不止之患哉？惜乎君暗政昏，而又甚之。夫子刪詩而存此為戒，切矣。

出自北門，憂心殷殷。終窶且貧，莫知我艱。已焉哉！天實為之，謂之何哉！

王事適我，政事一埤益我。我入自外，室人交徧讁我。已焉哉！天實為之，謂之何哉！

王事敦我，政事一埤遺我。我入自外，室人交徧摧我。已焉哉！天實為之，謂之何哉！

憂者，憂世亂君暗也。窶貧，歎己也。莫知，歎人莫我知也，人兼君與家人言【二】。窶貧難堪而又艱苦，而人又莫知我，尤所不可堪也。後章益、遺，君莫我知也；讁、摧，家人莫我知也。君雖不我知，而家人能相安，猶可處也。今家人亦不知我，又讁之，又摧之，益無以自安。其困於内外，真可謂極矣，視《汝墳》之勉以義者為何如？然之人也，一歸於天而安於命，未嘗以是而移易其心，故下三言意之所歸，而三章不易其辭焉。凡章末語不易，而再三申之者，説見《殷其靁》。《傳》以之與哉叶，二哉字又重韻為韻，為、何亦可互叶。此詩用韻有二例。

衛詩言王者二篇，《北門》《伯兮》也。當此之時，衛人猶供王役，猶知有王，王令猶行於諸侯也。王事，國非大夫任之而誰任？此非怨於事也，怨其既適而又厚益之耳。

【一】「以」，文津本無。

【二】「人兼」之「人」，文津本作「此」。

北風其涼，雨雪其雱。惠而好我，攜手同行。其虛其邪，既亟只且！

北風其喈，雨雪其霏。惠而好我，攜手同歸。其虛其邪，既亟只且！

莫赤匪狐，莫黑匪烏。惠而好我，攜手同車。其虛其邪，既亟只且！

上言北風、雨雪、赤狐、黑烏，下言攜手而去，不言所以去之因，故知上所言者為比。北風雨雪以比危亂之氣象愁慘，狐烏以比危亂之形迹昭彰。觀《傳》言「所見無非此物」，則似當為賦。今以為「比」者，蓋以所見為比也，比義為長。以「好我」語同去之人，則欲與我留者，是禍我也，非所以相愛也。此見不可不去之意。虛邪、既亟，則見去不可不速之意。曰「其」、曰「只且」，辭緩而意迫。又三章不易其辭，則去當速也，決矣。

靜女其姝，俟我於城隅。愛而不見，搔首踟躕。

靜女其孌，貽我彤管。彤管有煒，說懌女美。

自牧歸荑，洵美且異。匪女之為美，美人之貽。

女子俟人於城隅，而又出於外野，既貽人以管，復貽人以荑，曾不知恥。而為男子者，女子期而不至，則踟躕躑躅，既見而受其彤管之貽，又受其荑之貽，於美物則物與人皆美，於微物則物以人而美，明述而備言之，其不知恥尤甚。蓋至此而衛之淫風成矣。《邶風》之淫詩，莫甚於《靜女》，然只一詩而已，舉一而餘可知矣。

詳考《邶風·柏舟》，已變而未淫。《凱風》始淫【一】，而猶有安母之七子能孝。《雄雉》之婦人知德，《匏有苦葉》之淫亂有刺，《谷風》之去婦猶有從一之望，《泉水》之衛女猶知不歸之義。其淫奔之風，至《靜女》而始甚。然其馴至有漸也，使當《凱風》以來漸壞之際，得賢君以拯救之，豈不可以復於正？而衛之君臣不然。狄已病鄰而不知

【一】「始」，文津本作「治」。

恤，樂已雜優而不知覺，賢人則使之仕不得志，忠臣則使之無以為家，俗日壞而君日昏，使人思避而去之，則衛國之俗，烏得不流而為《靜女》之淫乎？《靜女》既作，衛風既壞，而又加以《新臺》《二子乘舟》之詩作，夫婦之倫瀆，父子之恩傷，衛雖未滅，而其滅也可必矣。讀者以邶詩循序而觀之，而後知變與正之積漸次第至明且備，誠非諸國所能及。以首變風，誠可為萬世之戒懲【一】。

新臺有泚，河水瀰瀰。燕婉之求，籧篨不鮮。

新臺有洒，河水浼浼。燕婉之求，籧篨不殄。

魚網之設，鴻則離之。燕婉之求，得此戚施。

燕，安。婉，順也。燕婉之求，婚姻之正禮，嫁娶之大義，男女夫婦之本心也。宣公作新臺以要其婦，於禮安乎，於義順乎？詩人既舉新臺之顯迹，繼言燕婉之正義，而所刺乃徒惡其形之惡，何也？盖上言所求者安順，下言得之者乃有惡疾之人。燕婉之辭三而無所易，惡疾之人二而無適指，所以見此人之所為，於禮不安，於義不順也。既見其形之惡，又見其禮之悖。其意正，其辭婉，詩人之善刺也。不然，詩人之刺不以禮而以形，不亦舛乎？蓋合禮則雖惡疾之人安且順也，苟不安順，則其所惡者豈盡惡其形惡而已哉？故此詩重在燕婉之求一語，而三章皆用之。所刺之意既明，則上言新臺之鮮明峻潔者，乃所以自表其惡也。惡疾有二意者，所刺之人必有彷彿其一疾者，舉二疾而言【二】，抑有類此疾者歟？皆婉意也。

【一】「世」，文津本作「物」。

【二】「而」下，文津本有「末」。

二子乘舟，汎汎其景。願言思子，中心養養。

二子乘舟，汎汎其逝。願言思子，不瑕有害？

二子乘舟，相繼乘舟而往也。宣公欲殺伋，伋知之，壽亦知之，國人則疑之，而宣公獨忍之。夫婦之淫禍，遂及於繼嗣矣。國人惡宣公之惡，而愛二子之賢，故於二子之事，始則憂其行，繼則疑其有害，終則思之不能已，此詩所以作也。伋惡傷父之志，壽欲代兄之死，其心非有他也。然死非其所，陷父於惡亦未得為盡善，若宣公不能為父之惡，不容誅矣。聖人存此篇以終《邶風》，正欲以為夫婦父子兄弟之永監，而太史公之言，尤足以勵薄俗而警後人。是以《傳》有取焉。

詩纘緒卷四

鄘

汎彼柏舟，在彼中河。髧彼兩髦，實維我儀。之死矢靡他。母也天只，不諒人只！

汎彼柏舟，在彼河側。髧彼兩髦，實維我特。之死矢靡慝。母也天只，不諒人只！

興無取義，惟取「彼」、「我」二字相應。共姜素有守義之志，因母欲奪其志，然後發為自誓之辭。不然此志在我，何以誓為？然「之死」、「之誓」已堅，靡慝之辭愈堅。至呼母，則先言其如天，而後言其不相信，既足見己之志，尤得告母之體。且不言其不知，而言其不信，又以見其守義之誠焉。母而聞此，有不憐其志、高其義、信其心而從之乎？聖人存此篇，明婦人從一之義，以為世教。至程子言「人只是怕寒餓死，然餓死事極小，失節事極大」，其義愈明矣。

牆有茨，不可埽也。中冓之言，不可道也。所可道也，言之醜也。

牆有茨，不可襄也。中冓之言，不可詳也。所可詳也，言之長也。

牆有茨，不可束也。中冓之言，不可讀也。所可讀也，言之辱也。

讀此詩者，一當知宣、頑之惡，二當知詩人刺惡之意，三當知夫子存詩致戒之意。宣姜之惡，不可道也，而詩人以此意申之再三，既欲見隱之不可掩，尤欲見醜辱之深可惡。夫子之意，楊氏得之。楊氏之言，發明慎獨之功最為明切。聖人訓戒正在於此。讀者當惕然知畏矣。

君子偕老，副笄六珈。委委佗佗，如山如河，象服是宜。子之不淑，云如之何？

玼兮玼兮，其之翟也。鬒髮如雲，不屑髢也。玉之瑱也，象之揥也，揚且之皙也。胡然而天也？胡然而帝也？

瑳兮瑳兮，其之展也。蒙彼縐絺，是紲袢也。子之清揚，揚且之顔也。展如之人兮，邦之媛也！

《君子偕老》，婦人從一之義也。副笄、象服，國君夫人之禮服也。無慊於義而服是服，則威儀甚美，而服飾甚稱矣。此泛言為君夫人之義也。「子之不淑」，方説宣姜。然首語即舉正義也，已含譏刺；至「不淑」，乃明言之；而又曰「云如之何」，雖直責之而亦婉矣。象服，即下文翟展之服。

《傳》「胡然」為見者驚異之詞。東萊以為詩人問之之辭，謂問宣姜如何如此而為帝【一】，欲宣姜之自愧也。二説不同。又此詩首章七句，次章九句，末章八句，不齊。又多用「也」字，前「也」字七，後「也」字四，皆短長不齊，又一體。大抵衛詩多濃麗婉媚，他國諸詩所無也。

翟展，皆君夫人之服也。人無此服，亦無此行，故此詩為宣姜而作無疑。既服正服，而又容貌美，服飾盛，顔色皙，見之使人驚異猶鬼神。然極形容而無譏刺，蓋合末章而同歸於末二句也。

末章首二語與前章相對，下文復極形容其服飾、眉目、顔色之美，辭意亦與前章同，然不過為邦國之美人耳。其譏刺之意，溢乎言外，然必前有責之之辭，而後見後章辭益婉而意益深。

爰采唐矣？沬之鄉矣。云誰之思？美孟姜矣。期我乎桑中，要我乎上宫，送我乎淇之上矣。

爰采麥矣？沬之北矣。云誰之思？美孟弋矣。期我乎桑中，要我乎上宫，送我乎淇之上矣。

爰采葑矣？沬之東矣。云誰之思？美孟庸矣。期我乎桑中，要我乎上宫，送我乎淇之上矣。

【一】「如何」之「如」，文津本作「奈」；「而」下，文津本有「為天」二字。

衛自《凱風》以來，積而至於《靜女》，風斯淫矣。而又益之以《新臺》，甚之以《牆茨》《偕老》，於是在位之世族效之而《桑中》作，則當時之民可知矣。此衛風之極也，國雖欲不亡，得乎？夫子刪衛諸詩，其得失先後，淺深始終，歷歷可考。比之諸國之風，其事為獨詳，其序為最明，而必存此詩，聖人豈不知淫惡之不足錄哉？蓋垂戒之大政在於此。讀者徒知淫行之惡而不務去，徒知淫禍之酷而不知戒，是豈聖人刪詩勸懲之本旨哉？

或曰變風諸詩皆有音調，皆可絃歌，然乎？曰：然。何以知之？以《桑中》知之。《樂記》曰：「桑間濮上之音，亡國之音也。」以《桑中》聲淫亡國，猶有音調而被之樂，則諸國變風之詩可知矣。諸國變風，雖非雅樂，然詩之作，或按調而為詩，或詩成而諧其音，或當時作以歌【一】，或他日取以為樂，而必有音調可知也。春秋國君大夫賦詩歌詩，累累相望，亦必各隨其詩之音節歌之，必不泛泛而歌也。如今之詞曲，可歌可絃者，亦各按其腔調而絃之歌之，但其聲音各為變音，不可以入《韶》《武》耳。

鶉之奔奔，鵲之彊彊。人之無良，我以為兄。

鵲之彊彊，鶉之奔奔。人之無良，我以為君。

取二物為興，二章皆用而互言之，又是一體。《傳》謂為惠公言以刺頑【二】，而次章不言。若以為詩人自言，則似與首章不相類。愚謂此詩承《桑中》後，次章疑當為在位有妻妾者之言以刺姜。蓋此詩雖曰以刺頑、姜，亦以譏惠公與在位者。意謂頑惡而惠公反以為兄而親之，姜淫而在位者反以為小君而尊之，是衛之君臣內外淪胥於淫風，皆不知其為惡。頑、姜固鶉鳥之不若，而人類亦無以異於禽獸矣。列之《桑中》之後，所以著衛風之極也，所以著衛國之亡也。

【一】「以」，文津本作「其」。
【二】「公」，原本無，據文津本補。

定之方中，作于楚宮。揆之以日，作于楚室。樹之榛栗，椅桐梓漆，爰伐琴瑟。升彼虛矣，以望楚矣。望楚與堂，景山與京，降觀于桑。卜云其吉，終焉允臧。靈雨既零，命彼倌人。星言夙駕，說于桑田。匪直也人，秉心塞淵。騋牝三千！

定之方中，得其時；揆之以日，合乎制；樹之榛栗，資其用，皆有宏遠之規模。

若據《左傳》，則此詩當作於元季間，追述其初遷時事。望、景、觀、卜，未遷時事；允臧，既遷後事。升高、降觀，致其詳；景、卜，致其謹；允臧，則獲其善矣。語有詳略，前揆作室也，此景相地也，其事不同。

末章言文公遷後，終有治國致富之效。首言勤農，舉所重也；中言秉心，推其本也；末言騋牝，極其效也。騋色之牝已至三千，他色而牡者不可數計。一語見富，以結一篇之意。詩人之善咏【一】。

蝃蝀在東，莫之敢指。女子有行，遠父母兄弟。朝隮于西，崇朝其雨。女子有行，遠兄弟父母。乃如之人也，懷昏姻也，大無信也，不知命也。

此詩本只以蝃蝀為比，而此一物二名，二章各以一名發一意，如《七月》詩斯螽、莎鷄、蟋蟀。作詩有此一法，非重複也。今人則以此為嫌矣。「女子有行，遠父母兄弟」，二章略易下語以叶韻，疑當時有此成説，故《泉水》亦用此語。蓋女子婚嫁之大義也。此言女子既嫁之後，於所親者猶如此，況可如蝃蝀乎？或曰此二句通下章言正義如此，而之人不然也。

末章言「之人」所以縱欲者，由失其本心也。蓋天理之正，人心所固有，不以男女間也。循天理而行，則能守貞信

【一】「咏」下，文津本有「也」字。

之節，而無縱欲之患。惟不知此理，故不貞信；不貞信，故縱欲。詩人推其本心而言其所以失者，以此不特使人知義理之正，而且知用力之序；非徒刺其惡，而且有以進其德。又首以蝃蝀為比，末以「懷昏姻」為言，不直指其惡，無絕人之心。首言女子之正義，末乃推其受病之原，而示以進德之方，皆忠厚之意也。文公能以正導民，而一轉移之功至於如此，人君亦何苦而不樂善乎？

相鼠有皮，人而無儀。人而無儀，不死何為！

相鼠有齒，人而無止。人而無止，不死何俟！

相鼠有體，人而無禮。人而無禮，胡不遄死！

興以彼形此者，《傳》以「猶」字言，他皆倣此。「儀」、「止」，行禮之容儀也。「何為」、「何俟」，其辭猶緩。「禮」，指全體言。「遄死」，則其辭迫矣。此篇辭意與前篇異，前篇婉而正，此篇直而切。蓋其出於禍亂懲創之餘，惡惡之甚辭也。此作詩者性情之不同，然其惡天下之惡則一也。

孑孑干旄，在浚之郊。素絲紕之，良馬四之。彼姝者子，何以畀之？

孑孑干旟，在浚之都。素絲組之，良馬五之。彼姝者子，何以予之？

孑孑干旌，在浚之城。素絲祝之，良馬六之。彼姝者子，何以告之？

詩人見大夫乘車馬，由郊而都，由都而城，以見賢者，其辭意已具首章。其後旟字、旌字，皆因都、城字以叶韻，「五」、「六」亦因「四」而增之，以見其盛，非真有五馬、六馬也。組字、祝字與下予字、畀字皆然，非別有意義，不過因「郊」、「都」、「城」易字易韻，以見再三之意。詩有此體也。或者以大夫車無旟為疑，而又強釋五與六者，皆以辭害意者也。「何以」二字，最見詩人深喜之意。蓋賢者必自有以答其勤，其所以答之者，又豈吾所能測度哉？然詩人惟欲重有以答之，猶恐其未至，所以深喜大夫之能見賢也。而詩人之好賢，亦可知矣，於是衛俗其庶矣乎！「何以」二字極有味。

載馳載驅，歸唁衛侯。驅馬悠悠，言至于漕。大夫跋涉，我心則憂。

既不我嘉，不能旋反。視爾不臧，我思不遠。既不我嘉，不能旋濟。視爾不臧，我思不閟。

陟彼阿丘，言采其蝱。女子善懷，亦各有行。許人尤之，衆穉且狂。

我行其野，芃芃其麥。控于大邦，誰因誰極？大夫君子，無我有尤。百爾所思，不如我所之！

此詩首章即見事端。凡詩所言之事，有即見於首章，有中篇乃見，有至篇末始見者。學者尤當觀此，斯可得詩之本旨。言至則未至也，未至而大夫以不可歸之義來告，此《傳》最得詩旨。蓋下章言阿丘、采蝱、行野，皆在途之辭也。舊説非。

二章乃見所以作詩之由。蓋至是以義不得歸，以其所思不能止，乃作此詩以述意。故特以此章反覆其辭，一再而申言之，與前後章異。

第三章言各有道【一】，而大夫不能體其情，故稱「許人尤之，衆穉且狂」，而其辭激。四章知己無歸救之義，則稱「大夫君子，毋我有尤」，而其詞遜。激者，情之所不能已；遜者，義之所不敢違也。又大夫尊，故不敢斥言，而曰「許人」；及知其守禮，則深服而稱君子，詞意文法，各適輕重，而義亦在其中矣。「百爾所思，不如我所之」，極盡人情。

《泉水》父母終，思歸寧而不得者，義之常也，故終不往。此國滅君死，非常之變，故若可往而往。然聞大夫之義

【一】「第」，文津本無。

而從之，亦可謂不遠復矣。聖人存此，固欲明婦人弔不出境之義，亦欲示人以改過遷善徙義之法。雖婦人猶能，況君子乎？范氏「義重於亡」之說，可謂明白矣。此詩許穆夫人所作，而列於鄘者，鄘人得之而以鄘音傳之歟？又或夫人在途作此，其在鄘之地乎？又此詩當在《定之方中》前，而列於此，其詩則許，其事則衛，故以附於鄘之末歟？

衛

瞻彼淇奧，綠竹猗猗。有匪君子，如切如磋，如琢如磨。瑟兮僩兮，赫兮咺兮。有匪君子，終不可諼兮！

瞻彼淇奧，綠竹青青。有匪君子，充耳琇瑩，會弁如星。瑟兮僩兮，赫兮咺兮。有匪君子，終不可諼兮！

瞻彼淇奧，綠竹如簀。有匪君子，如金如錫，如圭如璧。寬兮綽兮，猗重較兮。善戲謔兮，不為虐兮！

凡詩人所作，先有咏事之意，偶觸所見以興辭，故後章有所興，隨下所咏易其韻；亦有所咏因上所興而見其意者。詩有此體，可以此詩類推之。此詩大抵只咏武公之成德，故各章已見，而又特備於末章。既咏成德，則不可不見其進德之功，與其進德之序。故首章言學問自修，見進德之功矣【一】，而即以自内達外之成德者，歎咏其不可忘。

二章言服飾，見其德進而足以稱其服。合前章為進德之序，而復以其成德之不可忘者，再致其歎咏焉。

三章則備見成德，言其學問本於生質，而又有以成其美質。功夫有序，至是而成。故末特以處己待人、動容中禮者言之。前四兮，後五兮字，皆咏歎之辭。前對舉以咏，後變言以結。一篇大意惟在成德，而歎美之至，尤可於此而觀之。言重較者，君子之敬容見於憑軾之時，此欲見君子寬綽而恭敬。然不言恭敬而惟歎美其重較，猶前言「充耳會弁」不言德，而德可知也。「猗」字與首章「猗」字不同，首「猗」「於何反」，此為歎辭，則音「於宜反」，與《商頌》

【一】「矣」，文津本作「夫」。

「猗與」之猗同。若音「於綺反」，則猗為跛倚。在重較而或倚，則不足觀矣，故只當作歎詞。《風》、《雅》皆有武公詩，凡三篇，首《賓之初筵》，次《淇奧》，最後《抑》。

考槃在澗，碩人之寬。獨寐寤言，永矢弗諼。

考槃在阿，碩人之薖。獨寐寤歌，永矢弗過。

考槃在陸，碩人之軸。獨寐寤宿，永矢弗告。

考槃，見隱者所居之室；在澗，見隱者所居之地；寬，見身心德量。寐寤言，見起居語默；永矢，見其節；弗諼，見其志。此四言備隱者之美，後世之善言隱，無以加此矣。「獨」非孤獨之獨，言其幽居閒處，非常人俗輩所能即，故謂之獨。「言」謂言語，凡文辭皆是；「歌」謂歌詠，凡聲詩皆是；「宿」非特覺卧，凡坐止偃息皆是。「軸」有卷而懷之之意。弗諼以心言，弗過以身言，皆在己者；弗告則弗以告人矣。古之隱者皆在野，在野者無必隱之心，常待見知則出仕而行道，不見知則甘遯而無悶。故孔子曰：「隱居以求其志，行義以達其道」，未嘗有固必之意也。世道既衰，人心不古，隱非真隱，而仕非所仕，於是賢人君子始有憤世長往不返之心，然視聖人之中道，則有間矣。《考槃》之賢，其隱固可美，而「永矢」之辭，不能不失於太過。此其所以為《衛風》之變，周道之衰乎？其後晨門荷蕢之徒，果於忘世，反以聖人為譏，而世道之衰也益甚。原其所自，蓋已見於此矣。然君子之制行，與其不及也，寧過，過猶不失其為高，此《考槃》所以可美也。

碩人其頎，衣錦褧衣。齊侯之子，衛侯之妻，東宮之妹，邢侯之姨，譚公維私。

手如柔荑，膚如凝脂，領如蝤蠐，齒如瓠犀，螓首蛾眉。巧笑倩兮，美目盼兮！

碩人敖敖，說于農郊。四牡有驕，朱幩鑣鑣，翟茀以朝。大夫夙退，無使君勞。

河水洋洋，北流活活。施罛濊濊，鱣鮪發發，葭菼揭揭。庶姜孽孽，庶士有朅。

首章即述族類之貴者，見正嫡之重也；次章乃詳言其容貌之美；三章追述其初嫁時車馬之盛，皆不見莊公不見答之意，至「無使君勞」之語，然後歎今不然之意可見於言後。又以此觀前後章之辭，然後重歎莊公之意，皆可見於言外。此詩人所以為善於嗟歎也。《傳》於首章言所宜親厚，而歎莊公之昏惑；於次章言猶前章之意；末章又猶首章之意，皆因第三章「歎今不然」之意，以發明前後章之旨。蓋作詩者有此法，讀者亦當以此法觀之也。或曰莊姜之德見於《柏舟》諸詩，可謂賢矣。詩人於此不稱其德，而徒稱其族類、容貌、車馬、士女之盛，何也？意者莊公昏惑，不知有德，其所知者惟若此等而已。詩人之作此詩意或莊公聞之，庶猶可回其親厚正嫡之意。蓋因其所明者而歎之，亦納約自牖之法也。詩人微意，其或出於此與？

此詩首二句略舉起端，下文及後章乃言其詳。首章末句變文，次章「螓首蛾眉」以下再變，末章末句變文，與首章同，皆文法也。

氓之蚩蚩，抱布貿絲。匪來貿絲，來即我謀。送子涉淇，至于頓丘。匪我愆期，子無良媒。將子無怒，秋以為期。

乘彼垝垣，以望復關。不見復關，泣涕漣漣。既見復關，載笑載言。爾卜爾筮，體無咎言。以爾車來，以我賄遷。

桑之未落，其葉沃若。于嗟鳩兮，無食桑葚。于嗟女兮，無與士耽！士之耽兮，猶可說也。女之耽兮，不可說也！

桑之落矣，其黃而隕。自我徂爾，三歲食貧。淇水湯湯，漸車帷裳。女也不爽，士貳其行。士也罔極，二三其德。

三歲為婦，靡室勞矣。夙興夜寐，靡有朝矣。言既遂矣，至于暴矣。兄弟不知，咥其笑矣。靜言思之，躬自悼矣。

及爾偕老，老使我怨。淇則有岸，隰則有泮。總角之宴，言笑晏晏。信誓旦旦，不思其反。反是不思，亦已焉哉！

《傳》謂淫婦一失其身，人所賤惡，故雖始迷終悟，而終不免於困，以為士君子立身一敗，萬事瓦裂之戒，可謂嚴切矣。然於婦人之失則詳，於男子之惡則未之及，亦何可以不論乎？今觀首章之意，淫奔之謀出於男子，始託事以入其謀，繼誘之送而戒其愆【一】，又偽怒以堅其約，及其再見，則又假卜吉而遷其賄矣。既貪其色，又利其財，其狡險有甚於婦人也，謂之蚩蚩之氓者，怨而鄙之之辭如此耳。

桑沃，比家富而容麗。既以賄遷，則男家富矣，故己容色潤澤而光麗。方言家富容麗而忽發嗟歎之辭，託戒鳩之言以興戒己之意，又借士之不可以明己之甚不可。蓋前章皆自述其前日所為之事，至此而後，自道其今日愧悔之意。是以上語未竟，而特以嗟歎發之，則愧悔之有感於中者深矣。

桑隕，比家貧而色衰。蓋首章言男抱布來貿，見男貧女富。既以賄遷，則男富矣。至是而食貧者，意此男子必輕佻浮蕩之人，既得其財而暴殄之，故不三歲而遽貧。既貧而色斯落，則又棄此而慕彼。蓋欲以前日之施於我者，又移而施之人也。故於此明言切責其貳行，既曰罔極，又曰二三，言不特貳於己而已也。以此而觀男子之惡，豈可勝道哉！衛風至此，豈專婦人之罪？男子不能正身齊家，專欲以淫惑，而卒也淫婦亦得以誚責之，豈不甚可羞乎！故其流而為《靜女》，為《桑中》，雖曰由上之化，而亦在下之為家主者自有以致之，豈不深可戒哉！

婦人既去，而追述其為婦之勞，見棄而遭夫之怒，既歸而不為兄弟所恤，然皆無所歸咎，惟有躬自痛悼而已。蓋淫婦之奔，雖由人誘，然己果能守其貞靜，又豈人之所能動哉？今日之失身，皆由己以致之，故靜思而自悼，可謂善自反矣。

「淇」、「隰」二句興下四句，首章之謀始於抱布，末章之信誓出於總角。抱布始謀，安得有總角之誓？則謀非始抱布矣。前後意不相合，豈此男或有世好之舊，故總角相與，不待父母之命，自為信誓，至抱布時，始即之謀，而使行媒合之耶？又豈淫風之時，仕族閭巷之間，男女自幼習為言笑，不以為恥，及長而遂竊謀私合邪？或者以為婦人自述其

【一】「愆」下，文津本有「期」字。

總角時，居室之言笑和柔，而從人之信誓甚明【一】；今而失身，由不思其反復，以至於此，非指與此人為信誓，蓋泛言從人之道如此也。今詳《氓》詩之婦人，固以淫而失身矣，然其被棄之後，雖極其怨，而未嘗有他適改從之意。蓋此婦始欲行媒【二】，追念信誓，亦尚知有義信者【三】。但此時惑於人，動於欲，而不能自制耳。其愧悔也，雖出於困極而深嗟重歎，甚言耽樂之不可為，其良心本性於此發見，而不容泯。是以既去而極言其人之貳行罔極，於己則自信其不爽。既歸也，不敢責人，而惟反躬自悼而已。不與偕老，則惟言己之怨，而已追念信誓，則付之於無可奈何而已。蓋其始失身之罪，雖不自知，而其終從一之義，終不敢違，其視貞静之德固遠，而於淫奔行私而不知止者，亦有逕庭矣。《傳》謂「一失其正則餘無可觀」，然於無可觀之中，猶有可矜者，不可以不論。庶乎人之知悔其非者，猶思保其終，而益謹於其始云。季文子「三思而後行」，子曰：「再斯可矣。」程子曰：「再思則已審，三則私意起而反惑。」又曰：「為惡之人，未嘗知有思，有思則為善矣。」今觀《氓》之末章尤信。

籊籊竹竿，以釣于淇。豈不爾思？遠莫致之。
泉源在左，淇水在右。女子有行，遠父母兄弟。
淇水在右，泉源在左。巧笑之瑳，佩玉之儺。
淇水滺滺，檜楫松舟。駕言出遊，以寫我憂。

按：此篇《永樂大典》缺卷。

【一】「從人」，文津本作「人從」。
【二】「始」，文津本無。
【三】「亦」上，文津本有「蓋」字。

芄蘭之支，童子佩觿。雖則佩觿，能不我知。容兮遂兮，垂帶悸兮。

芄蘭之葉，童子佩韘。雖則佩韘，能不我甲。容兮遂兮，垂帶悸兮。

《傳》謂此詩不知所謂，不敢强解。愚意衛人之賦此，毋亦嘆衛國小學之教不講歟？周室盛時，小學大學之教各有所服之佩，各有所習之事，各有當行之儀，而亦各有可見之能。今衛國之童子如此，豈非小學之教不講致然歟？而大學可知矣。蓋小學成而後大學施，學校廢而後風俗壞。今衛俗如此，童子又如此，豈不重可慨哉！

誰謂河廣？一葦杭之。誰謂宋遠？跂予望之。

誰謂河廣？曾不容刀。誰謂宋遠？曾不崇朝。

《傳》言孫與祖同體者【一】，同昭穆也。此詩止言宋不遠耳，若義不可而不得往之意【二】，則猶在言後。作者不必盡言，而讀者自可默會。又詩之一體，唐人歇後之作蓋本於此。望之而即可見，猶有遠者行之而即可至，則愈近矣，語有淺深。衛有婦人之詩六人，共姜、莊姜、許穆夫人、宋桓夫人、《泉水》《竹竿》之衛女。愚謂當增《雄雉》《伯兮》為八人。

伯兮朅兮，邦之桀兮。伯也執殳，為王前驅。

自伯之東，首如飛蓬。豈無膏沐，誰適為容？

其雨其雨，杲杲出日。願言思伯，甘心首疾。

【一】「傳言」，《永樂大典》本、文津本無。

【二】「若」下，《永樂大典》本、文津本有「其」字。

焉得諼草，言樹之背。願言思伯，使我心痗。

按：此篇《永樂大典》缺卷。

有狐綏綏，在彼淇梁。心之憂矣，之子無裳。

有狐綏綏，在彼淇厲。心之憂矣，之子無帶。

有狐綏綏，在彼淇側。心之憂矣，之子無服。

知此人為鰥夫者，以有狐為比也。知其為寡婦者，古者廟見而後執婦功。今此婦憂人無裳、無帶、無服，而欲為為之。又此時國亂民散，多喪其妃耦者【一】，故可知其鰥寡也。或曰此當為興，蓋以有狐興之子，在梁與無裳，其曰可以裳、可以帶、可以服者，以有狐興之子也。

投我以木瓜，報之以瓊琚。匪報也，永以為好也。

投我以木桃，報之以瓊瑤。匪報也，永以為好也。

投我以木李，報之以瓊玖。匪報也，永以為好也。

琚為成器，瑤、玖則玉耳。三者不過隨「瓜」、「桃」、「李」易文為韻。詩有此體也。然意尤重在後二句，故重言而三咏焉。此詩如《序》所言，固未見其然。《傳》疑為男女相贈答之詞。蓋若以為昏姻之投報【二】，則六禮不用此二物，惟贄用榛栗棗脩，然非「投」，又無「報」；而欲以此永好其情，似未得其正，是以《傳》為此說與？

【一】「妃」，文津本作「配」。

【二】「之」，文津本無。

詩纘緒卷五

王

彼黍離離，彼稷之苗。行邁靡靡，中心搖搖。知我者，謂我心憂。不知我者，謂我何求。悠悠蒼天，此何人哉！彼黍離離，彼稷之穗。行邁靡靡，中心如醉。知我者，謂我心憂。不知我者，謂我何求。悠悠蒼天，此何人哉！彼黍離離，彼稷之實。行邁靡靡，中心如噎。知我者，謂我心憂。不知我者，謂我何求。悠悠蒼天，此何人哉！

以黍離為賦者，謂故宗廟宮室全不見，而所見惟此耳。然不言所不見，惟言所見，則故都興亡盛衰之感，皆在「黍稷」二語，而有無限悲愴之情矣。故因以興下文「行邁」、「心憂」之意。然不言所憂為何事，則憂之深。既嘆時人莫我知，又傷所以致此者何人，而不言其為誰，則怨之至。於是黍離之悲，有言不能盡者矣。故下文四句三章不易其辭，以深致其憂怨焉。言有盡而恨無窮，其是詩之謂矣。

元城之說，亦詩人之一意。然詩之興，有隨所見相因而及，不必同時所真見者。如此詩因苗以及穗，因穗以及實；因苗以興心搖，因穗以興心醉，因實以興心噎，由淺而深，循次而進。又或因見實而追言苗、穗，皆不必同時所真見。如《桃夭》因花以託興，其時未有葉與實，特因華以及之，此乃作詩託興之一體也。然元城之說，得君子忠厚之意，故《傳》取焉。

君子于役，不知其期，曷至哉？雞棲于塒，日之夕矣，羊牛下來。君子于役，如之何勿思？君子于役，不日不月，曷其有佸？雞棲于桀，日之夕矣，羊牛下括。君子于役，苟無飢渴！

曷至哉，言其去時。曷其有佸，言其歸日來會。雞與牛羊，皆畜於家者，故日夕之際，其棲其來，皆家人所常見，以此動念，而嘆其君子之不如，又一再言之，其所思可知矣。首章言「如之何勿思」，思之故不能已；末言「苟無飢渴」，則憂之深而思之切矣。「如之何勿思」，述己之思；「苟無飢渴」，述君子之苦。婦人主中饋，故以君子飢渴為念；而行役勞苦，尤以飢渴為患，故以此為憂。然所思所憂，止於如此，亦情性之正也【一】。兩言「君子于役」，一起一末，每章兩言，思之至也。又按此詩所謂君子，未見其為大夫。大夫固有行役，庶人亦有行役。君行師從，卿行旅從，士庶人豈無行役者乎？當以《伯兮》例釋之。伐冰之家不畜牛羊，詩言牛羊，猶可以為所見不必所畜【二】，然以下篇安於貧賤觀之，則此所謂「君子」，似不必為大夫。又況士庶人之家人能是，尤足以見王國之風。

君子陽陽，左執簧，右招我由房。其樂只且！

君子陶陶，左執翿，右招我由敖。其樂只且！

此君子即前篇之君子，又二篇詞氣相似，故《傳》疑亦前篇婦人所作。陽陽，志之得。樂，則心之樂。其樂只且，詠歎之也。古者十三學樂、誦詩，成童舞象，二十舞《大夏》。樂無間於貴賤，人皆得習而用之。此篇樂舞，非用之公庭，非用之宗廟，蓋親執而行於閨門之間，故知其為貧賤。又或隱為伶官，亦貧賤也。左執、右招，有和樂自得之意。古有房中之樂，婦人諷誦以事君子。敖，亦必房中之舞位，房在堂之東北，故又曰東房。

《國風》以修身齊家為主，《王風》二篇之婦人，其賢如此，歎美其夫又如此，則此君子其亦有得於修齊之道者歟？以此而觀《王風》之始，何嘗不美文王、后妃之餘化？周公治洛之餘澤，何嘗不存？故《傳》謂「豈非先王之

【一】「情性」，文津本作「性情」。

【二】「畜」，文津本作「有」。

澤」。而說者乃謂《王風》之變，乃商頑餘俗，是徒見《王風》之末，而不究《王風》之始。使先王之澤，人莫知之，而欲修身齊家治國者，謂世已衰而不復用其力，豈足與論詩哉？衛、鄭、齊、唐之風，皆當以是觀之。

揚之水，不流束薪。彼其之子，不與我戍申。懷哉懷哉，曷月予還歸哉？

揚之水，不流束楚。彼其之子，不與我戍甫。懷哉懷哉，曷月予還歸哉？

揚之水，不流束蒲。彼其之子，不與我戍許。懷哉懷哉，曷月予還歸哉？

戍申者作此詩，其意唯怨戍申，而并言戍甫、戍許者，蓋甫、許皆申同姓，作者借用叶韻，以述其再三思歸之詞，非實戍甫、戍許也。蓋甫侯今不知其何名，又不知其國何在，《崧高》本美申伯，甫無與焉，而亦及甫，并稱其來已久，周人習聞而嘗誦之。故戍申者本非戍甫、戍許，而亦因及甫、許焉。申為平王之母家，許雖與同姓而異國，又非實母家，平王何為遣兵而亦戍之乎？以是知此詩不過借以叶韻，而致其再三之詞而已。詩有此體也。

「懷哉」韻，叶三「哉」字，亦重韻。上述其事，下述其情，情不能盡而嗟嘆之。蓋戍者之情，政見於此，不然何以見其怨之深耶？

詩有《揚之水》凡三篇，其辭雖有同異，而皆以此起詞。竊意詩為樂篇章【一】，《國風》用其詩之篇名，亦必用其樂之音調，而乃一其篇名者，所以標其篇名音調之同，使歌是篇者即知其為此音調也。後來歷代樂府，其詞事不同，而猶有用舊篇名，或亦用其首句者，雖或悉改，而亦必曰即某代之某曲也。其所以然者，欲原篇章之目【二】，以明音調之一也，如《上之回》《公無渡河》《遠別離》之類多。以此而推，則詩之三《揚之水》，其篇名既同，豈非音調之亦同

【一】「樂」下，文津本有「之」。
【二】「之」下，文津本有「同」。

乎？況此三篇用其首句者一，用首、次二句者二，苟非當時有此篇章之詞，音調之譜，何為小異大同若是邪？若二《甫田》一比一賦，二《谷風》一言夫婦，一言朋友。朋友夫婦，皆以義合，故皆取此，蓋託興以興辭，然其音調則一風一雅，相去懸異也。二《白華》雖同小雅，而一正一變、有詞無詞，亦相去懸異也。二《明》、二《旻》之有小大，在《小雅》者則曰《小明》《小旻》，在《大雅》者則曰《大明》《召旻》，蓋當時篇名偶同，而音調各異，太師恐其無辨也，故以小大分之，使大、小二雅之音調，不至於相混。然則篇名同【一】，音調異，又同在《雅》，而雅有大小，則不可以無別。篇名同，音調同，又同為風，則篇名不必易。若篇名同，音調異，而在《風》在《雅》、有詞無詞，相去懸異者，則亦不必分別而自明矣。詩以樂為主，其音調今雖不存，而有可推者，亦豈可不論哉！

中谷有蓷，暵其乾矣。有女仳離，嘅其嘆矣。嘅其嘆矣，遇人之艱難矣。

中谷有蓷，暵其脩矣。有女仳離，條其歗矣。條其歗矣，遇人之不淑矣。

中谷有蓷，暵其濕矣。有女仳離，啜其泣矣。啜其泣矣，何嗟及矣。

此亦當云賦而興。賦者謂賦旱暵之蓷【二】，興謂以彼之暵、乾、脩、濕興此之仳、離、嘅、泣，其例當與《黍離》同。上一句皆不易，下句之乾、脩、濕，嘆、歗、泣，由淺而深，取興之意為多，故止言興歟？仳離由相棄背，故嘅嘆至於啜泣者，怨也。然相棄背，由其人之艱難不淑；而已適遇艱難不淑者，其人之不幸；而遇其人者，己之不幸也。故怨而無過甚之詞。夫艱難、不淑，皆將不免於死亡；然離嗟何及【三】，其窮已甚，而有無可奈何、安之若命之意，尤足見其厚之至。至此而謂成王、周公治洛之餘澤無復有存者，豈不厚誣也哉！

【一】「篇名」，文津本作「名篇」。
【二】「蓷」，文津本作「甚」。
【三】「離嗟何及」，從經文及上下文，似當作「何嗟及矣」。

范氏之說，專責在上。在上而能養其民，豐年有蓄積之備，凶年有賑恤之政，則民雖遇艱難，而無流離之苦矣。今夫婦之衰薄，皆以凶年之故，則在上之政可知矣。然當此之時，成周之風俗非不厚也，成王、周公之德澤又非不存也，使平王而能奮興為治，何患號令之不行於天下哉？而委靡怠慢，坐視其民而不知救，是真可嘆也矣！

范氏又謂「一物失所，而知王政之惡；一女見棄，而知人民之困」，愚謂斯言亦讀《詩》之法也。蓋聖人刪詩教人，垂之萬世，所以存三百於三千者，其擇之也精矣。故一代之政，有以一國而見；一國之風，有以一詩而知。一詩之所關係有甚重者，讀者固不可以平易而艱險求之，亦不可以簡短而忽慢視之。要當以夫子《春秋》謹嚴之法，求夫子刪定《詩》《書》之意。凡讀《詩》必先字求其義，句求其解，章求其法，合各章以玩一篇之意，會諸詩以觀一國之風。既得於心，然後吟哦上下，揄揚反覆，以玩其味焉，則所以嗟嘆咏歌之妙，真有非言之所能喻者矣！

有兔爰爰，雉離于羅。我生之初，尚無為。我生之後，逢此百罹。尚寐無吪！
有兔爰爰，雉離于罦。我生之初，尚無造。我生之後，逢此百憂。尚寐無覺！
有兔爰爰，雉離于罿。我生之初，尚無庸。我生之後，逢此百凶。尚寐無聰！

西周之盛為宣王，時歷幽而平，其人若非耄老，亦必中歲以上【一】，已衰之年矣。身逢多難，已不可堪，況猶及見其盛時者乎？既經幽昏，復逢平弱，其間禍亂，何所蔑有？謂之「百罹」，非過言也。老成忠貞之士，視之無可奈何，亦唯欲死而已【二】。蓋當時之禍亂已不忍見，而東周之中興無復可望，雖生亦何樂哉！觀此與前詩，見周之不復能西也決矣。

【一】「歲」，文津本作「身」。
【二】「亦」，文津本作「而」。

緜緜葛藟，在河之滸。終遠兄弟，謂他人父。謂他人父，亦莫我顧。

緜緜葛藟，在河之涘。終遠兄弟，謂他人母。謂他人母，亦莫我有。

緜緜葛藟，在河之漘。終遠兄弟，謂他人昆。謂他人昆，亦莫我聞。

世衰民散，而終遠兄弟，非得已也。謂他人父，尊之也；謂他人母，親之也。凡吾所以尊之親之若此者，庶乎人之以子顧念我也。此既不可得，則又有以兄事之者，庶乎人之或以弟友我也，而亦邈然如不聞也，則其窮亦甚矣。然其所以然者，或以世道衰而情義薄，或以家蕩析而財力微，然皆足以見民之流離失所者，所在皆然矣。

彼采葛兮，一日不見，如三月兮！

彼采蕭兮，一日不見，如三秋兮！

彼采艾兮，一日不見，如三歲兮！

淫奔者託以行，「彼」指其地而言【一】，「不見」則指其人而言。託言往彼采葛，因其人不見而思念之。三章語有淺深。

大車檻檻，毳衣如菼。豈不爾思，畏子不敢。

大車哼哼，毳衣如璊。豈不爾思，畏子不奔。

穀則異室，死則同穴。謂子不信，有如皦日。

【一】「彼」上，文津本有「則」字；「甚」，文津本無。

大夫之私邑有欲淫奔者，畏大夫之刑政而不敢【一】。大夫可謂賢矣。惟私邑之人獨然，則王國之民其敢者多矣。王朝非無大夫，而有政刑者，惟此私邑之大夫，則王朝之無臣可知。雖或有之，而不得以行其政刑可知矣。夫王非無賢大夫也，王國之民亦非無羞惡之心也，而善邑治者不得施於國，善國治者僅得施於邑，則國人之不幸，有不如一邑之幸矣，此誰之咎哉？使王果能盡得賢大夫而用於王朝，則轉移之機，雖由邑而國，由國而天下可也，豈患《二南》之遠哉？然《二南》之化雖遠，而大夫猶有賢者，豈非成王、周公治洛之澤，猶有存乎？

丘中有麻，彼留子嗟。彼留子嗟，將其來施施。

丘中有麥，彼留子國。彼留子國，將其來食。

丘中有李，彼留之子。彼留之子，貽我佩玖。

王國之風，至是蕩然矣。婦人固不知恥，男子尤不知恥，至以珍寶與淫賤，則尤甚者也。夫君者，國之主；夫者，家之主。婦人之淫，固本於上之無政，尤本於家之無法。故夫不正則婦不正，家未有不敗，國未有不亡者也。故此詩足為婦女戒，尤足為男子戒，其所以正其本者【二】，至深切矣。

鄭

緇衣之宜兮，敝，予又改為兮。適子之館兮，還，予授子之粲兮。

【一】「政」，文津本無。

【二】「其所以正其本者」，文津本在「尤足為男子戒」前。

緇衣之好兮，敝，予又改造兮。適子之館兮，還，予授子之粲兮。

緇衣之蓆兮，敝，予又改作兮。適子之館兮，還，予授子之粲兮。

按：此篇《永樂大典》缺卷。

將仲子兮，無踰我里，無折我樹杞。豈敢愛之？畏我父母。仲可懷也，父母之言，亦可畏也。

將仲子兮，無踰我牆，無折我樹桑。豈敢愛之？畏我諸兄。仲可懷也，諸兄之言，亦可畏也。

將仲子兮，無踰我園，無折我樹檀。豈敢愛之？畏人之多言。仲可懷也，人之多言，亦可畏也。

此鄭風變淫之始也。鄭首《緇衣》，俗非不美，至是始變為淫，而女子猶知所畏而不敢。夫女子居家【一】，未有不畏其父母若兄者也，然猶有狎恩恃愛，而軼出防閑之外者，況於外人，豈復有所顧忌哉？今女子之動於欲者，於家之内外皆知所畏而不敢，則本性之善、羞惡之心，未嘗亡也。且謂人之多言，則鄭國之譏淫惡惡者尚有其人，國人亦畏而不敢者宜不少矣，豈獨《將仲子》之女子哉？使當時之有國有家者，縱不能制其未然，而於此將然者，能閑之以嚴，臨之以莊，導之以善，而帥之以正，使婦人女子皆知所以自克，則猶可及止也。而鄭不能然，可勝惜哉！

叔于田，巷無居人。豈無居人？不如叔也，洵美且仁！

叔于狩，巷無飲酒。豈無飲酒？不如叔也，洵美且好！

叔適野，巷無服馬。豈無服馬？不如叔也，洵美且武！

知此篇為段作者，以下篇而知之，又段不義而得衆故也。《傳》又疑為民間男女相悅之詞者，伯叔自稱閭巷居卑，

【一】「女」，文津本作「君」。

居人輩賤，飲酒意褻也。又民間亦有田獵之事，而此詩又在《將仲子》之後也。

叔于田，乘乘馬。執轡如組，兩驂如舞。叔在藪，火烈具舉。襢裼暴虎，獻于公所。將叔無狃，戒其傷女。

叔于田，乘乘黃。兩服上襄，兩驂雁行。叔在藪，火烈具揚。叔善射忌，又良御忌。抑磬控忌，抑縱送忌。

叔于田，乘乘鴇。兩服齊首，兩驂如手。叔在藪，火烈具阜。叔馬慢忌，叔發罕忌。抑釋掤忌，抑鬯弓忌。

二《叔于田》皆為共叔而作，而《傳》於前篇，又疑為民間男女相悅之詞。愚意謂鄭民間舊有此詩篇名曲譜，民常歌之，至是以叔之名同，田之事又同，故遂用之。既仍其篇名，又依其音調，即項氏所云以其篇名之同、義類之似，而取其音節以為詩。朱子所謂變風、變雅者，變用其腔調；又謂大雅、小雅如今之宮調、商調，作歌曲者亦按其腔調而作耳；又謂按大雅體格作《大雅》，按小雅體格作《小雅》，非是做成詩後，旋相度其詞而為《大雅》《小雅》也。以是而推之，則《風》《雅》詩篇題之同者，亦必按其腔調為之耳。大叔，恐二《叔于田》所咏之人不辨，故特以「人」而別之歟？不然則又或者以文辭、曲譜之長短為篇異，故加「大」以別之歟？不然均稱為《叔于田》何不可，而必欲如是耶？

田獵以車馬為用，射御為能，故鄭人之愛大叔者【一】，惟以此稱譽之。于田，首舉其所事；在藪，特言其所在。藪獵最便馳射，而火田為尤盛，故「于田」、「在藪」對舉言之。首章不言射，而先稱其「襢裼暴虎」，此大叔之所能、衆人之所喜者。既誇之，復戒之，皆小人愛人之情也。

二章末四句「射」「御」互言，文法也。《補傳》云：「磬謂使人曲折如磬，控謂控制不逸。拔，括也，矢銜處。覆，例也【二】。彇，與簫同【三】，弓弰也。」愚謂騁馬則折身如磬，故曰磬。

【一】「人」，文津本無。
【二】「銜」，文津本作「御」。
【三】「簫」，文津本作「肅」。

末章首三句專言射【一】，尤以射為精，故以此見獵將畢以結此篇。忌字、抑字有嘆詠意，故見其從容整暇於始終焉。極稱射御，而亦曰喜其無傷之詞者，見此篇所言皆小人之愛耳。

清人在彭，駟介旁旁。二矛重英，河上乎翱翔。

清人在消，駟介麃麃。二矛重喬，河上乎逍遥。

清人在軸，駟介陶陶。左旋右抽，中軍作好。

久外無聊，相與游戲，固有將潰之勢矣【二】。然使主將加之嚴威，猶或可止；而中軍之游戲亦復如此，則其潰也必矣。詩有刺有諷，而為將為君者不顧，此所以危也。

此詩有三意，一見士卒將潰，二見潰由中軍，三見中軍由鄭伯處之不善。然不言必潰，而憂其將潰之意自見【三】，則聞者烏可不早制之乎？此詩人所以善詠也。詩雖危之，而鄭終棄之，此《春秋》所以責鄭也。

羔裘如濡，洵直且侯。彼其之子，舍命不渝。

羔裘豹飾，孔武有力。彼其之子，邦之司直。

羔裘晏兮，三英粲兮。彼其之子，邦之彦兮。

洵直且侯，言羔；孔武有力，言豹；三英，言裘；命，指理以立心言；直，指事以行義言。心安於天理，而後義見於行事，處己事君之道，於是乎全。「彦」兼「舍命」、「司直」，而以美士稱之，所以結也。鄭有賢大夫，而不救其

【一】「章首」，文津本無。
【二】「固有」，文津本作「亦復」。
【三】「之意」，文津本無。

俗之淫，然鄭既淫矣，乃幸而後亡，其亦以尚有賢大夫故歟？觀《左傳》所載可見。

遵大路兮，摻執子之袪兮。無我惡兮，不寁故也。

遵大路兮，摻執子之手兮。無我䰩兮，不寁好也。

義理之心為情欲所蔽，故失其羞惡之真。此婦所為，乃真可惡可醜者，乃不自知，而欲以情好奪之。使去者果為始迷終悟之人，固非此語所能留也。況以人心之天理言，始不以正者，必無善終；以聖賢之禮法言，則婦之淫者，在所必去。故禮有七去，一曰淫去。既不能去，則棄而去之。庶幾人知謹始改過，而婦人之動於欲者，其亦知所懼哉！

女曰雞鳴，士曰昧旦。子興視夜，明星有爛。將翱將翔，弋鳧與雁。

弋言加之，與子宜之。宜言飲酒，與子偕老。琴瑟在御，莫不靜好。

知子之來之，雜佩以贈之。知子之順之，雜佩以問之。知子之好之，雜佩以報之。

詩人述夫婦警戒之詞，而婦人之詞為多。蓋夫能警戒，常事不足為美；惟婦人能之，所以可稱。詩人欲表而出之，故首述「女曰」，次述「士曰」，然後轉詳婦詞，以見婦先夫戒。夫戒過之，而女之戒又過之，然後婦之賢益著。故此篇述婦之詞，始終詳備，而首三句尤極曲折，所以提一篇之要者。此詩人措意行文之工者也。「子興」以下，意極警戒而詞致和柔：弋鳧與雁，而曰將翱將翔；主饋飲食，而期與偕老；至謂琴瑟莫不靜好，蓋樂以和為本，而和又本於人，人和而物無不和，皆情正理到之詞也。

婦人之情，喜宴昵而好吝嗇。首章既見其無私昵之情，末章尤見其無吝嗇之性，所以為賢。有當贈送者，有當問遺者，有當酬答者，六句不惟見其相夫親賢，不愛服飾，且有勤厚周密，各宜所施之意。詩人之善詠也。當此之時，鄭俗已淫，而未嘗無賢婦人。蓋風俗美惡，從其多者耳。然君子不沒人之善，於此亦可見。

有女同車，顏如舜華。將翺將翔，佩玉瓊琚。彼美孟姜，洵美且都！

有女同行，顏如舜英。將翺將翔，佩玉將將。彼美孟姜，德音不忘！

有女，泛然之稱。乘車佩玉，蓋貴者。有泛然之女子與之同車同行，翺翔而佩玉，又歎彼孟姜美且閑雅而賢。蓋既與此同，復歎彼美，同情而相稱羨如此也。婦之淫者，有外為閑雅之態，使人望之若不可近，慕之若不可得者，此最惑人之甚者也。其稱為賢，亦淫者之所賢耳。德音，言語也。觀其態則閑雅，聞其言則使人不可忘，而相與賢之，人安得不為所惑哉？此不足錄，而太師錄之，聖人存之，其為戒也深矣！

山有扶蘇，隰有荷華。不見子都，乃見狂且！

山有橋松，隰有游龍。不見子充，乃見狡童！

此與下篇皆興體。此篇借彼以形此，意有抑揚；下篇借彼以明此，只是平說。婦人以正為主。戲謔，非正也。以不正之詞相加，而所答之詞亦不正矣。非惑，焉有是哉？所以深戒之也。後《狡童》倣此。

蘀兮蘀兮，風其吹女。叔兮伯兮，倡予和女。

蘀兮蘀兮，風其漂女。叔兮伯兮，倡予要女。

按：此篇《永樂大典》缺卷。

彼狡童兮，不與我言兮。維子之故，使我不能餐兮！
彼狡童兮，不與我食兮。維子之故，使我不能息兮！

不能食息，非真不能。故《傳》曰「未至」。

子惠思我，褰裳涉溱。子不我思，豈無他人？狂童之狂也且！
子惠思我，褰裳涉洧。子不我思，豈無他士？狂童之狂也且！

狂狡之稱，雖出謔言，然知恥者亦不受也。惟自處以正，則淫自遠，而無此狎侮矣。

子之丰兮，俟我乎巷兮，悔予不送兮！
子之昌兮，俟我乎堂兮，悔予不將兮！
衣錦褧衣，裳錦褧裳。叔兮伯兮，駕予與行。
裳錦褧裳，衣錦褧衣。叔兮伯兮，駕予與歸。

錦衣駕車，必富貴之家。衣錦而欲人以車迎，其亦《衛·氓》車來遷賄之意乎？《氓》詩悔而怨，此悔而不改者，情慾之蔽，於是乎深。此鄭風所以甚於衛也。

東門之墠，茹藘在阪。其室則邇，其人甚遠！
東門之栗，有踐家室。豈不爾思？子不我即！

此當為女惑男之辭。

風雨凄凄，雞鳴喈喈。既見君子，云胡不夷！
風雨瀟瀟，雞鳴膠膠。既見君子，云胡不瘳！
風雨如晦，雞鳴不已。既見君子，云胡不喜！
疑此篇即前篇思而未得見者，今得見之，故喜之也。夫當風雨晦冥之際，雞鳴夜半之時，而與其人相見，豈禮之正哉？思而未得見則稱子，既見而稱君子，蓋一見而即夫之矣。習俗之薄惡如是，使此人知魯男子之義，豈肯為是哉？

青青子衿，悠悠我心。縱我不往，子寧不嗣音？
青青子佩，悠悠我思。縱我不往，子寧不來？
挑兮達兮，在城闕兮。一日不見，如三月兮！
先「嗣音」，而後「來」，此古人所以内言不出，外言不入，深宫固門，閽寺守之，而必致其謹也。有家者可不戒哉！

揚之水，不流束楚。終鮮兄弟，維予與女。無信人之言，人實迋女。
揚之水，不流束薪。終鮮兄弟，維予二人。無信人之言，人實不信。
離間之人，亦必婦人也。「女」、「女」重韻為韻。

出其東門，有女如雲。雖則如雲，匪我思存。縞衣綦巾，聊樂我員！

出其闉闍，有女如荼。雖則如荼，匪我思且。縞衣茹藘，聊可與娛！

樂，我自樂也；與娛，與家人同樂也。衆人皆好彼，而我獨好此，故曰自好。自好而有得於身心，則不為習俗所移矣。夫當淫俗大行之時，而己之家人獨能安於貧陋者，豈家人所能自為哉？由己能安於貧陋，所思不在彼，而所樂惟在此也。心不在彼，身惟安此，於是家人亦相與安之。我固聊可自樂，而家人亦聊可與同樂焉。聊者，自卑之詞。詞雖自卑，而實過於人也遠。非有得於身心者，能之乎？故正心脩身齊家之道，人皆知驗之於治平之時，而不知行乎衰亂之世，其效尤可驗也【一】。人亦何苦不自立，而失其所可樂者哉？

野有蔓草，零露漙兮。有美一人，清揚婉兮。邂逅相遇，適我願兮！

野有蔓草，零露瀼瀼。有美一人，婉如清揚。邂逅相遇，與子偕臧！

有美一人，男子婦人可通稱，故《傳》止言男女相遇也。

溱與洧，方渙渙兮。士與女，方秉蕑兮。女曰觀乎？士曰既且。且往觀乎，洧之外，洵訏且樂。維士與女，伊其相謔，贈之以勺藥。

溱與洧，瀏其清矣。士與女，殷其盈矣。女曰觀乎？士曰既且。且往觀乎，洧之外，洵訏且樂。維士與女，伊其將謔，贈之以勺藥。

此與前篇皆賦而興，即賦其事以起興也。賦無興者也，說見《漢廣》。此與前篇作者或士或女皆未詳，但此篇首尾述士女，中述女要男之詞，末復述相贈之情，曲折詳備，方以為樂，而不知其非。鄭國之淫風於是乎極矣。故以二篇終焉。

【一】「尤」，文津本無。

詩纘緒卷六

齊

雞既鳴矣，朝既盈矣。匪雞則鳴，蒼蠅之聲。

東方明矣，朝既昌矣。匪東方則明，月出之光。

蟲飛薨薨，甘與子同夢。會且歸矣，無庶予子憎。

齊人工於歌咏，如此詩述賢妃警戒之辭，只首二句耳。詩人欲表出其事而發揚之，故即其辭而明其言【一】。此之時【二】，雞猶未鳴，乃聞其似者以為真，則其心存警畏之意，愈益顯著矣。此其發揚之妙，與《鄭・女曰雞鳴》直述其辭者，自不同矣。

此章三告，以上章推之，蓋亦言之於夜未旦、蟲未飛之前也。古者后夫人雞鳴去君所，羣臣之朝，辨色以入。若當將旦蟲飛之時始告，則亦晚矣，何足言警畏乎？曰「甘」曰「庶」，辭氣和柔，尤得告君之體。前章上二句賢妃之辭，下二句詩人發明之辭，此全述賢妃之辭，不復發明。蓋意與前章同，不必重述，惟述告君之詳，以見前告非略，三告非晚也。蓋末章承言互意。詩有此體。

《序》謂古之賢妃，蓋於齊不見有賢夫人，故以為古，《傳》亦從之。愚謂自齊封國歷幾世矣，其間未必無賢夫人，特不可知其為誰耳。此當泛言齊國賢夫人能警戒其君，而詩人敘其事以美之，亦似可也。當此之時，齊國之風，豈

【一】「其言」，文津本作「之曰」。
【二】「此之時」，文津本作「當此時」。

不可謂美哉？

子之還兮，遭我乎猺之閒兮。並驅從兩肩兮，揖我謂我儇兮。

子之茂兮，遭我乎猺之道兮。並驅從兩牡兮，揖我謂我好兮。

子之昌兮，遭我乎猺之陽兮。並驅從兩狼兮，揖我謂我臧兮。

獵有其制，亦有其時。得其時制，亦奚不可哉？今齊人交錯道路之間，往來相遭，並驅相從，相揖而相稱，無非以獵而已。且其相稱譽者無他，惟以便利之美盛而已。此其習俗固不為美。而又稱「子」者一，稱「我」者三；「還」不如「儇」，「茂」不如「好」，「昌」不如「臧」。述己譽人者略，述人譽己者詳，述己譽人之辭不逮人之譽己者，是特借己之譽人顯人之譽己者以自誇耳。齊人喜夸之俗已見於此矣。夸獵已非，而又數以自夸，夸而不已，必將為功利之圖，則此詩之作，豈非霸習之萌乎？

俟我于著乎而，充耳以素乎而，尚之以瓊華乎而。

俟我于庭乎而，充耳以青乎而，尚之以瓊瑩乎而。

俟我于堂乎而，充耳以黄乎而，尚之以瓊英乎而。

賓主之禮，三揖而後升堂，親迎三揖，亦用此禮。故《著》詩述男不親迎，惟俟婦至而揖入，亦以此。三章所言，不斥言婿，而必稱所見之充耳，女而未婦【一】，辭當如是也。親迎，昏禮之所重，蓋男先於女，天地之大義也，故冕而親迎。君猶行之，況衆人乎？今齊國之人廢棄此禮，為男子者習以為常，曾不如婦人之猶知此禮也。夫夫者，家之主也；

【一】「婦」，文津本作「歸」。

親迎者，昏之始也。當始昏而不謹禮，其何以正其家？猶幸有知禮之婦，則家其庶幾乎？然婦人，從人者也，而能如此不終隨其夫家之風者鮮矣，此《東方之日》所以繼作歟？夫子存此，所以美此女之賢，正為夫之禮，以示齊家之道，著齊國之風，其為勸戒至明至切矣。

東方之日兮，彼姝者子，在我室兮。在我室兮，履我即兮。

東方之月兮，彼姝者子，在我闥兮。在我闥兮，履我發兮。

小人有欲揜其惡而不可得者矣。今彼姝在室，人猶或見之，至於履我，人烏知之？而乃自言其然，豈斯人真無羞惡之心哉？蓋風俗已淫，人染為常，於是有女子之見愛如此者，則述之以自誇也。誇不可為，而又誇人以淫，則亦何所不至哉？此非《周書》所謂「驕淫矜誇，將由惡終」者乎？大善惡人知之，惡惡而欲揜之，猶不若也，故不能辯理而欲謹獨，難矣。

東方未明，顛倒衣裳。顛之倒之，自公召之。

東方未晞，顛倒裳衣。倒之顛之，自公令之。

折柳樊圃，狂夫瞿瞿。不能辰夜，不夙則莫。

《序》謂「刺興居無節，號令不時」，《傳》從之。愚謂此篇興居無節，因號令不時，而遂以刺之。蓋興居，本也；號令，末也。號令為輕，興居為重。興居無節，而後號令不時，故詩人因號令以刺其興居。前一章先述號令，後一章乃述興居。號令見於事，故曰「召」曰「令」；興居屬於身，故曰「能」。號令之失顯著，故直賦而再言之；興居之惡隱微，故取比而婉言之。因事而言，故單舉晞、明；歸重而言，兼言晨夜。此皆齊人婉曲譏刺【一】，所以為工者也。能辰夜，即子產所謂「朝以

【一】「皆」，文津本無。

聽政，晝以訪問，夕以修令，夜以安身」者也；不能辰夜，即晉平公淫則生疾，醫和謂其不節不時者也。失之早則罔晝靡明，失之暮則罔夜靡晦，皆興居之不能於身者【一】。何以知興居之謂？此豈不以此詩在《東方之日》後、《南山》之前與？

南山崔崔，雄狐綏綏。魯道有蕩，齊子由歸。既曰歸止，曷又懷止？

葛屨五兩，冠緌雙止。魯道有蕩，齊子庸止。既曰庸止，曷又從止？

蓺麻如之何？衡從其畝。取妻如之何？必告父母。既曰告止，曷又鞠止？

析薪如之何？匪斧不克。取妻如之何？匪媒不得。既曰得止，曷又極止？

此詩齊人作之以刺齊襄、魯桓。前二章刺襄，惟取物為比，不言所事；下言「魯道」、「齊子」，又若刺魯者；至章末終其辭而後取比，刺襄淫行之意，隱然可見；後二章刺桓則承前「魯道」、「齊子」而託物興詞，明言取妻之事；至章末終其詞，而刺桓取妻不能防閑之意，顯然可知。蓋襄本國之君也，刺本國之君則其意隱；魯桓外國之君也，刺外國之君則其辭顯。其體當然也。然一篇之意，尤在各章末「既曰」、「曷又」四字。蓋「既」者，謂昔之已然；「又」者，謂今之不然；「曷」者，怪而問之也。此於末句止設怪問之辭，不為答之之語，然其所以答者，昭然已具於問之中。蓋傷禮以問，故一發問而其情已露，不待答也；其事已著，不必答也；中冓之惡，不可答也；為國諱惡，不宜答也。故問焉而所答自在其中，不必悉言而意已切。至此所謂婉曲之妙，譏刺之工者也。

無田甫田，維莠驕驕。無思遠人，勞心忉忉。

無田甫田，維莠桀桀。無思遠人，勞心怛怛。

【一】「於身」，文津本作「辰夜」。

婉兮孌兮，總角丱兮。未幾見兮，突而弁兮。

此詩全比。一篇而以三事為比。

此詩人見齊人夸詐之萌而戒告之也。夸者必詐，詐者必夸，二者常相因。今齊人厭小忽近者，夸也；務大圖遠者，詐也。惟夸，故以小者、近者為不足矜，以是而務大圖遠，則必以詐力行之矣。此齊俗之所喜，君子之所憂也。故此篇則以三事為比：田甫田，以比厭小務大之事；思遠人，以比忽近圖遠之心，各言無者，戒之也；末言總角忽弁，以比循序漸進而可至遠大者，教之也。言「未幾」、「突而」者，極言其易。又以四「兮」字嘆咏之，所以誘勸之也。既一再諄切而戒之，詩人之忠厚也。當此之時，齊猶未霸也，其後齊霸而先詐力，尚功利，後仁義，其原已見於此。故君子之戒教時人也，既得遜之道，尤得豫之法。聖賢之學猶有存焉如此，後來儒者獨稱齊魯，有以也夫。

盧令令，其人美且仁。

盧重環，其人美且鬈。

盧重鋂，其人美且偲。

此與《還》略同，但彼有自夸意，此專譽人而已。令令，言環聲；重鋂，言環形；美，言貌美。詩惟此篇每章二句，而辭盡形容【一】，所謂工也。

宋公築臺而民怨，文王築臺而民樂；齊宣王有囿而民以為穽，文王有囿而民以為靈。事一也，而憂樂異者，其所以憂所以樂者，不在臺與囿也。舉事一循乎天理，則臺，文王之臺也，囿文王之囿也；舉事一循乎人欲，則臺，宋公之臺也，囿齊宣之囿也。天理人欲一分，而民之喜怒隨焉，安危治亂，舉積諸此。君天下者，豈可不察哉？

【一】「辭」，文津本作「曲」。

敝笱在梁，其魚魴鰥。齊子歸止，其從如雲。

敝笱在梁，其魚魴鱮。齊子歸止，其從如雨。

敝笱在梁，其魚唯唯。齊子歸止，其從如水。

女子既嫁，父母終無歸寧之義。今齊子非以父母而歸，只言歸，而越禮之情可知。又以見非桓公時事，其爲譏莊公無疑。唯唯，合前「魚」而言，所以結也。詩三章者有此體。

載驅薄薄，簟茀朱鞹。魯道有蕩，齊子發夕。

四驪濟濟，垂轡濔濔。魯道有蕩，齊子豈弟。

汶水湯湯，行人彭彭。魯道有蕩，齊子翱翔。

汶水滔滔，行人儦儦。魯道有蕩，齊子遊敖。

疾驅而往，欲會之速也。此言未會之情。

馬和轡柔，從容閒暇，即杜甫《麗人行》「後來鞍馬何逡巡」之意。豈弟，即《蓼蕭》之「孔燕豈弟」，言飲酒樂易耳。此言既會而燕享之樂。

猗嗟昌兮，頎而長兮。抑若揚兮，美目揚兮。巧趨蹌兮，射則臧兮。

猗嗟名兮，美目清兮。儀既成兮，終日射侯，不出正兮。展我甥兮。

猗嗟孌兮，清揚婉兮。舞則選兮，射則貫兮。四矢反兮，以禦亂兮。

首以「猗嗟」發嘆，繼以一字昌、名、變總稱其美，然後下文句舉一事，各以兮字咏嘆之，惟次章中間兩句一「兮」變文也。稱美之序，首容貌，次眉目，然後言其威儀技藝。「趨蹌」於威儀為末，故先言而略；舞、射於技藝為難，而射精尤難，故後言射，以漸而詳。首章一句言射，次章二句言射，末章三句言射。射「不出正」，以射中言。射以觀德，故云「展我甥兮」，因以寓微意焉。貫則中而力，故云「以禦亂兮」。詩人行文措意，既極工緻，若又以東萊所論，并所論《君子偕老》詩並觀，尤見齊人譏刺之婉曲。

魏

糾糾葛屨，可以履霜？摻摻女手，可以縫裳？要之襋之，好人服之。好人提提，宛然左辟，佩其象揥。維是褊心，是以為刺。

以葛屨為興，蓋取疊字，與「可以」字相應。又或當時有是，故借之以形「可以」之為不可，意亦可通。舊說以此為吝嗇，則是賦矣。且佩象揥而屨履霜，有所不通，故當以為興，與《大東》不同。既使縫裳，又使縫要縫襋，其吝嗇褊急可知。然吝嗇瑣碎已可刺，而又加以褊急，則甚矣，故後明舉褊心而專刺之。蓋以此詩即縫裳女子所作，則使此女縫裳者固褊矣。而女子未廟見，未成婦，而即作此詩譏刺人，則己亦自墮於褊而不自覺矣。己褊而猶以他人為褊，則魏人之褊又為何如？

彼汾沮洳，言采其莫。彼其之子，美無度。美無度，殊異乎公路。

彼汾一方，言采其桑。彼其之子，美如英。美如英，殊異乎公行。

彼汾一曲，言采其藚。彼其之子，美如玉。美如玉，殊異乎公族。

此詩本刺儉不中禮。然「彼其之子」，則不指其名；公路、公行、公族，則顯列其官。不指其名而極稱其美，顯列其官而各見其貴，然而深歎其與貴人不相似，使儉者聞之而自反。彼既稱我之美且貴矣，而乃謂我不相似，此其故何哉？是必儉有不中於禮者，是以不似貴人耳。於是默然有悟，則不中禮之病，庶乎其有瘳乎？此使人悟意於言後，豈非婉曲譏刺之工歟？又之子不顯其名，公路、公族不一其職，使當時魏人誦之者，皆可以自反而自藥，則詩之所教博矣。

興特取二彼字相應，所謂托興、興辭全不相涉者，此尤易見也。

園有桃，其實之殽。心之憂矣，我歌且謡。不知我者，謂我士也驕。彼人是哉，子曰何其？心之憂矣，其誰知之？其誰知之，蓋亦勿思！

園有棘，其實之食。心之憂矣，聊以行國。不知我者，謂我士也罔極。彼人是哉，子曰何其？心之憂矣，其誰知之？其誰知之，蓋亦勿思！

此詩專述己憂，而不言所憂為何事。其聞吾之歌謡者謂我為驕，是固不知我者；而謂彼為是，則是非不知我之憂矣。故再言心之憂矣，以重歎人之不我知。蓋彼非不知我憂，乃不知我所憂為真可憂耳。然本不難知也，是特未之思耳。其謂「蓋亦勿思」者，欲其思之也。然祇言其勿思，使人默會此意於言後，庶乎其誠能思，而思則得之也！此亦詩人之婉曲也。兩言「心之憂矣」，後辭切，蓋重歎其不我知也；兩言「其誰知之」，後辭緩，蓋轉言不難知也。

此所興與所詠尤不相干，不過託此起辭，與前篇同。

陟彼岵兮，瞻望父兮。父曰嗟，予子行役，夙夜無已。上慎旃哉，猶來無止！

陟彼屺兮，瞻望母兮。母曰嗟，予季行役，夙夜無寐。上愼旃哉，猶來無棄！

陟彼岡兮，瞻望兄兮。兄曰嗟，予弟行役，夙夜必偕。上愼旃哉，猶來無死！

孝子行役，不忘其親，登山而望其親之所在，因想像其親念己、祝己之辭。在外而常存此心，則必能謹其身，不登高臨危，冒險犯患，以貽其親之憂矣。即此以觀其人，則在家而能事親事兄也必矣，故《傳》以孝子目之。然行役者何遽至於死亡？況孝子而有此患哉？今魏國之行役者，皆有死亡之懼，不惟己不敢自保，雖父母兄亦不敢保其子弟也。子弟之為此詩者，其意苦，其辭哀，而其氣迫促。此其魏國將亡之音歟？然孝子之存心如此，雖使不幸而死，亦非己不謹之所致，固不失其為孝也。

十畝之閒兮，桑者閑閑兮，行與子還兮。

十畝之外兮，桑者泄泄兮，行與子逝兮。

郊外鄉遂都鄙之地，一夫受五畝之宅，二畝半在邑，二畝半在田。舍外有圃【一】，樹牆下以桑。云「十畝」者，四家所受之圃也【二】。其所謂「友」，蓋同仕於朝，同居於里，出入相友者也。云「鄰圃」者，以此四家，視彼同溝共井之家，皆為鄰圃矣。夫為國而使人不樂仕而思歸，則其國可知矣。然其云行者將去而未即去，尚有拳拳不忍即舍其君之意。孰謂吝褊之中，舉無忠厚之人乎？

坎坎伐檀兮，寘之河之干兮，河水清且漣猗。不稼不穡，胡取禾三百廛兮？不狩不獵，胡瞻爾庭有縣貆兮？

【一】「有」下，文津本有「場」。

【二】「之」下，文津本有「場」。

彼君子兮，不素餐兮！

坎坎伐輻兮，寘之河之側兮，河水清且直猗。不稼不穡，胡取禾三百億兮？不狩不獵，胡瞻爾庭有縣特兮？

彼君子兮，不素食兮！

坎坎伐輪兮，寘之河之漘兮，河水清且淪猗。不稼不穡，胡取禾三百囷兮？不狩不獵，胡瞻爾庭有縣鶉兮？

彼君子兮，不素飧兮！

既言寘河干，又言河水清漣，所以甚言其車之不得用也。親自伐檀爲車而寘河干，言自食其力而窮餓；然不自耕自獵，則終不取其禾與獸，言雖窮餓而甘心不悔也。蓋此人之志，維欲自食其力，若非其力，則寧窮餓而此志終不移，故《傳》謂其厲志如此。作詩者特指此三事以互明之，非專於伐檀則窮餓，於耕獵則甘心不悔也【一】。讀書者當合而觀之，則有以得詩之指矣。以伐檀一事言食力窮餓，以耕獵二事言其心不悔。蓋食力窮餓者，事理有必至，君子之常事；甘心不悔者，君子所難能。故下文特稱其美焉。此篇參舉而互明，又是一體。

碩鼠碩鼠，無食我黍。三歲貫女，莫我肯顧。逝將去女，適彼樂土。樂土樂土，爰得我所。

碩鼠碩鼠，無食我麥。三歲貫女，莫我肯德。逝將去女，適彼樂國。樂國樂國，爰得我直。

碩鼠碩鼠，無食我苗。三歲貫女，莫我肯勞。逝將去女，適彼樂郊。樂郊樂郊，誰之永號。

三歲貫女，是必大夫之新得政者至於三歲，亦已久矣。其欲去也，亦曰逝將，與前篇之「行與」同，皆有未忍即去其君之意，忠厚之道也。末章末句，變文所以結也。

【一】「則」，文津本作「而」。

詩纘緒卷七

唐

蟋蟀在堂，歲聿其莫。今我不樂，日月其除。無已大康，職思其居。好樂無荒，良士瞿瞿。

蟋蟀在堂，歲聿其逝。今我不樂，日月其邁。無已大康，職思其外。好樂無荒，良士蹶蹶。

蟋蟀在堂，役車其休。今我不樂，日月其慆。無已大康，職思其憂。好樂無荒，良士休休。

《詩》惟《七月》篇兼用三正，外此則皆夏正。此篇曰歲、曰九月，皆夏正也。《春秋》晉史所言，皆述夏正，則此篇「歲」、「月」自當為夏正可知。追言蟋蟀在堂而已憂歲暮，所謂思遠者此也。

其終歲勤苦，不敢為樂，而即以過樂為戒，則此所謂樂，特唐人之樂耳。良士之樂，雖曰無荒，亦豈如是之甚耶？唐人得而知之，是則唐人之樂，未見其過，但見其憂之過耳。其憂思可謂深遠矣。夫勤儉固帝堯之遺風，然憂思之深遠，視時雍之黎、擊壤之老為何如？此唐風之所以變歟？

《周禮》有大蜡之禮樂，《禮記》有伊耆氏始為蜡【一】，而行之於十二月也。鄭氏謂：「伊耆氏，堯之别名。十二月，建亥之月。」按，《詩》言十月納稼、滌場，則周之收農、息老、蜡固應在亥月。夏商正朔不同，則商當在子，夏當在丑。堯命羲和，皆用夏時，則伊耆之蜡，當在建丑之月，皆歲晚務閒之事也。此詩所言，正與相合，則此詩之宴樂，其祭蜡之飲乎？子貢曰：「百日之蜡，一日之澤」，其猶醵歟？正謂蜡也。唐都，帝堯之故墟，而醵飲為一日之樂，謂非堯之遺風可乎？

【一】「有」，文津本作「謂」。

山有樞，隰有榆。子有衣裳，弗曳弗婁。子有車馬，弗馳弗驅。宛其死矣，他人是愉。
山有栲，隰有杻。子有廷内，弗洒弗埽。子有鐘鼓，弗鼓弗考。宛其死矣，他人是保。
山有漆，隰有栗。子有酒食，何不日鼓瑟？且以喜樂，且以永日。宛其死矣，他人入室。

以二「有」與二「有」，取「有」字相應。

四「弗」，直言以喻之，何不且以婉言以勸之？皆所以解其憂也。然弗曳弗婁，何至於即死，而曰「宛見其死」？死亦何至為他人所取，而曰「他人是保」？所謂憂愈深而意愈蹙者以此。蓋為之者與言之者皆不合乎中道，非聖人之所與也。然存之使讀者知風之自，而謹所擇。

揚之水，白石鑿鑿。素衣朱襮，從子于沃。既見君子，云何不樂？
揚之水，白石皓皓。素衣朱繡，從子于鵠。既見君子，云何其憂？
揚之水，白石粼粼。我聞有命，不敢以告人。

晉雖微弱，君也；曲沃雖盛强，臣也。晉人乃不以晉弱為憂【一】，而惟沃盛是從【二】，且以得見君子為樂，不得見為憂。至聞其有命而為之隱，是但知强弱之勢，不知順逆之義；至形於歌詠而無所忌憚，於是晉故國勤儉之風既久而益衰，深遠之意太過而反昏矣。大抵晉居北方，風氣剛勁，其君善治，則民亦能確守先王之遺風而不改其舊；一見衰微，有以強盛之勢利鼓舞之，則其衽金革之氣不能自已，於是勇往相從，顯言無忌，而不知其不可矣。嗚呼！為民上者，可

【一】「弱」，文津本作「强」，誤。
【二】「是」，文津本作「自」。

不謹其所以導民之術哉！

椒聊之實，蕃衍盈升。彼其之子，碩大無朋。椒聊且！遠條且！

椒聊之實，蕃衍盈匊。彼其之子，碩大且篤。椒聊且！遠條且！

此當云興而又比，例見《漢廣》諸篇。前興後比，各取一物。此篇後比仍用上所興物，更發一義而極言之，又前興後比之一體，非工於歌詠不能也。上再歎椒，下又歎其條之遠，則實益多之意自見。此雖六字而有餘味。且者，歎辭也，「既亟只且」、「其樂只且」，亦皆歎辭。

綢繆束薪，三星在天。今夕何夕？見此良人。子兮子兮，如此良人何？

綢繆束芻，三星在隅。今夕何夕？見此邂逅。子兮子兮，如此邂逅何？

綢繆束楚，三星在户。今夕何夕？見此粲者。子兮子兮，如此粲者何？

古者昏姻以時，而行禮以昏。今男女失時，而後得遂其夫婦之禮，故從初昏至夜分，因束薪見星【一】，以綢繆類婚姻之事。星見為婚娶之時，遂託興而各為自慶之言。詩人敘之而先敘婦語夫者，婚姻失時而得遂，尤為女子之幸願，所謂所仰望以終身者也。以「子兮子兮」為自謂自慶，深得人情，合詩意。喜自慶而尤恐己無以當之，其喜為何如？非工於歌詠不能也。

次章當即及夫語婦，而乃敘其相語者，承上起下之體也。邂逅，謂不期而相遇，猶今言天緣遇合也。至此夜分，猶因所見而相語如此，其喜可知。首稱良人，專敘夫詞，末敘夫語，并及妻妾，得尊卑之序，合閨門之和，皆喜之意也。良人、邂逅、粲者，各章重韻為韻。

【一】「束」，文津本無。

有杕之杜，其葉湑湑。獨行踽踽，豈無他人？不如我同父！嗟行之人，胡不比焉？人無兄弟，胡不佽焉？

有杕之杜，其葉菁菁。獨行睘睘，豈無他人？不如我同姓！嗟行之人，胡不比焉？人無兄弟，胡不佽焉？

以二句興一句，詩有此體。

豈無他人，自釋所以獨行之故。所謂獨行，固非特立獨行，人不得而親；亦非狷介自守，而與人不親；特以無父母兄弟宗族之助，而不免於孤特耳。是以人之生也，五者之大倫，不可缺一也。父母俱存，兄弟無故，猶必資朋友以自輔，況孤特而求助於人【一】？斯亦當然之事也。而五倫本乎天性，天性之發，必先父母，次兄弟，又次宗族，然後及於朋友他人也。施之得其序，然後無愧於己，無悖於理，而人之親己者亦得盡其情【二】。若不敬其親而敬他人，則謂之悖理矣；不愛其親而愛他人，則謂之悖德矣，人亦豈能親己哉【三】？今其人先言不如我同父，同父不可得，則莫如我同姓；同姓又不可得，然後求助於行路之人，則為之朋友者可知矣。故此詩不如我同父、同姓之語，其義正，其情哀，其意若以是心而求助，夫豈患人之不相親相助哉？蓋當此之時，先王之教猶有存者焉，故其言有序而於理無悖如此。後四句不易其辭，重其求助也。

羔裘豹袪，自我人居居。豈無他人？維子之故。

羔裘豹褎，自我人究究。豈無他人？維子之好。

《爾雅》云：「居居、究究，惡也。」《毛傳》曰：「懷惡不相親比之貌。究究猶居居。」《箋》曰「云云」。李巡曰：「居居，不狎習之惡。」孫炎曰：「究究，窮極人之惡。」《集傳》曰：「未詳。」又曰：「此詩不知所謂，不敢强

【一】「特」，文津本作「獨」。

【二】「得」，文津本作「能」。

【三】「己」，文津本作「兄」。

解。」今以《爾雅》、毛鄭諸儒之說仍備於前，庶見此詩非無解者，而《集傳》不敢强解，則繼是解者可以無容喙矣。

肅肅鴇羽，集于苞栩。王事靡盬，不能蓺稷黍。父母何怙？悠悠蒼天，曷其有所！

肅肅鴇翼，集于苞棘。王事靡盬，不能蓺黍稷。父母何食？悠悠蒼天，曷其有極！

肅肅鴇行，集于苞桑。王事靡盬，不能蓺稻粱。父母何嘗？悠悠蒼天，曷其有常！

《國風》之言「王者」有四焉，《邶·北門》《衛·伯兮》《唐·鴇羽》《秦·無衣》，皆東遷以後。

豈曰無衣七兮？不如子之衣，安且吉兮！

豈曰無衣六兮？不如子之衣，安且燠兮！

案：此篇《永樂大典》缺卷。

有杕之杜，生于道左。彼君子兮，噬肯適我？中心好之，曷飲食之？

有杕之杜，生于道周。彼君子兮，噬肯來遊？中心好之，曷飲食之？

人之好賢者，苟能謙己以相尊而不敢必其恵顧，盡誠以相愛而常思致其殷勤，則不患不足以得賢矣。蓋自比杕杜，謙也；噬，不敢必也；曷，不自足也。君子之待賢者，必有筐篚幣帛以將其意，飲食燕饗以通其情。貧弱而不能為禮，則惟有飲食，庶可接其殷勤。然猶以為無自而致之，其好賢之心於是為至。故《傳》云「恐不足以致」，正此意。而章末二言，不易其辭者，亦此意也。各章二「之」字，重韻為韻。

此篇與前《杕杜》首章句同，而篇名異，或以表篇題，或以別音節，於此尤可見。

葛生蒙楚，蘞蔓于野。予美亡此，誰與獨處。
葛生蒙棘，蘞蔓于域。予美亡此，誰與獨息。
角枕粲兮，錦衾爛兮。予美亡此，誰與獨旦。
夏之日，冬之夜，百歲之後，歸于其居！
冬之夜，夏之日，百歲之後，歸于其室！

以二物興一事，又是一體。詩稱「亡此」，愚謂出奔之謂亡。舅犯曰：「亡人無以為寶。」意者此篇之作，婦人以其夫出亡在外而未得歸，故思之切如此。予美，指其夫，樂府有指夫為歡者，亦此意。與，助也，出亡必有助也。獨處，自謂。晉公子夷吾、公子重耳皆出亡在外，而各有從者。

四、五二章言歸無期【一】，而不可得見，則要死以相從。蓋惟出亡則歸無期，故言其居其室，有從一之意焉。若據詩辭【二】，則未見其必然，亦姑從《序》説歟？

采苓采苓，首陽之巔。人之為言，苟亦無信。舍旃舍旃，苟亦無然。人之為言，胡得焉！
采苦采苦，首陽之下。人之為言，苟亦無與。舍旃舍旃，苟亦無然。人之為言，胡得焉！
采葑采葑，首陽之東。人之為言，苟亦無從。舍旃舍旃，苟亦無然。人之為言，胡得焉！

案：此篇《永樂大典》存，無解。

【一】「四五」，文津本作「此下」。
【二】「辭」，文津本作「中」。

秦

有車鄰鄰，有馬白顛。未見君子，寺人之令。

阪有漆，隰有栗。既見君子，並坐鼓瑟。今者不樂，逝者其耋。

阪有桑，隰有楊。既見君子，並坐鼓簧。今者不樂，逝者其亡。

此所謂秦君，未知為何君。秦仲為附庸之君，其詩未必見采。襄公為諸侯之君，然後太師乃采其詩歟？秦地本在西周畿内，其民於先王之禮樂文物，稔聞而熟見也。秦君始有車馬、僕侍、琴瑟，其視先王為何如，而即驚見誇美之乎？豈秦之地僻，在深山窮谷，其民長子老孫安於文武成康之化，日用飲食淳厚質朴【一】，未嘗入城邑，未嘗見尊貴；至是秦君來邑於此，民始相親，是以創見其始有，而遂誇美之乎？又或西都盡汙戎俗，先王典禮掃地殆盡，至是秦君來邑於此，始為君侯，而有車馬禮樂，是以邑民因見而誇美之乎？又或秦君始封，雖有車馬琴瑟，而猶與其民相親狎，無異於平日，是以民當國破戎退之後，見其始有，而誇美之乎？於是秦國之風，有可感者多矣，何以見其始有君、有寺人？琴瑟乃其常事，今特以此詩美之，故可見其為始有耳【二】。而「未見」，而「寺人之令」，粗備人君之儀；既見而並坐，猶存友朋之素。蓋雖為之君，而猶未敢儼然以君臨之也。又禮有「始封之君不臣諸父兄弟」之文，以此又可知為始有歟？寺人之令，禮之小節，故一言之；鼓瑟鼓簧，樂之常用，故再言之。

【一】「用」，文津本作「月」。

【二】「耳」，原本作「有」，據文津本改。

駟驖孔阜，六轡在手。公之媚子，從公于狩。

奉時辰牡，辰牡孔碩。公曰左之，舍拔則獲。

遊于北園，四馬既閑。輶車鸞鑣，載獫歇驕。

前篇稱君子，此篇稱公。公非附庸之君所得稱，秦其已為諸侯乎？媚子從狩，尤不足稱，而誇美之，亦以其始有故也。此篇序田獵雖止三章，而始中終之事皆備，序事之法也。以車載犬，傳記不載，惟韓公《畫記》言騎載犬，則此詩所言虞人翼獸，周之制也；載獫歇驕，其戎俗乎？

小戎俴收，五楘梁輈。游環脅驅，陰靷鋈續。文茵暢轂，駕我騏馵。言念君子，溫其如玉。在其板屋，亂我心曲。

四牡孔阜，六轡在手。騏駵是中，騧驪是驂。龍盾之合，鋈以觼軜。言念君子，溫其在邑。方何為期，胡然我念之？

俴駟孔羣，厹矛鋈錞。蒙伐有苑，虎韔鏤膺。交韔二弓，竹閉緄縢。言念君子，載寢載興。厭厭良人，秩秩德音。

首章先言車，而後及所駕之馬，言馬者一言而已；次章先言馬，而後及所乘之車，言車者二言；末章兼言車馬矛盾，而於弓矢為詳。秦人性強悍，尚勇敢，又值犬戎之變，而事戰鬭，其平居暇日，所以修其車馬器械，以備戰伐之用者，無不整飾而精緻，故家人婦女亦皆習見而熟觀之。而襄公又能以王命命之，大義驅之，其民勇於赴鬭，而甘於死敵，故其家人婦女亦深喜而樂道之。是以此詩之作，其於車馬器械之細微曲折，隨意形容，各盡其制；隨韻長短，各諧其聲；參差錯雜，各得其詞。而於君子之敵王所愾者，又能極情思念，而皆合於義焉。蓋是時西都雖已陷戎，而先王之遺澤，《二南》之餘風，《草蟲》《汝墳》《殷靁》之正義，猶有隱然於人心者。故《小戎》《無衣》之形於歌詠，亦不自知。其適於義，特昔為和平之音，而今則變為剛烈之氣耳。故嘗以為秦襄公有周八百里之地，雖曰習戎攻伐，專尚勇力，而實藉先王之德澤在人心，而得以成其功耳。使平王能因是人心以返故都，秦襄亦能因人心而迎王歸京師，則

《崧高》《烝民》《江漢》《常武》當再見於平王、襄公，而宣王與申、甫、方、召不得專美，而《王風》《秦風》不作矣。故陷秦於戎，而詩遂列於變風之間，君子固為平王惜，尤為秦襄而惜之也。

蒹葭蒼蒼，白露為霜。所謂伊人，在水一方。遡洄從之，道阻且長。遡游從之，宛在水中央。

蒹葭淒淒，白露未晞。所謂伊人，在水之湄。遡洄從之，道阻且躋。遡游從之，宛在水中坻。

蒹葭采采，白露未已。所謂伊人，在水之涘。遡洄從之，道阻且右。遡游從之，宛在水中沚。

蒹葭、白露，言其時耳。因下文言水，故以見其時之水盛，非以詠水也。「之」字指伊人，一「在」字皆指伊人所在也。道阻且長，固不可至，中央則近矣。又坐見伊人在彼【一】，而已其求而不可得之，意自見於言外，所以為善詠。《傳》謂「不知其何所指」者，懲穿鑿，戒傅會也。他云「未詳」，或云「不知何謂」之類，意同此。此詩三章一意，無淺深次第，不過再三詠之而已耳。

終南何有？有條有梅。君子至止，錦衣狐裘。顏如渥丹，其君也哉！

終南何有？有紀有堂。君子至止，黻衣繡裳。佩玉將將，壽考不忘！

以「何」發問起，語法也。篇中亦有用此起語者，「彼爾維何」是也，說見《何彼穠矣》。錦衣狐裘，諸侯之服；黻繡佩玉，祭祀之服。其君也哉，稱之也；壽考不忘，願之也。秦君至是始有人君之衣服，始有人君之容貌威儀。故國人美之之意，雖與《車鄰》《駟驖》同，而其所稱願，視前願其鼓瑟為樂，稱其載犬以獵者【二】，其氣象不侔矣。蓋秦君

【一】「坐」，文津本作「如」。

【二】「其」，文津本作「以」。

袪戎立國，以漸而得中國人君之體，故諸詩先後之序如此。而此詩所言為先王法服，有人君體貌，得頌禱遺意。其所以致是者，雖秦俗已不純，而文武之道未盡墜，豈無或識其小者哉？此詩最可見也。今之讀《秦風》者，但以秦視秦君，而不以西周視秦人，則見秦而不見周，使先王累葉之澤欻然而斬，豈不誤哉？夫唐去堯遠矣，猶有遺風，西周之為秦未久也，而反唐之不若？是何薄待吾文武成康周宣，而蔑視人心天理哉！

交交黃鳥，止于棘。誰從穆公？子車奄息。維此奄息，百夫之特。臨其穴，惴惴其慄。彼蒼者天，殲我良人！如可贖兮，人百其身。

交交黃鳥，止于桑。誰從穆公？子車仲行。維此仲行，百夫之防。臨其穴，惴惴其慄。彼蒼者天，殲我良人！如可贖兮，人百其身。

交交黃鳥，止于楚。誰從穆公？子車鍼虎。維此鍼虎，百夫之禦。臨其穴，惴惴其慄。彼蒼者天，殲我良人！如可贖兮，人百其身。

此詩分三良為三章，所興各從三良之字易之以叶韻，無所取義也。前篇秦人見秦君之法服，猶有喜幸之意。至穆公之變於夷，康公從父亂命，擅制殺人，而又殺其良，先王之遺俗盡於此乎！觀此詩，三良固可哀也，而秦亦可哀矣。

鴥彼晨風，鬱彼北林。未見君子，憂心欽欽。如何如何，忘我實多！

山有苞櫟，隰有六駮。未見君子，憂心靡樂。如何如何，忘我實多！

山有苞棣，隰有樹檖。未見君子，憂心如醉。如何如何，忘我實多！

秦人勁悍而染戎俗，故輕室家而寡情義。然婦人述己憂夫之切，怪夫忘我之多，而「如何如何」之詞，極婉曲而不直致，且猶有望之之意焉。故三章之意，重在後語，雖非復《二南》之風，然謂秦俗之盡變於戎，亦未可也。《扊扅之歌》見《風俗通》，百里奚為相，所賃澣婦能歌，而不識其為妻，事奇而理不通。恐歌則有之，事未必然也。

豈曰無衣，與子同袍。王于興師，修我戈矛，與子同仇！

豈曰無衣，與子同澤。王于興師，修我矛戟，與子偕作！

豈曰無衣，與子同裳。王于興師，修我甲兵，與子偕行！

案：此篇《永樂大典》缺卷。

我送舅氏，曰至渭陽。何以贈之？路車乘黃。

我送舅氏，悠悠我思。何以贈之？瓊瑰玉佩。

送行而止述其送贈懷思之情，而不及其所事者，正得送別之體。《文選》中送贈詩多如此【一】，蓋古意也。《崧高》《烝民》德業崇隆，關繫重大，故辭意氣象皆淵深宏闊，而為《大雅》之作，非可與《國風》例論也。又況康公特為太子，重耳歸晉之故，己無與焉，止述親親懷念之意，尤得世子之體。

於我乎！夏屋渠渠，今也每食無餘。于嗟乎！不承權輿！

於我乎！每食四簋，今也每食不飽。于嗟乎！不承權輿！

案：此篇《永樂大典》缺卷。

【一】「贈」，文津本作「別」。

陳

子之湯兮，宛丘之上兮。洵有情兮，而無望兮！

坎其擊鼓，宛丘之下。無冬無夏，值其鷺羽。

坎其擊缶，宛丘之道。無冬無夏，值其鷺翿。

詩有首句中用一字而即見全篇之意者，此詩是也。惟用一「湯」字，而下文所詠之歌舞皆非其正可知。宛丘上下，無定所也；無冬無夏，無定時也。有情無望，寫出游蕩歌舞之情態，最可想見。擊鼓、擊缶，歌也；鷺羽、鷺翿，舞也。首章先見遊蕩之情【一】，而後疊見歌舞之事實。事實易敘，而歌舞難畫，故有情無望，最善形容。《傳》謂歌舞之俗，本於大姬。愚謂歌舞祭祀而褻慢無禮，楚俗尤甚，屈原《九歌》猶然，陳南近楚，此其楚俗之薰染歟【二】？不然則伊川之被髮，先有以兆戎矣。

東門之枌，宛丘之栩。子仲之子，婆娑其下。

穀旦于差，南方之原。不績其麻，市也婆娑。

穀旦于逝，越以鬷邁。視爾如荍，貽我握椒。

作此詩者，以為男子與女子皆可。東門、宛丘、南方原、市，非一所矣。子仲稱氏，非賤者也。越以鬷往，非一人

【一】「情」下，文津本有「狀」。

【二】「俗」，文津本無。

矣。既擇善旦，又擇善旦，言無常時，但遇好日則會也。既婆娑於彼，又婆娑於此【一】，歌舞之餘，又贈椒以交情好，則聚會未已也。績麻為女子本業，今不以本業為務，而以歌舞為樂，故特喜其能，棄業而來會也。「折芳馨兮遺所思」，楚俗尤甚。

衡門之下，可以棲遲。泌之洋洋，可以樂飢。

豈其食魚，必河之魴？豈其取妻，必齊之姜？

豈其食魚，必河之鯉？豈其取妻，必宋之子？

身之所居，心之所樂，若是其薄也，而曰可以。且飲食男女，人之大欲，而曰豈、必。其人之寡欲無求如此，宜其隱居而有以自樂也。《孟子》曰：「養心莫善於寡欲。」

東門之池，可以漚麻。彼美淑姬，可與晤歌。

東門之池，可以漚紵。彼美淑姬，可與晤語。

東門之池，可以漚菅。彼美淑姬，可與晤言。

陳男女之會，皆為歌舞。故此詩首曰晤歌，後章曰語、曰言，皆歌以及之耳【二】。彼美為誰家之人，淑姬又必非賤者之女，而與之晤歌又且以為可【三】，亦若池之可以漚麻、漚菅，然曾不知其不可也。陳風之不美可知。

【一】「又」，文津本作「復」。

【二】「皆」下，文津本有「因」。

【三】「晤」，文津本無。

東門之楊，其葉牂牂。昏以為期，明星煌煌。

東門之楊，其葉肺肺。昏以為期，明星晢晢。

此只言其負期耳，而所託之興，所見之景，有足詠歌者。凡詩欲吟哦上下諷詠者，能於短章而有得焉，斯可以觀大篇長章矣。如此篇不必為男女期會，只以章句諷詠，自有意味，不可以短章忽易之。

墓門有棘，斧以斯之。夫也不良，國人知之。知而不已，誰昔然矣！

墓門有梅，有鴞萃止。夫也不良，歌以訊之。訊予不顧，顛倒思予！

夫也，不知何所指；不良，不知其何事。人有惡，常謂人不知，故為之不已。人既知之，則當改矣；而不改者，蓋自前至今而已然矣。故首章極言切責其人從前之非。人有過，常謂無諫我者，故自信而不疑。今既有告者，則當思人之言矣；而亦不顧，則必將有害【一】。故此章明言直告其人將來之禍。既已切責其非，又明告以禍，其所以刺之者，可謂能盡其情矣。使是人果能聽之，則昔之過可復於無過，而何顛倒之足患哉？

防有鵲巢，邛有旨苕。誰侜予美？心焉忉忉！

中唐有甓，邛有旨鷊。誰侜予美？心焉惕惕！

以彼然興此不然，然所興之物與所詠之事全不相涉【二】，興之體也。此詩所言，與《丘中有麻》《鄭·揚之水》意頗相似。然彼顯而此隱，彼直而此疑，此陳風所以不如鄭之甚歟？或謂《唐·葛生》「予美」指其夫，安知此詩非有人侜

【一】「必將」，文津本作「將必」。

【二】「所詠之事」，原本作「此所事」，據文津本改。

張其夫而愛之乎？然倘其夫者，不知為何人，則當時如此人者多矣，陳風豈不以此而可見乎？

月出皎兮，佼人僚兮。舒窈糾兮，勞心悄兮！

月出皓兮，佼人懰兮。舒懮受兮，勞心慅兮！

月出照兮，佼人燎兮。舒夭紹兮，勞心慘兮！

因月出而感興，思美人而不見，為之勞心而不自已。故三章一意，惟變文叶韻，以致再三之詠。蓋作者亦欲詠歌以盡己意，豈特讀《詩》者當吟哦諷詠哉？《傳》謂「男女相悅」。佼人，男女皆可通稱。東萊謂此詩用字聱牙，意者其方言歟？愚謂安知非作者喜為是聱牙語歟？司馬、揚雄賦中連綿，亦多聱牙字。

胡為乎株林？從夏南。匪適株林，從夏南。

駕我乘馬，說于株野。乘我乘駒，朝食于株。

靈公君臣之事不可言。惟首以「胡為乎」發問，下以「匪適」答之，而皆謂其從夏南，則其往株林之故，不言而言矣。下章止言駕馬乘駒、舍止飲食，無往不在株林，不復言從夏南，而此意自可知。故此詩既得婉曲譏刺之體，尤得作詩省文之法，不特從其子之言為忠厚也。陳與楚鄰，楚之猾夏，最《春秋》之所惡，而啓楚者，陳實為之。使陳君臣不淫，夏徵舒不為弒逆，楚莊安得假此大義，以誅大逆而入夏受盟乎？《春秋》「予楚辰陵」，而《詩》罪陳於《株林》，聖人謹華夷、致懲戒之意，尤於詩可見也。

彼澤之陂，有蒲與荷。有美一人，傷如之何？寤寐無為，涕泗滂沱。

彼澤之陂，有蒲與蕳。有美一人，碩大且卷。寤寐無為，中心悁悁。

彼澤之陂，有蒲菡萏。有美一人，碩大且儼。寤寐無為，輾轉伏枕。

蒲荷二物，容色相鮮，行澤陂之間，見蒲荷之盛，而美人一彼一此，不得同處而並居，則如之何而不傷感邪？以蒲荷二物並居雜處，容色相鮮，興男女之相憶，反不如蒲荷也。

詩纘緒卷八

檜

羔裘逍遙，狐裘以朝。豈不爾思，勞心忉忉。

羔裘翱翔，狐裘在堂。豈不爾思，我心憂傷。

羔裘如膏，日出有曜。豈不爾思，中心是悼。

逍遥、翱翔互見，以朝、在堂亦互見。專舉羔裘，亦兼見狐裘。逍遙、翱翔，見其不自强；如膏、有曜，見其好潔耳。互見例與《伐檀》同。三章末二句，意一辭異。

庶見素冠兮，棘人欒欒兮，勞心慱慱兮！

庶見素衣兮，我心傷悲兮，聊與子同歸兮！

庶見素韠兮，我心蘊結兮，聊與子如一兮！

不見而願見，故曰「庶見」。首以「素冠」、「棘人」並言，後章止言「素衣」、「素韠」，不言「棘人」，而棘人自可見。後章承前，例多如此。減「棘人」一句而增「同歸」一句，增損文法也。不見則傷悲蘊結，「庶見」則「與子同歸」、「如一」，愛慕之愈甚也。孝子之事親，養則致其敬，喪則致其哀，乃良心天理自然而不能已者。聖人之制，喪禮亦因其自然而為之中制，非以强世也。故三年之喪，過之者固非，而不及者尤不可也。後世教衰俗薄，人或喪其良心，不肖之不及者，或不知執親之喪，則天理或幾乎滅矣。此其世道為何如哉？檜國之君子自能執喪矣，人之不能者，於己何與？而發於言者，君子錫類之心也。且天性之親，一也；人心之理，同也，初何彼此之間哉？故未見則願望之，庶見則愛慕之，示之以悲傷願愛之情，使人諷誦而此心之天，三年父母之愛，皆將自有油然而生者，豈不猶足為世道之願幸也歟？

隰有萇楚，猗儺其枝。夭之沃沃，樂子之無知！
隰有萇楚，猗儺其華。夭之沃沃，樂子之無家！
隰有萇楚，猗儺其實。夭之沃沃，樂子之無室！

此全篇興體也，與《兔罝》同，此體惟此二篇耳。蓋此詩本詠政煩賦重，已不堪其苦，因見萇楚而嘆己之不如。言萇楚則無知，己則有知而憂；萇楚則無家、無室，己則有家室而累。詩之所言者，全只是萇楚耳。己之有知、有家室之意，猶在所言之後，故曰全篇興。或曰：如此則當為比，曰取物為比，則全不言所事曰比。今以彼之無知、無家，興此之有知、有室，所興之物與所詠之事相應，不得以為比，故曰全篇興。家室皆累，而累心為重，故先言無知。枝、華、實以有一為實見，遂取以詠。蓋華、實非同時，與《桃夭》《黍離》同興之體也。

匪風發兮，匪車偈兮。顧瞻周道，中心怛兮。
匪風飄兮，匪車嘌兮。顧瞻周道，中心弔兮。
誰能亨魚？溉之釜鬵。誰將西歸？懷之好音。

檜，小國也，君子不思自治其國，而憂周室之陵遲，不亦迂遠乎？天下者，周之天下也，天下之不治，由周室之不治也。周室而既治，天下寧憂不治乎？而况於檜乎？故《匪風》之思治，非思檜治也，思周治也；非思周治也，思天下治也。此君子知治道之極【一】，而尤知治道之本，他國所少有也。又邶以下分五方之國，以形天下之風，而檜、曹之所思者，乃天下之治，正與五方之變風相關。蓋合變風而終之，且以見變之可正，此《匪風》《下泉》所以終《檜》《曹》，《檜》《曹》所以居變風之終也。程子、陳氏之説備矣，説見於後。

曹

蜉蝣之羽，衣裳楚楚。心之憂矣，于我歸處。

蜉蝣之翼，采采衣服。心之憂矣，于我歸息。

蜉蝣掘閲，麻衣如雪。心之憂矣，于我歸説。

愚謂「蜉蝣之羽」一句比，比不能久存也。衣裳、衣服，平居所服，而有鮮華之飾，信可喜也。麻衣，弔服，而有明潔之色，亦可觀。然此乃其細耳，至於脩身之大道，處事之遠謀，則無有也。是此人之衣此衣者，特蜉蝣之文耳【二】，豈不甚可憂乎？於我居處者，欲常得以言誨而身教之也，忠愛之意也。舊説以為好奢，蓋常服既鮮華，弔服亦明潔，過於常制者，皆奢也。國中而有此，非奢乎？時人猶且不可，况國君乎？

彼候人兮，何戈與祋。彼其之子，三百赤芾。

維鵜在梁，不濡其翼。彼其之子，不稱其服。

【一】「治」，原本作「世」，據文津本改。

【二】「文」，原本作「久」，據文津本改。

維鵜在梁，不濡其咮。彼其之子，不遂其媾。

薈兮蔚兮，南山朝隮。婉兮孌兮，季女斯飢。

首章以彼人之所執，興此人之所服，隱然見彼宜、此弗稱，然未顯言。故《傳》以「何哉」二字起。次章、三章託興，興詞乃明言其不稱，謂不稱赤芾，「其」字指首章赤芾言。末章乃取物為比，言小人氣盛，君子道窮，則此詩刺遠君子、近小人之意昭然矣。

鳲鳩在桑，其子七兮。淑人君子，其儀一兮。其儀一兮，心如結兮。

鳲鳩在桑，其子在梅。淑人君子，其帶伊絲。其帶伊絲，其弁伊騏。

鳲鳩在桑，其子在棘。淑人君子，其儀不忒。其儀不忒，正是四國。

鳲鳩在桑，其子在榛。淑人君子，正是國人。正是國人，胡不萬年！

在桑，見母之專一；七，見其子之衆，又見其子所在不一，而其母飼子，子仰食，皆平均如一焉。梅、棘、榛，隨下文變以叶韻耳。儀一、心結，從表說向裏，由外以知內，容貌為德之符也。首章言儀與心；次章承上「儀一」、「心結」，而極言其服稱德，以詠嘆上文之心與儀；三章不復言心，止承上言儀，而美其正四國；末章又不復言儀，止承上言正國人，而祝願其壽考。其言先後相遞如升階，上進一級，則下退一級，作詩之一法也。《衛•終風》詩近之。

洌彼下泉，浸彼苞稂。愾我寤嘆，念彼周京。

洌彼下泉，浸彼苞蕭。愾我寤嘆，念彼京周。

洌彼下泉，浸彼苞蓍。愾我寤嘆，念彼京師。

芃芃黍苗，陰雨膏之。四國有王，郇伯勞之。

《關雎》興兼比而止曰「興」，此比兼興而曰「比而興」，發例也。他詩前比後興者當云比，而又興不可與比相混，說見《漢廣》。春秋之時，王者之號令不行於諸侯矣。小國之困弊，皆由霸主大國不見恤，周焉得而病之？今曹之君子不堪其困而思周，周其果能振曹乎？夫子曰：「吾其為東周乎！」蓋欲興周道於東方也。東方之周未嘗不可興，而謂其不復可西者，豈其然乎？蓋惟王室陵夷，而後大國放恣，小國困弊，使東周之君臣，復有如文王、郇伯者，為之則天下將皆受其賜，豈獨曹哉？此所以思周也。說見《檜風》。

豳

七月流火，九月授衣。一之日觱發，二之日栗烈。無衣無褐，何以卒歲？三之日于耜，四之日舉趾。同我婦子，饁彼南畝，田畯至喜。

七月流火，九月授衣。春日載陽，有鳴倉庚。女執懿筐，遵彼微行，爰求柔桑。春日遲遲，采蘩祁祁。女心傷悲，殆及公子同歸。

七月流火，八月萑葦。蠶月條桑，取彼斧斨，以伐遠揚，猗彼女桑。七月鳴鵙，八月載績。載玄載黃，我朱孔陽，為公子裳。

四月秀葽，五月鳴蜩。八月其穫，十月隕蘀。一之日于貉，取彼狐狸，為公子裘。二之日其同，載纘武功。言私其豵，獻豜于公。

五月斯螽動股，六月莎雞振羽。七月在野，八月在宇，九月在戶，十月蟋蟀入我牀下。穹窒熏鼠，塞向墐户。嗟我婦子，曰為改歲，入此室處。
六月食鬱及薁，七月亨葵及菽。八月剥棗，十月穫稻，為此春酒，以介眉壽。七月食瓜，八月斷壺，九月叔苴。采荼薪樗，食我農夫。
九月築場圃，十月納禾稼。黍稷重穋，禾麻菽麥。嗟我農夫，我稼既同，上入執宫功。晝爾于茅，宵爾索綯。亟其乘屋，其始播百穀。
二之日鑿冰沖沖，三之日納于凌陰。四之日其蚤，獻羔祭韭。九月肅霜，十月滌場。朋酒斯饗，曰殺羔羊。躋彼公堂，稱彼兕觥，萬壽無疆。

《七月》之詩，周公陳先公之風化，乃公劉治國、國治之事也。成王為世子，周公相武王，以叔父為成王師，以為成王天子之儲貳，雖未有天子之責，亦不可不豫，教以治國之道。而治國已然之迹，莫如公劉治豳為最顯，固於成王為易知；而周家以農開國，稼穡艱難之務，尤於成王為所當先知者，故作是詩。然是詩所陳，雖為治國之事，而所以格物致知、誠意正心、修身齊家之道，隱然全具於其中。蓋詩中所言，天時、地利、民情、國法者【一】，事物之理也；至誠、惻怛、憂勤、忠愛者，身心之事也；男女正位、父父、子子、夫夫、婦婦，一家之道也；衣食、耕桑、狩獵、祭飲者，一國之務也。其言雖專陳其風化，而其意實欲以進君德。故《七月》一詩，上述先公風化之迹，下寓世子教學之法，外見王業基本之弘，内備聖學工夫之細。詩以永言，瞽以諷誦，使人易於感發，而樂於聽受，此周公所以為善教善戒也。七月、九月，一之日、二之日，天時也；流火，天象也；觱發、栗烈，天氣也；南畝，地利也；授衣、于耜、舉趾、同、饁，民事也。月用夏正，日用周正，官述田畯，國制也。「無衣」、「同我」而下，皆人情也。何為以人情言？風化以民俗見，民俗以人情見也。蓋人君理人之道，本諸身者為化，施諸事者為政，行乎人者為風，一人感之而為情，衆

【一】「法」，文津本作「治」。

人習之而為俗。故觀人情而後民俗可知，觀民俗而後風化可驗。《七月》一詩，欲以民俗見風化，以人情見民俗，故每章推舉民事，而必以人情終之。七月流火、三之日于耜，先時而豫也；授衣、舉趾、同、饁，及時而勤也。豫而勤者，民俗之厚也。無衣卒歲，見一己之情；同我婦子，見一家之情；至喜，見上下之情。田畯之至，惟有喜之而已，民自用力不待督責也。此章前段言衣之始，後段言食之始，首章有此體也。首章總言，後章至末章分言，以終此章之意，惟長篇有此體也【一】。

次章起語，復用首章二句，三章只用一句，而前意備具，詩多此體也。春日，天時也，夏正二月之春也；載陽、遲遲，天氣也。或以遲遲為三月，非也。二月蠶已生，故求桑採蘩，皆當為二月。倉庚、桑、蘩，物理也；執、遵、求、采，民事也。女心傷悲，見父母之親、男女之别、夫婦之義、上下交相忠愛之情。後章皆放此推之【二】。

蠶月，或以為三月，今以前采蘩推之，則條桑當為二月。萑葦、鳴鶪，豫也；條伐，勤也；載績、為裳，勤而成矣；玄黄，總言蠶績。

自秀葽至隕蘀之時，己憂不足以禦寒，豫也；于、取、纘、獻，勤也。後章皆當放此推之。竭作盡起，衆往也。分為裘、獻豣為兩段，變文也，又見無已之愛。

斯螽、莎雞、蟋蟀，同物而異名者，隨天時以為氣候也。舉蟋蟀於四句之中，又八字一句者，變文也。十月而曰改歲，周正也。首章「卒歲」用夏正，此「改歲」用周正，吕氏謂「三正通於民俗尚矣，周特舉而迭用之」。愚按，唐虞有夏，皆以寅為正朔，而《甘誓》云「怠棄三正」，以是責有扈，則當時三正之用，不特民俗矣。商正建丑而月數仍寅，則商亦兼用商正、夏正也【三】。公劉國於夏、商之間，其所用當時之正朔，雖不可知，然以《豳詩》逆推之，則其國

【一】「篇」下，文津本有「者」。
【二】「皆」下，文津本有「當」。
【三】「商正」，文津本無。

民俗已用子紀候，特未有時王用之耳。至周有天下，遂用之為一代之制。然《周官》所紀正月者，周正也；正歲者，夏正也，是周亦兼用三正也。夫子作《春秋》因魯史，用周正而書之，然當時魯、晉史官多言夏正，夫子未嘗見譏。杞國猶存夏時，夫子見取，而《詩》三百篇，周詩皆用夏正，夫子亦未嘗見刪也。呂氏所謂「周特舉而迭用」，於此尤為可證。夫三正通行，遠稽唐虞，近考夏商，猶皆用之，況「周監二代」者乎？周有天下，頒歷授時，雖尊一代之正朔，然周官法度、王朝典禮，猶兼三正，況諸侯乎？又況豳當夏商之時，處遠僻之地，用子紀候，夫何疑乎？又況《七月》之詩兼用三正，而陳之天子，播之聲詩，則當時後世有不然乎？是則迭用三正，不特豳也，且不獨周矣。且三代更王，必新制度，正朔雖重，而三正不棄，其立法甚寬也。觀於《周禮》與《詩》皆可見。自夫子作《春秋》，書「王正」，說者推明大一統之義，而後正朔至重，而立法甚嚴。夫正朔之法固重且嚴矣，然乃以夫子所書一代之制例視三代之法，是知《春秋》於既作之後而未究《春秋》未作之前，愚未見其說之可以盡也。

春酒之春，夏正建寅之春也。篇中言春者三。載陽遲遲，皆為二月之春，則春酒為夏正之春可知。謂之春酒者，至春而成也。以介眉壽，豐於老者之情；食我農夫，儉於少者之情。隨時用物而有節，可互見焉。

築、納、既同，治田之終事；入執宫功，治室之始事。未及乘屋之終，又思播穀之始，所謂始終農事者如此。此篇皆見農事憂勤艱難，而此章尤見其極耳，見始終之意，呂氏之説盡之。納稼無麥，此統言農事之終，故并以麥言。二「我」、二「爾」，自警戒也。

沖沖，非貌非聲而曰「意」，見人情也。當涸陰沍寒之時，而鑿冰之人有沖沖之意，則納冰開冰之競勸可知。預戒於九月，速畢於十月，「曰」以下皆民自相謂之詞，觀二「彼」字可見。勸役，見民之忠；稱壽，見民之愛，而有甚意。「秀葽」章終首章前段，以夏正、周正言；「鑿冰」章終首章後段，以周正、夏正言，皆與首章相應。末「萬壽」，結詞也。

籥鼓，見豳樂之器；擊吹，見豳樂之聲；逆暑迎寒、祈年國蜡，見豳詩之用。周公作此，本以戒成王，而又用之於祭祀，皆周公制作時所定也。當此之詩謂之豳，未有諸國之變風，而列於《二南》之後、正雅之前者，體同《國風》，而用同《雅》《頌》故也。其體則大師辨之，其用則籥師掌之，瞽矇誦之。其重如此，豈變風諸詩徒存肄而備觀省者所可同哉？此豳詩之用，最為可據者。若作者之意【一】，則所言至近，而所包甚廣，非聖人不能也。

鴟鴞鴟鴞，既取我子，無毁我室。恩斯勤斯，鬻子之閔斯！

迨天之未陰雨，徹彼桑土，綢繆牖户。今女下民，或敢侮予！

予手拮据，予所捋荼，予所蓄租。予口卒瘏，曰予未有室家。

予羽譙譙，予尾翛翛。予室翹翹，風雨所漂摇，予維音嘵嘵。

詩有全篇興，有全篇比。此篇只為鳥言呼告鴟鴞之詞，全不説出所事，故曰全篇比，與《螽斯》《伐柯》同。鴟鴞比武庚，子比管蔡，室比王室，恩、勤、鬻、閔比情愛篤厚；次章比己預備患難；三章比己勤勞，皆前日事；末章予室翹翹，以比今日事；維音，以比作詩。此篇見周公之心忠於王室，用力極勤。成王天資極高，受教日久，服除難平，而學問益進，故一見公詩，即知公意。雖公未即歸輔，已而亦不敢誚公。又適當雷風之變，啟《金縢》之書【二】，遂感泣，謂周公嘗以身代武王之病，則小子親往迎之以歸【三】，禮亦宜也，遂出郊而迎周公焉。説見後。鄭箋引《書》，以辟為避居於東。蔡氏釋《書》取之。蔡氏説經朱子訂定，今朱子《詩傳》乃不取鄭箋而從《書》孔註，以辟為誅辟，説不同，皆朱子所取，然《語録》尤以誅辟為長，則讀《詩》者當從《詩傳》可也。此篇各章前後，上下句長短不齊，第三章五

【一】「作」下，文津本有「詩」。

【二】「啟」，文津本作「王見」。

【三】「以」，文津本無。

「予」而一加「曰」字，末五句四「予」【一】，變文法也。或兩句易韻，或一句無韻，或句句有韻，用韻法也。

我徂東山，慆慆不歸。我來自東，零雨其濛。我東曰歸，我心西悲。制彼裳衣，勿士行枚。蜎蜎者蠋，烝在桑野。敦彼獨宿，亦在車下。

我徂東山，慆慆不歸。我來自東，零雨其濛。果蠃之實，亦施于宇。伊威在室，蠨蛸在戶。町畽鹿場，熠燿宵行。不可畏也，伊可懷也。

我徂東山，慆慆不歸。我來自東，零雨其濛。鸛鳴于垤，婦嘆于室。洒埽穹窒，我征聿至。有敦瓜苦，烝在栗薪。自我不見，于今三年。

我徂東山，慆慆不歸。我來自東，零雨其濛。倉庚于飛，熠燿其羽。之子于歸，皇駁其馬。親結其縭，九十其儀。其新孔嘉，其舊如之何？

章首四句，每章重言，有與下文意相關涉者，有似相關涉者，有全不相關涉者。蓋後章用前章首句以起辭，如《七月》《伐木》之類，詩有此體也。但有用一句或二句者，此則用四句，又是一體也。前二章言始往、久外、將歸、在塗、未至之事，故有悲傷之情。後二章言既至之事，故極喜樂之意。行役雖有始往、久外、將歸、在途、未至、已至六者，然人情大端，不過憂喜二者而已。今《東山》之詩深體其情，曲盡其意，而備述其事，真如身歷而親見之者，所以能感人心也。末章所謂舊，即上章有室家者也。《東山》勞還，詠新昏，而以倉庚興；《出車》勞還，詠執訊獲醜，而以春日、卉木為賦，皆極形容。「不歸」無韻，合下章重韻為韻。

【一】「予」下，文津本有「字」。

既破我斧，又缺我斨。周公東征，四國是皇。哀我人斯，亦孔之將。

既破我斧，又缺我錡。周公東征，四國是吪。哀我人斯，亦孔之嘉。

既破我斧，又缺我銶。周公東征，四國是遒。哀我人斯，亦孔之休。

此篇一見周公之心，二見軍士皆知周公之心，三見周公之心明白正大，軍士知而信之，皆能以周公之心為心。其所以能心周公之心者，以能知大義云爾。知大義則知周公之為此舉，所以為四方也，所以哀我民也。我雖破斧缺斨，乃義之所當然也，故不惟無怨，且樂為之死，以是荅公之勞己，非真知義乎？然非公之心有以感其心不能也。此篇三章一意，惟變文叶韻耳，語再三而意深遠。此下數篇，舊說從《序》，極辭費；《集傳》平易明白，真可以見天地聖人之情。

伐柯如何？匪斧不克。取妻如何？匪媒不得。

伐柯伐柯，其則不遠。我遘之子，籩豆有踐。

用二事正說、覆說以比一事，而一事之二意備見，又是比之一體。非《傳》則此意不明，蓋舊說以「之子」指周公，與《九罭》同故，其說牽强。今以「之子」指妻為比，比體既定，而詩意涣然矣。或疑同牢之禮無籩豆，此以詞害意也。

九罭之魚，鱒魴。我覯之子，衮衣繡裳。

鴻飛遵渚，公歸無所？于女信處。

鴻飛遵陸，公歸不復？于女信宿。

是以有衮衣兮，無以我公歸兮，無使我心悲兮！

前一章言周公在東，二章言公將歸，專為將歸而發，故再言之。在東託興於罭魚，將歸則託興於渚鴻。興有隱然相涉者，此類可見。「衮衣」承首章，「公歸」承次兩章，而終以一句，乃詩之本意也。蓋《伐柯》《九罭》二詩，為周公在東之始終。始，見東人得見公而喜；終，見東人聞公將歸而悲。東人之悲喜如此，自非深知公之心，敬公之德，感公之恩，而重公之望，何能如是哉？夫東人非不知公之歸相成王將大惠天下【一】，東人亦與受其賜，而敬愛眷戀之私情，自有不能已者。然則此詩之作，豈非周公東方之《甘棠》也哉！

狼跋其胡，載疐其尾。公孫碩膚，赤舃几几。

狼疐其尾，載跋其胡。公孫碩膚，德音不瑕。

愚嘗於成王疑周公之事不能無疑，嘗考其説而未知所自。竊以為三代之事可據，而信者惟經與傳耳。今《詩·豳風》《書·金縢》皆無此説，孔子、孟子亦無此言，他有是説，果可信乎？《詩》載《破斧》，將士之詩，將士不獨東人也；《狼跋》，詩人之詩，詩人未見必為東方之人，或者為西土之人，為天下之士，未可知也。夫周公忠誠之心，從征之將士知之，會伐之諸侯知之，東方西土之人、天下之士皆知之，何成王親炙周公，日見周公，受教周公，乃獨不知公心而有疑於公耶？《金縢》書周公致辟之事，止書二叔之流言【二】，略無成王疑公之意。惟下文書「誚公」，書「問諸史」，有若疑者；書「王執書以泣」，有若渙然疑釋者。數語不明，遂啟傅會。後儒又不順考經文，深究其旨，乃輕信不經之言，誤解《金縢》之書，遂使周公之心不白於後世，成王之德終累於千載，豈不惜哉？故愚於《金縢》嘗備論

【一】「夫東」，文津本作「然」。
【二】「二」，文津本作「三」。

之，亦復存其略於此，以待博雅者去取之。

竊謂「疑」字當作「野」字，蓋咏周公不兼見疑之意。只言讒邪之口，可見程子之言，亦專論周公德無愧於先王，行無顧慮，而致其誅辟也，自讓大美，非周公有此意，有此事。詩人特發此論，以尊美周公，故曰「立言」。又詩之一體，可法也。

詩纘緒卷九

小雅一

呦呦鹿鳴，食野之苹。我有嘉賓，鼓瑟吹笙。吹笙鼓簧，承筐是將。人之好我，示我周行。

呦呦鹿鳴，食野之蒿。我有嘉賓，德音孔昭。視民不恌，君子是則是效。我有旨酒，嘉賓式燕以敖。

呦呦鹿鳴，食野之芩。我有嘉賓，鼓瑟鼓琴。鼓瑟鼓琴，和樂且湛。我有旨酒，以燕樂嘉賓之心。

《鹿鳴》燕享，本欲以通上下之情，洽賓主之樂，然所求乎嘉賓者，惟在於言行而已。惟君子有言教，有身教，言教不如身教之入人深。故首章言所以燕賓者，欲其以言教我也。次章言君子有身教，不待言語而示我者深，故致其殷勤，欲賓燕飲而且敖游焉。末則止言燕飲，厚致殷勤而欲以樂君子之心【一】。蓋心者，身之主，言之所由出也。既能得其心之樂，則言教、身教自然無已矣。夫燕樂而欲樂君子之心，君子之心所以樂之者惟在於言行，則燕賓者非以口體為養賢者，亦不以奉口體為悅，燕飲之道莫加於此。此《鹿鳴》所以為詩之至，而燕飲教肄必用之歟？

四牡騑騑，周道倭遲。豈不懷歸？王事靡盬，我心傷悲。

四牡騑騑，嘽嘽駱馬。豈不懷歸？王事靡盬，不遑啟處。

翩翩者鵻，載飛載下，集于苞栩。王事靡盬，不遑將父。

翩翩者鵻，載飛載止，集于苞杞。王事靡盬，不遑將母。

【一】「殷」，文津本作「其」。

駕彼四駱，載驟駸駸。豈不懷歸？是用作歌，將母來諗。

馬行不止，道路回遠，歷遠經久勤苦之意備見於二語之中。嘽嘽，衆盛貌。《皇華》征夫在其中。「我心傷悲」以心言，「不遑啟處」以身言。人之為人，身心而已，心憂身勞，而行役之情可知，故先言之。「翩翩者鵻」三句興二句，「王事靡盬」，忠也；「將父」、「將母」，孝也。忠孝，人之大節；父母，人之大倫。行役而念室家者，常情；念父母者，至性。聖人體人之情，語其至者，故本人情於至性，寓大節於私恩。既知其勞而忠，尤知其忠而孝【一】，故不特有以慰其心，而且可以勉其德，所以為聖者之作與？末章述前四章之意而申結之，舉四駱以見四牡，言母以見父，文法也。若曰「因上章之文」，則亦兼父言矣。作歌雖曰「設言」，然前之所言即所以代之歌，故曰「是用」。或以為前之所言者，未足以盡其情，故復欲聞其歌云。

皇皇者華，于彼原隰。駪駪征夫，每懷靡及。

我馬維駒，六轡如濡。載馳載驅，周爰咨諏。

我馬維騏，六轡如絲。載馳載驅，周爰咨謀。

我馬維駱，六轡沃若。載馳載驅，周爰咨度。

我馬維駰，六轡既均。載馳載驅，周爰諮詢。

按：此篇《永樂大典》缺卷。

常棣之華，鄂不韡韡。凡今之人，莫如兄弟。

【一】「而」，文津本作「為」。

死喪之威，兄弟孔懷。原隰裒矣，兄弟求矣。

脊令在原，兄弟急難。每有良朋，況也永歎。

兄弟鬩于牆，外禦其務。每有良朋，烝也無戎。

喪亂既平，既安且寧。雖有兄弟，不如友生。

儐爾籩豆，飲酒之飫。兄弟既具，和樂且孺。

妻子好合，如鼓瑟琴。兄弟既翕，和樂且湛。

宜爾室家，樂爾妻帑。是究是圖，亶其然乎？

按：此篇《永樂大典》缺卷。

伐木丁丁，鳥鳴嚶嚶。出自幽谷，遷于喬木。嚶其鳴矣，求其友聲。相彼鳥矣，猶求友聲。矧伊人矣，不求友生？神之聽之，終和且平。

伐木許許，釃酒有藇。既有肥羜，以速諸父。寧適不來，微我弗顧。於粲灑埽，陳饋八簋。既有肥牡，以速諸舅。寧適不來，微我有咎。

伐木于阪，釃酒有衍。籩豆有踐，兄弟無遠。民之失德，乾餱以愆。有酒湑我，無酒酤我。坎坎鼓我，蹲蹲舞我。迨我暇矣，飲此湑矣。

以伐木興鳥鳴，取辭意相應。後章用首章興，不必與下文相關，詩之體也。《東山》皆以四句賦發辭，體與此同。「相彼」者觸物而有感於外，「矧伊」者反己而有動於中。「猶」者相形之辭，以彼形此，以見己求友之本心。朋友以義合，以信交，人能篤信義【一】，則神聽之而和平。所以質諸神者，欲朋友知己好友之誠意。「和」、「平」謂神和平，和平屬神。《小明》「神之聽之」之下，言「以女」、「介爾」，皆指神，則此「和」、「平」亦指神。何【二】，疑聲字，重韻為韻。

朋友有父執，先輩有同儕。後輩酒美牡肥，致潔盛陳，待尊者之禮也【三】；寧彼適不來，而無以不召致咎，待尊者之情也【四】。酒多器設，待同儕之禮也【五】；恐以小節致愆【六】，而欲不計有無，但及閒暇而與歡飲，待同儕之情也。蓋雖皆欲盡其先施之道，然待尊卑有宜，處隆殺有等，制厚薄有節，文無不具而情無不至，義無不適而禮無不厚，此所以能致己之情，樂友朋之心，而無愧於神明也【七】。燕朋友無不欲其來，而曰「寧適不來」，豈逆其不來而偽召之乎？蓋設言其來耳。古人無閒暇飲酒之禮，又沽酒聖人不食，今云然者，亦設言之耳。且上言釃酒，而下言無酒，其設言可知，蓋欲致其先施之意，故其言如此。首章統言求友，後二章分言燕友，而下文不相對，蓋末兼結意也。

天保定爾，亦孔之固。俾爾單厚，何福不除？俾爾多益，以莫不庶。

天保定爾，俾爾戩穀。罄無不宜，受天百祿。降爾遐福，維日不足。

天保定爾，以莫不興。如山如阜，如岡如陵，如川之方至，以莫不增。

吉蠲為饎，是用孝享。禴祠烝嘗，于公先王。君曰卜爾，萬壽無疆。

【一】「義」，文津本無。
【二】案，「何」，據文意疑當作「我」。
【三】「者」，文津本無。
【四】「者」，文津本無。
【五】「也」，文津本無。
【六】「恐」上，文津本有「惟」。
【七】「友朋」，文津本作「朋友」。

神之弔矣，詒爾多福。民之質矣，日用飲食。羣黎百姓，徧為爾德。

如月之恒，如日之升。如南山之壽，不騫不崩。如松柏之茂，無不爾或承。

歐陽公言：「《天保》其辭重複，蓋人臣報君無以措其意，則惟稱願其獲福而已。然其意已至而猶以為未至，是以其辭繁複而不能已，此報君之至情也。」今考其辭，既曰保，曰定，而又曰孔、固、單厚，曰除，曰多益，曰庶；曰戩穀，曰無不宜，曰有【一】，曰遐，曰日不足；曰興，曰方至，曰增；曰萬，曰無疆；曰多，曰徧為；曰恒，曰升，曰不騫不崩，曰茂，曰承。言保定爾、俾爾者各三言，降爾、卜爾、詒爾者各一言，何不一言【二】，莫不、無不者三言，如者九言，福者三言，壽者二，而又曰祿曰德，其繁複亦至矣。然意有序而不亂，辭相變而不齊，故雖繁複而不覺，善於詠者也。君，尊也。其能予君以福者，惟天、惟祖宗而已。故首言天，次言祖宗，祝君之體也。篇首直從「天」說起，只言福而不言所以為福；次及祖宗，乃言其以孝致福，乃以祖享予壽為福，乃以民質助德為福。蓋天尊也，故統言之；祖宗親也，故二章詳言之。而天亦不外乎是，至末章則總言之【三】。孝者，福之本；福者，孝之效；予壽助德者，福之實也。又此篇有天人交相與之意。蓋天固有以與之，尤必君有以受之，則天又常以與之矣，故除、受、承三字皆有深意。「除」如歲除，舊歲將除，而新歲複至也；「承」如松柏，舊葉落而新葉已生也；「受」猶今人言容受、消受，如海能容受天下之水，又能消受天下之水，不可限量也。君若足以容受、消受天下之福【四】，則天既予之，而又予之相除、相承，亦豈有限量哉？若有時而滿，則無以受之矣。天雖欲予之，豈可得乎？故此篇此「受」字屬君，非可泛以受福之受觀之。此意愚聞之先師云。

【一】案，「有」字，疑應作「受」，據「受天百祿」而言。
【二】「一」，文津本無。
【三】「至」，文津本無；「總」，文津本作「詳」。
【四】「消受」，文津本無。

采薇采薇，薇亦作止。曰歸曰歸，歲亦莫止。靡室靡家，玁狁之故。不遑啟居，玁狁之故。

采薇采薇，薇亦柔止。曰歸曰歸，心亦憂止。憂心烈烈，載饑載渴。我戍未定，靡使歸聘。

采薇采薇，薇亦剛止。曰歸曰歸，歲亦陽止。王事靡盬，不遑啟處。憂心孔疚，我行不來。

彼爾維何？維常之華。彼路斯何？君子之車。戎車既駕，四牡業業。豈敢定居，一月三捷。

駕彼四牡，四牡騤騤。君子所依，小人所腓。四牡翼翼，象弭魚服。豈不日戒，玁狁孔棘。

昔我往矣，楊柳依依。今我來思，雨雪霏霏。行道遲遲，載渴載饑。我心傷悲，莫知我哀。

按：此篇《永樂大典》缺卷。

我出我車，于彼牧矣。自天子所，謂我來矣。召彼僕夫，謂之載矣。王事多難，維其棘矣。

我出我車，于彼郊矣。設此旐矣，建彼旄矣。彼旟旐斯，胡不旆旆。憂心悄悄，僕夫況瘁。

王命南仲，往城于方。出車彭彭，旂旐央央。天子命我，城彼朔方。赫赫南仲，玁狁于襄。

昔我往矣，黍稷方華。今我來思，雨雪載塗。王事多難，不遑啟居。豈不懷歸？畏此簡書。

喓喓草蟲，趯趯阜螽。未見君子，憂心忡忡。既見君子，我心則降。赫赫南仲，薄伐西戎。

春日遲遲，卉木萋萋。倉庚喈喈，采蘩祁祁。執訊獲醜，薄言還歸。赫赫南仲，玁狁于夷。

《采薇》遣戍，《出車》勞還，而《出車》之辭多與《采薇》不相應。《采薇》言戍役，《出車》言城築攘伐；《采薇》不指名主將，《出車》則指名南仲；《采薇》言孔棘於在戍時，《出車》則以多難且急而往。《采薇》言君子小人，為常例戍役之將士；《出車》南仲固非常例戍役所宜任，伐西亦非常戍北者所當行。《采薇》言「豈敢」，言「豈不」，或戰或守，無必定之計；《出車》言戰勝執獲而還之事。彼遣此勞，言不相應。竊疑《出車》為勞南仲之詩，其後乃移而為勞還之常用耳。又疑遣戍乃每歲常制，不必常遣大將，又不必皆天子親命也；《出車》乃因玁狁內侵，踰越城邑，其勢甚急，故天子親命大將，特往城築而驅逐之，乘勝西伐，而還又守備四夷。不命之方伯連帥，而王畿之民往任戍邊，意者周西邊戎，北則邊玁狁，其地無方伯諸侯，故周以畿內之民戍之耶。然《出車》所言，乃大將率師「自天子所」，由牧歷郊而往，似非畿內常役也。故愚疑遣勞之詩，其初先有《采薇》，後定尊卑異等之制，乃一采舊、一新作以勞還歟？

此二章泛為將帥，自言承王命、召僕夫、出車、建旐、設旄而往者，以多難而且急，故己憂而僕悴也，未言其何所往【一】，未見大將之為誰也。

三章乃明言主帥大將為南仲，其往也，為朔方城築、攘伐玁狁之事。首言「王命」，見王命將之重【二】；繼言「命我」，見大將傳命令衆之嚴；終言「于襄」，見功成也【三】；赫赫，稱讚而歸美之也【四】。此章備見此篇所詠軍事之本末。蓋詩有首章即見詩意者，《采薇》是也；中篇方見者，此篇是也；有末章乃見者，《采芑》是也。

四章亦為將帥自言其往來之所遭，其歲月雖可與《采薇》相合，然此乃南仲出師往還之歲月，不必合《采薇》而論之可也。以簡書為戒命，則將帥皆可言；以為臨遣策命，則必大將重事乃有之，非常典所用也。

五章為將帥家人言之，《召南·草蟲》有此語，亦大夫妻之詩也。

末章又為將帥至家之言。蓋前章為將帥家人言將帥未歸之由，由伐西戎而未歸也；此為將帥自言至家和樂之由，由玁狁夷，故歸而樂也。然赫赫之詞，皆歸功於南仲，故曰此勞南仲之詩；而偏裨副貳之將帥皆在其中，則受是勞者，其

【一】「所所」，原本作「所如」，據文津本改。
【二】「見王命」，文津本無。
【三】「也」，原作「之」，據文津本改。
【四】「之」，文津本無。

有不感悅者乎？二詩皆首言往，末言還，敍事相似，蓋詩有起結自然之體也。

有杕之杜，有睆其實。王事靡盬，繼嗣我日。日月陽止，女心傷止，征夫遑止。

有杕之杜，其葉萋萋。王事靡盬，我心傷悲。卉木萋止，女心悲止，征夫歸止。

陟彼北山，言采其杞。王事靡盬，憂我父母。檀車幝幝，四牡痯痯，征夫不遠。

匪載匪來，憂心孔疚。期逝不至，而多為恤。卜筮偕止，會言近止，征夫邇止。

前二章首四句是追述其在戍時，歎己久役而傷悲；後三句是述其想像家人之思己，末一句思己之詞也。家人不自稱女心也。

後二章乃述其室家望君子之辭。「王事靡盬」見其為忠，「憂我父母」見其為孝，與《四牡》意同。

末章言父母室家之情，不來則心之孔疚，惟憂其不來而已。若期已過而不來，則莫知其故，故為之多端憂慮。「多」謂非止於一端也，一字亦曲盡人情。憂疑多端，則卜之筮之，而合言其近，亦足寬己之思；既而果近而將至，其喜為何如？不言既歸，而既歸之喜可知矣。

南陔

白華

華黍

魚麗于罶，鱨鯊。君子有酒，旨且多。

魚麗于罶，魴鱧。君子有酒，多且旨。

魚麗于罶，鰋鯉。君子有酒，旨且有。

物其多矣，維其嘉矣。

物其旨矣，維其偕矣。

物其有矣，維其時矣。

愚謂《傳》言「所薦之羞」下當有「以起興」三字，不然則賦矣；「極道」其下當有「酒」字，燕饗皆有酒，惟食無酒，故此以魚興酒，而「多」、「旨」、「有」皆止詠酒耳。「有」與「又」通，謂既有又有，接續不絕，亦多之意。物，兼酒與羞言。嘉，如大饗之尚腶脩，肉乾酒清而不食飲，取其嘉也，不貴多品也，尚其敬而已矣。偕，如酒醴與玄酒並列，鉶羹與大羹同陳【一】，與其偕也，不饗其味也，尚其質而已矣。時，如春行羔豚，不必腒鱐；冬行鮮羽，不必羔豚，隨其時也，不强有也，尚其誠而已矣。蓋多、旨、有，禮之備也；嘉、偕、時，禮之精意也。既盛稱備物以見其意之勤，復約言精意以深見其勤【二】。蓋慈惠恭儉之意而言之【三】，所以為燕饗通用【四】；若止稱盛多以為勤，則儀不及物矣，亦可饗乎？以是優賓，恐非所以為優也。

【一】「大」，文津作「太」。

【二】「以」，文津本無。

【三】「蓋」下，文津本有「本」。

【四】「用」下，文津本有「也」。

由庚

南有嘉魚，烝然罩罩。君子有酒，嘉賓式燕以樂。

南有嘉魚，烝然汕汕。君子有酒，嘉賓式燕以衎。

南有樛木，甘瓠纍之。君子有酒，嘉賓式燕綏之。

翩翩者鵻，烝然來思。君子有酒，嘉賓式燕又思。

魚既嘉矣，又罩、汕不一，而皆得之，有樂意。故以興樂、衎、綏之，謂賓樂而心安於我，忘其孰爲賓，孰爲主，而心與之一，此樂之至也。又思以見至誠有加而無已，蓋雖不復言樂，而欲賓樂無窮之意，亦隱然於其中。主人意欲樂賓，而工道主意，言賓樂至於相安，則至矣。而又道其無已之誠，是猶以主人樂賓之意爲未至也，可謂善於道人之意者矣。

崇丘

南山有臺，北山有萊。樂只君子，邦家之基。樂只君子，萬壽無期。

南山有桑，北山有楊。樂只君子，邦家之光。樂只君子，萬壽無疆。

南山有杞，北山有李。樂只君子，民之父母。樂只君子，德音不已。

南山有栲，北山有杻。樂只君子，遐不眉壽。樂只君子，德音是茂。

南山有枸，北山有楰。樂只君子，遐不黄耇。樂只君子，保艾爾後。

詩人先有一再歎詠君子之意，故托興，亦以二山二草之崇高盛多者而言，與有榛、有苓、有樞、有榆之興不同。觀下文兩稱「樂只君子」，可見此又詩之一體。後章皆承此興而易其韻，非有異義也。此詩必屢稱「樂只君子」而詠歎之，尊敬之意，藹然已見。下文美其德者，頌也；祝其壽者，禱也。前章言君子為邦基本而有光華，末言所以為基本而光華者。至第三章而後言所以能立邦家之基者，由其德能使民父母之。蓋民為邦本也，所以有邦家之光者，由其為民父母之令聞不已也，此君子之德實也。然先言基、言光，而後及此者，先虛後實，詠歌優游之體也。且詩凡五章，皆言德壽，此章居中專言德，而不言壽意可知矣。後二章變其文而進其意【一】，前二章先德後壽，後二章先壽後德，前曰無期、無疆，後兩曰遐不，言已壽而益壽也。茂，指德之在今日者；後，指德之在後人者，言德音不已於今者益茂，而後又不已也。首先稱德而末又專歸重於德，蓋尊賓者，尊其德齒而德尤尊，尊賓莫大於此，故以此始終焉。

三詩皆與《鹿鳴》相關。始歌《鹿鳴》，主人自道其情；及笙樂既畢，則又為樂工之詞以申道之。《鹿鳴》已包厚賓、樂賓、尊賓之至【二】，此申達此意，則分為三詩，所以益致其情也。然《鹿鳴》歸重於德，此三詩至《南山有臺》之詩，乃專以德終之。蓋合前歌、間歌，而始終於德，所以樂而不淫，和而不流也。三詩有序，優而後能樂，優而不樂，雖多奚為？樂之而後能尊之，然不知所尊，則唯口體之奉耳，烏足尚哉？

由儀

蓼彼蕭斯，零露湑兮。既見君子，我心寫兮。燕笑語兮，是以有譽處兮。

【一】「變其文」，文津本作「又變文」。

【二】「至」上，原本有「意」，據文津本删。

蓼彼蕭斯，零露瀼瀼。既見君子，為龍為光。其德不爽，壽考不忘。

蓼彼蕭斯，零露泥泥。既見君子，孔燕豈弟。宜兄宜弟，令德壽豈。

蓼彼蕭斯，零露濃濃。既見君子，鞗革沖沖。和鸞雝雝，萬福攸同。

既見而此心輸寫如此，則未見而想慕何如也！燕笑語，諸侯燕而相與笑語。譽處，謂名美而身安。世有身安而無美名者，不足樂也；此有善譽而安樂，斯可謂之安樂矣。此皆指諸侯，參之《裳裳者華》之「譽處」可見。我心寫兮者，天子見諸侯而喜。是以有譽處者【一】，諸侯得天子而樂，上下交驩之意也。此章天子自述己與諸侯相見之情，即有藹然驩愛之意。後章乃致頌禱，寓勸戒，《湛露》《采菽》《行葦》皆然。此所以為燕樂也。凡詩敘事未易，敘情尤難。

為龍為光，言諸侯之來，足為天子之輝光，褒美之也。其德，頌之也；壽考，祝之也；不爽，因頌其德，而以不爽為戒；不忘，謂人不能忘，觀《烈文》可見，因祝其壽而以不忘為勸也。

孔燕，兼言燕飲、燕樂。豈弟，謂德將無醉。兄弟，凡同氣同宗、同為列國、同時朝會燕饗者皆兄弟也。此必有諸侯同在燕席者，故以家人之兄弟美之，舉親以包疏也。豈，兼不爽、不忘言，故樂。此章褒美頌禱勸戒，與前章同。末章則不復重述，惟稱其服飾福禄而已，所謂不盡人之歡者與？

湛湛露斯，匪陽不晞。厭厭夜飲，不醉無歸。

湛湛露斯，在彼豐草。厭厭夜飲，在宗載考。

湛湛露斯，在彼杞棘。顯允君子，莫不令德。

其桐其椅，其實離離。豈弟君子，莫不令儀。

【一】「者」，文津本無。

私燕，燕同姓諸父兄弟於路寢。醉，言其節；宗，言其所，二章蓋互見也。不醉無歸，以情言；載考，以禮言。情以愛為主，禮以敬為主。禮勝則離，故首言「不醉無歸」以致其相愛之情；樂勝則流，故次言「載考」以致其相敬之禮。情欲洽而禮欲成，夜飲之本意也，故於首、次二章言之。先情後禮者，禮以情而行，燕以樂為主也。

德兼内外，以「顯允」為備，言顯於外而實於中，故顯允之人其德無不令者；儀主容貌，以和易為美，言和易在中而形於外，故豈弟之人其儀無不令者。德即「德將無醉」之德，儀即「飲酒孔嘉，維其令儀」之儀。燕久則易怠，既醉則易肆，失德失儀多在此時，況夜飲乎？故以「令德」、「令儀」褒美之，而因以寓戒焉。「令德」因前章之興，「令儀」則别取興。興有因易，而下文所詠相對，亦是一體。《邶・緑衣》似之。

彤弓弨兮，受言藏之。我有嘉賓，中心貺之。鐘鼓既設，一朝饗之。

彤弓弨兮，受言載之。我有嘉賓，中心喜之。鐘鼓既設，一朝右之。

彤弓弨兮，受言櫜之。我有嘉賓，中心好之。鐘鼓既設，一朝醻之。

諸侯朝正，燕詩猶戒，此賜彤弓使得專征，賜大任重，而詩無勸戒，何也？蓋王賜彤旅，自有誥命，如《文侯之命》，稱美戒勉之辭已具，故此惟述其賜予燕饗之情而已。然詩言藏之重、好之誠、予之速如此，使諸侯能體此意，必能思盡其道矣。一詩之意備於首章，後章特申述之耳。藏，統言其在王府，弓必先櫜而後可藏也。中心二字，包喜、好。大飲賓曰饗。右謂坐賓於右，所以尊賓也。醻謂酌自飲而飲賓，所以厚賓也，二者皆燕饗中一事，故曰後章止申述，以致再三殷勤之情而已。

菁菁者莪，在彼中阿。既見君子，樂且有儀。

菁菁者莪，在彼中沚。既見君子，我心則喜。

菁菁者莪，在彼中陵。既見君子，錫我百朋。

汎汎楊舟，載沉載浮。既見君子，我心則休。

首章為興，蓋以莪之在彼，興我之有此，言莪則盛而在彼中阿，我見君子則樂而有此禮儀。儀謂燕飲之儀，待賓客之禮也。此篇所以見其為燕飲賓客者以此。或以為比者，為後章起也，當各隨下文觀之。凡詩末章有總始終言者，此兼未見、既見言，所以結之也。

愚按，毛傳《菁莪》後為《六月》，以《六月》為變雅之首。《集傳》謂《楚茨》而下十篇，疑正雅錯脱在變雅，又謂《魚藻》《采菽》與《楚茨》等相類。按，《楚茨》十篇元在《鼓鐘》後、《青蠅》前，《魚藻》二篇在《賓筵》後、《角弓》前。今若從《傳》移置此十二篇於《菁莪》之後，不惟可復正雅之全，且使武、成、康之際祭祀、朝會、田獵、燕饗、務農、講武之典略備於正雅之中，而一代之盛治為可考説者，不必曲説而辭意自明白，豈不韙歟？

六月棲棲，戎車既飭。四牡騤騤，載是常服。玁狁孔熾，我是用急。王于出征，以匡王國。

比物四驪，閑之維則。維此六月，既成我服。我服既成，于三十里。王于出征，以佐天子。

四牡修廣，其大有顒。薄伐玁狁，以奏膚公。有嚴有翼，共武之服。共武之服，以定王國。

玁狁匪茹，整居焦獲。侵鎬及方，至于涇陽。織文鳥章，白旆央央。元戎十乘，以先啟行。

戎車既安，如輊如軒。四牡既佶，既佶且閑。薄伐玁狁，至于大原。文武吉甫，萬邦為憲。

吉甫燕喜，既多受祉。來歸自鎬，我行永久。飲御諸友，炰鱉膾鯉。侯誰在矣？張仲孝友。

首舉「六月」，中含數意：一紀出兵之時，二表用兵之急，三見不得已，四見事關匡正之大也。王國，謂中國也。

匡，正中外之分也【一】，與「一匡天下」之匡同。

次章承首章「載服」、「用急」之意而言。四驪，見雖急而馬有餘、練有素；馬閑、服成於本月，見雖急而應變從事之敏速；于三十里，見雖急而行止之有常度，皆承「用急」而言。兩言「王命出征」，皆暗指大將。

三章言軍容盛大，故可以建大功；武事嚴敬，故足以定王國。王國定而中外分定矣【二】，亦暗指將帥。前章言「孔熾」而不言所以熾，言伐而不言伐之所在，暗言將帥而不言將帥之為誰，至四章方明言，其深入而後知所謂急者，誠不可緩。五章明言大將吉甫，而後知承王命、匡王國者有文武全才，此所以大功成、王國定也。此章方歸功吉甫。

末章專言吉甫功成來歸燕飲之事。舉「張仲」而言「孝友」者，尊德也，且以見吉甫之有德，非特才全而已。此二章皆稱吉甫者，蓋一篇之意歸宿於此。此詩之所由作也，其敍事先後次第，甚明矣。

舊說以為美宣王，非也，此美吉甫也。宣王北伐之事，因此而見之耳。《崧高》《烝民》之作，見吉甫之文；《六月》所詠，見吉甫之武。吉甫，作者也；美吉甫者，亦必作者也，而當時有其人焉。則《韓奕》《江漢》諸詩，《序》以為吉甫所作者，《傳》安得無疑歟【三】？

薄言采芑，于彼新田，于此菑畝。方叔涖止，其車三千，師干之試。方叔率止，乘其四騏，四騏翼翼。路車有奭，簟茀魚服，鉤膺鞗革。

薄言采芑，于彼新田，于此中鄉。方叔涖止，其車三千，旂旐央央。方叔率止，約軝錯衡，八鸞瑲瑲。服其

【一】「中外」，文津本作「華夷」。

【二】「中外」，文津本作「華夷」。

【三】「歟」，文津本作「焉」。

命服，朱芾斯皇，有瑲葱珩。

鴥彼飛隼，其飛戾天，亦集爰止。方叔涖止，其車三千，師干之試。方叔率止，鉦人伐鼓，陳師鞠旅。顯允方叔，伐鼓淵淵，振旅闐闐。

蠢爾蠻荆，大邦為讎。方叔元老，克壯其猶。方叔率止，執訊獲醜。戎車嘽嘽，嘽嘽焞焞，如霆如雷。顯允方叔，征伐玁狁，蠻荆來威。

此詩以采芑起興，而于田、于畝，有耕者不變之意；于此中鄉，有與民雜居、軍無私焉之意。賦其事以起興，亦可因興而見其事也【一】。涖，謂臨之於上，故下言軍旅車干之盛【二】；率，謂率之以己，故下專言方叔所乘所服之美。徒能臨之，而不能率之，豈得為賢將【三】？故此篇特以「率」、「止」終篇，而各詳其實焉。其車三千，總言其盛；師干之試，見師衆之練習；旗旐央央，見號令之精明；四騏而下，見其為大將；約軝而下，見其為命大夫。若謂在軍中服此命服【四】，則是以辭害義矣。三章言戰，故不復以采芑起興，而以隼之飛止興用軍之進退。再言師干之試，為將戰也。「率止」下乃言將戰，未言進兵。振旅而特稱「顯允方叔」者，大其用兵之有法而美之也。末章言蠻荆服叛之始終，即此篇所詠用師之本末也，說見《出車》。獨言「率止」者，見方叔不特能壯其謀，蓋在軍又能親任勞苦，將率三軍而身先士卒者乎？此戰所以勝也。執訊獲醜，見戰勝而凱旋。「戎車」而下，見師完而聲振。再稱「顯允方叔」，所以大其信威懷遠之功也。後世用兵有合於此者，其惟諸葛孔明乎？

【一】「也」，文津本無。
【二】「下」，文津本無。
【三】「為」，文津本作「謂」。
【四】「謂」，文津本無。

詩纘緒卷十

小雅二

我車既攻，我馬既同。四牡龐龐，駕言徂東。田車既好，四牡孔阜。東有甫草，駕言行狩。之子于苗，選徒嚻嚻。建旐設旄，搏獸于敖。駕彼四牡，四牡奕奕。赤芾金舄，會同有繹。決拾既佽，弓矢既調。射夫既同，助我舉柴。四黄既駕，兩驂不猗。不失其馳，舍矢如破。蕭蕭馬鳴，悠悠旆旌。徒御不驚，大庖不盈。之子于征，有聞無聲。允矣君子，展也大成。

首章盛稱車馬【一】，言自鎬京王朝往東方，蓋兼朝會、田獵之意而未明言；次章方言將往東都之圃田；三章亦未明言獵時事；四章言諸侯會同，正此篇本意，見為中興會朝而田獵也；五、六章正言狩獵；七章言終事；末總敘始終。敍事次章最為明白。此詩本美宣王，而只稱有司，此所以為美宣王也。先後皆述有司，中間乃述諸侯，所以尊王朝也。宣王當逐玁狁、服蠻荆之後，大會諸侯東都而田獵，中興之盛舉也。其至東都也，百官景從，六師扈從，諸侯五方雲合而鱗集，朝廷之盛禮、方國之儀章、軍旅之紀律、搜田之軌物皆在於是，固非西都歲時常制所可同，尤非前日久廢之舊跡所

【一】「首」，文津本作「此」。

可及。有司之各庀其職，豈有司所能自為哉？然詩人稱之，既極道其興盛，尤深見其靜治。蓋徒禦車馬之堅好，旗旐之鮮明，芾舄之絡繹，射禦精而殺獲多，則止見其興盛而已；於興盛之中而有靜肅者存，則典禮、儀章、紀律、軌物之行乎其間者，既可見其秩然而不紊，粲然而可循，尤可見其不勞而治，不煩而成。《車攻》之中興所以宛然成康周畢之盛者以此，非徒謂其氣勢威靈之赫而已也。故此詩始言「選徒」，中言「不驚」，終言「無聲」，而「蕭蕭」、「悠悠」尤極形容。非詩人深知舊典，親見當時，何以發此哉？讀《車攻》者尤當以此意觀之。

君子指有司，其曰君子，猶夫子言「君子哉若人」之意，言信乎其為有德位之人也。有司而有大成，則王朝中興之事業，其有大成也必矣！故「允矣」、「展也」對言，所以深信之。

東都講武之詩，盛時則有《瞻彼洛矣》，中興則有《車攻》。《瞻彼》則惟稱天子而頌禱之，《車攻》則詳述田獵而形容之。蓋出於久廢也，詩之正變於此可見。以久廢視中興，則《車攻》盛矣；以《車攻》視《瞻彼洛矣》，則《瞻彼洛矣》之氣象又何如？皆可以並觀。

吉日維戊，既伯既禱。田車既好，四牡孔阜。升彼大阜，從其羣醜。

吉日庚午，既差我馬。獸之所同，麀鹿麌麌。漆沮之從，天子之所。

瞻彼中原，其祁孔有。儦儦俟俟，或羣或友。悉率左右，以燕天子。

既張我弓，既挾我矢。發彼小豝，殪此大兕。以御賓客，且以酌醴。

篇首言獵前期事，中言獵時事，末言獵終時事，一篇備見獵之始終。從其羣醜，有驅禽待射意。悉率，有競勸意。於三品惟舉中而言，有不敢自謂足充上殺之意。此宣王西都四時之田，本為常典，然久廢而中興，所以可美。又此詩雖美田獵，而最見中興之人心。蓋周室中衰，人心離散；宣王中興，能修政事，一有田獵，人即興起而樂趨之。故詩人中問兩稱天子，見其從天子而來。首言可以從禽，則有先事趨赴之心；中言悉率、以燕，則有親上愛君之心；末言獻禽，則有尊君奉上之心。人心如此【一】，此宣王所以中興，中興所以可美也。孟子云：「聞車馬之音，見羽旄之美，舉欣欣然有喜色。」東萊謂：「見上下之情者，此篇最可見也。」

鴻雁于飛，肅肅其羽。之子于征，劬勞于野。爰及矜人，哀此鰥寡。

鴻雁于飛，集于中澤。之子于垣，百堵皆作。雖則劬勞，其究安宅。

鴻雁于飛，哀鳴嗷嗷。維此哲人，謂我劬勞。維彼愚人，謂我宣驕。

此篇興比之例最為明白，可以類其餘。三章皆以劬勞言：「劬勞于野」，真可憐之劬勞也，所謂劬勞惟在於此；「雖則劬勞」，不敢辭劬勞也，蓋勞於築室乃所以為安也。作歌出於劬勞，不敢忘劬勞也；「其究安宅」，無復劬勞矣。故追述安宅以前事，而歌之於安宅之後，所以始終劬勞之意也。然歌聲可聞也，歌辭未易通也，而況所以歌之意，非哲人其孰能知之哉？築室必以築垣言者，作室任匠，築垣役衆，以役衆之最勞者言，以見其成。

此詩與前《都人士》篇先後相應。前曰萬民離散，已不復見昔時之美矣；至是宣王能勞來還定安集之，故有此詩。以此推之，則《都人士》之非昔者，其以厲王暴虐、「稼穡卒癢」而致此「具贅卒荒」歟？豈必如幽王戎狄之禍而後有此哉？此言「前《都人士》」者，指所移置《都人士》在《六月》前者言之，見正雅。

夜如何其？夜未央，庭燎之光。君子至止，鸞聲將將。

夜如何其？夜未艾，庭燎晣晣。君子至止，鸞聲噦噦。

【一】「人心」，文津本無。

夜如何其？夜鄉晨，庭燎有輝。君子至止，言觀其旂。

如何，問辭。至止者，想其將至，其實未至也。將將，尚遠；噦噦，漸近；觀旗，則既至矣。然皆想辭，非真見真聞也，所以見其勤。此詩見王既勤於政，而於諸侯猶有拳拳晉接之情，故於君子之朝也，想見之尤至。待遠者既如此，則近者可知。曰「聲」曰「觀」，皆想聞想見者也。

沔彼流水，朝宗于海。鴥彼飛隼，載飛載止。嗟我兄弟，邦人諸友。莫肯念亂，誰無父母。

沔彼流水，其流湯湯。鴥彼飛隼，載飛載揚。念彼不跡，載起載行。心之憂矣，不可弭忘。

鴥彼飛隼，率彼中陵。民之訛言，甯莫之懲。我友敬矣，讒言其興。

此以四句興四句。首章言亂而不言所以亂，起語體也。後章乃言不跡、訛言，蓋上不循道，下有訛言，亂之證也。彼不肯念者，豈無父母乎？苟有父母，則念矣。誰無父母，甚言朋友之不肯念也。若我則念而不能不憂，憂之則不能忘矣。然憂之如何？亦曰「敬」而已矣。蓋朋友有莫念者，有能敬者。莫念者，我則代為之憂矣【一】；能敬者，我則反諸己而自修焉。蓋念有思患預防之慮，而敬則謹身遠害之要也。念而能敬，斯可免於亂世矣；不然，則雖念之至，憂之深，亦何益哉？憂人而及其親，反己而一於敬，念亂而憂，莫善於此矣。

末章六句，毛、鄭以前已脱兩句【二】。今首句猶可知，次句不可知矣【三】。

【一】「為」，文津本無。

【二】「兩」，文津本作「二」。

【三】「句」下，文津本有「則」。

鶴鳴于九皋，聲聞于野。魚潛在淵，或在于渚。樂彼之園，爰有樹檀，其下維蘀。他山之石，可以為錯。

鶴鳴于九皋，聲聞于天。魚在于渚，或潛在淵。樂彼之園，爰有樹檀，其下維穀。他山之石，可以攻玉。

陳善納誨，或於君，或於友，不可知也。不直言明告而托物為比者，物顯理隱，即物觀理而易曉也。誠不可揜者，知其存誠也；理無定在者，欲其窮理也。愛當知惡，憎當知善者，欲其正心修身也。所以知為正心修身者，《大學》以忿懥、好樂為正心，以愛知其惡、惡知其美為修身也。程子言「先立誠意以格之」，朱子言「存心而後能致知」，故彼存誠在窮理之前；又言「致知而後能力行」，故此正心修身在窮理之後。朱子又嘗言「窮理修身，斯學之大」，即此意也。輔氏之說非也。由是四者謂四物，天下之理謂四事。程子之說乃「憎知其美」之意，但《傳》則處常之事，程子則處變之事。至曰「義理生，道德成」，則皆指身心而言矣。

祈父！予王之爪牙。胡轉予于恤，靡所止居？

祈父！予王之爪士。胡轉予于恤，靡所厎止？

祈父！亶不聰。胡轉予于恤，有母之尸饔？

以國體言之，予王之爪牙，所當留衛而久役於外，汝豈無王乎？此義之所不可者也。以國法言之，有父母而無兄弟者，所當歸養而久役於外，汝豈無父母乎？此情之所不忍者也。王衛不可使單弱，天下之大義，又祈父所當盡職者，故一再言之於前；父母不可使勞苦，一己之至情，故一言之於後。蓋作此詩者亦為衛王之人，故先公後私，其言如此。然「靡止」者己也，己為輕，故雖再言而意猶緩；「尸饔」者母也，親為重，故雖一言而情則切矣。其曰「亶不聰」，切責之也，而仍曰「胡」以繼之，所以終致其婉曲之情，而欲其聽之也。怨而不怒，此之謂矣。

皎皎白駒，食我場苗。縶之維之，以永今朝。所謂伊人，於焉逍遙。

皎皎白駒，食我場藿。縶之維之，以永今夕。所謂伊人，於焉嘉客。

皎皎白駒，賁然來思。爾公爾侯，逸豫無期。慎爾優游，勉爾遁思。

皎皎白駒，在彼空谷。生芻一束，其人如玉。毋金玉爾音，而有遐心。

賢者將去而欲留之辭，至於一再，則其意已勤矣。既而知其勢之不可羈，志之不可奪也，則多方百計以留之。故思其來，則欲縻以好爵，庶乎其鑒禮賢之意而或可縻也；萬一不可縻，則但得其去之意少緩，斯亦足矣。故又欲其慎之勉之，庶乎其去國遲遲，忘世不果而可少淹也。蓋謀所以留之計靡不至而後出此，是以雖好爵不足縻而不自知，雖其志不遂而不之恤，其意蓋甚苦矣。末章則賢者已去而在空谷矣，然其人雖親芻賤之事而實有如玉之德，使人愛惜而想慕之。故雖其跡之已遠，而猶望其音問之相聞云。

黄鳥黄鳥，無集于穀，無啄我粟。此邦之人，不我肯穀。言旋言歸，復我邦族。

黄鳥黄鳥，無集于桑，無啄我粱。此邦之人，不可與明。言旋言歸，復我諸兄。

黄鳥黄鳥，無集于栩，無啄我黍。此邦之人，不可與處。言旋言歸，復我諸父。

人生一本，由一本而推之諸父、諸兄、宗族，而莫不得其道，則在平時而相睦，處患而相扶持，非他人之所能如也。今舍其父兄宗族而適他人，意謂他人之可依也，而不思我能厚宗族，何必去父母之邦？不能厚父兄，而能厚人乎？人亦豈能厚我哉？又況世衰道微、民心離散之時乎？必致困窮而反，然後知親者為可親，天倫之不可薄如此。是人也，不知其人之不可與明而擇居之，不智；不責己而責人，不仁；知其不可不即去，而猶言旋而言歸，不勇。蓋無一之足取矣。夫子之存此詩，政欲以為世戒也，而時君使民之如此，其政教亦可知矣。然此世教衰微，民不興行，即有此俗，不必亂亡流離而後有此也。

我行其野，蔽芾其樗。昏姻之故，言就爾居。爾不我畜，復我邦家。

我行其野，言采其蓫。昏姻之故，言就爾宿。爾不我畜，言歸思復。

我行其野，言采其葍。不思舊姻，求爾新特。成不以富，亦衹以異。

此詩與前詩不同，此人以貧故而依昏姻，此昏姻所當念者；而不見收恤，此婚姻之薄也。所謂「不婣之刑」，正為此等設也。然之人也，不謂其以貧見厭，止言其以新舊而異，故見責人忠厚之意焉。

秩秩斯干，幽幽南山。如竹苞矣，如松茂矣。兄及弟矣，式相好矣，無相猶矣。

似續妣祖，築室百堵，西南其戶。爰居爰處，爰笑爰語。

約之閣閣，椓之橐橐。風雨攸除，鳥鼠攸去，君子攸芋。

如跂斯翼，如矢斯棘，如鳥斯革，如翬斯飛，君子攸躋。

殖殖其庭，有覺其楹。噲噲其正，噦噦其冥，君子攸寧。

下莞上簟，乃安斯寢。乃寢乃興，乃占我夢。吉夢維何？維熊維羆，維虺維蛇。

大人占之：維熊維羆，男子之祥；維虺維蛇，女子之祥。

乃生男子，載寢之牀，載衣之裳，載弄之璋。其泣喤喤，朱芾斯皇，室家君王。

乃生女子，載寢之地，載衣之裼，載弄之瓦。無非無儀，唯酒食是議，無父母詒罹。

按：此篇《永樂大典》缺卷。

誰謂爾無羊？三百維羣。誰謂爾無牛？九十其犉。爾羊來思，其角濈濈。爾牛來思，其耳濕濕。或降于阿，或飲于池，或寢或訛。爾牧來思，何蓑何笠，或負其餱。三十維物，爾牲則具。爾牧來思，以薪以蒸，以雌以雄。爾羊來思，矜矜兢兢，不騫不崩。麾之以肱，畢來既升。牧人乃夢，衆維魚矣，旐維旟矣。大人占之：衆維魚矣，實維豐年；旐維旟矣，室家溱溱。

三百、九十，言所成之多；濈濈、濕濕，言所養之充。孔子：「牛羊茁壯，長而已矣。」角濈耳濕，非茁壯乎？其長固未已也。詩人深得物理而巧於形狀如此。

「或降」六句，承上文「牛羊」言。牛羊隨所在而適其性，牧者從所適以順其性。三十維物，專以色言。若牲則色有騂黝白犉之等，角有繭栗握尺之等，而體必博大肥腯而後可為牲也。具，言其可為牲者無不有也。用牲以祭祀為大。

爾牧來思，承上文「爾牧」而言，不特持雨具、齎餱糧而無費事，亦且取薪蒸、搏禽獸而有餘力，牧事之成可知。既言「爾牧」，又言「爾羊」，與上章互文；又專舉羊以見牛，蓋羊比牛最易瘠易病。今充肥者，常堅強盛多者。不騫崩、麾之以肱，羊亦知人之意而順其命來升，固見羊之馴。而畢、既二字，尤盡羊之性。蓋羊來有一之或後入牢，有一之不能，則此羊即有病矣。故畢、既二字，不特不羣疾，乃無一病者也。

牧人乃夢，實有此夢。古者以為吉夢而獻之於王，故詩人述之，以為牧人既成牧事而得吉夢，乃國家將有年豐民衆之祥，不特牧事之成而已。所以別發一意，進一説以結此篇也。前篇之夢非實有此夢，詩人祝願其有此夢耳。此篇乃實述此夢，故《傳》於彼言頌禱而此不言云。

愚謂此篇言「爾牧」者，乃親牧牛羊於山谷草野之人也。故何蓑笠、負餱糧、取薪蒸，皆賤者之事。末章言牧人乃掌牧之官，即《周禮》之牧人也，其屬自有府史等，安得身荷蓑笠、負餱、取薪之事哉？惟其為掌牧之官，故有以感天地陰陽之氣而夢，而夢必有驗也，況首言爾牧，末言牧官，斯見牧事之成。

節彼南山，維石巖巖。赫赫師尹，民具爾瞻。憂心如惔，不敢戲談。國既卒斬，何用不監！

節彼南山，有實其猗。赫赫師尹，不平謂何。天方薦瘥，喪亂弘多。民言無嘉，憯莫懲嗟。

尹氏大師，維周之氐。秉國之均，四方是維，天子是毗，俾民不迷。不弔昊天，不宜空我師。

弗躬弗親，庶民弗信。弗問弗仕，勿罔君子。式夷式已，無小人殆。瑣瑣姻亞，則無膴仕。

昊天不傭，降此鞠訩。昊天不惠，降此大戾。君子如屆，俾民心闋。君子如夷，惡怒是違。

不弔昊天，亂靡有定。式月斯生，俾民不寧。憂心如酲，誰秉國成。不自為政，卒勞百姓。

駕彼四牡，四牡項領。我瞻四方，蹙蹙靡所騁。

方茂爾惡，相爾矛矣。既夷既懌，如相酬矣。

昊天不平，我王不寧。不懲其心，覆怨其正。

家父作誦，以究王訩。式訛爾心，以畜萬邦。

首章言國卒斬而尹不察，猶若非尹所致，特尹不察耳。緩辭而略責之，未迫切也。

次章即明言尹之「不平」，不平即尹之病根也，一辭已盡其實。又言天怒民怨而莫知懲，則直辭而切責之矣。次第而言，詩之法也。

三章承上章不平之說，而告之以當平也。

四章以王委任尹、尹委任小人言。尹使「庶民弗信」已不可，況罔天子而可乎？若能平其心而退小人，遠姻婭，則小人無由進，而天下猶不至於危殆。其曰「勿」曰「無」，猶有戒之之意焉。

鞫訩、大戾，即前「卒斬」、「薦瘥」等也。言尹若能平其心，必躬必親，式夷式已，則禍或可止也，猶有告戒勸勉之意焉。

六章又據今喪亂靡定而言，其日甚使人憂之，然誰秉國成而不自為政乎？言平其心以為政，是在我而已，初無難事也。

七章言天災民亂隨處皆然，無可逃者，欲使尹氏知之而或有改也。

八章言尹任用小人所在，布滿風俗，人情俱為之變，相矛之惡猶可制，相酬之懌不可測，欲尹知其情狀而遠之也。

九章言尹氏以不平致亂，則王將不得寧矣，然豈有他哉？是在尹之心而已。心即是而能懲，則猶可及止也；若不懲，其心而反怨人之正己，則使王之不寧也必矣。至此而及王，蓋亦所以諷王也。正者，家父自謂也。

末章言致亂者尹，心之不平而用尹者，王心之有蔽也。故尹氏之亂，本由其心之不懲；王之亂，本由其心之不訛；王心之不訛，又尹心不懲之本也。以究王訩，兼尹而言也。欲訛王心者，人臣格君之忠。以畜萬邦，尤人臣事君之職，蓋猶教之以此【一】，欲其自反而自得之也。此詩雖譏刺甚切，而告戒亦至【二】。蓋家父大夫也，故效忠於君相者如此。有所畏避而不言，豈家父之本心哉？

正月繁霜，我心憂傷。民之訛言，亦孔之將。念我獨兮，憂心京京。哀我小心，癙憂以痒。父母生我，胡俾我愈！不自我先，不自我後。好言自口，莠言自口。憂心愈愈，是以有侮。憂心惸惸，念我無祿。民之無辜，并其臣僕。哀我人斯，于何從祿？瞻烏爰止，于誰之屋？瞻彼中林，侯薪侯蒸。民今方殆，視天夢夢。既克有定，靡人弗勝。有皇上帝，伊誰云憎？

【一】「蓋」，文津本作「然」。
【二】「告戒」，文津本作「教告」。

謂山蓋卑，為岡為陵。民之訛言，寧莫之懲。召彼故老，訊之占夢。具曰予聖，誰知烏之雌雄？

謂天蓋高，不敢不局。謂地蓋厚，不敢不蹐。維號斯言，有倫有脊。哀今之人，胡為虺蜴。

瞻彼阪田，有菀其特。天之扤我，如不我克。彼求我則，如不我得。執我仇仇，亦不我力。

心之憂矣，如或結之。今茲之正，胡然厲矣！燎之方揚，寧或滅之。赫赫宗周，褒姒烕之。

終其永懷，又窘陰雨。其車既載，乃棄爾輔。載輸爾載，將伯助予。

無棄爾輔，員于爾輻。屢顧爾僕，不輸爾載。終踰絕險，曾是不意。

魚在于沼，亦匪克樂。潛雖伏矣，亦孔之炤。憂心慘慘，念國之為虐。

彼有旨酒，又有嘉殽。洽比其鄰，昏姻孔云。念我獨兮，憂心慇慇。

佌佌彼有屋，蔌蔌方有穀。民今之無祿，天夭是椓。哿矣富人，哀此惸獨。

此詩述憂之辭為多，蓋大夫見天變民訛，國將亡而民益困，己有言而人莫信，其禍皆由於嬖妾幸而小人進，故憂之又憂而作此詩。

首章言天變民訛皆可憂，而民訛尤可憂。蓋天道遠，人道邇，訛言變惑衆聽，搖動人心，禍亂將起於不測。知者憂禍於將萌而為之成病矣。

次章言生值訛言之時，己憂而衆不然，是以反為所侮。

三章述己之憂民將因虜而國將危亡也。

四章言民方困而天未定，天若有定，固能勝人，然今上帝誰憎而未定耶？蓋當未定之時，而望其有定甚切也【一】。

《傳》謂「天非有所憎，其福善禍淫乃自然之理」，若然則有以自解而不必憂矣。此說於理甚精，於情似疏。蓋謂淫者

【一】「有」，文津本無。

固可憎而民何辜，是以望之。

五章言天定既不可待，則人有能止訛者，惟故老明事之是非，占夢決兆之吉凶，此為可望。而今皆自以為是，竟莫知其言之是非，則人之止訛者，又不足恃矣。此一章專為訛言而發。

六章言己處亂世，畏懼之甚，不得已而號斯言，則皆倫理之言也。然今之造訛喜亂者，胡為肆毒害人，亦且及於我乎?是以使我局蹐如此，即前所謂「是以有侮」者也。作詩者為大夫，故有當言者，不得已也。

七章承上章，言人之肆毒我者，乃天欲扤我也。蓋不特斯人，雖昔嘗求我而不可得者，今亦不能用其力，即所謂「念我獨兮」者也。

八章乃言天變民訛、國危民困之由，皆由於褒姒，此為可憂之大者。故先言憂心以發之。全盡為滅，半滅為威，言將威也。燎之方揚，或曰興也，此當曰賦又興。后夫人死而謚如曰文姜、哀姜，妾止稱國姓，褒姒如稱齊姜、宋子，雖生存亦以是稱。

愚謂九章、十章忽取物為比，而欲其無棄賢臣，與前章意既不屬，於本章詞亦不類。蓋上兩章方說褒姒，不應遽舍而他說。竊謂輔猶助也，妻為內助，內輔、車輔正可為比【一】，疑此謂申后也。內寵並后，亂之本也。褒姒賤，故明言之；申后尊貴，故取比隱言之。言王能毋棄嫡后，數親賢臣，則不特不傾爾載，且可同濟艱險矣。輻以比王之所行，員輻，言相其內行也；以僕比賢臣，屢顧，言數視顧問之也。

十月之交，朔日辛卯。日有食之，亦孔之醜。彼月而微，此日而微。今此下民，亦孔之哀。

日月告凶，不用其行。四國無政，不用其良。彼月而食，則維其常；此日而食，于何不臧！

【一】「內輔」，文津本無。

爗爗震電，不寧不令。百川沸騰，山冢崒崩。高岸為谷，深谷為陵。哀今之人，胡憯莫懲！

皇父卿士，番維司徒，家伯維宰，仲允膳夫，棸子內史，蹶維趣馬，楀維師氏，豔妻煽方處。

抑此皇父，豈曰不時？胡為我作，不即我謀？徹我牆屋，田卒汙萊。曰予不戕，禮則然矣。

皇父孔聖，作都于向，擇三有事，亶侯多藏。不憖遺一老，俾守我王。擇有車馬，以居徂向。

黽勉從事，不敢告勞。無罪無辜，讒口囂囂。下民之孽，匪降自天。噂沓背憎，職競由人。

悠悠我里，亦孔之痗。四方有羨，我獨居憂。民莫不逸，我獨不敢休。天命不徹，我不敢效，我友自逸。

前二章言日食之變甚大，繼言不特日食而災異迭見，尤可懼而王不懲。

日食由不用善人所致，王不能懲，方且外任大臣【一】，內寵豔妻，而未已也，觀「方處」二字可見。

「抑此」而下，專責皇父。蓋皇父尤專而貪，故己受害如此。

上章「不時」、「不謀」而毀人居里，則有車馬而徂向者，其害可知矣。此言皇父貪而自私，上不顧王【二】，下不恤衆，不特己受其害也。

七章己遭讒、衆受禍，皆由於人愚。謂「人」，兼皇父言。

天下病而我里病甚，下乃言四方有羨、民莫不逸，而我友又有逸者，辭若相反。蓋詩人借彼以明此耳【三】，毋以辭害意也。此詩詳言天地災異，歷指臣妾姓名，又專責皇父，可謂切直而無婉曲矣。然己雖受害而安於命，蓋有田祿之賢者歟？詩言災異，此篇最詳。《七月》盡天道之常，《十月之交》盡天道之變，所謂天道備，於上二詩尤可觀，有國所當鑒。

【一】「大臣」，文津本作「小人」。

【二】「王」，文津本作「主」。

【三】「蓋」，文津本作「今」。

浩浩昊天，不駿其德。降喪饑饉，斬伐四國。昊天疾威，弗慮弗圖。舍彼有罪，既伏其辜；若此無罪，淪胥以鋪。

周宗既滅，靡所止戾。正大夫離居，莫知我勩。三事大夫，莫肯夙夜；邦君諸侯，莫肯朝夕。庶曰式臧，覆出為惡。

如何昊天，辟言不信？如彼行邁，則靡所臻。凡百君子，各敬爾身。胡不相畏？不畏于天！

戎成不退，饑成不遂。曾我暬御，憯憯日瘁。凡百君子，莫肯用訊；聽言則答，譖言則退。

哀哉不能言！匪舌是出，維躬是瘁。哿矣能言，巧言如流，俾躬處休。

維曰于仕，孔棘且殆。云不可使，得罪于天子；亦云可使，怨及朋友。

謂爾遷于王都，曰予未有室家。鼠思泣血，無言不疾。昔爾出居，誰從作爾室？

饑饉，全家死絶如斬，死者衆多如伐。兵戎環境，米粟不通，賑救不至，民在死亡之地而不得出，如淪相籍如鋪。天所降曰「斬伐」，人所受曰「淪鋪」。非親見此厄者不能如此形容之。

周之族姓有遭饑饉死者，有為兵戎所殺者，而未有底止，故有以兆易姓之禍。莫知我勩，去者不知留者勞苦也。莫肯夙夜，言在公之大夫但知避災害而去。朝見曰朝，夕見曰夕，言諸侯無朝見而來者，惟己獨留，此詩所以作也。

敬兼信與畏言。人有辟言而不信，則行無所底，故當各敬爾身【一】。能敬其身，則辟言所當相畏；若不相畏，是不畏天也。蓋將見其去，而先欲其聽己言也。

莫肯用訊，即「莫肯夙夜」之意。人有辟言而已不信，是不敬其身也；己有辟言而不盡告王，雖曰敬身畏禍，而亦不當若是恝也。於是責去者之意昭昭矣。此章方兼兵戎、饑饉言。

【一】「各」，文津本無。

五章言王惡忠好佞而言之難，六章言王好杜惡直而仕之難。哀哉、哿矣，極難而深悲之。孔棘且殆，明言而極論之。「不能言」，即「不可使」者，皆反辭以形容之。二者之難，誠難矣，然彼己之所同，而己未嘗去也。故末章欲去者之復還焉。

無言不疾，諒其懼禍之情。誰從作爾室，破其拒我之辭，以庶幾其復返也。詩人可謂忠君愛友之道兼盡矣。吁！當時之大夫、君子、邦君、諸侯，不若一暬御者多矣，聞其言者能無愧乎？

旻天疾威，敷于下土。謀猶回遹，何日斯沮！謀臧不從，不臧覆用。我視謀猶，亦孔之邛。

潝潝訿訿，亦孔之哀。謀之其臧，則具是違；謀之不臧，則具是依。我視謀猶，伊于胡底！

我龜既厭，不我告猶。謀夫孔多，是用不集。發言盈庭，誰敢執其咎？如匪行邁謀，是用不得于道。

哀哉為猶！匪先民是程，匪大猶是經；維邇言是聽，維邇言是爭。如彼筑室于道謀，是用不潰于成。

國雖靡止，或聖或否；民雖靡膴，或哲或謀，或肅或艾。如彼泉流，無淪胥以敗。

不敢暴虎，不敢馮河。人知其一，莫知其他。戰戰兢兢，如臨深淵，如履薄冰。

按：此篇《永樂大典》缺卷。

宛彼鳴鳩，翰飛戾天。我心憂傷，念昔先人。明發不寐，有懷二人。

人之齊聖，飲酒温克。彼昏不知，壹醉日富。各敬爾儀，天命不又。

中原有菽，庶民采之。螟蛉有子，蜾蠃負之。教誨爾子，式穀似之。

題彼脊令，載飛載鳴。我日斯邁，而月斯征。夙興夜寐，毋忝爾所生。

交交桑扈，率場啄粟。哀我填寡，宜岸宜獄。握粟出卜，自何能穀？

溫溫恭人，如集于木。惴惴小心，如臨于谷。戰戰兢兢，如履薄冰。

詩有起詞，然後入事，蓋詩體如是，自然之法也。《傳》以此章之語為相戒之端，詩體便可見矣。兄弟相戒而首及父母，此同氣同體之真情不能自已者，是相感動也【一】。二「人」字，重意重韻。

次章便說時事，正是此詩入事本旨。蓋上飲酒而下化之，時人昏醉之風日富，必將有禍敗。故我兄弟當各敬爾之儀，不敬則天之所以與我者不可又得。蓋一失此理，即有死之道矣，可不懼哉？

前章既戒兄弟，此章又戒諸子。蓋昏亂沈醉之世，兄弟固當各敬，而子弟血氣方剛，習俗易移，尤所當戒。故當用善教之，則無不可使似己也。

四章而下復承前說而申致戒端，言兄弟和平，患難無不相須，何可使日月虛度？和平不及共樂，患難不及相恤，以詒無窮之悔，以貽父母之羞，故當勤夙夜以無忝父母，則所以處亂世者，宜無不盡矣。此申述首章念二人之意。

五章中第二章、第三章之意，言彼醉酒而至於淫刑矣。彼醉酒，吾猶當敬，況淫刑而及於鰥寡矣，而可不求所以自善之道乎？於是卜之，而卜者亦謂自何而能善乎？惟在自善而已。此可見各敬用善之道，無可疑也。能穀，與前「式穀」之辭相應。《傳》釋「自何」二字為「何自能善」，則為命卜之辭。愚以「自何」為卜者之答辭，謂自何而能善，惟在於自善，即《楚辭》「善不由外來」之意。

末章乃極言所以自善之道，惟在敬謹畏慎，如恭人之所為，則善矣。臨谷、臨淵，同意而異言。

弁彼鸒斯，歸飛提提。民莫不穀，我獨于罹。何辜于天？我罪伊何？心之憂矣，云如之何！

【一】「是」，文津本作「足」。

踧踧周道，鞫為茂草。我心憂傷，惄焉如擣。假寐詠嘆，維憂用老。心之憂矣，疢如疾首。

維桑與梓，必恭敬止。靡瞻匪父，靡依匪母。不屬于毛，不離于裏，天之生我，我辰安在？

菀彼柳斯，鳴蜩嘒嘒。有漼者淵，萑葦淠淠。譬彼舟流，不知所屆。心之憂矣，不遑假寐。

鹿斯之奔，維足伎伎。雉之朝雊，尚求其雌。譬彼壞木，疾用無枝。心之憂矣，寧莫之知！

相彼投兔，尚或先之；行有死人，尚或墐之。君子秉心，維其忍之。心之憂矣，涕既隕之。

君子信讒，如或酬之。君子不惠，不舒究之。伐木掎矣，析薪扡矣。舍彼有罪，予之佗矣。

莫高匪山，莫浚匪泉。君子無易由言，耳屬于垣。無逝我梁，無發我笱；我躬不閱，遑恤我後！

首章言己得罪於天，而不知以何罪，蓋自傷之辭。云如之何，自歎己無以處此【一】，蓋共子職而怨不可，親之過大而不怨亦不可，故傷其無以自處，以起後章。

次章猶不忍言，惟反復述其悲傷而不及乎他。蓋孝子不忍遽言，又詩體貴優柔也。

三章方説父，然止説己無瞻依、無屬離，而歎己不時而已。

四章言己無瞻依如舟流，五章言己無屬離如壞木，皆無怨懟父母之辭，皆無怨其見棄逐之意。《傳》於二章言猶見棄逐者，蓋詩本為棄逐而作，故《傳》以作詩本意於此言之。然詳其辭意，不過承前申言己無瞻依屬離，而極道其憂傷而已。孟子所謂「涕泣道之」者，正此也。

六、七章似微有怨父之意矣【二】。雖曰怨慕，然恐終非宜曰惡傷其父之意。竊謂此二章乃太子為其母之辭，故皆稱君子而言其忍。惠謂恩愛，妻望夫之辭也。稱予者，代母言也。其曰加者【三】，明母無罪也。母子一也，又同得罪者也，故

【一】「處此」，文津本作「取之」。

【二】「章」，原本無，據文津本補。

【三】案，「加」，據經文及上下文，當作「如」。

不言母而言予，亦愛母之意也。且母子俱逐，而不能為母致涕泣之辭，是知有父而不知有母，亦豈若是恝哉！

末章亦為母言告王，而本其初致亂之由。耳屬于垣，謂褒姒之黨。末又為母言告褒姒，戒其無居我之處，無任我之事。既又為母自歎，而為絶望之辭，以寬褒姒之讒妬，庶幾王之或悟，母子之猶可保也，故以此而終篇焉。《谷風》去婦告新昏，亦用此四句。

詩纘緒卷十一

小雅三

悠悠昊天，曰父母且。無罪無辜，亂如此憮。昊天已威，予慎無罪；昊天泰憮，予慎無辜。

亂之初生，僭始既涵；亂之又生，君子信讒。君子如怒，亂庶遄沮；君子如祉，亂庶遄已。

君子屢盟，亂是用長；君子信盜，亂是用暴。盜言孔甘，亂是用餤。匪其止共，維王之邛。

奕奕寢廟，君子作之。秩秩大猷，聖人莫之。他人有心，予忖度之。躍躍毚兔，遇犬獲之。

荏染柔木，君子樹之。往來行言，心焉數之。蛇蛇碩言，出自口矣。巧言如簧，顔之厚矣。

彼何人斯？居河之麋。無拳無勇，職為亂階。既微且尰，爾勇伊何！為猶將多，爾居徒幾何！

此人遭亂世之讒。首章反復言亂大甚而已無罪【一】。次章乃言亂本於讒，讒本於王之信。王之於讒，始則容之，繼而信之，終而甘之，是以亂生而又生，暴而益進【二】，皆由王徒謂其能盡職，而不知其為己病也。皆以「亂」字發端，繼以七亂字承接，語極痛切；末復以一亂字終之，則斯人之厭亂甚矣。又，詩以一字貫串，亦是一體。

上章言己能燭讒人之心，此章言己能辨讒人之言，並能察讒人之顔貌。然識心為上，故首章以二興一比明之。言與顔色，在外者也，故此以並言其意【三】，以為己且不可欺，王而欲辨之，又何難之有哉？出自口而如簧，「顔厚」即「觀其色赧赧然」之意。

【一】「大甚」，文津本作「甚大」。

【二】「暴而」，文津本作「流言」。

【三】「以」，文津本作「章」。

末則直斥為「何人」，並以其居處、質性、形貌、疾病、徒黨而盡發揚之，意以為不待識辯而即可知其為某某，雖鋤而去之，亦無難矣。

彼何人斯？其心孔艱。胡逝我梁，不入我門！伊誰云從？維暴之云。
二人從行，誰為此禍？胡逝我梁，不入唁我！始者不如今，云不我可。
彼何人斯？胡逝我陳？我聞其聲，不見其身。不愧于人，不畏于天。
彼何人斯？其為飄風。胡不自北？胡不自南？胡逝我梁，祇攪我心！
爾之安行，亦不遑舍；爾之亟行，遑脂爾車。壹者之來，云何其盱！
爾還而入，我心易也；還而不入，否難知也。壹者之來，俾我祇也。
伯氏吹塤，仲氏吹篪。及爾如貫，諒不我知。出此三物，以詛爾斯。
為鬼為蜮，則不可得。有靦面目，視人罔極。作此好歌，以極反側。

蘇公為暴公所譖，既受其禍而不欲遽與之絶，故不言其譖而猶望其來，彼既先絶，然後絶之，而作此詩。首言「其心孔艱」，一語已盡。下追述始受禍時，居家而不知禍之所自，乃有二人過門不入，問之則所從為暴公。二「云」字皆疑詞，然二人始未嘗言我之不是者，今何故而然歟？甚而至陳可入而不入，其心以為人可欺而不知天之不可欺，此其故又何也？且其往來飄忽，既不我值，今又逝梁、不入，皆莫知其故，則徒攪亂我之心而已。三「何」、二「誰」、六「胡」字，皆為疑辭。蓋明知其譖而不言，屢致其疑而不決，以見此時未嘗絶之，猶望其來，又為後絶之之張本，其詞可謂婉也已。胡不自北者，言自北來則相值，而不自北，何也？「自南」亦此意【一】，皆其詭秘之跡也。前言逝梁、逝

【一】「亦」下，文津本有「即」。

陳、飄風，往來非一日矣，非一度矣，其行又不亟也，何不一來，而何使我望之切乎？其行既不亟，而還又不入，雖其情不可知，然但得一來，則亦足慰我之望而安我之心矣。二章皆有望其來之意。塤、篪，言平日爾我相與如一，相知甚熟；今始不入唁，終不一來，乃若誠不相知者，是子絶長者乎？長者絶子乎？若曰誠不我知，則當出三物而盟之，見汝之不我知者，非諒也不我知，兼前不入、不來而言。末言汝以塤篪為鬼蜮，是子先絶我矣。爾之為是，其心必謂我之不知也。然鬼蜮則不可得見，爾亦人也，豈其情終不可測哉？是以作此詩以極爾之反側。本欲絶之，而止言極其反側，蓋雖絶而猶望其改，忠厚之情也。王氏云：「既絶之矣。」愚欲易以未遽絶之。

萋兮斐兮，成是貝錦。彼譖人者，亦已大甚。

哆兮侈兮，成是南箕。彼譖人者，誰適與謀？

緝緝翩翩，謀欲譖人。慎爾言也，謂爾不信。

捷捷幡幡，謀欲譖言，豈不爾受？既其女遷。

驕人好好，勞人草草。蒼天蒼天！視彼驕人，矜此勞人。

彼譖人者，誰適與謀？取彼譖人，投畀豺虎；豺虎不食，投畀有北；有北不受，投畀有昊。

楊園之道，猗于畝丘。寺人孟子，作為此詩。凡百君子，敬而聽之。

貝錦，比讒人之言善文致，故「太甚」，以心言；南箕，比讒人之口善簸揚，故「與謀」，以言言。慎爾，指讒者。謂爾，指聽讒者當慎【一】，若聽者悟則不爾信矣【二】。「受」指聽者，「遷」指讒者，謂譖之禍必反中於爾之身，

【一】「慎」下，文津本有「之」。

【二】「不爾信」，文津本作「爾不信」，誤。

忠告而使之自止也。呼天而告之者，以天能福善禍淫也。天言「視」者，讒人之惡非言能盡，使天自視之也。不食、不受，見物所共惡，而亦讒人當誅之大證也。誅讒不歸之王而歸之天，聽讒者所當自省矣。

習習谷風，維風及雨，將恐將懼，維予與女；將安將樂，女轉棄予。

習習谷風，維風及頽。將恐將懼，寘予于懷；將安將樂，棄予如遺。

習習谷風，維山崔嵬。無草不死，無木不萎。忘我大德，思我小怨。

維予與汝，詩人有所指，正其相怨之友，非泛論天下之友道也。此詩當觀四「將」字。「將恐將懼」而相與政，欲以濟此恐懼也。若當恐懼時始相與，則或有所不能濟矣【一】。故自將恐懼之時【二】，至今將安樂之際，其所以與汝者，非一日矣。然「將安將樂」之時，未至安樂也，汝即見棄，是我與汝始終患難，而汝與我未嘗共一日之安樂也【三】，此友道所以薄也。且當恐懼之時，又有大德於汝也。雖於其間，豈無毫髮之未能曲盡者，乃所以成吾之大德也。汝不思此而一旦忘之，反以毫髮未盡者為怨。夫「棄予如遺」，吾不問也；「忘我大德」，吾非望報也，而乃思其小者而見怨，則將以怨報德耶【四】？此人之友道又不止於薄，而且可絶矣。以是而觀國人之俗，時君之政可知矣。

蓼蓼者莪，匪莪伊蒿。哀哀父母！生我劬勞。

蓼蓼者莪，匪莪伊蔚。哀哀父母！生我勞瘁。

【一】「或有」，文津本作「我」。
【二】「懼」上，文津本有「將」。
【三】「共」，文津本作「有」。
【四】「耶」，文津本作「也」。

缾之罄矣，維罍之恥。鮮民之生，不如死之久矣。無父何怙？無母何恃？出則銜恤，入則靡至。

父兮生我，母兮鞠我。拊我畜我，長我育我，顧我復我，出入腹我。欲報之德，昊天罔極。

南山烈烈，飄風發發。民莫不穀，我獨何害？

南山律律，飄風弗弗，民莫不穀，我獨不卒。

匪莪伊蒿，即見痛恨。哀哀，痛父母之死。劬勞，念父母之存。勞瘁，念父母存時生我之勞。以哀痛之情，念劬勞之恩，如之何而不重自哀傷乎？故「哀哀」二字，見創巨痛深而無所措；「劬勞」二字，見恩深德厚而尤可思。詞簡而情切，理至而哀誠，故後章申言再述而不能已焉。

三章言父母既歿，已無怙恃，生不如死，其哀痛迫切之情如此，即前「哀哀父母」之意。《傳》從《毛傳》，謂「缾小罍大，皆酒器，而缾資於罍」。愚按：此詩言父母不得其所，乃子之責，是以缾比父母而反小，罍比子而反大，其小大不相應；又若父母反資於子，「何怙」、「何恃」之意亦不相應。竊謂缾為酒器，後世始然，古者以缾為汲水器，《易·井卦》「羸其缾」是也。罍固酒器，亦承水器。罍，洗是也。缾罍皆有大小，以缾汲水注於罍，則罍資於缾而缾資罍，缾罄則罍為空罍而可恥。父母不得其所，則子為不子而可責，以此比父母與子，又與何怙恃之意相應也。

四章言父母存時，生、鞠、顧、復之恩如此，所謂「三年免於父母之懷」者，即前「生我勞瘁」之意【一】。昊天罔極，言恩如天之大，自無可報之所；又如天之無窮，自生至死，無非受恩之日，亦無容報之時。所以極言父母之德廣大無窮，已無以報之也。

末二章言父母存時，已遭害而不得終養，不言哀痛而有哀痛無窮之意。故以此二章觀前章，則「哀哀父母」之痛固不忍言。以前四章觀此章，則「我獨」、「不穀」之痛愈非言之所能盡矣。此所以能感人之深，三復而不忍讀也。

【一】「即」，文津本作「則」，誤。

有饛簋飧，有捄棘匕。周道如砥，其直如矢；君子所履，小人所視。睠言顧之，潸焉出涕。

小東大東，杼柚其空。糾糾葛屨，可以履霜。佻佻公子，行彼周行。既往既來，使我心疚。

有洌氿泉，無浸獲薪。契契寤嘆，哀我憚人。薪是獲薪，尚可載也；哀我憚人，亦可息也。

東人之子，職勞不來；西人之子，粲粲衣服，舟人之子，熊羆是裘；私人之子，百僚是試。

或以其酒，不以其漿。鞙鞙佩璲，不以其長。維天有漢，監亦有光。跂彼織女，終日七襄。

雖則七襄，不成報章。睆彼牽牛，不以服箱。東有啟明，西有長庚。有捄天畢，載施之行。

維南有箕，不可以簸揚；維北有斗，不可以挹酒漿。維南有箕，載翕其舌；維北有斗，西柄之揭。

首章只托興以詠周道，言道路人所共由，今乃顧之而出涕，蓋含蓄輸將行役之歎而不言，至次章方說出，詩之體有如此也。

二章方是此詩本意。杼柚，言居者之困；葛屨，言行者之困。公子貴臣猶行役，勞病賤者可知，極言東人之困苦。

詩有各章同興異詠者，此於本章就用所興轉詠一意，又是一體。上以薪已獲又浸，興民已勞而又勞；下用所興轉以薪獲而猶可載，興民已勞而亦可息，蓋一興再興也。此承前章，言病而哀憫之也。

四章言東人專任勞苦而不見謂勤，西人則雖操舟之賤者亦華飾而侈富，其賦役不均如此。而私人之子又用為百僚焉，蓋私家皂隸之屬，善為掊克聚斂，以此進而為百僚，尤為東人之害者，故列之西人、舟人之下而深惡之。

或以其酒，承上「百僚」言。蓋有司出納之吝，巧詆善毀，所輸之物以要利殃民，故輕視天物，貪黷無厭而有重斂不已之意。輸者苦其厚薄長短之誣，無以別辨則望天之監，無以供億則望天之助而已。

「雖則七襄」以下四章，章雖斷而意皆聯屬，皆為私人之為百僚者發而文三轉折。始望天之監助，繼言天不能監助，終言不特不能監助，而且助人見困。三轉之意，高遠深切，善於怨者也。且其人審於天象，其於星名、星象、星度，既明其理，又盡其變，然亦皆在行役中不得息，故朝夕恒見而有感歟？《序》以為譚大夫作。譚，東國也。大夫其亦行道之公子，而困於私人之子者乎？

四月維夏，六月徂暑。先祖匪人，胡寧忍予！

秋日淒淒，百卉具腓。亂離瘼矣，奚其適歸。

冬日烈烈，飄風發發。民莫不穀，我獨何害？

山有嘉卉，侯栗侯梅。廢為殘賊，莫知其尤。

相彼泉水，載清載濁。我日構禍，曷云能穀？

滔滔江漢，南國之紀。盡瘁以仕，寧莫我有。

匪鶉匪鳶，翰飛戾天，匪鱣匪鮪，潛逃于淵。

山有蕨薇，隰有杞桋。君子作歌，維以告哀。

以時之盛暑，興先祖之「忍予」，只見無所歸咎之義而不言所事，至次章方說「亂離」，此體與前後二篇同。

次章以具腓興亂離。

三章以日寒風疾興己獨害，歷三時而感興者如一，則亂日進而不息可知。

四章托興言彼之嘉木不變，而此則變矣，莫知其尤，微及於王。

五章托興言彼有清有濁【一】，此則有禍而無福。

【一】「彼」下，文津本有「泉水」。

六章言江漢猶無不包絡，而王於盡瘁之人乃不識有。作此詩者，其南國之人歟？

七章言己無所逃，而當時可知。

末章言「告哀」，見非得已也。

陟彼北山，言采其杞。偕偕士子，朝夕從事。王事靡盬，憂我父母。溥天之下，莫非王土；率土之濱，莫非王臣。大夫不均，我從事獨賢。四牡彭彭，王事傍傍。嘉我未老，鮮我方將，旅力方剛，經營四方。或燕燕居息，或盡瘁事國，或息偃在牀，或不已于行。或不知叫號，或慘慘劬勞，或棲遲偃仰，或王事鞅掌。或湛樂飲酒，或慘慘畏咎，或出入風議，或靡事不為。

首章言我勤於王事，至下章方言不均而已獨勞。

二章乃詩本意。

前章先言「不均」，後說「獨賢」；後章先申獨賢，後申不均，交互承接之法也。此章承上申言獨賢，然只言所以賢我者，以「未老而方壯」耳。隱然自謙，不以才賢自處，又見當時非真無賢於我者，又見己勞而未嘗辭勞也。

此下三章承上申言「不均」，既極盡不均之情態以翼上之察，又皆以「或」言，見非獨為己而發，皆忠厚之意也。又一逸一勞，隱然相對而不必整然相反，古人言語渾厚如此，亦可以為法矣。十二「或」字，韓文公《南山》五言四十餘或字，本於此文，果無法乎？

無將大車，祇自塵兮。無思百憂，祇自疧兮。

無將大車，維塵冥冥。無思百憂，不出于熲。

無將大車，維塵雝兮。無思百憂，祇自重兮。

何以知為「行役勞苦」？以首句用「將車」、「自塵」起興也。無思百憂，似戒憂者之詞，然《傳》謂「憂思者所作」，則為憂者自解之詞矣。蓋憂者自知多憂之無益，故言多憂適以自病自累耳。然則憂可也，百憂無益也。之人也，其亦知憂之無可奈何，而欲安之若命者歟？不出于熲者，蓋憂者本欲出此憂也【一】，而不能脱出於憂之外，所以自病自累也，故不出于熲，乃「自疧」、「自重」之所由出也，此語尤有意味。

明明上天，照臨下土。我征徂西，至于艽野。二月初吉，載離寒暑。心之憂矣，其毒大苦。念彼共人，涕零如雨。豈不懷歸？畏此罪罟。

昔我往矣，日月方除。曷云其還？歲聿云莫。念我獨兮，我事孔庶。心之憂矣，憚我不暇。念彼共人，睠睠懷顧。豈不懷歸？畏此譴怒。

昔我往矣，日月方奧。曷云其還？政事愈蹙。歲聿云莫，采蕭獲菽。心之憂矣，自詒伊戚。念彼共人，興言出宿。豈不懷歸？畏此反覆。

嗟爾君子，無恒安處。靖共爾位，正直是與。神之聽之，式穀以女。

嗟爾君子，無恒安息。靖共爾位，好是正直。神之聽之，介爾景福。

此詩疑大夫得罪於小人，為所中傷，出之遠方而叢以難事，大夫念在位僚友之賢者，作詩訴己而且戒之，并有望

【一】「出」，文津本作「脱」。

助之意焉。蓋此詩首呼天而自訴，言其往荒遠之地，歷日月之久，任盤錯之事，心既毒苦，政益繁蹙。我所以憂勞而不得暇者，由昧先幾不去而自貽患也。於是念同僚而不見，為之涕泣顧懷，臥不安寢，雖思歸與共處，而畏此罪譴反復而不敢。其曰罪罟、譴怒、反復，必有所指矣。既不得歸，則戒其僚友，謂人當有勞時，事安有常勢，汝豈可在位而懷安乎？惟當盡己職分，惟正直之人是助。是好助，非私相助也；惟正直之人是好，則自然有以及我矣。如是則人雖欲禍汝，而神自福汝矣。蓋憂之深，戒之遠，望之切，非獨為己而已。後世小人竄逐君子，其始稍出一二賢者，而羣賢不悟，其後盡逐。

鼓鐘將將，淮水湯湯，憂心且傷。淑人君子，懷允不忘。

鼓鐘喈喈，淮水湝湝，憂心且悲。淑人君子，其德不回。

鼓鐘伐鼛，淮有三洲，憂心且妯。淑人君子，其德不猶。

鼓鐘欽欽，鼓瑟鼓琴，笙磬同音。以雅以南，以籥不僭。

《傳》謂此詩「未詳」，又謂「不可知」，姑取王氏、蘇氏説，而又「未敢信其必然」。愚謂此詩蓋詩人歎古樂之將崩也。古者嘉樂不野合，而今王以盛樂久用於淮水之上。樂者，樂也，而使人愈聞而愈悲。樂以象德，亦以教德也，而古人之德使人懷之不忘。「其德不回」，不似今王之回其德也三者。如是，則今日之樂雖甚盛，而豈久盛之兆哉？末章備言樂舞之不亂，以見先王之樂；當此之時，其盛猶如此也，然而其兆將亡矣，其盛不久矣。而歇後不言者，蓋詩人寓將崩之歎於猶盛之時，致不久之憂於久用之日，欲使讀者默會此意於言後；且使他日有志於樂者，知世亂樂崩其來有漸，非一朝一夕之故，而於此同發永慨也。其後周衰，禮樂殘缺失次，夫子推見其本而存此詩於此，使學者之有考也。詩凡前章已詳言者，後章承用不言而意在其中，詩多此體。歇後之説，雖出後世，然詩之《河廣》《鼓鐘》亦有然者，不可謂非也。

《毛傳》《鼓鐘》下接《楚茨》。合從《集傳》，以《楚茨》諸篇移置正雅為是。

楚楚者茨，言抽其棘。自昔何為？我蓺黍稷。我黍與與，我稷翼翼。我倉既盈，我庾維億。以為酒食，以享以祀，以妥以侑，以介景福。

濟濟蹌蹌，絜爾牛羊，以往烝嘗。或剝或亨，或肆或將。祝祭于祊，祀事孔明。先祖是皇，神保是饗。孝孫有慶，報以介福，萬壽無疆。

執爨踖踖，為俎孔碩。或燔或炙，君婦莫莫。為豆孔庶，為賓為客。獻酬交錯，禮儀卒度，笑語卒獲。神保是格，報以介福，萬壽攸酢。

我孔熯矣，式禮莫愆。工祝致告，徂賚孝孫。苾芬孝祀，神嗜飲食。卜爾百福，如幾如式。既齊既稷，既匡既敕。永錫爾極，時萬時億。

禮儀既備，鐘鼓既戒。孝孫徂位，工祝致告。神具醉止，皇尸載起。鼓鐘送尸，神保聿歸。諸宰君婦，廢徹不遲。諸父兄弟，備言燕私。

樂具入奏，以綏後禄。爾肴既將，莫怨具慶。既醉既飽，小大稽首。神嗜飲食，使君壽考。孔惠孔時，維其盡之。子子孫孫，勿替引之。

周家以農事開國，周公陳詩作頌皆以農務為重，禮達樂行而公卿化之，皆能力農田、備禮樂以尊宗廟，故詩人述之。此篇述祭本末始終為詳。首言辟草萊、蓺黍稷、奉祭祀，乃此篇本意，故舉以發端，首章之體也，觀六「以」字可見。妥、侑，主尸言；享、祀，主神言。篇中皆如此。

濟濟蹌蹌，敬而有容，指主祭者。蓋上承五「我」，下言孝孫，故知此指主祭者，即有田奉祀之公卿也。自此以下皆以敬為主。剝、亨、肆、將，皆主牛羊言。先祖以神言，神保以尸言。此章美主祭之人，故先及祭物之美，統言祭祀之備，上尊先祖，下及孝孫，皆為主祭者言之。既有慶而復報以福、報以壽，致詠美也。每章各以此意結，本章又是一體。

三章言執事、與祭、助祭之人而並及俎豆、燔炙。祭物之細，舉大細而物備可知。執爨，執事之人也。君婦，與祭之人。賓客，助祭之人也。踖踖、莫莫、碩、庶、度、獲，皆言其敬也。「燔」、「炙」不言敬，承「踖踖」之文也。執爨，未祭之時事；薦豆，正祭之時事；笑語，旅酬時事。承上章言主祭者敬，故在廟者皆敬也。孔曰：「『獻酬』、『笑語』在祭末，今在先者，因說羣臣助祭而言之也。」

四、五二章復指主祭者。式，用也。工祝致告，主神而言。「苾芬」而下八句，皆嘏辭。極善為福，隨事報之，使無一不善，故有萬億之多。

戒告在廟者以祭畢。此「工祝致告」，則主尸而言。祭畢而主愈敬，故神醉如。見主敬，而諸宰君婦皆敬，故「廢徹不遲」。祭終能敬，祭時可知。

末章言燕私之事。燕而有樂，祭時可知。莫怨具慶，和也。小大稽首，敬也。與燕之人，指諸父兄弟，此時賓客不與」也。鄭曰：「『神嗜』以下皆慶詞。」蓋假祭時嘏辭以為慶也。詩人於各章以「介福」結，本章已寓慶辭，而於此復以始終介福之意總結之。既見慶辭，又見嘏辭，又見祭時燕時事，又見既祭既燕後無窮之慶，結包數意，作詩之妙也。

此篇為詩人美公卿力田奉祀而作。愚疑亦可為公卿祭畢飲酒、父兄致慶之詩。蓋《頌》有天子祭而飲酒之《絲衣》，《大雅》有天子燕父兄耆老之《行葦》，《小雅》有朝正在宗私燕之《湛露》，豈有公卿之祭有燕有樂而無詩歟？此篇言祭最詳而言燕亦備，安知非公卿諸侯得用《小雅》，故在宗祭畢私燕有詩，而父兄以《楚茨》致慶，亦如《行葦》之《既醉》歟？又，此詩若從《傳》説，以復正雅而居《菁莪》之後，則皆為燕飲之詩，義類亦相接也。其後又移用之為《豳雅》，蓋以其言農、言祀，故采而用之也。此詩既為正雅，又為《豳雅》，一詩異用而異音也。

信彼南山，維禹甸之。畇畇原隰，曾孫田之。我疆我理，南東其畝。上天同云，雨雪雰雰。益之以霢霂，既優既渥，既沾既足，生我百穀。疆埸翼翼，黍稷彧彧。曾孫之穡，以為酒食。畀我尸賓，壽考萬年。中田有廬，疆埸有瓜，是剝是菹。獻之皇祖，曾孫壽考，受天之祜。祭以清酒，從以騂牡，享于祖考。執其鸞刀，以啟其毛，取其血膋。是烝是享，苾苾芬芬，祀事孔明。先祖是皇，報以介福，萬壽無疆。

《楚茨》《信南山》皆從古説起，不忘本也。然詩有言「瞻彼」、「相彼」，此以「信彼」言者，非泛論禹功。蓋終南惇物、原隰底平，皆禹所親治，又詩人身歷終南原隰，親見田辟之廣，如劉康公臨河而歎禹功然，故曰「信」而且有歎美之意焉。我指曾孫。疆理從時王之制，順地勢水勢，則用禹治水之道。首舉大禹，末寓此意，故與前篇泛言「自昔」不同。

先言疆理，而後及雪雨者，地平而天成也。此詩言力田，故先從人力上説起。言人力至而地利治，故天澤降而百穀生。疆埸、中田承「疆」、「理」言，黍稷、有瓜承「百穀」言。「陰陽和」謂雪，「百物遂」謂穀瓜【一】，前後承接，詩有此體。

【一】案，《詩集傳》於三章下云：「陰陽和，萬物遂，而人心歡悦以奉宗廟，則神降之福，故壽考萬年也。」據此，「百」或應作「萬」。

時和歲豐，人心之悦在其中矣，此與下章始言力田奉祀之意。丘曰：「先尸賓後祖考者，尊祖考也。」

疆場有瓜，見地有餘利，民有餘力也。「順孝子之心」，謂獻皇祖也。曹曰：「《郊特牲》云：『天子植瓜華。』《周官》：『場人，掌國之場圃，而植瓜蓏珍異之物。』此云爾者，豈取之以薦新於廟歟？」據曹説則此章言薦新，下章承皇祖始言祭。天子種瓜蓏，公卿可知。

丘曰：「清潔之酒，非三酒之清酒，三酒乃諸侯之所酢【一】，非祭用也。」前見黍稷，此舉酒牲，以包祭之百物。此章與末專言祭祀。

中二章各以壽福結，本章、下章只言祭而不言福，蓋二章章斷意連，以末章結上章，又總一篇而結之【二】。其體頗與《楚茨》同，故《傳》謂如出一手，然二詩所美，未必同此一公卿也。

前二章專言力田，中二章兼言力田、奉祀，末二章言祭祀。

倬彼甫田，歲取十千。我取其陳，食我農人，自古有年。今適南畝，或耘或耔，黍稷薿薿。攸介攸止，烝我髦士。

以我齊明，與我犧羊，以社以方。我田既臧，農夫之慶。琴瑟擊鼓，以御田祖，以祈甘雨，以介我稷黍，以穀我士女。

曾孫來止，以其婦子，饁彼南畝。田畯至喜，攘其左右，嘗其旨否。禾易長畝，終善且有。曾孫不怒，農夫克敏。

【一】「侯」，文津本作「臣」。
【二】「篇」，原本作「章」，據文津本改。

曾孫之稼，如茨如梁；曾孫之庾，如坻如京。乃求千斯倉，乃求萬斯箱。黍稷稻粱，農夫之慶。報以介福，萬壽無疆。

首言田雖甚大而未嘗多取以厲農；繼言粟雖多積、年雖屢豐，而未嘗不省耕斂以助農；終言農雖自勤，年又將豐，而未嘗不親往以勞農。蓋曾孫力田而重農，故無所不用其至如此。且「自古有年」，則曾孫之重農亦非一日矣。首章止言耘耔者【一】，耕種乃耘耔，耘耔後即獲矣；耘耔，舉中而言也。介，指黍稷美大處；止，指農夫止息處。

此篇首章止言力田，次章方言奉祀，三章又言力田，末章祝農夫之介福，仍用次章「農夫之慶」之詞，其亦欲神降以福壽歟？

二章專言祀神，惟舉「齊明」「犧羊」，與前二章同。報成，故歸力於農；祈年，故欲大養其民。人祭各有義也，「齊明」「犧羊」，禮也；「琴瑟」「擊鼓」，樂也，禮樂互文。先報後祈者，既報復祈，見為農而祀，未嘗倦廢也。

此雖言祀神，而重農之意藹然可見。

三章承前「今適南畝」而言，自我言之則曰適，自人言之則曰來。前章詩人為曾孫言，故皆曰我；此下則皆詩人之言，故皆首舉「曾孫」焉。公卿上下，平日志趣惟在於農，此意相孚，故曾孫之來，與農夫婦子偕行，而上無驅迫；田畯至喜，取嘗婦子之饋，而下無驚猜。蓋曾孫之來，為農而來；婦子之饁，為農而饁；田畯之至，為農而至；嘗其旨否，為農而嘗。情同志一，故上下之間相親相愛，真若家人父子。然情既親矣，而用力又無不盡【二】，故禾既易治，又終畝如一，而有年可必也。不言曾孫喜而曰「不怒」者，蓋憂喜、喜怒，憂與怒皆與喜對。人喜則無憂，而每易於怒，蓋方喜而或觸之則怒矣，故乘喜而易發者莫如怒。今喜而不怒，則誠喜之矣。克敏，謂誠能敏也，猶言堯克讓、禹克勤，

【一】「首」，文津本作「此」。
【二】「又」，文津本作「之」。

蓋耕田之能至敏而止，苟誠能之，則耕之道至矣。故「不怒」、「克敏」，皆詩人形容之妙也。此章本述力田之事，而並得上下之情，故此章述農事如畫，而並得畫不盡之意。讀者能體會之，則知農務之樂、太平之象矣。

末章承前「農夫之慶」，而言曾孫收成之多。「萬壽」所以祝君者，而以報農，古人之厚也。且國以民為天，民以食為天，國不可一日而無農。農之壽，民之壽也；民之壽，國之壽也。農有億萬年之壽，則國亦有億萬年之壽矣，此非誠知農為命脈者不能為此言也。故以此報農，非虚詞也，至理也，誠意也。於是公卿力田，重農之意至矣。

《傳》謂《楚茨》四篇即《豳雅》。今按，《楚茨》《信南山》言力田以祀宗廟，而用以祈年，意亦如《頌·豐年》報賽而言祖妣降福邪？《甫田》《大田》明言方社、田祖，其為《豳雅》而用以祈年，於義正合。然詩言祈報而乃止取一節以祈年，意者報成與蜡收農、息老同類而用《豳頌》邪？

大田多稼，既種既戒，既備乃事。以我覃耜，俶載南畝，播厥百穀。既庭且碩，曾孫是若。

既方既皁，既堅既好，不稂不莠。去其螟螣，及其蟊賊，無害我田穉。田祖有神，秉畀炎火。

有渰萋萋，興雨祁祁；雨我公田，遂及我私。彼有不獲穉，此有不斂穧；彼有遺秉，此有滯穗，伊寡婦之利。

曾孫來止，以其婦子，饁彼南畝，田畯至喜。來方禋祀，以其騂黑，與其黍稷，以享以祀，以介景福。

按，《傳》云：「於今歲之冬，具來歲之種，戒來歲之事。」則是此詩自「既種」至終篇，皆是預説來歲之事，皆為虚説是【一】，非實詠矣。愚謂當是今歲追説於去歲之冬，具今歲之種，戒今歲之事，至今歲凡事皆備，然後事之。自「以我覃耜」之下，皆是説今歲之事。如此辭意似順也。曾孫平日此心惟在於農，此心既孚，農咸知之，故預備於隔歲，勤耕時種於當年者，惟以順曾孫之欲也。又前篇皆是曾孫重農之詞，故《傳》云：「此詩若以答其意焉。」

【一】「為」，文津本作「是」。

次章、三章雖為農夫自述己意之詞，亦以前篇曾孫為己而祀田祖，故此見苗既盛美，則願田祖去此四蟲之患；前篇曾孫為己而祈甘雨，故此見雲興雨作，則冀祐君德，皆答之之意焉。伊寡婦之利，亦惟曾孫重農之意，而欲餘利所及之廣也。

曾孫來止，前篇詩人述曾孫之事，此篇此句為農夫相告之詞。以其婦子，乃農夫相告，以曾孫之來，遂與婦子餉獲者，因曾孫省斂報成，美其禮備而願其介福，亦答前篇報農萬壽之意也。

周家以農事開國，見於豳之《七月》；其後周公、成王制禮作樂，尤拳拳於農事，觀《周頌》可見。而正雅諸詩未有言農事者，豈非正雅之缺乎？今《楚茨》四詩美公卿力田以奉祀，《楚茨》述禮樂之節最詳，《信南山》次之，至於《甫田》《大田》述農事之勤、民俗之厚，藹然《豳·七月》之風行乎天下矣。非在上躬行而身教，何以能此哉？《傳》謂此十篇當為正雅，又據《籥章》疑此四篇當為《豳雅》。《豳雅》即正雅也，其作於成王、周公時，尤可無疑矣。

詩纘緒卷十二

小雅四

瞻彼洛矣，維水泱泱。君子至止，福禄如茨。韎韐有奭，以作六師。

瞻彼洛矣，維水泱泱。君子至止，鞞琫有珌。君子萬年，保其家室。

瞻彼洛矣，維水泱泱。君子至止，福禄既同。君子萬年，保其家邦。

周公營洛，為朝會之所，於是洛之形勢氣象非復前日之洛矣。諸侯朝會者覩洛都之盛大而歎美之，然每章之首止言水者，洛本以水名，舉水之深廣，而都之盛大可知矣。此「福禄」，指實跡而言，蓋諸侯以天子之至此，其道德光華威靈顯赫，諸侯雲集而四方輻湊，國勢隆盛而人心齊一，以是為天子之福禄而頌美之。作，起也。武事貴奮揚，又時平武備易弛，故以作為美。次章「鞞琫有珌」，即「韎韐有奭」之意，包福禄在其中。末章「福禄既同」，即「福禄如茨」之意，而「作六師」之意亦在其中，反復含蓄而中詠之。「泱泱」本句迭字重韻，又合後章重韻為韻。

裳裳者華，其葉湑兮。我覯之子，我心寫兮。我心寫兮，是以有譽處兮。

裳裳者華，芸其黄矣。我覯之子，維其有章矣。維其有章矣，是以有慶矣。

裳裳者華，或黄或白。我覯之子，乘其四駱。乘其四駱，六轡沃若。

左之左之，君子宜之。右之右之，君子有之。維其有之，是以似之。

按：此篇《永樂大典》缺卷。

交交桑扈，有鶯其羽。君子樂胥，受天之祜。

交交桑扈，有鶯其領。君子樂胥，萬邦之屏。

之屏之翰，百辟為憲。不戢不難，受福不那。

兕觥其觩，旨酒思柔。彼交匪敖，萬福來求。

鶯只詠桑扈之羽與領有文章耳。舊說以為詠諸侯之有文章如此，則是比而非興矣。此篇四章皆頌中寓禱意。先言樂只，後言君子，以德言；此先言君子，後言樂胥，以心言。祜，言素所受之福；屏，言素所任之職；天，以見其福之大；萬邦，以見其任之重，皆頌也。所以知其為頌者，以先受福而後任職也。

此承「屏」而始言德，承「祜」而申言福。有德而不矜，故「戢」；有德而益謹，故「難」。惟戢惟難，所以受福。「豈不」者，已然之辭，尤可見其為頌也。

末章乃言燕飲之事，觥觩、酒柔，言無失禮也。百辟為憲，下交之德也；燕無失禮，上交之德也。彼於上下交際無所傲慢如此，故未嘗求福而福自來求之。此篇本稱諸侯之有福，以為燕飲之樂，然天子之待諸侯，專頌美而無戒勉，古人無是也。故「受天之祜」、「受福不那」、「萬福來求」，頌美之中有祝願之意。

鴛鴦于飛，畢之羅之。君子萬年，福禄宜之。

鴛鴦在梁，戢其左翼。君子萬年，宜其遐福。

乘馬在廄，摧之秣之。君子萬年，福禄艾之。

乘馬在廄，秣之摧之。君子萬年，福禄綏之。

此篇四章，皆禱中寓頌，意正與前篇相對，大抵人臣受君恩意而無以報答，則惟有祝其福壽而已。祝之不足，故其辭繁複再三而不能自已，如《樛木》《天保》《瞻彼洛矣》與此篇皆是，而此篇尤與《樛木》相似。不稱其德，止願其福，而德自可見，尤得臣下尊君、不敢讚述之體。故此篇頌意實寓於禱之中。或曰：鴛鴦、乘馬，不以興天子，當以興福禄。曰：不必然也。古人托興，多隨所觸而藉以興，詞凡物之美者皆可取，不屑屑較也。後世多忌諱嫌疑，故奉君之辭，非取比於靈異，則托意於珍奇，其意甚尊敬，其詞甚華美，而古意遠矣。

此篇若在正雅，則篇後當總什內篇章，而以《頍弁》為後什之首，例在正雅。

有頍者弁，實維伊何？爾酒既旨，爾殽既嘉。豈伊異人？兄弟匪他。蔦與女蘿，施于松柏。未見君子，憂心弈弈；既見君子，庶幾說懌。

有頍者弁，實維何期？爾酒既旨，爾肴既時。豈伊異人？兄弟具來。蔦與女蘿，施于松上。未見君子，憂心怲怲；既見君子，庶幾有臧。

有頍者弁，實維在首。爾酒既旨，爾肴既阜。豈伊異人？兄弟甥舅。如彼雨雪，先集維霰。死喪無日，無幾相見。樂酒今夕，君子維宴。

《頍弁》為賦而興，蓋即燕飲所戴之服以起興，與《采芑》《泮水》同。彼云「賦其事以起興」，此云「賦而興」，足以互相明矣。首章當云賦而興又比，與後章同，蓋缺「興又」二字，當補。

此詩前言「兄弟」，後言「甥舅」，故知為燕兄弟親戚之詩，而皆以「豈伊異人」一語喚起，蓋詩人以兄弟至親，親戚至厚，欲先致其感發也。言兄弟者，再兼甥舅者，一親疏之辨也。於兄弟則言「匪他」，以見至親；言「具來」，以見當親要必有纏綿依附之意。是以未見而憂，不必有憂患；既見而樂，不待銜杯酒也。末章言老至將死，則不久相見，欲以是而勸飲焉。其禮意篤至，情義懇惻，而詞氣和平，所以為處常之道，治世之音也。末又呼君子而稱其宴，亦勸飲之辭。君子即「未見」、「既見」之君子。

疑此篇為冠而飲酒之詩。冠禮三加，玄端、皮弁、爵弁。首句稱弁，賦其事以起興也。女蘿、松柏，以比弱冠者，必依附長者以立。死喪無日，以冠有著代之義，故言此意以勸飲焉，又合下篇為冠婚燕飲之詩。按《家語》，諸侯、世子、天子、元子行冠事，必於祖廟以祼享之禮將之，以金石之樂節之。公冠以卿為賓，公自為主，醴賓如士饗，以三獻之禮，酬幣於賓，則束帛乘馬。《大戴》冠禮祝詞云「兄弟具在」，公冠既祼，有樂酬，有幣，則饗，豈無樂乎？卿有同姓、異姓，同姓則為兄弟，異姓則為甥舅。冠而賓之，則饗而親之，不稱兄弟、甥舅，而何以哉？祝詞舉親見疏，《頍弁》則二者可通用，其言「具在」、「具來」，則其與於冠與饗者，疑非止賓一人矣。又娶婦三日不舉樂，而《傳》以《車舝》為燕樂新昏之詩，蓋天子諸侯之禮亡，惟據詩詞意以定之也。今取《車舝》例，以《頍弁》為冠而醴賓之酒之詩，不亦可乎？

間關車之舝兮，思孌季女逝兮。匪饑匪渴，德音來括。雖無好友，式燕且喜。

依彼平林，有集維鷮。辰彼碩女，令德來教。式燕且譽，好爾無射。

雖無旨酒，式飲庶幾；雖無嘉肴，式食庶幾；雖無德與女，式歌且舞。

陟彼高岡，析其柞薪。析其柞薪，其葉湑兮。鮮我覯爾，我心寫兮。

高山仰止，景行行止。四牡騑騑，六轡如琴。覯爾新婚，以慰我心。

禮，娶婦之家三日不舉樂。此燕新昏而有詩歌，意者娶婦三日後，或三月廟見後燕飲所歌歟？首章前四句言親迎時事，下言今日燕飲；次章前四句言成婦後事，下乃言今日燕飲。前曰「會」，初至而始相見也；此曰「教」，則成婦後婦德、婦言皆可見也。故「好爾無射」，不特且喜而已。三章專言今日燕飲，四章言我心輸寫，則燕飲之終也。末章則舉始終而言，所以總結之。此詩燕樂新昏，而皆以德言。「德音」、「令德」，美彼之以德親己也。無「好友」、「旨酒」、「嘉殽」，謙己而以禮親彼也。「無德與女」，尚德而欲彼己交勉也。及親迎，自我好爾，自我與女，亦自我得男先於女、陽倡陰和之義。至於燕飲之樂，則止曰「我心寫兮」，曰「以慰我心」，皆無宴昵之私也。蓋夫婦人倫之始，而昏姻又夫婦之始，是詩深得正始之道，所謂樂而不淫者也。正雅夫婦之詩僅此而已，烏可列之變雅哉？

營營青蠅，止于樊。豈弟君子，無信讒言。

營營青蠅，止于棘。讒人罔極，交亂四國。

營營青蠅，止于榛。讒人罔極，構我二人。

玉汝按，《毛傳》，《青蠅》《賓筵》在《魚藻》《采菽》前，今從《傳》，以《魚藻》《采菽》接《車舝》為正雅，《青蠅》《賓筵》居《采菽》後為變雅，蓋雅之正變實於此而分也。或曰：《毛傳》以《六月》為變雅之首，今從《集傳》，移置《毛傳》所次二十篇於《菁莪》後、《六月》前，乃以《青蠅》首變雅而不首《六月》，其有說乎？曰：詩有正變，其變必以漸，而以正風相反者，惟《邶》最明而且備故。《邶》首變風，然風之變非一日也。《邶》首莊姜之詩，而《鄘》《衛》首共伯、武公之詩，則武公之初，風已變矣。變大雅之中有厲王詩，武公之《抑》列於其中，則厲王之時，《大雅》四變矣，而《小雅》武公之《賓筵》乃列於幽王之後，而以宣王《六月》首變雅，豈得其序乎？夫《六月》固雅之變，然宣王之前已有變雅，《六月》焉得為始？又《鹿鳴》《六月》不見正變之所以異，而可以《六月》對《鹿鳴》為變雅之首乎？今若以《青蠅》《賓筵》之詩為首，既得《小雅》先後之序，又《青蠅》信讒，非復君臣和樂之情，《賓筵》沈耽，無復禮樂宴飲之意，《角弓》非《常棣》《伐木》之兄弟昏姻，《菀柳》非《天保》

之以下保上【一】，正與《鹿鳴》以下五詩相反，則此數篇固當為變雅始，而皆厲王時詩矣。若《六月》為宣王征伐夷狄之詩，既不足為正變之別，又《黍苗》乃隔越於《六月》以下數十篇之後，豈非其錯簡乎？以此推之，則《六月》又焉得為變雅首乎？且《大雅·崧高》在《烝民》諸詩之前，則《黍苗》亦當在《六月》之前何疑？以此次第，其先後之序，又豈不甚順甚明邪？

賓之初筵，左右秩秩，籩豆有楚，殽核維旅。酒既和旨，飲酒孔偕。鐘鼓既設，舉醻逸逸。大侯既抗，弓矢斯張。射夫既同，獻爾發功。發彼有的，以祈爾爵。籥舞笙鼓，樂既和奏。烝衎烈祖，以洽百禮。百禮既至，有壬有林。錫爾純嘏，子孫其湛。其湛曰樂，各奏爾能。賓載手仇，室人入又，酌彼康爵，以奏爾時。賓之初筵，溫溫其恭。其未醉止，威儀反反。曰既醉止，威儀幡幡。舍其坐遷，屢舞僊僊。其未醉止，威儀抑抑。曰既醉止，威儀怭怭。是曰既醉，不知其秩。賓既醉止，載號載呶，亂我籩豆，屢舞僛僛。是曰既醉，不知其郵。側弁之俄，屢舞傞傞。既醉而出，竝受其福。醉而不出，是謂伐德。飲酒孔嘉，維其令儀。凡此飲酒，或醉或否。既立之監，或佐之史。彼醉不臧，不醉反恥。式勿從謂，無俾大怠。匪言勿言，匪由勿語。由醉之言，俾出童羖。三爵不識，矧敢多又！

此篇為飲酒悔過而作。其先燕射而後及祭者，蓋祭雖飲酒，非如燕禮止為飲酒而設。又古者將祭則射以擇士，將射則先行燕禮，既擇而後燕，即以賓筵言。祭無賓筵，故首以樂言。其中「賓載手仇」，乃助祭之賓，非燕飲之賓也。燕

【一】「以」，原本作「下」，據文津本改。

自設席至舉酬，同為燕飲始時事，其禮樂固盛矣。若祭畢而燕，雖亦始燕之禮樂，然此所謂始時則非指燕，蓋以祭時行獻酬之禮，為飲酒之始事也。故自「籥舞」至「康爵」，其禮樂為尤盛。首章歷言燕飲而終曰「以祈爾爵」，是欲辭爵、辭養，意不在飲也。次章歷言祭飲而終曰「以奏爾時」，言欲以奉時祭，意亦不在飲也。觀二「以」字，可見前章先言燕而後言射，是兩事。其肆筵、陳器、和酒、安賓、設鐘鼓、舉酬爵、抗大侯、張弓矢，而衆耦拾發，皆循其序。次章先言祭而後言飲，其用樂、衎祖、備禮、受嘏，亦循禮序。唯子孫酌獻尸，尸酢而卒爵，即嗣舉奠之事，本在佐食加爵後，今乃言之於賓助祭、室人復爵之前。此不循其序者，詩主詠歌，惟述其意，非敘其事，如《楚茨》笑語者，詩有此體也。或又謂鄭氏以禮說《詩》，不免有泥於禮者。若以「各奏爾能」為子姓兄弟，羣昭羣穆咸在宗廟，而以有事為榮者，亦似可通。三章言始治終亂，專以威儀言。四章專言終亂，而極言威儀、言語之失。福則賓主共之，伐德則自害己德，豈能害人哉？末又兼二者言。不臧、大怠，威儀之失；匪言、匪由，言語之失也；不識，又兼二者言。前章皆知過而悔之詞，末章則悔而戒之詞。過而知悔者鮮矣，知悔而能戒，則終無悔矣。夫然後謂之悔過，末致丁寧，為戒深矣。

凡首二句無韻，則與後章重韻為韻。後章無叶，則本章自叶。此篇右叶羽已，秩叶尺熾反，又秩秩，疊字重韻叶。號叶呼交，呶叶呼毛反。唯「溫溫其恭」無叶，未詳；或云溫叶泓，恭叶肱。

詩之時世不可考，然亦有可據者。《韓詩》謂《賓之初筵》衛武公所作，《集傳》從之。考之《史記・年表》，武公即位於宣王十六年，卒於平王三年，在位五十五年。《國語》言武公年九十有五猶箴儆於國。今止以年九十五為斷，則武公生於厲王時，至宣王初年，年已二十有六，至即位之時，年已四十有一矣。其作《抑》戒，則當在平王時。然《大雅》列《抑》於厲王詩中，而在宣王之前，豈以武公生長厲王時，實為厲王時人，於今為前朝元老，於德為睿聖，故推其所生之時，尊之而列之厲王詩中邪？若《賓筵》之作，安知非處厲則有過，遇共和而知悔也邪？又安知《抑》詩所言夙知者，非武公自述其知過之早邪？今《大雅》之《抑》既在厲王詩列，而《小雅・賓筵》以下，歷《角弓》《菀柳》《都人士》《采綠》四篇而後，至《黍苗》為宣王時美召公之詩，則自《青蠅》《賓筵》至《采綠》皆當為宣王以前詩矣。《黍苗》《隰桑》之後乃續以《六月》而同為宣王時詩，其次序豈不甚明邪？

魚在在藻，有頒其首。王在在鎬，豈樂飲酒。

魚在在藻，有莘其尾。王在在鎬，飲酒樂豈。

魚在在藻，依于其蒲。王在在鎬，有那其居。

此篇只見王與諸侯在京燕飲之樂，殊不見其所美。然詳味「王在在鎬」之辭，其中固自有王者無為、京師尊安、四方向化、諸侯賓朝之意焉；「豈樂飲酒」之詞，其中自有天下無事、王心至正、君臣交通、上下歡洽之意焉，不必言德而德在其中【一】。至於末章「有那其居」，則又有居所星共之意，有萬年永安之意，言不特樂飲於今日而已，所以包前章飲酒之意以結之也。然「王在在鎬」一語，以「魚在在藻」興之，而三章不易其詞，又藻、鎬自相叶韻，蓋此篇之意尤在此語；而《傳》又言「何在」，一問一答以盡其曲折，彌覺詞簡而有味。

采菽采菽，筐之筥之。君子來朝，何錫予之？雖無予之，路車乘馬。又何予之？玄衮及黼。

觱沸檻泉，言采其芹。君子來朝，言觀其旂。其旂淠淠，鸞聲嘒嘒。載驂載駟，君子所屆。

赤芾在股，邪幅在下。彼交匪紓，天子所予。樂只君子，天子命之；樂只君子，福祿申之。

維柞之枝，其葉蓬蓬。樂只君子，殿天子之邦；樂只君子，萬福攸同。平平左右，亦是率從。

汎汎楊舟，紼纚維之。樂只君子，天子葵之；樂只君子，福祿膍之。優哉游哉，亦是戾矣。

【一】「其」，文津本無。

二「何」字，辭極懇。至前三章，皆以二句興二句，下文乃承上意而申言之。

二章喜見其車馬之至以為榮，即「為龍為光」之意。

三章《傳》曰「賦也」，愚謂當云興也。取邪幅交纏以興諸侯交際，言「赤芾在股」，則邪幅交纏而在下矣。諸侯交際匪紓，則上為天子所予也。蓋赤芾則特取在下之邪幅者，以其與下「彼交」之意相關，故知當如前後章作興也。「匪紓」方見諸侯之德，故下文「樂只君子」一再歎而稱美之。

四章、末章則皆以二句興四句。柞枝興君子，葉盛興殿邦、受福，此方見諸侯之職，故既咏歎之而併及從臣之賢。蓋君行卿從，於燕而稱美之，亦所以勉勵之也。前章先美諸侯而歎詠之，此再歎咏之而後及其臣，言之序也。

三章「樂只君子」，六致嘆咏，而終以「優游」、「戾矣」之辭，所以結全篇也。蓋「優游」二字有悠久從容之意，「亦是」二字有源源而來之意。二「亦是」字不同，前言臣之從君，此言後之繼今，蓋天子欲諸侯君臣相與於無窮也。匪紓、鎮邦、率從、戾矣，皆寓戒勉。

按《毛傳》，《楚茨》至《隰桑》二十篇在《鼓鐘》後、《白華》前，其中《魚藻》《采菽》在《青蠅》《賓筵》後。《魚藻》《采菽》既從《集傳》以類而從前，則《青蠅》《賓筵》《角弓》以下八篇自當仍依《毛傳》元次，而居《采菽》之後矣。然此二十篇，前既有以見正雅至《采菽》而終，後尤有以見變雅自《青蠅》而始，其序其義皆若有不可易者。玉汝此説雖出鄙陋，實本《集傳》。正雅錯脱，《黍苗》宣王時詩之言，故且存之於此，以待他日博雅之君子去取之。然此說前人未有及此者，似亦非偶然之故也，願更詳之。

騂騂角弓，翩其反矣。兄弟婚姻，無胥遠矣。

爾之遠矣，民胥然矣。爾之教矣，民胥傚矣。

此令兄弟，綽綽有裕。不令兄弟，交相為瘉。

民之無良，相怨一方。受爵不讓，至于已斯亡。

老馬反為駒，不顧其後。如食宜饇，如酌孔取。

毋教猱升木，如塗塗附。君子有徽猷，小人與屬。

雨雪瀌瀌，見晛曰消。莫肯下遺，式居婁驕。

雨雪浮浮，見晛曰流。如蠻如髦，我是用憂。

《角弓》反興。興辭蓋詩之托。興多以彼然興此不然，此以彼不然興此當然，故曰反興。

首章言無遠者，泛言兄弟之當然。次章乃言王不然，則民將效其然。三章至五章申言民之相遠，六章至末章申言王之相遠。民由相遠，故相愈而各據一方以相怨，至有以此受爵者；然受爵已過其任，則宜飽矣，而又孔取，則太甚矣。民，即王之兄弟宗族，不敢戚君而自稱為民也。此三章一意相連，然民之相遠由王之相遠。兄弟既胥為不令矣，而王又爵譏以來之，是「教猱」、「塗塗」也。苟王有善道，則不令者亦將效之，反為善道而相附屬，宗族兄弟皆可相依相保矣。今既無善道，而又不肯貶下受爵者、遺棄不令者，所以自處者，惟益長其驕慢，是使民益為不讓，無禮義而相殘賊如蠻髦然，則王之國必有大可憂者，豈獨兄弟宗族之受其禍哉！此作詩者所以為王憂也。此三章一意相連，曰「無」曰「有」，有教戒於王之意；曰「與屬」，有開悟不令者之意。泛言「君子」，舉下以見上；泛言「小人」，舉疏以見親。

《毛傳》，《楚茨》之《隰桑》二十篇相連，《集傳》謂《楚茨》十二篇當為正雅，《黍苗》《隰桑》當為宣王時詩。今以《楚茨》十二篇上接《菁莪》《黍苗》二篇，下接《六月》，固主《集傳》也。中間《青蠅》而下六篇乃在元次者，從《毛傳》也。不特六篇，雖二十篇本相連在後，今移於前而仍相連，亦用《毛傳》也。凡詩中篇次之移置，或依《儀禮》《周禮》，或仍《毛傳》，或主《集傳》，或用孔疏，各有所據，玉汝何敢以私意臆說僭移妄易，以亂聖經哉？

有菀者柳，不尚息焉？上帝甚蹈，無自暱焉。俾予靖之，後予極焉。

有菀者柳，不尚愒焉？上帝甚蹈，無自瘵焉。俾予靖之，後予邁焉。

有鳥高飛，亦傅于天。彼人之心，于何其臻？曷予靖之？居以凶矜。

按：此篇《永樂大典》缺卷。

彼都人士，狐裘黄黄。其容不改，出言有章。行歸于周，萬民所望。

彼都人士，臺笠緇撮。彼君子女，綢直如髮。我不見兮，我心不說。

彼都人士，充耳琇實。彼君子女，謂之尹吉。我不見兮，我心苑結。

彼都人士，垂帶而厲。彼君子女，卷髮如蠆。我不見兮，言從之邁。

匪伊垂之，帶則有餘；匪伊卷之，髮則有旟。我不見兮，云何盱矣！

三代王都之盛，非徒以民物繁富而已，名卿賢相、世家宦族聚廬於其間，禮儀典則、文物衣冠、言貌威儀足為四方表式者，於是乎在焉。故當盛時，惟是為可稱；及其衰也，亦惟是為可思。若思盛時而惟在於繁富，則亦末矣，豈有得於先王之餘風遺俗哉？是以《都人士》之詩，人及見昔日之盛者，首專稱士而次兼士女。其稱士也，惟舉貴顯之人有言行而為民望者；其稱女也，惟舉君子女為舊姓而有禮法者。蓋天下之士女莫多於王都，而王都之所以盛，則以累聖之澤深而士女多賢也。詩人惟有感於此而思之，故其所思，誠可思也。至其稱士女之容飾，則臺笠緇撮，小服也；充耳琇實，常服也；帶垂髮卷之美，亦嘗有之。而乃以此為歎，則詩人之意重在士女之德禮可知矣。不然容飾如此，而果足以盡前日之盛乎？果足以重今日之思乎？以西都之炫耀，不若東都之法度，曾謂詩人而無見於此乎？此其詩所以為雅也。有餘，謂多威儀。旟者，揚也，謂竦敬也，即《采蘩》所謂「僮僮」。彼編髮為之，此不必編而自竦揚，二者皆謂有禮容，非止垂與卷之美而已也。云何，猶言無可奈何，蓋不為怨懟之辭，惟歸之氣運世道而悵望之云耳。末章承用上章二事，申言而極詠之，尤有餘味，亦詩之一體。

此篇若與下三篇俱移置《六月》前，乃與後《鴻雁》詩相應。蓋此離散，彼安集，亦一錯簡之證也。見《鴻雁》篇末。

終朝采綠，不盈一匊。予髮曲局，薄言歸沐。終朝采藍，不盈一襜。五日為期，六日不詹。之子于狩，言韔其弓；之子于釣，言綸之繩。其釣維何？維魴及鱮。維魴及鱮，薄言觀者。

婦人以夫不在家不為容，故髮曲局；今歸沐以待其還者，知君之歸期故也，與後章過期相應。五日、六日，言其過期耳，非止五日、六日也。狩、釣，預言歸時事。綸繩、往觀，皆托言。末章與前篇末章同，但前篇承用上二事而並言，此則止承用其一，又一體也。

此篇若從前後移置，則篇後當總什內篇章，而以《黍苗》為後什之首。

芃芃黍苗，陰雨膏之。悠悠南行，召伯勞之。我任我輦，我車我牛。我行既集，蓋云歸哉！

我徒我御，我師我旅。我行既集，蓋云歸處！
肅肅謝功，召伯營之；烈烈征師，召伯成之。
原隰既平，泉流既清。召伯有成，王心則寧。

此行者歸而作此詩。其曰「我」，故知為行者所作；曰「歸哉」、「歸處」，曰「成之」、「有成」，故知其歸而作。召伯營謝城邑，雖有旅從，而非征伐，故「征」為征行。成之、有成，謂成營謝之功。

《黍苗》為營謝方畢而歸之詩，《崧高》為營謝既成，申伯出封之詩。此二詩之表裏先後也。

隰桑有阿，其葉有難。既見君子，其樂如何？
隰桑有阿，其葉有沃。既見君子，云何不樂？
隰桑有阿，其葉有幽。既見君子，德音孔膠。
心乎愛矣，遐不謂矣？中心藏之，何日忘之？

桑阿、葉難，以興其樂；若此【一】，則以比君子之德盛，故比不如興為長。「樂」對「愛」言，樂主發散在外，愛根於中，故始言樂，終言愛。「發之遲」謂「遐不謂」，「存之久」謂末一句。愛非言所能盡，故發之遲。藏者或不能久，「何日忘之」則存之久矣。此愛之久，晏平仲交久而敬。此愛賢，彼敬友。此由見賢而樂，故專以愛言。

此詩在《黍苗》後，豈以宣王任賢使能以致中興，故當時之人亦皆喜見賢者如此歟？《傳》於《序》謂此非刺詩，則此在《黍苗》後【二】，固當在《六月》前也。

【一】案，《詩集傳》於此章下云：「興也。……或曰比也。」據此，「此」字或是「比」字，形近而誤。
【二】「在」，文津本作「篇」。

白華菅兮，白茅束兮。之子之遠，俾我獨兮。
英英白雲，露彼菅茅。天步艱難，之子不猶。
滮池北流，浸彼稻田。嘯歌傷懷，念彼碩人。
樵彼桑薪，卬烘于煁。維彼碩人，實勞我心。
鼓鐘于宮，聲聞于外。念子懆懆，視我邁邁。
有鶖在梁，有鶴在林。維彼碩人，實勞我心。
鴛鴦在梁，戢其左翼。之子無良，二三其德。
有扁斯石，履之卑兮。之子之遠，俾我疷兮。

按：此篇《永樂大典》缺卷。

緜蠻黃鳥，止于丘阿。道之云遠，我勞如何！飲之食之，教之誨之，命彼後車，謂之載之。
緜蠻黃鳥，止于丘隅。豈敢憚行？畏不能趨。飲之食之，教之誨之，命彼後車，謂之載之。
緜蠻黃鳥，止于丘側，豈敢憚行？畏不能極。飲之食之，教之誨之，命彼後車，謂之載之。

黃鳥有好音，故為其自言「緜蠻」，即其自言之聲也。「止于丘阿」而下，皆黃鳥之言也。我，黃鳥自我也。為鳥自言以比己，止丘阿而道遠，我勞如之何，而可前乎？其「止」、其「前」，皆饑乏而不能自給，故思有飲食之者，庶幾有以養其生乎？孤陋而無以自修，故思有教誨之者，庶幾有以進其德乎？微賤而無以自致，故思有命車載之，庶幾有以達其道乎？謂後車者，自謙而無厚望之詞也。凡人處微賤勞苦之中，其所思不出於此三者，苟能有之，則得所托矣。

而求誨之意常存其間，則所思不失其正，必無嗟來斯濫、詭遇之病矣。此詩所以為雅也。畏，包「道遠」、「我勞」而言。凡詩明言於前，則後不再言而意自見。

幡幡瓠葉，采之亨之。君子有酒，酌言嘗之。

有兔斯首，炮之燔之。君子有酒，酌言獻之。

有兔斯首，燔之炙之。君子有酒，酌言酢之。

有兔斯首，燔之炮之。君子有酒，酌言醻之。

獻、酢、醻，燕飲之大節也。詩人將述物薄禮至之意，止以獻、酢、醻三者言之，足矣。今於首章先以物之尤薄者而致其先嘗之意，然後別即一物以敘三者之禮，則雖物薄，而尊賓敬賓、殷勤篤至之情藹然可見。此詩善道主意之體也。

漸漸之石，維其高矣。山川悠遠，維其勞矣。武人東征，不遑朝矣。

漸漸之石，維其卒矣。山川悠遠，曷其没矣。武人東征，不遑出矣。

有豕白蹢，烝涉波矣。月離于畢，俾滂沱矣。武人東征，不遑他矣。

高山石路，巉岩險峻，登歷者最為勞苦，故特以此為言。山川悠遠，謂路經幾山幾川，非止一山一水而已，故曰悠遠。遠行逢水最苦，又遇大雨，則苦愈甚，故於末言之。「朝」言天時，「出」言地勢，「他」言人事，兼此三者則備嘗矣。東征，由西周而東也。《破斧》《漸漸之石》皆言東征，《破斧》之武夫不知其勞，此詩之武夫不勝其怨，以此見地非有險夷，事非有難易，惟係人心之欣戚；而人心欣戚又係在上之賢愚明暗，而國之盛衰治亂可觀矣。

苕之華，芸其黃矣。心之憂矣，維其傷矣。

苕之華，其葉青青。知我如此，不如無生。

牂羊墳首，三星在罶。人可以食，鮮可以飽。

何草不黃？何日不行？何人不將？經營四方。

何草不玄？何人不矜？哀我征夫，獨為匪民。

匪兕匪虎，率彼曠野。哀我征夫，朝夕不暇！

有芃者狐，率彼幽草。有棧之車，行彼周道。

按：此二篇《永樂大典》缺卷。

詩纘緒卷十三

大雅一

文王在上，於昭于天，周雖舊邦，其命維新。有周不顯，帝命不時。文王陟降，在帝左右。亹亹文王，令聞不已。陳錫哉周，侯文王孫子。文王孫子，本支百世。凡周之士，不顯亦世。世之不顯，厥猶翼翼。思皇多士，生此王國。王國克生，維周之楨。濟濟多士，文王以寧。穆穆文王，於緝熙敬止。假哉天命，有商孫子。商之孫子，其麗不億。上帝既命，侯于周服。侯服于周，天命靡常。殷士膚敏，祼將于京。厥作祼將，常服黼冔。王之藎臣，無念爾祖。無念爾祖，聿修厥德。永言配命，自求多福。殷之未喪師，克配上帝。宜鑒于殷，駿命不易。命之不易，無遏爾躬。宣昭義問，有虞殷自天。上天之載，無聲無臭。儀刑文王，萬邦作孚。

此篇本述文王之德以戒成王，然《傳》於首章不言文王之德而言「其神」，蓋首言文王既没而如在，故知其專以神言。然神亦德也，有是德則有是神，言神則德在其中矣。新，謂成王初嗣位而新受命，即伊尹稱「嗣王新服厥命」之新。顯者，昭之極至。時，謂新於此時。又言不顯、不時者，申詠上文以覆説下文文王也。「天」以形體言，「帝」以主宰言。天與帝非有二，文王與天帝亦非有二。故「於昭」言其全體之昭著，「陟降」言其妙用之流行。於昭于天，言其與天並明；陟降帝側，言其與帝同運天之造化。非運用無以見其妙，非妙用無以見其神。故詩人以是詠文王，以見文王之神與天無間，有所在而無不在，極昭顯而尤神妙，政與《易》「後天」、「先天」之義同。先天、後天亦非有二，然非後天入用之位，無以見先天全體之妙。又如《中庸》言「聖人同於天地」，既言「天地不二」，又言「不測」之意必如是，而後天地造化、聖人德業，一而二、二而一之意可見。此固非聖不能與，亦非聖不能知，故曰此詩非聖人不能作也。此為是詩之首章，中含三意：一見文王有顯德，上帝有成命，故子孫蒙其福澤以有天下；二見文王與天同其體用而無間；三則此詩為戒成王而作。首章雖未有戒辭而已含戒意，故極言文王如在，欲成王思慕感發不能自已，先有是心而後可進其言，亦作詩陳戒之微意也。大抵讀《詩》者既觀本章之旨，又當觀一篇之旨，以求作者之意。如此章為一篇之首章，其起意發辭廣大精微如此，即可以見《大雅》之正體矣。次章至五章皆詠文王之德，分為二節，各以「文王」起辭。先言「亹亹」，後言「穆穆」，先言「令聞不已」，後言不已其敬者，言之序也。不言「純亦不已」而言「其若有所勉」，不言「其敬不已」而言「不已其敬」，蓋後章將戒成王，故此先寓文王可法之意為之張本，非文王真有所勉而猶待於緝熙也。文王孫子，成王與焉，見上章命新命時，當指成王可知。

二章從文王存時之德，順說到今；三章承二章末語，從今日逆說歸文王存時事。「思皇多士」以下，言文王存時得人之盛，是以周士傳世之顯如此。次章以下皆說文王之德，不復語其神矣。克生，謂能用之使不徒生，夫然後謂之能生也。此以二章為一節，觀前以「文王」起辭，此承用前末語可見，後二章仿此。

文王之德莫盛於敬，故以「於」字歎之。「假哉天命，有商孫子」，是順說；下文逆說，後章又順說，與前二章相似，反復詠歎也。

五章言殷士服周助祭而服殷服，則殷亡之禍極矣，寓戒之意切矣，故下文即呼「王藎臣」而告之。然告王之言不以為下章起辭，而於此章末言之，蓋此章在一篇之中結前起後，既欲前有歸宿，尤欲後相連續【一】，若意連語斷，則意雖相接而語不切；至又前以「文王」起辭，此若以「成王」起辭，則是以成王與文王相對，非所以尊文王而欲成王之念之矣。故特於此章之末，忽呼王臣而告之，欲成王感動而警發也。此措意行文之妙，亦《大雅》大篇長章之一體也。

【一】「相」，文津本作「有」。

六章言「無念爾祖」，惟在於修德。前後無非言文王之德，然不說出，至此方說一「德」字，蓋特為成王言之，見我之德即文王之德，不待他求。故下言「永言配命」即修德之功，「自求多福」即修德之效。「永言」則不息矣，「配命」則無間矣。「命」則天之與我，而我所以為德者，德之本也【一】。「配命」則德既成，而即文王矣；「多福」則福在我，而無殷禍矣。修德之本效，二語盡之，可謂簡而要矣，非周公孰能之？法文王以自修，監殷道以自省，亦承前章周興殷亡之意，而反復丁寧之也。

無遏爾躬，承上求福而言。遏絕天命，皆由我以致之，所謂「禍福無不自己求之」者也。宣昭義問，承上「配命」而言。能修其德，則有以宣昭其善譽矣；德之不修，義問何有而欲宣昭之乎？虞殷自天，承上「鑒殷」而言，雖能宣昭義問，又當度殷而折之於天；其曰自天，蓋將轉歸天與文王也。此篇首言文王之神如在，而與天無間；末言天之事無跡，而文王可法，皆反復以明文王與天一，而尤欲成王之法文王，與首章相應。又「自求多福」，效見於一己【二】；「萬邦作孚」，則效見於天下後世，效莫大於此，故以終篇焉。此篇起結相應，中間承接轉折，血脈相貫，反復歎詠，意味無窮，非聖人有意於為是，皆自然之文理也。

明明在下，赫赫在上。天難忱斯，不易維王。天位殷適，使不挾四方。

摯仲氏任，自彼殷商；來嫁于周，曰嬪于京。乃及王季，維德之行。大任有身，生此文王。

維此文王，小心翼翼。昭事上帝，聿懷多福。厥德不回，以受方國。

天監在下，有命既集。文王初載，天作之合。在洽之陽，在渭之涘。文王嘉止，大邦有子。

【一】案，「德」，據上下文似當作「命」字。

【二】「效」，文津本作「僅」。

大邦有子，俔天之妹。文定厥祥，親迎于渭。造舟為梁，不顯其光。

有命自天，命此文王。于周于京，纘女維莘，長子維行。篤生武王，保右命爾，燮伐大商。

殷商之旅，其會如林。矢于牧野，維予侯興。上帝臨女，無貳爾心！

牧野洋洋，檀車煌煌，駟騵彭彭。維師尚父，時維鷹揚；涼彼武王，肆伐大商，會朝清明。

德明而又明，則命顯而又顯。難忱，不可恃；不易，不可忽。起語泛說正理，次即轉入殷亡，以起後章言文武，詩體文法也。

次章以下，言天命文武。文王以德言，武王以功言，而言武王之功為多。疑當以此篇為追述武王之功，與前篇相對，蓋武王有天下者也。故篇內雖分言文武，而推本王季以及文王者，實欲推本文王以及武王也。又前篇既專述文王，故此篇惟重在於武王歟？前篇呼王蓋臣，明見戒詞；此篇戒意寓於首章。

翼翼，恭慎。恭見乎外，慎主乎中，兼內外言。昭事上帝，顯然事帝於動靜、作止、語默之間，文王有事君之小心，即事上帝之小心也。懷，言福自來。或謂「懷」即「予懷明德」之懷，言帝自懷與之。受，言方國自來，己不拒之，即「歸斯受之」之受。

次章承首章之起語，即述大任以及文王。三章則專述文王之德。至四章再從天命說起，蓋將陳武王而先推本文王也。洽陽、渭涘，言周京之盛，如《碩人》言齊地廣大，《韓奕》言韓土孔樂也。俔天之妹，言大姒德自然而生即貴也。文定厥祥，言文王之昏禮極備也。大姒生有德而昏盡禮，故曰「不顯其光」，言德禮之光也。又意此時王季為文王娶，六禮甚盛，故詩人特以是詠之。觀造舟，後為天子制，則其禮盛可知。又夫婦人倫之始，故聖道必本於此，天下之本在國，國之本在家也。

六章又從「天命」說起，蓋此章正言文王生武王，武王伐商。前曰「天監」，此曰「有命」，又曰「篤」，曰「保右命」，蓋武王受命有天下，其功尤大。故二章皆承上，更端再三推原天命，見此篇之意重在武王。又前詠文王止二章，後推本以及武王凡五章，意尤可知。中入文王，與《文王》篇中入成王同，《皇矣》篇中亦然。

「維予侯興」之下，忽言「上帝臨女，無貳爾心」，乃衆人贊武王之辭，有數意：一見天意必欲亡紂，衆心同欲武王除暴；二見武王之心常若帝臨，而於天下無不順，於理無所違；三見武王順天應人而非得已；四見武王之心明白洞達，衆人所共知，至此而贊其決。作詩者於此又以詠其事，辭簡義精，意深文奇，信非聖不能作也。

孟子曰：「周公相武王誅紂。」此詩乃獨以太公言。蓋太公精兵法，伐紂軍旅之事實專任之，故詩人舉其實以明功。鷹揚者，太公以紂為天人所共怒，故年雖老而氣甚壯，志氣不以血氣而衰也。又贊武王者衆人也，而太公為天下之父，於此而助武王，豈得辭哉？且言太公而不及周公，則此詩為周公所作亦一證也。肆者，兵進而不可遏也。蓋衆人皆欲紂亡之速，故雖遏之而不可得，且見罔有敵於我師之意焉。會朝清明，即《書》所謂「一戎衣而天下定」者，但《書》紀其終，《詩》詠其始。會朝清明，如沈霾忽開而覩白日，如炎埃忽散而挹清風，其形容即時頓異之氣，有「大定」一語所不能盡者。以武王成功如此其大，一篇序事如此其詳，而終以一語，凡反商之政、代商之治，皆可即是而推，可謂極簡要而善形容矣。且不特此也，是詩用一字形容，如曰「昭」、曰「篤」、曰「燮」、曰「肆」；用二字形容，如曰「明明」、曰「赫赫」、曰「鷹揚」；用一語形容，於殷紂曰「天位殷適」，於文王曰「小心翼翼」，於大任曰「維德之行」，於大姒曰「俔天之妹」，於武王曰「無貳爾心」，而以「會朝」一語結全篇之意，皆可玩味。《傳》謂末章所以「終首章之意」，又云「其章以六句、八句相間」，以此論之，則詩必有體，文必有法，烏可以是為末而不論哉？

緜緜瓜瓞，民之初生，自土沮漆。古公亶父，陶復陶穴，未有家室。

古公亶父，來朝走馬，率西水滸，至于岐下。爰及姜女，聿來胥宇。

周原膴膴，堇荼如飴。爰始爰謀，爰契我龜。曰止曰時，筑室于兹。迺慰迺止，迺左迺右，迺疆迺理，迺宣迺畝。自西徂東，周爰執事。迺召司空，迺召司徒，俾立室家。其繩則直，縮版以載，作廟翼翼。捄之陾陾，度之薨薨，筑之登登，削屢馮馮。百堵皆興，鼛鼓弗勝。迺立皋門，皋門有伉；迺立應門，應門將將。迺立冢土，戎醜攸行。肆不殄厥慍，亦不隕厥問，柞棫拔矣，行道兑矣。混夷駾矣，維其喙矣。虞芮質厥成，文王蹶厥生。予曰有疏附，予曰有先後，予曰有奔奏，予曰有御侮。

「緜緜瓜瓞」一語，於本章則為比，合全章則為興。瓜瓞，取義先小後大，本章只言小而不及大，故只當為比；合全篇【一】，則由首章循至末章方見先小後大，則此一句當為興矣【二】。以一句興全篇，又詩之一體，與衆例不同。《大雅》大篇皆出聖賢，發端一語便見始終，於此詩乎見之。此篇詠大王、文王，首章即見古公，所謂入題者是也。然先從周人說起，卻引入大王，言周人始生，自公劉遷豳以來，至大王已歷數世。然只二句包括不說出，蓋意重在大王也，作此詩文法也。其言「初生」，即「厥初生民」之初生，彼說出於姜嫄，此包括公劉諸君，所以知之者，以「自土沮漆」而知之也。其言「古公」者【三】，謂古公之時民俗如此，故《傳》以民與俗言，非古公居土室中也。

二章卻提古公，說此下皆詠古公矣。走馬，非從容，故見避狄難。此隱言，至下「厥慍」、「混夷」乃明言，序事緩急法也。

凡遷都先相地宜，次詢人謀，乃考卜，如公劉遷豳、武王遷鎬、衛遷楚丘、大舜官占。《洪範》「謀及」，凡事皆然，況遷都重事，可不謹乎？此與下章皆定民居。

【一】「篇」，文津本作「章」，誤。

【二】「句」，文津本作「語」。

【三】「其言古公者」，文津本無。

慰止、左右，使民有居；疆理、宣畝，使民有養。周爰執事，見古人愛民周徧。

至是「迺召司空」，見上居民授田，皆古公身親臨之。此時司空、司徒未必不在，特詩人欲表此意，故於此始以「迺召」言之。此言古公作己室家，下文乃詳其先後作之之序。

捄之、度之，承上章「繩直」、「縮版」而述其作牆之序，即上章立室家之事。二章雖斷而一事相因，又詩之一體，文之變也。鼛鼓，言民自樂勸。周爰，見上愛下；弗勝，見下愛上，二語備之。

二門，因居室而言。居室正門之外，左祖右社而營築畢矣。二門與社，至周皆為天子制。詩人欲成王知所由始，故特因居室併及之。迺者，相繼之辭。「迺慰」至「迺立」，凡十三迺字，自有次序，非泛言之。「捄之」一章，獨無迺字，見是承上而二章相連明矣。

末二章乃一篇之歸宿，故以「肆」字起辭，又以見後大之意。前皆述大王事，至此方詠其德，然只以「混夷」一事言之，所以為善詠德也。言大王不能絶人之見怒，但能不廢己之自修，卒致文王之時，岐下繁盛，而混夷奔竄矣。混夷之服，本文王時事，詩人欲言大王積德之效，故推本而歸之大王焉。四「矣」字，所以深歎其效也。

末章因混夷之服而言文王之德，惟以「虞芮」一事言之，蓋舉其大者，所以為善詠德也。虞芮之來，自來質成而莫知其所以然者，何也？但見文王之國有蹶然興起之勢，周公謂以己意推之，毋亦有此四臣之助乎？其稱「予」者，周公對成王之辭也。前章止言大王不言混夷之服【一】，其服固有所自；末章止言虞芮之來，不言文王其來也，雖文王亦不期然矣。文王之化，至是而未易名言，周公特因國勢興起而以「予」斷之，然猶不敢自是也。故稱「予曰」者凡四，以寓不盡之意，欲成王深思自得之，而文王得人盛之意亦在其中矣。二章言周至大王始大，而文王益大，以終首章之意，則「緜緜瓜瓞」一語，豈非一篇之興歟？又按，二詩皆成王之詩，《文王》篇則追述文王之德，《大明》篇則追述武王之

【一】「止」，原本無，據文津本補。

功，《緜》篇則追述大王、文王之事。《文王》詩戒明矣，《大明》戒意見首章，《緜》似無戒意。蓋《緜》首言國小，無詠美意；中言「慍」、「問」，有艱難意；末言「予曰」，乃公告王之辭。《書》載周公告王皆稱予，故《緜》戒可知。又三詩皆用為相見之樂，二詩既戒，則此詩亦戒可知。

芃芃棫樸，薪之槱之。濟濟辟王，左右趣之。濟濟辟王，左右奉璋。奉璋峨峨，髦士攸宜。淠彼涇舟，烝徒楫之。周王于邁，六師及之。倬彼雲漢，為章于天。周王壽考，遐不作人？追琢其章，金玉其相。勉勉我王，綱紀四方。

芃芃棫樸，則薪之槱之矣。薪以燎之，所以致其用於今日；槱以積之，所以儲其用於後日也。濟濟辟王，則左右趣之矣。左右使令之人，固無不於此乎？趣向左右輔弼之人，又無不於此乎？趣，向也。

左右，言無方也。首、次二章皆言濟濟辟王、左右，而其一則泛言人心歸向之，一則特言人中之賢士歸向之。詞語相迭，意義相足，與前篇「縮版」、「捄之」二章之體相似，又前後皆興，此獨賦可見。

三章之興與前章之賦，體雖不同，而下文文意相對，與《湛露》後二章之體相似，蓋言居而奉祭則賢士歸向，出有所往則六師歸向。三章蓋一意相通。

後二章言文王之德化政治，能使天下四方之人自歸向之，非止國之髦士、師衆也。故此章托興於天，而聖人所作可知矣。周王有聖德，又有壽考，聖人在位日久，如之何而不作人？非以其在位久而後能也。「追琢」、「金玉」托興，又變其體。蓋以一物析為二句，横作四截，「追琢」、「金玉」以興勉勉，其章、其相以興綱紀。又，當先言金玉而乃先言追琢者，所以為興勉勉也。我王有聖德，而又勉勉，故其綱紀為至。《傳》於三者皆以「至」意言之。又追琢金玉極文質之美者，興中自有至意，故詩有意因興而顯，興有藏言外之意者，所謂興兼比者也，上章亦然。何以見後二章亦言人歸之者？蓋歸向者，此篇所詠之大意也。前三章既見此意，則後二章可知。故詩有後章承前章，不言而前意在其中者，觀此詩尤可見也。「作」謂作興、鼓舞於當時，「綱紀」謂維持、鞏固於無窮。勉勉，有德化造極不已之意；綱紀，有天下後世可守可久之意，故以是終篇焉。

瞻彼旱麓，榛楛濟濟。豈弟君子，干祿豈弟。

瑟彼玉瓚，黃流在中。豈弟君子，福祿攸降。

鳶飛戾天，魚躍于淵。豈弟君子，遐不作人？

清酒既載，騂牡既備。以享以祀，以介景福。

瑟彼柞棫，民所燎矣。豈弟君子，神所勞矣。

莫莫葛藟，施于條枚。豈弟君子，求福不回。

此詩詠文王有德而得福，即《中庸》「大德必得其祿」之意。首章托興，中含自然之意；次章取興，中含必然之意。前詩「作人」托興雲漢，有廣大光明之意，此詩「作人」托興鳶魚，有流動充滿莫知所以然之意。末章「葛藟」，有纏固不已之意。皆興之兼比者，當各隨所興以見所詠。蓋《大雅》所興，多有在所詠之外，而可以因興得所詠之意者，此興所以為深遠也。此篇詠歌文王之德，重在「豈弟君子」一語，蓋此一語，詠德也。前後始終皆言得福，中間一言德化，言德盛民化，所以得福也。觀《傳》於下章，謂「承上章言有豈弟之德，則祭必受福」，可見此章為得福之本。故此章不言福，惟托興專以形容德化之妙焉。輔氏謂斂福錫民，則非《傳》承上章之旨矣。三章言「豈弟」而不言

「福」，四章言「介福」而不言「豈弟」，以是推之，則第五章亦當承上章言享祀之福，神勞之矣。又前後皆興，惟第四章居中獨為賦，蓋二章一意相通。詩有二章意連，有三章意連者，惟《大雅》篇有此體，不可以常例論也。首章、末章皆子貢答子禽之意，首末相應而末兼興纏固不已，所以為結。

思齊大任，文王之母。思媚周姜，京室之婦。大姒嗣徽音，則百斯男。

惠于宗公，神罔時怨，神罔時恫。刑于寡妻，至于兄弟，以御于家邦。

雝雝在宫，肅肅在廟。不顯亦臨，無射亦保。

肆戎疾不殄，烈假不遐。不聞亦式，不諫亦入。

肆成人有德，小子有造。古人之無斁，譽髦斯士。

詩有一句引起，次句入題者。此詩首句推本大任，次句即說文王，雖言文王之母，然提出文王，即是此詩之綱領矣。下言周姜、大姒，亦為文王言之，故後章不再舉文王矣。「齊」有純一之意，兼内外而言。詠大任只用一「齊」字，雖大姒之嗣，亦嗣此耳。故人稱德不在多，所以善詠。

首章先大任及大姜，故此先言宗公，次言寡妻；又先宗廟後閨門，先祖宗後家國，言之序也。以宗工對寡妻、兄弟、邦家【一】，則尊卑之等；以家邦自相對，則内外之序，大分小分，所施各有其道焉。然言惠而不言所以惠，言刑而不言所以刑，蓋猶是承上起下，未曾說出所以為德者，下章乃言之。

三章乃承上章，言其所以「刑於家邦」者，以其在宫而有雝雝之德；所以「惠于宗公」者，以其在廟而有肅肅之德也。至此與下章方極言文王之德，然先宫後廟，與上章交互而言者，變文法也。

【一】「宗工」，據经文及上下文，當作「宗公」；「邦家」，文津本作「家邦」。

雝雝、肅肅，德之見於身者，故亦臨、亦保，以心言；不顯，以地言；無射，以時言也，至誠無息之心也。戎疾、不瑕，德之見於事者，故亦式、亦入，以理言。「聞」謂己非有聞於人【一】，「諫」謂人非有諫於己，從容中禮之事也。在宮、在廟，處常之德；不殄、不瑕，處變之德。二章詠文王之德，無以復加矣。然必有諸身而後見於事，能處常而後能應變，故此章以「肆」言。

【一】「有」，文津本作「前」。

詩纘緒卷十四

大雅二

皇矣上帝，臨下有赫；監觀四方，求民之莫。維此二國，其政不獲；維彼四國，爰究爰度。上帝耆之，憎其式廓。乃眷西顧，此維與宅。

作之屏之，其菑其翳；修之平之，其灌其栵；啟之辟之，其檉其椐；攘之剔之，其檿其柘。帝遷明德，串夷載路。天立厥配，受命既固。

帝省其山，柞棫斯拔，松柏斯兌。帝作邦作對，自大伯王季。維此王季，因心則友。則友其兄，則篤其慶，載錫之光。受祿無喪，奄有四方。

維此王季，帝度其心，貊其德音。其德克明，克明克類，克長克君。王此大邦，克順克比。比于文王，其德靡悔。既受帝祉，施于孫子。

帝謂文王：無然畔援，無然歆羨，誕先登于岸。密人不恭，敢距大邦，侵阮徂共。王赫斯怒，爰整其旅，以按徂旅，以篤周祜，以對于天下。

依其在京，侵自阮疆，陟我高岡。無矢我陵，我陵我阿；無飲我泉，我泉我池！度其鮮原，居岐之陽，在渭之將。萬邦之方，下民之王。

帝謂文王：予懷明德，不大聲以色，不長夏以革，不識不知，順帝之則。帝謂文王：詢爾仇方，同爾兄弟。以爾鉤援，與爾臨衝，以伐崇墉。

臨衝閑閑，崇墉言言，執訊連連，攸馘安安。是類是禡，是致是附，四方以無侮。臨衝茀茀，崇墉仡仡，是伐是肆，是絕是忽，四方以無拂。

「皇矣」至「式廓」，即《大明》「明明」、「赫赫」之意，而此則詳盡曲折，尤見天人之心焉。蓋《大明》言天監德，此言天觀民，民之定即德之驗，言德則所本者切，言民則所關者廣，蓋各一意也。二國、四國，承求民而言。天於夏商非無意焉，而二國無定民之政，故不得不舍之，言天不輕廢也。於四海則廣求而詳擇之，苟得其人而耆致之【一】，則增大其規模而後眷之，言天不輕予也。天之心惟欲求民之定，而大王有焉，於是乃眷而顧之。篇首泛論，起辭就入太王，然一篇大意皆不出此。此章祇言大王居岐，下章乃言遷岐。

大王之德莫大於遷岐，故凡詠大王，惟以遷岐為言。大王之遷岐也，天以其有明德而遷之也。凡不得已而遷者，莫難於固；而大王内外之治如此，是遷之者所以固之也。上文八句只言芟除草木而始遷，漸盛漸廣之意具見，此善詠也。而大王既受而能固者，自有其實矣。必及立配者，國之本在家，又遷岐姜女實來，又詩人欲為後大伯、王季張本，《大明》《思齊》皆然。《傳》言「成王業」者，通後章言也。

前章言「帝遷」者，固之也；此則天欲興之矣，故曰「帝作邦作對」。因心則友，謂王季之友其兄，根於至性，發於至誠，自然而無勉强。大伯之讓，王季之受讓，皆隱微而無迹。於此特以為王季之德，非周公孰能知之？王季之德莫盛於此，故首言之。下文修德篤慶，後章六德，《書》言其勤王家，皆由此而推之也【二】。大伯未讓之時，王季之本心惟知友愛而已；王季受讓之後，惟知周家之慶當厚之而已。所謂「篤慶」，非他有篤之之道，惟因孝友之德而益修之，即所以篤其慶矣；所謂「錫之光」者，亦非别有以為之光也，能篤其慶即所以彰其兄之讓矣。篤慶、錫光，皆不在因心之外也。

【一】「而」下，文津本有「欲」。

【二】「由」，文津本作「自」。

四章專詠王季之德，謂王季心能制義而事得其宜，德能致譽而人無間言，故治國而有此六者之德，皆因心之所推修德之所致也【一】。王此大邦，追稱之也。「維此王季」一語，兩章重見，前由大王轉入王季，此更由王季轉入文王【二】，皆於章半承上起下【三】，與《文王》「藎臣」、《大明》「武王」同一機軸也。

此下二章承上章文德「靡悔之意」，止以文王二事言之，詠德之法也。章首以二「帝謂」，對舉起辭，真若上帝親與文王言，真若文王周旋唯諾面受帝語者，以見人與文王為一，文王與帝無間，與前帝遷、帝省、帝度之意迥異。蓋前述賢君事功，此詠聖人德業也。密人不恭為可怒，文王因其可怒而怒之。文王之怒，得性情之正，故首言文王無人欲，獨能於天理先知先覺也。王師所至，皆以我言，見仁者無敵，罔有敵於我師，而我即天也。

伐密言「在京」，密小，遣師取之而已；伐崇言「同爾兄弟」，崇大，蓋親往也。其親往也，雖以兵行，而實以德服，故始欲致其來附，不至則退修德而復伐之肆之，待其自降，然後絕滅其國，皆天理之當然，順而行之，不見有為之跡者也。文王以德行師，最難形容。詩人首言其外則不大聲色，中則不識不知，末述聖人致之附之，乃其本心伐之絕之，非有私意。緩徐迅速，各盡當然，皆得泯然無跡之意。至言「四方無侮」、「無拂」，尤得天下自然心服之意，其形容德不形功，無跡之妙有不容言者，非聖知聖，孰能作此哉？

按，周公追王三王，而此篇專敘三王之德，豈作此詩以述其所以追王之本意歟【四】？故於三王皆本之於天、於帝，而於王季則曰「王此大邦」，其追述可見。於王季言之者，舉中以見前後也。又此詩終篇皆本首章帝臨求定、增其式廓之意，於天、於帝、於賢、於聖循實致詠，各盡形容。又皆於中章轉入；又暗說大王，顯稱王季、文王；又奄四方，施孫

【一】「皆」下，文津本有「其」。
【二】「更」，原本作「反」，據文津本改。
【三】「半」，文津本作「末」。
【四】「王之本意」，文津本作「三王之意」。

子，既結復起。又各章中或二句連，或三句連，或一句韻，或三句韻，或連用韻，參差不齊，皆變文法自然之體也，惟《大雅》為然。首章言天亡殷興周，中言「施于孫子」，孫子成王與焉，疑亦周公戒成王之詩歟？

經始靈臺，經之營之。庶民攻之，不日成之。經始勿亟，庶民子來。王在靈囿，麀鹿攸伏；麀鹿濯濯，白鳥翯翯。王在靈沼，於牣魚躍。虡業維樅，賁鼓維鏞。於論鼓鐘，於樂辟廱。於論鼓鐘，於樂辟廱。鼉鼓逢逢，矇瞍奏公。

文王始作靈臺、辟廱而有臺池、鳥獸、鐘鼓之樂，周人樂文王之有此樂也。故詩人述民樂之意，以見文王得民之樂之者如此。然詩中所言者，皆文王之樂，未見民之樂，所以知者，以「庶民子來」一語知之也。東萊之說，本於孟子；孟子之言，亦本於此語，政詩之本旨也。又詩首章既發此意，則後章皆含此意，詩有此體【一】，與《棫樸》同。首章重在「庶民子來」一語，一篇意皆本此。王在囿中而物各適其性，安其所有，天地物各付物之意，則文王之樂何如？以築臺而民猶樂之如此，則於此而樂文王之有其樂可知。先言鼓鐘，後言辟廱者，言文王奏樂行禮於辟廱也。於樂，非謂文王樂此，亦非謂民樂，蓋言樂作而倫理之聲發於鐘鼓，和樂之氣充乎辟廱也。前言物自適於囿沼，此言人同樂於禮樂，皆文王之樂也。以文王之樂在彼，民猶樂之，況其樂之在此，民其有不樂者乎？蓋知池臺之樂者【二】，常人也；知禮樂之樂者，文王之民也。故觀後三章之言，祇見文王之樂；推首章之意，則民之樂固在文王所樂之中矣。此詩人所以為善述也。故觀此詩者有三意：一見文王之樂，二見民樂文王之樂，三見詩人之善述民樂。兼此三意而涵泳之，則得之矣。

【一】「此」，原本作「比」，據文津本改。

【二】「池臺」，文津本作「臺池」。

「奏」曰「方奏」，蓋言樂方奏而人已和樂，不待樂之終，所以甚言樂能感人心之和樂如此也。凡詠樂，先說陳器而後說奏樂，如《有瞽》之先設後舉，《那》之先置後奏皆然，蓋序事之法自然如此，不可以見聞分也。謂「虡業」為見，則「於論」非聞乎？謂「逢逢」為聞，則「奏公」豈必非見？必分見聞則泥矣。

下武維周，世有哲王。三后在天，王配于京。

王配于京，世德作求。永言配命，成王之孚。

成王之孚，下土之式。永言孝思，孝思維則。

媚兹一人，應侯順德。永言孝思，昭哉嗣服。

昭兹來許，繩其祖武。於萬斯年，受天之祜。

受天之祜，四方來賀。於萬斯年，不遐有佐。

詩美武王纘三王之緒，故首稱文武，次說三王，下復歸武王，見詩為武王作也。

王配于京，繼其位也；世德作求，繼其德也。求德為配京之本原，配命為求德之極至，而成孚則求德配命之明效也。求德貴於興起，不興起則不能有為；配命貴於永言，不永言則不能終合。暫合暫得，皆為不永者言之。

武王纘三后之緒，約言之，則維孝而已。前二章其言略盡，故此二章惟以「孝思」一語重言對舉而深美之。《中庸》稱武王繼志述事，惟以「達孝」言之，政此詩意，《傳》說亦祖於此。下土之式，謂為法；維民之則，謂可為法。上句實，下句虛，二意不同。

媚、應，承「維則」之意而言。順德，謂孝。程子曰：「孝弟，順德也。」維民之則，覆說「成王之孚」；昭哉嗣服，覆說「世德作求」，反復詠歎之也。昭哉、昭兹，皆歎聲。

後二章言孝道之極致。前言「孚」謂當時，此二章謂來世。《傳》「言武王之道」，道謂孝道，言武王之孝可傳於來世，來世而能繼祖武以行此孝道於萬年，則此萬年可以受福也。「於」字承上，「斯」字起下。「於」字，《傳》無音，只當如字也。來世受天之祜，而四方皆來朝賀於萬年，則此萬年豈不有助於國家乎？四方來賀，即《孝經》所謂「明王以孝治天下，得萬國之懽心」者，言孝道不特可傳子孫於無窮，亦可感人心於無窮也。此孝道之極效，為子孫者不可以不知，其亦寓戒後人與？次章而下，每承上章末語而迭用之，惟「媚茲」不然；然中間對舉上章「永言孝思」一語，血脈上斷而中連，又「媚茲」接意「永言」，迭文、變文成體，自然之妙也。

《皇矣》述大王、王季、文王，《靈臺》詠文王，《下武》詠武王，後篇又兼詠文武，血脈通貫，蓋謂此若間以康王以後之詩，則不相通貫矣。然《傳》曰文意，曰文體，曰血脈，亦何嘗不以文論哉？

文王有聲，遹駿有聲，遹求厥寧，遹觀厥成。文王烝哉！
文王受命，有此武功；既伐于崇，作邑于豐。文王烝哉！
筑城伊淢，作豐伊匹，匪棘其欲，遹追來孝。王后烝哉！
王公伊濯，維豐之垣。四方攸同，王后維翰。王后烝哉！
豐水東注，維禹之績。四方攸同，皇王維辟。皇王烝哉！
鎬京辟廱，自西自東，自南自北，無思不服。皇王烝哉！
考卜維王，宅是鎬京。維龜正之，武王成之。武王烝哉！
豐水有芑，武王豈不仕？詒厥孫謀，以燕翼子。武王烝哉！

「有聲」二字形容文王，未可泛觀。有聲即令聞，聞只聞於人聲，則有振發、感動、遠揚、深入之意。堯之光、舜之華、文王之聲，皆聖德之事。虞芮之質成、江漢之純被，皆聲自然之致也。《孟子》「仁言不如仁聲之入人深也」，正是此意。詩人猶以此意之不足，猶恐己意之不白，故復申言重詠，以為甚大乎其有聲也。然則此所謂聲，豈可以尋常之聲例觀哉？曰「寧」曰「成」，即有聲之實也。愚謂「求」、「觀」當屬詩人，「成」、「功」見後章。

次章述得豐之由，言文王受天命而有此伐崇之功也。

三章述作豐之志，乃文王欲追先王之志，而致其奉先之孝也。匪棘，即《靈臺》「勿亟」之意，文王之本意也。出有武功，入有孝道。致孝，仁也；致武，義也，文王之全德也。伐崇之功甚大，而作豐之制不大，文王之小心也。

四章述文王都豐之事，蓋至此而寧、成之功濯濯乎著明矣。

五章詠豐水而推禹績者，本往聖之功而大豐水之地。文王言「維翰」，武王言「維辟」，見文王未王，武王始王也。極言豐水之盛，所以著遷鎬之由也。四方同而地不能容，所以遷也。

鎬京為四方之極，辟廱為風化之原，武王遷都立學而天下化，鎬京莫大之美也。

考卜，本其初而言定遷之事；詒謀，要其終而言傳後之計。蓋遷非特為四方攸同之故，實欲為萬世無疆之休也。詠鎬而猶及豐，故興之說為長。又言芑，以小興大，意尤深遠。翼子者，敬事之子也，以是稱成王【一】，蓋周公之詞也，亦足為周公作之證。文王追王，故先言「王后」；武王實王，故言「皇王」。追王，故先言「文王」，後言「王后」；實王，故先言「皇王」，后言「武王」。言各有當，而先後相變相間，亦作文之體也。哉者，歎辭，八言申重以深歎之也。其單句無韻，蓋合八章，重韻為韻，與《麟之趾》同。《皇矣》言孫子，《下武》言來世，《文王有聲》言翼子，疑亦周公戒成王之詩歟？

【一】「成王」，原本作「武王」，據文津本改。案，本篇末章「詒厥孫謀，以燕翼子」，《詩集傳》曰：「翼，敬也。子，成王也。」

厥初生民，時維姜嫄。生民如何？克禋克祀，以弗無子。履帝武敏歆，攸介攸止；載震載夙，載生載育，時維后稷。

誕彌厥月，先生如達。不坼不副，無菑無害。以赫厥靈，上帝不寧。不康禋祀，居然生子。

誕寘之隘巷，牛羊腓字之。誕寘之平林，會伐平林。誕寘之寒冰，鳥覆翼之。鳥乃去矣，后稷呱矣。實覃實訏，厥聲載路。

誕實匍匐，克岐克嶷，以就口食。蓺之荏菽，荏菽旆旆，禾役穟穟，麻麥幪幪，瓜瓞唪唪。

誕后稷之穡，有相之道。茀厥豐草，種之黄茂。實方實苞，實種實褎，實發實秀，實堅實好，實穎實栗，即有邰家室。

誕降嘉種，維秬維秠，維穈維芑。恒之秬秠，是獲是畝；恒之穈芑，是任是負，以歸肇祀。

誕我祀如何？或舂或揄，或簸或蹂；釋之叟叟，烝之浮浮。載謀載惟，取蕭祭脂，取羝以軷，載燔載烈，以興嗣歲。

卬盛于豆，于豆于登。其香始升，上帝居歆。胡臭亶時。后稷肇祀，庶無罪悔，以迄于今。

按：此篇《永樂大典》缺卷。

敦彼行葦，牛羊勿踐履。方苞方體，維葉泥泥。戚戚兄弟，莫遠具爾。或肆之筵，或授之几。

肆筵設席，授几有緝御。或獻或酢，洗爵奠斝。醓醢以薦，或燔或炙。嘉肴脾臄，或歌或咢。

敦弓既堅，四鍭既鈞；舍矢既均，序賓以賢。敦弓既句，既挾四鍭；四鍭如樹，序賓以不侮。

曾孫維主，酒醴維醹，酌以大斗，以祈黄耇。黄耇臺背，以引以翼。壽考維祺，以介景福。

此詩首章言「兄弟」，末言「黃耉」，故知為兄弟耆老。既言「曾孫」，又後篇言「公尸」，故知為祭畢而燕。勿、莫，禁止辭，最詩人用意處，蓋兼人與己、平日與今日而言。兄弟本至戚，既戒其遠，又欲其邇，邇則或筵或几，而得以敘親戚之情於既燕，而又述其戒焉，所以為慇懃篤厚也。燕飲之詩，多先敘其情，蓋情既相洽而禮得以行，故其言之序如此，《伐木》《蓼蕭》《裳裳者華》皆然。

次章承上章「筵」、「几」而言「設席」。緝御，見其情意之益勤；獻酢，見其禮樂之咸備。六「或」字，與上章二「或」字同，舉一以見其餘，又語不齊對，文法也。

三章，既均，止言射中；如樹，則既中而又貫革。燕射非主皮，而此言之者，見其射藝之精也。中而貫革，易以病人，故尤以不侮為德焉。按，祭畢而燕，無射。《儀禮》「將射則先行燕禮」，非祭畢之燕也。此祭畢而燕，乃言及射，其禮未考。又耆老不以筋力為禮，而貫革非耆老所能，《傳》所以疑者，其以此歟？豈詩人於此追述其祭前射中之事歟？又豈《儀禮》之燕為諸侯禮，天子禮逸，今不可得而知歟？

以引以翼，祈耆老之皆壽也。或引導於前，或輔翼於左右，無非壽者。蓋耆老非一人，欲壽者之相與以壽，則無一人不壽矣，而其所以致壽之道皆在其中，此祈禱之至也。既祈其壽又願其福，蓋有壽而無福無益也。

既醉以酒，既飽以德。君子萬年，介爾景福。

既醉以酒，爾殽既將。君子萬年，介爾昭明。

昭明有融，高朗令終。令終有俶，公尸嘉告。

其告維何？籩豆靜嘉。朋友攸攝，攝以威儀。

威儀孔時，君子有孝子。孝子不匱，永錫爾類。

其類維何？室家之壼。君子萬年，永錫祚胤。

其胤維何？天被爾禄。君子萬年，景命有僕。

其僕維何？釐爾女士。釐爾女士，從以孫子。

《行葦》備言燕禮之盛，而此專以酒言。燕以飲為主，故止言酒而筵几禮樂皆在其中。德言「恩意」，即情意之相感者，非徒事飲食所能致者，故特以此言之。

燕有殽烝，政燕禮所用者，故與酒並言。昭明，兼內外德業言，身心、家國、天下皆在其中，即「明昭有周」之意，言其德業昭著光明盛大也。

融，猶今言融化、融液，皆盛極之所致，故以為明之盛。「高朗」則復歸君之身心，言其身處崇高而心極昭徹。「高」謂崇高富貴，首出庶物，以位言；「朗」謂聰明睿智，足以有臨，以德言。令終，即《洪範》「考終命」，「五福」之一，古人以此為福，故臣以此祝其君，後人則以此為諱矣。父兄答君而述公尸語，即《楚茨》末章述嘏辭而以為慶辭也。

祭祀莫重於禮儀，言「籩豆」則禮備可知，言「朋友」、「威儀」則君敬可知。

言「君子有孝子」，則君之禮儀誠敬可知。

室家之壼，言家齊也，「深邃」、「嚴肅」非齊乎？祚胤，承上章「君子有孝子」而言。既錫福禄，又錫以子孫，人君之福莫大於此。故下二章惟申此意而已【一】。

接上章「胤」字言，然下復言福者，蓋必君先有福而後有賢子孫，故此將言胤而復言「福」，以終上章「祚」字之意。

釐爾女士，謂天與爾女子之有士行者，為孝子之配，又生賢子孫，則君之福無窮矣。故言此以終上章「胤」字之意【二】。

【一】「申」，原本無，據文津本補。

【二】「胤」，原本作「釐」，據文津本改。

鳧鷖在涇，公尸來燕來寧。爾酒既清，爾殽既馨。公尸燕飲，福祿來成。
鳧鷖在沙，公尸來燕來宜。爾酒既多，爾殽既嘉。公尸燕飲，福祿來為。
鳧鷖在渚，公尸來燕來處。爾酒既湑，爾殽伊脯。公尸燕飲，福祿來下。
鳧鷖在潀，公尸來燕來宗。既燕于宗，福祿攸降。公尸燕飲，福祿來崇。
鳧鷖在亹，公尸來止熏熏。旨酒欣欣，燔炙芬芬。公尸燕飲，無有後艱。

按：此篇《永樂大典》缺卷。

假樂君子，顯顯令德。宜民宜人，受祿于天。保右命之，自天申之。
干祿百福，子孫千億。穆穆皇皇，宜君宜王。不愆不忘，率由舊章。
威儀抑抑，德音秩秩。無怨無惡，率由群匹。受福無疆，四方之綱。
之綱之紀，燕及朋友。百辟卿士，媚于天子。不解于位，民之攸塈。

假樂君子，言美哉樂哉之君子也。「嘉」，言其德之美；樂，言其心之樂也，即下文所謂「令德」也。令德顯而又顯，故能宜民人；宜民人，故能受祿於天，而天眷顧之不厭。保佑命申，皆出自天，而言自天於中間，文法也。

上章言令德受祿，故此言干祿豈弟之意。又公尸言干祿，含祭祀意；言君以祭得福，有若干然，亦子貢答陳亢意也。干祿而得百福，故子孫既多而且賢。千億，多也。自「穆穆」至「羣匹」，賢也。既有穆穆皇皇之德，又必率由乎舊章，正孟子「徒善不足以為政」之意。然太過則愆違，不及則遺忘，無過不及，適合乎中，斯得「率由舊章」之道矣。

既有穆穆皇皇之德，故此惟以「抑抑」、「秩秩」德之見乎外者言之，舉外以見內也。既有威儀聲譽，又必率由羣賢，即舜兢業無曠庶官之意。然私怨因人而生，私惡由己而出，無私怨惡，一出於公，斯得「率由羣匹」之道矣。不愆不忘，特為遵祖而言；無怨無惡，特為任賢而發。八句辭意正相對，章斷而意連，故《傳》以為皆稱願其子孫之辭。受福無疆，總遵祖任賢而言；四方之綱，則福及乎民矣。

末章語迭。之綱，意承「羣匹」，言君能綱紀斯民而民賴以安，故臣以其君能勤身安民為己愛上之道，所謂以安社稷為悅者也。臣欲其君如此則民安，而君臣皆得常安矣。三章之文意，血脈接續通貫，只是一段意思，皆稱願其子孫之辭，於是祝君得福之意至矣。《傳》以「不解」屬君，欲君不解屬臣；呂氏以上四句為君臣交泰，以「不解」為君臣處泰。二說不同，然《傳》以後二章稱願君之子孫，則責難於君與子孫之為君者，其意為切，其說為備。故《傳》先己說，後呂說，亦隱然於中可得而兼也。

《既醉》以臣答君，故致其頌禱；《假樂》之公尸尊也，故於頌禱之中寓規戒之意。「不愆不忘」，「無怨無惡」，「不解于位」，皆規戒之辭；且不特寓戒時王，並寓戒其子孫，用意尤篤厚而深遠，與《既醉》不同而各得其體矣。東萊「『燕』字當從《傳》釋為安」，義亦可也。

篤公劉，匪居匪康，迺埸迺疆，迺積迺倉。迺裹餱糧，于橐于囊，思輯用光。弓矢斯張，干戈戚揚，爰方啟行。

篤公劉，于胥斯原。既庶既繁，既順迺宣，而無詠嘆。陟則在巘，復降在原。何以舟之？維玉及瑤，鞞琫容刀。

篤公劉，逝彼百泉，瞻彼溥原。迺陟南岡，乃覯于京。京師之野，于時處處，于時廬旅。于時言言，于時語語。

篤公劉，于京斯依。蹌蹌濟濟，俾筵俾几。既登乃依，乃造其曹；執豕于牢，酌之用匏。食之飲之，君之宗之。

篤公劉，既溥既長。既景迺岡，相其陰陽，觀其流泉。其軍三單，度其隰原，徹田為糧。度其夕陽，豳居允荒。

篤公劉，于豳斯館。涉渭為亂，取厲取鍛。止基迺理，爰衆爰有。夾其皇澗，溯其過澗。止旅乃密，芮鞫之即。

按：此篇《永樂大典》缺卷。

泂酌彼行潦，挹彼注茲，可以餴饎。豈弟君子，民之父母。

泂酌彼行潦，挹彼注茲，可以濯罍。豈弟君子，民之攸歸。

泂酌彼行潦，挹彼注茲，可以濯溉。豈弟君子，民之攸塈。

詩有以三句興一句者，此以三句興二句，以小喻大，以彼明此，以賤形貴，則人易知而必信也。子夏之言，全釋此詩「豈弟父母」之意，故居先；《大學》止釋「父母」而無「豈弟」意，故居後。子夏言父母屬民，《大學》言父母屬君，然君能使民有父母之尊親，則亦民之父母矣。為民父母，足該民有父母意，即「元后作民父母」之意也。此言有豈弟之德者，必民之父母，欲君盡子民之道也。詩人以此一言為簡要，故始則托興三句以起其辭，後仍前興而以「攸歸」、「攸塈」明其效，蓋欲王深信此言而益勉之也。後章反復一再，皆以明此一言。所謂一言居要、一篇警策者，又《大雅》之體也。「民之父母」與《南山有臺》同，特此托興、發揚、舉效、贊詠，意尤發越而顯煥，使人有所感悟。蓋此言「豈弟」，彼言「樂只」，彼美其已然之德，是讚美之辭；此詩有戒勉意，非頌禱也，故不言「樂只」。

有卷者阿，飄風自南。豈弟君子，來游來歌，以矢其音。

伴奐爾游矣，優游爾休矣。豈弟君子，俾爾彌爾性，似先公酋矣。

爾土宇昄章，亦孔之厚矣。豈弟君子，俾爾彌爾性，百神爾主矣。

爾受命長矣，茀祿爾康矣。豈弟君子，俾爾彌爾性，純嘏爾常矣。

有馮有翼，有孝有德，以引以翼。豈弟君子，四方為則。

顒顒卬卬，如圭如璋，令聞令望。豈弟君子，四方為綱。

鳳皇于飛，翙翙其羽，亦集爰止。藹藹王多吉士，維君子使，媚于天子。

鳳皇于飛，翙翙其羽，亦傅于天。藹藹王多吉人，維君子命，媚于庶人。

鳳皇鳴矣，于彼高岡。梧桐生矣，于彼朝陽。菶菶萋萋，雝雝喈喈。

君子之車，既庶且多；君子之馬，既閑且馳。矢詩不多，維以遂歌。

此詩首述地形，次述天氣，然後述人事，見詩本意。其言來游歌以陳歌音，不惟成王之情性、氣象可想，而作歌之意度亦可見矣。首章乃此詩所由作，故總敘發端而應在末章，見詩之有起結如此矣。

次章承接首章「游」字而語有次第。游、休，指成王此身而言。身閒暇，而下大土宇，上受天命，皆成王所已有者，故只以伴奐、優游、昄章、孔厚、長康等字形容其盛。彌，終也，又滿也，故有壽意。身雖閒暇，而似先公之始終為難。蓋先公自后稷以來，庶無罪悔，文武聖人俱有壽考，似之實難。既有土宇，而幽能主神，則明而人物可知；茀祿安康而有常，則不止安康而已。皆成王所難致者，故又以「俾爾」而極言其盛。所以發此者，欲成王之心開闊廣大，知人君福祿之盛如此，歆歆然先有感動慕向之意，然後下文之言易入而心樂從此。召公所以善於開導君心歟？

馮翼與孝德互文，指賢者。引、翼，言用賢者。此言得賢以輔德，則四方以為法則。

體貌尊嚴則有令望，德行純潔則有令聞。此言得賢之助而已。德可成則四方以之為綱，非止取則而已。綱有維持固結之意。

賢人，瑞世之鳳凰也。當是之時，鳳鳥適至成王所，親見藹藹多士。又成王所素有以所親見之鳳凰，喻所素有之吉士，托興至為親切。且其言鳳凰之集止於下而賢人上媚天子，鳳凰上傅於天而賢人下媚庶人，上下前後抑揚，交互以見賢人無不可用，其托興尤有微意。蓋士患不多，多患不吉，吉患不用，用患不盡。今士多矣吉矣，惟所用而無不可用矣，然則王其可不命之使之以盡其用乎？維命、維使，則立賢無方矣。四章托興婉切，辭意藴藉飛動，真足使人歆慕而感發。

前章托興鳳凰而用賢之意已盡，故上章惟以鳳凰為比，而臣遇君之意自見，合末章為興，而君禮賢之意自明。詩固有此體。又況是時王在卷阿，召公從之，鳳凰梧桐皆在眉睫，高岡朝陽近在指顧，曰「車」曰「馬」，亦在左右，則托興於菶萋雝喈之梧鳳，而措意於庶多閑馳之車馬，固可以心領神會，超然而得之矣。故言不盡意，意不盡言，詘然而止，即述矢詩賡歌之意以結之。矢詩不多，自謙之辭，又以見所陳如前，非有他説，欲成王之思之也。遂歌，與首章「來歌」相應，見此詩為賡歌而作，其有起有結，尤為明白。謂詩無法，豈其然乎？

詩纘緒卷十五

大雅三

民亦勞止，汔可小康。惠此中國，以綏四方。無縱詭隨，以謹無良。式遏寇虐，憯不畏明。柔遠能邇，以定我王。

民亦勞止，汔可小休。惠此中國，以為民逑。無縱詭隨，以謹惛怓。式遏寇虐，無俾民憂。無棄爾勞，以為王休。

民亦勞止，汔可小息。惠此京師，以綏四國。無縱詭隨，以謹罔極。式遏寇虐，無俾作慝。敬慎威儀，以近有德。

民亦勞止，汔可小愒。惠此中國，俾民憂泄。無縱詭隨，以謹醜厲。式遏寇虐，無俾正敗。戎雖小子，而式弘大。

民亦勞止，汔可小安。惠此中國，國無有殘。無縱詭隨，以謹繾綣。式遏寇虐，無俾正反。王欲玉女，是用大諫。

此必同列有惑於詭隨者。蓋詭隨之人，乃無良、無畏、惛怓、繾綣而欲為寇虐者為之，人多以其柔順善從而喜之，不知其行詭隨之道，實有寇虐之心也。故寇虐易識，詭隨難知。能知其為詭隨而勿縱之，則其寇虐無所施而自止矣。故此篇雖以寇虐對詭隨，而意實在詭隨也。首章言民勞矣，庶幾其可小康乎？小康則惠此中國而可以綏四方。然所以致此無他，惟勿縱詭隨之人，使無良肅而寇虐止，然後柔遠能邇，而王室定矣。以謹無良，使不得進也。

「小休」則民猶可聚，不惠則民散矣。詩人稱此人有前勞，則必嘗用力於國家者，豈其無定見，無堅志，一得志而變其所守者歟【一】？

「敬慎」則詭隨無所施，「近有德」則詭隨遠矣。此教以勿縱詭隨，老成忠厚之心也。

【一】「志」，文津本無。

寇虐不知明命而不畏，雖民皆受害，己自作慝而正道猶存，其害尚小【一】；若詭隨之積，使正道敗壞，敗壞之積，至於全反，則有大可憂者矣。故女雖小子而所為關係甚大，則我述王意以相諫，亦不得不大矣。蓋詭與正相反，小與大相對，詭隨不已必致正反，小休難望必致大敗，此老成所以憂也。謂之「大諫」者，非特為同列也，為王也，為國天下也。故前言「以定我王」，又言「以為王休」，終又推原王之本心而托以告。蓋王雖無道，而其相愛之本心豈欲女縱詭隨以敗國家哉？

文武君臣以德化政，治平天下，《大雅》諸詩以其大體言之【二】。其後衰微，君臣之所為不一，皆不與治同道，故《民勞》諸詩亦以其大體言之。周之興也，君聖臣賢，而其得人也盛；君仁臣忠，而其為謀也敬。及其衰也，君昏而臣詭隨矣，君臣自聖而謀不遠矣。方其治也，天命人歸而天下和平；及其亂也，民勞民怨而帝疾威矣。此其相反者，其大體皆如此。至其所以救，則惟惠民敬天而鑒殷，終不出於《大雅》之正道，此又《小雅》之所未備者也。故即此而論，二《雅》之正變大小，豈不尤可歎乎？

上帝板板，下民卒癉。出話不然，為猶不遠。靡聖管管，不實于亶。猶之未遠，是用大諫。
天之方難，無然憲憲；天之方蹶，無然泄泄。辭之輯矣，民之洽矣；辭之懌矣，民之莫矣。
我雖異事，及爾同寮。我即爾謀，聽我囂囂。我言維服，勿以為笑。先民有言：詢于芻蕘。
天之方虐，無然謔謔。老夫灌灌，小子蹻蹻。匪我言耄，爾用憂謔。多將熇熇，不可救藥。
天之方懠，無為夸毗。威儀卒迷，善人載尸。民之方殿屎，則莫我敢葵。喪亂蔑資，曾莫惠我師。

【一】「尚」，文津本作「猶」。
【二】「諸」，文津本作「之」。

天之牖民，如壎如篪，如璋如圭，如取如攜。攜無曰益，牖民孔易。民之多辟，無自立辟。价人維藩，大師維垣，大邦維屏，大宗維翰。懷德維寧，宗子維城。無俾城壞，無獨斯畏。敬天之怒，無敢戲豫；敬天之渝，無敢馳驅。昊天曰明，及爾出王；昊天曰旦，及爾游衍。

出話不合理，則為謀無遠慮，皆由不法往聖而心無依據，不出誠實而心皆欺罔，此謀所以未遠也。「為猶未遠」，總合上文而與「卒癉」相對。易不為未者，將諫而欲其從，言能從而猶可遠也。大諫，說見篇末。

憲憲者，欣欣然踴躍而喜事；泄泄者，沓沓然怠緩而廢事。不過於動則不及而息，此出話、為猶所以不然、不遠也。參合聖道而不乖謂之輯，紬繹義理而可悅謂之懌。辭能如是而依於聖，本於誠，則民無不定，無不合矣。無然者，戒其不可為；輯懌者，教以所當為。

前章言其不善謀，此下三章言其不聽人之善謀。言我以同寮情義之厚而從爾謀，爾既不聽而又笑之，然猶不責之而戒之。又舉先民之言，謙己而冀其從焉，忠厚之意也。

四章言不特見笑而且見謔不一，則棄善人，侮老成，而憂愈甚矣，故直言以戒之。然小子本指此人，而若泛言。自稱老夫而又曰耄，忠厚之詞也。「多」字對首章「未」字，「未」，猶可也【一】，多則去道遠而禍愈近矣。故下文言禍將及身，後章則言禍及於民。

五章《傳》謂戒小人，愚謂前後皆戒同列，不應此忽戒小人，只當以戒同列。夸，謂大言而為誇誕；毗，謂卑諂而為附會，惟靡聖不實，故如此。憲憲、泄泄、囂囂、謔謔，威儀之迷可知；笑謔老耄，「善人載尸」可知。莫我敢葵，無善人故也。故民遭喪亂，以終「卒癉」之意。

六章以下泛言導民、修德、敬天之事。蓋導民在於修德，修德在於敬天也。六章言導民之易，若自立辟以導之，則

【一】「未，猶可也」，文津本作「言猶未也」。

民易於辟矣。以起下章。

价，大也。愚謂价兼介助意，蓋言大德之輔臣也。价人、大師以上下言，大邦、大宗以内外言。「懷德」即夫子所謂君子懷德，言常思念其德也。「宗子」賅价、師、邦、宗，舉親以見疏也；「維城」賅藩、垣、屏、翰，舉大以包小也。此即《中庸》九經之目，帝堯俊德九族、百姓、萬邦之序也。無自、無俾、無獨、無敢，皆戒辭。

難、蹶、虐、懠，以天意言；牖民、明、旦，以天道言。語天意而每章必以「無」戒之，其意已諄切矣。至末章而總言之，謂天難、天懠之時，憲憲、誮誮而無能禁止，固將見絶於天矣。若當天怒、天變之時而有所不敢，則亦可謂之畏矣，然而未也。蓋天怒而不敢，則不怒；而敢矣，豈得為能敬哉？故欲敬天者，當知天之聰明無所不及，必其出入起居、動静隱顯，無時無處而不用其力，斯可謂之能敬矣。盖天之怒渝者，其變也；「明」、「旦」者，其常也。果能於出王、游衍之常一無所忽，則雖怒渝之變，必無不敬矣，豈特無敢「戲豫」、「馳驅」而已哉？詩人論敬天之功，至於此可謂極至矣，非深知聖人之學者能是乎？

蕩蕩上帝，下民之辟。疾威上帝，其命多辟。天生烝民，其命匪諶。靡不有初，鮮克有終。

文王曰：咨！咨女殷商。曾是彊禦，曾是掊克，曾是在位，曾是在服。天降滔德，女興是力。

文王曰：咨！咨女殷商。而秉義類，彊禦多懟。流言以對，寇攘式内。侯作侯祝，靡届靡究。

文王曰：咨！咨女殷商。女炰烋于中國，斂怨以為德。不明爾德，時無背無側；爾德不明，以無陪無卿。

文王曰：咨！咨女殷商。天不湎爾以酒，不義從式。既愆爾止，靡明靡晦。式號式呼，俾晝作夜。

文王曰：咨！咨女殷商。如蜩如螗，如沸如羹。小大近喪，人尚乎由行。内奰于中國，覃及鬼方。

文王曰：咨！咨女殷商。匪上帝不時，殷不用舊。雖無老成人，尚有典刑。曾是莫聽，大命以傾。

文王曰：咨！咨女殷商。人亦有言：顛沛之揭，枝葉未有害，本實先撥。殷鑒不遠，在夏后之世！

天仁而曰「疾威」，天命之理至善而曰「多辟」，有物必有則而曰「匪諶」，故知其為怨天之辭。然曰有初、鮮終者，性習也。習乃人為之而非天也，以此自解固足以解其怨天之意，而不能不致怨於人矣。含蓄其意而不發，故此章不言其君而止言民，泛言其理而不言其事，所以為詩之首章，蓋優柔不迫，尤得刺之體。

次章而下本刺厲王，而借紂為喻，與首章全若不相涉者。然味其間，莫非「有初」、「鮮終」之意，以見厲王之無道，乃其自為而非天，故曰「女興是力」，曰「天不湎爾以酒」、「匪上帝不時」，皆此意，又一詩之血脈也。其借紂為喻者，以厲王暴虐不可以正諫也。厲王惡與紂同，然紂惡非一，此詩所言正指厲之惡，名紂而實厲者也。首章、次章言厲王用人之虐，次章以「彊禦」、「掊克」相對，言有暴虐者，有聚斂者。天降此人以滔德，而工乃興起用之，使力為此以害民也。

三章乃言彊禦而寇攘者有甚於掊克，蓋以暴虐之人行聚斂之政，其害尤甚【一】，故下言民怨謗之無極。

四、五二章言王在己之惡，言王以勇猛之氣為斂怨之事，反以此為德者，由其不明己德而左右前後之無人也。此厲王為惡之原，故反復而極言之歟【二】？言厲王既不明其德【三】，而又湎於酒，此為惡所以愈大也【四】。既愆而靡明靡晦，號呼而罔晝夜，皆氣健之為也。

蜩、螗，皆蟬也，如蟬鳴，如沸羹，皆亂意也。小者大者幾於喪亡矣，而且由此而行，不知變也。奰，怒。覃，延也。鬼方，遠夷之國也。言自近及遠，無不然也。

【一】「害」下，文津本有「為」。

【二】「極」、「歟」，文津本無。

【三】「言厲」，文津本無。

【四】「大」，文津本作「甚」。

七章言雖左右前後無老成人，然文武之道，布在方策，今不聽用，則將墜於地矣。舊，兼人與典刑言。前言民怨近喪，此言大命以傾，則國必亡矣，可不慎乎？厲王之心以天下未亂，已可以自肆，故益為暴虐而不知己乃本也，本撥則枝葉隨之而顛沛矣。夏殷之亡政如此，故詩人先發其立心之病，而後告以藥病之方，使知立本之道無他，惟在監殷而已矣。此雖至理之言，而深中厲王之病，尤切厲王之身，雖極譏刺而并寓教戒，愛君忠國之心也。

抑抑威儀，維德之隅。人亦有言：靡哲不愚。庶人之愚，亦職維疾；哲人之愚，亦維斯戾。

無競維人，四方其訓之；有覺德行，四國順之。訏謨定命，遠猶辰告。敬慎威儀，維民之則。

其在于今，興迷亂于政；顛覆厥德，荒湛于酒。女雖湛樂從，弗念厥紹，罔敷求先王，克共明刑。

肆皇天弗尚，如彼泉流，無淪胥以亡。夙興夜寐，灑掃庭內，維民之章。修爾車馬，弓矢戎兵，用戒戎作，用逷蠻方。

質爾人民，謹爾侯度，用戒不虞。慎爾出話，敬爾威儀，無不柔嘉。白圭之玷，尚可磨也；斯言之玷，不可為也。

無易由言，無曰苟矣；莫捫朕舌，言不可逝矣。無言不讎，無德不報。惠于朋友，庶民小子。子孫繩繩，萬民靡不承。

視爾友君子，輯柔爾顔，不遐有愆。相在爾室，尚不愧于屋漏。無曰不顯，莫予云覯。神之格思，不可度思，矧可射思？

辟爾為德，俾臧俾嘉。淑慎爾止，不愆于儀。不僭不賊，鮮不為則。投我以桃，報之以李。彼童而角，實虹小子。

荏染柔木，言緡之絲。温温恭人，維德之基。其維哲人，告之話言，順德之行；其維愚人，覆謂我僭：民各有心。

於乎小子！未知臧否。匪手攜之，言示之事；匪面命之，言提其耳。借曰未知，亦既抱子。民之靡盈，誰夙知而莫成？

昊天孔昭，我生靡樂。視爾夢夢，我心慘慘。誨爾諄諄，聽我藐藐。匪用為教，覆用為虐。借曰未知，亦聿既耄。

於乎小子！告爾舊止。聽用我謀，庶無大悔。天方艱難，曰喪厥國。取譬不遠，昊天不忒。回遹其德，俾民大棘。

靡哲不愚者，蓋生稟過人而所為迷謬，用聰明為不善者也。庶人之愚，乃稟賦之偏，謂此為愚，不足為怪；若哲人之愚者，質非不美而習為不善，乃自反戾其常性者，曾庶人之不若矣。程子曰：「所謂下愚者，自暴自棄者也。」又曰：「所謂下愚者，往往才力有過人者，商辛是也，究其歸則誠愚也。」此詩所謂哲人反戾之愚，正此意也。武公以「如圭如璧」之資，為「載號載呶」之行，以其資質而言，豈非哲人與？以其言行而觀，則其愚也亦甚矣。至是而深有悟，雖概舉今人之言【一】，而實為切己之病，其悔悟深切如此。然不明言，只為泛論，所以為詩之首章，泛論起辭而中含本意，亦首章之體也。

次章承首章「維德」之意，言反戾其常者，欲復其性，則用功當如是也。故章首四句亦只泛說道德，下文方言行道德之工夫，故《傳》以「故」、「必」二字言之。人道原於天，而德得於己，故行道而有得於心之謂德，非有二致也。以《烈文》之詩參之，疑首四句有成說，故引之以起論歟？謀猶，道德之施於人者；威儀，道德之發於己者。訏定，以

【一】「雖」上，文津本有「故」。

盡治人之政；敬慎，以盡治己之功。覆接上文，故先政後德。又武公有國者也，故其言如此。訓、順，道德自然之效；民則，修為所致之驗，及其成功而一者也。

三章方是入題。其在於今，武公反己而自述其過也，謂己所以迷亂顛覆者，皆原於酒；而湛酒也，雖惟湛樂之從，而弗念厥紹，然不求先王，而能執明法乎？蓋明法傳之先君，本之先王，即己所當紹者也。弗念則弗求，弗求則所執非明法，而可弗念乎？弗求故政迷亂，弗念故德顛覆。顛覆本於湛酒，武公可謂知過之原矣，故言己之德政與訏謨、敬慎之相反者而曰興。「興，尚也」，謂今猶如此乎，所以見其為悔也。先政後德者，順上文也，又有國者也。肆，故也，今也，繼事之辭也，言今湛酒、顛覆非天所尚。如彼泉流，急宜治之，毋使淪陷而相與以亡，言知悔則當速改也。是以為政之道，當由內而外，由近而遠，由小而大，由處常而應變，慮無不周，備無不飭，可也。皆為人戒己之辭。此章專言政，與「訏謨」相應。

承上章言政既無不備，又當定民守法以戒不虞，不可以政既備而怠慢也。欲戒不虞，尤當修德，蓋謹言慎儀皆修德之事，而出言尤所當謹，故取喻於白圭而深致其戒焉。此於章內承上起下，終前為政之說，發下修德之端，詩有此體也。

六章專言慎言，而并及其效。

七章專言修德之功。夫言敬其儀而修之於外者，既常戒懼自省，惟恐有過矣，尤必於不睹不聞之地而致其戒謹恐懼，則修德工夫極致矣。尚，庶幾也；無，禁止也。皆為他人命己之辭，觀《傳》三「當」字可見。下章乃言其效。

上文修德之工夫極矣，此言為德而使之盡善盡美。慎止而不愆於儀，不差於理，不害於義，則民之法之，真如投桃報李之必然矣。此極言修德之效，下文微發聽言之端，以起下章。此詩自「其在于今」至此，文意接續，血脈貫通，故有異章而辭相連，同章而意中斷；相連以終前詞，中斷以起後說，其間意脈各相貫通，大篇長章之體自然有如此者。故

《大雅》諸詩不可以常例論，若泥章句而觀，則但見其繁雜而不見其統緒【一】，豈足以盡詩人之旨哉？

九章托興，更端言温恭者進德之基址也。既有其基而不善於聽言，則亦無以進其德矣。武公未醉而温恭，亦既有其基矣【二】，況悔過之始，又用功之一初也。然年既耆艾，其教我者誰與？故為他人之辭，以聽言從違不同，智愚相遠者告己使自審其所處，蓋雖泛言而實自道。武公欲卿以下交戒之意，於此尤見【三】。

聽言之患有二焉：有能聽而未知善否者，有昏亂而不聽人之言者。十章與下章分言之【四】。言能聽而未知臧否者亦有二焉【五】：有氣質愚下而不知者，有志氣盈滿自以為知而實不知者。故歎息而告之，謂爾未知臧否也。人之教爾既詳切，而爾又長大如此，亦宜有知矣。儻能虛己以受，雖多而不自滿，則未知者可以早知，早知則豈有反晚成者乎？若武公者既成矣，而患於盈。

十一章言昏亂不聽人誨者，既藐於人之誨，而又以教為虐，則其夢夢尤甚矣。故上引天，下述己，於乎告爾，所以戒之為尤切。蓋人固有能聽人之誨者，然耄則易昏，武公今雖無此患，然自發其耄者，言既耄則當知而愈戒也。曰「盈」、曰「耄」，皆所以自警也。我生者，命己者自謂也。

上章分言聽者，末章極言不聽言之禍【六】，言聽我之謀則猶可以無悔。況天運方艱，吾言易從，而天道不差，若不聽吾言而回遹其德【七】，則民大病而必亡矣。不特終前聽言，且深自提省當從卿以下交戒也。

【一】「緒」，文津本作「紀」。
【二】「其」，文津本無。
【三】「於此尤見」，文津本作「尤見於此章」。
【四】「十」，文津本作「此」。
【五】「言」上，文津本有「此」。
【六】「末章」，文津本作「此則」。
【七】「而」下，文津本有「常」。

菀彼桑柔，其下侯旬。捋采其劉，瘼此下民。不殄心憂，倉兄填兮；倬彼昊天，寧不我矜。

四牡騤騤，旟旐有翩。亂生不夷，靡國不泯。民靡有黎，具禍以燼。於乎有哀！國步斯頻。

國步蔑資，天不我將；靡所止疑，云徂何往？君子實維，秉心無競。誰生厲階？至今為梗。

憂心殷殷，念我土宇。我生不辰，逢天僤怒。自西徂東，靡所定處；多我覯痻，孔棘我圉。

為謀為毖，亂況斯削。告爾憂恤，誨爾序爵。誰能執熱，逝不以濯？其何能淑？載胥及溺。

如彼遡風，亦孔之僾；民有肅心，荓云不逮。好是稼穡，力民代食；稼穡維寶，代食維好。

天降喪亂，滅我立王。降此蟊賊，稼穡卒痒。哀恫中國，具贅卒荒；靡有旅力，以念穹蒼。

維此惠君，民人所瞻。秉心宣猶，考慎其相。維彼不順，自獨俾臧。自有肺腸，俾民卒狂。

瞻彼中林，甡甡其鹿。朋友已譖，不胥以穀。人亦有言：進退維谷。

維此聖人，瞻言百里；維彼愚人，覆狂以喜。匪言不能，胡斯畏忌。

維此良人，弗求弗迪；維彼忍心，是顧是復。民之貪亂，寧為荼毒！

大風有隧，有空大谷。維此良人，作為式穀；維彼不順，征以中垢。

大風有隧，貪人敗類。聽言則對，誦言如醉。匪用其良，覆俾我悖。

民之罔極，職涼善背；為民不利，如云不克。民之回遹，職競用力。

嗟爾朋友！予豈不知而作？如彼飛蟲，時亦弋獲。既之陰女，反予來赫。

民之未戾，職盜為寇。涼曰不可，覆背善詈。雖曰匪予，既作爾歌。

周室甚盛而忽衰，我不殄之憂非一日矣，而倬然明大之昊天，何不我矜，而使我憂之不絶耶？不殄，謂自今以後；

填兮，謂自始至今。

四牡則征行不止，旟旐則飛揚不定，言征役不息也。亂及諸侯，諸侯皆將滅亡而無復有國；禍及生民，生民皆將灰燼而無復有黎。「亂」以政治言，「禍」兼寇戎、饑饉言。「孔棘我圉」知有寇戎，「稼穡卒癢」知有饑饉。國步斯頻，言國運自此頻促矣。四牡、旟旐，《傳》以為民見而苦之。自此至第四章，皆征役之怨辭。愚謂以第四章推之，意作詩者自述其征役之苦【一】，下文其身歷目見者，故深歎而極哀之。

資者，可嗟歎也。所居所往，禍亂如一，而皆無以自存。然君子維持天下，秉心豈有所爭？不知誰為禍階而至今為病。「誰」必有所指，猶「此何人哉」之意，憂怨之深也。

念我土宇，言其不在鄉居而念之也。自西徂東而靡定，言其征行而不得息也。孔棘我圉，言其在邊而見病尤多且甚急也。此必在邊而適有寇戎之禍，故其言如此，觀下文「亂況斯削」可見。以此章推之，則第二章、三章所言皆作詩者自述可知矣。

作詩者言王豈不為謀、為毖，然我親見天下之亂、邊圉之削矣。今告王以憂恤，誨王以序爵，宜必見用如濯熱，而王不能用，則將相與陷溺耳。後二章言「憂恤」，後六章言「序爵」。

此與下章言憂恤之事。世亂則賢人隱，今賢者以世亂，皆願為農而不願仕，是王無賢也。

此言中國之人既危且極，無旅力以念天禍，是王無民也。無賢無民【二】，豈非所當憂恤者乎？故此二章皆申告以憂恤之事，《傳》疑此詩作於共和之後，蓋以「滅我」為已滅也。愚謂立王指厲王，共和不可言立王，共和之後為宣王，無如此之亂。蓋「滅」謂將滅也，《傳》於「喪亂」、「蔑資」言國將危亡，則此滅為將滅，亦未嘗不可。蓋詩人憂之之

【一】「者」，文津本無。
【二】「賢」下，文津本有「而」。

辭也，前國泯、民燼亦然。

自八章至「我悖」，凡六章，皆申言序爵之事。此與下二章言王不能擇相，朋友又背義，用事者又昧於理，既使民眩惑而狂亂，尤使己進退兩難而不敢諫王焉。用事之愚人，即己之朋友也。畏謂畏王之暴，忌謂忌朋友、用事者之譖。十一章言用人顛倒【一】，使民貪亂荼毒，不止於狂而已【二】。大風所行之隧，必有所出之谷；君子小人之道，必有善不善之跡。良人之為，用善而已；不順者之所為，有隱暗而藏於中者，有污穢而見於外者，亦各有其實焉。

凡前章二句興，後章只舉一句，則前二句興意皆在其中，詩多此體。此言貪人有傷害善人之實跡，意王必聽我言，故問焉則以實對；然不能聽，故誦言如醉。問焉則對，匪言不能也；誦言如醉，有所畏忌也。悖謂憂之而失其常。通前六章皆申言「誨爾序爵」之憂，本於用貪，故言序爵為詳。

「嗟爾朋友」以下，專言朋友，即上章王所用之榮公歟？十五、十六兩章承上言朋友不我聽【三】，而所為益甚。民之罔極、回遹、未戾者，即前所謂貪人也。善背謂其行，善詈謂其言。職涼善背，含盜意；為民不利、職競用力，含寇意。末章乃明言之【四】。

使民回遹而未戾，則職盜而為寇矣。面涼善背而又曰匪予，非盜而何？為寇易識，職盜難窮，今既得其實情，故作歌而極言之。上章先言譖賢，後言害民；此章先言害民，後言害賢，反復其辭以深惡之。

【一】「用人顛倒」，文津本作「五用顛倒」。
【二】「於」，文津本無。
【三】「兩」，文津本無。
【四】「末」，文津本作「下」。

詩纘緒卷十六

大雅四

倬彼雲漢，昭回于天。王曰：於乎！何辜今之人？天降喪亂，饑饉薦臻。靡神不舉，靡愛斯牲。圭璧既卒，寧莫我聽！

旱既大甚，蘊隆蟲蟲。不殄禋祀，自郊徂宮。上下奠瘞，靡神不宗。后稷不克，上帝不臨；耗斁下土，寧丁我躬！

旱既大甚，則不可推。兢兢業業，如霆如雷。周餘黎民，靡有孑遺。昊天上帝，則不我遺。胡不相畏？先祖于摧。

旱既大甚，則不可沮。赫赫炎炎，云我無所。大命近止，靡瞻靡顧。群公先正，則不我助。父母先祖，胡寧忍予？

旱既大甚，滌滌山川。旱魃為虐，如惔如焚。我心憚暑，憂心如熏。群公先正，則不我聞。昊天上帝，寧俾我遯！

旱既大甚，黽勉畏去。胡寧瘨我以旱？憯不知其故。祈年孔夙，方社不莫。昊天上帝，則不我虞。敬恭明神，宜無悔怒。

旱既大甚，散無友紀。鞫哉庶正，疚哉冢宰。趣馬師氏，膳夫左右；靡人不周，無不能止。瞻卬昊天，云如何里？

瞻卬昊天，有嘒其星。大夫君子，昭假無贏。大命近止，無棄爾成。何求為我？以戾庶正。瞻卬昊天，曷惠其寧？

首章不言旱，惟先舉天象之為旱征者言之，起語法也。此詩惟此二句為詩人之辭，「王曰」以下至篇末，則皆詩人述王訴天之辭。必述王言者，言，心聲也，舉其言則尤可以見其心。此正詩人用意善詠也。何辜今之人，而天降饑饉，見王此憂為旱災之故，見王素憂民，故遇烖而懼見。王言民何辜，則罪在己。此四句兼蓄數意，而一篇大旨皆不出此。作詩有綱領，此篇尤可見。「靡神不舉」亦以總後章，反復申言，皆見宣王憂意。

二章而下始言旱，每章各以「旱甚」起辭，見王憂旱切切之心。此篇言神，皆尊天親祖，然後及羣神。故首章既以神統言，此下申言，即先郊後宫，以尊親為序；至下先稷後帝，以尊親為序。蓋「郊」承前言「天」順説，「稷」承上言「宫」覆説，文法也。稷欲救而不能，親也；上帝不臨，尊也。何為當我躬而見此【一】，反己自省也。

三章皆以一句形容旱勢。如霆如雷，憂畏之甚，如聞雷霆怒也。胡不相畏，謂豈可不相畏乎。蓋無民則無己，無己則先祖之祀絶矣。此章憂民之意，孟子言之盡矣。

四章則以三句形容旱勢，承上章天不我遺之意，言己身無所容，將死無所，仰羣公先正既不我助，而父母先祖其忍予乎？羣公遠，先正疏，故不能無怨；父母先祖親，故以恩澤望之【二】，皆憂無所措之辭。

五章則以四句極形容旱勢。羣公先正不特不我助，而且不我聞。昊天上帝不我遺，故不肯俾我得遯也。上章形容旱勢已極，故此只言旱甚而意已至。

六章承上言天既不俾我遯，故我盡心於此而不敢去，復反己自省所以致旱之故。意者今日之祀雖無不舉，無乃平日為

【一】「躬」，文津本作「身」。
【二】「澤」，文津本無。

農而祀者，其有缺乎？然祈年方社亦未嘗敢後也，雖上帝之尊不即見度，然我敬神如此，宜無怨恨也。隱然不敢必於天，而深有望於神矣。前所言祀，皆為旱禱；此言「孔夙」、「不莫」，故知指平日之祭。首章言神莫我聽；而於后稷曰不克，謂欲救而不能；於羣公先正則怨其不助，疑其不聞；於父母先祖則望其不忍；至於上帝則曰「不臨」、曰「不遺」、曰「俾遯」、曰「不虞」。蓋祖親猶冀其相親，帝尊不敢望其下監，畏之之甚也。故後二章惟瞻天而訴之耳，亦統於尊之意也。

七章言不特己憂，百官為救旱之故，不暇他務，諸事紀綱為之廢弛，此以事言；「鞫疚」而下，皆以心言。上下憂民之心如此，然猶不敢自謂可免也，故呼天而問焉，曰如何而聊賴乎，可見憂之至矣。

末章起語變文以結。嘒星與首章雲漢意同，此則為宣王之辭也。庶正，羣臣也。羣臣皆為民憂，儻得雨以安民，則羣臣安矣。然而不可必也，故又呼天而訴之，其憂之甚如此，見宣王憂民之心無已也。無棄者，無，禁止也，宣王自述其戒羣臣之辭也。

周以荒政十二救萬民，今宣王遇災而懼，詩人不述其救民之政而徒述其事神之事，何也？曰：不修其政而聽於神，古人不為也，況宣王中興，有志復古而有是哉？蓋《雲漢》專述宣王憂民之心，而人之心尤於事神而見其誠，故特舉事神以見宣王之心。又況心者，政之所由出，古之為政者必先民而後神，舉事神之心而先民之政可知矣，此所以不言其政而言其心。且不獨此也，於羣臣而亦以其言，故曰無不能止。蓋宣王之心在民，羣臣體王之心以覺民憂，故舉羣臣憂民之心而宣王之心可見矣。然詩人不為己辭以美之，而乃述王之言，蓋以己之言述人之心，不若即其人之言，尤可以盡其心之精微。凡此皆詩人善詠之妙，不可不知也。

崧高維嶽，駿極于天。維嶽降神，生甫及申。維申及甫，維周之翰。四國于蕃，四方于宣。

亹亹申伯，王纘之事。于邑于謝，南國是式。王命召伯，定申伯之宅。登是南邦，世執其功。

王命申伯，式是南邦，因是謝人，以作爾庸。王命召伯，徹申伯土田；王命傅御，遷其私人。
申伯之功，召伯是營。有俶其城，寢廟既成，既成藐藐；王錫申伯，四牡蹻蹻，鉤膺濯濯。
王遣申伯，路車乘馬。我圖爾居，莫如南土。錫爾介圭，以作爾寶。往近王舅，南土是保。
申伯信邁，王餞于郿。申伯還南，謝于誠歸。王命召伯，徹申伯土疆，以峙其粻，式遄其行。
申伯番番，既入于謝，徒御嘽嘽。周邦咸喜，戎有良翰。不顯申伯，王之元舅，文武是憲。
申伯之德，柔惠且直。揉此萬邦，聞于四國。吉甫作誦，其詩孔碩；其風肆好，以贈申伯。

山川靈氣，降生賢俊，而嶽又山之最尊者。舉大嶽詠賢臣，辭事既稱，而申伯先世世奉嶽祀，以嶽起辭，於申尤切。故此詩此起，非泛論也。《傳》謂：「甫，甫侯也。」則甫國，侯爵也。又云：「即穆王所命者。」如此則古人也。又云：「宣王時人。」如此則與申伯同時人也。然《傳》先言古人，後說時人，意必有所在。竊謂當從先說，蓋申、甫【一】，四嶽之裔，甫侯穆王時已作《呂刑》，此詩推本大嶽所生，故先甫後申，以見申伯所出之同。蓋甫侯為侯國，為王官，皆嘗任蕃宣者，故特於首以甫、申並言。若以為同時人，則此詩先甫後申，必甫於同姓為尊，又職任非小，何以其名不傳乎？嚴氏以為仲山甫，然仲山甫乃字也，不當以字與國並言；又《烝民》必稱仲山甫，未有以甫之一字稱仲山甫者，其說不通矣。然其必以甫、申並言者，蓋作詩詠人之法，有發端以二人同姓或齊名或同德者引起，至下卻轉入本人而專言之，如《下武》首章並言文武，下文卻從三后轉入武王。作詩起語之體有如此者，作文亦然。

次章乃專詠申伯，惟以「亹亹」二字見其美，至末章方語其德之詳。于邑于謝，便見申伯出封大略，即此詩所由作之題目。詩有綱領，此類可見。下文乃敘出封之事【二】，皆詩之體也。南國是式，為法於當時也；世執其功，可傳於後世

【一】「申甫」，文津本作「甫申」。
【二】「出封之事」，文津本作「出封之之事」。

也。此詩言王將封申伯而先定其居宅，然上纘其事，中式於時，下傳子孫，宣王分封始終大意可以見矣。

三章提起王命，重述為式而並及賜命，已見宣王尊敬勤厚之端；而下先言作城授田者，蓋邑有居，田有賦，然後家人就國而各有贍養也【一】。「功」兼定宅、作城、徹田而言，總舉前功以發揚後說，蓋前止言其定宅、作城，此下將言王錫遣餞行之盛，故此極形容其城新居邃，召伯告成而後王錫遣也。

錫遣同一事而異章，故長篇有章斷語連者。「我圖爾居」四句，王命申伯之辭，不可盡述，故後二句止述其意，此述言之法也。「保」兼「世執」、「式是」言。

邁，謂離岐；還，謂還鎬。蓋先已營謝，而王猶留之，至錫、遣則離岐而信行矣。故王餞之於郿，既餞而王又留之，故《傳》曰數留。至是還鎬而南行，則誠將歸謝矣【二】。其信邁也，王親至郿而餞之；其誠歸也，王命召伯斂賦稅、備委積而使其行無阻滯焉。宣王情厚而禮備如此【三】，詩人欲見此意，故每事必稱王；至命召伯亦稱王，蓋重召伯所以重申伯也。若營謝事，首尾稱召伯，蓋司封雖其世職，然營謝不勞而成，觀《小雅·黍苗》可見，故於此並美召伯，亦所以美申伯也。

述周人喜而相告之辭如此，見申伯出封甚合天下之公論，入謝而深係國家之倚重。至於語德，則前章惟見其略，末章乃明言而詳說之。蓋首舉其職，此舉其德；次略舉德，此說其詳。惟其有是德，故有是聞；惟其有是聞，故詩辭孔碩而聲肆好，見德業、詩歌、事辭俱稱。凡作詩贈人，必其德足稱詩【四】，詩足紀德，乃可見。自稱其名，自美其詩，明舉其人，則人知其詩非苟作，而可以誦詠興起，亦所以增其人之重也。後詩《烝民》亦然。

【一】「贍」，文津本作「居」。
【二】「誠將歸謝」，文津本作「誠然歸謝」。
【三】「宣王」，文津本作「先王」。
【四】上二句，文津本作「凡作詩贈，必其人德足稱詩」。

天生烝民，有物有則。民之秉彝，好是懿德。天監有周，昭假于下。保茲天子，生仲山甫。

仲山甫之德，柔嘉維則。令儀令色，小心翼翼；古訓是式，威儀是力。天子是若，明命使賦。

王命仲山甫：式是百辟，纘戎祖考，王躬是保，出納王命。王之喉舌，賦政于外，四方爰發。

肅肅王命，仲山甫將之；邦國若否，仲山甫明之。既明且哲，以保其身。夙夜匪解，以事一人。

人亦有言：柔則茹之，剛則吐之。維仲山甫，柔亦不茹，剛亦不吐；不侮矜寡，不畏彊禦。

人亦有言：德輶如毛，民鮮克舉之，我儀圖之。維仲山甫舉之，愛莫助之。袞職有闕，維仲山甫補之。

仲山甫出祖，四牡業業，征夫捷捷，每懷靡及。四牡彭彭，八鸞鏘鏘，王命仲山甫，城彼東方。

四牡騤騤，八鸞喈喈，仲山甫徂齊，式遄其歸。吉甫作誦，穆如清風。仲山甫永懷，以慰其心。

按：此篇《永樂大典》缺卷。

奕奕梁山，維禹甸之，有倬其道。韓侯受命，王親命之：纘戎祖考。無廢朕命，夙夜匪解，虔共爾位。朕命不易，榦不庭方，以佐戎辟。

四牡奕奕，孔修且張，韓侯入覲，以其介圭，入覲于王。王錫韓侯：淑旂綏章，簟茀錯衡，玄袞赤舄，鉤膺鏤鍚，鞹鞃淺幭，鞗革金厄。

韓侯出祖，出宿于屠。顯父餞之，清酒百壺。其殽維何？炰鱉鮮魚。其蔌維何？維筍及蒲。其贈維何？乘馬路車。籩豆有且，侯氏燕胥。

韓侯取妻，汾王之甥，蹶父之子。韓侯迎止，于蹶之里。百兩彭彭，八鸞鏘鏘，不顯其光。諸娣從之，祁祁如雲。韓侯顧之，爛其盈門。

蹶父孔武，靡國不到。為韓姞相攸，莫如韓樂。孔樂韓土，川澤訏訏，魴鱮甫甫，麀鹿噳噳，有熊有羆，有貓有虎。慶既令居，韓姞燕譽。

溥彼韓城，燕師所完。以先祖受命，因時百蠻。王錫韓侯，其追其貊，奄受北國，因以其伯。實墉實壑，實畝實籍。獻其貔皮，赤豹黄羆。

梁山，韓國之鎮，又經禹治，則韓之國望尊矣。道，舊說謂韓侯由此道而來朝，《傳》不釋。愚謂上承禹甸，則此道當為澮上川上之道路，舉道則溝洫澮川之修可知，故此言道路之明，則韓之地利治矣。首三句言韓之山川土地，乃其傳之先君而世守者，故與下文「纘戎祖考」對言之。王親命之，見恩寵之隆也。諸侯之土地雖傳之先君，必得王命乃敢有其地，故言親命以為韓侯之榮。「無廢朕命」而下，述王親命之辭，謂當無廢王命而存心以勤，又當敬以居位，則朕命定矣。言由是不廢，故朕不易，不易即《抑》所謂「定命」也。又言爾當正不庭之國，使之來庭，則有以佐爾之天子矣。勤敬，治己之事；榦不庭，正人之事。正己而後能正人，皆奉命佐王之所當修者也。王必告戒之者，見韓侯職業之重，而王任倚之深也。此王親命之辭意而必備述之者，亦所以為韓侯光也。

次章言韓侯始來入覲之禮無違，既覲而宣王錫予之物甚厚。覲禮始末，此章方見，蓋詩人以王命為重，故於首章先言之，至此乃備其始末也。「淑旂」與「玄衮」對言，旂章，衣服也。「簟茀」與「鈎膺」對言，車馬也。「鞹鞃」二句又言車馬，參錯重複以見其盛。詩有此體，初無別義也。

三章既覲而歸，出祖餞飲而覲禮畢矣。顯父，賢臣。鱉魚，嘉殽。筍蒲，美蔌。車馬厚贈，籩豆盛陳，而禮意勤篤矣。胥，訓相，則侯氏指同時來覲而與於餞者；若作語辭，則侯氏指韓侯。

「汾王之甥，蹶父之子」，氏族之尊貴也。迎於其里而車百兩，禮儀之整備也。諸娣徐靚而衆多，則女子之賢可知。爛其盈門，送車亦百兩也，古者送迎車百兩。不顯、爛盈，言車馬光輝而盛多也。

「慶既令居，韓姞燕譽」者，喜韓侯有此善居，韓姞居之而安樂也。上章言韓侯取妻，得婚姻之正；此章言韓姞歸韓，得內助之樂，韓侯有以正家矣。家正而後可以正國，故末章乃言治國之事。

韓國完大之城郭，昔者召公之所營者，先祖之所居也。因韓國之土城而為百蠻之長者，先祖之所受也。今王又因其先祖長百蠻之故，錫以追貊之地，使奄有北方之國而為之長，大其土宇，重其職任而恩寵益隆矣。又使修其城池以防外患，正其經界以養國人，薄其貢賦以懷蠻貊北國之遠人。其所以為韓侯之謀者，固具備矣【一】。為韓侯者當如何？念先祖之跡，體宣王之心，有其所當有而為其所當為，豈在他求哉？寓諷切於詠美之中，托深意於不言之表，所以為結也。蓋韓侯雖賢，非申伯、仲山甫之比，徒以頌而不以規，非所以語韓侯也。故戒勉之意具舉於首章，而默寓於末章。云「赤豹黃羆」亦謂「獻其皮」，舉「皮」字於中間，文法與《假樂》「自天申之」句同【二】。

江漢浮浮，武夫滔滔。匪安匪游，淮夷來求。既出我車，既設我旟。匪安匪舒，淮夷來鋪。
江漢湯湯，武夫洸洸。經營四方，告成于王。四方既平，王國庶定。時靡有爭，王心載寧。
江漢之滸，王命召虎：式辟四方，徹我疆土。匪疚匪棘，王國來極。于疆于理，至于南海。
王命召虎，來旬來宣：文武受命，召公維翰。無曰予小子，召公是似。肇敏戎公，用錫爾祉。
釐爾圭瓚，秬鬯一卣，告于文人，錫山土田。于周受命，自召祖命。虎拜稽首，天子萬年。
虎拜稽首，對揚王休。作召公考，天子萬壽。明明天子，令聞不已。矢其文德，洽此四國。

江漢水盛之時，武夫順流而下，不安徐而銳進者，為淮夷叛而來求其服也。登陸出車，旗旐精整，而亦不安徐而銳進

【一】「具」，文津本作「且」。
【二】「句」，文津本無。

者，為淮夷叛而陳兵伐之也。水陸繼進，兵行神速，意欲疾行深入，出其不意，使淮夷破膽而不及謀，則自來歸服爾。此召公用兵之法，詩人即其實而述之，亦可謂知兵矣。先言「來求」，後言「來鋪」，蓋本意惟欲其歸服，非事殺戮也。

次章言江漢水盛，武夫勇健，而曰「經營」者，非事殺伐而惟欲其來服可知。既而不血刃而淮夷服，不旋踵而武功成，於是四方平而王國定矣。時，兼王國、四方言，蓋宣王之心惟欲天下皆安，其用武於江漢非得已也。若四方未平則王國未定，命將行役亦未能定；四方既平則王國庶乎其定矣。四方平，王國定，當時靡有鬥爭，則王之心烏得不安乎？輔氏曰：「宣王以天下為心，而召公能以王之心為心。」斯言得之矣。

淮夷既平，即江漢之滸而命召虎，使之辟四方之侵地，正我周之徹法；且謂非欲病民，非欲急民，惟欲其來取法於王國，而召公復能體王之心，遂疆理之至於南海，而徹法之行遠矣。蓋淮夷既平，用餘威以復侵地，侵地既復而徹法即行。事體相因，故乘機順勢，遍治其事，而一時皆畢【一】，大臣立功不苟安於小成如此。且用兵不勞而遠夷服，行徹不擾而南土正。用兵則以神速，致其自來歸服；行徹則以匪棘，致其自來取法。緩急異施，而成功則一，於以見召公不特精於治兵，而且長於治民。全德如此，宜成功之易而速也。此詩所指「四方」，本指南方，詩既言之，毋以辭害意可也。凡在王畿之外，總謂之四方。又當時四方惟南國是視，其經營南方者，所以經營四方也，南方平則四方無不平矣。故概以四方言南方，若必欲分析之，則鑿矣。

四章述宣王初命穆公初伐時策命之詞，欲其來旬來宣，而以文武、召公為言者，以召公佐文武之事業勉穆公，固足感發；況召公嘗布教於南國，使江漢純被文王之化，於穆公旬宣江漢之事尤為親切。既以世績相勉，復以新功相期，宣王可謂善命矣。

五章述淮夷既平之後策命之詞。爵人於廟，常典也。此往岐周文王之廟，從乃祖受命文王之所者，蓋昔者召公布教

【一】「皆」，文津本作「既」。

江漢而受命於此，穆公復能成功江漢而受命於此。表而章之，所以為寵異，非同時諸人所能有也。宣王又可謂善賞矣，而詩人述之必以此，亦可謂之善詠矣【一】。卣，韻不叶者。四句一韻，「田」與「年」叶，與《生民》「歆」、「今」叶同。天子萬年，穆公受策命時報謝語也。天子萬壽，穆公所勒廟器上祝禱語也。明明天子，美之也。令聞不已，進之也。「矢其文德，洽此四國」，勸之也。既勒器以祝君，又進言以勸君，召公愛君之忠也。或謂末四句勒銘語，非也。

此篇備見伐淮夷之始終，然篇内敘征伐之事略，述典禮之節詳。蓋伐淮夷此舉【二】，宣王初意非專尚武。穆公成功，不勞餘力，故旬宣之意、策命之辭、賚賜之典、對揚之禮雍容詳雅，而以召公勉王文德之説結之。蓋《大雅》詩敘中興君臣武功文事之美，莫此詩為全備也。然序事之法，當先王命，次江漢，次及釐錫；今乃先敘用兵功成，然後從初及終而言之。蓋詩人欲以策命及對揚一類順説，故首見武功之盛，然後再起以敘本末，而終之以文德，於是中興之氣象煥然矣，蓋又詩之一體。

赫赫明明，王命卿士，南仲大祖，大師皇父。整我六師，以修我戎。既敬既戒，惠此南國。

王謂尹氏，命程伯休父，左右陳行，戒我師旅：率彼淮浦，省此徐土，不留不處，三事就緒。

赫赫業業，有嚴天子，王舒保作。匪紹匪游，徐方繹騷。震驚徐方，如雷如霆，徐方震驚。

王奮厥武，如震如怒。進厥虎臣，闞如虓虎。鋪敦淮濆，仍執醜虜。截彼淮浦，王師之所。

王旅嘽嘽，如飛如翰，如江如漢。如山之苞，如川之流。綿綿翼翼，不測不克，濯征徐國。

王猶允塞，徐方既來。徐方既同，天子之功。四方既平，徐方來庭。徐方不回，王曰還歸。

【一】「矣」，文津本作「乎」。
【二】「夷」，原本無，據文津本補。

首句虛用雙迭字以起，又是一體。首敘王命卿士為大將，既欲其整修，尤欲其敬戒。敬戒，用兵之要法，特以是而命大將，所以大戎事而重民命也。

次章詔內史，命司馬，使之陳行列而戒師旅，循淮浦而省徐土者，非欲留處於彼，特欲成就農事而已。言雖用兵以伐夷，實暫駐以省耕也。蓋淮夷作亂，徐土廢農，故首言「惠」言「省」，而惟以三事為言，則宣王用兵之本心可知，而為將士者又豈縱兵以病農哉？於大將則親命，於司馬則使內史命之，合乎禮矣；命大將則舉其要，命司馬則致其詳，得其義矣。觀此則宣王之敬戒可知。此二章惟述宣王命將誓戒之辭，詩人首敘王命大將，次及裨將，下章乃述王親征，敍事之法也。

三章首復用雙迭字，以起宣王親征之意。王者之師，日行三十里，不疾不徐，徐方已連絡騷動；及震而驚之，如雷霆之迅，則徐方為之震驚矣。不疾不徐，正也；震之如雷，奇也。

徐方震驚而猶不服，則奮其武怒，進其虎臣，厚集其陣以出，就執醜虜而還，則王師勝矣。奮進而不輕，即勝而不驕，紀律嚴明而節制整肅，信乎截然為王者之師，信乎淮浦為王師之所。

四章極言兵勢之盛，下文尤見兵法之精。以此大征徐國而正其罪，所以為王者之師也。前後皆敘征伐，專詠師旅，大篇舂容，真詠歌之體也。

宣王用兵威而實行王道，非獨兵威，故末以王道言。王道甚大，故徐方之來，皆由天子之親征。四方之既平，又由徐方之來庭；徐方既不回違，王即振旅而歸。觀上章所詠，則兵有餘力，以此見宣王無黷武之意焉。《傳》因以為戒，專謂王道。愚謂「王曰還歸」亦寓戒意。四「徐方」字，在句上下，反復交錯，故不覺重，句法也。

瞻卬昊天，則不我惠。孔填不寧，降此大厲。邦靡有定，士民其瘵。蟊賊蟊疾，靡有夷屆。罪罟不收，靡有夷瘳。

人有土田，女反有之；人有民人，女覆奪之。此宜無罪，女反收之；彼宜有罪，女覆說之。哲夫成城，哲婦傾城。懿厥哲婦，為梟為鴟。婦有長舌，維厲之階。亂匪降自天，生自婦人。匪教匪誨，時維婦寺。

鞫人忮忒，譖始竟背。豈曰不極？伊胡為慝！如賈三倍，君子是識。婦無公事，休其蠶織。天何以刺？何神不富？舍爾介狄，維予胥忌。不弔不祥，威儀不類。人之云亡，邦國殄瘁。天之降罔，維其優矣。人之云亡，心之憂矣。天之降罔，維其幾矣。人之云亡，心之悲矣。觱沸檻泉，維其深矣。心之憂矣，寧自今矣。不自我先，不自我後。藐藐昊天，無不克鞏。無忝皇祖，式救爾後。

瘵以比蟊賊、罪罟。靡屆、靡瘳，皆以瘵疾比之，謂無屆止之勢，亦無痊瘉之期，言天之不寧也久【一】，其降亂也大，故人之受病也深。說，赦文也。二章中言蟊賊、罪罟之實。病有收、奪、說，互換叶韻之法也。三章乃言蟊賊罪罟之病原，言婦有哲智者覆人國，婦有美色者為鴟梟，婦有長舌者為厲階。三者既備，故亂不自天，生自婦人，而長舌為尤甚，故多言而非有教誨者，惟婦寺為然。其稱婦之辭繁者，屢言而深惡之也。以長舌窮人而其心忮忒，故始譖終背，不自謂其無極，而反自謂其非慝，惟其心不以忮忒為惡，故以言鞫人譖背而不已。此但言婦寺蟊賊罪罟之情狀，而末又專言婦者乃禍之本也。

上二章言「天」，與首章「昊天」相應。有不善於朝廷，故相與怨忌。三章方言王信婦寺而棄良善。婦人而不蠶織，夷狄之道也【二】，是必將有夷狄之禍而王不知忌【三】；婦人而與朝廷之

【一】「久」，原本作「又」，據文津本改。
【二】「夷狄」，文津本作「危亡」。
【三】「夷狄」，文津本作「危亡」。

事，不祥莫大焉，是必將有天譴之菑而王不知恤。彼則舍而此之忌，中不弔而外不類。蓋婦言是用，則正言不諱者必見忌於君【一】；婦人圖政，則君之威儀不似人君矣。

上章言王忌賢而賢亡，故此蟊賊之罪罟，不特及無罪而且及善人矣。善人云亡，最為可憂，故上歸禍於天，下重憂於己，申上章之語，再三以警王焉。

旻天疾威，天篤降喪，瘨我饑饉，民卒流亡。我居圉卒荒。
天降罪罟，蟊賊內訌。昏椓靡共，潰潰回遹，實靖夷我邦。
皋皋訿訿，曾不知其玷。兢兢業業，孔填不寧，我位孔貶。
如彼歲旱，草不潰茂，如彼棲苴。我相此邦，無不潰止。
維昔之富，不如時；維今之疚，不如茲。彼疏斯粺，胡不自替，職兄斯引？
池之竭矣，不云自頻？泉之竭矣，不云自中？溥斯害矣，職兄斯弘，不災裁我躬？
昔先王受命，有如召公，日辟國百里；今也日蹙國百里。於乎哀哉！維今之人，不尚有舊。

按：此篇《永樂大典》缺卷。

【一】「必」，文津本作「以」。

詩纘緒卷十七

周頌

於穆清廟，肅雝顯相。濟濟多士，秉文之德。對越在天，駿奔走在廟。不顯不承，無射于人斯。

《頌》詩多用「於」字，以致詠歎形容不盡之意。此首言「於穆」，猶《商頌》首言「猗與」也。詩形容多在一字一辭之間，故語簡要而意精深，《周頌》之體也。秉文之德，《傳》以此「文」字為指文王，愚謂此只多士之文德耳，句法與「共武之服」同。蓋《頌》稱文王未嘗獨稱文者，雖於武王亦未嘗單以武稱之，況《清廟》詩祀文王，而單稱為文，非所以尊之也。夫人臣之文德，即文王之文德矣，何必指言文王而後為文王之德邪？首歎廟，次述在廟奉祭之人。此篇皆以人心詠文王之德，雖廟之穆清亦以此。「不顯」申詠廟穆清、相肅雝、士秉德；「不承」申詠對越、奔走，與《大雅·文王》篇重詠「不顯不時」同，致詠歎也。無射于人斯，不止在廟之人，而廣及民人矣。此反覆歎詠，言不盡意，於文王未嘗明言而自有不可名之妙，非聖不能作也。《傳》以文王之德言者，釋經之辭，其實通篇不言文王而皆文王之德。「斯」字無義，竊疑為畢曲聲也，音近蘇音。首以「於」起調，以「人」字畢，曲音不叶，故用「斯」字以致詠歎，亦三人從歎之聲歟【一】？

此詩祀文王，而天子視學養老則升歌《清廟》，下管象，舞《大武》，饗諸侯亦用之。蓋詩有為一事而作，而用之不一事者，如《天作》祀太王，用之祭先王先公；《執競》祀武王，用之成康；《思文》《豐年》《載芟》《良耜》等篇用之為《豳頌》而蜡，《振鷺》用之大饗，而《徹》《閔予小子》四篇用之嗣王朝廟，《桓》用之講武類禡，此皆可

【一】上二句，文津本作「故用斯字以致詠歎之聲歟」。

得而考者；亦有傳記可考而尚有可疑者，如《維清》之爲文爲武，《思文》三詩之爲「三夏」是也。若他篇，未必無他用者，但經傳無文，豈可强附哉？「登歌」，樂章也。「上歌」，謂堂上歌也。

維天之命，於穆不已。於乎不顯！文王之德之純。假以溢我，我其收之。駿惠我文王，曾孫篤之。

天命即天道流行付與萬物者，此理無窮盡，無止息。以「文王」與「天」對言，見聖德與天無間也。語天曰「不已」，語聖德惟用一「純」字，讚美已極精至。而又將言「不已」，先以「於穆」歎詠之；將言「純」，先以「於乎不顯」歎詠之，於是讚美形容有不盡之妙矣。假以者，相親而深有望之辭。其收者，或得而不敢慢之辭，有愛敬之心焉。駿惠，責己而欲大順，則無一事之不遵。曾孫，戒後而欲其篤，則無一時之或息，有慰悦之意焉。皆孝子孝孫所當盡之誠也，故《傳》以二「當」字言之。

維清緝熙，文王之典。肇禋迄用有成，維周之禎。

清、緝、熙，皆勉力用力之辭，故《傳》以「所當」二字指主祭之人而言。典謂文王之典章法度，祀典在其中，不可專指為祀典。肇禋，說者謂文王始祀，竊謂肇禋即《生民》之「肇祀」，謂上自初封始祀而來，以至於今武王、成王時，以用文王之典有成也。后稷可言肇祀，文王豈始祀者乎？清緝熙猶言儀式刑，極言當遵也。禎亦指典，而言於「有成」之下，言雖既成，而今之清緝熙其典，皆吉之先見而未有已也。言此以深明其當遵，所以遵祖法、述己責，以慰神靈而勉後人也。

按《文王世子》：「升歌《清廟》，下管象。」注云：「象，武王伐紂之事。」疏云：「下管奏此象武之曲【一】，

【一】「曲」，文津本作「典」，誤。

《大武》即象也。」又云：「詩《維清》，奏象舞，武王作樂稱象也。」既謂《大武》即象，又以《維清》為象，二說已自不同。朱子於「管象」亦從鄭說，以象為《武》舞，故於《維清》見其言「文王之典」，又無象字，故謂未見舞象舞之意。然《序》言《維清》舞象舞，必有所傳授。《左傳》「見舞象箾」者，杜預謂是文王之舞。象既為文王舞，則《武》舞自當用《武》詩，《維清》自當為文王象舞之詩矣。先儒因是遂謂象有二，有文王之象，文舞也；有武王之象，武舞也，象名一而實二也。杜又云：「象箾，是象文王之武。」蓋杜見《維清》奏象舞而言文王，《禮記》「下管象而舞《大武》」，故合二說，音箾為朔，以為象文王之武【一】。然文王之舞不象文王之文，而象其武乎？非所以象文王之德也。《左傳》「箾韶」、「象箾」同此箾字【二】，而一音簫，一音朔，豈非杜欲合《詩》《禮》二家之說而兩從之歟？今若以此為文王之文舞，二「箾」字皆音簫，不惟不必改字音，又象舞而非武，實一大證據也。

烈文辟公，錫兹祉福，惠我無疆，子孫保之。無封靡于爾邦，維王其崇之。念兹戎功，繼序其皇之。無競維人，四方其訓之。不顯維德，百辟其刑之。於乎！前王不忘。

烈文，頌德之詞，言有光輝之文德也。「錫兹」三句，歸功之詞，言錫我福而及我子孫也。「無封」四句，戒飭之詞，言汝有儉德則當尊汝而念此功也。繼序，言繼世次序，念爾功而亦及爾子孫也。歸功而致戒，天子待諸侯之體也。「無競」六句，勸勉之詞。人，謂人道，解見《抑》詩。於乎，歎美之詞。歎嗟以致感發，欲諸侯不忘文武，亦使人不忘己而用此道也。

詩不叶韻，句長短不齊者，《周頌》之體。其間有韻叶句齊者，與《商頌》相類，其監二代與？說者謂商質周文，

【一】象，文津本無。
【二】案，「箾韶」，據《左傳·襄公二十九年》當作「韶箾」。

今以《頌》觀之，《周頌》之詞視《商頌》為簡質，韻叶句齊者亦視《商頌》為簡質。是則周豈嘗過於文哉？周樂之情，文得其中，皆於《頌》可見。季札親聞其聲而極讚頌之，美其有得於此與？宗廟始祼獻，次朝踐，次饋獻，次再獻，然後諸侯行助祭之禮焉。

天作高山，大王荒之。彼作矣，文王康之。彼徂矣，岐有夷之行，子孫保之。

太王之德莫盛於遷岐，故祭太王惟以岐山言。上「作」字，屬天；下「作」字，屬天與太王。彼指岐山，謂天作岐山而太王始治之。彼岐山既以天與太王而作矣，至「文王」又由此而「康之」。必言文王者，推文王之盛以尊太王，見太王之功至此而益大也。子孫保之，戒後來以慰太王，而欲其來享也【一】，與前「曾孫篤之」意同。時祭太王，故上本天眷，下逮文王，後及子孫，皆為太王言之。太王遷岐，為興王之地，子孫尤所當守；其後平王棄岐而東遷，周不復西，豈非其驗與？

《序》言祀文王，又言祀先王、先公，蓋此上言「太王」，下言「文王」，王季固在其中，故亦可用以祭王季與？其用之先公者，又推太王之意而尊之與？《序》為此言必有所傳授，故《傳》不以為非而姑從之與？

昊天有成命，二后受之。成王不敢康，夙夜基命宥密。於緝熙，單厥心，肆其靖之。

推天命文武以及成王，當天下已安之時，不敢自安，而益致其自強不息之功。蓋成王由學以成其德，其用功實在於此，故頌成王，首以是稱之。下文「基命」，承上天命而以積德言。緝熙，承上「二后」而以廣業言。既夙夜，又宥密；既緝熙，又單厥心，此即「不敢康」之實也。宥謂用功於外，寬廣以酬酢而不淺露也，故曰「宏深」；密謂用功於內，靜定以存養而不粗疏也，故曰「靜密」。「心」則兼內外動靜而言，「盡」則內外交養，動靜兼致而無間雜遺缺也。非

【一】「享」，原本作「厚」，據文津本改。

積德無以為廣業之本，非廣業無以見積德之成，故《傳》曰「是能」。然皆以心為主，故特以「於」而歎美之也。愚嘗謂成王天資純粹，學力精勤，自湯武而下為君而能學以有成者，成王一人而已。其用功成德之實，備見於《頌》諸詩，最人君守成好學者所當取法也。肆其靖之，言致治之效也。肆字兼二義，故也，今也。此合言之，故曰「故今」【一】，蓋兼成王、康王時而言。

我將我享，維羊維牛，維天其右之。儀式刑文王之典，日靖四方。伊嘏文王，既右享之。我其夙夜，畏天之威，于時保之。

按：此篇《永樂大典》缺卷。

時邁其邦，昊天其子之，實右序有周。薄言震之，莫不震疊。懷柔百神，及河喬嶽。允王維后。明昭有周，式序在位。載戢干戈，載櫜弓矢。我求懿德，肆于時夏，允王保之。

時，謂巡守之歲，四仲月也。祭告者，祭神告至也。其者，不敢必而應，以一「實」二「允」，則實可信矣。右謂尊為天子。序謂次代有商，與下「序」義不同。先人後神者，先致力於人而後致力於神也。明昭有周，與「右序有周」雖若相對而亦不同。明昭謂光明昭顯，承上言周家之氣象光輝也。式，法式，謂典也。式序謂明黜陟之典，以次序在位諸侯之賢否也。戢、櫜，偃武也；求、肆，修文也。懿德，兼人己言，謂修己德、用德人也【二】。巡守在天下大定之後，故此篇所言皆已然之事，而以二「允」言。然前明言人神皆歸，固可信，後則兼寓勸戒意【三】，蓋欲諸侯信己實能而專尚德也。

【一】「故今」，文津本作「故」。案，《詩集傳》：「故今能安靜天下。」又上文「此合言之」，故从文淵本。

【二】「德人」，文津本作「人德」。

【三】「兼寓勸戒意」，原本作「寓勸戒兼意」，據文津本改。

《周禮》「九夏」之三，鄭注引韋昭云【一】：「《肆夏》一名《繁》，《昭夏》一名《遏》【二】。」又引吕云：「一名《繁遏》。」樂名分合已不同，又《肆夏》既一名《繁》，何為而重舉其名邪？然猶只見其為《昭夏》，未嘗言其為某詩也。叔玉以《時邁》詩中有「肆夏」字，《思文》詩中亦有「夏」字，又祀后稷配天有渠大義，《執競》雖無「夏」字而在二詩中間，又「穰」、「簡」有繁意，故以三詩為《肆夏》《繁遏》《渠》之詩。又《文王》《大明》《緜》既有見在詩篇，則《肆夏》《繁遏》《渠》亦必有見在詩篇也。然若以字求之，則《雅》有《南陔》《思齊》，亦可以為《陔夏》《齊夏》乎？以義求之，則尸牲出入何取乎《時邁》《執競》之義？四方賓來何取乎《思文》之義乎？以是而求，何可附會哉？又若以《文王》《大明》為例，則笙詩無詞，何嘗不與《魚麗》諸詩並列邪？《傳》以《執競》為昭王以後所作，則周公制作時未有《執競》詩，安得以為《韶夏》乎【三】？然則叔玉之説非朱子所取矣。然猶録於此者，姑存之以見一説歟？或曰：「九夏」之樂謂之金奏，蓋與笙詩言奏同。《禮記·投壺》所記為投節，《周禮》「九夏」所記為鐘節【四】，實非有詩與？又或曰：「九夏」即二十所舞、皮弁素積裼所舞之《大夏》，夏禹之樂也。「九夏」即《九歌》之節也，其詩亡。又或曰：樂歌之大者稱為夏，故季札稱《秦風》為夏聲。以是數者而論，則三詩之為「三夏」篇章，皆未有據。朱子雖存之以備一説，然以愚意論之，吕説削之可也。

執競武王，無競維烈。不顯成康，上帝是皇。自彼成康，奄有四方，斤斤其明。鐘鼓喤喤，磬筦將將，降福穰穰。降福簡簡，威儀反反。既醉既飽，福禄來反。

【一】案，此處有誤，韋昭生於鄭玄之後，疑「鄭注」或為「集傳」之誤。《詩集傳·時邁》題解下有引韋昭、吕叔玉語。

【二】「昭」，文津本作「招」。

【三】「韶」，文津本作「招」。

【四】「也」，文津本無。

此於成康不稱王而止稱其謚，又連稱三謚，下文又言「自彼」，似非所以尊成王、康王也。蓋上係武王，故下連稱二謚，殺所尊也。自彼，謂自彼時成康已極著明，見其相繼致治四十餘年之久也。不顯，詠其德之在己者；明著，詠其德之著於四方者，包制作之禮樂在其中。故下承言「鐘鼓」、「磬筦」，舉大小以見全樂；威儀所以行禮，舉威儀以見備禮。既以樂降福，又降福以禮，反復以禮樂言，雖本詠祭祀之禮樂，而亦以見自彼時至今禮樂福禄之盛。如此固為成康不顯之德，是亦武王無競之功也。《周頌》無言樂與禮者，此獨言之，又與成王制作之意有相關者，宜與《商頌》言祭祀禮樂者不同也。醉飽，謂神與尸，《禮》曰「祝侑尸」，曰「皇尸未實」也。未實者，未飽也。《楚茨》曰「神具醉止，皇尸載起」，是神與尸亦有醉飽也。此祭時樂【一】，不當以祭後燕時之醉飲而言之也。

此祭武王、成王、康王，不知合祭乎？各祭於其廟乎？若祭武王，則下及成康，所以推尊武王，言其功施後王者如此。若祭成王，則推武王而本之也。「鐘鼓」而下則統言祭祀，可通用也。

《通典》以《執競》爲祭武王詩。今謂昭王以後詩，則成王祭武王非《執競》也。《頌》中雖有祭武王詩，然乃獻助祭者，求成王正祭武王詩則無有，豈有司佚其傳邪？抑先儒之傳詩者失之邪？

思文后稷，克配彼天。立我烝民，莫匪爾極。貽我來牟，帝命率育，無此疆爾界，陳常于時夏。

首不稱天，止稱后稷配天之德，至下方言帝命者，尊天而不敢直情徑言也。極，稱后稷立我極至之德，貽我偏養之功，而言其爲帝之所命，豈非尊后稷以尊天歟？

「天」以形體言，故曰「彼天」；「帝」以主宰言，故曰「命」。天體偏覆，故后稷偏育而無彼此之限，所以體天廣大，使五常之陳皆本於此，則后稷之德亦未嘗不與天一。其推尊配天之實德如此，雖不明贊天之尊，而尊天之意亦已

【一】「祭」，文津本作「醉」，誤。

至矣。明堂圜丘，其祭同類，故其樂章亦頗相類。《我將》饗帝而言天，《思文》祀天而言帝，天與帝一之意，又有以互明焉。而或者謂《傳》於《思文》不言祀天之樂歌，疑只爲《豳頌》耳。然明堂圜丘皆爲大祭，明堂有樂歌而圜丘無之，可乎？愚特取《傳》不非《序》郊祀之意，見此篇之爲郊祀之樂歌也。

《序》以此爲郊祀，《傳》無説，又以爲《豳頌》而蜡，蓋移用此詩也。

嗟嗟臣工，敬爾在公。王釐爾成，來咨來茹。嗟嗟保介，維莫之春，亦又何求？如何新畬？於皇來牟，將受厥明。明昭上帝，迄用康年。命我衆人，庤乃錢鎛，奄觀銍艾。

對百官以戒農官，言百官，王既與汝以成法而猶有可效者，則當來咨詢之；有難依者，則當來茹度之，不可專也。「保介」以下則專戒農官，舉副則戒正可知。言暮春之時不可違，新畬之田至難治。何求、如何，發問以警動之辭。食之大者莫如麥，而兆豐年之祥者亦惟在於麥，故以「於皇」歎美之。將受於前，迄用於後，而以二「明」字言之，所以見天賜之甚明，而可必使之競勸也。康年、銍艾，皆以新畬言之，見新辟難治者既豐，他可知矣。命我衆人者，官之責也。既具而奄觀，言收成之易而速見。命衆治田之宜早而疾，則即見收成矣。此戒農官而先勑百官，亦欲百官知農事之為重，農官知己事視百官之事為特重，亦戒農官之微意。百官有成法而不可以自專，農官於農事則不可少緩，不必稟命而後行。暮春時至，則先求新畬以治其事；康年兆見，則速命衆人以成其功，皆以農事之重與國家所以重農之意，所以深敕戒之也。

噫嘻成王，既昭假爾。率時農夫，播厥百穀。駿發爾私，終三十里。亦服爾耕，十千維耦。

按：此篇《永樂大典》缺卷。

振鷺于飛，于彼西雝。我客戾止，亦有斯容。在彼無惡，在此無斁。庶幾夙夜，以永終譽。

《烈文》《載見》，諸侯助祭詩；《振鷺》，二王之後助祭詩；《有客》，微子來朝見祖廟詩【一】。《烈文》明見助祭；《振鷺・傳》言助祭，而曰「來見祖廟」【二】，亦助祭可知。此篇雖爲二王後作，然詩意在宋爲多。蓋周代商，宋正爲客，又爵上公，尊於杞。杞雖亦爲賓，而其序則當爲次，又越一代之遠，故此詩辭意兼杞，而尤切於宋。末段前說兼杞、宋，陳說於宋爲切，陳爲三恪，何杞得爲賓助祭亦有詩，而陳不與邪？今止據此詩稱「二王之後」，則陳不得列於二客助祭之次，止在諸侯助祭之中歟？

按《禮記》大享「徹以《振羽》」，注謂「即《振鷺》」，則此詩又移用之爲大享之徹歟？

豐年多黍多稌，亦有高廩，萬億及秭。為酒為醴，烝畀祖妣，以洽百禮。降福孔皆。

彼多此少，亦有先民後己、先農後公田之意焉。惟以黍稌言，惟以宗廟言，舉重也。皆，偏也。《記》所謂「祭必有惠，惠必均」，「境内之民，無凍餒」之類，即福之偏也。言祭而受福者，由收多之故，以見田祖、先農、方社之功，而於此報賽之也。觀「可」，「將」字可見。

有瞽有瞽，在周之庭。設業設虡，崇牙樹羽，應田縣鼓，鞉磬柷圉。既備乃奏，簫管備舉。喤喤厥聲，肅雝和鳴，先祖是聽。我客戾止，永觀厥成。

【一】「廟」，原本無，據文津本補。

【二】案，「来見祖廟」语不見於《詩集傳・振鷺》，而見於《有客》篇。故「曰」字前或有阙文，似可補作「《有客・傳》」。

瞽，樂官也。樂得其官則和，故詩首言之。然成一代之樂而不頌祖之德者，此告樂成而已，故止以樂言。再言「有瞽」者，稱美之也。言「周」者，見其非商之舊也。蓋樂始成，故言周以別於商焉。庭者，宗廟之庭也。「合乎祖」者，合樂器而奏之於祖廟之庭，《禮記》所謂「大合樂」者是也，非合諸侯之樂器也。夏簨虡，殷崇牙，周璧翣而垂五采羽，樹之於簨角；夏足鼓，殷楹鼓，周懸鼓而懸之於簨虡。此詩舉樹羽縣鼓以見樂設之異於前代，所以為周樂也。三句相連，蒙上「設」字。《記》曰：「賜諸侯樂，則鼗將之。」孔氏曰：「鼗以導樂作。」馬氏曰：「兆奏鼓者，鼗也。應聲者，鞞也。磬，石磬。」愚謂「業虡」已見鐘磬，此當為特磬、玉磬，所謂玉振之者也。鼗以導之，磬以收之，柷以合之，敔以止之，而簫管在其中，故言之於後。鞀磬柷敔質，簫管文，鐘鼓大，簫管小，先質後文，先大後小。曰「奏」曰「舉」，而兩言其備，以見樂節之全。樂既備而聲不和，何以為樂？故「喤喤」以下言樂聲之和，「肅雝」、「我客」以下言其人神之和也。「先祖」以下則言聽樂者，祖聽客觀，所謂神人以和也。樂至此極盛而盡美矣。永，謂可行之久遠，舉我客之永觀，則當時後世之觀者可知矣。成而可觀，觀而可永，則樂之始作也，豈可以淺易觀之哉？此篇詠樂鋪敍有法，而末語尤深遠也。

猗與漆沮，潛有多魚。有鱣有鮪，鰷鱨鰋鯉。以享以祀，以介景福。

鎬京之水非一，而獨言漆沮者，蓋漆沮由豳岐而至豐鎬，乃周家興王之地。言漆沮，亦不忘本之意也。首以「猗與」歎美之，則薦廟之際，豈獨為魚而興感哉？「潛」當以潛藏之說為長，蓋鱣鮪魚大，非積柴簿圍所能取。《月令》天子親漁，蓋先王饗親，牲必親牽，獵必親殺，殺必親射，所以致其敬也。故四時薦新，常事也。魚則牲類也，非常薦之物，故漁必親往。薦獨有樂，所以重之也。詩言享祀，非獨為薦可知。

有來雝雝，至止肅肅。相維辟公，天子穆穆。於薦廣牡，相予肆祀。假哉皇考，綏予孝子。宣哲維人，文武維后。燕及皇天，克昌厥後。綏我眉壽，介以繁祉。既右烈考，亦右文母。

有，起辭也，下有所指。如《有瞽》《有客》本句即見，《有駜》次句見，此至第三句方見，文法也。其稱「天子」，豈以先祖既享祭俎，將徹，為徹者之言歟？又豈武王始有天下，故為諸侯助祭者而言歟？竊謂上言「辟公」，則下言「天子」，措辭當然。又前段未祭以前，則稱「天子」；後段既祭，乃稱「孝子」與？又此詩先述諸侯，次說天子，先說助祭，次言己祭，然後稱頌祖德，既以錫福終之，而又言奉祭。大抵此詩皆倒說，又是一體。豈以徹自下始，而義亦有取於此歟？此篇見為武王祭文王者，以言「天子」，言「皇考」、「文母」也；見其為徹者，以《周禮》《論語》證之而甚明矣。詳詩之意，所言為助祭受釐以後事，其為徹時所歌亦可見。然祭將畢矣，俎將徹矣，而君臣猶同其敬；既受福矣，而猶有親愛不已、奉承無窮之意焉。當此之時，安有「既灌以往不足觀」之患哉？

載見辟王，曰求厥章。龍旂陽陽，和鈴央央，鞗革有鶬，休有烈光。率見昭考，以孝以享，以介眉壽。永言保之，思皇多祜。烈文辟公，綏以多福，俾緝熙于純嘏。

曰求厥章，來朝之事也。「龍旂」以下，來朝之儀也。休有烈光，總上三言而形容稱美之也。率見，必因其來朝而率以見也。《振鷺》之「戾止」，《有客》之「來見」，皆助祭；皆有樂歌，則此諸侯可知。以孝以享，奉祭者之心也。「以介」而下，言辟王所受之福；「烈文」而下，言諸侯助祭使我得之之福也，所謂歸德之辭也。福多而不純，未足為至，故既綏我以多，尤必復俾我以純，則無雜而不已矣。緝熙，謂續明孝享之心也。此篇與《烈文》同，而此稱「昭考」，故知為祭武王。《烈文》在祭文王詩後，疑當為祭文王。然朱子釋《大學》以「前王」為文武，而於《烈文》不指言為何王也。

按，《頌》有祭文王之詩四，皆宗廟所用也。宗廟祭禮有時祫、大祫。其祫也，有祼獻、朝踐、饋獻、再獻等節，載之《通典》，皆有樂。始有升歌，則《清廟》是也；終有徹，則《雝》是也；若《維天之命》《維清》二詩，其用之於何節，則於經傳未有考也。助祭之詩四，說具於前。

有客有客，亦白其馬。有萋有且，敦琢其旅。有客宿宿，有客信信。言授之縶，以縶其馬。薄言追之，左右綏之。既有淫威，降福孔夷。

白馬乘，殷之舊，故曰亦。萋、且，美客之敬慎。敦琢，美其從者之賢。美其君并及其臣，敬愛之也，《采菽》美諸侯亦然。宿宿、信信，言客有信宿之留不及而將去也。言授之縶，將去而不欲其去也；左右綏之，已去而復還之也。末二句頌美之也。此篇《序》言「來見祖廟」，而不言其助祭，以詩中無祭辭也。然賓來祖廟無不祭而徒見之禮，其祭也亦未有不從主祭而自祭祀之禮。故詩雖無祭意，而說是詩者何可不以祭言邪？竊意此詩必祭畢而將去，故獻之而歌此詩焉。然其敬愛之無已如此，則無惡斁之意亦藹然於其中矣。

於皇武王，無競維烈。允文文王，克開厥後。嗣武受之，勝殷遏劉，耆定爾功。

於皇，歎武王武功之大，「一戎衣而有天下」，不惟當時莫能敵，從古以來莫彊焉，故「無競」雖二字而形容極至。文王之德，止用一「文」字，尤極簡要。文王以文德開之，武王繼嗣而以武功受之。此「武」字，與「允文」之「文」字相對，謂武功也。首既稱武王，則此只當以為武功，對文德而言之，不可指此「武」字為武王之謚字也。勝殷者功也，遏劉者德也。定即天下大定、克定厥家之定，言天下治安也。以勝殷之功、遏劉之德致天下之定，爾無競也。「無競維烈」一統言之，下文即無競之實也。

按，《文王世子》：「下管象，舞《大武》。」注云：「象，周武王伐紂之樂。」疏云：「《大武》即象也。」《明堂位》：「下管象。」注云：「謂《周頌·武》也。」疏云：「下管象，謂吹《大武》詩。」說象不同，一以象爲《維清》詩，一以象爲《武》詩，又豈象一名而有文武二詩，如萬舞總文武二舞之名邪？朱子於《維清》言詩中未見象舞意，今《武》詩中亦未見象舞意。《小序》、注、疏要皆必有所傳矣。

閔予小子，遭家不造，嬛嬛在疚。於乎皇考！永世克孝。念茲皇祖，陟降庭止。維予小子，夙夜敬止。於乎皇王！繼序思不忘。

前三句見除喪。「於乎」以下，見朝廟，言皇考能盡孝以念皇祖，己則惟當盡敬以繼祖考。繼祖考必本於孝，而行孝尤在於主敬。主敬、行孝，斯能盡繼祖考之道矣。觀「孝」「敬」二字，即見成王資禀純粹，學問勤敏，年雖幼沖而學已成人。雖百世之思繼其祖考者，其道無以易此。且其思慕嗟嘆，尤可使人感發，此後嗣嗣王之朝廟者所以必用之也。庭止、敬止雖韻相連，然「庭止」意屬上「皇考」，「敬止」意屬下「皇王」，詩有此體。

訪予落止，率時昭考。於乎悠哉！朕未有艾，將予就之，繼猶判渙。維予小子，未堪家多難。紹庭上下，陟降厥家。休矣皇考，以保明其身。

道遠非己所能及，將欲就之，又不能以有合。蓋欲然慊然不敢自足，以期人之盡忠樂告己也。況己未足以當國家之多難，則當如之何？亦維繼武王之治國齊家者，以保明吾之身而已。蓋身者，家國之本也，武王身修而後家齊國治者也。吾惟即其在庭在家者而紹之，則庶乎身可保明而武王之休在我矣，又何有國家之難哉？既謙己之所未能，復示己之所欲為，不惟得訪臣之道，尤能知勉己之方。以是而思繼其祖，安有不足以致治者哉？前篇「庭」字兼家庭、朝廷言，此篇「庭」對家言，則專指朝廷。

敬之敬之，天維顯思。命不易哉！無曰高高在上。陟降厥士，日監在兹。維予小子，不聰敬止。日就月將，學有緝熙于光明。佛時仔肩，示我顯德行。

《頌》皆美聖人之德，惟《敬之》一篇，見王者之學堯、舜、禹、湯、文、武之德，莫不以敬為先。今羣臣亦以進戒，而成王乃能取是言而述之，且詳述所以不可不敬者，而歎己之未能焉。又知在己之當學，必取人以自輔，則庶幾其能敬以明天道而保天命焉。其論學也，尤得「日新不已」之要，雖前聖後聖之論學，亦無以踰此。非成王天資極其粹，輔導得其人，進修得其正，其能若是乎？其後進德益高而幾於聖人，周家致治不愧於二代，豈非王者善學之明效大驗歟？

予其懲，而毖後患。莫予荓蜂，自求辛螫。肇允彼桃蟲，拚飛維鳥。未堪家多難，予又集于蓼。

愚謂此篇當云賦又比也。蓋「予其」、「未堪」二句為賦，「荓蜂」、「桃蟲」、「集蓼」為比。《大序》六義，三為經，三為緯。考之《頌》有興體者惟《振鷺》，有比體者惟此篇，則《振鷺》當為興，此篇中當有比，不然《頌》無比、興之緯，其義不備矣。莫，無也。無我使蜂者，猶言無我使此惡人，皆我自取其害乎？所謂見不賢而不能遠也，若信其小善而不知其有大惡，是以其小者信其大者，奚可哉？此為病之最大者。故家既多難而身又集於辛苦之地，家與身俱病，何可以不懲乎？極言己所當懲而謹者，而有望於羣臣之助焉。然成王除喪朝廟之時，管蔡之變既平矣，而猶不忘戒懼以此謹始，雖終身誦之可也。此嗣王朝廟所以必用之也。前篇欲繼文武於家庭朝廟之間，次篇欲繼文武而訪之於臣，《敬之》則欲即日用而修之於己，《小毖》則欲因患難而謹之於心。蓋雖一時所作，而實可為萬世嗣王之法，所以備録之歟？懲前毖後者，詩之意；懲大謹小者，命篇之意也。

載芟載柞，其耕澤澤。千耦其耘，徂隰徂畛。侯主侯伯，侯亞侯旅，侯彊侯以。有嗿其饁，思媚其婦，有依其士。有略其耜，俶載南畝，播厥百穀，實函斯活。驛驛其達，有厭其傑，厭厭其苗，緜緜其麃。載穫濟濟，有實其積，萬億及秭。為酒為醴，烝畀祖妣，以洽百禮。有飶其香，邦家之光。有椒其馨，胡考之寧。匪且有且，匪今斯今，振古如茲。

首言「芟柞」，耕耘之事；繼言「芟柞」，耕耘之人。爲田之處，視畛爲卑「濕」，故亦名爲隰，非原隰之隰也。有略其耜，再起述耕耘穫積之事，見百穀生成之盛多。「爲酒」以下，備言百穀之用莫重於祭宗廟，次則燕賓客，養耆老。大者既備，則小者可知。振古如茲，兼「匪且」、「匪今」而言。《傳》於《序》謂二詩祈報之異，蓋以二詩辭意相似，未見孰爲祈報也。今詳詩中所云，皆有報意，無祈意。而《傳》又謂「與《豐年》相似，其用應亦不殊」，則其爲報賽詩可知。

畟畟良耜，俶載南畝，播厥百穀，實函斯活。或來瞻女，載筐及筥。其饟伊黍，其笠伊糾，其鎛斯趙，以薅荼蓼。荼蓼朽止，黍稷茂止。穫之挃挃，積之栗栗。其崇如墉，其比如櫛。以開百室。百室盈止，婦子寧止。殺時犉牡，有捄其角。以似以續，續古之人。

二詩所述，有或詳或略之殊，而大意相似。考之《周禮·籥章》，「蜡祭吹《豳頌》，以息老物」，今二篇既見其為報賽，又前篇言「胡考之寧」，此言「婦子寧止」，皆有息老物之意。意者終歲勤動，至此而始收息，故於勞之息之時而歌之歟？意與《周禮》合，又視《豐年》為詳，用亦應不殊。然又安知報賽則歌《豐年》，息老物則歌此二詩，不殊之中亦自有不同者歟？

絲衣其紑，載弁俅俅。自堂徂基，自羊徂牛。鼐鼎及鼒。兕觥其觩，旨酒思柔。不吴不敖，胡考之休？

按：此篇《永樂大典》缺卷。

於鑠王師，遵養時晦。時純熙矣，是用大介。我龍受之，蹻蹻王之造。載用有嗣，實維爾公允師。

此篇頌武王之功。孰頌之？成王頌之也。頌之而并述己繼武王之事，亦所以頌武王也。於武王維以「時」為言者，蓋聖人之取天下，雖有其德而無其時，不能以成大功。武王之有天下，適當其時。蓋時者，天命人心之所寓也。時未至不可先，時既至不可後。故時非聖人所能為，聖人惟能知而順之耳。武王時晦則退自循養，時熙而未純則猶晦也，時既大明而後用之。此即張子所謂「此事間不容髮者」是也。非聖人灼見天命人心之妙，豈能與於此哉？「我龍」以下，成王自述己繼武王之事。受者，受其所已為；嗣者，繼其所未畢。造，為也。公，事也。武王維順時，故所為無不成而事無不可法。今我受此武王順時之所已為者，則用此而有以嗣之，亦惟以武王順時之事而信法之耳。蓋此篇上言時，包所為所事在其中；下承上意，曰「造」曰「公」，亦包時在其中。其意以為武王之用武創業者，前王時純熙之事也；我之制禮作樂者，今時純熙之事也。我雖以制作為繼述【一】，然莫非時純熙之所宜為者，故我受而嗣之者，亦惟以此為師耳。一篇大意皆在「時」字。蓋成王損益大舞為《勺》樂，上頌武王之功而下述己事者，皆武王之事也。故名樂爲《勺》，而詩亦名爲《酌》，皆取酌時之義，謂酌時以繼武功也。序《詩》者不察，以爲酌先祖之道以養天下，宜《傳》之不取也。

先儒謂周公作《武》，又作《勺》。勺者，斟酌《大武》之樂而參用之，豈以《賚》《桓》在其端，故爲此說也？

【一】「繼述」，文津本作「述繼」。

綏萬邦，婁豐年，天命匪解。桓桓武王，保有厥士，于以四方，克定厥家。於昭于天，皇以間之。

綏萬邦，統言之。桓桓武王，而下詳言之。保有，見積累之業。士，謂能羆之士。克定，能定之謂，非天下大定不足以言能定。前言邦，此言家，至是以天下爲家矣【一】。爲天下皇王，必如商之致治歷年而後可謂之皇，而後可爲之代。「綏萬邦，屢豐年」，從下說向上，言武王得天下也；「天命匪解」而下，從上說向下，言天命武王也。互言而極道之，謂武王除害，故天屢以豐年報之。然天命未厭，故武王功足興周而德足代商也。屢豐者，武王數致其祥於一初，方興之應也；匪解、皇間者，天欲大其業於萬世，無疆之休也。武王既得天矣，而天命武王，又必使其德足代商爲皇王，非屢豐而已。此所以爲匪解，此所以爲頌武王之功。

《傳》謂《春秋傳》以此爲《大武》之六章，今之篇次已失其舊。《傳》從《春秋傳》。今亦從《集傳》移置於《賚》後、《閔予小子》前。然已逸其第二、第四、第五，凡三篇。杜預以《左傳》所言《武》《賚》《桓》之次爲楚樂歌，以其與詩不合，故爲此說歟？《集傳》不取也。

文王既勤止，我應受之，敷時繹思。我徂維求定，時周之命。於繹思。

此頌文武之功，而詩中不言武王，蓋上推「文王」下言「我」，則武王固在其中矣。故凡文王之所勤，與我之所受、所敷、所求、所定者，莫非武王已成之功。且於中言凡此皆周之命而非商之舊，則非武王而誰哉？蓋前詩明舉武王，此詩暗藏武王，并暗藏其封功事，又《頌》之一體。所以知爲封功者，以樂篇名而知之。又此詩爲《大武》之章，象武王之樂，觀武聽歌而頌武之意，自有不言而可知者，又樂之一意也。敷文王之可思與諸侯之當思文王者，固武王之功，亦武王之心也。若君臣始終皆能以文王之心爲心，是亦以武王之心爲心也。其頌文武，用意深矣。

【一】「以」，文津本無。

於皇時周，陟其高山。墮山喬嶽，允猶翕河。敷天之下，裒時之對，時周之命。

《時邁》爲武王巡狩祭告之樂歌。此雖言巡狩，然不知爲巡狩所歌乎？抑述其事以頌乎？未詳其所用也。時周之命，與《賚》同。

《内則》曰：「十三舞《勺》。」董子曰：「樂莫盛於《韶》《勺》。」《傳》謂《酌》即《勺》，則是以《酌》爲《勺》矣；於《賚》《桓》則取《春秋傳》，以爲《武》之樂章。惟《般》未有以處之，則止當從元次，居《詩》之末也。

詩纘緒卷十八

魯頌

駉駉牡馬，在坰之野。薄言駉者，有驈有皇，有驪有黄，以車彭彭。思無疆，思馬斯臧。

駉駉牡馬，在坰之野。薄言駉者，有騅有駓，有騂有騏，以車伾伾。思無期，思馬斯才。

駉駉牡馬，在坰之野。薄言駉者，有驒有駱，有駵有雒，以車繹繹。思無斁，思馬斯作。

駉駉牡馬，在坰之野。薄言駉者，有駰有騢，有驔有魚，以車祛祛。思無邪，思馬斯徂。

《傳》謂「《閟宫》一篇蓋僖公詩無疑」，則以前三詩未可必爲僖公。故此「僖公」二字當作魯侯。牧馬之盛，然略舉而極盛自見於詠也【一】。舉牡，則牝者未言也；在坰，則不在坰者未述也；薄言，則略言而未詳也。舉所有之馬，則馬有名而未數者，不可勝數也，而況無名而不足數者乎？楚丘「騋牝三千」之句法本於此矣。古人用馬以駕車，駕車爲馬之大用，故此以駕車言。能左右之，曰以見馬之閑習也。馬盛有力，而往來不絶矣。然以健爲貴，不健則雖盛有力而易乏。心之所思，牧馬之所本也。所思，雖無窮而不厭矣。然以「無邪」爲主，邪則所思皆非矣。「臧」言德，「才」言才而又奮起矣。然以善行爲至，不善行則雖有德有才不足稱也。《易》：乾爲馬，坤爲牝馬；乾曰天行健，坤曰行地無疆。

有駜有駜，駜彼乘黄。夙夜在公，在公明明。振振鷺，鷺于下。鼓咽咽，醉言舞。于胥樂兮。

【一】「於」下，文津本有「之」。

有駜有駜，駜彼乘牡。夙夜在公，在公飲酒。振振鷺，鷺于飛。鼓咽咽，醉言歸。于胥樂兮。

有駜有駜，駜彼乘駽。夙夜在公，在公載燕。自今以始，歲其有。君子有穀，詒孫子。于胥樂兮。

《傳》不言君臣，蓋謂君燕飲臣而頌禱之，可；謂君燕其臣而臣禱其君，亦可。故所乘謂托興於君臣之馬，皆可。夙夜，勤也，而又辨治，美其德也，勤而後燕飲也。鷺鼓，美其樂舞也。末乃頌禱之辭。有歲而無善，以及人是富而無教也；歲歲有而無賢子孫，亦非有道之長。有善，則得所以處有歲之道；善詒子孫，則得所以處歲歲有之道矣。此能感天休而又能盡人道者也，以此為禱，至矣。于胥樂兮，美其燕飲之樂。樂而至於有善詒後，斯其為樂大矣。

思樂泮水，薄采其芹。魯侯戾止，言觀其旂。其旂茷茷，鸞聲噦噦。無小無大，從公于邁。

思樂泮水，薄采其藻。魯侯戾止，其馬蹻蹻。其馬蹻蹻，其音昭昭。載色載笑，匪怒伊教。

思樂泮水，薄采其茆。魯侯戾止，在泮飲酒。既飲旨酒，永錫難老。順彼長道，屈此群醜。

穆穆魯侯，敬明其德。敬慎威儀，維民之則。允文允武，昭假烈祖。靡有不孝，自求伊祜。

明明魯侯，克明其德，既作泮宮，淮夷攸服。矯矯虎臣，在泮獻馘；淑問如皋陶，在泮獻囚。

濟濟多士，克廣德心。桓桓于征，狄彼東南。烝烝皇皇，不吴不揚。不告于訩，在泮獻功。

角弓其觩，束矢其搜。戎車孔博，徒御無斁。既克淮夷，孔淑不逆。式固爾猶，淮夷卒獲。

翩彼飛鴞，集于泮林，食我桑黮，懷我好音。憬彼淮夷，來獻其琛：元龜象齒，大賂南金。

首章言侯將至而人皆樂從之。次章言侯既至而人皆歎美之。音謂聲譽。歎美之聲既著，而侯又能身教，故人樂從而稱譽之者，尤在於此。蓋侯能身教，斯不愧於泮宮矣。三章言侯飲酒於泮，政此詩所由作。蓋因其飲酒而頌禱之也。祝壽者多祈其老而壽。今曰「難老」，則常少而不老；又永錫之，以此則壽豈可量乎？順彼衆人所共由之大道，以服此魯國之羣衆，衆豈有不服者乎？慎儀者，明德之事也，皆以敬為主。文武者，昭假祖考於素者也。昭假之際，則以孝為主。能敬能孝，則修身奉先之道得矣，有不足為法於民，而得福於己者乎？此魯侯身教之本也。「允文」含上在泮身教事，「允武」含下服淮夷事。四章、五章言敬以明之【一】，則能明矣。獻馘、獻囚，言將臣【二】。此克明，故彼克廣，德之能感人如此。于征既歸而獻功，言士卒。七章總言將帥士卒。戎車，將臣也；徒御，士卒也。「孔淑不逆」、固猶「卒獲」，雖聖人制夷服遠之道，不過於此矣。前以兵服，此於篇末言作泮以德服，故淮夷貢琛而心服矣。好音謂德音，承上「明德」、「廣德」而言。

閟宮有侐，實實枚枚。赫赫姜嫄，其德不回。上帝是依，無災無害，彌月不遲。是生后稷，降之百福。黍稷重穋，稙稚菽麥。奄有下國，俾民稼穡。有稷有黍，有稻有秬。奄有下土，纘禹之緒。

后稷之孫，實維大王；居岐之陽，實始翦商。至于文武，纘大王之緒。致天之届，于牧之野。無貳無虞，上帝臨女。敦商之旅，克咸厥功。王曰叔父，建爾元子，俾侯于魯；大啟爾宇，為周室輔。

乃命魯公，俾侯于東；錫之山川，土田附庸。周公之孫，莊公之子，龍旂承祀，六轡耳耳。春秋匪解，享祀不忒。皇皇后帝，皇祖后稷。享以騂犧，是饗是宜。降福既多，周公皇祖，亦其福女。

秋而載嘗，夏而楅衡。白牡騂剛，犧尊將將。毛炰胾羹，籩豆大房。萬舞洋洋，孝孫有慶。俾爾熾而昌，俾爾壽而臧。保彼東方，魯邦是常。不虧不崩，不震不騰。三壽作朋，如岡如陵。

公車千乘，朱英綠縢，二矛重弓。公徒三萬，貝冑朱綅，烝徒增增。戎狄是膺，荊舒是懲，則莫我敢承。俾爾昌而熾，俾爾壽而富。黃髮臺背，壽胥與試。俾爾昌而大，俾爾耆而艾。萬有千歲，眉壽無有害。

【一】「言」，文津本無。

【二】「言」下，文津本有「魯侯之」。

泰山巖巖，魯邦所詹。奄有龜蒙，遂荒大東，至于海邦。淮夷來同，莫不率從，魯侯之功。保有鳧繹，遂荒徐宅，至于海邦。淮夷蠻貊，及彼南夷，莫不率從。莫敢不諾，魯侯是若。天錫公純嘏，眉壽保魯；居常與許，復周公之宇。魯侯燕喜，令妻壽母，宜大夫庶士，邦國是有。既多受祉，黄髮兒齒。

徂來之松，新甫之柏。是斷是度，是尋是尺。松桷有舄，路寢孔碩。新廟奕奕，奚斯所作。孔曼且碩，萬民是若。

愚按，《傳》云《魯頌》「獨《閟宫》一詩爲僖公詩無疑」，今從《傳》説，則《閟宫》前三詩，安知非僖公以前詩乎？僖公之前，伯禽之後，魯豈皆無賢君歟？又《泮水》舊以爲頌僖公，故與《閟宫》言服淮夷事，皆以爲願望僖公之辭可也。今《泮水》既未見為僖公詩，則自伯禽以後至於僖公之前，豈其淮夷始終未嘗有一日服從中國之跡乎？故愚不能無疑。嘗讀《史記・魯世家》載孝公之事，若有與《泮水》詩合者。竊以為《泮水》一詩，魯人頌孝公之詩歟？周宣王伐魯，問為魯後者，樊穆仲曰：「懿公弟稱，肅恭明神，順事耇老，賦政行刑，必問於遺訓而咨於故實，不干所問，不犯所知。」王曰：「然則能訓治其民矣。」乃立為魯侯【一】，是為孝公。今《泮水》言魯侯至泮而飲酒，是養老乞言也。其能問遺訓、咨故實，可見昭假烈祖，敬恭明神也。淑問如皋陶，行刑也；桓桓于征，賦政也。獻囚獻功而在泮，亦必問咨而行之矣。「載色載笑，匪怒伊教」，豈非能訓治其民者乎？孝公終謚為孝，又豈非以靡有不孝之故歟？又按《常武》宣王親征淮夷而徐方來，其征徐方，魯必帥師以從。前乎孝公，伯禽伐淮夷；後乎孝公，僖公從齊桓伐淮夷，安有宣王親征有功，而魯不與乎？又况孝公賢而適當其時，則伐淮夷而淮夷服。魯人以是美其君，不為過矣。以此觀之，《泮水》所言，似皆是實事，似未可與《閟宫》無其事而願之者例視也。又頌禱其君之福德者，雅體也。竊意魯

【一】「立」下，文津本有「稱」。

人之意，其初蓋取「雅」中之頌體以美其君，故名其詩而謂之「頌」，非擬「周頌」也。故其詩體非「周頌」，視雅體亦不純。蓋其意專以頌美為主，觀其首詩，有頌而無禱，最可信。其次，三詩皆頌多而禱少，如《泮水》一詩，最近雅體。舊說禱頌多少，以愚觀之，其中禱辭惟「永錫」三言、「孔淑」四言而已，前後皆頌辭也。若頌不勝禱，恐非「魯頌」之體，亦豈魯人名頌之本意哉？蓋頌本欲效雅，惟以天子嘗賜之樂，又不采其詩，遂假頌之名名其詩，以是尊魯而美其名。然僭名之罪，容得逃乎？

首序作詩本意只二句，下文即推本魯事，至末章方與首句相應，又是一體。前三章純是頌辭，至第三章末降福、福女，方為禱辭。四章、五章皆前頌後禱，前美其祭祀，後美其軍旅，與《棫樸》「奉璋」、「六師」意同。齊桓伐楚而以美其君，亦頌辭也。兩章「俾爾」之下方為禱辭。六、七二章亦前頌後禱。二山，魯國所有；大東、海邦、淮夷、南夷，魯君所無。所有為頌，所無為禱，合二章則前以「泰山」起辭，中語相對，後以「莫敢」二句結，亦是一體。首述先王，次稱大祭禮樂，末又效《商頌》，蓋用成工尊魯之意，而不知非所以為尊也。八章禱中有頌，末乃頌修廟，以終首句之意。一篇始終，皆頌多於禱。

商頌

猗與那與！置我鞉鼓。奏鼓簡簡，衎我烈祖。湯孫奏假，綏我思成。鞉鼓淵淵，嘒嘒管聲。既和且平，依我磬聲。於赫湯孫，穆穆厥聲。庸鼓有斁，萬舞有奕。我有嘉客，亦不夷懌。自古在昔，先民有作。温恭朝夕，執事有恪。顧予烝嘗，湯孫之將。

商人尚聲，故首發歎嗟，亦尚聲之意也。此下即述奉祭之樂。先置後奏，未祭時樂也；和平穆穆，正祭之樂也；萬舞陳庭，祭畢之樂也。始終為敘樂舞尚聲之意，可知自古至末，皆敘奉祭之敬。商稱「湯孫」、「武丁孫子」，周稱「曾孫」，稱「孝子」，成王稱「小子」，商質周文也。

此詩有二意。《傳》引《記》以爲樂三闋，然後出迎牲。如此則此詩即樂三闋所奏之詩。按，《記》言有虞氏尚氣，商人尚聲，周人尚臭。商人尚聲者，謂於未迎牲之前，以聲音詔告於天地之間也。若於此奏此詩，則詩意當是備道其祭始、中、終之盛樂，以達吾自古在昔之敬恭，庶幾湯知爲湯孫之將。蓋先以此聲此意告神於陰陽之間而求其降也。《傳》又引舊說以爲祀湯之樂如此，則此詩乃正祭所奏之詩。詩意當以「奏假」、「思成」爲重，而終之以所傳之恭，庶幾湯歆我湯孫之將。蓋當祭時述此聲此意，而欲湯之享之也。二意不同而有先後，則《傳》意必有所在，然其尚聲之意則一也。

嗟嗟烈祖！有秩斯祜。申錫無疆，及爾斯所。既載清酤，賚我思成。亦有和羹，既戒既平。鬷假無言，時靡有爭。綏我眉壽，黃耇無疆。約軧錯衡，八鸞鶬鶬，以假以享。我受命溥將。自天降康，豐年穰穰。來假來饗，降福無疆。顧予烝嘗，湯孫之將。

按：此篇《永樂大典》缺卷。

天命玄鳥，降而生商，宅殷土芒芒。古帝命武湯，正域彼四方。方命厥後，奄有九有。商之先后，受命不殆，在武丁孫子。武丁孫子，武王靡不勝。龍旂十乘，大糦是承。邦畿千里，維民所止，肇域彼四海。四海來假，來假祁祁。景員維河，殷受命咸宜，百禄是何。

此詩首述契，次湯，次先后，次武丁，無適主，故《傳》曰「祭祀宗廟」。宅殷土芒芒，或曰湯以後方稱殷，此句當屬下；或曰殷土追稱，當屬上。愚謂自契宅此，至湯而地始大，屬上爲是。先后，或曰湯也，愚謂言湯以後之先后，故曰受命不殆。不殆，非所以語湯也。武丁孫子，主祭者自稱，猶言「湯孫」。武王靡不勝，主祭者自述。龍旂、大糦，述助祭者。邦畿、四海，言由內而外，域於四海者極其廣；四海、維河【一】，言由外而內，朝於京師者極其多。景員維河，言京師也。諸侯來朝，至景山四面之河，則達於京師矣，猶《禹貢》言九州之貢達於河，則至堯都矣。蓋覆說邦畿也【二】。若曰「語形勢」，則在德不在險，況邦畿千里，而民止所包更大，奚止形勢？四海之諸侯來假，則四海之人可知。或曰前篇「約軝受命」，此篇「武王靡不勝」而下，皆若主祭者自述其功德。又或曰「邦畿」至末，再述先王之功德，言國勢之大，人心之一，以見自昔以來殷之爲君者受命咸宜，而「百祿是荷」也。或又曰「邦畿」而下，通今昔而言，謂在昔在今，國勢人心之盛如此，先王以此而受命咸宜，故己以此而奉祀，「百祿是荷」也。

《傳》以《長發》言契、相土、湯，故謂宜爲祫詩。愚按，《玄鳥》言契，言宅殷土，即契以後之君；言湯，言先后、武丁，則湯以後之君，亦似宜爲祫詩，然不可考也。

浚哲維商，長發其祥。洪水芒芒，禹敷下土方。外大國是疆，幅隕既長。有娀方將，帝立子生商。

玄王桓撥，受小國是達，受大國是達。率履不越，遂視既發。相土烈烈，海外有截。

帝命不違，至于湯齊。湯降不遲，聖敬日躋。昭假遲遲，上帝是祗。帝命式于九圍。

受小球大球，為下國綴旒，何天之休？不競不絿，不剛不柔，敷政優優，百祿是遒。

受小共大共，為下國駿厖，何天之龍？敷奏其勇。不震不動，不戁不竦，百祿是總。

【一】「四海、維河」，文津本作「四海來假」。據上下文，當從原本。

【二】「說」，文津本作「紀」。

武王載旆，有虔秉鉞。如火烈烈，則莫我敢曷。苞有三櫱，莫遂莫達，九有有截。韋顧既伐，昆吾夏桀。

昔在中葉，有震且業。允也天子，降予卿士：實維阿衡，實左右商王。

首句統說世世之君，「長」承上，「發」起下。「禹敷土方」四句，只見禹之時爾，所謂長也；「有娀方將」二句，所謂發也。桓撥，謂武治也，猶言勇於自治也。桓撥、率履，猶言克己復禮也。受小大國，契為司徒也。海外有截，《疏》謂相土為王官司馬也。「齊」謂生之時、德之成皆與天命會也。生有聖德而不與天命會，伊尹、周公、孔子不有天下是也。所謂湯齊，下文所言即是也。湯之生不遲，固已應期而與天命會矣【一】；而湯聖敬日躋，事天不息，至是而復其性，又與天會。是生之期、德之盛皆與天命會，夫是之謂齊，此帝所以命之也。「受小球大球」至「百禄是總」【二】，敷政，所以發政施仁；奏勇，所以除殘去暴。敷政有餘，然後武功可進。四「不」，見湯之執中。前先言四「不」，後及「敷政」；後先言「奏勇」，後及四「不」者，變其文法也【三】。駿，釋為大則音峻，釋為馬則音俊。駿，馬也；厖，雜也。「綴旒」為敷政而言，故為諸侯所係屬；「駿厖」為奏勇而言，故為諸侯所歸往。言諸侯從往征伐，如衆多之馬，雜色而往進也。「旒」先言「綴」，「駿」後言「厖」，亦變文法也。六章因上言奏勇，乃遡言伐桀之事。末章因上言伐桀有「九有」，又遡言湯以前中衰，至湯興王得相之事。然此篇惟述祖德，全不見祭祀等意；又「左右商王」，似非結語。《傳》謂《商頌》多闕文疑義者，其在此篇歟？

撻彼殷武，奮伐荆楚，罙入其阻，裒荆之旅。有截其所，湯孫之緒。

【一】「期」，文津本作「斯」。
【二】案，《長發》四章云「百禄是遒」，據此，此處「總」應作「遒」。
【三】「其文法」，文津本作「文法者」。

維女荊楚，居國南鄉。昔有成湯，自彼氐羌，莫敢不來享，莫敢不來王。曰商是常。

天命多辟，設都于禹之績。歲事來辟，勿予禍適。稼穡匪解。

天命降監，下民有嚴。不僭不濫，不敢怠遑。命于下國，封建厥福。

商邑翼翼，四方之極。赫赫厥聲，濯濯厥靈。壽考且寧，以保我後生。

陟彼景山，松柏丸丸。是斷是遷，方斲是虔。松桷有梴，旅楹有閑，寢成孔安！

先儒言周以農開國，商以武興王，觀前篇《長發》頌湯信然。故此頌高宗，亦首以「殷武」言之。其言「撻」，言「奮」，言「罙」，可見神速勇勁之勢。未服則入其阻而致其衆，既至則定其地而安其民，又見其寬仁安靜之意。此湯用武取天下之道，而高宗似之，故曰「湯孫」。下乃以湯服遠之事言之。次章言外夷狄之來朝。三章言內諸侯之畏服。四章言高宗勤身心、謹刑賞以治民。五章言高宗政治整飭於內，聲靈赫顯於外，壽康兼備於身，以保後人。末章始見廟成，始祔而祭，作此詩也。

附録

《四庫全書總目提要》

臣等謹案，《詩纘緒》十八卷，元劉玉汝撰。玉汝始末未詳，惟以周霆震《石初集》考之，知其為廬陵人，字成之，嘗舉鄉貢進士。所作《石初集序》末題洪武癸丑，則明初尚存也。此書諸家書目皆未著録，獨《永樂大典》頗載其文。其大旨專以發明朱子《集傳》，故名曰「纘緒」。體例與輔廣《童子問》相近。凡《集傳》中一二字之斟酌，必求其命意所在，或存此説而遺彼説，或宗主此論而兼用彼論，無不尋繹其所以然。至論比興之例，謂有取義之興，有無取義之興，有一句興通章，有數句興一句，有興兼比、賦兼比之類。明用韻之法，如曰隔句為韻、連章為韻、迭句為韻、重韻為韻之類。論風雅之殊，如曰有腔調不同之類。於朱子比興、叶韻之説，皆反覆體究，縷析條分。雖未必盡合詩人之旨，而於《集傳》一家之學，則可謂有所闡明矣。明以來諸家《詩》解罕引其説，則亡佚已久。今就《永樂大典》所載，依經排纂，正其脱訛，定為一十八卷。